L'arbre
à deux branches

Du même auteur

chez le même éditeur :

L'Afrique du jour et de la nuit.

ROBERT ARNAUT

L'arbre à deux branches

PRESSES DE LA CITE — C.N.R.S. — FRANCE-INTER

Presses de la Cité, ISBN 2-258-00543-4.
CNRS, ISBN 2-222-02500-1.

A tous les chercheurs, ingénieurs et techniciens dont les noms ne figurent pas dans ce livre.

La compilation de ces missions a été grandement facilitée par l'aide amicale de Pascale Lismonde.

Qu'elle trouve ici l'expression de ma gratitude.

R.A.

INTRODUCTION

L'embarras de devoir écrire sur un grand sujet me contraignit à considérer le problème et à l'énoncer avant que de me mettre à le résoudre.

P. VALÉRY, *Introduction à la méthode de Léonard de Vinci.*

— A quoi sert la science ?
— Bôf !

A question ambiguë, réponse vague. Ainsi commençait mon enquête dans la rue. Débuts plus encourageants qu'il n'y paraissait, car je touchais du premier coup le point le plus sensible : les rapports de la recherche scientifique avec le public ; rapports tièdes apparemment. Et pourtant, quel Français ne sent-il en lui fleurir une cocarde quand on lui rappelle, d'un seul élan, que la chimie, la photographie, l'hélice, le cinéma, la machine à coudre, l'aérostat, le stéthoscope, le parachute, le phonographe, le gaz d'éclairage, la machine à vapeur, la radioactivité, le radium, l'automobile, l'aviation, la paléontologie, le radar, la microbiologie et le froid artificiel sont des découvertes françaises ? Alors pourquoi ce détachement à l'égard de la recherche scientifique et à l'égard de ceux qui préparent notre avenir ? Sans doute les intéressés en sont-ils les premiers responsables : leur modestie a sapé leur prestige. En préférant au terme de « savant » dont on les affublait révérencieusement autrefois, celui moins pompeux de « chercheur », ils se sont destitués eux-mêmes et ont restreint notre reconnaissance à une minorité : celle des chercheurs qui trouvent. Les autres, la majorité, n'ont droit qu'à notre indifférence.

Depuis longtemps, je rencontrais sur les sentiers de mes missions des chercheurs de toutes disciplines qui accomplissaient en Europe, en Afrique, en Asie, sur les terrains les plus ingrats ou sur la paillasse de leur laboratoire, des tâches quotidiennes qui valaient bien les exploits guerriers qui encombrent nos antennes et asphyxient notre littérature. Ces hommes et ces femmes étaient ethnologues, botanistes, biologistes, chimistes, anthropologues, zoologistes, astronomes ou physiciens. Tous très différents, d'âge, de fonction, de notoriété. Ils avaient pourtant un dénominateur commun : ils ne répondaient jamais à l'idée que le public se faisait d'eux ; ils ne ressemblaient jamais au portrait-robot du savant. J'ai voulu connaître ces gens qui n'attendent ni gloire ni fortune. Il me fallait d'abord sélectionner un certain nombre de sujets susceptibles d'atteindre l'auditoire[1], tout en conservant une cohérence au déroulement de cette enquête. Le Centre national de la recherche scientifique me fournit ces garanties, tant par la diversité de ses programmes de recherches que par la réputation mondiale dont il jouit. Je souhaitais, par ailleurs, cerner la personnalité de quelques chercheurs, non pour leur donner la vedette, mais pour présenter des témoins de la tendance actuelle de la recherche. Bien sûr, les absents de marque sont plus nombreux que ceux qui se retrouveront dans cet ouvrage. Peut-être le lecteur sera-t-il étonné ou irrité de ne pas trouver dans cet album de famille de la science française certains personnages ou certains laboratoires très importants ou d'actualité. Mais le choix devait être fait, et, tout en restant objectif, ce choix tombait fatalement dans l'arbitraire. J'abordais ce travail en toute lucidité, persuadé à l'avance que j'allais me heurter à trois obstacles majeurs : j'entrais dans un monde réputé très fermé que je ne connaissais pas. Pour passer d'une discipline à l'autre, j'allais devoir me livrer à une gymnastique intellectuelle séduisante mais redoutable. Je ne devais pas perdre de vue que je travaillais pour le public, sans pour autant travailler contre les chercheurs. « Vulgariser sans trahir », tel était l'énoncé du pari qui paraissait impossible à tenir. Enfin, j'appréhendais un piège supplémentaire : il est difficile de parler du chercheur sans parler de la Recherche, et de parler de la Recherche sans parler de la Science. L'abîme s'ouvrait. Le 22 avril 1977, du pont de la Concorde, à six cents mètres à peine du siège du CNRS, j'ai plongé...

Je voulais d'abord entrer en contact avec le public. Je ne savais pas, ce jour-là, où le courant allait m'emporter. Sans préambule, j'abordai donc deux étudiantes :

R.A. — A quoi sert la Science ?

PREMIÈRE ÉTUDIANTE. — Bôf !

R.A. — Et vous, mademoiselle ?

DEUXIÈME ÉTUDIANTE. — A nous gâcher la vie ! à inventer toujours de nouvelles contraintes qu'on appelle le progrès.

---

1. « La grande aventure du CNRS » et « Des savants et des hommes », *l'Oreille en Coin*, France-Inter, 1977-1978.

R.A. — Vous préféreriez vous éclairer encore à la bougie ?

DEUXIÈME ÉTUDIANTE. — Pourquoi pas ? Je l'ai fait pendant deux mois dans un village abandonné, et j'étais très heureuse.

R.A. — En vacances ?

DEUXIÈME ÉTUDIANTE. — Oui.

UN TITI (*qui s'est mêlé à l'attroupement rapidement formé*). — Faut pas pousser, hé ! Si t'étais obligée de vivre comme au Moyen Age, pour te saper, la bouffe, le boulot et tout, j' sais pas la gueule que tu f'rais.

DEUXIÈME ÉTUDIANTE. — Oh ! bien sûr.

LE TITI. — Alors, faut pas dire des conneries ! Le progrès c'est quand même chouette, quoi !

DEUXIÈME ÉTUDIANTE. — On parle pas du progrès, on parle de la Science !

LE TITI. — C'est pas pareil ?

Je sens que je pars à la dérive. Je lance ma première bouée de sauvetage :

R.A. — Qu'est-ce que la Science fondamentale ? Vous, monsieur !

LE MONSIEUR. — C'est la Science qui... qui sert à rien. Enfin la Science qui débouche sur rien.

Je coule. Deuxième fusée éclairante :

R.A. — Qui peut me dire ce que signifie le sigle CNRS ?

LE TITI (*ironique*). — CRS ?

R.A. — Non. CNRS !

UN PASSANT. — Comité national...

LE TITI. — ... des radicaux socialistes (*rires*).

DEUXIÈME ÉTUDIANTE. — Centre national de la recherche scientifique.

R.A. — Merci.

J'arrête mon magnétophone. La foule se disloque. Je suis anéanti. Je m'étais promis de faire entendre cette enquête au directeur général du CNRS pour lui permettre de commenter le point de vue du public. Vais-je seulement oser entrer 15, quai Anatole-France ? Tant pis !

L'homme qui est devant moi écoute attentivement la bande magnétique. Cinquante ans environ, grand, brun, les cheveux plaqués. Il n'est peut-être pas le responsable de la plus grande entreprise de France, mais certainement de celle qui utilise le plus de matière grise, la matière première de tout organisme de recherche. Robert Chabbal est agrégé de sciences physiques. Après avoir présidé le comité du Centre national d'études spatiales, il s'est vu confier la responsabilité du programme de recherche pour l'énergie solaire, puis la présidence de la commission sur l'énergie solaire de la Communauté européenne. Aujourd'hui, il est directeur général du CNRS. Il m'a reçu dans le vaste bureau d'un immeuble qui donne sur la Seine. Il écoute et... il sourit. J'arrête mon magnétophone.

— Vous avez peut-être une autre définition de la science à me proposer ?

— Oui, je crois. Pour celui qui la vit, la science est avant tout une exploration. Et c'est aussi une méthode de pensée. C'est la découverte de l'infiniment petit, de l'infiniment complexe, de l'infiniment grand.

« Découverte de l'infiniment petit, par nos physiciens qui explorent la matière ; ceux qui utilisaient par le passé un simple microscope en sont aujourd'hui aux grands accélérateurs et ont pu ainsi passer de la molécule à l'atome, de l'atome au noyau, du noyau aux particules fondamentales, pour en arriver à ces éléments encore mystérieux que sont les quarks.

« Exploration également de l'infiniment complexe : il ne suffit pas de savoir ce que sont les éléments de la matière, il faut aussi savoir comment ils s'articulent, comment ils s'intègrent dans des systèmes tellement variés qu'à partir des mêmes éléments on peut aboutir soit à des alliages utilisés dans l'aérospatiale, soit à de la matière vivante.

« Exploration aussi de l'infiniment grand : Camille Flammarion, dans un livre resté célèbre, *l'Astronomie populaire*, avait fait vibrer le public, il y a une cinquantaine d'années, en décrivant l'extrême complexité de l'univers qui pèse sur nos épaules. Ce livre, pour si extraordinaire qu'il soit, ne décrit qu'une partie des objets que nos astronomes ont découverts depuis. La complexité de l'univers faisait dire récemment à l'un d'eux : " Décidément, la nature a bien plus d'imagination que les théoriciens ! "

« Enfin, en liaison avec l'exploration de la nature, s'est créée, depuis peu, l'étude de l'homme et de la société, dans le passé, le présent et l'avenir. Pourtant, ces recherches passionnantes restent encore mal connues. Malgré le pouvoir d'information des medias actuels, un fossé existe entre la science et le grand public. »

— Vous pensez que l'homme du XXe siècle ne peut pas vivre sans culture scientifique ?

— L'habitat, l'environnement de l'homme du XXe siècle sont l'expression même des découvertes scientifiques. Comment peut-il y vivre à l'aise sans essayer de comprendre le mécanisme des choses et des êtres qui l'entourent ? Son ignorance le condamne irrévocablement à devenir l'esclave de son environnement !

— L'enfant qui marche dans l'obscurité et voit un point lumineux a peur. Il a peur de cette lueur, jusqu'au moment où il constate qu'il s'agit des yeux d'un chat. Alors sa peur disparaît parce qu'il a compris. De même la culture scientifique permet à l'homme d'avoir moins peur de son environnement ?

— Exactement. Si je regarde le ciel, la nuit, et si je n'y vois que des points lumineux, je ne jouirai que d'un beau spectacle ; mais si j'y reconnais, heure par heure, saison par saison, des constellations familières, ce ciel se met alors à vivre et prend une tout autre signification.

— La science et la culture vous semblent donc liées ?

— Sans aucun doute. La science est une des formes de la culture. C'est aussi grâce à la science que l'homme répond à ses besoins matériels et sociaux, et cela depuis les temps les plus anciens. Certes, l'accélération de ce phénomène est évidente. Je me suis amusé un jour à placer sur l'échelle logarithmique les différentes découvertes dans les domaines de l'énergie, de la matière, ainsi que l'apparition des nouvelles sciences. Cette démonstration a révélé qu'il se découvre, de nos jours, infiniment plus de choses en une dizaine d'années qu'il ne s'en découvrait, il y a mille ans, dans une centaine d'années, et, au temps préhistorique, pendant plusieurs milliers d'années.

— La démarche scientifique est une constante chez l'homme. Le premier hominidé qui a pris un bâton pour en faire une arme, ou un caillou pour en faire un outil, a accompli une démarche scientifique ?

— C'est évident.

— Pourtant le chercheur, lui, n'est plus ce qu'il était il y a seulement un siècle ?

— Plus du tout. A l'heure actuelle, la science ne peut se concevoir qu'à l'échelle internationale. Ce qui, du même coup, lui donne un rythme très essoufflant. Le chercheur non seulement doit trouver, mais il doit trouver le premier, dans une ambiance de confraternité, mais aussi de compétition. Si le savant a des amis dans le monde entier, il ne sait jamais ce qui va lui tomber dessus ; lorsqu'il se rend à un colloque, à un congrès, il peut avoir la révélation que ce qu'il vient de découvrir est dépassé alors qu'il se croyait en avance dans sa recherche. Cet aspect compétitif est, certes, un stimulant, mais il impose un rythme essoufflant. Sans compter le temps pris par le renouvellement des connaissances ; les résultats obtenus apportent autant d'éléments nouveaux dont il faut absolument être informé, sous peine de ne plus être dans la course. Cette épreuve de fond provoque parfois des moments de découragement. D'autant plus que la science ne progresse pas toujours de façon continue ; il y a des périodes de grandes explosions, et puis, il peut se passer des mois, des années où ça n'avance pas : les idées sont peu fructueuses, les moyens techniques insuffisants. Pendant ces traversées du désert, le chercheur a besoin d'être soutenu par cette communauté d'hommes qui s'épaulent les uns les autres pour résister au découragement. Car cette communauté existe, et c'est là l'autre aspect de la science internationale, exaltant cette fois ! Cette fraternité sans doute unique. A travers les âges, quelques communautés transnationales se sont formées, notamment pour certaines communautés religieuses. Mais la science, de tout temps, a été un moyen extraordinaire de rassemblement d'hommes et de femmes qui, par-delà les frontières, par-delà les problèmes de langues et d'idéologie, pensent de la même manière, travaillent de la même manière, réagissent de la même manière.

Robert Chabbal est un homme réaliste et clairvoyant qui passe avec une grande facilité d'un sujet à l'autre. Il me rappelle que la recherche scientifique française est restée quelque peu figée pendant un demi-siècle, de la fin du Second Empire à la fin de la Seconde Guerre mondiale, et qu'il fallut attendre 1945-1950 pour qu'elle soit relancée, sous l'impulsion du général de Gaulle et grâce au dynamisme de Frédéric Joliot.

— Les résultats n'ont pas tardé à se faire sentir. En 1965, nous recevions le prix Nobel de médecine, en 1966 et 1970 le prix Nobel de physique.

— C'est exact. Mais il faut se garder de prendre la fréquence du prix Nobel comme baromètre du développement scientifique d'un pays ; c'est, tout au plus, une indication.

A l'époque de ce « grand cru » scientifique, je me rappelle avoir interrogé les vedettes du moment, ainsi que quelques autres savants qui honorent particulièrement la science française. Je leur avais volontairement posé à tous les mêmes questions. Je voulais voir si, d'une part, leurs réponses seraient divergentes et, d'autre part, si elles résisteraient à l'épreuve du temps ; mon intention était de ne pas les diffuser sur le moment, mais de les garder en réserve comme l'on fit naguère[1] pour les voix célèbres encore enfouies dans les caves de l'Opéra et qu'on ne pourra entendre que le 31 décembre 2007. La science allant plus vite que l'art, j'exhume aujourd'hui les réponses de ces chercheurs éminents interrogés il y a dix ans.

R.A. — Dans la terminologie scientifique, le « savant » d'autrefois est devenu « chercheur ». Faites-vous une différence ?

PR. MATHÉ (*cancérologue*). — Le mot chercheur est la forme quelque peu snob du mot savant d'autrefois. Je préfère le terme américain de « scientifique » qui indique bien la fonction technique de l'homme au service de la science.

PR. CABROL (*transplantation cardiaque*). — Si l'on voulait absolument différencier le savant du chercheur, on pourrait dire que le savant se contente d'apprendre alors que le chercheur peut apporter quelque chose de plus à la science. Le chercheur n'est pas obligatoirement un savant. Evidemment, de plus en plus, le chercheur doit avoir derrière lui une somme de connaissances indispensables, et, de son côté, le savant moderne ne se contente plus d'absorber la connaissance des autres mais se met à chercher. Si bien que le chercheur et le savant modernes se retrouvent sur le même terrain, et souvent ne font plus qu'un seul homme.

R.A. — Pierre Auger a écrit que 90 % des savants et des chercheurs qui ont existé depuis le début de l'Histoire sont encore vivants. Cela revient à dire que la science appartient aux cinquante dernières années. Quel est votre avis ?

---

1. Le 31 décembre 1907, on enfouit, pour un siècle, dans les caves de l'Opéra, les enregistrements des voix les plus célèbres.

PR. KASTLER (*prix Nobel de physique*). — C'est tout à fait vrai dans certains domaines comme l'électronique, la biologie, la chirurgie cardiaque, la physique nucléaire, l'astronautique. Mais, si toutes ces sciences sont nées, c'est parce que les hommes avaient été mis en condition de créativité par les siècles passés. C'est le résultat d'une lente évolution. Dans certaines disciplines, 90 % des chercheurs sont peut-être vivants, mais ils ne peuvent travailler que parce que des dizaines de générations avant eux ont établi des lois fondamentales. Il était infiniment plus difficile autrefois de produire la moindre des choses, lorsque le savant s'attaquait à un problème, tout seul et avec de pauvres moyens techniques, sans savoir où il allait, précisément parce qu'il ouvrait une voie.

R.A. — Qui est le chercheur actuel ?

H. DE FRANCE (*inventeur du procédé SECAM*). — On ne doit pas distribuer inconsidérément ce titre de chercheur. On ne s'impose pas chercheur, de même que chercheur n'est pas un métier accessible à n'importe qui. Il ne suffit pas d'avoir accumulé une somme de connaissances théoriques considérables et de travailler d'arrache-pied. Il faut, en plus, cette petite chose indéfinissable qui ne s'acquiert pas, cet appétit de l'inconnu, ce sens du possible, cette intuition, ce décalage par rapport à la chose présente, cette obstination, ce grain de folie qui fait qu'on est chercheur par tempérament et non par profession. Si bien que le vrai chercheur en puissance ne se trouve pas obligatoirement sur les bancs d'une faculté ou dans sa soupente en train de transpirer sur une thèse, mais parfois dans un atelier, dans une ferme, dans la rue. Le hasard, la chance, le destin permettront ou non de laisser s'épanouir ses facultés. Des milliers de Faraday, d'Edison sont peut-être passés sans être remarqués ; il eût suffi d'un rien pour que leur génie éclate ; mais ce rien n'est pas venu. C'est terrible.

R.A. — J.-J. Rousseau a écrit : « L'Astronomie est née de la superstition, l'éloquence de l'ambition, de la flatterie et du mensonge, la géométrie de l'avarice, la physique d'une vaine curiosité, toutes les sciences enfin de l'orgueil humain. » Etes-vous de cet avis, professeur Monod ?

PR. MONOD (*prix Nobel de médecine*). — Oui, si on veut. Les sciences sont nées de l'orgueil de l'homme qui veut savoir. Mais on doit plus justement considérer la connaissance comme une profonde humilité. Il est vrai qu'il y a un certain orgueil dans l'humilité.

PR. NEEL (prix Nobel de physique). — La science est certainement née de la curiosité des hommes à découvrir la structure de l'univers et les lois de la nature. On s'est aperçu ensuite que ces connaissances pouvaient être utiles dans la vie de tous les jours. Mais peut-être les premiers scientifiques, qui devaient être des sorciers voulaient-ils connaître les lois naturelles pour s'en faire des armes dans un but de domination ?

R.A. — « Si je tenais toutes les vérités du monde dans ma main, je me garderais bien de l'ouvrir pour les découvrir aux hommes. »

Croyez-vous que cette pensée de Fontenelle puisse servir d'avertissement aux savants ?

PR. NEEL. — Cette pensée est la formule d'un homme amer. Je crois que si un individu détenait toutes les vérités, il serait tellement fier et heureux de les connaître qu'il ne pourrait s'empêcher de les montrer aux autres hommes.

PR. MONOD. — Je repousse la pensée de Fontenelle. Je n'accepte pas l'idée que l'ignorance soit préférable à la connaissance.

R.A. — L'homme fut d'abord le locataire bien modeste de la Terre. Intimidé, craintif, il n'osait pas bouger. Puis, il s'est enhardi : il est parti à la découverte de son domaine, il l'a exploré, fouillé. Aujourd'hui, le timide est devenu effronté : il a osé bouleverser l'ordonnance des choses ; il rend le sol fertile, il grignote sur les régions désertiques, il fait tomber la pluie, il s'attaque au relief de la terre, il veut la remodeler, déplacer les fleuves, effacer les collines, créer des mers. Il veut même modifier l'homme. La science lui a donné cette force, cette audace. Mais comment va-t-il les utiliser ? Jusqu'où le chercheur peut-il aller dans sa recherche s'il sait qu'il va porter préjudice à son espèce ? Ne doit-il pas savoir s'arrêter dans sa recherche si elle devient dangereuse ?

PR. KASTLER. — Si j'étais fabricant de couteaux, je ne me demanderais pas si l'outil que je fabrique va servir à la ménagère pour découper sa viande ou au criminel pour accomplir son forfait. A partir du moment où l'on demande au chercheur de songer à toutes les conséquences que peut avoir sa recherche, on annihile du même coup toutes ses facultés créatrices.

R.A. — Le savant est souvent un inquiet. Sans doute parce qu'il vit dans l'incertitude que les hommes tireront des résultats de sa recherche le meilleur ou le pire.

PR. MONOD. — Je ne pense pas que ce soit cette incertitude qui crée l'anxiété du chercheur. Il y a de l'anxiété chez tout créateur. Les artistes sont aussi des inquiets. Je pourrais presque dire que ce n'est pas la science qui crée l'anxiété mais l'anxiété qui crée la science.

R.A. — Vous avez, vous particulièrement monsieur Monod, dans votre branche, des problèmes moraux qui se posent du point de vue de l'éthique et même de la politique. Quand on sait que, par la greffe des noyaux des cellules humaines, on pourrait fabriquer des frères jumeaux en série et faire pour les hommes ce qu'on fait pour les plantes, ne me dites pas que les responsables de cette découverte ne se posent pas un certain nombre de questions !

PR. MONOD. — Cette possibilité est inquiétante, c'est vrai. On peut imaginer un dictateur se fabriquant ainsi une armée sur mesure. Ce serait une menace terrible pour l'humanité. Il y a eu, à ce sujet, des conférences internationales. Sur un autre plan, on envisage de guérir certaines maladies génétiques. Mais ce serait une guérison pour le porteur, et non pour ses capacités héréditaires. Autrement dit, en guérissant le porteur, on le rend capable de reproduire cette maladie et de la transmettre à ses descendants. Alors, des questions se posent et des solutions sont envisageables : celle de la stérilisation, par exemple. Mais, pour trancher, l'homme de science ne doit plus être seul : il lui faut l'appui des moralistes, des sociologues, des juristes, des hommes politiques.

R.A. — Et c'est pour cela que l'homme de science est un perpétuel inquiet ?

PR. MATHÉ. — Mais ce n'est pas vrai ! L'homme de sciences n'est pas un inquiet. Il le prouve tous les jours. Regardez les trente dernières années. On a utilisé les radiations pour des visées stratégiques diverses, et on nous a dit : « Ça n'est pas dangereux » ; des biologistes ont démontré que ça n'était pas dangereux. Or, on sait aujourd'hui qu'il n'en est rien. On a inventé le DDT, qui fait merveille, mais on ne s'est pas demandé si c'était dangereux ; or, on sait aujourd'hui que le DDT représente l'une des plus graves menaces. On a inventé les détergents qui remplacent le savon ; on sait aujourd'hui que si le savon n'est pas dangereux parce que les produits utilisés sont détruits par les bactéries, ce n'est pas le cas des détergents qui vont nous poser d'extraordinaires problèmes d'intoxication pour tous les êtres vivants. On a inventé l'automobile et l'avion sans se demander si c'était dangereux. En créant, en inventant, en découvrant, la science ne s'est pas posé de questions. On a l'impression que les hommes ont suivi la parole du poète ancien qui disait : « Je ne sais où je vais mais j'y vais tout droit. » Ce qu'il faudrait, c'est que la science des sciences, c'est-à-dire la politique, s'occupe un peu de la science ; ce n'est pas le cas, hélas !

R.A. — S'il perçoit le danger, le savant peut se défendre, ne serait-ce qu'en dissimulant la vérité.

PR. MATHÉ. — Il n'y a pas de vérité ! Il y a les notions que l'on a recueillies et la conception qu'on se fait des choses. Ce qu'on enseignait aux étudiants il y a dix ans n'est plus valable ! Ce qu'enseigne un professeur un peu fatigué qui fait le même cours depuis des années n'a rien à voir avec ce qu'enseigne un professeur dynamique qui est au courant de tout. La vérité n'existe pas ! Personne ne peut se vanter de la détenir. Il faut bien se garder de donner les résultats scientifiques comme des vérités. Et il ne faut pas davantage extrapoler de la science à la philosophie en prétendant que la métaphysique issue de la science est une vérité vraie. Il n'y a pas de vérité. Il n'y a qu'une récolte scientifique. La vérité n'est que relative.

R.A. — On prétend que le genre humain vit et évolue grâce à une poignée d'hommes.

PR. CABROL. — Je le crois. Ce qui me frappe c'est l'égoïsme de nos contemporains. On ne pense qu'aux week-ends, aux sorties, au confort domestique. C'est un état d'esprit. Si on a connu le Grand Siècle, c'est peut-être parce que les écrivains vedettes de l'époque comme Corneille, Racine, exaltaient l'héroïsme, le devoir, le sacrifice, et non pas le confort, le laisser-aller, la satisfaction personnelle. On n'a plus le courage de dire que la vie n'est pas une partie de plaisir. On est là pour un certain temps sur la terre. Ce n'est pas tellement pour en jouir. On y est pour faire un certain travail et pour donner tout ce qu'on peut. Mais cette exigence n'est pas tellement comprise ni acceptée par la masse. Il y en a qui le font, pourtant. Bien sûr, il y a ceux qui le font par esprit de lucre, par fierté, ou par ambition, mais le fait est là : la majorité de la société marche parce qu'une minorité de gens, pendant que les autres se reposent ou s'amusent, travaille jusqu'à deux heures du matin, le dimanche et les jours de fête, prend des dossiers et se crève. C'est comme ça !

R.A. — C'est donc une minorité qui fait vivre la majorité ?

Pr. Mathé. — Si vous voulez dire matériellement, non, certainement pas. La société existe et progresse grâce au travail de la majorité. Spirituellement oui, peut-être, et encore ce n'est pas sûr. Si vous faites allusion à ce qu'on appelle l'élite, je crois que le genre humain pourrait très bien vivre sans les génies. Mais ce sont les créateurs qui font avancer les autres, c'est vrai. Bien qu'il y ait peu de gens qui puissent conduire les autres, et la vraie démocratie où tous les individus seraient égaux ne serait peut-être pas la société idéale.

R.A. — Vous pensez que les savants pourraient être les vrais maîtres du monde ?

Pr. Mathé. — En général, les scientifiques n'ont pas le goût du commandement. D'autres problèmes les préoccupent beaucoup plus. D'ailleurs, il est souhaitable que ce soit les hommes politiques qui gardent le pouvoir, à condition que ces hommes soient sages.

R.A. — Quel est, à vos yeux, messieurs, le plus beau métier du monde ?

Pr. Lwoff. — La peinture.

Pr. Monod. — Chef d'orchestre.

Pr. Jacob. — Astronome.

R.A. — Comment arrivez-vous à concilier votre vie de chercheur et votre vie privée ?

Pr. Lwoff. — Mais on ne la concilie pas ! Il est difficile d'acquérir des connaissances dans un domaine aussi spécial que le nôtre et pouvoir, en même temps, lire ce qu'on voudrait lire, écouter la musique qu'on voudrait entendre, ou s'occuper de sa famille. C'est un dur métier que celui de femme de chercheur !

R.A. — Vous considérez-vous un peu comme des aventuriers ?

Neuf chercheurs sur dix. — Non.

Le dixième. — Donnez d'abord une définition de l'aventure et puis je vous répondrai.

L'aventure, c'est ce qui arrive d'imprévu, d'extraordinaire à quelqu'un. Dans un sens plus moderne, c'est une entreprise hasardeuse dont on ne connaît pas l'issue. Si l'on s'en tient à cette définition encyclopédique, il semble que l'homme de science ait toujours été un aventurier. Quand, pour la première fois, il y a 400 000 ans, l'homme a osé saisir une parcelle de feu pour en faire l'une des plus grandes inventions de l'humanité, que d'hésitations, de peur, de courage, quelle aventure ! et quelles conséquences ! On a fait de Galilée un martyr de la science, une sorte de libre penseur qui incarne le progrès contre la réaction, le savoir contre l'obscurantisme. Sa connaissance s'est heurtée, dit-on, à l'ignorance de la chose établie. Mais la science en tant que science n'a jamais été entravée. C'est la philosophie qu'elle entraîne qui est toujours contestée. La cosmogonie nouvelle de Copernic n'était condamnable que dans la mesure où elle ébranlait les institutions les plus sacrées et allait à l'encontre des dogmes des livres saints. Bien avant ces astronomes révolutionnaires, l'étonnant savant Averroès passa une partie de sa vie en prison pour avoir proposé sa doctrine philosophique rationaliste et pour avoir nié l'immortalité de l'âme. En regardant un Bernard Palissy brûler ses propres meubles et le plancher de sa maison pour mener à bien ses expériences sur la céramique, pouvait-on alors voir autre chose qu'un dément ? Les découvertes en chimie et en minéralogie justifiaient-elles les actes de cet extravagant personnage qui finit en prison — en tant que protestant, il est vrai ?

Les événements de la grande ou la petite histoire nous prouvent que la tragédie galiléenne a toujours existé et que l'accès à la connaissance entraîne l'homme dans l'aventure. Certains de ces aventuriers portent des noms célèbres. Le plus ancien est sans doute Thalès, l'inventeur de la pensée scientifique. « En ce VIIe siècle avant J.-C., il regarde fourmiller sur le port de Milet les marchands, les voyageurs de tous pays. Alors Thalès se pose une question : " Pourquoi ces gens qui ne peuvent avoir été créés différemment ont-ils des explications différentes pour répondre aux problèmes des phénomènes naturels ? Et si la cause de ces phénomènes était la même partout ? Si le monde était régi par un principe commun ? " Il est difficile aujourd'hui d'imaginer l'audace intellectuelle de cette pensée. L'explication ne faisait plus appel à l'intuition mais à une expérience contrôlée par la raison. Cet homme, qui fut le premier à ne pas se contenter de fables, n'a peut-être apporté aucune réponse scientifique, mais il a ébranlé l'édifice : il a osé douter. Ses raisons étaient peut-être simplistes ou délirantes, mais il a imposé l'essentiel : la démarche scientifique[1]. »

En relisant l'histoire de la science, on pourrait imaginer plusieurs catégories de savants-aventuriers.

Il y aurait d'abord les martyrs. Nous trouverions en tête Socrate, l'ironique philosophe aux pieds nus, démolisseur d'idées reçues, ennemi acharné des préjugés et des fausses connaissances, hanté par la découverte de soi-même. Accusé d'avoir ébranlé les traditions et corrompu la jeunesse par son enseignement, il est condamné à mort et boit la ciguë avec sérénité. Accusé par un tribunal populaire, Aristote, lui, n'attend pas le verdict et s'enfuit afin d'éviter aux Athé-

1. Docteur Pierre Theil, *les Bâtisseurs du monde,* Club des Amis du Livre.

niens de commettre un « second crime contre la philosophie »... On perd sa trace. Le doux Archimède, le rêveur de génie, meurt sous l'épée d'un soldat qui l'interrompt au milieu d'un problème de géométrie. Par l'initiative d'un soudard, le monde perdait celui qui avait légué l'idée de la recherche expérimentale. Au IVe siècle, les savants d'Alexandrie se voient persécutés par les chrétiens pour qui les sciences ont des relents de diablerie. L'archevêque Théophile fait œuvre pie en détruisant une partie de la bibliothèque renfermant tant de trésors. Quelques années plus tard, Hypathie, la première femme de sciences qui écrivit des traités d'algèbre, est assaillie par des moines fanatiques qui lacèrent son corps avec des coquilles d'huîtres aiguisées. Au XIIIe siècle, le franciscain Roger Bacon importune ses contemporains par ses expériences inquiétantes, de la lunette d'approche à la poudre à canon en passant par les miroirs ardents. Non seulement ce religieux extravagant est en avance sur son temps, mais il perturbe considérablement son ordre monastique et l'ordre tout court. On l'accuse donc d'impiété, et le monastère devient la prison et la tombe de cet homme qui préparait avec application la renaissance scientifique. En pleine Terreur l'encyclopédiste mathématicien Condorcet s'empoisonne dans sa cellule après avoir achevé un « *tableau historique des progrès de l'esprit humain* ».

Dans cette classification des savants-aventuriers, il faudrait réserver une colonne aux infatigables voyageurs. Il y aurait, bien sûr, Pythagore, le thaumaturge, le prophète, le demi-dieu. En trente ans de tribulations, il visite la totalité du monde connu à son époque, par simple curiosité scientifique. Hérodote, lui, est sans doute le père de l'ethnologie : en parcourant l'Asie, l'Afrique et l'Europe, il s'intéresse à l'étude des civilisations, plus en ethnographe qu'en historien. Quant à Démocrite, le précurseur de la théorie atomique, on peut dire que sa vie ne fut qu'un long voyage.

Mais, s'il fallait ouvrir une colonne à tous les chercheurs incompris qui durent traverser la jungle de leur temps, elle serait certainement la plus longue, tant il est vrai qu'une vérité, fût-elle scientifique, est toujours *a priori* suspecte. Copernic et Galilée sont évidemment hors palmarès, le premier ayant eu l'astuce de mourir avant même que son œuvre ne fût mise au ban par l'Inquisition, le second, par-delà toute humiliante abjuration, ayant conservé l'intime conviction que « pourtant elle tourne ». Les vues de Darwin sur la variabilité des espèces, son explication de l'évolution, firent tourner en dérision cet homme lucide ; sa candidature à l'Académie des Sciences de Paris fit l'objet de violentes polémiques. Combien de chercheurs comme les préhistoriens Dubois et Pichette durent travailler obscurément, presque clandestinement ? Quand ils mirent au jour leurs découvertes, on les discuta encore, malgré l'évidence.

Il faudrait peut-être ajouter à ce tableau la liste des exilés, volontaires ou forcés. Si Denis Papin dut quitter la France en tant que huguenot à la révocation de l'édit de Nantes, deux siècles plus tard,

Freud, Einstein et Fermi s'exilaient aussi pour poursuivre leurs travaux. On a souvent fait allusion à l'esprit apatride des hommes de science. On les a même parfois affublés du titre de savants-mercenaires capables d'oublier tout civisme et tout patriotisme pour suivre le fil de leur création. On cite volontiers l'exemple de Von Braun, pionnier de l'ère spatiale, qui donna les terribles V 2 au IIIe Reich et, vingt-cinq ans plus tard, la Lune aux Américains. S'il n'est pas permis de généraliser ni de tirer de conclusion, on peut, sans crainte de porter atteinte à l'honneur de la science, affirmer que le génie créateur ne s'est jamais laissé enfermer dans quelques frontières que ce soit. La création doit s'affranchir de toutes les entraves politiques et religieuses qui, si elles attisent parfois l'inspiration, la jugulent le plus souvent. Le chercheur le plus apte à entrer dans le champ idéal de la création serait donc le chercheur apolitique et impie ? Une étude reste à faire. On peut dire, en tout cas, que le chercheur doit être libre. Mais qu'est-ce que la liberté ? « C'est un de ces détestables mots qui ont plus de valeur que de sens ; qui chantent plus qu'ils ne parlent ; qui demandent plus qu'ils ne répondent ; de ces mots qui ont fait tous les métiers, mots très bons pour la controverse, la dialectique, l'éloquence ; aussi propres aux analyses illusoires et aux subtilités infinies qu'aux fins de phrases qui déchaînent le tonnerre [1]. »

Quant aux difficultés matérielles, si elles ne stimulent pas toujours le chercheur comme on le prétend par boutade, du moins s'en accommode-t-il souvent. Il n'est pas dans notre intention de démontrer que toute création scientifique est un chemin de croix et que la vie professionnelle du chercheur doit, pour être authentifiée, être marquée du sceau des difficultés de tous ordres. Heureusement, notre monde moderne a su donner au chercheur la possibilité morale et matérielle d'être créatif. Pour mesurer le chemin parcouru, souvenons-nous de la phrase prononcée le 8 mai 1794 au tribunal révolutionnaire qui condamna à mort Lavoisier : « La République n'a pas besoin de savants ! » Quel personnage officiel, de nos jours, qu'il soit magistrat, politicien ou moraliste, oserait tenir pareil langage ? Aujourd'hui, la science n'est plus une intruse ; la science n'est plus timide, elle parle à haute voix, elle s'impose, on n'ose plus la contredire et on ne la freine que... par raison, car on sait que, dans ce domaine, le chercheur est encore le frère du poète, et, comme lui, se laisse facilement emporter sur l'aile de la création. Mais peut-on affirmer que les temps de Galilée et de Lavoisier sont révolus ? Peut-on dire que l'antagonisme entre la science et les préjugés, les croyances, les intérêts n'existe plus ? Le savant ne marche-t-il plus dans l'ornière ? N'a-t-il plus à convaincre, à combattre, à dissimuler, à tricher même, pour pouvoir plus facilement démontrer et prouver ? L'aventure est-elle terminée ? La civilisation industrielle a-t-elle

1. Paul Valéry, *Regards sur le monde actuel.*

définitivement transformé l'instabilité, le doute, la curiosité du savant d'autrefois en une sage quiétude et une patiente certitude du chercheur moderne ? Certainement pas. Même si la science repose aujourd'hui sur des bases solides, sur des structures réalistes, ceux qui la vivent quotidiennement restent toujours des aventuriers, parce que la science par définition plonge ses racines dans l'inconnu, et que le chercheur, s'il n'est plus en butte à l'insécurité, est toujours, comme l'artiste, dans l'incertitude, l'espoir, la déception, l'anonymat et parfois la gloire... inattendue. D'ailleurs pourquoi séparer la science de l'art ? En regardant vivre les chercheurs, je n'ai vu qu'esprit de création alimenté par un travail acharné pour un besoin et un plaisir indéfinissables. N'est-ce pas cela l'art ? J'ai surtout constaté que, malgré leur position sociale qui n'est pas toujours des plus brillantes, la plupart des chercheurs sont heureux ; voilà peut-être la seule chose qui les éloigne des artistes. Si Cézanne, aux accents des flonflons de la Belle Epoque, s'écriait : « C'est effrayant la vie ! », les chercheurs de notre époque d'angoisse m'ont dit : « C'est merveilleux la vie ! » La connaissance est un fruit au jus euphorisant. Y goûter entraîne très vite l'accoutumance, puis la dépendance. Comme le remarque encore Paul Valéry : « Plus on cherche, plus on trouve ; et plus on trouve, plus on cherche. Il semble qu'entre la recherche et la découverte il s'est produit une relation comparable à celle qui s'institue entre la drogue et l'intoxiqué. »

Mais qu'est-ce que la recherche, et qui sont les chercheurs ? On parle de recherche fondamentale et de recherche appliquée. Cette dernière débouche sur des applications concrètes, matérielles, visibles pour le public, utilisables. Si bien que la tendance actuelle est de considérer la recherche appliquée comme la seule valable. Il faut pourtant admettre que, sans la recherche fondamentale, la recherche appliquée ne progresserait pas, car la recherche fondamentale apporte sans cesse de nouveaux concepts. Il est à peu près certain que, sans aucune autre connaissance nouvelle, on aurait pu améliorer les postes de radio en faisant des lampes de plus en plus perfectionnées. Mais le transistor est allé beaucoup plus loin. On a fait des progrès fulgurants dans les techniques permettant d'extraire les ressources naturelles sur terre ou en mer. Mais, ce faisant, on n'a pas renouvelé ces ressources. Travailler à améliorer au lieu de créer, c'est mettre un ballon d'oxygène, ce n'est pas prolonger la vie ; et le ballon d'oxygène s'épuise vite. La recherche appliquée améliore ; la recherche fondamentale propose du nouveau. En fait, les deux recherches sont intimement liées. Louis de Broglie disait que « les deux formes de la science correspondaient aux deux faces de la nature humaine ; l'une spirituelle, l'autre matérielle ; elles sont comme l'âme et le corps de la science, et leur union est indispensable à sa vie ».

Quant au chercheur type, j'avoue ne l'avoir pas trouvé. Je suis dans l'impossibilité de cerner sa morphologie, son caractère, sa manière de se vêtir, de se nourrir, d'organiser sa vie intime et ses loisirs. En évoluant durant plus de deux ans dans les milieux scientifiques, j'ai fréquenté des centaines de chercheurs sans trouver *LE* chercheur. Plus heureux, ou plus habile, fut Pierre Viansson-Ponté à qui le CNRS demanda en 1972 les réflexions que lui inspiraient les termes de « chercheur » et de « recherche fondamentale ». Le rédacteur en chef du *Monde* sut admirablement éviter le piège en préférant à l'enquête le produit de son imagination. L'article qu'il proposa est une manière de chef-d'œuvre de sagacité et d'humour. Avec sa permission, je lui en emprunte de larges extraits, ne trouvant pas de réponse plus astucieuse...

« Pourquoi science pure ? Existerait-il une science impure, dans laquelle on rangerait par exemple la science politique ? Et les chercheurs se classeraient-ils en purs et impurs ? Des chercheurs, c'est vrai qu'il en est de plusieurs sortes. Nucleos, par exemple, bombarde inlassablement une plaque métallique avec son petit canon compliqué. Tous les matins, ponctuellement, il arrive à son laboratoire. Il passe sa blouse blanche, braque son canon et commence à bombarder. De temps en temps, il s'interrompt pour aligner fiévreusement quelques calculs. Et il recommence, impavide et patient, jusqu'au soir, oubliant le plus souvent de déjeuner. Il en va ainsi depuis des années. Chaque mois, il rend compte, c'est-à-dire qu'il perd un après-midi à échanger avec quelques collègues de son espèce, dans un langage parfaitement hermétique, des considérations qui ne varient guère, mais sont apparemment jugées satisfaisantes. Avec son canon, il prépare l'apocalypse et, grâce à ses travaux, la destruction de la moitié de la planète pourrait bien devenir une affaire de très court terme. A la tombée du jour, Nucleos plie sa blouse, ferme sa porte, et, la tâche accomplie, devient un citoyen à part entière. Nul n'est plus ardent que lui pour coller les affiches qui clouent au pilori les fauteurs de guerre, réclament plus de crédits pour l'enseignement et moins d'argent gaspillé pour la défense. Nul ne signe plus de pétitions, motions, manifestes que lui pour relever les injustices, les abus, les crimes de tous les pouvoirs et de toutes les autorités, de toutes les hiérarchies et de tous les possédants. Nul n'est plus ardent et bruyant que lui sur les estrades des manifestations où l'on dénonce avec éclat l'arme nucléaire, les conflits sanglants d'Asie ou d'Orient, la répression policière, la société oppressive. Nul n'est plus éloquent pour peindre, les larmes aux yeux, l'univers en paix et la fraternité des hommes, exiger la protection de la nature y compris des chats errants et les petits oiseaux, exalter le bonheur de vivre, demain, dans un monde où tous seront enfin libres, égaux, solidaires. S'ils ont survécu.

« Doctus, lui, ne se soucie guère de manifester. Il n'a pas le temps. Il a toujours un sac de voyage à la main, une valise prête dans le placard de son bureau ou la malle de sa voiture. Il arrive tout juste d'un colloque, à Rio, et il part tout à l'heure pour un symposium à Tokyo. Il ne fait que passer. Il sera de retour le 27, mais il reprendra l'avion le 29. Et le 28, précisément, il sera pris par des collègues étrangers de passage pour la journée. Ah ! peut-être pourra-t-on l'entrevoir entre le 10 et le 14 du mois prochain : il participe à un congrès qui, par chance, se tient à Paris... On ose à peine demander à ce chercheur ce qu'il cherche et quand il cherche. Il donne des directives. Et ses assistants travaillent sur ses indications, sous son contrôle. Ils sont sur la bonne voie. Ils auraient déjà obtenu des résultats spectaculaires s'ils n'étaient pas si souvent dérangés. Par qui ? Avec tous ces symposiums, congrès, rencontres, leur patron connaît tous ceux qui comptent dans sa spécialité. Tous ces savants, à son exemple, passent le quart de leur vie en avion, la moitié dans les réunions, et le quart qui reste n'est pas de trop pour les rapports à présenter, les discours à prononcer, les documents à étudier et, quand même, si vous le permettez, prendre quelquefois un peu de repos...

« Quel air triomphant arbore Lexicos ! C'est le plus beau jour de sa vie. Il a fini sa thèse. Vingt ans de son existence. Que de longues journées studieuses dans les bibliothèques, de soirées et de dimanches passés sur des grimoires, de vacances gâchées par la pensée du travail qui attend et du temps qu'on gaspille en futilités. Maintenant, tout est là, dans ces mille six cent vingt-deux pages. Un travail de Romain. « Une somme » a dit l'un des membres du jury. Après cela, nul ne pourra plus aborder cette question sans se référer à ses recherches. Il fera autorité jusqu'à la fin de ses jours. Il est un autre homme maintenant. Un maître. Il sait tout. Tout sur « l'usage, la portée, la signification sémantique, linguistique et onomastique, la fréquence et la déshérence de l'adverbe *etiam* chez les prosateurs romains du Bas-Empire ». Il a fait franchir à la science, à la connaissance, un pas gigantesque. Ne lui dites surtout pas que tout le monde s'en moque et qu'il a perdu vingt ans de sa vie pour rien, sauf pour sa carrière et sa retraite. Vous le tueriez raide. Sa carrière, sa retraite : mais il s'en moque, il n'y a pas songé une seconde depuis vingt ans. Sans quoi il aurait pris un sujet moins ardu, vulgaire, il aurait bâclé l'affaire et il en aurait fait un livre qui aurait eu au moins trois mille lecteurs. Mais il n'a pas voulu choisir la facilité, courtiser la gloire et la fortune...

« Trois méchants portraits, injustes, excessifs, caricaturaux. Des chercheurs, j'en sais d'autres espèces. Je garderai jusqu'à ma mort le souvenir de ce vieux médecin hospitalier qui, quarante années durant, obscur sauf pour une dizaine de grands et vrais spécialistes dans le monde et aussi pour quelques milliers de malades qu'il avait sauvés, a si bien payé de sa personne qu'il est mort, assassiné par le cobalt. Je n'oublierai pas avant longtemps le visage rayonnant de ce jeune biologiste qui, un soir, essayait patiemment de renverser le mur d'incompréhension et d'incompétence que je lui opposais, bien malgré moi, pour expliquer quels pas essentiels, sinon encore décisifs, le prêt obtenu quatre heures plus tôt d'un ordinateur de type spécial allait faire franchir non seulement à la recherche mais même à la guérison, en France, de ce mal cruel et jusque-là imparable, la leucémie des enfants. Ces deux-là avaient fait, par leur sérieux, par leur savoir, par leur dévouement désintéressé, avancer la recherche, la science et reculer le malheur. J'ai encore présente à l'esprit, comme si j'en sortais à peine, cette longue et passionnante conversation très libre, avec quatre chercheurs de physique et de mathématique. Bien des sociologues, des philosophes et aussi des hommes d'Etat ou des chefs spirituels auraient pu prendre des leçons de ces chercheurs-là, que l'on aurait pu croire robotisés et sclérosés par leur extrême mais si étroite spécialisation. Par-delà l'acuité de la connaissance scientifique, c'est en eux l'homme, avec l'intelligence la plus vive et la générosité la plus vraie, qui cherchait à tâtons la voie du bonheur. La recherche qui mérite le beau qualificatif de « pure » est bien celle de tels hommes. Quelle est sa place dans la nation, sa fonction, ses buts, son avenir ? Nucleos, le pacifiste chercheur d'apocalypse, Doctus, l'expert en colloques et Lexicos, si fier de son érudition inutile, sont naturellement imaginaires ; personne n'a jamais rencontré des personnages aussi grotesques ou dérisoires et ils n'auraient aucune place dans la recherche scientifique. Le vieux médecin, le jeune savant, les trois chercheurs évoqués en contrepoint ont certainement en revanche, on ne peut en douter, les moyens, l'appui et l'honneur auxquels ils ont tous les droits. Sans quoi la fonction de la recherche ne serait pas remplie, ses buts ne pourraient être atteints, son avenir serait bien compromis. Ce qui, naturellement, ne saurait être le cas dans une nation organisée et bien administrée comme la nôtre. »

Que pourrait-on ajouter à cette radioscopie de la Recherche ? Tout y est, y compris les polémiques sous-jacentes que nous tenterons d'évoquer à la fin de cet ouvrage. Allons ! il est temps maintenant d'éviter les tourniquets de la rhétorique et d'entrer dans la Recherche pour savoir si elle est peuplée de Nucleos ou de médecins au grand cœur. Tout comme Montaigne, j'aurais voulu que « la sagesse soit mon métier et mon ouvrage ». Mais peut-on être un sage dans notre Occident du XXe siècle ? On peut, tout au plus, observer ce qui reste de la sagesse de ceux qui nous ont précédés, et tenter de la propager. J'ai, pour tout instrument de capture, mon magnétophone et mes appareils de photos. J'ai entrepris, il y a de cela vingt ans, d'être le voyageur qui regarde et qui transmet. Cette fois, c'est la Science qui m'entraîne dans son aventure. Cet ouvrage n'a donc pas la prétention d'apporter des solutions aux problèmes posés à la Recherche actuelle. Il n'a même pas l'ambition d'établir la biographie de certains savants. Il s'agit simplement d'un recueil, d'un album présentant une série d'instantanés de quelques explorateurs de l'inconnu qui travaillent à notre avenir. Ceux que j'ai choisis sont de disciplines variées. Je les ai regardés vivre un moment : c'est tout. Mon propos n'est pas de dire « voici la Recherche ! » mais « voici certains chercheurs, tels que je les ai vus ». J'ai l'impression d'avoir appris beaucoup de choses sur ces hommes et ces femmes que le public connaît mal et qui sont, peut-être, les héros de la dernière grande aventure humaine.

Un dernier mot avant d'ouvrir cette galerie de portraits. C'est parce que Paul Valéry est autant un scientifique qu'un philosophe, parce qu'un laboratoire du CNRS se consacre entièrement à l'étude de son œuvre, que j'ai voulu m'éclairer aussi souvent que possible de ses pensées lumineuses et en placer une en épigraphe de chaque chapitre.

L'AFFAIRE DE L'EAU LOURDE

Désormais, quand une bataille se livrera en quelque lieu du monde, rien ne sera plus simple que d'en faire entendre le canon à toute la terre.

P. VALÉRY, *Regards sur le monde actuel.*

Le chercheur peut devenir un aventurier malgré lui, prêt à compromettre sa carrière, sa vie même, pour rester sur le chemin de sa vérité. Si l'on me demandait un exemple, je citerais celui d'un de nos savants les plus prestigieux : Frédéric Joliot. On connaît bien la renommée mondiale de ce physicien[1]. On connaît beaucoup moins, sans doute, l'histoire que nous avons naguère évoquée en détail sur les antennes de la RTF[2].

En 1939, la France possédait déjà un appareil de recherche important, mais, se trouvant à la veille d'une deuxième guerre mondiale, elle devait tout mettre en œuvre pour donner à sa recherche un maximum d'efficacité. C'est dans ce climat que sortit le décret-loi du 19 octobre 1939 créant le CNRS qui devait absorber tous les organismes d'Etat non spécialisés de recherches. Si Jean Perrin en fut le grand initiateur, Frédéric Joliot, qui en prit la direction en 1945, s'attacha à consacrer la fusion de la Recherche fondamentale et de la Recherche appliquée. Mais entre ces deux dates il s'était passé un événement capital qui avait renversé les données dans la plupart des domaines scientifiques et qui avait octroyé à Frédéric Joliot un rôle pour le moins inattendu. Auteurs de travaux sur la libération de l'énergie nucléaire et notamment sur les réactions en

1. Prix Nobel avec sa femme, Irène.
2. *Les Grandes Heures du* XXe *siècle,* février 1963, Michel Godard et R. Arnaut.

chaîne, Joliot, von Halban et Kowarski étudiaient en 1939 les conditions de réalisation d'une pile à uranium et à eau lourde [3]. Le 8 mars, précédant de sept jours seulement Fermi et Szilard qui devaient faire à New York une communication analogue, ces trois savants avaient publié le résultat auquel ils venaient d'aboutir dans leur laboratoire du Collège de France. Au cours des mois suivants, un grand nombre de publications scientifiques sur cette question avaient donc vu le jour.

Le 3 septembre, la France déclara la guerre à l'Allemagne, s'installa avec confiance dans sa lénifiante ligne Maginot et se préoccupa surtout de « couper la route du fer » en Norvège. Le 20 février 1940, Raoul Dautry, ministre français de l'Armement, convoqua à son bureau, rue Lapérouse, un officier du Service des poudres, Jacques Allier [4].

En se présentant chez le ministre, cet officier se trouva en présence de Frédéric Joliot qui, après des présentations hâtives, aborda directement la question :

— Vous connaissez nos recherches sur la libération de l'énergie nucléaire ?

— Oui, monsieur, vaguement.

— A la suite des événements de septembre dernier, nous avons été invités à pousser nos études moins dans la voie de l'utilisation pacifique de l'énergie atomique que vers la mise au point de son emploi dans la guerre. La libération brutale de l'énergie atomique peut avoir des effets infiniment plus redoutables que ceux des explosifs les plus puissants. Nous poursuivons nos travaux dans des conditions très difficiles. Nous disposons heureusement de tout l'uranium dont nous avons besoin pour procéder à l'expérience décisive à laquelle nous nous préparons. En revanche, nous manquons d'un autre élément non moins indispensable, qui doit nous permettre de contrôler la réaction nucléaire. Le ralentisseur dont nous devons à tout prix disposer, c'est l'eau lourde. Pour notre expérience, il nous en faut absolument de 150 à 200 kilos. Or, la France ne possède, à l'heure actuelle, que 50 grammes d'eau lourde. Les savants allemands sont dans le même cas que nous. Et la seule usine au monde qui fabrique ce produit rarissime est celle de la « Société norvégienne de l'Azote » à Vémork. J'ajoute qu'elle pourrait bien, d'après ce qu'on m'a dit, avoir en stock à peu près la quantité dont nous avons besoin ; cela après plusieurs années de fabrication.

Un long silence s'établit. L'officier commence à comprendre où ces messieurs veulent en venir. Mais le ministre ne lui laisse pas le temps d'intervenir :

---

3. Programme fixé sous l'autorité du CNRS. C'est d'ailleurs au nom de ce centre que furent déposées, de mai 1939 à avril 1940, cinq demandes de brevets traitant essentiellement de cette machine nucléaire qu'on appellerait par la suite « pile » ou « réacteur ».

4. Son nom resta secret jusqu'à la fin de la guerre.

— C'est une véritable course de vitesse qui est engagée entre les savants allemands et les savants français. Celui qui fabriquera le premier la bombe atomique gagnera la guerre. Les travaux de l'équipe Joliot sont les plus avancés de tous, mais une surprise — une surprise effroyable — est toujours possible. De toute manière, nous ne pouvons prendre aucun risque. C'est pour cela que je vous ai fait appeler, monsieur Allier. Nous savons que la société allemande IG Farbenindustrie fait des démarches pour s'approvisionner en eau lourde en Norvège. Nous ignorons à quelles fins, mais, en période de guerre, on ne doit pas laisser la moindre chance à l'ennemi. L'eau lourde doit être en lieu sûr. Vous comprenez ?

— Je commence à comprendre, monsieur le ministre.

— Par votre position sociale dans le civil, vous entretenez des relations amicales avec la « Norvégienne de l'Azote ». Vous connaissez bien M. Aubert, son directeur. Nous souhaiterions que vous partiez pour Oslo et que vous fassiez tout ce qui est en votre pouvoir pour convaincre cette société de nous céder son stock. Inutile de vous dissimuler que la mission n'est pas sans danger. Le Service de renseignement allemand est sûrement alerté. Il n'est pas exclu, d'autre part, que des événements graves se préparent en Scandinavie. Il serait donc nécessaire que le voyage ait lieu dans les plus brefs délais, mais avec le maximum de précautions. Acceptez-vous cette mission ?

— Je l'accepte, monsieur le ministre.

— Je vous remercie. Préparez tout cela avec M. Joliot, le capitaine Bichelonne, chef de mon cabinet technique, et le commandant Perruche, du Service des renseignements. Je suis sûr que vous réussirez.

Les trois hommes se lèvent, mais Joliot ajoute :

— Monsieur le ministre, en dehors de nous trois, il y a encore deux personnes qui sont au courant de cette éventuelle mission : mes plus proches collaborateurs, Halban et Kowarski.

— Vous répondez d'eux ?

— Comme de moi-même. Pourtant, l'un est d'origine autrichienne et l'autre est Russe. J'ai déjà reçu, à leur endroit, plusieurs lettres anonymes que j'ai jetées au panier, évidemment. Mais je ne voudrais pas qu'ils soient soupçonnés, au cas où il y aurait une fuite pendant le voyage de M. Allier. Il faudrait faire en sorte qu'ils soient écartés, pendant la durée de son absence.

— Très bien. On va les envoyer se reposer.

Halban et Kowarski n'étaient donc nullement considérés comme suspects. On voulait, au contraire, faire en sorte qu'en cas d'accident ils soient à l'abri de tout soupçon.

Le 23 février, on envoya l'un des savants à Belle-Isle et l'autre à Porquerolles. Malheureusement, Halban fut victime d'un malentendu. Le préfet maritime avait été invité à le recevoir « avec tous les honneurs ». Ces instructions furent mal interprétées, et Halban fut placé en cellule, mal traité et mal nourri. Au bout de quelques jours, il réussit à intéresser à son sort un des marins chargés de le garder, et lui confia un télégramme pour Dautry. Le ministre fut extrêmement mécontent et exigea que le préfet fît des excuses au savant.

Le lieutenant Allier partit donc pour Oslo. Il avait en poche deux ordres de mission. L'un signé Raoul Dautry, ministre de l'Armement, stipulant qu'il était chargé d'une négociation secrète pour le compte du gouvernement français ; l'autre signé par le Président du Conseil Edouard Daladier, qui lui donnait le pouvoir de conclure l'accord envisagé avec la société norvégienne. Il était, en outre, porteur d'un accréditif de 1 500 000 couronnes norvégiennes. Afin de lui permettre de répondre à toutes les questions du directeur de la société, Joliot l'avait admirablement documenté. A part cela, Jacques Allier avait l'air d'un voyageur paisible. Son passeport portait le nom de jeune fille de sa mère : Freiss. Arrivé à Oslo, il fut immédiatement contacté par trois hommes sûrs chargés de l'aider dans sa mission et de le protéger éventuellement : le capitaine Muller, officier des chasseurs, le lieutenant Mossé, courrier de cabinet, et Knall-Demars, dans le civil inspecteur de la Compagnie des Wagons-Lits. Le premier travail de Jacques Allier fut de demander à la Légation de France de mettre à sa disposition le petit pavillon qui se trouvait au fond du jardin sans chercher à savoir ce qu'il venait faire dans la capitale norvégienne. Puis, il rendit visite au directeur de la société. Il savait qu'il était inutile de finasser avec un ingénieur chimiste aussi distingué que M. Aubert. Il parla donc avec franchise, et le directeur de la société en fut très touché. Les sentiments pro-français de celui-ci, l'amitié et la confiance qui le liaient à J. Allier, emportèrent la décision, bien que l'Allemagne ait passé une grosse commande. Après le plaidoyer du Français, l'industriel norvégien répondit spontanément :

— Vous repartirez avec la totalité du stock d'eau lourde : 185 kilos. Comme vous l'avez demandé, toute notre production ultérieure sera réservée à votre pays. Je vous prie de dire à votre gouvernement que ma société ne veut pas recevoir un centime jusqu'à la victoire de la France. Je ne sais si l'expérience dont vous m'avez parlé réussira. Si, par malheur, la France devait perdre la guerre, je serais fusillé pour avoir agi comme je le fais aujourd'hui. Mais c'est une fierté pour moi que de courir ce risque.

Les deux hommes se serrèrent la main longuement, profondément émus.

Le directeur de l'usine de Vémork était également francophile. Il fut enchanté de jouer un bon tour aux Allemands et apprécia le côté sportif de l'opération. Il fallait enlever le stock d'eau lourde dans vingt-six bidons de huit litres. Pour cela, il fallait faire entrer une voiture dans l'usine en détournant l'attention du service de sécurité. Ce fut fait. Quand les vingt-six bidons se trouvèrent dans le petit pavillon de la Légation de France, on envisagea le meilleur moyen de les évacuer jusqu'à Paris. Malheureusement, les Services de renseignements allemands avaient été alertés. Après avoir brouillé les pistes et envoyé plusieurs messages chiffrés à Paris annonçant que l'agent attendait le contre-torpilleur sur le point prévu de la côte, Allier, le 12 mars au matin, se livra, à l'aérodrome d'Oslo, à une mystification digne de James Bond.

Il se présenta, avec son ami Mossé, très longtemps à l'avance. Sur la piste, il y avait deux avions : l'un en partance pour l'Ecosse, l'autre pour la Hollande. Les deux hommes attendaient patiemment le départ. C'est alors que se produisit un incident qui attira tous les regards. Un voyageur en retard se présenta dans un taxi à la grille de l'enceinte. Il palabra, gesticula et obtint qu'on lève la barrière pour que son taxi parvienne jusqu'aux appareils. Le taxi se plaça entre les deux avions, de sorte qu'il était masqué des regards. Le voyageur affolé s'embarqua ostensiblement dans l'avion de Hollande qui roula sur la piste et décolla. Les agents de renseignements allemands qui se trouvaient à l'aérodrome télégraphièrent immédiatement que l'agent français était dans l'avion d'Amsterdam. Celui-ci, une demi-heure plus tard, fut intercepté par une formation de Messerschmits et amené à Hambourg, où Knall-Demars fut fouillé ainsi que ses bagages ; on ne trouva aucune trace de l'eau lourde et pour cause. Sur la piste, pendant que l'agent français se livrait à son numéro de voyageur affolé et embarquait dans l'avion d'Amsterdam, le précieux liquide passait du pseudo-taxi dans la soute de l'avion d'Ecosse. Il ne restait plus à Jacques Allier qu'à embarquer paisiblement, comme un voyageur normal. Le 18 mars, tout le stock d'eau lourde était au Collège de France. Joliot exultait.

Le 8 avril, les troupes allemandes envahissaient le Danemark et la Norvège. Quelques jours plus tard, l'usine de Vémork était occupée et l'eau lourde coulait, goutte à goutte, pour les laboratoires du IIIe Reich.

Cependant, depuis l'arrivée de l'eau lourde en France, on ne chômait pas dans les laboratoires du Collège de France. Henri Moureu était alors sous-directeur du laboratoire de chimie nucléaire, et ami intime de Joliot.

En 1963, au cours de la reconstitution de cette aventure historique, il accepta de nous donner des précisions sur ce qui se passa durant cette période :

— Fred, c'est-à-dire Joliot, Halban et Kowarski se sont mis à travailler d'arrache-pied. Il y avait aussi Francis Perrin qui venait apporter ses lumières. Mais tout restait secret. On travaillait sans trop se préoccuper des événements qui pourtant n'étaient guère réjouissants. Un matin, le 13 mai, Joliot me fit appeler dans son bureau. Quand j'entrai, il était blême, les mâchoires serrées. Il me dit simplement : « Le front vient d'être enfoncé à Sedan. Il faut mettre immédiatement l'eau lourde en sûreté. Je te la confie. Secret absolu. Tu as carte blanche. »

L'entrevue fut brève. Henri Moureu redescendit dans son bureau et chercha une solution. Il se souvint qu'il avait un ami haut placé à la Banque de France. Il pensa que la chambre forte d'une succursale de province était un bon endroit pour cacher le précieux produit. Il obtint facilement l'autorisation d'aller faire sa livraison à

Clermont-Ferrand. Il partit la nuit, avec une camionnette utilitaire. Il avait sur lui un ordre de mission dont l'objet était laissé en blanc, et un revolver. Le voyage fut sans histoire. Le lendemain, les vingt-six bidons se trouvaient à l'abri dans le coffre de la banque de Clermont-Ferrand. Pas pour longtemps.

Quelques jours plus tard, le directeur de la banque lui fit savoir qu'il ne souhaitait pas garder plus longtemps ce produit.

Moureu se souvient :

— Joliot me dit alors que, la situation s'aggravant, il fallait prévoir un centre de repli pour poursuivre nos recherches. Il fallait aussi emporter le stock de radium. Il me chargeait de m'occuper de cela. J'allai alors trouver mon ami J.J. Trillat, et je lui demandai de me trouver une cachette dans son Auvergne natale.

— Une cachette, une cachette, dit-il. Ce n'est pas facile.

— Tu es de la région. Tu devrais au moins connaître les établissements où le produit pourrait être en sécurité.

— En sécurité, à l'heure actuelle ! Voyons, il faut éviter les établissements militaires à cause des bombardements. On peut aussi laisser de côté les établissements civils, publics ou privés : trop d'indiscrétions.

— Il ne reste pas grand-chose.

— Et la prison ?

— La prison ?

— Oui. La prison de Riom. Ça, c'est un endroit discret.

— Tu connais le préfet ?

— Un peu.

— Allons-y !

Le préfet trouva l'idée insolite mais les papiers en règle venaient du ministère, alors... ! Moureu téléphona à Joliot et dit simplement :

— On envisage de mettre Z en prison. Qu'en dis-tu ?

Et Joliot répondit sèchement :

— C'est bien fait !

Moureu avait l'accord du patron. Il rendit donc visite à M. Constant, directeur de la prison, et, après avoir montré toutes ses autorisations, lui demanda une cellule bien isolée, bien barricadée.

— Vous avez quelqu'un à cacher ? s'enquit le directeur.

— Non. Quelque chose.

— J'ai la cellule des condamnés à mort.

— Ça ira. Vous avez du personnel discret pour transporter le produit ?

— Oui. Les prisonniers.

Et les prisonniers, en cortège, transportèrent les bidons d'eau lourde, avec d'infinies précautions, pensant, sans doute, qu'il s'agissait d'explosifs. La main droite de Moureu se crispait dans sa poche sur la crosse du revolver. Le plus dur était fait. Il ne restait plus qu'à trouver un local pour le repli du Centre de recherche nucléaire de France. Un notaire, Me P. Deteix, proposa une grande villa, sise à Beaumont. Le « Clair Logis » — tel était son nom — nécessitait

Coupole abritant le télescope de 120 cm. Comète Kohoutek. Observatoire de Haute-Provence. *(Photo C.N.R.S.)*

Pa 651, M 13. Nébuleuse. Observatoire de Haute-Provence. *(Photo C.N.R.S.)*

NGC 5194, M 51 : grande nébuleuse spirale dans les Chiens de chasse. Distance estimée : vingt millions d'années-lumière. Observatoire de Haute-Provence. *(Photo C.N.R.S.)*

Télescope de 193 cm. Observatoire de Haute-Provence. *(Photo C.N.R.S.)*

Cueillette d'échantillons botaniques dans la forêt calédonienne. (Laboratoire des substances naturelles.)

Equipe du laboratoire de chimie des substances naturelles (antenne de Nouméa). De gauche à droite : MM. Pusset, Debray, Pottier, Sévenet.

En bas, à droite : La pervenche de Madagascar. *(Photo C.N.R.S.)*

En bas, à gauche : Le petit laboratoire de Montravel (Nouméa) où se fait le premier dépistage des substances naturelles.

Vendeur de poudres pour la journée du Holi, Bénarès (Inde).

quelques réparations ; tout était loin d'y être parfait, mais le confort n'était pas de rigueur en la circonstance. Le notaire prépara l'acte et demanda à Moureu :

— C'est à quel nom ?

— Recherche scientifique française.

— C'est une raison sociale ?

— C'est la propriétaire. Je signe pour elle.

C'est ainsi que le laboratoire du Collège de France se retrouva au « Clair Logis ».

Halban et Kowarski commencèrent à emménager. Joliot, lui, ne pouvait se résoudre à quitter Paris malgré l'avance des Allemands. A ses amis qui le pressaient, il répondait :

— C'est dur, vous savez ! Quitter ma maison ne me fait rien. Mais le labo ! C'est encore plus dur pour Irène. Il y a tant de souvenirs ici pour elle ! Ces tables, ces fenêtres, cette chaise. Marie Curie était assise là le jour où je l'ai vue pour la première fois. J'avais vingt-cinq ans et mon costume d'officier. Elle paraissait toute petite avec ses cheveux gris et ses yeux vifs. Elle m'a regardé longtemps... deux minutes peut-être... sans parler... et puis, brusquement, elle m'a dit : « Pouvez-vous commencer votre travail demain ? » En se levant, elle a frappé sur la table comme pour ponctuer sa décision : « J'écrirai à votre colonel ! » Oui, elle était sur cette chaise. Il faudra l'emporter avec nous, Henri.

— Bien sûr, Fred.

— Il faut emporter aussi cette chambre de Wilson.

— Nous en avons d'autres, bien plus perfectionnées.

— Oui, mais celle-là, c'est la première. J'y ai travaillé à cette chambre, si tu savais ! En ai-je passé des heures à observer, à travailler sur chaque écrou, chaque piston ! Et puis, un jour, j'ai montré mon jouet à Irène. Elle était là, à ta place. Elle connaissait par cœur, bien sûr, chacune de mes explications, chacun de mes gestes, mais elle faisait semblant de les entendre pour la première fois. Elle avait ses mains croisées sur ses genoux ; elle m'écoutait. Et moi, je parlais, je parlais : « Une particule infiniment ténue projetée dans cette enceinte trace elle-même sa trajectoire grâce à la succession des gouttes de condensation. N'est-ce pas la plus belle expérience du monde, Irène ? » Elle s'est levée, est venue m'embrasser et a dit : « Oui, mon chéri, ce serait la plus belle expérience du monde s'il n'y avait celle de la maternité. » Alors nous nous sommes mis à rire comme des fous. C'était là, Henri, à la place où tu es. La radioactivité artificielle, c'est là aussi, sur cette table, au coin de la fenêtre, qu'elle est née. Il faisait froid, bon Dieu, ce matin-là ! C'était le 13 février 34. Il y avait des cristaux sur les vitres. J'irradiais cette cible avec ma source de rayons alpha, et j'entendais le crépitement du compteur Geiger. Soudain, je ne sais pas pourquoi, j'ai écarté la source ; le crépitement du compteur Geiger aurait dû cesser ; or, il continuait. Je suis resté une heure, peut-être deux, à renouveler l'expérience. Quelques heures plus tard, Marie Curie est entrée par cette porte. Elle m'a dit : « Il y a du nouveau, Fred ? » Je lui ai tendu ce petit tube de verre dans lequel se trouvait le premier radio-élément artificiel. Je la vois encore, le prenant dans ses doigts brûlés par le radium. Je n'oublierai jamais l'expression de son visage lorsqu'elle a relevé son regard sur Irène et sur moi ; elle pleurait. Elle a dit : « Mes enfants, je suis fière de vous. Maintenant, je peux mourir. » Henri, il faut aussi emporter ce tube de verre.

— Nous emporterons tout, Fred, mais il faut se hâter. On doit encore trier les papiers pour ne prendre que le nécessaire.

— Tu as raison ; ne nous laissons pas attendrir. Allume le feu. Nous allons brûler tout ce qui n'est pas indispensable aux recherches.

Quarante-huit heures plus tard, le personnel complet du laboratoire de recherches nucléaires travaillait au « Clair Logis » avec les moyens précaires dont il pouvait disposer.

Les Allemands étaient aux portes de Paris le 13 juin. Raoul Dautry dînait à l'hôtel Lapérouse avec quatre ou cinq amis, dont lord Suffolk, celui que l'on baptisera plus tard « le fou boiteux ». Il était chargé d'organiser les départs clandestins pour l'Angleterre. Au milieu du repas, le gendre du ministre de l'Armement vint annoncer à celui-ci que sa villa de Créteil venait d'être occupée par les Allemands. Dautry baissa la tête et pleura. Puis, il se tourna vers son ami Verbille et lui dit :

— Procurez des sauf-conduits pour permettre à l'équipe de Joliot de s'embarquer pour l'Angleterre.

— Je pars pour Bordeaux demain, enchaîna lord Suffolk, je les prends en charge.

Le 16 juin, un dimanche, Joliot vit s'arrêter devant la villa une voiture dans laquelle se trouvait Jacques Allier. Il venait informer Joliot que l'eau lourde n'était plus en sûreté en France. Le produit, ainsi d'ailleurs que l'équipe du Collège de France, devaient partir pour la Grande-Bretagne.

Ici se place un autre épisode douloureux pour Joliot. Ses proches nous ont rapporté dans quel abîme de réflexion le plongea l'idée de quitter la France à ce moment-là. Il dit d'abord à Allier :

— Je ne peux pas. Trop de choses m'attachent ici.

— Votre famille vous suivra.

— Il n'y a pas que la famille. A-t-on le droit de partir, de tout abandonner, à l'heure où notre pays aura le plus besoin de nous ?

— Vous savez bien qu'une fois dans les griffes des Allemands vous ne pourrez plus rien faire. Tous vos efforts de quinze ans seront réduits à néant. Voulez-vous laisser l'eau lourde entre les mains des savants du Reich ? Souvenez-vous de vos propres paroles : « En période de guerre, il n'est pas permis de laisser une chance à l'ennemi. » C'est ce que vous m'avez dit, n'est-ce pas, le 20 février ? Je vous ai cru. Je suis parti. A votre tour, de partir pour sauver l'eau lourde.

— Kowarski et Halban partiront.

— Vous aussi, il le faut.
— Je crois que j'aurai mieux à faire ici.
— C'est un ordre du ministère !
— Il est des ordres qui ne peuvent nous être donnés que par notre propre conscience. J'accompagnerai Kowarski et Halban jusqu'à Bordeaux demain matin. Là, je prendrai une décision.

Le lendemain, une petite voiture emportait Joliot, Irène et Moureu. Ils s'arrêtèrent pour déjeuner dans une auberge, près du Mont-Dore, et c'est là qu'ils entendirent à la radio le message du maréchal Pétain demandant l'armistice. Joliot et Irène ne dirent pas un mot pendant tout le repas. Le lendemain matin, ils se présentèrent à la préfecture de Bordeaux où les attendait lord Suffolk :

— Ah ! Joliot ! Le produit est déjà embarqué sur le vapeur *Brompark*. Halban et Kowarski sont à bord. On n'attend que vous. Votre place est là-bas, Joliot, avec nous. Jusqu'au bout. Joliot, faites vite. Chaque minute compte.

Joliot, torturé par le doute, se tourna encore une fois vers son ami Moureu :

— Henri, que dois-je faire ?
— Je ne sais pas, Fred. Tu es un porte-drapeau.
— Un porte-drapeau, oui, tu as raison. Alors je reste.

Halban et Kowarski trouvèrent en Angleterre un accueil et une atmosphère propices à la poursuite de leurs travaux. Ils furent installés à l'Université de Cambridge, et chargés de poursuivre leurs recherches dans le cadre tracé par le comité Thomson qui coordonnait toutes les recherches dans le domaine de l'énergie nucléaire. Le principal résultat obtenu par l'équipe française fut acquis dès la fin de 1940. La possibilité de produire une réaction nucléaire contrôlée au sein d'une masse composée d'uranium et d'eau lourde était désormais prouvée avec un degré de certitude suffisant pour transférer la suite de la réalisation sur un plan purement industriel. Une telle machine pouvait être capable de fonctionner non seulement comme une source d'énergie, mais aussi comme un agent de transmutation ; or, les savants anglais avaient pressenti, depuis quelques mois, la possibilité de transformer l'uranium en un élément nouveau dénommé plutonium qui présentait des qualités explosives analogues à celles de l'uranium 235. Pleinement convaincu donc, le gouvernement anglais réorganisa la recherche, lui octroya des moyens élargis et intensifia les contacts avec les Etats-Unis. Ceux-ci, dès 1942, virent l'éclosion d'une vaste organisation déployant d'énormes moyens humains et industriels qui aboutirent, le 2 décembre, à la première réaction en chaîne, contrôlée dans la pile de graphite de Fermi. L'ère atomique était ouverte.

On peut ajouter une parenthèse cocasse à cette aventure dramatique.

Fin juin 1940, Jacques Allier fut nommé président de la sous-commission « Industries de guerre », rattachée à la délégation française auprès de la commission allemande d'armistice. Ayant une grande confiance dans le général Weygand, Jacques Allier lui exposa en privé et en toute franchise la question de l'eau lourde. Weygand décida d'emmener Allier à la séance du Conseil des ministres. Ce jour-là, il y avait dans le petit salon de l'hôtel du Parc à Vichy, outre le maréchal Pétain, Laval, l'amiral Darlan, Baudouin, Alibert et Bouthilliers. Diverses questions furent analysées, décortiquées par Laval avec une virtuosité de jongleur professionnel lançant des œillades complices pour faire comprendre que sa recette est la meilleure. Lorsque vint la question de l'eau lourde, Weygand demanda à Allier de raconter toute l'histoire. Après avoir écouté ce récit avec étonnement, Laval fit observer qu'il était regrettable d'avoir expédié ce produit en Angleterre. « Sa mise à la disposition de l'Allemagne aurait représenté une excellente occasion de rendre service au Reich en lui permettant d'écraser la perfide Albion. » Le général Weygand s'indigna de tels propos :

— Ce n'est pas, dit-il, parce que le malheur est tombé sur nous que nous sommes en droit de trahir nos compagnons d'armes de la veille ! »

Le ton monta. Le maréchal dut intervenir pour ramener le calme autour du tapis vert. On décida, malgré un haussement d'épaules de Laval, de ne rien communiquer aux Allemands quant aux recherches entreprises sur l'eau lourde, et de répondre de façon dilatoire aux questions qui pourraient être posées par eux sur le sort du produit. Lorsque la séance prit fin, le général Weygand montra Laval du doigt et s'écria :

— Chaque fois que les Allemands veulent faire caca dans la bouche de ce monsieur, il l'ouvre toute grande !

Laval bondit. Cette fois, le maréchal eut de la peine à calmer les deux adversaires.

On n'entendit plus parler de l'affaire de l'eau lourde jusqu'au 6 décembre 1940. Ce jour-là, en pleine séance de la sous-commission allemande Rustung [1], le colonel Hunermann glissa un petit morceau de papier sous les yeux de Jacques Allier. Sur ce papier était écrit : « 180 litres d'eau lourde ont été emportés de Norvège en France par un agent secret. Ce produit présente une grande importance pour les fabrications de guerre. La commission allemande tient à savoir où se trouve ce stock qui devra être livré à une date précisée ultérieurement. »

Allier frissonna jusqu'à la moelle. Les Allemands savaient-ils qui était cet agent secret ? Le diplomate français, s'efforçant de garder son sang-froid, mit le papier dans sa poche et alla, quelques heures plus tard, se confier au général Koeltz, directeur des services de l'armistice. Ils imaginèrent ensemble d'embrouiller les choses au

1. Commission Rustung : commission d'armistice composée de personnalités allemandes et françaises, et qui examinait les principaux problèmes de la France occupée.

mieux possible, et rédigèrent une réponse, huit jours plus tard, pour laisser croire à un début d'enquête : « Pour autant qu'on sache, les 180 kilos d'eau lourde ont été embarqués soit à bord du S/S*Brompark*, soit à bord du S/S *Amiénois*. Ce dernier navire a été coulé devant le Verdon. Aucune information certaine n'a pu être recueillie à cet égard. »

Inexplicablement, les Allemands se contentèrent de cette réponse. Ils ne cherchèrent même pas à faire un rapprochement entre le nom de l'officier qui avait subtilisé le produit à Oslo et le nom de celui auquel ils réclamaient des explications.

Pendant ce temps, Joliot travaillait au Collège de France. Il avait regagné ses chers locaux, dès le mois d'août 1940. Presque aussitôt, il avait reçu la visite de deux hauts fonctionnaires allemands, le professeur Schumann et le docteur Dibenher. Ils lui parlèrent de l'idée qu'ils avaient de déménager le laboratoire du Collège de France et principalement le cyclotron en Allemagne. Joliot sut les persuader que ce n'était pas la solution la plus rentable, et proposa plutôt de faire venir les physiciens allemands en France. La réponse sembla satisfaire les Allemands, et on fit venir le professeur Geitner. C'était un homme de commerce agréable qui avait fait un stage à l'Institut du Radium à Paris. Dans son pays, on le soupçonnait même d'être francophile ; en réalité, il était surtout antinazi. Si bien que « l'occupation » du Collège de France ne fut pas désagréable. D'ailleurs, Joliot n'avait accepté de rester à la direction qu'à la condition que les savants allemands ne travailleraient dans ce laboratoire à aucune expérience de guerre ; il avait le droit de surveiller les travaux de l'occupant. A deux ou trois reprises, Joliot s'aperçut que les travaux menés pouvaient intéresser l'armée allemande ; comme par hasard, chaque fois, le cyclotron tomba en panne, et pour plusieurs mois. Le professeur Geitner n'était pas dupe, évidemment. Les Allemands soupçonnèrent celui-ci d'être un peu trop coulant et le déplacèrent en 1943. Mais jamais, en vérité, le laboratoire du Collège de France ne fit l'objet de contrôles sérieux et sévères. Les équipes françaises poussèrent l'audace jusqu'à travailler pour la Résistance dans les pièces voisines de celles où se trouvaient les chercheurs allemands. Le professeur Savel se souvient des rencontres fugaces qu'il avait, devant la porte du Collège de France, avec Henri Moureu qui lui remettait sous le manteau des cordons Pickford et des détonateurs pour la fabrication de grenades et de cocktails Molotov.

— Nous avons construit, pendant très longtemps, des émetteurs de radio. Et comme de nombreuses pièces nous manquaient, nous nous adressions aux Allemands pour obtenir les choses qu'ils pouvaient se procurer plus facilement. Bien sûr, ils n'en connaissaient pas l'utilisation puisque Joliot avait exigé une autonomie totale. Ainsi, certaines lampes arrivaient le matin au Collège de France, et repartaient, le soir, pour le maquis.

— Joliot était-il resté en contact avec ses collaborateurs passés en Angleterre ?

— Je suppose ; mais il n'en parlait pas.

— Pensez-vous, monsieur Savel, que si l'Allemagne avait pu disposer du stock d'eau lourde, elle aurait pu avoir, la première, la bombe atomique ?

— Je ne crois pas. Il fallait faire un effort prodigieux dans tous les domaines, comme l'ont fait les Américains, pour arriver à ce résultat [1]. Hitler croyait terminer la guerre plus vite, et n'a pas fait porter son effort sur la recherche. Ce fut son erreur.

Pourtant, lorsque les Alliés prirent le laboratoire d'Heisenberg, ils y trouvèrent deux tonnes d'uranium produites par les mines de Bohême et deux tonnes d'eau lourde. Gerlach, l'un des grands spécialistes atomiques allemands avoua, en février 1945, que l'Allemagne allait peut-être réussir dans les six ou sept mois.

Quant aux pionniers français de 1939, ils se retrouvaient en retard en 1945. Joliot eut alors conscience qu'il fallait d'urgence structurer la recherche française. En acceptant la direction du CNRS, il prépara le nouveau statut de l'établissement, qui consacrait la fusion de la recherche pure et de la recherche appliquée, formule dont les résultats venaient de faire de l'Amérique la première puissance mondiale [2].

1. Quelques chiffres permettent de situer cet effort américain : l'usine de Oak Ridge pour la séparation d'isotopes fut installée dans un bâtiment haut comme une maison de quatre étages et ayant quatre kilomètres de pourtour. Elle consommait une puissance électrique capable d'alimenter une ville grande comme Marseille. L'usine qui préparait l'U 235 exigea l'emploi de 14 millions de kg d'argent métallique emprunté à la banque fédérale. La construction de l'usine plutonigène d'Hanford mobilisa une armée de 60 000 ouvriers.

2. *Documents spéciaux ayant servi à l'établissement de cette enquête :*
— *Energie nucléaire,* vol. 2, n° 6, novembre-décembre 1960, J. Allier.
— Rapport de mission, *l'Affaire de l'eau lourde,* J. Allier, février 1945.
— *Six années de découvertes secrètes* (rapport de L. Kowarski, septembre 1955), La Nef.
— Interviews et entretiens personnels avec MM. Allier, Moureu, Savel, Trillat, Halban et Kowarski (réalisés par Michel Godard et R. Arnaut en 1963).

L'HISTOIRE D'OCHROSIA

L'Homme est absurde par ce qu'il cherche ; grand par ce qu'il trouve.

P. VALÉRY.

Il était une fois une petite plante qui s'appelait Ochrosia. C'est un joli nom pour une plante ; ça sent bon les îles lointaines du Pacifique : les Hébrides, les Fidji, Tahiti, la Nouvelle-Calédonie, l'archipel des Moluques. Et c'est précisément aux îles Moluques que commence la fantastique aventure d'Ochrosia.

Au XVIIIe siècle, les santaliers[1], les marins, les missionnaires n'avaient pas encore fait sentir les effets néfastes de leur présence sur ces îles. Les tribus vivaient au rythme du soleil et du tambour. Le vieux chef désignait ses invités par leur totem : « J'appelle le Requin de Doui qui a quatre demeures en mer ! Je l'appelle pour qu'il accorde belle apparence à nos enfants et vigueur à nos guerriers. J'appelle le vent en rafales qui vit à Païta dans un arbre tordu. Je l'appelle car l'herbe qui pousse tout autour de son tronc rendra plus abondantes nos récoltes. »

Les hommes croyaient en leurs dieux et soignaient leurs maladies avec les plantes que leur donnait la nature. Ils soignaient surtout une terrible maladie, une sorte de cancer du nez ou de la face avec les feuilles et les racines d'un certain arbuste aux fruits rouges qui flottent sur l'eau. Mais un matin de 1742 débarqua sur l'île un certain Rumphus. Il était botaniste et allemand. Pendant quelques semaines, il vécut avec les autochtones qui lui firent connaître Ochrosia, la plante qui guérit. Les plus grands savants d'Europe, à cette époque, étaient loin de posséder une connaissance de cette plante aussi appro-

1. Santaliers : trafiquants de santal, arbre exotique au bois précieux très odorant.

fondie que le plus humble de ces villageois moluquois. Les botanistes d'alors confondaient l'Ochrosia avec un genre voisin, le Cerbera. Jamais un paysan moluquois n'aurait pu se tromper et n'aurait utilisé les graines de Cerbera, poison violent dont il se servait pour les ordalies, à la place de la gentille Ochrosia aux vertus médicinales si appréciées. Le botaniste Rumphus ramena Ochrosia en Europe et la prénomma « salubris » en souvenir des services qu'elle rendait aux indigènes de l'archipel. Doit-on préciser qu'au XVIIIe siècle la chimie n'était pas ce qu'elle est actuellement ? Bref, Ochrosia s'endormit d'un profond sommeil qui dura deux cent vingt ans. Elle se réveilla en 1965, en Australie, où Dalton, parmi les alcaloïdes extraits d'Ochrosia, remarqua l'ellipticine et en constata les principes actifs antitumoraux. L'espoir était trop grand pour qu'on le négligeât. Comme les Australiens étaient liés par contrat avec les Américains, le Laboratoire du National Kansas Institute à Betesda se pencha sérieusement sur Ochrosia. Les chimistes entreprirent une recherche systématique et réussirent à mettre en évidence les vertus dont avait parlé Dalton. Mais les essais cliniques furent décevants ; si l'ellipticine apparaissait active dans le traitement de certaines tumeurs, elle déclenchait des effets secondaires qui interdisaient l'utilisation du produit. Les pharmacologues, gens obstinés s'il en est, se mirent à flirter avec Ochrosia pour essayer d'en modifier la molécule. Mais Ochrosia faisait la coquette. Une autre de ses parentes de l'île de la Réunion fut alors courtisée par les botanistes [1]. Son teint la fit baptiser « bois jaune ». Les autochtones la faisaient macérer pour obtenir une boisson qui faisait tomber la fièvre ; une sorte de faux quinquina. Vers 1968, les recherches entreprises par un Français, le professeur Poisson, démontrèrent qu'un dérivé de l'ellipticine, la métoxy-ellipticine, était la drogue offrant le plus de possibilités dans la lutte antitumorale [2]. On présenta la métoxy-ellipticine au professeur Mathé qui accepta de tenter les premiers essais cliniques à l'hôpital Gustave-Roussy à Villejuif. Il faut un certain courage aux patrons de la médecine pour tenter ce genre d'expérience, car ils ont tout à perdre en se trompant alors qu'il leur suffit d'attendre le produit sûr pour conserver intacte leur notoriété. Mathé eut ce courage, persuadé que le progrès dans la recherche médicale sur le cancer était lié non seulement à la bonne application des drogues trouvées, mais aussi à leur multiplication. Il ne peut exister une drogue unique capable de soigner toutes les formes de cancer — qui dépassent aujourd'hui la centaine. Mathé présenta le résultat de ses essais à l'Organisation européenne de recherche sur le traitement du cancer (OERTC), arbitre suprême en la matière, qui conclut à une certaine inconstance dans

1. Ochrosia Borbonica (de l'île Bourbon).

2. Le professeur Poisson travaillait avec le professeur Le Men sur la métoxy-ellipticine.

Les professeurs Paoletti et Le Pecq travaillaient de leur côté sur le même sujet.

les résultats observés. Le verdict semblait être fatal à Ochrosia. Mais vous allez voir que la petite plante des îles était coriace.

— Nous étions en 1971, n'est-ce pas, monsieur Potier ?

Au fait !... vous ai-je dit que cette histoire d'Ochrosia m'est racontée par Pierre Potier ? Vous ai-je seulement dit que nous sommes dans le Boeing 747 qui nous conduit à Nouméa ? Non ? Où avais-je la tête ? C'est Ochrosia qui m'a troublé. Oui, c'est un long, un très long voyage : trente heures d'avion. De l'autre côté de la terre. Nous avons pris le premier dîner au-dessus de la Turquie, le petit déjeuner avant d'arriver à Ceylan, le déjeuner au-dessus de la Malaisie. C'est un peu comme un marathon : au départ de Paris, il y a deux cent cinquante personnes à bord ; à Singapour, il n'en reste plus que la moitié ; à Djarkarta l'avion se vide, et il n'y a plus que quelques voyageurs qui arrivent au terminus, Nouméa. Pierre Potier a changé plusieurs fois de place, de rang, de compartiment ; il a des fourmis dans les jambes. C'est qu'il reste rarement trente heures sans bouger. Son dynamisme, son punch sont d'une rare efficacité. Replet, assumant sa demi-calvitie sans complexe, cet homme jovial à l'œil de braise et au rire tonitruant conduit l'Institut de chimie des substances naturelles du CNRS[1] au tout premier rang des laboratoires de ce genre. Il pousse son labo comme un bulldozer. Avec un tel patron, on ne peut qu'avancer, on ne peut que travailler, avec passion, avec fureur. Le laboratoire des substances naturelles de Gif-sur-Yvette a déjà obtenu des résultats remarquables, mais ses chercheurs sont boulimiques. J'ai rencontré Pierre Potier chez un directeur scientifique du CNRS[2]. Je confiais à celui-ci que les sujets de chimie me semblaient plutôt rébarbatifs et réservés aux spécialistes.

— Je crois que j'ai votre affaire ! intervint Pierre Potier, rayonnant. Un genre de feuilleton scientifique qui peut se raconter comme un roman et qui, j'espère, se terminera bien, ça vous irait ?

— Quel thème ?

— La lutte contre le cancer avec, pour arme, une petite plante exotique. Une grande partie de mon laboratoire est branchée là-dessus. Nous mettons le paquet. Je crois qu'on peut désormais en parler au public, en étant très prudent, évidemment.

— Les résultats sont encourageants ?

— Vous jugerez vous-même. Mais, pour que votre histoire soit passionnante, il faut la suivre du point de départ, dans le Pacifique, sous la forme d'un petit arbre, à l'arrivée au pied du lit du malade, à l'hôpital expérimental. Pour que vos auditeurs — ou vos lecteurs — comprennent ce qu'est la recherche sur un simple produit, il faut vivre avec les botanistes, les chimistes, les pharmacologues, les cliniciens ; vous ne devez pas sauter une séquence. Je dois aller sur le terrain, en Nouvelle-Calédonie, dans un mois ; si le cœur vous en dit !

1. Situé à Gif-sur-Yvette.
2. M. Cantacuzène, aujourd'hui aux USA.

Et je suis là, dans cet avion géant. J'écoute la prodigieuse aventure d'Ochrosia. J'interroge Pierre Potier :

— Donc, en 1971, nous étions en présence de deux faits expérimentaux : les travaux de Mathé et Paoletti sur la métoxy-ellipticine ?

— Oui. Et c'est un faisceau d'expériences qui m'a donné à réfléchir, personnellement, et m'a poussé à émettre une hypothèse : on sait qu'une molécule peut subir dans l'organisme des modifications. Ces modifications sont exacerbées lorsque le produit en question est administré en compagnie d'autres médicaments. Quand, par exemple, on administre des barbituriques à un individu, on sait qu'en dehors de leurs effets spécifiques qui provoquent le sommeil les barbituriques provoquent également une induction enzymatique.

— C'est-à-dire ?

— C'est-à-dire que les enzymes qui attaquent les substances étrangères à l'organisme et aident à leur élimination sont produits en grande quantité. Dans ces conditions, si vous administrez à un organisme un certain produit en même temps qu'un barbiturique, le produit en question sera détruit beaucoup plus vite. On peut donc imaginer que, dans l'organisme d'un cancéreux recevant de nombreux médicaments et notamment des barbituriques, l'ellipticine et la métoxy-ellipticine se transforment en une autre substance : c'est cette substance qu'il faut trouver.

— Et ce raisonnement a été vérifié ?

— Il l'a été par un remarquable chimiste, M. Nguyen Dat-Xuong, maître de recherches au CNRS, qui, chez nous, à Gif, a réussi à fabriquer, à partir de la métoxy-ellipticine, une nouvelle substance : l'hydroxy-ellipticine. Mais ne grillez pas les étapes. Nous arrivons à Nouméa, et nous ne sommes qu'au début de la chaîne. Je passe sous silence toutes les démarches que nous avons dû faire avec le professeur Mathé pour pouvoir envoyer ici un chimiste, en mission de longue durée. Nous devions savoir s'il existait dans cette île, qui est un jardin botanique extraordinaire, d'autres espèces d'Ochrosia dont on pourrait tirer des substances nouvelles. Pour envoyer Thierry Sévenet, qui me paraissait être le chercheur idoine, nous avons dû employer des moyens qui frôlaient parfois l'illégalité, vis-à-vis des administrations. Nous savions que nous tenions une piste sérieuse mais personne d'autre n'était obligé de partager notre conviction. Finalement, nous avons réussi et Sévenet est venu s'installer à Nouméa.

A l'aéroport de la Tontouta, nous attend une double délégation d'amis du CNRS et de l'ORSTOM [1]. Ils nous accueillent avec chaleur. Je suis logé dans l'une des chambres de passage de l'ORSTOM, que son directeur, M. Michel Legand, a eu l'amabilité de m'attribuer. Ce centre de recherche est à la taille des travaux entrepris dans le Pacifique sud. Dès le lendemain matin sept heures, les équipes sont prê-

1. Office des recherches scientifiques et techniques d'Outre-mer.

tes avec les trois Land Rover nécessaires à l'opération. Nous allons dans le sud de l'île dans la région de Port-Boisé, à la recherche de certaines plantes et notamment d'Ochrosia. Il y a là, sac au dos et machette à la main, Thierry Sévenet, Jacques Pusset, Maurice Debray, Philippe Morat, Jean-Marie Veillon, Tanguy Jaffré, Bernard Suprin [1], tous botanistes, pharmaciens, ou techniciens.

Nous quittons très vite la bonne route pour aborder les pistes minières plus difficiles. Nous traversons le lieu-dit « le champ de bataille », parce qu'autrefois les tribus canaques venaient s'y affronter. Mais il existe une version moins romantique qui prétend que cet endroit aurait eu pour propriétaire un certain M. Bataille, d'où le nom « champ de Bataille ». La Nouvelle-Calédonie est une sorte d'épine dorsale de cinq cents kilomètres de long parcourue d'un bout à l'autre par une chaîne de montagnes dont l'un des sommets, le mont Panié, culmine à 1 600 m ; l'île entière semble vouée au nickel. Le sud garde pourtant le souvenir de l'île des Pins où se trouvait le célèbre bagne des communards. Les trois heures de Land Rover sont comblées par la beauté sauvage du paysage et les anecdotes de Thierry Sévenet, qui est maintenant calédonien depuis huit ans. C'est un homme de trente-cinq ans, au corps d'échalas, au visage anguleux, au parler grave et mesuré. Il lui a fallu une forte dose de patience, d'endurance, de tenacité pour installer le petit laboratoire du CNRS, tout en haut de la colline qui domine Nouméa, dans le parc forestier de Montravel. Une antenne de « dépistage clinique » pouvant centraliser les premières recherches et alléger la tâche du labo de Gif, à vingt mille kilomètres de là [2].

Les Land Rover s'arrêtent. Halte technique. Les chercheurs veulent montrer à Pierre Potier la richesse de cette forêt primitive préservée de l'action du feu et renfermant des espèces rares. Les botanistes, les chimistes, machette d'une main et sac en plastique de l'autre, s'enfoncent dans les fourrés et commencent à tailler les lianes. Ils marchent d'un pas lent, religieux, le nez en l'air pour observer la flore qui les entoure, saisissant de temps en temps les jumelles qui pendent sur leur poitrine pour examiner par le détail une feuille lointaine ou un fruit inaccessible ; « Nous nous enfonçons, comme dit Lévi-Strauss, dans cet univers clos, où un monde d'herbes, de fleurs, de champignons et d'insectes poursuit librement une vie à laquelle il dépend de notre humilité et de notre patience d'être admis. Quelques dizaines de mètres de forêt suffisent pour abolir le monde extérieur ; un univers fait place à un autre. »

Jaffré et Morat m'appellent pour me montrer de superbes gardénias et de magnifiques orchidées. Durant des heures, les botanistes, les pharmaciens, les chimistes cherchent, comparent, coupent bran-

1. Les cinq derniers chercheurs appartiennent à l'ORSTOM.

2. Ce labo travaille en liaison avec le centre de l'ORSTOM de Nouméa, qui permet de réunir ainsi, en collaboration interdisciplinaire, des botanistes, des chimistes, des zoologistes, ethnologues, pharmacologues et cliniciens.

ches, feuilles, racines, écorces, fruits et placent tout cela délicatement dans leur sac en plastique. Nous marchons ainsi, allant de découverte en découverte. Je fais la connaissance du chêne-gum dont le bois est imputrescible, si bien que, même après sa mort, l'arbre reste debout, squelettique, et forme de petits bosquets fantomatiques. On me fait sentir la plante qui a l'odeur du révulsif [1] ; on me montre celle qui a une teneur de plus de 4 % de nickel dans ses feuilles [2]. Dans cette forêt calédonienne, je prends une leçon particulière de botanique avec huit professeurs. Vers treize heures, la faim commence à se faire sentir et nous descendons vers la mer afin de trouver un coin de plage agréable pour casser la croûte. Sous les palétuviers, nous ouvrons les sacs et les boîtes de conserves. Thierry Sévenet, qui avait disparu, revient en m'apportant un morceau de branche aux petits fruits écarlates et ovales comme de grosses olives. Je reconnais la plante sans l'avoir jamais vue :

— Ah ! La voilà donc, la fameuse Ochrosia ! Je vous en prie, Thierry, présentez-la-moi officiellement.

— Ochrosia elliptica. C'est une apocinacée qui pousse en bordure de mer parce que ses fruits ont la propriété de flotter sur l'eau et la dissémination se fait ainsi. C'est un arbrisseau qui fait deux mètres de haut, les feuilles sont arrondies, opposées par trois, et vous pouvez voir du latex qui coule quand on brise ses tiges. Le bois est relativement jaune, ce qui a donné son nom à la plante en partant de la racine grecque *ochros*, « jaune ». Voilà ! c'est ce qui nous a fait courir si longtemps.

— En effet. Je n'avais pas encore eu l'occasion d'apprécier l'aspect sportif du métier de chimiste.

— Tous les chimistes ne font pas la cueillette. En général, ce sont les botanistes qui s'en occupent. Mais ici nous sommes dans une situation particulière ; nous faisons des essais en permanence ; nous avons besoin d'être approvisionnés au bon moment. Certaines plantes ne supportent pas d'être enfermées dans un sac plus de vingt-quatre heures sans se dégrader. Nous sommes donc amenés à sortir nous-mêmes pour nous approvisionner. Et puis nous sommes en Nouvelle-Calédonie et pas en Europe. On se débrouille.

— Ça nous maintient en forme ! ajoute J. Pusset. Quand on fait neuf ou dix heures de montagne, en forêt, avec six ou sept cents mètres de dénivellation, et avec un sac de dix kilos de feuilles sur le dos en plus de notre équipement, je vous assure qu'on dort bien la nuit.

— Vous ne ramassez pas que l'Ochrosia elliptica ?

— Bien sûr que non. A présent que la synthèse est connue, elle ne nous intéresse que pour chercher des espèces voisines qui pourraient nous apporter autre chose.

— Comment vivez-vous en Nouvelle-Calédonie ?

---

1. Salicylate de métyle.
2. Pticotria douari.

— En exil ! répond Sévenet, pince-sans-rire. Non ! n'exagérons pas ; ce n'est pas le bagne, loin de là ; c'est même parfois très agréable. Mais au bout de quelques mois, de quelques années, cette insularité pèse un peu, on se sent prisonnier de la mer, cloîtré. Sans doute, en Europe nous ne nous déplacerions pas davantage, mais nous aurions cette possibilité inconsciente de pouvoir le faire ; c'est un phénomène psychologique que vous expliqueront tous les insulaires.

— Vous ne vous plaisez pas ici ?

— Mais si, beaucoup. Et puis, avec Jacques, nous sommes à la fois les patrons et les employés ; nous organisons notre travail comme nous le voulons.

— Alors, que vous manque-t-il ?

Il réfléchit :

— Ce que nous ne désirerions pas si nous étions ailleurs.

Pierre Potier boucle son sac.

— Messieurs, dit-il, d'un ton ironique, il est bon de laisser croire à un journaliste, fût-il un ami, que nous sommes de purs esprits ! Alors cessons de bâfrer, et en route pour la suite de la récolte.

Les chercheurs s'équipent et repartent. Nous sautons de rocher en rocher. Vers dix-huit heures, lorsque nous retrouvons nos Land Rover, la courroie de mon magnétophonue est incrustée dans la peau de mon cou et j'en ressens encore le poids bien après l'avoir déposé sur le siège. Je n'imaginais pas du tout le métier de chimiste comme ça. Je le reconnais mieux lorsque, le lendemain, je retrouve Thierry Sévenet et J. Pusset en blouse blanche dans leur petit labo de Montravel. Ils ont entrepris de traiter la récolte de la veille. Dans un séchoir à air chaud maintenu à 55°, ils vont pouvoir sécher une centaine de kilos de feuilles, en seize heures environ. C'est un des intérêts de ce mini-laboratoire, sur les lieux mêmes de la récolte. Si les plantes devaient partir en France, elles arriveraient à Paris trente heures après, complètement pourries.

Après le séchage, le broyage. Par une sorte de gros entonnoir, la plante séchée tombe sur une plaque de broyage violemment agitée. Les débris passent sur une poulie tamisante et de là, dans un sac. On obtient une poudre aussi fine que de la farine. Le principe de l'extraction n'est pas sans évoquer la méthode de la chaussette qu'utilisaient nos grand-mères pour passer le café : placé dans une sorte de récipient appelé « soxhlet », la poudre reçoit un solvant porté à ébullition, et le liquide s'écoule goutte à goutte. L'opération dure une quinzaine d'heures. Ce liquide est ensuite concentré de façon à en extraire les alcaloïdes, séparés les uns des autres, puis cristallisés. On obtient pour l'ellipticine une poudre très fine, jaune clair, et pour la métoxy-ellipticine une poudre légèrement orangée.

— Voici le résultat, me dit Thierry Sévenet, en me tendant un petit tube de verre rempli de cette poudre. Au lieu d'envoyer cent kilos de plantes fraîches à Paris, nous expédions ça ! Le prix de revient est considérablement diminué.

— Ainsi, Ochrosia termine ici la première partie de son aventure ? Sous la forme de cette poudre jaune ?

— Oui. Mais vous n'avez vécu que le début. Si vous voulez la suivre jusqu'au bout, vous avez encore un long chemin à faire.

L'épisode suivant comme à Gif-sur-Yvette, à l'Institut de chimie des substances naturelles.

— Vous pouvez venir tôt, m'avait dit Pierre Potier ; Dat-Xuong est là de bonne heure le matin, et il ne quitte son labo qu'à neuf ou dix heures du soir.

Lorsque j'arrive à huit heures, il n'y a que les femmes de ménage. Pourtant, tout au fond du couloir, une porte est ouverte et j'entends couler l'eau. J'entre. Un petit laboratoire de quatre mètres sur trois encombré d'objets divers, de paquets, et, attenant, un bureau où un chercheur est en train d'écrire. M. Nguyen Dat-Xuong, sexagénaire d'origine vietnamienne, est un petit homme illuminé par son travail. Peu d'hommes trouvent une telle plénitude dans leur métier. Il est sûrement de ceux pour qui la retraite est une chose impensable. Comment pourra-t-il se passer de ses cornues, de ses éprouvettes, de sa paillasse, de ses heures de réflexion, de ses mois de patience, de ses secondes de bonheur quand un résultat est obtenu ? Il semble toujours s'excuser de chercher sans relâche et de trouver parfois. Sa joie d'enfant lorsqu'il parle de l'hydroxy-ellipticine est attendrissante. Il serait pourtant en droit d'avoir le triomphe tapageur ; il est le premier à avoir réalisé le produit de synthèse de cette substance dont les dérivés sont si prometteurs. Il est en train de faire des paquets : il envoie gratuitement des produits à certains organismes humanitaires. Il me donne spontanément des précisions sur sa carrière.

— Je suis arrivé en France en 1937. Excusez-moi d'en parler, mais n'ayant plus de famille, de relations, j'ai fait ici de nombreux métiers. Ce n'est pas un déshonneur, au contraire, je connais mieux la vie occidentale ainsi. J'ai été plongeur dans les restaurants, balayeur au bois de Vincennes. Mais je suivais en même temps les cours au Conservatoire des arts et métiers. J'ai fait aussi la faculté de droit, et même l'école dentaire. Jusqu'au jour où j'ai compris que, pour nos pays en voie de développement, la chimie était la clef de voûte, ou plutôt le fusil qui permettait de tirer sur différentes cibles (thérapeutique, fabrication industrielle, etc.). Pendant de longues années j'ai donc cherché à affiner mon fusil : fignoler sa ligne de mire, polir son canon. J'ai présenté ma thèse en 1945, et à partir de 1950 j'ai commencé à mieux comprendre les problèmes de la chimiothérapie.

Il me sourit.

— Monsieur Dat-Xuong, la recherche quotidienne d'un produit qui deviendra un médicament important, qu'est-ce que c'est, pour un homme comme vous ? Un métier, une passion, une drogue, une vocation ?

— Non, c'est un sacerdoce. Je m'excuse de manquer de modestie mais je crois réellement à la mission du chercheur. Sans doute parce que je suis originaire du Tiers Monde. J'ai trop vu de misère dans mes jeunes années.

— En quoi consiste la recherche à votre niveau ?

A partir d'une substance naturelle, tout notre effort va consister, dans un premier temps, à retrouver le travail de la nature qui a abouti à la fabrication de cette plante ; c'est ce qu'on appelle la bio-genèse de la plante. Dans un deuxième temps, nous tâcherons d'imiter la nature et de refaire ce travail, mais de façon synthétique. Cette étape est obligatoire.

— Pourquoi ?

— Parce que, si le produit s'avère efficace, il en faut des centaines de kilos pour répondre à la demande des pharmacologues.

— Ne peut-on pas faire l'extraction du produit à partir de la plante naturelle ?

— Même si l'on parvenait à cultiver des Ochrosia en grande quantité on ne pourrait pas suffire à la demande. Il faut une tonne de plante pour obtenir un seul kilo de produit. Même en rasant toutes les îles du Pacifique où pousse Ochrosia, on n'arriverait pas à fabriquer quelques dizaines de kilos de produit, alors qu'il en faudra des centaines, des milliers de kilos si ce produit est conforme à nos espérances. Mais, dans certains cas, la fabrication synthétique n'est pas indispensable : pour faire le quinquina par exemple, la nature suffit amplement. Parfois même la fabrication synthétique n'est pas souhaitable car les substances chimiques qui sont utilisées peuvent déclencher des phénomènes secondaires toxiques qui en limitent ou interdisent les applications cliniques.

— Ce n'est pas le cas d'Ochrosia ?

— Non. Nous avons réussi à sortir un produit de synthèse tout à fait semblable au produit naturel.

— Comment avez-vous fait ?

— Par tâtonnements. Il a fallu d'abord mettre au point un milieu de culture. Les botanistes ont réussi à cultiver et même à faire proliférer des cellules végétales de racines, de tiges, de bourgeons d'Ochrosia elliptica. Et puis, après cette reconstitution du travail de la nature, nous avons pu mettre au point la formule de synthèse. Une formule très complexe d'ailleurs.

— Ce travail est maintenant achevé ?

— Rien n'est jamais achevé dans ce domaine. Nous fabriquons toujours de nouvelles molécules sur le même thème, en accord avec les pharmacologues et les biologistes. Nous en avons créé plusieurs dizaines qui sont en cours d'essai.

— Outre les difficultés de la recherche, vous ne vous heurtez pas également au prix de revient ?

— Si, bien sûr. Au début d'une recherche, on ne choisit pas forcément la voie qui sera la plus économique. On cherche d'abord. Quand il s'agit de la découverte d'un remède contre le cancer, on ne peut pas être chiche. Le produit de synthèse de l'ellipticine a été fabriqué selon les voies les plus directes, donc les plus chères ; il atteignait des coûts prohibitifs : de 3 à 500 francs le gramme. Aussi, dès que furent connus les premiers succès cliniques obtenus par l'hydroxy-ellipticine, les chimistes se sont attachés à trouver d'autres voies de synthèse moins onéreuses. C'est aussi un travail de longue haleine : il faut améliorer les différentes étapes de la fabrication, chercher d'autres matières premières. Mais nous y sommes arrivés. Actuellement, l'hydroxy-ellipticine revient de cinq à dix francs le gramme.

Souvent, la longueur de certaines recherches a fini par accréditer l'idée que le chercheur travaille en dehors du temps, négligeant complètement les données économiques du monde dans lequel il vit. Il est bon de savoir qu'il n'en est rien, même en matière de recherche expérimentale. Pierre Potier me l'avait affirmé, Nguyen Dat-Xuong me le confirme :

— A mes yeux, une recherche n'a de valeur que si elle peut avoir des retombées humanitaires. Il faut que la drogue synthétisée non seulement guérisse, mais qu'elle soit accessible à tout le monde. Le chercheur a des comptes à rendre à la nation, aux autorités qui subventionnent ses travaux et payent son traitement.

La science plus la conscience font la noblesse de l'âme. Lorsqu'on connaît les ravages provoqués par une maladie comme le cancer, on trouve évidemment que les progrès pour lutter contre ce fléau ne sont jamais assez rapides ; de là à accuser les chercheurs de flâner, il n'y a qu'un pas. Mais il faut savoir qu'en matière de chimiothérapie du cancer plus de soixante mille substances ont été essayées en vingt ans. Sur ces soixante mille substances, trente-huit seulement ont été reconnues aptes à figurer dans l'arsenal de médicaments pour la lutte contre le cancer. Ces chiffres donnent une idée des difficultés de la recherche pour la découverte de nouveaux produits antitumoraux.

Comme le dit le Dr Dat-Xuong : « A l'heure actuelle, il est beaucoup plus facile de marcher sur la lune que de connaître les causes du cancer et de découvrir les remèdes salvateurs. »

Il faut visiter l'Institut de chimie de Gif-sur-Yvette pour comprendre quels sont les moyens mis en œuvre. Le travail est lent, délicat. Si l'on reprend l'exemple de l'ellipticine, pour obtenir une réaction globale qui donne le meilleur rendement, la meilleure pureté, le produit doit passer par douze étapes de synthèse. C'est énorme quand on pense qu'un produit relativement simple comme l'aspirine ne subit que deux étapes. Et puis, le produit doit être contrôlé par les méthodes de chromatographie et de spectrométrie les plus modernes. L'équipe Dat-Xuong travaille sans relâche sur des dérivés nouveaux, car la découverte de ce qu'on appelle en jargon de métier le H9 M2 E [1] n'est que le résultat du travail sur la troisième génération d'une

1. Hydroxy 9 Métoxy 2 Ellipticine.

grande famille très prometteuse. Sachant qu'il est sur la bonne voie, le chercheur ne perd pas une journée, pas une heure. Le produit donne-t-il d'excellents résultats ? Très bien. Il faut l'améliorer encore, rectifier sa formule, la rendre plus efficace, moins toxique ; il faut recommencer, recommencer sans cesse, faire mille, dix mille fois la même expérience jusqu'au jour où...

Le produit de synthèse fabriqué par les chimistes ne peut être utilisé par les cliniciens qu'après avoir subi de nombreux essais de toxicité sur les animaux. Le professeur Paoletti dirige à la fois l'un des laboratoires de l'Institut de cancérologie de Villejuif et le laboratoire de pharmacologie et de toxicologie du CNRS à Toulouse. Il est l'un des protagonistes de cette aventure, l'un des maillons indispensables de cette longue chaîne scientifique. C'est la collaboration de son équipe et de celle de Dat-Xuong qui a permis la mise au point de tous ces dérivés de l'hydroxy-ellipticine. Je devais donc voir le professeur Paoletti.

C'est un homme très simple, ouvert, qui va droit au but, dans un langage direct et sans ornement. Le professeur Paoletti me met tout de suite à l'aise quand je lui explique que je ne suis pas un scientifique, que mes auditeurs ou mes lecteurs ne le sont pas obligatoirement non plus, mais ont pourtant le droit de savoir. Il hoche la tête ; il réfléchit. Il cherche à m'expliquer le plus clairement possible pourquoi, dans l'arsenal des médicaments dont nous disposons actuellement, les dérivés de l'ellipticine semblent offrir un espoir très sérieux :

— Pour expliquer cela, dit-il, il faudrait... ah ! ce n'est pas facile ! Il faudrait un tableau noir.

— Impossible. Mes auditeurs sont aveugles.

— Alors, heu...

Il se lève, marche dans son bureau.

— Ce n'est pas facile d'être simple.

Il se retourne. Il semble avoir trouvé la solution :

— Nous avons raisonné ainsi : ce sont les produits qui ont le plus d'affinité pour le DNA qui ont le plus de chance d'être efficaces. Vous comprenez ?

— Non. Et d'abord, qu'est-ce que le DNA ?

Il me regarde, perplexe :

— Oui, bien sûr. Il faut commencer par là. Le DNA, ou l'ADN en français, c'est-à-dire l'acide désoxyribonucléique, c'est, en somme, le véhicule du code de l'hérédité. C'est la base même de la vie. C'est un acide d'une délicate et étonnante structure qui se trouve dans le noyau de la cellule.

— De toute cellule vivante ?

— Oui, animale ou végétale. Mais si les éléments qui le forment sont identiques aussi bien chez vous que chez votre chien, dans le brin d'herbe ou dans la moisissure du pain, le code selon lequel est fait l'assemblage, lui, est différent. Et c'est pour ça que le chien ne vous ressemble pas, et que l'éléphant ne ressemble pas au moustique. Les directives codées des molécules d'ADN d'un individu résultent de la combinaison de celles de son père et de celles de sa mère qui, par le noyau des cellules sexuelles, ont fourni chacun la moitié du code. C'est assez clair ?

— Oui.

Il tourne autour de son bureau et pose la main sur une sorte de sculpture abstraite hélicoïdale formée de petites balles de couleurs différentes.

— Ça, dit-il, c'est le DNA. Vous pouvez vous le représenter comme deux ficelles enroulées sous forme d'hélice ; ces ficelles sont tenues par ce qu'on appelle des plateaux de paires de base. Imaginez-vous des assiettes empilées les unes sur les autres. Il y en a dix par pas de l'hélice, et elles collent très fortement les unes aux autres, ce qui donne sa cohésion à la molécule. Le message génétique est lu, trois paires de base par trois paires de base. En somme, trois paires de base représentent une lettre. Chacune de ces lettres permet de faire un mot, puis une phrase, et enfin le message génétique. Mais si vous insérez, dans quelque langue que ce soit, des lettres frauduleuses dans les mots, le message n'a plus de sens. D'accord ?

— D'accord.

— Eh bien le produit en question a la propriété de pouvoir s'insérer dans le message génétique, de rendre la molécule vicieuse, donc de la détruire. Et quand il s'agit de cellules anarchiques, c'est bien ce que nous recherchons. Donc, *a priori,* rien qu'en lisant la formule de l'hydroxy-ellipticine, on savait qu'elle avait ces propriétés. Encore fallait-il le démontrer. Nous sommes également partis du principe que, plus le produit a d'affinité pour le DNA, plus il doit avoir de propriétés antitumorales. Il est beaucoup plus facile de repérer les molécules qui ont une affinité pour le DNA que de découvrir des molécules antitumorales chez les animaux. Dans le premier cas, il faut deux heures, dans le second cas on peut passer des mois. Donc, par un système de simplification de laboratoire, nous pouvions établir un screening, c'est-à-dire passer rapidement au peigne fin les molécules de cette série pour trouver celles qui ont le plus d'affinité pour le DNA ; et probablement celles qui ont la meilleure efficacité thérapeutique.

— J'ai l'impression que tout cela est fort simple.

— Ça l'est. Mais nous avons mis des années à nous en apercevoir. Venez ! Nous allons monter au laboratoire où vous verrez les essais.

Ces essais se font sur des souris. N'en déplaise aux défenseurs de la gente animale, on est souvent obligé de tester les produits sur des souris si l'on veut épargner les hommes. Dans ce cas précis, il paraît difficile de faire autrement.

Mme Cros, ingénieur du CNRS, m'explique que l'on administre le produit à différentes doses aux animaux. On peut ainsi observer sa toxicité par le critère de la mortalité des souris. Pour déterminer quelles sont les doses efficaces mais non mortelles, ainsi que la fréquence souhaitable des injections, on contrôle régulièrement le poids, la température des souris, ainsi que les variations de la formule sanguine de l'animal. On étudie les causes des troubles nerveux qui l'atteignent pour savoir quelles sont les doses à ne pas dépasser. Mme Cros me propose de me montrer le travail de l'ellipticine sur les cellules leucémiques.

Je reste longtemps sur ce microscope à regarder l'effet dévastateur du produit qui peut, demain, nous sauver.

Les essais ne s'arrêtent pas là. D'autres, plus poussés encore, sont pratiqués sur d'autres animaux par une équipe de Clermont-Ferrand. Lorsque la toxicité du produit est bien établie, lorsque les doses sont précisées et la fréquence des injections indiquée, on peut alors — et seulement à ce moment-là — songer à expérimenter le produit en clinique. Inutile d'insister sur l'importance de cette étape ultime.

Au centre François-Baclesse, à Caen, le Dr Juret et son équipe utilisent les dérivés de l'hydroxy-ellipticine.

Je suis entré dans ce centre moderne. J'ai rendu visite à certains malades sous traitement. En voyant sur la petite ampoule la formule H9 M2 E, que seuls les spécialistes comprennent, j'ai pensé à la petite Ochrosia de la forêt calédonienne. Si les malades savaient la longueur du chemin parcouru ! Que de temps, d'efforts, de sueur, d'argent, de patience pour partir d'une plante sauvage et arriver à une simple formule, à cette petite ampoule !

Dans son bureau, le Dr Juret est en pull-over à col roulé. Très simple, comme tous les hommes qui n'ont pas le temps de s'embarrasser de formules et de masques, il m'avoue que, s'il connaît bien l'ellipticine, il ne connaît pas du tout l'histoire d'Ochrosia. Je la lui résume. Comme il regrette de n'avoir jamais vu la petite plante, je sors de mon sac un petit morceau de branche et un fruit d'Ochrosia. Je les lui donne. Et je suis heureux de faire plaisir à cet homme qui a lancé toutes ses forces dans la bataille contre le cancer. A son tour, il m'explique dans quelles circonstances il a accepté d'administrer le produit à certains malades :

— C'est vers 1975 que nous avons expérimenté le H9 M2 E qui n'a pas donné de bons résultats et que nous avons très vite abandonné. Vers février ou mars 1976, le professeur Paoletti nous a demandé d'expérimenter le dérivé H9 M2 E. Nous nous sommes très vite aperçus que, s'il était inefficace dans le cas de certaines tumeurs malignes, il était en revanche très efficace dans le cas des cancers du sein à un stade avancé, certains cancers de la glande tyroïde et les tumeurs carcinoïdes de l'intestin. Nous essayons ce produit dans d'autres cas, mais je ne peux pas en parler, notre expérimentation étant trop récente et trop courte.

— Lorsqu'on fait de telles expériences, on ne peut les faire qu'avec la plus extrême prudence. En ce qui concerne les taux à administrer, comment avez-vous procédé au début ?

— Les laboratoires de toxicologie nous avaient révélé que le taux de toxicité était de l'ordre de dix milligrammes par mètre carré d'animal — on calcul souvent en mètres carrés, en matière de chimiothérapie. Par surcroît de prudence, nous avons commencé en pathologie humaine par une dose de un milligramme au mètre carré. La marge de sécurité était très large. Nous avons eu la surprise de constater que la tolérance était excellente. Nous sommes donc passés, progressivement, à des doses de 2, 4, 8, 10, 15, 25, 50 et même 100 milligrammes par mètre carré sans incident notable. De plus, ce produit a l'immense avantage d'être d'une innocuité presque totale vis-à-vis de la moelle osseuse. Presque toutes les drogues chimiothérapiques sont agressives et occasionnent des chutes de globules blancs, de globules rouges et surtout de plaquettes [1] qui obligent à interrompre les traitements en cours. C'est en cela que l'hydroxy-ellipticine est d'un intérêt exceptionnel.

— Après plus de deux ans d'expérimentation, peut-on dire, docteur, que nous nous trouvons en présence d'un produit qui fournit une arme nouvelle à la chimiothérapie ?

— Vingt-cinq ans de cancérologie m'ont appris à me méfier des enthousiasmes qui peuvent être sans lendemain. Je peux vous dire seulement que, pour certaines localisations, si la source de l'hydroxy-ellipticine m'était coupée, je serais en grande difficulté thérapeutique. D'autre part, on nous annonce que d'autres dérivés moins toxiques et plus efficaces sont en cours de synthèse. On peut donc dire, sans être taxé d'optimisme abusif, que nous sommes en présence d'une substance sérieuse dans notre arsenal.

En tout cas, il est légitime de remercier tous ceux qui ont apporté leur contribution dans la longue filière qui va du collecteur d'Ochrosia en Nouvelle-Calédonie jusqu'à l'équipe qui a fait bénéficier les malades du produit en cause.

Il ne s'agit pas là d'un simple coup de chapeau ou d'un effet de courtoisie. On ne fait pas des ronds de jambes lorsqu'on travaille sur un sujet aussi grave. Le docteur Juret m'a chipé ma conclusion.

Du botaniste du XVIIIe siècle au clinicien d'aujourd'hui, la chaîne est longue, en effet. Et chaque maillon de cette chaîne est capital. Pour les botanistes, les chimistes, les toxicologues, les pharmacologues, le H9 M2 E, c'est déjà l'acquis. On ne pavoise pas. On cherche à faire toujours mieux, dans la plus grande discrétion. Si l'hydroxy-ellipticine est utilisée à Caen, les services du professeur Mathé à Paris explorent une autre voie, celle de la métoxy-ellipticine [2].

L'un des soucis majeurs de tous ces hommes, c'est la fabrication du produit en quantité suffisante pour pouvoir répondre à la demande. A l'époque où ce reportage a été réalisé, le professeur Paoletti m'avait dit :

---

1. Plaquettes : éléments figurés du sang intervenant dans sa coagulation.

2. D'autres équipes en France, comme celle dirigée par Jean-Yves Lallemand à l'Ecole normale supérieure de Paris, travaillent sur ce thème de recherche.

— Avec une centaine de malades traités, nous sommes, nous laboratoires expérimentaux, à la limite de nos moyens techniques et de nos budgets. Ce qu'il faut, c'est que l'industrie pharmaceutique prenne le relais. Malheureusement, il y a un fossé entre la recherche publique, désintéressée, qui avance en fonction de notions d'ordre conceptuel ou raisonnable pour faire progresser les connaissances, et l'industrie pharmaceutique qui, elle, ne s'intéresse qu'à des choses qui sont exploitables à moyenne échéance, c'est-à-dire dans les années qui viennent. L'ellipticine, jusqu'à ce jour, n'intéressait pas les industries parce qu'elle n'était pas rentable, pour employer un terme horrible lorsqu'il s'agit de la santé des hommes ; cependant, des accords semblent être conclus entre un secteur de l'industrie pharmaceutique et nos laboratoires. Nous fondons de gros espoirs làdessus [1].

Après plusieurs semaines de reportage, plusieurs milliers de kilomètres parcourus dans le Pacifique et dans diverses villes de France, j'ai cherché à faire le point sur ce qui est une véritable aventure scientifique : une plante — un produit qui guérit. Ça a l'air tout simple et ça l'est quand on le raconte en quelques pages. Mais au terme de ce voyage, je me suis aperçu que, voulant parler d'un aspect de la chimie française, j'avais surtout rendu hommage à quelques hommes sans qui cette aventure n'aurait pas existé. Un hommage dont je ne me défends pas.

1. Depuis, j'ai appris par le docteur Dat-Xuong que la fabrication à grande échelle allait pouvoir être lancée.

L'INSONDABLE PROFONDEUR DES CIEUX

L'infini, mon cher, n'est plus grand-chose. C'est une affaire d'écriture. L'univers n'existe que sur le papier.

Paul VALÉRY, *M. Teste.*

Saint-Michel l'Observatoire. Un petit village de Haute-Provence, près de Forcalquier, à 650 mètres d'altitude. Plus loin, noyées dans la garrigue et la forêt naissante, une dizaine de coupoles blanches montrent leurs têtes comme des champignons des prés. J'arrête ma voiture pour demander à un paysan :

— Pourquoi appelle-t-on ce village Saint-Michel l'Observatoire ?

Il tend son bras vers les coupoles et répond avec un accent parfumé de thym et de lavande :

— Parce qu'y a l'observatoire, té !

— Et il y a beaucoup de monde, là-bas ?

— Oh ! y sont nombreux ! Et avé des têtes comme ça !

Il me montre un volume de crâne comme un potiron. Il ajoute pour justifier son exagération : « Ce sont des savants. »

— Et que font-ils ?

Le brave homme a un geste vague :

— Toute la nuit, ils regardent la Lune.

— La Lune, vous croyez ?

— La Lune ou le reste. Mais toute la nuit. A cette heure-ci, ils dorment. Ils ne se réveillent qu'à midi et demi. On entend la cloche d'ici. Et puis, y z'aiment pas qu'on les dérange quand ils regardent leur truc. Ils sont bizarres, ces gens-là. Mais que voulez-vous, monsieur, il en faut bien des comme ça !

Eh oui, monsieur, il en faut bien ! Songez que si nous n'avions pas eu d'astronomes, nous serions encore paniqués, comme nos ancêtres de la préhistoire, les jours d'éclipse. Nous ne connaîtrions ni l'heure ni la date à laquelle nous vivons, car ce sont eux qui ont découpé le temps. Mais l'époque de la lunette de Galilée est révolue, et les astronomes de l'Observatoire de Haute-Provence regardent rarement la Lune, monsieur. La Lune est maintenant une voisine trop connue ; c'est la banlieue de la Terre. Les hommes et les femmes qui travaillent la nuit dans ces coupoles de fer regardent bien au-delà, monsieur ! Ils scrutent les astres qui sont à des centaines de milliers d'années de lumière [1]. Ils auscultent les autres galaxies. Ils radiographient l'inimaginable Infini.

Dans ce domaine d'une centaine d'hectares où fonctionne depuis 1945 ce grand observatoire d'astrophysique, la maison Jean-Perrin est le lieu d'accueil. Les chercheurs français et étrangers effectuant leurs courts séjour [2] s'y reposent, s'y détendent. C'est là que l'on se retrouve après avoir travaillé toute la nuit isolément.

Au-dessus de la porte de la salle à manger encore vide, une plaque, avec un portrait et une pensée de Jean Perrin : « C'est une bien faible lumière qui nous vient du ciel étoilé. Que serait pourtant la pensée humaine si nous ne pouvions percevoir les étoiles ? »

On m'a conduit dans ma chambre, à pas feutrés. A onze heures du matin, les couloirs sont plongés dans un silence monastique. Charles Fehrenbach, directeur de cette étrange cité, m'attend dans son bureau. Depuis 1937, il consacre sa vie à la Science. Membre de l'Institut et médaille d'or du CNRS, cet astrophysicien, à la fois professeur et chercheur, a porté loin de nos frontières la renommée de l'activité astronomique française. Après avoir contribué, par son travail personnel, à l'installation du grand télescope de l'Observatoire européen austral [3], il participe très activement à la mise en place du télescope Canada-France-Hawaï [4]. Mais cet observateur infatigable, entouré d'appareils géants, éprouve encore le besoin d'avoir, à son domicile, une lunette pour son usage personnel. Charles Fehrenbach est l'un de ces chercheurs qui pourraient peut-être justifier le portrait-robot brossé par le public : la tête dans ses galaxies et les pieds dans les nuages, il ressemble à un enfant malicieux à cheveux blancs qui a grandi en même temps que le jouet que lui a apporté le père Noël, il y a un demi-siècle ; et la curiosité de son enfance n'a jamais été assouvie. Charles Fehrenbach est-il un scientifique, un rêveur ou un philosophe ? Et d'abord, l'astronomie est-elle seulement une science physique ou influence-t-elle les doctrines philosophiques et religieuses ? D'une voix faussée qui rehausse sa personnalité, le directeur de l'OHP me répond :

---

1. Le langage courant utilise plutôt le terme « année-lumière ». Une année de lumière = 9 461 milliards de kilomètres.

2. Les missions d'observation n'excèdent généralement pas une quinzaine de jours et sont accordées par le comité de direction de l'Observatoire sur proposition d'une commission des programmes.

3. Situé au Chili, à 500 km de Santiago, dans la cordillère des Andes, à 2 400 m d'altitude.

4. Situé au sommet du Mauna Kea, 4 200 m d'altitude, dans l'île d'Hawaï.

— Je dois vous dire que je suis croyant. Mais devant ce monde extraordinaire de l'infiniment grand ou de l'infiniment petit, et depuis l'explosion primordiale, il n'y a qu'un étonnement de tous les instants. « Que ce monde est étrange ! Que ce monde est magnifique ! » Si cet étonnement est une forme de philosophie ou une forme de croyance, alors oui, la Science a quelque influence, car ce monde fantastique, l'Homme arrive à le comprendre. N'est-ce pas merveilleux ?

Ce soir, Charles Fehrenbach vient de recevoir d'un observatoire étranger où se trouvent les appareils les plus perfectionnés la photo d'une nébuleuse qui n'est guère meilleure que celles prises ici ; et le directeur de l'OHP dissimule mal sa jubilation. Je crois piquer au vif sa fierté d'astronome terrestre en lui demandant :

— Les observations terrestres restent-elles valables depuis les recherches spatiales ?

Il ne réagit pas comme je l'imaginais. Il prend son temps pour répondre :

— La recherche spatiale nous a, en quelques années, donné plus de résultats que nous n'en avions obtenus depuis Galilée. Il n'est donc pas question de nier l'apport de la recherche spatiale en cette matière. Elle nous a permis de photographier les astres de l'ultraviolet lointain, et de constater que certaines étoiles émettaient des rayons X que nous ne pouvions pas voir à cause de notre atmosphère terrestre. Si nous avions des moyens absolus, nous placerions nos télescope à l'extérieur de l'atmosphère. L'atmosphère, c'est l'ennemi N° 1 de l'astronome. S'en affranchir, c'est le rêve de tout astronome. La France va d'ailleurs participer au programme du télescope de deux mètres de diamètre lancé par les Américains hors de l'atmosphère et qui sera relayé à la Terre par des navettes spatiales. Il est probable que nous allons faire là des progrès fantastiques. Mais les résultats devront, de toute façon, être vérifiés dans les observatoires terrestres. Une ère nouvelle de l'astronomie est ouverte avec les satellites. Ils nous donnent des résultats inespérés. Mais le sol compte encore beaucoup. D'ailleurs, tous les grands pays construisent toujours des télescopes au sol.

Il relève la tête et me regarde par-dessus ses lunettes :

— Nous ne sommes pas des attardés, vous savez ! Nous aidons énormément à résoudre les problèmes nouveaux découverts par la recherche spatiale.

La cloche a retenti.

— Vous prenez vos repas à « Jean-Perrin » ? me demande Charles Fehrenbach.

— Volontiers.

— Alors c'est l'heure. Ce soir, vous visiterez les coupoles.

Dans la salle à manger, les astronomes encore ensommeillés se mettent à table. Ils vont prendre leur repas de midi en guise de petit déjeuner. Malgré cela, l'ambiance familiale de la maison engendre la bonne humeur. Les repas sont toujours très animés quelles que soient les équipes et leur nationalité.

J'ai pris place à côté de Mme Alloin et Didier Pelat, de l'Observatoire de Meudon, Jacqueline Bergeron et Georges Comte, de l'Observatoire de Marseille, M. Dannefeld, du laboratoire de Verrières et Nguyen Doan, de l'observatoire de Lyon.

Le chercheur qui est à ma droite bâille discrètement.

— Ça ne vous perturbe pas trop, ce régime de sommeil décalé par rapport aux heures de repas normales ?

— On s'y fait. Les périodes d'observation ne sont pas tellement longues dans l'année.

— Combien de temps, en moyenne ?

— Quatre ou cinq semaines, en tout.

— Et le reste du temps, qu'est-ce que vous faites ?

— On se repose ! réplique Mme Alloin qui saute sur ma question stupide.

Georges Comte rectifie :

— Tout le reste de l'année est pris par le dépouillement des documents. Nous devons retirer l'information recueillie, la transcrire, la traiter par ordinateur. C'est très long.

— Mais dans vos périodes d'observation, il vous arrive de tomber sur du mauvais temps !

— Oui, et c'est catastrophique, car nos jours sont comptés.

— Vous faites plusieurs séjours par an, ici ?

— En général, on vient huit, quinze jours, et puis on va dans d'autres observatoires : Pic du Midi ou autres, pour vérifier nos informations.

L'arrivée sur la table de gâteaux imbibés de crème anglaise provoque une joie intense et suscite de nombreux commentaires. Je lance une question qui risque de pimenter ce dessert :

— Quatre hommes et deux femmes, autour de notre table : c'est à peu près la proportion dans les équipes d'astronomie ?

— Ah non ! s'insurge Mme Alloin. Il y a beaucoup plus de femmes. Environ 40 %.

— Pourquoi cette forte proportion de femmes dans cette discipline ?

La réponse arrive comme un boomerang :

— Parce que les femmes sont aussi intelligentes que les hommes !

— Ce n'est pas une réponse.

— Elle ne vous satisfait peut-être pas, mais c'en est une !

Mme Alloin en trouve une autre :

— Il y a peut-être un peu moins de barrage pour les femmes dans notre discipline que dans les autres.

Je m'estime satisfait. Je bifurque :

— L'OHP reçoit les équipes internationales ?

— En permanence. Les Russes sont partis avant-hier. On attend les Américains. D'ailleurs, nous nous déplaçons nous-mêmes beaucoup.

— Quelles sont les recherches que l'on poursuit ici ?

— Celles relatives à notre galaxie et aux galaxies extérieures. Elles sont centrées principalement sur des observations spectrographiques et photographiques. L'OHP observe les astres nouveaux, les comètes, les novae, dès l'annonce de leur découverte.

— Il y en a fréquemment ?

— Assez. La comète Kohoutek, en 1973, a été l'une des plus brillantes. On a pris ici de nombreuses photos montrant des variations de structure de la queue, qui atteignait plus de dix millions de kilomètres. En mars 1976, la comète West a fait l'objet de plusieurs études.

A l'autre bout de la table, la conversation est moins sérieuse ; elle roule sur les livres de science-fiction mettant en cause les mondes stellaires. On parle à la fois de l'imagination et du manque d'information des auteurs, sans toutefois repousser dédaigneusement leurs œuvres.

L'après-midi, l'observatoire semble plongé dans une sieste réparatrice [1]. Avec Charles Fehrenbach, je visite les différents services : le laboratoire photo, les divers ateliers. On a l'impression que le Centre vit en circuit fermé.

— Ce n'est pas une impression, me dit M. Vin, ingénieur responsable de la coordination des travaux, nous sommes bien obligés de parer à toute éventualité. Les chercheurs qui viennent ici ne passent que quelques nuits en coupole. Tout doit fonctionner parfaitement et à longueur d'année, car l'observatoire travaille 363 nuits par an. Nous ne décrochons que pour la nuit de Noël et une autre. S'il y a le moindre pépin, nous devons être en mesure de réparer immédiatement. C'est un peu pour cette raison que nous faisons nous-mêmes certaines pièces. Nous les fabriquons avec d'autant plus de soin que nous en assurons nous-mêmes la maintenance.

— Le progrès de la technique va vite, n'est-ce pas, en cette matière ?

— Tellement vite, qu'on pourrait dire, en exagérant à peine, qu'entre le moment où un système est conçu et celui où il est mis en application pour une expérience donnée, il est déjà dépassé par une invention encore plus sophistiquée.

— Pourtant, depuis Galilée, les changements peuvent se résumer facilement : la lunette avec sa lentille est devenue un télescope avec un miroir parabolique, et l'œil de l'astronome a été remplacé par des récepteurs plus sensibles, d'abord la plaque photographique et puis le spectrographe qui décompose la lumière reçue ?

— Oui. Mais on a adapté à ce spectrographe des caméras, des écrans de télévision. Pour étendre la spectrographie à un domaine plus large encore, pour saisir les choses que notre œil ne peut voir,

1. En réalité, les chercheurs préparent leur travail du soir ou contrôlent celui de la veille.

et notamment la région spectrale de l'infrarouge, Mme Andrillat, directrice adjointe de l'Observatoire, a demandé à nos différents services de concevoir un appareil que nous avons baptisé le « Réticon ». Grâce à lui nous avons obtenu les premières photos de cette région spatiale. Nous sommes toujours en train d'améliorer, de perfectionner notre matériel.

J'ai attendu impatiemment ma première nuit en coupole. Les chercheurs n'aiment pas beaucoup les visiteurs car, pour eux, chaque belle nuit est une victoire que l'on peut facilement lire sur les visages, le lendemain, dans la salle à manger.

Il est vingt et une heures. J'entre dans la coupole 193[1]. Il y fait froid. Pour pointer le télescope, il est nécessaire d'ouvrir la grande trappe qui découpe sa tranche de ciel étoilé, et fait, du même coup, travailler les astronomes et les techniciens en plein air.

Ce qui caractérise les coupoles d'observatoire au travail, c'est le silence qui y règne. Le silence et l'obscurité. L'œil ne doit pas être altéré par la moindre source lumineuse. Les quelques contrôles obligatoires se font à la lampe de poche voilée. Je marche à tâtons, guidé par mes hôtes. Est-ce l'obscurité ou la minutie du travail qui l'exige ? On ose à peine élever la voix pour parler. Je pénètre dans un monde inconnu, et la phrase de Pascal me revient en mémoire : « Le silence de ces espaces infinis m'effraie. »

Georges Comte me présente le télescope dans les ténèbres. C'est un monstre de soixante-dix tonnes, avec un miroir de mille deux cents kilos. Le pointage de l'instrument se fait d'un tableau de bord, avec une très grande précision. L'entraînement est contrôlé par un dispositif électronique. Pour moi, ce soir, les chercheurs l'ont pointé sur un astre particulièrement brillant. Copernic ? Où es-tu ? Toi qui hésitas vingt-sept ans avant de donner ton explication du monde solaire par l'observation ? Vingt-sept ans, parce qu'un verset de la Bible nous dit qu'un jour Josué arrêta le soleil ! Et toi, Galilée, avec ta petite lunette, que dirais-tu si tu voyais ce que je vois dans l'oculaire de ce 193 ? Je rêve ; tout m'y pousse : l'obscurité, le silence, le ciel. Je songe au businessman du *Petit Prince* qui possédait toutes les étoiles et n'arrivait pas à faire ses comptes pour les mettre en banque. Accepterait-il d'être aidé par les deux ordinateurs de l'OHP ? Accepterait-il de voir débarquer sur sa planète des équipes d'astronomie, d'astrophysique, de physique spatiale, de géophysique, de glaciologie, de géodynamique ? Il devrait pourtant se faire une raison, car l'astronomie n'est plus aujourd'hui réservée aux poètes et aux banquiers.

J'entre dans la coupole 152, comme un aveugle. On m'y souhaite la bienvenue et je reconnais les voix de Mme Alloin et de Didier Pelat. Une main saisit la mienne :

---

1. Ce nombre indique, en centimètres, le diamètre du miroir du télescope.

— Attention aux câbles !

On me fait asseoir sur le siège, devant l'oculaire. Mme Alloin m'explique ce que je dois y voir. Sur mon inséparable magnétophone, j'enregistre ce cours élémentaire d'astronomie et j'apprécie l'amabilité de ces chercheurs qui acceptent de perdre un peu de leur temps si précieux pour apprendre à un profane le B-A BA du grand livre du ciel.

Les problèmes d'actualité tels que ceux posés par les étoiles anormales font l'objet d'un programme d'observation. L'astrophysique a permis de constater l'état dégénéré de la matière, c'est-à-dire la matière réduite à des conditions de densité hallucinantes. A la fin de son existence, une étoile peut être réduite à l'état de « naine blanche ». Elle s'affaisse sur elle-même et sa matière atteint une densité de 10 puissance 14. L'écroulement final de la matière produit ce que les astronomes appellent les « trous noirs » ; il n'y a plus alors qu'une masse réduite dont la densité atteint 10 puissance 16. On ne peut évidemment qu'imaginer ce qu'est la matière réduite à cet état-là, mais si l'on voulait prendre un exemple, on dirait que le soleil, devenu « trou noir », n'aurait plus que trois kilomètres de rayon.

Il est deux heures du matin. Toutes les coupoles travaillent à plein rendement car la nuit est claire. Demain, les chercheurs seront de bonne humeur.

« Ils sont bizarres ! » m'avait dit le paysan. Bizarres, oui, ces noctambules si sérieux dans leurs coupoles qu'on n'ose à peine respirer, si doctes devant leurs appareils de calcul, mais capables, quand le ciel est maussade, sur le coup de trois heures du matin, de se réunir à la maison d'accueil, pour faire des crêpes, en attendant que les astres ne boudent plus. Et si, par malchance, il n'y a plus d'œufs à la cuisine, on descend en pleine nuit au village pour aller en chercher dans les maisons amies. Bizarres, oui, ces hommes et ces femmes ! Mais combien sympathiques, retranchés derrière leur bouclier de l'infiniment grand !

Après plusieurs jours passés dans ce parc où le public ne pénètre que rarement, après plusieurs nuits dans les coupoles, je suis reparti, un matin, de bonne heure, sur la pointe des pieds pour ne pas troubler le premier sommeil des chercheurs. Sur la route de Saint-Michel, j'ai revu le paysan qui était toujours en train de faucher. Je me suis arrêté et lui ai crié :

— La Lune ne les intéresse pas, Monsieur ! Ils sont beaucoup plus loin que ça. A des milliards et des milliards de kilomètres !

L'homme a soulevé faiblement ses épaules et il s'est remis à faucher.

LA SAGESSE ET LE PROGRES

La tradition et le progrès sont deux grands ennemis du genre humain.

P. VALÉRY, *Regards sur le monde actuel.*

Tout s'est décidé au restaurant « Les Ondes » à deux pas de la Maison de la Radio. Pierre Amado, que je ne connaissais pas, m'avait dit au téléphone :

« Dans vos émissions vous parlez souvent de l'Afrique, mais de l'Asie jamais. Je voudrais vous faire une proposition. Déjeunons ensemble près de votre lieu de travail. »

Il n'a pas mis longtemps à me convaincre. Cet ethnologue du CNRS, chargé de cours à l'Ecole pratique des hautes études, est ce qu'il convient d'appeler un « brillant indianiste ». Mais un tel qualificatif est trop flou pour le présenter. On ne peut recevoir l'Inde qu'avec son cœur, et Pierre Amado a reçu l'Inde comme un sacrement. Cet homme porte la cinquantaine comme ses fines moustaches : avec discrétion et élégance. Je l'imagine volontiers en uniforme d'officier de Sa Majesté la reine Victoria, quoique le dhoti [1] lui siérait beaucoup mieux s'il n'avait horreur de se déguiser.

Il me parle du Gange, des dieux et des hommes avec des mots auxquels je ne résiste jamais : j'ai un faible pour la passion. Au dessert, je sais déjà qu'avec l'accord de France-Inter je serai bientôt à Delhi. Et j'écoute Pierre Amado qui plaide inlassablement pour son Inde, en me parlant du hasard ou de l'engrenage qui l'a fait devenir chercheur :

— Quand je suis arrivé à Calcutta, il y a vingt-quatre ans, j'étais professeur de philosophie, et la philosophie indienne m'intéressait particulièrement. J'ai pris des leçons avec des pandat [2]. J'en ai appris

1. Dhoti : pagne de coton que portent les Indiens traditionnels.
2. Pandat : pluriel de pandit = sage, lettré.

tout ce que je pouvais apprendre, c'est-à-dire pas grand-chose. Il m'est apparu alors dérisoire d'étudier la philosophie indienne d'il y a douze siècles, quand j'avais sous les yeux l'Inde d'aujourd'hui où se posent des problèmes autrement importants qui engagent l'avenir non seulement d'une civilisation mais de la Civilisation en général. En fait, comme j'étais aux premières loges pour considérer ces problèmes et tâcher de les comprendre, je ne pouvais plus me contenter des enseignements de l'Inde ancienne ; il me fallait également étudier l'Inde contemporaine. J'avais une double chance : la formation qui m'avait permis de connaître les textes classiques et la tradition écrite ; le contact avec les réalités indiennes d'aujourd'hui. Les économistes et même parfois les sociologues ne pensent pas toujours qu'il est indispensable pour comprendre ce pays de connaître d'abord sa culture, sa civilisation, sa tradition. Or, il est plus facile à un professeur de philosophie d'étudier l'économie qu'à un économiste d'étudier la philosophie indienne et les coutumes de cette civilisation traditionnelle.

— Qu'appelez-vous civilisation traditionnelle ?

— C'est une civilisation dans laquelle l'homme s'éprouve comme une parcelle de l'Univers. De ce fait, il ne ressent pas le besoin de se distinguer, de se singulariser, de s'individualiser ; il se fond dans le groupe, dans l'environnement naturel et surnaturel dont il se sent partie intégrante. Ces civilisations sont extrêmement rassurantes puisque leurs traditions paraissent intangibles aux hommes qui les vivent, du fait que leurs lois, leurs coutumes ont été fixées par des mythes liés à des ancêtres qui semblent avoir reçu la révélation de la vérité. Nous, en Occident, nous n'accordons aux civilisations et aux cultures qu'une valeur relative. Et voilà que, tout à coup, nous avons pris conscience que notre culture et notre civilisation n'étaient pas les seules, ni nécessairement les meilleures ! Cette prise de conscience est intolérable. Pour y échapper, nous cherchons à justifier notre civilisation, à la valoriser par rapport aux autres, et nous nous appuyons sur l'idée d'un progrès aux changements inquiétants ; à l'inverse, la culture traditionnelle rassure, parce que la tradition est immuable.

— Une tradition peut évoluer aussi.

— Certes. C'est même le propre d'une tradition vivante. C'est en cela que la tradition indienne est extraordinaire. Tenez ! pouvez-vous me résumer l'Inde en quelques images ?

— L'Inde, ce sont les vaches sacrées, les maharajahs, les fakirs, la jungle de Kipling, les sages qui méditent, les mendiants, la famine, la surpopulation, Rabindranath Tagore et Gandhi.

— Tout y est, en effet. Ces clichés sont profondément enfoncés en nous parce que l'image mythique de l'Inde plonge ses racines dans notre passé ancestral depuis... oh ! depuis l'épopée d'Alexandre. Mais vous êtes trop habitué à fréquenter d'autres civilisations que la nôtre pour vous appuyer sérieusement sur ces clichés. Il faut que vous veniez là-bas. Il faut que, par votre voix, vos auditeurs découvrent l'Inde véritable, celle que ne voient jamais, hélas ! les touristes.

— Quand partons-nous ?

— Je dois être le 12 mars à Delhi. Je vous y attendrai le 16.

Nous n'avons pas perdu de temps dans la capitale indienne. Dès le 17 au matin, nous sommes sur la route de Hardwar. Nous croisons des pèlerins qui vont et viennent : riches en voitures, pauvres en autobus, mendiants à pied. Tous sont heureux. Ils portent le nom de Hardwar comme un bagage. Dans la religion hindouiste, l'un des noms du seigneur Vishnou est « Hari », et « dwar » signifie « porte ». Hardwar, c'est donc « la porte du Seigneur ». C'est aussi « les portes du Gange ». Pour comprendre, il faut, dès l'arrivée, monter sur la colline qui domine la ville et regarder vers l'Himalaya qui crache la vie.

Pierre Amado tend son bras vers les montagnes mauves :

— C'est par là-bas, sur les sommets, à 7 000 mètres d'altitude, que le Gange prend sa source. Et, en trois cents kilomètres, il dégringole jusqu'ici. Il dévale avec une force incroyable et quand il arrive dans la plaine, il s'ouvre comme une main, en cinq branches : il donne la vie à cette immense vallée qui est la plus peuplée de l'Inde, mais aussi la plus féconde. Et voyez-vous, plus bas, ces sept îlots ? Quand le Gange est sorti de la montagne pour la première fois, elle a vu sept sages en méditation. Pour ne pas déranger ces sages, elle les a contournés, entourés de son eau, et a formé ces sept îles. On dit que chacune d'elles est habitée par une grande âme.

— Pourquoi parlez-vous du Gange au féminin ?

— Parce que l'hindou ne parle pas du Gange mais de la Ganga. C'est une divinité, la Divinité. En Inde, le Père éternel, c'est la Mère de l'Univers. Un jour, un instituteur indien demanda à ses élèves de citer les plus grands fleuves de l'Inde. Pas un seul ne nomma le Gange, tellement ils étaient persuadés que la Ganga n'était pas un fleuve.

— Le Gange semble être plus sacré à Hardwar que partout ailleurs.

— Oui, et c'est une belle histoire. La légende — mais la légende est souvent plus importante que l'histoire, car le fait historique ne se produit qu'une fois alors que la légende est éternelle — la légende, donc, dit que c'est ici à Hardwar que le dieu Brahma accueillit la Ganga. Il y avait une fois, dans le sud de l'Inde, des ascètes qui méditaient pour atteindre l'éveil, la délivrance suprême, le détachement des choses de ce monde. Et à chaque fois qu'ils étaient sur le point d'y parvenir, des démons, des monstres sortaient de la mer et venaient les tourmenter en leur tirant les pieds, les cheveux, bref, ils empêchaient les ascètes de trouver leur délivrance. L'un de ces ascètes était d'une grande sagesse, et à force de longues méditations, il avait acquis des pouvoirs extraordinaires. Il pouvait, comme le font certains fakirs, avaler n'importe quoi. Alors ses amis lui dirent : « Puisque tu peux tout avaler, avale donc la mer et débarrasse-nous de ces démons. » Ce qu'il fit. Et tout le monde fut content. Pas pour longtemps. En effet, comme il n'y avait plus de mer, il n'y avait plus de nuages ; comme il n'y avait plus de nuages, il ne pleuvait plus ; et comme il ne pleuvait plus, une terrible sécheresse s'installa sur la terre ; et avec elle, la famine et tout ce qui s'ensuit. Les hommes étaient pour ainsi dire condamnés. Heureusement il y avait Baguirah, un roi aussi grand que sage. On le supplia d'atteindre Brahma pour plaider la cause des hommes. Baguirah entra en méditation. Après un millier d'années, il réussit à atteindre Brahma et lui expliqua qu'il fallait de l'eau pour sauver les hommes. Brahma réfléchit et dit : « Il faudrait envoyer sur terre la Ganga céleste. » La Ganga céleste, c'est la voie lactée. « Mais, continua Brahma, c'est impossible ! Le poids, la force de la Ganga sont tellement grands que tout sur la terre serait ravagé et le remède serait pire que le mal. A moins que Shiva, le plus fort de tous les dieux, n'accepte de freiner la force de la Ganga en la recevant dans sa chevelure. »

Le roi sage reprit sa méditation pendant encore un petit siècle. Il se trouva alors en mesure d'atteindre Shiva qui accepta d'aller se poster sur la terre, ici, à Hardwar, et d'attendre que la Ganga lui tombe sur la tête. Et tout se passa comme prévu : l'eau déferla sur le monde en suivant les boucles brunes de Shiva, ce qui amortit la chute, et le monde fut sauvé. C'est pourquoi les statues de Shiva représentent ce dieu avec une chevelure bouclée à travers laquelle coule l'eau du Gange.

Hardwar, ville sainte, reçoit chaque année des centaines de milliers de pèlerins. Mais pendant la Kumbh Mela, c'est-à-dire tous les douze ans, la ville voit affluer une dizaine de millions de fidèles en l'espace d'un mois, dont quatre millions dans les trois jours les plus fastes. Ces pèlerins arrivent par le train, par les autobus... trois cents autobus par heure — un toutes les douze secondes ! Dans la population permanente de 70 000 habitants, on compte à peu près 20 000 prêtres de pèlerinage. Quand un pèlerin arrive, il cherche toujours un prêtre qui lui fera accomplir les rites les plus profitables ; et surtout, il cherche le prêtre qui a déjà accueilli les membres de sa famille. Pierre Amado m'explique :

— Si moi, pèlerin indien, j'arrivais à Hardwar, j'aurais l'adresse d'un prêtre qui me montrerait un grand livre vieux de deux ou trois cents ans, dans lequel je trouverais la signature de mon père et de mon grand-père ; et si j'étais Indien, je me trouverais brusquement en contact avec mes ancêtres, avec l'éternité. De même, en me baignant dans le Gange, je retrouverais mes ancêtres puisque leurs cendres y ont été déposées.

— Mais si vous n'avez pas l'adresse de ce prêtre ?

— Oh ! ça c'est une histoire extraordinaire ! Imaginons que nous soyons deux pèlerins et que nous débarquions à Hardwar. A peine sommes-nous descendus du train ou de l'autobus que nous apercevons une trentaine de personnes qui sont là, comme des gens qui attendent des parents, des amis. Ce sont des prêtres ou les rabatteurs des prêtres qui scrutent les voyageurs et qui se disent : « Ces deux-là sont du Sud. Ce sont donc les clients de Untel. » Tous les pèlerins sont des clients réservés ; réservés à certaines religions, à certaines villes, à certaines castes. Le prêtre qui représente notre région, notre caste sera donc averti et viendra nous accueillir. Il nous hébergera chez lui s'il le peut.

— En hôtes payants ?

— Bien sûr, mais il représentera un peu la famille. Lui-même ou ses parents auront connu les nôtres ; il nous conseillera au mieux ; bref, nous nous sentirons un peu chez nous.

Pierre Amado a emporté sa caméra car il lui manque certaines séquences pour terminer un film scientifique commencé il y a plusieurs années. Bardé de ses sacs, de ses appareils, il n'a pourtant rien du touriste ; on le sent dans son élément au milieu de cette foule indienne.

Hardwar s'étire en deux longues rues étroites bordées d'une multitude d'échoppes ; c'est un bazar inextricable et pittoresque où l'on trouve tout ce qui peut tenter le pèlerin, ce pèlerin qui a économisé une partie de sa vie pour venir ici, et se fera un devoir de rapporter des souvenirs : objets du culte, vases à offrandes, chasse-mouche à queue de yak, statuettes de divinités en bronze ou en laiton, conques et coquillages, aiguières, petits pots de cuivre scellés contenant de l'eau du Gange. Aux étalages, par milliers, des images représentant les divinités du Panthéon hindou et quelques-unes de leurs aventures, dans un style naïf et populaire qui tient à la fois de nos images d'Epinal et de nos vieilles saint-sulpiceries. Et puis les brochures de pèlerinage : éditions de colportage contenant les classiques glorifications de Hardwar, la liste des temples qu'il faut visiter, les légendes qui s'y rapportent, les offrandes qu'il convient d'y faire, les paroles à réciter et les mérites qu'on y gagne. Mais les marchands savent qu'il faut aussi contenter le goût des femmes pour les ornements, les bijoux d'argent ou de fantaisie, la verroterie, les rubans de soie, de rayonne, les somptueux saris, les poudres de couleurs, les fards, les onguents, les parfums lourds et capiteux mêlés aux bâtonnets d'encens, les fioles multicolores de remèdes de toutes sortes guérissant tous les maux, de la rage de dents à l'impuissance, des rhumatismes à la chute des cheveux. Le pèlerin parcimonieux de sa nourriture quotidienne pourra ici, pendant quelques jours, débrider son estomac et assouvir sa gourmandise. En déambulant dans les rues, il n'en croira pas ses yeux de pauvre paysan qui attend avec anxiété la mousson. Il verra le riz au grain long des basses vallées de l'Himalaya, l'orge, le millet, les pois chiches, les lentilles roses, grises ou vertes, les légumes frais, aubergines. gombos, concombres, choux, radis, bananes-plantin ; il respirera l'odeur enivrante des fruits du jaquier, du goyavier, les litchis et les mangues, les melons, les citrons verts, les pastèques, les ananas, les condiments et les épices indispensables à la préparation des curries ; et puis encore, toutes les friandises, les sucreries, les tabacs doucâtres ou parfumés que l'on fume dans la grosse pipe à eau ; les mille variétés de chique de bétel.

Contre une roupie, Pierre Amado a échangé à un jeune garçon une poignée de petites pièces de monnaie représentant la plus petite unité existante.

— C'est, m'explique-t-il, pour distribuer aux mendiants. Quand on vient en pèlerinage, on gagne un mérite en donnant quelque chose à un mendiant. On donne donc au plus de mendiants possible. Avec ces piécettes, vous pouvez contenter une centaine de mendiants. Certains pèlerins donnent même un peu de riz. Oh ! peu de chose : parfois quelques grains seulement. Mais à la fin de la journée, le mendiant a sa ration. Le mendiant est ici, comme dans toutes les villes de pèlerinage, un personnage important puisqu'il permet d'acquérir des mérites. Autrefois, il y eut, dans une ville sainte, une grève des mendiants qui se plaignaient de ne pas recevoir assez. Ils disparurent pendant quelque temps. Les autorités furent obligées de leur promettre que, désormais, les pèlerins seraient plus généreux, pour les faire revenir et préserver l'intérêt de la ville. »

Pierre Amado se fraye un passage au milieu de cette foule bariolée et bruyante.

— Voulez-vous goûter au puri ?

— Volontiers.

Nous entrons dans une taverne où sont alignées une dizaine de tables avec des bancs. Les hommes mangent, boivent et discutent. Pierre Amado a passé commande. On nous apporte deux énormes galettes de blé gonflées comme des ballons d'enfants, un petit bol de sauce forte, un autre de sauce sucrée et parfumée, et une écuelle de lait caillé.

— C'est le repas de midi classique, dit Amado. Quand je suis à la recherche d'informations, de détails, je viens souvent dans ces bistrots ; on y glane des choses surprenantes. Ce vieux que vous voyez là, à moitié endormi, dans le fond, c'est peut-être un puits de science et de sagesse. Si on l'interroge, je suis sûr qu'il aura des histoires à nous raconter jusqu'à demain matin. Comprenez-vous mieux maintenant pourquoi le chercheur de sciences humaines ne peut pas être un chercheur à mi-temps ou à temps partiel ? Il baigne en permanence dans son sujet au point que sa vie en est transformée. Si vous allez chez un médecin, un biologiste, un physicien, rien dans la décoration de son appartement ne vous laissera deviner sa profession. Si vous allez chez un ethnologue, les bobines de films, les bandes magnétiques, les objets entassés ou mis en valeur vous éclaireront tout de suite. Et ce n'est pas par originalité ou par folklorisme ; c'est que l'ethnologue doit se fondre dans sa recherche ; par le son, l'image, le toucher, l'odeur, son savoir subit une transmutation. Il cherche plus avec son cœur qu'avec son esprit.

Il trempe des morceaux de galette dans le lait caillé.

— Pour faire une étude, vous avez des informateurs ?

— Oui. Mais on est souvent déçu. Parce qu'on s'aperçoit que c'est ou quelqu'un qui joue la comédie, ou qui ne connaît pas bien les rites, ou qui fait tout simplement ce qu'on lui demande de faire. Dans les sciences humaines, l'interrogateur influe toujours sur l'interrogé. Les enquêtes sont rarement non directives. Presque toujours, la question que l'on pose implique la réponse. Et les Indiens sont très psychologues ; ils ont cette faculté d'intuition qui leur fait comprendre tout de suite ce qu'on attend d'eux. Donc, il faut être sur ses gardes. C'est pourquoi nous devons passer par des informateurs sûrs qui nous connaissent et ne nous considèrent pas comme de simples curieux. Mais les informateurs ne suffisent pas. Il faut d'abord étudier le problème dans les textes. Et puis, il faut être sur place. Un bon observateur est avant tout un bon théoricien ; on n'observe bien que lorsqu'on connaît déjà ce qu'on doit observer. Et c'est pour cela que le film est utile ; parce qu'on peut le revoir autant de fois qu'on veut pour saisir tous les détails qui ont pu échapper à première vue. En somme, notre travail consiste à accumuler les observations. Et un jour, on s'aperçoit, non pas qu'on a découvert quelque chose — dans notre domaine ça n'arrive que rarement —, mais au bout de quelques années on s'aperçoit qu'il y a des questions qu'on se posait et qu'on ne se pose plus. L'ensemble de toutes les connaissances s'est lentement transformé en une connaissance, et c'est cela la véritable compréhension d'un phénomène humain, d'un fait de tradition.

— Pour une même étude, vous avez plusieurs informateurs ?

— Evidemment. Nous devons rassembler un faisceau d'informations parfois contradictoires, nous devons constater les faits eux-mêmes, regarder les coutumes, les cérémonies, les filmer, en parler avec différentes personnes venant de différentes régions, confronter nos idées avec d'autres chercheurs qui ont étudié ces problèmes. Si vous pensiez qu'en venant ici avec moi j'allais vous faire la démonstration d'une étude-express, vous vous trompiez. Ce n'est pas possible. Chaque étude demande des années, car pour celui qui la fait c'est aussi un lent changement en lui-même qui lui permet de faire profiter les autres de son expérience. Vous voulez encore un peu de lait caillé ?

— Oui. C'est excellent. Mais dites-moi, pourquoi la Kumbh Mela n'a-t-elle lieu que tous les douze ans ?

Pierre Amado hoche la tête, et tire encore le bout du fil d'une très belle histoire :

— Lors de la Création, il n'y avait que l'eau, ou le lait, c'est la même chose en Inde : c'est la mère. Le dieu créateur avait planté une montagne dans cet océan pour en faire une sorte de baratte. Et le Serpent de l'Eternité, de l'Infini, servait de corde pour faire tourner la baratton. D'un côté, il y avait les dieux qui tenaient un bout de la corde, et de l'autre les démons qui tiraient l'autre bout. Ils tirèrent si fort et si vite que bientôt l'océan de lait se mit à prendre comme le beurre. De la baratte sortirent différentes choses et notamment un vase, la Kumbh, que tenait le « grand médecin », celui qui guérit tout. Ce vase contenait l'immortalité. Les dieux et les démons se disputèrent l'objet pendant douze jours et douze nuits, ce qui correspond à douze années pour les humains. Pendant cette bataille, quatre gouttes d'immortalité tombèrent sur la terre, dont une goutte ici, à Hardwar. Si bien que pendant cette période, lorsqu'on se baigne à Hardwar dans le Gange, on se baigne dans l'immortalité. La Kumbh Mela, c'est la « réunion du vase sacré », la Mela désignant une réunion ; pas seulement religieuse, mais un rassemblement, une rencontre ; ici, en Inde, souvent le profane et le sacré sont étroitement mêlés.

— Finalement, ces grands pèlerinages sont plutôt des lieux de rencontre ?

— En effet. Dans ces lieux saints, on rencontre d'abord les autres, au bord du Gange où il n'y a plus de distinctions entre les castes : dans l'eau purificatrice, le brahmane peut côtoyer l'intouchable. Mais surtout, dans ces pèlerinages, la tradition veut que tous les maîtres des ordres religieux se retrouvent. Moines, philosophes, ascètes viennent de partout, de toute l'Inde, de l'Himalaya. On aménage pour eux d'immenses camps. On va même, aujourd'hui, jusqu'à retransmettre leurs discussions par haut-parleurs. C'est un peu dommage.

— Vous m'avez dit que près de quatre millions de personnes se baignaient pendant ces quelques heures de bon augure, c'est-à-dire au moment où Jupiter entre dans le signe du Verseau, la Lune et le Soleil étant dans le signe du Bélier. Il y a donc des astrologues qui déterminent ce moment précis ? Qui sont ces astrologues ?

— En Inde, on est astrologue de naissance, de la même façon qu'on naît barbier, charpentier. Les astrologues sont une des catégories de brahmanes, ceux qui ont la connaissance des livres sacrés. C'est une tradition très ancienne en Inde[1]. Dès la plus haute antiquité, les Indiens avaient remarqué que le cycle des saisons était lié au mouvement des astres. Il était très important pour eux de connaître, par exemple, la date de l'arrivée de la mousson. Toute la vie de l'Inde est, en effet, réglée sur cette mousson qui apporte la pluie de juin à octobre. En France, nous avons le calendrier des postes. En Inde, dans les villages, il n'y a pas de calendrier ; alors l'astrologue est là pour indiquer les jours fastes et néfastes. Ce sont donc les astrologues qui annoncent aussi la date de la Kumbh Mela.

Des millions de gens, dans une petite ville, au même moment, ça

1. L'astrologie et l'astronomie ont toujours fait bon ménage en Inde.

ne s'improvise pas. A la suite de catastrophes historiques[1] l'organisation de la Kumbh Mela est devenue une affaire d'Etat. Un an et demi avant l'événement, un fonctionnaire, une sorte de super-préfet, en général très jeune, est nommé pour mettre en place toutes les structures d'accueil du lieu de pèlerinage : les routes, les transports, la distribution d'eau, l'électricité, les latrines, les ponts qui enjambent le fleuve, les camps de secours, la circulation, le ravitaillement, l'hébergement, etc. A Hardwar, lors du dernier grand pèlerinage, le super-préfet avait fait installer un dispositif de télévision en circuit fermé. Non seulement il était en liaison permanente avec les trente miradors placés aux points névralgiques de la ville, mais, grâce aux caméras, il pouvait règler la circulation de son bureau de commandement, prévoir les bouchons et éviter ainsi les mouvements de foule dangereux. C'est une fourmilière ivre d'une joie spirituelle qui grouille à Hardwar. Durant les jours fastes, par trois fois dans la journée, on va voir défiler les ordres religieux. Les fanfares précèdent les maîtres à dos d'éléphants magnifiquement caparaçonnés, ou sur des chars richement ornés. Suivant les ascètes, tantôt le crâne rasé, tantôt barbus et chevelus, enveloppés dans leur pagne safran ou seulement « vêtus d'espace », le corps couvert de cendres. Ils descendent ainsi vers le Brahman-kund, le bain sacré, pour s'y baigner sous le regard subjugué de la foule qui les suit. Cette foule d'ailleurs se renouvelle sans cesse. Autrefois, les pèlerins restaient plus longtemps : pour venir à Hardwar, ils avaient marché des semaines durant. Aussi passaient-ils des jours et des jours à flâner autour du lieu saint car ils savouraient le bonheur d'être enfin arrivés au terme du voyage espéré. Aujourd'hui, on arrive, on se baigne, on accomplit les rites prescrits, et on reprend son autobus ou le train pour repartir chez soi.

— J'avais rencontré, me raconte Pierre Amado, un vieux maître spirituel que j'avais vu douze ans auparavant, au cours d'une précédente Kumbh Mela. Nous nous étions reconnus et nous bavardions. Il me demanda ce que je trouvais de changé à Hardwar. Comme je lui parlais de la précipitation des pèlerins, il me répondit en me montrant une boîte de café soluble qui était devant lui : « Voyez, sur cette étiquette, il y a marqué " instantané ". Aujourd'hui les gens veulent que le café soit instantané, la connaissance instantanée, les réalisations instantanées, les mérites instantanés. Le monde veut aller vite. Mais où veut-il aller ? »

Le chercheur m'entraîne jusqu'au bout de la ville, vers le bassin sacré. Tel un pèlerin venu du Rajashtan, du Punjab ou d'ailleurs, je vais pouvoir, ce soir, assister à l' « Arati », la cérémonie de l'offrande de la lumière. Mais l'association des pandat, les prêtres de pèleri-

1. A la Kumbh Mela de 1954, au confluent du Gange et de la Jamuna, il y eut, à la suite d'un incident banal, un mouvement de foule terrible au cours duquel plusieurs milliers de pèlerins furent piétinés et écrasés.

nages de la ville, a décidé une fois pour toutes qu'il était interdit de photographier et d'enregistrer dans le lieu sacré appelé « Ariki-Païri » (l'empreinte du pied de Hari) ; c'est l'endroit précis où le Seigneur Vishnou a laissé l'empreinte de son pied. Cette empreinte se trouve dans un petit temple qui baigne dans le Gange, à quelques mètres d'une terrasse à laquelle on peut accéder. Mais dans ce temple, aucun impur, aucun étranger n'a jamais pu pénétrer.

— Maintenant, me dit Amado, c'est le moment où nous devons montrer le plus de patience et d'obstination. Il s'agit d'obtenir l'autorisation d'enregistrer ce soir. Les formalités vont occuper tout le reste de la journée.

Après avoir échangé nos chaussures contre un ticket numéroté, nous traversons la terrasse pour nous présenter à la permanence du syndicat des pandat. Pierre Amado est connu ; il est très bien accueilli, mais on ne peut lui accorder l'autorisation sans l'accord du secrétaire général et du délégué du préfet. On téléphone à ce dernier pour lui annoncer que le professeur Amado, ami de Hardwar, souhaiterait enregistrer l'offrande du soir. Amado prend l'appareil et la conversation s'engage en hindi. Finalement, le fonctionnaire donne son accord. Il ne reste plus qu'à aller voir le secrétaire général du syndicat des pandat. Nous traversons la ville et montons au deuxième étage d'une maison où se tient un personnage corpulent, visiblement une notabilité. La conversation roule, moitié en anglais, moitié en langue locale. J'ai l'impression qu'on parle de tout sauf de l'objet de notre visite. L'entrevue est longue. Enfin, Amado pose la question qui nous intéresse. Il semble qu'il n'y ait aucune difficulté. Il faut seulement revenir au siège du syndicat pour obtenir l'autorisation écrite. Nous repartons alors vers le bain sacré et obtenons le papier qui nous permettra d'affronter tout à l'heure le service d'ordre. En remerciement, Amado laisse quelques roupies pour l'assemblée des prêtres. Nous repartons confiants et flânons sur l'esplanade, en attendant l'heure du culte.

— Oh ! s'exclame Amado, en passant devant une boutique. Il faut que je vous présente un de mes amis. C'est un médecin qui tient ce dispensaire.

C'est une échoppe comparable à toutes les autres : trois mètres de côté, une simple table de bois, et des étagères sur lesquelles sont rangés les pots, les flacons. Le médecin a devant lui un grand cahier. Il termine une ordonnance. Les retrouvailles sont chaleureuses. On doit accepter une tasse de thé. On parle de choses et d'autres. De temps en temps, lorsqu'un client interrompt la conversation, Amado en profite pour m'expliquer qui est son ami :

— C'est un fils de prêtre de pèlerinage qui a choisi d'être médecin pour servir la communauté. Son dispensaire est gratuit, ainsi que les médicaments qu'il distribue. Il est entièrement dévoué à ceux qui entrent ici, quels qu'ils soient. C'est par lui que j'ai appris beaucoup de choses sur la vie des prêtres.

Une petite fille est en train d'ouvrir sa bouche toute grande et de tirer la langue devant le médecin qui plonge dans sa gorge une petite baguette terminée par du coton imbibé de badigeon. La gosse fait la grimace, remercie et s'en va.

18 h 45. Il est temps d'aller prendre place au bord du bassin sacré. Nous avons du mal à nous frayer un chemin et, au fur et à mesure que nous approchons du Ariki-Païri, la foule devient de plus en plus dense. Nous sommes arrêtés plusieurs fois par des policiers et des représentants du syndicat des pandat qui nous voient avec nos instruments. Nous exhibons notre autorisation et on nous laisse passer. Nous pouvons, sans trop de mal, parvenir jusqu'aux ghâts[1] et nous asseoir sur l'avant-dernière marche, les pieds nus quasiment dans l'eau. Le bassin sacré est en forme de demi-lune. Il est dominé par une sorte d'amphithéâtre entouré de sanctuaires, d'autels, réservés à différentes divinités. Sur les premiers degrés qui descendent jusqu'au bassin, sont installées des estrades protégées par de grands parasols de palmes. C'est là que se tiennent les prêtres titulaires de l'emplacement ; c'est là qu'ils font accomplir leurs rites aux pèlerins et qu'ils célèbrent la puja[2] pour leurs clients.

L'heure du culte approche. Maintenant, aussi loin que porte la vue, on découvre une marée humaine. Au milieu de cette foule, les quêteurs officiels arrivent pourtant à se faufiler ; ce sont des fils de pandat. Ils haranguent les pèlerins et, contre un reçu, recueillent des fonds pour l'organisation des pèlerinages. Ils apostrophent le client tels des bateleurs, encouragent la foule à donner, toujours plus :

« Le culte va commencer dans quelques minutes ! » crie celui qui passe devant moi. « Donnez ! donnez ! l'assemblée des prêtres a des œuvres nombreuses ! des hôpitaux, des dispensaires ! elle nourrit les pauvres, les ascètes qui sont dans les montagnes ! Donnez, donnez ! Gagnez des mérites ! »

La foule, de plus en plus compacte, presse les rangs au point que nous nous demandons, nous qui sommes sur la dernière marche des ghâts, si nous ne finirons pas dans le bassin.

J'ai sorti mon micro. Amado s'apprête à filmer pour compléter sa documentation.

19 h 5. Comme commandée par quelque chef d'orchestre invisible, la foule s'est tue. Les quêteurs se sont évanouis. Les policiers ne déchirent plus l'air de leurs sifflets à roulette. Dans ce silence surprenant, les cloches à plusieurs tons retentissent, et, juste devant moi, la foule s'ouvre pour laisser passer trois prêtres. Ils s'avancent en tenant les objets du culte et des candélabres allumés. La

1. Ghâts : escaliers qui permettent de se baigner dans le Gange et qui courent sur les berges des villes côtières.

2. Puja : ensemble de rites.

cire et le camphre mêlés provoquent une lumière vive, blanche et rouge. Les trois officiants élèvent leurs candélabres et dessinent dans l'espace le signe du cosmos, c'est-à-dire un triangle inscrit dans un cercle. Puis, commence l'offrande des cinq éléments à la Ganga. L'un des prêtres est descendu jusqu'au dernier degré des ghâts ; ses pieds nus frôlent l'eau du fleuve. Il offre d'abord la Terre à la divinité ; la Terre symbolisée par une fleur. Il trace dans l'espace le dessin sacré du lotus aux mille pétales. Il fait ensuite l'offrande de l'eau en en prélevant un peu dans un coquillage ; puis l'offrande de l'air avec une queue de yak en forme d'éventail ; ensuite, l'offrande de la lumière, du feu : par trois fois, il frôle la surface du Gange avec la flamme de son candélabre. Enfin retentissent les gongs, et le prêtre fait alors l'offrande de la vibration primordiale qui enveloppe tout. Les trois prêtres se tournent vers les fidèles, qui présentent les paumes de leurs mains comme pour recevoir la lumière sacrée et la posent ensuite sur leur front et sur leurs yeux. L'officiant remonte lentement les degrés des ghâts, la foule s'ouvre de nouveau et l'absorbe. Le culte est terminé. Il a duré à peine dix minutes, dix minutes d'une intensité, d'une ferveur que mon cœur d'Occidental avait oubliées. Maintenant, les pèlerins cherchent tous à se rapprocher des ghâts pour placer sur le fleuve de petites barquettes de feuillage contenant des pétales de fleurs, des sucreries et une courte mèche allumée qui symbolise la flamme de la vie. Dans l'obscurité qui a envahi le lieu sacré, des dizaines de milliers de petites lumières flottent sur le Gange, sous le regard de chaque pèlerin qui suit sa barquette et voit ainsi se mêler les deux éléments purificateurs, l'eau et le feu. Les oreilles et les yeux comblés, nous remontons par le petit pont qui enjambe le bassin. La foule s'est évanouie miraculeusement. Dans la ruelle, il ne reste plus que quelques pèlerins attardés et un mendiant aveugle qui attend les derniers bruits pour se retirer. Dans la nuit, sa flûte trouble l'âme des derniers passants que nous sommes. Hardwar s'endort doucement. Le fleuve sacré coule, et va se fondre là-bas, dans l'éternité.

Pierre Amado n'est pas seulement un spécialiste de la plaine du Gange. En m'entraînant sur ce terrain, il souhaitait m'infliger la douche écossaise de la tradition et de la modernité. Il y a parfaitement réussi, en dosant ses effets comme un artificier. Pourquoi, en vivant en Inde, me suis-je senti à la fois si loin et si près de ma civilisation ? Si loin peut-être parce que l'Hindou cherche à se fondre dans son environnement alors que l'Occidental fait tout pour se distinguer des autres. Chez nous on dit : « C'est un homme qui a une grande personnalité ». En Inde, un grand sage est, au contraire, celui qui n'a plus de personnalité et qui s'est totalement intégré à l'Univers. Voilà peut-être pourquoi la civilisation indienne me semble si lointaine. Mais je m'en sens très proche aussi, sans doute par hérédité. Ne nous a-t-on pas répété que nous étions des aryens ? Ce mot sonne douloureusement depuis qu'il fut utilisé à des fins sélectives. Vers la moitié du IIe millénaire avant notre ère, les Aryas, peuple pasteur, sont descendus des hauts plateaux de l'Iran jusqu'à la vallée du Gange en poussant leurs troupeaux qui manquaient d'eau. En arrivant devant ce fleuve magnifique, ils ont crié « Sindu ! Sindu ! » (un fleuve, un fleuve), et c'est ce mot « sindu » qui est devenu Indus, puis Inde et Indoustan. Mais il ne faut pas croire qu'avant l'arrivée des aryens il n'existait aucune civilisation dans cette région [1]. La civilisation indienne est donc née de la fécondation de cette civilisation autochtone par celle des Aryas.

Mais qu'est-elle donc devenue, cette civilisation faite de traditions ininterrompues depuis trois ou quatre mille ans ? Pour l'Occidental qui étend sa générosité et ses influences sur la terre entière, l'Inde, c'est avant tout la misère et la surpopulation.

— Je vais sans doute vous surprendre, me dit Pierre Amado, en vous annonçant que l'Inde est le premier producteur de thé du monde, le premier producteur d'arachide, de jute, de mica, le deuxième producteur de riz, le troisième producteur de films de long métrage, le quatrième producteur de blé, de sucre, de coton, le cinquième producteur de fer et de manganèse. L'Inde importe moins de céréales que l'URSS. La production industrielle a plus que triplé, ici, en vingt ans. L'Inde exporte vers l'Occident des éléments radioactifs, des produits manufacturés ; elle possède quatre centrales nucléaires.

— Mais alors, comment, avec tous ces efforts, l'Inde n'a-t-elle pas réalisé, en trente ans d'indépendance, tout ce que l'Europe a fait en cent cinquante ans ?

— Trouvez la réponse vous-même, répond en souriant Amado, mais surtout ne me décevez pas en disant que c'est la faute aux yogis et aux vaches sacrées. Laissez ça aux ignorants ou aux gens de mauvaise foi. Quelque temps après la terrible sécheresse qui entraîna les calamités de l'Inde, du Pakistan et du Bangladesh, je fus invité à un cocktail où une dame de la bonne société occidentale s'approcha de moi et me dit avec une sorte d'aigreur agressive : « Alors ! j'espère que cette fois ils auront compris, vos Indiens ! Ils feront comme tout le monde ! Ils mangeront leurs vaches ! » Je n'ai pas répondu à cette femme stupide, mais j'ai été profondément attristé à l'idée qu'il y avait certainement des millions d'Occidentaux qui tenaient le même raisonnement.

— Je me garderai de mélanger les problèmes de l'esprit et du ventre, mais il reste tout de même celui de la démographie. Il y a bien, chaque année, treize ou quatorze millions d'individus en plus en Inde ?

— Oui. Mais ce n'est pas parce que la natalité augmente, c'est parce que les progrès de la médecine, de l'hygiène font baisser de

1. En 1921, furent mises au jour d'admirables réalisations urbaines et artistiques remontant à plusieurs millénaires avant l'arrivée des Aryas.

plus en plus le taux de mortalité. C'est un problème très préoccupant. Les savants indiens sont à la pointe de la recherche dans ce domaine du contrôle des naissances. J'aimerais vous faire connaître le docteur Talwar, l'un des plus éminents biologistes indiens.

Le docteur Talwar a travaillé à l'Institut Pasteur à Paris. Il parle bien le français. Il nous reçoit dans son modeste bureau de l'immense hôpital de Delhi.

— Les chercheurs indiens ont déjà proposé plusieurs méthodes pour le contrôle des naissances, dit-il d'une voix très posée. Certaines sont déjà au stade des essais cliniques. Notre propre service a mis au point un vaccin qui produit des anticorps contre les hormones de grossesse, et qui peut contrôler la conception sans effets secondaires dus généralement à la perturbation des fonctions physiologiques. Un autre groupe a mis au point une pilule qui doit être absorbée par le mâle et diminue la faculté de fertilisation du sperme. Les essais sur les animaux sont très prometteurs.

L'Inde a été l'un des tout premiers pays à lancer la campagne du planning familial. Il n'y a pas de ville, de village qui n'ait ses affiches, ses panneaux pour la campagne du contrôle des naissances. Mais il faut avouer que les résultats ne sont pas probants. Les chercheurs travaillent d'arrache-pied à des méthodes plus efficaces comme ils travaillent à la recherche de nouveaux médicaments contre les maladies endémiques, les épidémies. Le touriste s'étonne de voir, par exemple, les Hindous se baigner dans le Gange pollué et même boire cette eau. Il trouve miraculeux qu'il n'y ait pas plus d'épidémies. Le docteur Talwar propose une explication :

— Il y a dans l'eau du Gange des éléments bactériologiques qui tuent les bactéries et empêchent, en grande partie, l'eau d'être infectée ; surtout dans le Nord, à Hardwar, où l'eau est plus courante. Le grand problème n'est pas celui du Gange, mais celui de l'intérieur du pays, où l'eau potable manque et où l'on consomme n'importe quoi ; là est le danger. Le VIe plan prévoit la mise en place d'un réseau d'eau potable couvrant tout le pays. Mais l'Inde, c'est 650 millions d'habitants, treize fois la population française !

Ascétisme et progrès social, détachement à l'égard des biens terrestres et développement industriel ; ces termes ont l'air contradictoires et nous proposent quelques conclusions hâtives : « Comment voulez-vous que ces gens-là puissent travailler et se développer alors que leur philosophie prône le contraire ? »

Mais la tradition indienne s'en tire admirablement. Elle sait que chacun de nous est attiré par l'action, la vie de famille, la vie sociale et aussi par la contemplation, la méditation. Elle a eu donc la subtilité d'adapter ses tendances aux divers âges de la vie. L'adolescent prépare sa vie d'homme par l'étude, l'homme nourrit sa famille par son travail, l'homme mûr commence à se détacher du monde, et le vieillard atteint la connaissance absolue en méditant. Il n'y a rien dans cette tradition qui s'oppose au développement, au contraire.

Gandhi disait : « Tout pain acquis sans travail est du pain volé. » Ce que redoutait le mahatma, c'était une révolution industrielle trop rapide qui risquait de déséquilibrer les forces, tradition et modernité. Pour comprendre la symbiose qui s'opère en Inde entre ces deux forces, il faut passer de la ville au petit village ; après avoir visité l'usine, il faut entrer chez l'artisan. Le touriste, qui gâte tout, n'a pas réussi à polluer ce sens de l'art, de la perfection. Les tissus de soie et de coton sont d'un raffinement extrême. Le travail étonnant du tissage d'un certain coupon me fit dire à un artisan :

— Ceci est fait à la machine !

Le vieil homme répondit avec un sourire d'excuse :

— Oh ! non, monsieur, à la machine, ça coûterait trop cher !

La main-d'œuvre bon marché n'est pas la seule raison de ce goût de la belle besogne. Bien que l'Indien ait souvent une réputation de commerçant cupide, l'artisan trouve son plaisir moins dans le profit que dans le travail bien fait. Un businessman américain arriva, un jour, chez un modeste sculpteur indien et lui dit :

— Combien cette statuette ?

— Deux roupies, répondit le sculpteur sans lâcher son outil.

— Et si je vous en prends douze, vous me les faites combien chacune ?

— Trois roupies, répliqua l'artisan imperturbable.

— Et si j'en prends cent ?

— Six roupies chacune.

— Mais pourquoi de plus en plus cher ?

— Parce qu'à partir de la troisième ça ne m'amuse plus.

La religiosité n'a pas empêché l'Inde d'entrer dans le monde moderne. Il est vrai que la religion en Inde ne se distingue pas du reste de la vie. Dans un autobus qui roulait en surcharge et à tombeau ouvert, une pancarte, près du chauffeur, recommandait : « Faites confiance à Dieu. » Comme Pierre Amado regardait cette pancarte d'un air amusé, l'homme qui était à côté de lui lui demanda :

— Pourquoi souriez-vous ?

— C'est que la lecture de cette affiche n'est guère rassurante.

Alors l'homme répliqua en haussant les épaules :

— En qui voulez-vous avoir confiance ? Dans le chauffeur ? Regardez comme il conduit ! Dans la route ? Voyez dans quel état elle est ! Dans le véhicule ? Il ne tient plus debout ! Alors en qui, sinon en Dieu ?

Eh oui ! Dieu qu'on est sûr de retrouver, ici ou ailleurs. Dieu, l'orchestrateur du Dharma, le bon ordre de l'Univers. Cet ordre dans lequel il faut absolument s'insérer, non pas pour obtenir sa récompense mais pour ne point rompre l'équilibre du monde. La récompense et la punition ne sont pas, en Inde, ce que nous les avons faites en Occident. D'ailleurs, le mot « merci » n'existe pas, parce qu'il n'a aucune signification. Celui qui fait quelque chose pour vous le fait toujours par plaisir et non par obligation ou par devoir.

Pierre Amado se trouvait un jour en panne sur la route. Il s'escrimait à changer sa roue, quand une autre voiture s'arrêta. Un homme en costume blanc en descendit et proposa son aide au chercheur. En fait, l'Indien fit tout le travail et quand il eut terminé, son costume blanc était maculé de cambouis. Amado, confus, remercia. Le visage de l'homme s'assombrit et, presque navré, il demanda :

— Pourquoi me dites-vous merci ?

— Parce que vous m'avez aidé.

L'homme joignit alors ses mains en guise d'imploration et s'exclama :

— Oh ! non, ne dites pas ça ! je ne vous ai pas aidé ; je n'ai pas voulu ça ; je voulais seulement vous servir.

Une nuance que notre civilisation a laissée échapper à travers les siècles.

Pour comprendre ce qu'un simple geste peut traduire, il faut avoir vu un ami indien vous quitter en joignant ses mains. Ce geste « anjali » n'est pas un geste de prière mais d'offrande : on offre ce qu'on a. Chez nous, lorsqu'on salue : « Tiens ! bonjour, comment ça va ? » les mots ne veulent rien dire, et d'ailleurs on n'attend même pas la réponse. Mais regardez un Indien vous saluer : il pense, ne serait-ce que pendant une seconde, qu'il est en train de faire une offrande. L'Inde est un pays où la valeur sacramentelle du geste est restée vivante. On ne peut pas exécuter des gestes rituels sans en vivre intensément le contenu. Ces gestes, chez nous, sont devenus superstition, ils ont perdu leur contenu, il n'y a plus que le contenant. Et ce sourire qui effleure les bouches indiennes jusque sur les statues des divinités ! Ce contact muet, ces fibres invisibles !

Parmi les idées reçues, l'Inde actuelle, c'est aussi la drogue, le paradis des déclassés du monde occidental. Depuis des années, une certaine presse, certains films, laissent entendre que les villes de l'Inde et du Népal recueillent les épaves de tous les pays. Or, c'est seulement une infime partie de la population autochtone qui fume régulièrement le chanvre indien ; en général, les ascètes qui cherchent un état favorisant la méditation. Le « bang » se prend aussi en décoction avec de l'eau et du miel. Mais, répétons-le, il s'agit d'une minorité. Quant aux étrangers à la recherche de paradis artificiels, ils ne sont guère plus nombreux en Inde qu'ailleurs. De plus, ils séjournent dans des régions précises[1]. Contrairement à ce que l'on croit, les drogués n'ont pas gangréné l'Inde, pas plus que les pseudo-moines européens en quête de spiritualité tibétaine ne sont pris au sérieux malgré leur crâne rasé et leur tenue couleur safran. Tous ces gens commettent une erreur en pensant que la

1. Goa, au sud-ouest de Bombay, est l'un de ces centres pour les « routards » et les « junkies ». Cette plage rassemble environ cinq mille hippies, dont mille Français (voir chap. « Ces plantes qui nous veulent du bien ».)

sagesse s'obtient par l'imitation et la béatitude par la déchéance physique.

L'Inde, plusieurs fois millénaire, trouve donc lentement son équilibre entre le passé et l'avenir, entre sa tradition et sa modernité. Pierre Amado m'a conduit chez l'un de ses amis physiciens, le docteur Kirshma Jaïn, professeur à Delhi et attaché de recherches au CNRS. Cet homme encore jeune a poursuivi une partie de ses études en France. Il m'apprend que, si les chercheurs indiens sont plutôt en avance au niveau de la pensée abstraite, ils sont en retard sur les méthodes de transfert et de l'expérience proprement dite. Ce sont des théoriciens. Il est vrai que, pour faire de la recherche expérimentale, il faut d'énormes crédits, et l'Inde, pour l'instant, a d'autres urgences. Il me rappelle aussi que cette recherche scientifique indienne n'est pas une révélation contemporaine ; elle est inscrite dans la tradition ; de tout temps, l'Inde a fourni des savants rayonnants. Il ne faut pas oublier que ce sont les Indiens qui ont inventé le zéro, la racine cubique et le sinus trigonométrique. Les chiffres que nous appelons arabes sont, en réalité, indiens. Il faut avouer toutefois qu'on trouve les savants chez les gens qui ont eu le plus de facilité à se cultiver, c'est-à-dire dans les castes élevées. Il y a une tradition brahmanique de la mémoire, des mathématiques, de la médecine. Mais il y a aussi, disait Nehru, une tradition-superstition qui tend à mépriser le travail manuel. Résultat : une certaine élite reste théoricienne.

— Cela revient à dire que le système des castes est tout de même un frein à l'évolution scientifique et technologique de l'Inde ?

— Oui, avoue le docteur Jaïn, il est difficile pour un brahmane de travailler avec ses mains.

Amado intervient :

— Que faites-vous alors des nombreux médecins, chirurgiens et même paysans brahmanes ? Il est bon de nuancer tout cela. En réalité, l'héritage du système des castes a fait que la majorité de la population n'a pas une culture suffisante. Il ne faut pas dire pour autant que la tradition entrave l'évolution ; il y a même des exemple qui prouvent le contraire. Quand, au mois de mai 1954, on inaugura, près de Calcutta, l'Institut indien de technologie, le Premier ministre Nehru, personnage antisuperstitieux, antireligieux, agnostique autant qu'il est possible, moderne autant qu'on peut l'être, arriva vers treize heures devant l'Institut, et, regardant sa montre, demanda aux personnalités présentes de patienter un moment. Tout le monde attendit, sans trop savoir pourquoi. Puis, après avoir de nouveau regardé sa montre, le Premier ministre déclara : « Les astrologues ayant décrété que 13 h 05 était l'heure la plus favorable, je déclare cet Institut ouvert. » Ainsi, Nehru, détestant la superstition, fut moralement obligé d'inaugurer le bâtiment à l'heure fixée par les astrologues ; si quelque chose était arrivé à cet Institut, on n'aurait pas manqué d'en rendre le ministre responsable.

Il n'est pas rare, en Inde, de trouver un chercheur travaillant dans un laboratoire moderne sur des techniques de pointe et pratiquant dans sa vie privée les traditions les plus anciennes. La pensée hindoue n'est nullement en contradiction avec la pensée scientifique moderne, y compris le développement technologique. La philosophie hindoue n'est pas une philosophie morte et repliée sur elle-même, mais, au contraire, une philosophie vivante qui cherche en permanence des ouvertures.

Cet équilibre entre le progrès et la sagesse m'a sauté aux yeux un jour que je passais en taxi dans un quartier de Delhi. Je vis un superbe immeuble moderne d'une vingtaine d'étages en voie d'achèvement, et sur sa façade, jusqu'au sommet, des échafaudages en branches d'arbres tordues, précaires, dangereuses, liées par de maigres cordes végétales. Je dis alors à mon chauffeur :

— Il n'existe pas des échafaudages modernes en tubes métalliques ?

Il me répondit placidement :

— Si. On a bien essayé, mais ça n'a pas marché : les ouvriers se brûlaient les pieds.

Tout en fouillant les rites et les traditions de la plaine du Gange, Pierre Amado s'intéresse beaucoup à cette évolution de l'Inde. Il estime que Sagesse et Eau potable peuvent être conciliables. Il tente de mettre sur pied un mini-programme d'énergie solaire pouvant alimenter une pompe qui transformerait la vie d'un petit village expérimental. Mais il n'en abandonne pas pour autant les grands pèlerinages comme celui de Bénarès, surtout en période exceptionnelle.

— Je vous ai réservé une surprise, me dit-il un soir. Si nous pouvons être à Bénarès samedi, nous assisterons à la fois à la fête du Holi et à l'éclipse de lune. Le Holi, la fête du printemps, revient tous les ans évidemment ; une éclipse de lune, ça arrive aussi assez souvent ; mais une éclipse de lune la nuit du Holi, ça, c'est beaucoup plus rare ! Et ce phénomène prend en Inde une étrange signification.

En arrivant à Bénarès, Amado a immédiatement pris contact avec ses informateurs. Nous nous sommes installés dans un hôtel modeste, car, lorsqu'ils ne sont pas sur le terrain, les chercheurs ne fréquentent guère les palaces ; d'abord parce que leurs frais de mission ne le leur permettent pas, et puis parce qu'ils n'ont rien à apprendre des mammifères de charters ou d'ambassades.

Le chauffeur qui nous a proposé ses services pour la durée de notre séjour est un petit vieux au visage rieur, aux yeux rusés, qui fend la foule grouillante des piétons à coups de klaxon rageurs. Il feinte avec virtuosité les animaux de bâts, les calèches, les rickshaws[1] et les voitures à bras. De temps en temps, il tourne sa tête vers l'extérieur pour lancer un jet de salive noire. Il semble ignorer

1. Vélos-taxis à trois roues.

totalement les timbres aigus des vélos qui, d'ailleurs, ne troublent personne et ne semblent exister que pour l'ambiance. Arrivés à une sorte de fourche-terminus, un personnage jovial tout en rondeur, se précipite sur Pierre Amado les bras tendus :

— Ah ! s'écrie Amado.

Il me présente l'Indien rondouillard qui s'essuie le nez avec un pan de son dhoti :

— C'est un batelier que je connais depuis longtemps. On l'appelle Kashi-nat, le Seigneur de Bénarès !

— Comment vous a-t-il trouvé ? Il était prévenu de votre arrivée ?

— Non. Mais le téléphone indien a dû fonctionner. A la dernière Kumbh Mela, il m'a déniché au milieu de onze millions de personnes. Il connaît ses clients. Pas vrai Kashi-nat ?

Il lui tape familièrement sur l'épaule. Le batelier est ravi. Il ne comprend pas ce que dit Amado, mais il devine qu'il s'agit d'un compliment. Il est surtout assuré de quelques bonnes journées, car le chercheur, amoureux du Gange, utilise souvent son bateau quand il est à Bénarès. Kashi-nat ne nous lâchera plus. Il me propose même de porter mon magnétophone.

Nous empruntons la ruelle où se pressent les pèlerins fatigués, les marchands criards, les enfants turbulents, les infirmes et les mendiants bredouillants, les sages figés dans des postures extatiques. Et soudain, la ruelle s'ouvre sur un décor d'opéra : un escalier monumental d'une centaine de marches, et en bas, le Gange, avec de l'autre côté, la plaine qui court vers l'infini, écrasée de soleil.

Amado s'arrête et se recueille un instant :

— C'est un endroit que j'aime particulièrement, dit-il. Naguère, il y avait ici, sur cette marche, un vieillard aveugle qui psalmodiait le nom de Dieu en s'accompagnant au guide-chant. Il ne faisait que répéter « Râm, Râm, Râm... » le dernier mot que prononça Gandhi quand il fut assassiné. Ce vieux, je l'ai vu ici, à cette même place, pendant des années et des années, jour et nuit. Et puis, il y a cinq ou six ans, il n'était plus là. Alors j'ai demandé à ce marchand où était passé l'aveugle. Il m'a répondu : « Un matin, nous l'avons trouvé mort sur la marche et nous avons donné ses cendres à la Ganga. » Chaque fois que je viens ici, je pense à cet aveugle.

Il marque un temps, puis lève sa tête et regarde vers l'horizon :

— Quand un pèlerin arrive à l'endroit où nous sommes, il voit l'eau, la terre, le soleil, c'est-à-dire le feu, l'air et le cinquième élément qui enveloppe tout ; il est comblé. En descendant ces degrés et en pénétrant dans le Gange, il se baigne dans les cinq éléments. Bénarès est la sainte des saintes, et aussi la ville la plus ancienne pour les Hindous. Construite sur des berges élevées et solides, elle n'a pas eu à souffrir comme la plupart des autres villes côtières des dramatiques inondations du fleuve. Or, dans la civilisation indienne, tout ce qui est ancien est vénérable et saint ; Bénarès étant pour les Hindous la ville la plus sacrée du monde, elle est forcément la plus ancienne. Venir à Bénarès et mourir ! c'est le rêve de tout

Hindou. Le dieu Shiva a fait de Bénarès sa capitale : Shiva, dieu de la mort et de la délivrance. Il s'approche, dit-on, de celui qui quitte la vie terrestre et lui glisse à l'oreille le mantra[1] qui va lui permettre d'être délivré et d'entrer de l'autre côté. C'est ici, sur cette rive, qu'on vient remettre au fleuve les cendres d'un parent qui va rejoindre ainsi ses aïeux. C'est ici, le long du cours de ce fleuve, que tous les grands sages ont vécu. C'est ici que toutes les grandes légendes sont nées. Etre ici, c'est atteindre l'éternité.

Nous marchons sur les ghâts. Nous contemplons les prêtres sous leurs grands parasols et les pèlerins apportant leurs offrandes. Pierre Amado est intarissable. Quel guide ! Il ne me raconte pas l'Inde ; il me l'inocule à petites doses, à coups d'anecdotes, de détails, de légendes, de respect pour une civilisation si respectable. Et nous nous retrouvons assis sur la dernière marche, fascinés par le fleuve comme les Hindous enfin arrivés. A côté de nous, une vieille femme recroquevillée, légère comme une plume, et surveillée par ses trois filles, est sûrement venue voir la Ganga pour la dernière fois ; demain peut-être, les jeunes femmes porteront sa dépouille là-bas, en aval, vers les bûchers de crémation.

La fusion du jour et de la nuit commence. C'est le moment favorable à la méditation et à la prière. Des milliers de petites lumières s'allument : on prépare le culte du soir. Kashi-nat nous a invités à prendre place dans sa barque. Il s'installe lui-même à côté de nous, car il gagne ses roupies à la sueur de deux rameurs employés à plein temps ; lui est patron-batelier : « Le Seigneur de Bénarès. » La barque glisse lentement vers les bûchers qui rougeoient et font, bien entendu, la curiosité des touristes.

— La mort, dit Amado, est l'événement le plus important de la vie ! En Inde, ce qui compte, ce sont les cendres, car les cendres c'est ce qui reste quand le feu de la vérité est passé. Le corps est amené ici, enveloppé dans un linceul. Il est plongé une dernière fois dans le Gange pour une ultime purification. On verse entre les dents du cadavre quelques gouttes de l'eau sacrée, puis on le place, non pas sur, mais dans un bûcher, c'est-à-dire qu'il y a du feu par-dessus et par-dessous. Ce lieu est consacré à la crémation depuis des siècles, et les hommes qui s'occupent des bûchers font partie de la caste la plus basse. Le rituel leur impose de faire trois fois le tour du bûcher, puis d'allumer. Une cruche de terre percée a été posée à côté du mort, et laisse couler l'eau de la vie qui s'en va tout le long de notre âge ; lorsqu'il n'y a plus d'eau dans la cruche, le corps a fini de brûler et on recueille les cendres qu'on offre au Gange.

Notre batelier nous ramène vers le Dasachvamed-ghât, la principale station des pèlerins. L'esplanade et les ghâts sont déjà noirs de monde. On ne voit ni le temple qui abrite Shitala, la déesse de la

1. *Mantra :* prière sacrée.

variole, ni les statues des déesses des trois rivières, et Trimurti, la divinité tricéphale. Les haut-parleurs diffusent de la musique sacrée et des litanies. Nous, au milieu du Gange, comme placés à l'avant-scène d'un théâtre de six kilomètres d'ouverture et recevant des centaines de milliers de figurants, nous attendons le grand moment. Amado admire cette foule plus agitée que de coutume :

— L'éclipse, dans toutes les civilisations traditionnelles du monde, inquiète parce que lorsque le soleil ou la lune, les deux grands luminaires, disparaissent, sait-on s'ils vont réapparaître ? En Inde, cette crainte s'explique de la façon suivante : la lune ou le soleil est mangé par un démon, Rôhu. Mais si ce démon parvenait à dévorer l'astre, ce serait une catastrophe pour le monde. Aussi, lorsque Rôhu entame l'astre, la seule manière pour les hommes de se protéger est-elle de se plonger dans le Gange pour faire corps avec la divinité inattaquable.

20 h 05. La lune toute ronde semble doucement entrer en coulisse dans un ciel pourtant sans nuage. Rôhu vient de planter sa dent et commence à grignoter. Sur les ghâts, les vagues de pèlerins entrent dans le Gange et, sans précipitation, sans panique, remontent les degrés pour laisser la place à d'autres vagues. Sachant que tout le monde doit se purifier, les gens ne prolongent par leur bain. Seuls, les enfants en profitent pour jouer un moment dans l'eau. Les vieux sont aidés, portés même dans le fleuve sacré. Placés sur notre barque, nous souhaiterions filmer ce spectacle unique qui s'étend sur des kilomètres ; mais quels projecteurs faudrait-il pour éclairer un tel décor ? Soudain, nous nous apercevons que nous sommes seuls dans la barque ; Kashi-nat et ses deux employés ont plongé dans le fleuve car maintenant la lune a complètement disparu. Le moment est angoissant : va-t-elle être digérée par le démon ? Non ! Un fil d'or, un filet, un croissant réapparaissent bientôt. Alors la foule respire, s'agite, plaisante, chante le nom de Dieu. Encore une fois les démons sont vaincus ! Le monde va pouvoir dormir en paix.

En bout de barque, Amado est subjugué par le spectacle comme s'il le voyait pour la première fois.

— C'est prodigieux, n'est-ce pas ? murmure-t-il. Depuis vingt ans que je viens au bord du Gange, j'éprouve chaque fois la même sensation.

— Vous n'arrivez pas à épuiser votre émotion ?

— Non.

— Comment expliquez-vous cela ?

— Imaginez un moine qui, pendant vingt ans, aurait médité sur la croix. Chaque fois qu'il voit une croix, au carrefour d'un chemin ou gravée sur la pierre d'un mur, toute la signification qu'il a donnée à ce symbole de la croix surgit en lui d'un seul coup. Chaque fois que je viens ici dans des circonstances pareilles, ça me fait le même effet. Vous savez, quand on a étudié le Gange pendant si longtemps, non seulement avec ses capacités intellectuelles de chercheur qui tâche de trouver des sources rationnelles, historiques, mais aussi comme un homme devenu lui-même un pèlerin du Gange, on ne peut pas rester indifférent, on ne peut pas être simple spectateur. Etre au bord de ce fleuve ne signifie pas seulement, comme chez nous, se trouver dans un lieu saint où l'on vient chercher la réalisation d'un vœu ; être là, sur cette berge, pour tous ces gens, c'est être arrivé devant l'absolu, se plonger dans l'indéfini qui est sans forme et en ressortir régénéré ; c'est ainsi que l'Hindou voit le Gange. C'est un peu comme ça que je le comprends aussi.

D'aval en amont, mon regard embrasse lentement cette gigantesque et paisible communion. Quand soudain tout change. Les feux de joie explosent. La ville s'embrase de lumières, de cris, de musique. Les jeunes dansent, chantent, se saluent joyeusement. Les vieux participent de leur mieux à cette exubérance collective.

— Le Holi ! annonce Amado. La fête est commencée. Il est temps de rentrer si nous ne voulons pas faire les frais des réjouissances avant demain.

— Que voulez-vous dire ?

— Vous comprendrez. Venez vite !

Il hèle le premier rick-show qui passe et nous nous entassons sur le siège avec notre matériel. Notre chauffeur-cycliste enfourche mollement son vélo. Arc-bouté sur les pédales, il démarre péniblement et roule lentement, très lentement dans la marée humaine. Et puis brusquement, sans explication apparente, le cycliste prend la mouche et le véhicule devient fou : nous roulons à une allure effarante, ce qui déclenche en nous un fou rire inextinguible. Arrivé à un carrefour, le cycliste stoppe, descend de vélo et allume une cigarette. Alors seulement nous voyons son visage : il est drogué.

— Le Holi ! précise Amado.

Puis, après nous avoir adressé un sourire béat, le jeune homme remonte sur sa selle et nous fait terminer la course à la même allure folle. Partout, déjà, les jeunes investissent la ville. Par groupes compacts, précédés de fanfares, ils allument au milieu des rues les grands bûchers de branches dressées et de bouses de vaches.

— Rentrons vite ! insiste Amado.

— Que va-t-il se passer ?

— Vous le saurez bien assez tôt. En tout cas, une recommandation : demain matin, mettez vos plus vieux vêtements ; ils seront sacrifiés. Protégez vos appareils ; recouvrez-les de housses si possible. Jusqu'à midi, tous les coups sont permis. Vous voyez cette société traditionnelle hindoue bien structurée, régie par des lois morales rigides, où chacun reste à sa place et n'accomplit que les actes qu'il doit accomplir ? Eh bien à partir de ce soir et jusqu'à demain midi, tout va craquer. C'est le Holi ! Pendant quelques heures, le peuple indien va vivre dans l'anarchie joyeuse. L'épouse soumise et discrète va pouvoir s'amuser, battre son mari même. La hiérarchie sociale elle-même ne sera plus respectée ; un intouchable pourra plaisanter avec un brahmane et jeter sur lui des produits polluants : terre, boue, bouse de vache. Cette société policée se lance à partir de maintenant dans les débordements les plus inattendus. Les garçons et les filles, qui habituellement ne se trouvent jamais ensemble, se recherchent, flirtent ostensiblement, utilisent un langage où l'obscénité n'a pas de bornes. Les vieux, si respectés en temps normal, sont chahutés ; les officiers de l'ordre ne sévissent plus. La folie est reine. Nous avons eu ça, nous aussi, en Occident : la fête du Mai au Moyen Age, et la fête des rois, Carnaval, autant de défoulements qui brisent un moment les structures pesant à longueur d'année sur la société. Je suis persuadé que le Holi est une fête indispensable ; elle permet de se rendre compte qu'il y a un ordre. Il n'y a pas d'ordre sans désordre. Et le fait d'avoir vécu ce désordre, ne serait-ce que quelques heures, permet de mieux comprendre et de mieux admettre les règles de la société.

A l'aube, j'ai revêtu ma tenue de combat : pantalon de brousse et chemise sale. J'ai enveloppé mon magnétophone et mes appareils de photos dans des housses en plastique. Je suis prêt. Pierre Amado, lui, ce matin, n'a pas l'air très chaud.

— C'est que, m'avoue-t-il, en prenant le petit déjeuner, j'ai essuyé quelques holis et ça ne me dit rien d'aller, comme ça, de gaieté de cœur, au sacrifice. Ecoutez ces commandos qui patrouillent !

Les cris joyeux, les poursuites, les piaulements de filles, les protestations de propriétaires dont les façades ont été flétries, les attaques surprises de chauffeurs de rick-shows, indiquent que les opérations ont commencé. Il n'est pourtant que sept heures.

— Mais quelle est l'origine de ce monde à l'envers, pendant quelques heures ?

Amado beurre tranquillement son petit pain :

— Il était une fois — en Inde, tout commence par « il était une fois » — donc, il était une fois, un démon qui avait été un grand sage, Hiranya-Kashipu. Il était très jaloux des dieux et il voulait que tout le monde le vénère. Hiranya-Kashipu avait un fils, Pralad, qui, contrairement à son père, était très pieux, très gentil et très droit. Son père, qui en était jaloux, essaya plusieurs fois de s'en débarrasser en l'empoisonnant, en le noyant, mais chaque fois Pralad échappait à la mort. Alors, en désespoir de cause, le démon alla trouver sa sœur, Holika, démone comme lui ; entre autres dons, Holika possédait celui d'être incombustible. Hiranya-Kashipu demanda donc à sa sœur de se placer sur un bûcher et de prendre son neveu sur ses genoux. Ce qui fut fait. Le démon mit le feu au bûcher, mais, par miracle, ce fut Holika qui brûla et le petit Pralad en sortit indemne. Vous voyez là le symbole de l'année qui finit et de l'autre qui commence. Et ces débordements qui détruisent un moment les barrières de la vie sociale, c'est aussi le symbole d'un renouveau. C'est donc beaucoup plus qu'un simple divertissement.

J'insiste :

— Nous tentons une sortie ?

— Tentons ! répond Amado sans enthousiasme.

Il me suit, comme la brebis va à l'abattoir. En nous voyant sortir, les employés de l'hôtel rient et se poussent du coude.

La rue semble tranquille. Nous marchons, micro ouvert, prêts à enregistrer la moindre intervention. Soudain, au premier carrefour, nous nous trouvons en présence d'un groupe de jeunes en pleine opération. Ils sont eux-mêmes copieusement baptisés, et ne sont plus que des monstres rouges, bleus ou verts de la tête aux pieds. Chacun d'eux actionne une énorme seringue contenant du liquide coloré ; ça nous promet du plaisir !

Amado ralentit un peu sa marche.

Le commando nous a vus et s'approche. Contrairement à ce que nous redoutons, l'attaque n'est pas brutale ; il n'y a même pas d'attaque du tout. Voyant que nous enregistrons, que nous participons, ces jeunes nous acceptent et nous intègrent dans leur groupe d'assaut. Je les suis, en toute confiance. Mais soudain, sur un signe de l'un d'eux, tous les garçons se retournent, me cernent et m'assaillent. Je suis piégé ! J'ai juste le temps de protéger mon visage. Amado a prévenu l'attaque et s'enfuit à grandes enjambées. En quelques secondes, je suis trempé de la tête aux pieds et sans doute méconnaissable, bariolé de couleurs psychédéliques ; une vision d'épouvante. Quand j'ose de nouveau regarder autour de moi, le danger s'est éloigné et les soldats du Holi cherchent d'autres victimes. En entendant leurs cris, les gens rentrent dans leur maison et se barricadent. Les attaques innocentes, le rançonnage au coin des rues vont ainsi se poursuivre toute la matinée. Et puis soudain, à midi, tout va rentrer dans l'ordre. On se lave, on efface les traces de la débauche déjà oubliée, on revêt ses plus beaux habits, et, dans l'après-midi, on va visiter ses parents, ses amis, on se promène gentiment dans les rues, on s'apostrophe poliment, on se donne l'accolade trois ou quatre fois. Chacun transporte son petit sac de vermillon et, à chaque ami que l'on veut honorer, on marque le front d'une empreinte de poudre, avec son pouce. C'est un spectacle touchant que de voir les vieux bénissant les petits enfants, ou les enfants bénissant les vieux, les lépreux, les étrangers. Une ravissante petite fille en robe blanche s'arrête devant moi et me sourit. Je me baisse, je tends mon front, et elle passe son doigt pour me marquer. Je la remercie en joignant mes mains et en donnant un petit cadeau. Nous marchons ainsi dans la rue principale, au milieu d'une foule apaisée qui a retrouvé la loi du bon ordre cosmique.

— Maintenant, me dit Pierre Amado, j'aimerais vous faire connaître un grand sage. Habituellement, je le trouve au Rana ghât, dans une petite pièce sans fenêtre et sans meuble, une sorte de remise.

Il y a là, en effet, quatre hommes assis, les jambes croisées, silencieux, qui regardent le soleil s'enfoncer dans la plaine au-delà du Gange. Leur visage reflète la sérénité. L'homme qui nous fait face, enveloppé frileusement dans son pagne safran, n'est pas le plus âgé des quatre ; c'est pourtant lui que l'on vient voir. D'un sourire à peine esquissé, il nous invite à entrer. Nous nous déchaussons. Nous saluons. Le sage nous prie de nous asseoir à sa droite. Après quelques mots de bienvenue presque murmurés, le silence se rétablit. Nous nous taisons et nous cherchons, nous aussi, le « regard du sage ». Je sens alors monter en moi un étrange bien-être, une sorte d'état d'apesanteur, de vide bienfaisant qui s'installe en même temps qu'un désir d'immobilisme, une envie de rester là des heures, sans bouger, sans parler. Pourtant, après un temps que je ne saurais évaluer, Pierre Amado nous détache de cette présence. Nous remercions simplement et nous sortons. Je confie alors au chercheur ce que j'ai ressenti : cette agréable sensation, en présence de ces quatre hommes. Il sourit et me répond :

— Vous avez trouvé le « darshan », le regard du sage. C'est une bénédiction. Le regard est une projection de notre propre image dans les yeux de celui que nous regardons. Si celui que nous regardons se projette lui-même par le regard, il y a un échange, un croisement d'images. Mais si celui que nous regardons ne se projette pas, parce que, par sa sagesse, il n'a plus de vie extérieure, alors notre regard se perd dans son regard, se noie, se dilue, et c'est un peu de sa sérénité qui monte en nous et nous paralyse, tant que nous sommes sous son regard. On dit aussi « avoir le darshan du Gange » ; c'est le même phénomène.

Pour terminer le montage de son film scientifique, Pierre Amado a demandé à ses informateurs de lui trouver un prêtre qui acceptera de reconstituer le culte du matin, séquence par séquence. Les informateurs sont là, sur les ghâts ; à côté d'eux, se tient un prêtre, entre deux âges, et d'une grande dignité. On nous dit qu'il a accepté cette reconstitution dans un but scientifique, parce qu'il connaît la réputation de Pierre Amado. Celui-ci remercie à l'indienne. Nous nous mettons en place sur les dernières marches des ghâts. Le prêtre, lui, se place sur une petite plate-forme en bois qui est à fleur d'eau. Amado filme tandis que je prends le son. La cérémonie commence. L'homme se tient d'abord debout, très droit ; profondément recueilli, il prononce le mantra du Gange. Puis, il accomplit une lustration qui est une prépurification extérieure en s'aspergeant le corps avec un brin d'herbe sacrée trempé dans le fleuve. Ensuite, il prend de l'eau dans le creux de sa main droite et la boit en la faisant couler à la base du pouce vers le poignet. Il accomplit ce geste par trois fois. De sa main droite, il touche ses yeux, ses oreilles, son nez, son cœur et le sommet de sa tête.

Amado change de place pour avoir des gros plans.

Le prêtre salue maintenant le soleil. Tourné vers l'astre, les mains jointes sur le visage, il prononce un mantra approprié et se courbe le plus possible. Prenant alors de l'eau dans les paumes de ses mains, il l'offre au soleil en la laissant couler du bout de ses doigts. Puis, il salue les quatre points cardinaux. Il pratique ensuite une sorte d'exercice respiratoire, d'étirement du souffle. Après quoi, il entre dans l'eau jusqu'à l'estomac. Tourné vers l'amont du fleuve, il garde un instant les mains jointes devant le front, plie les genoux et, toujours bien droit, s'enfonce dans l'eau totalement. Il se redresse, reprend son souffle, et répète trois fois ce mouvement. Cette triple immersion est obligatoire car l'Hindou considère que l'Univers va par trois ; il y a trois mondes et Ganga s'avance sur le triple chemin. Nos angoisses, nos détresses proviennent de trois sources, et pour les apaiser, le fidèle appelle trois fois la paix.

— Pourquoi ce besoin de l'Hindou de se purifier une ou deux fois par jour ? Pour se laver des péchés de la veille ?

— Pas du tout. Il n'y a pas de péchés en Inde. L'Hindou ne se purifie pas parce c'est obligatoire. Il ne vit pas sa religion comme nous. Nous, nous avons une vie profane qui nous absorbe beaucoup et une vie religieuse à laquelle nous accordons quelques minutes par jour, ou par semaine, et puis on n'y pense plus. L'hindouisme est un mode de vie plus qu'une religion. On se purifie parce qu'il est bon dans la vie d'être propre physiquement et moralement ; il n'y a pas plus propre qu'un Hindou ; il vit dans l'eau, s'il le peut. Les rites qu'un Hindou accomplit, du matin au soir, ne sont pour lui que des gestes de la vie quotidienne qui ont pour but de l'unir à l'harmonie universelle, de le relier au cosmos.

— Est-ce qu'il n'y a pas une sorte d'habitude ? Est-ce que l'Hindou ne se baigne pas dans le Gange comme la bigote va à l'église ?

— Non. Car même celui qui n'a pas la chance d'habiter sur les bords du Gange — et c'est la majorité — celui-là se baigne quand même dans le Gange tous les jours. Il lui suffit de prononcer un certain mantra sur l'eau avec laquelle il se lave pour que cette eau devienne l'eau du Gange.

— Si le Gange purifie tout, n'y a-t-il pas, parfois, chez les grandes âmes, une tentation de rester dans ce fleuve purificateur, autrement dit de se suicider par immersion ?

— Les grandes âmes auxquelles vous faites allusion, vous répondraient que, s'il suffisait de rester dans le Gange pour être pur, il n'y aurait rien de plus pur que les poissons. Ce n'est pas une question de mécanique. Pour se purifier, il faut non seulement être dans l'eau du Gange, mais avoir une foi inébranlable. Tenez, venez voir ici une chose curieuse. Ce prêtre-là, sous son parasol, est en train d'accomplir un rite funéraire. Le garçon qui est devant lui lui a apporté les cendres d'un mort dans ce petit pot de terre, et le prêtre lui fait accomplir les offrandes, non seulement aux mânes des ancêtres, mais à lui-même ; et le prêtre se fait payer en nature. Voyez, le garçon a apporté un lit, une couverture, trois chemises, un chandail, un coussin, quatre pommes. Là-bas, près de l'autre estrade, il y a une vache qui a été offerte au prêtre ; c'est une offrande très courante parce que la vache permettra au mort de traverser le fleuve de la mort en s'accrochant à sa queue. Il faut avouer que, souvent, profitant de l'émotion de celui qui apporte les cendres, le prêtre exagère les offrandes, exige toujours plus. Un de mes amis me racontait qu'ayant perdu son père, mais étant à moitié détaché de tous ces rites, il s'était promis de ne pas se laisser avoir par le prêtre, et de ne pas donner la vache. Mais pendant la cérémonie, le prêtre ne cessa de parler au mort, puis de s'adresser au fils en disant : « Je vois ton père ; il est là, au bord du fleuve, il hésite, il n'ose pas traverser ! il faudrait une vache, une vache pour l'aider ! » Et comme le fils restait muet, le prêtre ajoutait : « Il va plonger, se noyer peut-être ; jamais il n'arrivera seul de l'autre côté. Le laisseras-tu périr ? Ne lui donneras-tu pas la vache qui le conduira là-bas sain et sauf ? Serais-tu un mauvais fils ? Il lui faut cette vache ! Je le vois, il sombre, il sombre ! Alors ? la vache, la vache ! » Et à la fin, voyant son père en perdition, le fils anéanti dit : « Attendez ! Oui ! je lui donne la vache ! »

Deux minutes après, il s'aperçut qu'il avait été roulé par le prêtre.

Durant toute ma mission, j'ai rarement vu Pierre Amado prendre des notes. Il bavarde, il observe, il photographie, il filme, il enregistre. Peut-être, le soir, entre-t-il lui-même en méditation ? En tout cas, il doit ordonner, analyser ce que la journée lui a apporté. Son enquête consiste surtout à vivre la vie indienne. A plusieurs reprises il m'a dit que l'ethnologue devait chercher avec son cœur et non avec son esprit. Il se souvient de l'année où il fit son premier pèlerinage aux sources du Gange :

— Quand, avec votre barda sur le dos, vous marchez pendant trois semaines, avec des pèlerins indiens de toutes les castes et que vous, étranger...

— Vous ne vous êtes jamais senti un peu indien ?

— Oh ! que si. Mais je n'ai jamais cherché à tricher. Je ne me suis jamais déguisé. Donc, quand vous marchez avec ces gens-là, sept ou huit heures par jour, d'abord on ne vous parle pas ; on vous regarde seulement ; on se demande ce que vous venez faire. Et puis, le deuxième jour, on vous adresse la parole, on vous pose quelques questions ; vous répondez tant bien que mal ; vous expliquez votre quête. A la fin de la semaine, vous n'êtes plus qu'un pèlerin parmi les pèlerins, et quand ils répètent leurs mantras, vous les apprenez sans vous en apercevoir ; quand ils chantent, vous vous surprenez à chanter avec eux ; il s'est passé quelque chose : vous participez, et parce que vous participez, il y a des choses que vous comprenez spontanément, mais que vous ne pourrez expliquer analyser, rationaliser qu'après, plus tard.

— Est-ce qu'un Occidental peut comprendre l'Inde ?

— Je ne sais pas. C'est étrange : les premiers temps, on croit qu'on a compris ; et puis on s'aperçoit qu'il n'en est rien. Et ça dure longtemps, des années ; mais au bout d'un certain temps, on constate qu'on ne réagit plus de la même manière ; c'est peut-être ça « comprendre ».

— Il y a vingt-cinq ans que vous fréquentez l'Inde. Vous avez l'impression qu'elle a encore beaucoup de choses à vous dire ?

— J'ai la certitude qu'elle ne m'a dit que très peu de choses. Vous venez d'employer le mot « fréquenter » ; oui, c'est ça, j'ai fréquenté l'Inde. Je pense qu'il y a une certaine connaissance qui s'acquiert par la fréquentation, cette fréquentation qui peut exister entre l'artiste et son œuvre ; ce n'est pas une connaissance intellectuelle, mais une connaissance sensitive : on prend la couleur, l'odeur, les vibrations !

— Vous souhaitez transmettre à votre civilisation une part de ce que vous avez appris en Inde ?

Amado prend un ton ironique :

— Si j'étais chercheur pour mon propre plaisir, je me demande ce que je ferais ici !

— Que souhaiteriez-vous donc transmettre à l'Occident ?

— Je ne suis pas apte à transmettre. Je ne suis ni un guru ni un maître spirituel. Mon travail consiste à comprendre et tâcher de faire comprendre. Il ne faut pas oublier qu'un homme sur sept sur la Terre est indien, que les deux tiers de l'humanité vivent en Asie. Il ne peut pas y avoir de sciences humaines sans connaissance de l'Asie. Il est monstrueux de constater combien l'Inde est si négligée dans nos études, combien peu de chercheurs s'intéressent à cette région du monde. Les pays nantis cherchent à venir en aide à ces pays en voie de développement. Mais comment peut-on venir en aide sans connaître ? Si vous saviez le nombre de milliards de dollars qu'on a pu perdre en mettant en œuvre pour ces pays des projets qui n'étaient pas adaptés à leur civilisation ! Alors comment adapter ces projets si on ne fait pas l'effort pour comprendre ces civilisations ? Et pourquoi ne pas admettre que ces civilisations pourraient nous donner autant qu'on leur donne ? Mais penser que l'Inde peut nous apporter quelque chose, c'est mettre en cause notre propre civilisation ! Si l'on se dit que, dans la manière d'envisager les rapports de l'homme et du monde, l'Inde détient une part de vérité, c'est que notre civilisation n'est pas la seule vraie. Et cette idée est pour nous intolérable. Alors, on aime mieux se raccrocher à l'idée que l'Inde a tort ; sinon, nous n'aurions pas raison.

Et le pacifique chercheur prend un air de révolutionnaire.

CES PLANTES QUI NOUS VEULENT DU BIEN

— Mais vous avez tout un arsenal,
toute une chimie mal famée !
— C'est le pacte avec le Diable.

Paul VALÉRY, *Idée fixe.*

K. G. NAIKEN

DE PERE EN FILS

UN DEMI SIÈCLE EXPERIENCE

Des Plantes Médicinales de l'Ile Maurice

MÉDAILLE DE BRONZE

A l'Exposition Inter-coloniale du bi-centenaire de Port Louis

STALLE 460 (vis-à-vis la Tabagie Moher)

MARCHÉ CENTRAL - PORT-LOUIS (ILE MAURICE)

Nos tisanes sont vendues journellement à de nombreux visiteurs de notre Ile A notre connaissance tous en sont très satisfaits. Prises régulièrement, suivant nos instructions, elles constituent toujours d'excellentes cures naturelles.

Elles sont particulièrement efficaces dans le traitement des affections suivantes : Maladie des reins et de la vessie (lithiase), Hémorroïdes, Rhumatismes (goutte), Coliques néphritiques et hépatiques, Diabète, Anémie, Ulcères, Suites de maladie (grippe), Albumine, la Pierre, Echauffement,

Hémorragie, Perte Blanche, Gaz, Urinements de Sang, le Foie, Cœur, Asthme, Eczémas, Tambave, Psylore, Vessicule biliaire, Calcul biliaire, Colibacile, la Jaunisse, Urticaire, Tension, la Gratelle, la Goutte, Darts, Oppression, Froid, Energie, Diarrhée, Hernie, Acide urique, la Rate et d'autres cas particuliers à de prix raisonnables.

C'est la carte de visite d'un herboriste de l'île Maurice. Son éventaire est très connu. Tous les herboristes, les guérisseurs n'ont pas pignon sur rue, mais ils existent partout où l'homme est en contact avec la nature.

La bombe atomique écologique a éclaté en Occident. Les gens de toutes conditions se regroupent en associations pour agir, au nom de la qualité de la vie. L'homme blanc découvre la nature, cette nature à qui il avait tourné le dos lors de l'avènement de la civilisation industrielle. Et, de même qu'il avait sacralisé le béton armé et l'écriture, de même il regarde émerveillé la flore et la tradition orale. L'arbre lui semble maintenant plus important pour son devenir que le building, et la posologie empirique des herboristes préférable aux drogues des chimistes agréés. Des centaines de firmes pharmaceutiques consacrent d'énormes budgets à l'étude des substances d'origine végétale. Le modernisme qui avait relégué ces ressources naturelles au rang des connaissances archaïques bat sa coulpe. Certes, il y a un abîme entre la chimie organique, la biologie moléculaire et la connaissance des guérisseurs de la forêt ou de la savane ; mais c'est là, précisément, qu'il faut jeter le pont. Il n'est pas question de revenir en arrière et de prétendre que les connaissances empiriques peuvent remplacer la science moderne, mais la science a raison de les prendre au sérieux. L'homme qui vit en symbiose avec la nature possède le secret des plantes, et cela depuis toujours. On sait que « le médecin babylonien Makkur-Marduk disposait d'un arsenal de deux cent cinquante plantes d'une cinquantaine de remèdes minéraux, de la chair et des excréments des animaux les plus inattendus[1] ». Plus on remonte dans le temps, plus on trouve l'homme dépendant de son environnement. Très tôt, il a eu besoin de savoir si un fruit était toxique ou pas. Et c'est là l'un des mécanismes de la sélection naturelle : celui qui se trompait payait de sa vie une erreur dont les autres générations tenaient compte. Il y a six mille ans, en Chine, un souverain avait écrit un traité sur la façon de ramasser les plantes, de les cultiver et de les utiliser. Mais les Occidentaux ont toujours tendance à croire que la seule façon de transmettre la connaissance passe par l'école de l'écriture. Il en existe heureusement bien d'autres. L'expression malgache de « l'héritage par l'oreille » est aussi poétique que significative. Le plus petit guérisseur de la forêt équatoriale ou du désert en sait

1. *Les Bâtisseurs du monde,* docteur Pierre Theil, Club des Amis du Livre.

parfois plus long que le meilleur pharmacien ou le plus grand chimiste. Les cueilleurs de tubercules, les bûcherons, les cultivateurs de riz, les récolteurs de miel sauvage, les nomades connaissent tous, au cours de leur vie errante, une même expérience : celle de la faim. Par un geste-réflexe, ils cueillent au bord du sentier quelques feuilles, quelques morceaux de liane qu'ils mâchonnent pour combattre la faim, la soif ou la fatigue. Ils savent que la « crampe d'estomac » cesse lorsqu'ils mâchent certaines plantes et pas d'autres. Si l'on comprend comment s'est faite, dans le monde végétal, la sélection du bon et du mauvais, de la potion et du poison, on voit moins bien comment l'homme a pu attribuer telle ou telle vertu à telle ou telle plante. Le mécanisme de cet enseignement peut être pourtant démonté par un exemple rapporté par Pierre Boiteau[1] : les Malgaches, qui furent de grands navigateurs, emportaient dans leurs embarcations une plante appelée « la pervenche de Madagascar ». Ils l'utilisaient pour ses vertus anorexiantes[2]. Or, on sait que les diabétiques ont une propension exagérée à absorber boissons et aliments ; ils furent donc parmi ceux qui bénéficièrent de la diffusion de cette espèce. C'est avec cette réputation que la « pervenche » arriva à la Jamaïque. Et c'est en cherchant à mettre en évidence cette activité antidiabétique que les savants[3] remarquèrent l'étonnante activité leucopéniante[4] des alcaloïdes contenus dans cette plante. A l'heure actuelle, les substances extraites de la pervenche sont utilisées dans le traitement des leucémies et de certaines tumeurs solides.

Il est impossible de dresser une liste de toutes les maladies traitées efficacement par la pharmacopée traditionnelle. Dans tous les continents, toutes les îles, partout, les autochtones, qu'ils soient indiens, africains, papous ou canaques, savent utiliser les plantes.

Sur la petite île de Puen, non loin de la côte ouest de Nouvelle-Calédonie, j'ai rencontré Nono. Nono, c'est Henri Siré, le gardien solitaire de l'île. Il a bourlingué sur toutes les mers du monde. Pendant la Seconde Guerre mondiale, il a participé aux campagnes de Guadalcanal, des Philippines, du débarquement en France. Puis, il est revenu dans son pays, et, comme il voulait vivre en solitaire, il est devenu le gardien de cet îlot privé. Il voit quelques touristes le samedi et le dimanche, mais il fréquente plutôt les indigènes mélanésiens des autres îles. Ce matin, nous sommes partis tous les deux pour faire le tour de son domaine. Il me montre des arbres, des herbes :

— Il y en a qui s'en servent pour soigner ; d'autres pour suppri-

1. Pierre Boiteau : botaniste du Muséum d'histoire naturelle de Paris, spécialiste des plantes de Madagascar et de l'océan Indien.

2. *Anorexie :* perte de l'appétit.

3. Noble, Beer, Cutts, Svoboda et Neuss.

4. *Leucopénie* : diminution du nombre des globules blancs dans le sang.

mer, pour « boucaner » comme on dit ici. Ils sont très forts pour ça, les habitants des îles.

— Ils livrent facilement le secret des plantes ?

— Oh non ! Sauf quelques-unes. Le baume pour arrêter le sang, par exemple. Ça, je le connais. J'ai vu des indigènes se couper ; le sang giclait. On frictionnait avec le baume, et le sang s'arrêtait tout de suite. Ça, je connais. C'est une petite plante à fleurs bleues qui est un poison pour les lapins. Il y a aussi la racine de goyavier qui remplace la pilule. Et puis l'écorce de pommier canaque pour soigner la « gratte[1] ».

— Comment prend-on ce remède ?

— On rape l'écorce et on fait des infusions. Chez moi, toute ma famille était atteinte de la gratte ; les animaux aussi mouraient. C'est un type qui venait couper du bois qui nous a indiqué ce médicament. En huit jours, tout le monde a été guéri.

— Donc, vous y croyez, vous, à ces remèdes ?

— Si j'y crois ? Ah ! oui, alors, j'y crois.

Dois-je l'avouer ? J'ai un faible pour les guérisseurs africains, ces faiseurs de miracles, à la fois médecins, prêtres et comédiens — même les plus sérieux, parce que l'Africain, acteur né, vit sa vie comme un spectacle, avec ses intermèdes musicaux et ses rites nécessaires. Je garde toujours le contact avec la communauté de Breghbo où Albert Atcho, prophète, poursuit son œuvre d'homme de Dieu[2]. Je réécoute toujours avec plaisir les propos de Jean, son infirmier, grand connaisseur des plantes et chargé de pratiquer les soins courants. Jean prend son rôle très au sérieux :

— Quand le malade arrive, explique-t-il, je l'interroge. Quand je vois son visage dur, je dis : « Tu chies comment ? Dur ? — Oui. Comme des boules de cabri. — Bon. » Je prends un bon lavement pour faire couler le ventre. Puis, cette écorce-là pour frotter le corps et mettre dans les narines. Tu as la tête lourde, des sensations de brûlures ? Tu sens que ça pénètre vers les sourcils jusqu'aux paupières, comme des petites bêtes qui viennent du front et qui arrivent à l'œil ? C'est ça qui peut te rendre aveugle. J'ai des gouttes qui soignent très bien ça.

— Est-ce que les consultations sont gratuites, ici ?

— Oui, toujours.

— Mais vous avez quand même besoin d'un peu d'argent pour payer vos ramasseurs de plantes ?

— J'ai mes plantations. Le travail de Dieu n'a pas besoin d'argent.

— Mais les plantes ne suffisent pas pour guérir ? Il faut la confession et la prière du prophète ?

---

1. Irritation insupportable provoquée par la consommation de la plupart des poissons coraliens.

2. Prophète harriste. Voir *l'Afrique du jour et de la nuit* (Presses de la Cité).

— Bien sûr. Ça marche en même temps. Pour la petite maladie, le médicament ça suffit. Mais si tu as trop de péchés, par exemple tu as tué quelqu'un ou pris des fétiches de protection, ou couché en plein air avec une femme, ça, c'est plus le médicament, c'est une punition des dieux.

— Coucher en plein air avec une femme ?

— Ah oui ! c'est terrible ! Tu as une partie paralysée complètement. Ou quelquefois, ça rend la folie.

Les enquêtes des ethno-botanistes, des pharmacologues sont en général longues et difficiles. L'un des spécialistes français les plus expérimentés, Pierre Boiteau, a couru la brousse malgache pendant quarante-cinq ans [1]. Officiellement en retraite, il peut se consacrer à une étude importante qu'il n'avait pu entreprendre sur le terrain. Cet homme grand, sec, au profil de rapace, à la voix étonnamment timbrée, est un intarissable conteur. Il me montre avec fierté l'un des herbiers les plus importants du monde, celui du Muséum d'Histoire naturelle de Paris, qui compte plus de sept millions d'échantillons ; certains remontent au XVIe siècle [2]. Tout en me faisant découvrir ces trésors, il évoque le métier très dur mais passionnant de l'ethno-botaniste :

— On dit que c'est un métier d'intellectuel. Pour ma part, je peux vous dire que j'ai plus travaillé avec mes jambes qu'avec ma tête. C'est une profession qui exige de grandes ressources physiques. D'autre part, les populations auxquelles on a affaire vivent souvent dans un grand état de dénuement ; et si l'on veut faire leur connaissance, il faut vivre avec elles et comme elles. Cela suppose une certaine abnégation, un détachement vis-à-vis des commodités de l'existence. Mais, en contrepartie, quelles satisfactions ! Quand, par exemple, vous découvrez la clef scientifique d'une croyance ou d'une superstition. Un botaniste avait entendu dire et m'avait rapporté que, dans un village, on possédait une plante pour faire fuir les esprits. Cette révélation m'intrigua et je décidai d'aller voir moi-même. Dans le village, on me montra la plante. C'était une euphorbiacée. Je demandai aux habitants comment ils l'utilisaient. Ils glissaient tout simplement des feuilles séchées dans leurs litières et les esprits ne venaient plus les tourmenter la nuit. J'ai voulu faire l'essai. On me fabriqua un coussin rempli de ces plantes et je dormis là-dessus. La plante dégageait une odeur très forte, pas désagréable. Je fis alors la constatation suivante : il y avait dans ce village une grande quantité de parasites et notamment des puces. Et les parasites fuyaient autour du coussin. La plante était non pas

1. Il termine le dictionnaire des plantes de Madagascar.

2. P. Boiteau a retrouvé, par hasard, une partie de l'herbier constitué par Flacourt, au début du XVIIe siècle. Cet herbier est dans un parfait état de conservation.

insecticide mais insectifuge, et les « esprits », c'est-à-dire les puces, étaient chassés par cette odeur.

— Quelle est la première qualité d'un ethno-botaniste ?

— La perspicacité. Il faut discerner la part de sérieux et de pratique dans les méthodes de diagnostic utilisées par les spécialistes traditionnels d'une région. Ces méthodes sont parfois curieuses. En 1930, le premier travail qui me fut confié à Madagascar fut une enquête nutritionnelle. Il s'agissait de dépister les principales carences alimentaires dont souffrait la population. En parcourant cette île immense, je me suis aperçu qu'il y avait une forte proportion de diabétiques. A cette époque, on croyait encore que le diabète était une maladie occidentale, une maladie de notre civilisation. Cette île, qui est grande comme la France, la Belgique et la Hollande réunies, ne comptait que deux dispensaires équipés pour faire les analyses d'urine. Les enquêteurs se demandaient comment on pouvait se rendre compte, en brousse, que les gens avaient du diabète. Alors je suis allé voir un de mes amis, médecin malgache, qui m'a proposé de m'emmener dans son village, à quarante kilomètres de Tananarive. Là, il m'a présenté un vieil homme, spécialiste du diabète. Celui-ci nous a conduits un peu en dehors du village, vers un terrain sablonneux très sec. Il a fait venir un indigène et lui a demandé d'uriner sur le sol. Il nous a demandé de nous pencher et de bien regarder ce qui allait se passer. On a vu alors arriver une colonie de fourmis qui se sont acharnées sur l'urine. La présence de cette catégorie de fourmis prouvait que l'urine était celle d'un diabétique ; la méthode était infaillible[1]. Et ceci n'a rien d'étonnant. Il ne faut pas oublier qu'au Moyen Age il existait chez nous des choses du même ordre. Les poux, par exemple, constituaient un fléau extrêmement grave parce qu'ils transmettaient des maladies comme le typhus. Aussi, dans les hôpitaux, tout de suite après le médecin-chef, le personnage le plus important était la « pouillère », dont le rôle consistait à épouiller les malades au fur et à mesure de leur admission. On connaît, par ailleurs, cette « poudre des capucins » que les moines fabriquaient dans leurs couvents ; on prétend que dans les régions où l'on fabriquait cette poudre utilisée contre les poux, il n'y avait pratiquement pas de cas de typhus. *A posteriori*, nous pouvons donc contrôler, à l'aide d'une recherche d'archives, l'efficacité de nos drogues, ce qui est loin d'être négligeable. Il ne faut pas penser que la recherche sur les substances naturelles est limitée à notre époque et à notre ère géographique. Il y a un travail considérable à faire dans toutes les régions du monde ainsi que dans les vieux documents qui remontent souvent à l'Antiquité.

« Dès la fin du XVIIIe siècle, on avait remarqué qu'il existait des

1. Les textes sanscrits du VIe siècle font état de « maladies des urines au goût de miel ». Pourtant, il a fallu attendre le XVIIIe siècle en Europe pour que la présence du sucre dans l'urine de diabétique soit reconnue.

Le jour du Holi, les jeunes agressent les passants par des jets de poudres ou d'eau colorée. Bénarès (Inde).

« Les divinités les plus étonnantes... » Vallée de Katmandou (Népal).

Malade ensorcelée, traitée par la méthode de pulvérisation liquide, Sud-Cameroun. *(Photo C.N.R.S.)*

Notre ancêtre de la Côte d'Azur (dessin du musée "Terra Amata" - Nice).

e dolmen des “fades” (3 000 ans vant J.-C.).

Fouilles préhistoriques dans la grotte de l’Arago (Tautavel).

L’abri de Jean Cros : une halte de bergers il y a 7 000 ans. *(Photo Jean Guilaine)*

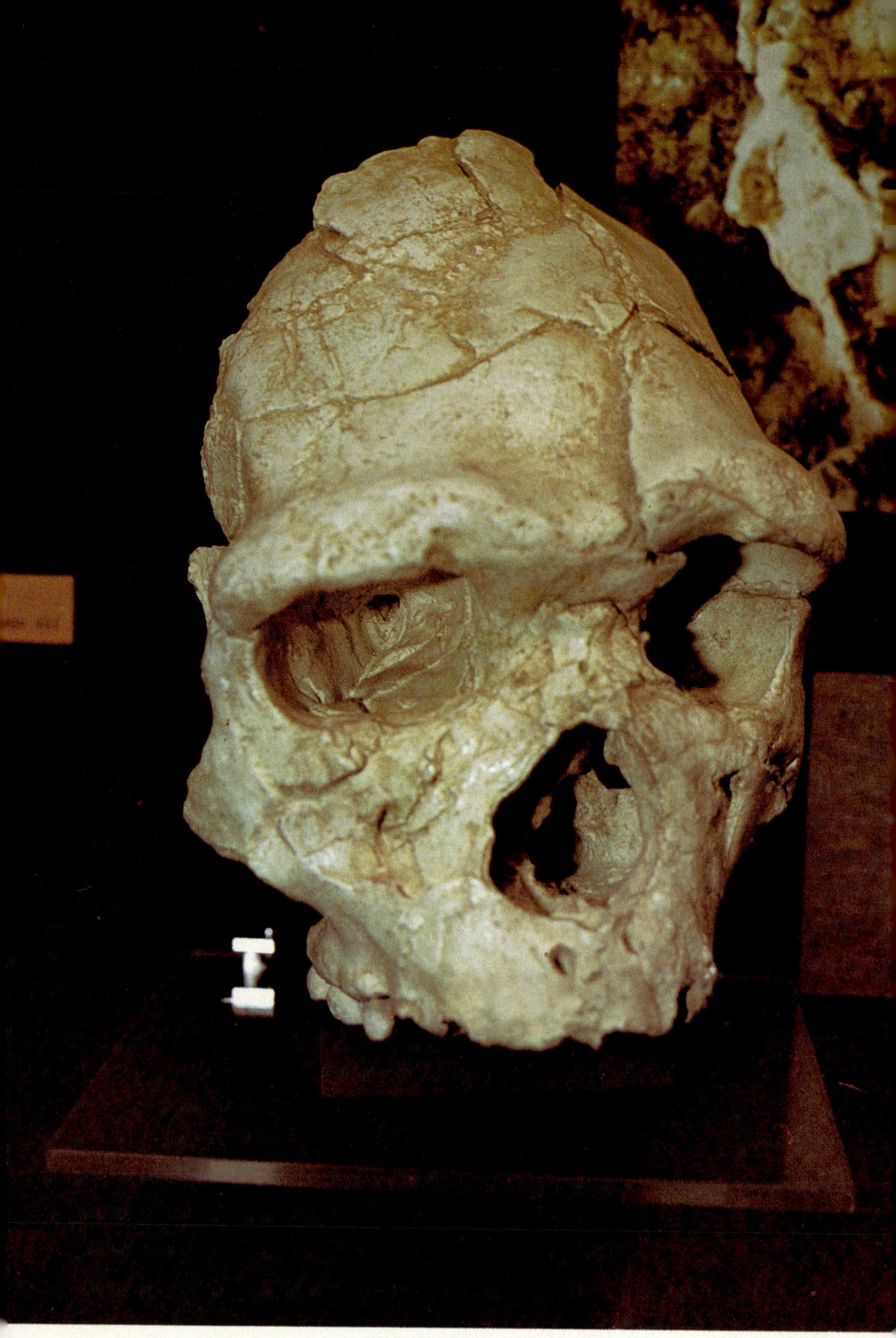

Crâne de l'Homme de Tautavel. *(Photo C.N.R.S.)*

vertus médicinales communes dans un même groupe de plantes. Par exemple, les mauves, les guimauves présentent des propriétés émollientes semblables. Les coquelicots, les pavots sont tous plus ou moins calmants ou narcotiques. Ceci est très important pour orienter la recherche. Pour organiser cette prospection, on a été amené, peu à peu, à utiliser trois méthodes : on relève de façon rigoureuse les traditions populaires au sujet des plantes ; mais il est nécessaire d'avoir affaire à des populations qui vivent en symbiose étroite avec la nature. On choisit une zone géographique où la flore est très riche, et on cueille toutes les espèces susceptibles d'êtres déterminées. Sur chaque espèce, on pratique un certain nombre de réactions colorées qui permettent de dire si elles contiennent de grandes catégories de substances susceptibles d'avoir un intérêt pharmacologique. C'est qu'il faut s'entendre sur ce qu'on appelle « plantes médicinales ». Il y a des remèdes de bonne femme, qu'on peut prendre en tisanes ou sous formes très simples, mais il y a aussi des plantes aux effets héroïques, contenant des principes très actifs et qu'on ne peut employer telles quelles, sous peine de passer à côté du but thérapeutique poursuivi. Pour celles-là, une posologie rigoureuse s'impose. A notre époque, nous obtenons des classements très vivants. Nous ne nous contentons pas de la seule morphologie de la plante, mais de toute une série de données, telle que l'étude des pollens, du nombre de chromosomes, de la répartition géographique de l'espèce, de sa composition chimique ; d'où le nom de cette nouvelle recherche ; la chimiotaxonomie, qui est l'alliance de la science chimique avec celle du classement. Cependant, il ne faut pas se faire d'illusion : la tâche est gigantesque. La nature a peuplé la terre de centaines de milliers d'espèces végétales. Une île comme Madagascar possède environ douze mille espèces botaniques avec 85 % d'endémicité.

— C'est-à-dire ?

— Dans certaines régions, il existe des plantes qu'on ne trouve nulle part ailleurs dans le monde. On dit alors qu'il y a une endémicité de 100 %. Si la plante en question se trouve à 85 % dans cette région et 15 % ailleurs, on dit qu'il y a 85 % d'endémicité.

Je regarde cet homme en blouse blanche dont l'enthousiasme n'a pas été érodé le moins du monde par quarante-cinq ans d'une vie rude mais exaltante, où chaque jour compte. La vie de tels hommes n'est pas seulement un livre de sciences, mais un livre d'histoires qu'on devrait raconter aux enfants. Il parle, il parle avec son cœur. Il entre dans le grenier de ses souvenirs, il fouille, il soulève, il est sur son terrain, en 1932, avec ses amis les Malgaches ; il a vingt-cinq ans !

— A pied ! presque tout à pied, à l'époque ! Maintenant, la recherche est beaucoup mieux organisée. En ethno-pharmacologie, on a tendance à créer des équipes pluridisciplinaires avec un médecin, un pharmacien, un botaniste, ce qui permet toute une série d'observations parallèles.

— Quand vous êtes en pays tropicaux, avez-vous besoin de la coopération des autochtones ?

— Le botaniste, à la rigueur, peut s'en passer, mais pas l'ethnopharmacologue.

— Y a-t-il une méthode, un secret pour travailler en coopération avec les locaux ?

— Oui, un seul : mériter leur confiance. Pour ma part, je m'étais établi une règle de conduite : quand j'arrivais dans un village, j'allais d'abord voir le chef, ou le plus ancien. Je m'informais sur les pratiques, les coutumes, les interdits. Quel que soit l'endroit du monde où l'on se trouve, il y a une règle absolue pour établir le contact : le respect des individus, de leur culture et de leurs connaissances. Si vous enfreignez cette règle d'or, vous n'apprenez rien.

— Ce qui implique que vous passez un certain temps sur le terrain.

— Evidemment. Il faut étudier la région, le groupe humain, ses structures, son type de relation avec la nature, faire un bilan de leurs connaissances des plantes, et aussi du mystère qui s'y rattache.

Parmi les chercheurs éparpillés dans les forêts et les savanes du monde, j'ai rencontré, en Nouvelle-Calédonie, un homme qui reste quelque peu marginal. Peut-être s'acharne-t-il à rester de « la vieille école ». Il s'appelle Hugh MacKee. C'est un Irlandais du Nord, nationalisé australien depuis quarante-cinq ans. Il n'a pas toujours été botaniste. Pendant la Seconde Guerre mondiale, il participait à des recherches sur la nutrition humaine en Nouvelle-Guinée pour le compte de l'armée. Depuis vingt-cinq ans, il herborise en Nouvelle-Calédonie. Maître de recherche au CNRS, il est chargé de réunir une collection aussi complète que possible de la flore de cette île. Etrange personnage sorti d'un roman de Dickens, flegmatique et peu bavard, fuyant dit-on toute compagnie susceptible de lui faire perdre son temps. Son seul compagnon de travail est sa femme. A l'âge où l'on songe plutôt au confort et à la vie sédentaire, ce couple exquis part à l'aventure dans une 2 CV, puis, sac au dos, comme des campeurs de seize ans, ils battent la brousse à la recherche de plantes. Une petite tente pour la nuit, et un matériel de cuisine des plus rudimentaires. Dans son français à l'accent presque caricatural, Hugh MacKee me parle de son travail quotidien :

— On ne peut pas rester aussi longtemps qu'on le voudrait sur le terrain, car les spécimens que nous récoltons sont périssables. Autrefois, après quatre ou cinq heures de terrain, il fallait rentrer pour le séchage. Maintenant nous avons une technique plus élaborée. Les plantes récoltées sont, le soir même, emballées séparément dans du papier journal, puis disposées dans un sac en toile qu'on imbibe d'alcool à brûler. Les paquets sont mis ensuite dans des sacs en plastique. Si ces sacs sont bien fermés, les plantes peuvent se conserver six semaines.

Dans la grande pièce qui lui sert à la fois de réserve et de bureau s'entassent jusqu'au plafond les paquets, les emballages, les piles de vieux journaux, les sacs, la ficelle.

— Voilà mon laboratoire ! me dit-il finement. Vous vous attendiez à autre chose, peut-être. Je fais surtout un travail de postier ou d'affréteur. Je passe mon temps à faire des paquets. S'il y a une chose que je sais faire, ce sont les paquets.

— Pourquoi utilisez-vous du papier journal ?

— Tout simplement parce que je peux en disposer d'une grande quantité gratuitement. J'ai un réseau d'amis qui me gardent leurs journaux.

— Et pourquoi l'alcool à brûler ?

— Pour les mêmes raisons d'économie. On le trouve facilement et je l'achète par fût de deux cents litres.

— Vous faites sécher les plantes vous-mêmes, avant de les expédier en France ?

— Oui. J'ai un four électrique. Lorsque la plante est séchée, elle est de nouveau emballée dans du papier journal avec un intercalaire de carton pour qu'elle ne s'abîme pas, et sa petite fiche avec son numéro.

— A quel numéro êtes-vous ?

— 33000.

— On parle beaucoup maintenant des équipes pluridisciplinaires. Ce n'est pas votre cas ?

Le vieux renard irlandais sourit :

— Je constitue une équipe d'une seule personne.

— Et vos informateurs, qui sont-ils ?

— Souvent des exploitants miniers ou des forestiers. Mais les autochtones sont aussi précieux pour nous donner les noms vernaculaires des plantes et leur vertu médicinale traditionnelle.

— Il y a parfois des contradictions entre les vertus reconnues par la tradition et celles reconnues par les laboratoires ?

— En effet. Et puis les renseignements obtenus sont souvent vagues : quand on me dit, par exemple, qu'une plante est bonne pour toutes les maladies, je sais que ce n'est pas sérieux. Nous devons nous livrer à des enquêtes pour une même plante ; nous faisons des recoupements.

— Avez-vous des rapports fréquents avec les guérisseurs mélanésiens ?

— Non, très peu. Ils sont jaloux de leur savoir. Ils nous montrent des mélanges, des solutions, mais ils ne nous fournissent, en général, que des renseignements incomplets. Tandis que les personnes que nous engageons pour faire la cueillette avec nous se livrent plus facilement.

J'ai passé une soirée délicieuse avec ce couple de septuagénaires réputé misanthrope, et, quelques minutes avant mon départ, Hugh MacKee est entré dans ma chambre pour m'apporter un souvenir, de la part de sa femme. Cette « sauvagerie australo-canaque » m'a paru bien délicate ; je n'oublierai pas.

Dominique Bouret est ethno-botaniste, rattachée à l'ORSTOM de Nouméa. Ses nombreux contacts avec les habitants des petites îles permettent d'orienter les essais en laboratoire. Pour elle, tout est important : la classification traditionnelle des plantes, leur action pharmacologique, symbolique, les modes de préparation, d'application, en certains cas même, la chirurgie. Elle a acquis la certitude que les anciens anthropophages s'étaient transmis de sérieuses notions d'anatomie. D'ailleurs, les organes sont encore désignés par des périphrases descriptives : les poumons sont appelés « les feuilles humides à nous » ; l'estomac c'est « la place de la nourriture à nous ». D'après l'anatomie traditionnelle, le corps serait ouvert aux influences extérieures et entre autres à la maladie, par plusieurs orifices : les yeux, les oreilles, les narines, la bouche, l'anus, les orifices génito-urinaires, mais aussi les extrémités du sternum, les fontanelles, un point situé dans le dos au niveau du cœur, et deux points sous les aisselles. Tous ces éléments, évidemment, doivent être interprétés en fonction d'un ordre psycho-social qui remet le malade en situation. La prospection prend alors une dimension anthropologique.

Les méthodes traditionnelles de récolte, de broyage, d'infusion ou de torréfaction des plantes sont assez semblables dans tous les pays. Il est même curieux de constater que, depuis toujours, des hommes qui vivent à des milliers de kilomètres les uns des autres font les mêmes gestes et accordent des vertus semblables à des plantes de mêmes familles. Les femmes du Rif marocain, de la Tripolitaine, de l'Est africain ou de la Casamance utilisent presque toutes certaines arécacées [1] dont l'huile est souveraine pour les courbatures et les rhumatismes. Le laurier qui fleurit de la Méditerranée au Cap est utilisé partout par ses vertus cardiotoniques. Presque tous les chasseurs de la ceinture équatoriale utilisent la toxicité des produits de type ouabaïne [2] comme poison de flèches. Les chimistes et les pharmaciens ont découvert que ces mêmes produits pouvaient être utilisés dans le traitement de certaines affections cardiaques.

« L'administration des médicaments se fait de diverses manières : la méthode intraliptique consiste à faire pénétrer les médicaments à travers l'épiderme par des frictions. Les instillations oculaires et nasales de solutions concentrées ou de sucs végétaux sont souvent prescrites. Les pulvérisations liquides sont très largement pratiquées car on leur accorde une valeur médico-magique. Pour ce faire, le guérisseur introduit dans sa bouche la solution médicamenteuse et la projette ensuite avec force entre ses lèvres bien serrées, réalisant

1. Synonyme de palmier. *Elaeis guineensis.*

2. *Ouabaïne :* glucoside toxique tiré d'une plante équatoriale, le strophantus. Utilisé comme cardiotonique.

ainsi une véritable vaporisation sur la partie du corps à traiter. Les inhalations, les fulmigations, sont aussi courantes. L'administration par voie interne est, en général, orale. Les guérisseurs ignorent l'injection hypodermique, mais ils pallient partiellement cette lacune par l'emploi de la méthode endermique qui utilise le pouvoir d'absorption de la peau dépouillée de son épiderme. En un premier temps, l'épiderme est enlevé par abrasion avec des feuilles de Ficus exasperata (plus connu sous le nom de figuier papier de verre) ou de latex de différents Euphorbia. Une fois le derme mis à nu, le thérapeute applique la préparation opportune qui pénètre alors facilement[1]. »

Si les guérisseurs ne sont pas démunis de moyens pour affronter toutes les maladies, ils ignorent souvent, en revanche, les poids et les mesures dans la préparation du médicament, ainsi que sa posologie, c'est-à-dire des doses thérapeutiques suivant l'âge, le sexe, l'état du malade. Cette méconnaissance n'est que demi-mal pour les médicaments à usage externe, mais il n'en va pas de même pour les médicaments à usage interne, surtout quand ils sont particulièrement actifs ou dangereux. Il y a là une grave carence, lourde de conséquence.

— Dans les médecines fabriquées empiriquement, précise le professeur Kerharo, la poignée est en général la mesure : tant de poignées pour un canari[2] de six ou sept litres d'eau. On a l'impression que ces doses sont fixées au petit bonheur. Toutefois, il faut remarquer que, chez certains guérisseurs, les doses sont de trois poignées pour un homme et de quatre pour une femme. Cette question des nombres est vieille comme le monde. Le mode d'administration des médicaments est parfois basé sur le culte du soleil : une dose au lever du soleil, une au zénith et une au coucher.

Tenter de pénétrer dans les arcanes de la pharmacopée traditionnelle, c'est vouloir pénétrer dans la vie intime des individus, c'est vouloir connaître la culture, les rites, les croyances d'un groupe social. Le guérisseur est une entité ; il est à la fois l'homme du diagnostic, l'homme de la récolte, souvent rituelle, le préparateur de la drogue, le dispensateur des remèdes et l'intermédiaire entre le malade et la cause cachée de la maladie. Avec la connaissance du monde végétal et animal, nous pénétrons de plain-pied dans les croyances relatives aux maladies, aux empoisonnements, aux envoûtements, aux exorcismes. L'art médical sera donc exercé indifférement par le guérisseur, le prophète, le féticheur, le devin, le marabout, le charlatan et même le sorcier. L'homme du Bien et l'homme du Mal, l'homme du Jour et l'homme de la Nuit se servent de la

1. J. Kerharo, professeur de pharmacognosie, faculté de médecine et pharmacie de Dakar.

2. Poterie contenant les liquides.

même arme : la Nature. Cette nature est généreuse. Aussi, la nomenclature des plantes médicinales entreprise par les chercheurs est-elle un travail colossal[1]. En Afrique, c'est un érudit gabonais, l'abbé Raponda-Walker, qui, le premier, s'intéressa de façon rationnelle à cette étude des médicaments de la forêt[2]. D'autres scientifiques africains ont, depuis, pris la relève[3]. Le premier Symposium interafricain sur la pharmacopée traditionnelle fut organisé à Dakar en 1968, sous l'égide de l'OUA. Le grain germa pendant plusieurs années et, en 1974, trois importantes rencontres mirent à l'étude différents projets de création d'instituts de recherches spécialisées. Peu à peu, partout dans le monde, s'organise l'ethno-pharmacologie. A Madagascar a été créé l'Institut de recherches sur les substances végétales. Au Nigeria, de nouvelles relations entre le gouvernement et les représentants de la médecine traditionnelle s'établissent. Lors d'une réunion des chefs d'Etats riverains du fleuve Sénégal, on a parlé de la création d'un Institut de recherches sur les plantes médicinales et la pharmacopée traditionnelle. Mais les dépositaires de cette connaissance traditionnelle sont souvent jaloux de leurs secrets et on s'en étonne. C'est oublier que la connaissance des plantes n'implique pas seulement la connaissance de leurs propriétés, mais aussi celle de toutes les forces qui relient les végétaux à l'homme, c'est-à-dire les principes spirituels et matériels qui unissent les hommes et les choses aux forces cosmiques. Ces gens ne refusent pas de livrer leurs secrets ; ils exigent seulement que celui qui les reçoit s'en montre digne. Le guérisseur sait qu'il est le dernier dépositaire d'un patrimoine inestimable. Il a le choix entre l'emporter dans sa tombe et le laisser aux hommes de science. Lorsqu'on sait gagner la confiance des « sages de la brousse », on constate que la dernière solution est encore possible ; le guérisseur ne demande qu'à transmettre. Mais ce don, il faut le mériter. Il faudrait d'abord valoriser, officialiser la condition des guérisseurs. En Tanzanie, des accords ont été conclus entre le gouvernement et certains guérisseurs à qui il est réservé un pourcentage d'argent sur les exportations éventuelles des médicaments qu'ils fabriquent. Quoi de plus normal ?

— Ce qu'il faut surtout, conclut le professeur Kerharo, c'est établir, le plus vite possible, un catalogue complet des drogues utilisées par région, par pays, avec leurs noms vernaculaires et leurs noms savants, pour pouvoir travailler sur des échantillons scientifiquement déterminés. Il nous faut un recueil des méthodes et des

1. Le 17 octobre 1978, l'Organisation mondiale de la Santé (OMS) a annoncé que ses experts ont commencé à répertorier les plantes médicinales les plus utilisées dans le monde.

2. *Plantes utiles et inutiles du Gabon* (R. Walker et R. Sillans).

3. Parmi eux, le docteur Ngwete, le directeur général de l'Office national des recherches et développement du Zaïre, ou Jean-Noël Gassita, docteur en pharmacie du Gabon.

His Majesty's Govt. of Nepal
Department of Medicinal Plants, Kathmandu, Nepal
HERBARIUM

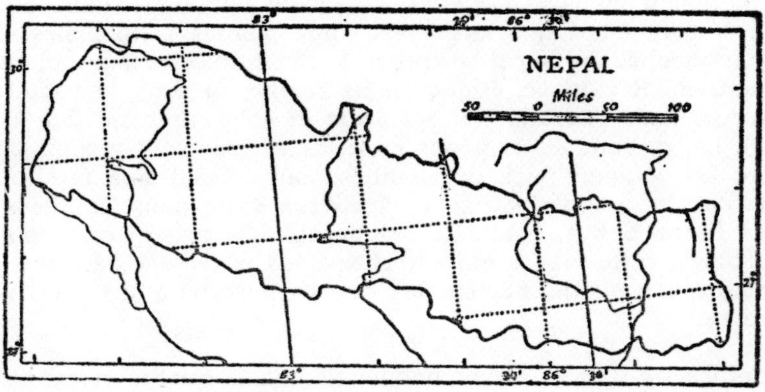

Date . . . . **No.** . . . .
Scientific Name . . . .
Common Name . . . . **Family** . . . .
Locality . . . . **Alt** . . . .
Remarks

Collector **det** . . . .

recettes employées par tous ces gens. Si l'on n'y prend pas garde, cette pharmacopée ne sera bientôt plus qu'un souvenir.

La situation géographique du Népal a fait de cette région un véritable jardin botanique. L'utilisation des plantes dans la médecine traditionnelle ayurvédique ou tibétaine a toujours existé dans ce pays. Mais l'idée de procéder à l'étude scientifique des plantes népalaises est relativement récente. En 1937, Khadananda Sharma créa une ferme de plantes médicinales au Shivapuri, une montagne du nord de la vallée de Kathmandu. Cinq mois par an, il partait pour collecter les plantes ; ensuite, il les classait et éventuellement les analysait avec les moyens de fortune dont il disposait. Ainsi, c'est grâce à lui qu'a pu être créé le département des plantes médicinales qui est actuellement très actif. Cet organisme, qui dispose d'un personnel qualifié, cultive certaines plantes dans huit fermes situées à des altitudes différentes, de 100 à 3 000 mètres. Certaines de ces plantes, comme la menthe, la belladone et le pyrètre, sont destinées à l'exportation. Les plantes d'altitude, elles, sont presque toutes sauvages. La ferme devient alors un lieu de collecte. Le docteur Adikar, qui dirige ce département, estime que ses laboratoires peuvent passer maintenant à la phase pilote de l'opération : l'extraction d'huiles essentielles. Le jardin botanique, situé à Godawari, réserve aussi une large place aux plantes médicinales. Toute la pharmacopée du Népal se trouve là rassemblée. Chaque plante est soigneusement cultivée, étiquetée. Sa feuille, sa fleur, son fruit sont conservés dans l'herbier de la station et soigneusement fichés (*voir fiche*). Là, ce sont les arbustes dont les racines sont recommandées contre les douleurs ; ici, des feuilles pour le mal à la tête, ou des fruits contre la constipation. En me promenant dans les allées avec Puspa Ratna Sakya, botaniste responsable de ce service, j'apprends que l'aloès, cette plante qui est chez nous purement décorative, est en réalité une plante médicinale ; que l'asparagus a aussi des vertus curatives.

L'efficacité d'une telle recherche tient à la qualité et au nombre des chercheurs, mais aussi à la concentration des moyens d'investigation au niveau des laboratoires de chimie. Passant directement de l'obscure case enfumée du guérisseur aux couloirs de l'Institut de chimie des substances naturelles du CNRS, à Gif-sur-Yvette, je me suis un peu égaré. Pourtant, l'un des directeurs m'attendait. Pierre Potier est un ami depuis que nous avons fait ensemble la « campagne d'Ochrosia » (voir chapitre *L'histoire d'Ochrosia*). Toujours accueillant, comme s'il n'avait que ma curiosité à satisfaire, il me fait visiter une partie de l'Institut. Nous passons d'un laboratoire à l'autre :

— Commençons par le commencement, dit-il. Tout ceci a été créé en 1955.

— Pour combler le retard de la chimie française ?

— Oui. Car depuis Pasteur et quelques savants de la fin du siècle dernier, ce n'était pas brillant ; et les deux guerres n'ont rien arrangé. Heureusement, aux alentours des années 54-55, il y a eu comme un sursaut. On a pris conscience du niveau médiocre de la chimie française. Le CNRS, qui avait alors le vent en poupe, a considéré qu'un des secteurs prioritaires de la chimie devait être celui des substances naturelles. En effet, presque tous les grands progrès en chimie, depuis la fin du XIXe siècle, sont dus aux recherches dans ce domaine. Par exemple, on connaissait depuis longtemps l'opium, mais c'est seulement au début du XIXe siècle que la morphine, l'une des substances activées de l'opium, a été isolée. Idem pour la quinine, découverte par Pelletier. Le projet de cet Institut s'est donc concrétisé, et il a fonctionné à partir de 1960. Dix-neuf ans après, on peut dire qu'il est considéré comme l'un des hauts lieux de la chimie française, et au niveau international, nous n'avons aucun complexe.

— Pourquoi une telle concentration de moyens ? Ne peut-on pas agir de façon plus sporadique ?

— Dans toutes les batailles, il y a les unités légères et les unités lourdes. Nous, nous sommes à la fois voltigeurs par les chercheurs que nous avons sur le terrain et brigades lourdes par la recherche que nous menons ici. Dans ces laboratoires, nous sommes obligés de recourir à des appareils coûteux car notre technicité est très poussée. Mais, finalement, ces appareils nous font faire beaucoup d'économies. Il y a trente ou quarante ans, il n'était pas question d'établir la structure d'une molécule naturelle un peu complexe en moins de plusieurs mois, sinon de plusieurs années ; on arrivait d'ailleurs à des conclusions erronées, mais on ne découvrait les erreurs que très longtemps après, alors que des équipes entières avaient travaillé dessus. Actuellement, pour faire le même travail, les délais sont de quelques jours, quelques semaines dans les cas les plus difficiles, grâce aux rayons X et à la cristallographie. Nous avons aussi une grande concentration d'effectifs : trois cents personnes environ, dont cent soixante du CNRS, et une forte proportion d'étrangers. Nous accueillons plus de soixante chercheurs venant des Etats-Unis, de Grande-Bretagne, d'Allemagne, de Suisse et des pays du tiers monde. D'ailleurs, en général, tous ceux qui sont passés ici gardent des relations très étroites avec nous. Les liens ne se distendent jamais, quelles que soient les circonstances politiques régnant dans leurs pays. Depuis un an, le professeur Barton, prix Nobel de Chimie, qui vient d'Angleterre, a encore amélioré le niveau des recherches de cet Institut en acceptant de prendre la succession du professeur Edgar Léderer.

Nous sommes sortis du bâtiment et nous marchons dans les allées du campus. Nous nous dirigeons vers le phytotron.

Si vous passez la nuit dans les environs de Gif-sur-Yvette, peut-être verrez-vous dans l'obscurité du ciel une lueur étrange : elle émane du phytotron de l'Institut. Le phytotron se compose d'un ensemble de serres dans lesquelles on reproduit des conditions d'humidité, de température et d'éclairage différents, ce qui permet de reconstituer les conditions dans lesquelles les plantes vivent dans leur milieu d'origine. Pour certaines de ces plantes, venues de pays lointains, on fabrique des journées avec seize ou dix-sept heures d'éclairage, une pluie artificielle qui coule sur les verrières pour maintenir un degré d'humidité, ainsi qu'un réseau de chauffage qui assure des températures différentes selon les plantes.

Nous entrons dans ce curieux bâtiment, guidés par Mlle Poupat. Les serres devant lesquelles nous passons contiennent des plantes magnifiques que nous n'avons pas l'occasion de voir chez nos fleuristes. Nous nous arrêtons devant la porte d'une serre. Sur une ardoise est marqué : « Température 24° — Temps d'éclairage : 16 heures — Hygrométrie : 65 %. » Nous entrons.

— A quoi sert ce phytotron, mademoiselle Poupat ?

— Il est indispensable d'avoir les plantes sous les yeux. D'abord pour les botanistes, qui peuvent procéder ici à leurs identifications. Du point de vue purement chimique, ce système permet également de cultiver des espèces voisines sur lesquelles nous pouvons faire des tests préliminaires pour comparer les compositions.

— En règle générale, vous travaillez surtout sur les plantes médicinales ?

— Une plante devient médicinale quand on a trouvé quelque chose d'actif. Au préalable, le chimiste a besoin de savoir comment la plante fabrique ses composants naturels. Cette élucidation s'appelle la biogénèse et la biosynthèse.

« Lorsque la plante étudiée semble présenter un intérêt, il est nécessaire d'en extraire une assez grosse quantité pour pouvoir travailler. L'Institut possède donc un laboratoire d'extraction. Le décor pourrait être celui d'une immense cuisine avec ses louches et ses marmites. Mais cette comparaison ne tient pas, car ce laboratoire possède un appareillage très sophistiqué et très polyvalent.

— L'extraction, m'explique M. Escaut avec un léger accent d'Europe centrale, c'est quelque chose que tout le monde connaît sans le savoir. Chez nous, à la maison, tous les jours, nous faisons de l'extraction, en mettant un sachet de thé dans la théière. Nous faisons de l'extraction dans les bistrots en percolant le café. Seulement, ici, nous travaillons sur des quantités beaucoup plus importantes et avec des méthodes plus scientifiques. Lorsque les plantes séchées arrivent, le premier travail consiste à réduire le volume ; c'est le broyage. En réduisant le volume, nous augmentons les surfaces de contact entre la poudre et le solvant d'extraction choisi. La deuxième opération est l'extraction « solide-liquide ». On obtient un liquide enrichi qui contient encore beaucoup d'impuretés. On effectue alors l'opération « liquide-liquide » en utilisant deux solvants de densité différente.

— C'est un peu le principe de la mayonnaise ?

— Oui, mais nous ne voulons pas obtenir une émulsion stable comme la mayonnaise, au contraire, il faut une mayonnaise tournée. Nous pouvons passer ensuite à la dernière opération, qui est la purification. On peut ainsi faire le choix du principe actif qui nous intéresse.

Le département de chimie organique, lui, détermine la structure exacte de la molécule d'une plante par des méthodes classiques, des méthodes physiques ou la spectrométrie de masse, qui est une méthode très récente. Grâce à l'ordinateur, on peut traiter une très grande quantité de données expérimentales.

Nous sommes loin du sorcier de village africain ou du jakri, son équivalent népalais. Dans la phytochimie moderne, c'est toute une armée scientifique qui est mobilisée. Désormais, le médecin est lié au pharmacien, au biologiste, au chimiste, au botaniste et à l'ethnologue. Quand on regarde tour à tour l'intercesseur du mont Shivapuri et le laboratoire de Gif-sur-Yvette, il semble qu'on ait changé de planète. Pourtant, lorsque les hommes de science sont sur le terrain, ils discutent, ils fraternisent avec les empiriques. Une ombre cependant au tableau : la grande fragilité des traditions populaires dans d'immenses régions où la pénétration économique, l'urbanisation, l'acculturation étrangères perturbent progressivement les structures. Un immense effort reste à faire si l'on veut que le capital irremplaçable que constituent toutes ces connaissances ne disparaisse pas avant même d'avoir été utilisé. La prospection des plantes médicinales dans le monde n'est plus urgente du seul fait qu'elle peut fournir demain des armes nouvelles contre des fléaux, mais elle l'est surtout du fait que l'une de ses sources naturelles risque de tarir à brève échéance.

MON ANCETRE NIÇOIS ET MON ANCETRE CATALAN

Que sont devenus les hommes à face humaine ?

Paul VALÉRY, 1944.

C'est le printemps. Je suis sur une plage de galets, à Nice. Mais la promenade des Anglais, les hôtels, les immeubles ont disparu. A quelques dizaines de mètres, derrière moi, se dresse la falaise calcaire du mont Boron couverte de pins maritimes et de chênes-verts. A droite, coule une source d'eau douce ; à gauche, l'embouchure du Paillon. De l'autre côté de la rivière, au milieu d'une savane coupée de pins sylvestres et de frênes, paissent des troupeaux d'aurochs, de rhinocéros et d'éléphants énormes aux longues défenses effilées. J'avance lentement sur la grève, et soudain, de l'autre côté de la source, derrière les rochers, j'aperçois un spectacle étrange : une vingtaine de créatures bipèdes, aux visages prognathes. Ce sont des hommes, des femmes et des enfants ; un camp d'ancêtres humains. Les femmes sortent de leurs huttes de branchage. Les enfants ramassent du bois. Devant sa cabane, un artisan, assis, taille un outil dans un gros galet. Il fait sauter des éclats avec un percuteur de quartz. A côté de lui, des adolescents s'exercent à tailler des bâtons pointus. Dans les herbes hautes, un homme revient en portant fièrement une pièce de viande. Aussitôt, le gibier est dépecé avec les couteaux de pierre et les racloirs. Les femmes ajoutent au menu des fruits, des baies, cueillis sur les pentes et quelques coquillages. Tous les individus se rassemblent pour raconter leurs exploits de chasse. Et, chose prodigieuse, je les comprends ! Je les vois même, déployés en éventail, cachés dans la bruyère, observant ce qui se passe à une centaine de mètres au bord de la falaise dominant la plage. Là, presque en bordure de l'abîme, une douzaine de cerfs et de biches broutent paisiblement. Les hommes accroupis serrent dans leurs mains les lances de bois à pointes durcies, les poignards en os et les haches de pierre. Mais ils préparent aussi une arme plus terrible, celle contre laquelle l'animal ne pourra rien : le feu. Chaque chasseur a, à ses pieds, une torche à combustion lente. Le guetteur regarde le troupeau se rapprocher de la falaise. Il lève son bras et fait signe à ses compagnons. Les herbes ondulent, doucement ; les chasseurs avancent. Ils ne sont plus qu'à 50 mètres du troupeau. A un signal qui est presque un chant d'oiseau, chaque chasseur allume sa torche et se lève en poussant des cris. La panique s'empare du troupeau. Les biches s'affolent et tournent en rond. Les mâles baissent la tête pour faire front. Mais le feu approche. Ils ne peuvent que reculer, reculer jusqu'à la falaise, jusqu'à la mort. Les animaux perdent pied, tombent. Trente mètres plus bas, d'autres chasseurs les achèvent à coups de massue. La chasse sera bonne. Ce soir, on pourra manger à satiété et raconter aux enfants comment on s'y prend quand on est un grand chasseur.

Je sors de mon rêve. Je me trouve au 25, rue Carnot, à Nice, à l'endroit même où mes ancêtres de la Côte d'Azur chassaient il y a quatre cent mille ans. Je suis dans le musée de Terra Amata. Ici, en 1966, a commencé une fantastique aventure scientifique.

Un an auparavant, des promoteurs ont obtenu l'autorisation d'ériger dans ce quartier de la ville, sur la route de Menton, un bel immeuble adossé à la falaise. Il s'agit d'abord de placer le niveau du radier de l'immeuble au même niveau que la route. Les premiers travaux commencent ; les bulldozers taillent une immense coupe dans le sol. Or, ce sol de l'époque quaternaire est bien connu des préhistoriens qui le surveillent depuis longtemps. Henry de Lumley, maître de recherche au CNRS, et responsable du laboratoire d'anthropologie de Marseille, vient jeter un coup d'œil. Dès les premières coupes, les engins découvrent des ossements et des silex en quantité. Henry de Lumley s'écrie : « Halte ! attendez un peu ! » Il alerte les autorités de la ville, le promoteur, l'entrepreneur, et obtient l'arrêt des travaux pendant six mois ; le temps d'organiser des fouilles de sauvetage. Six mois, c'est peu lorsqu'on s'attaque à un gisement aussi important. Henry de Lumley bat le rappel. De tous les coins, arrivent des chercheurs professionnels, amateurs, près de trois cents personnes volontaires pour entamer cette course contre la montre pour sauver un patrimoine peut-être inestimable. Le chantier de fouilles commence le 28 janvier 1966. Tous les matins, préhistoriens, archéologues, étudiants, grimpent jusqu'au site par une suite d'échelles et travaillent fiévreusement. Sur quinze mètres de hauteur, ils pratiquent une coupe à travers des centaines de milliers d'années d'histoire géologique. De 4 heures du matin à 9 heures du soir, ils fouillent, allongés sur des planches ou dans les positions les plus inconfortables. Ils sont sur une alternance de galets déposés par la mer et d'argiles apportées par le ruissellement, bref, un empilement de couches qui correspondent aux diverses étapes de l'histoire de cette crique. Et dans ces couches, les chercheurs ont la joie de découvrir plusieurs sols d'habitation superposés, séjours des hommes qui vinrent s'installer sur cette plage, à des milliers d'années d'intervalle.

Je regarde par la fenêtre. Depuis quatre cent mille ans, le coin a considérablement changé. Je suis surtout frappé par la mer qui s'est retirée.

— Ça s'explique très bien, dit Henry de Lumley. Le quaternaire a connu des périodes glaciaires et interglaciaires. Pendant les périodes glaciaires, l'eau des mers était en partie stockée sous forme de glaciers sur les continents ; il y avait régression de la mer. Pendant les périodes interglaciaires, les glaces fondaient et il y avait transgression de la mer. Mais cette variation du niveau n'est pas la seule raison qui explique la position surélevée d'une plage comme Terra Amata. Il y a eu aussi des mouvements tectoniques. Nous sommes ici à l'extrémité méridionale de la chaîne alpine. Pendant tout le quaternaire, le mont Boron s'est progressivement soulevé. Si bien que la plage de Terra Amata d'il y a quatre cent mille ans se trouve à 26 mètres au-dessus de la plage actuelle.

A l'endroit même où les premiers campeurs de la Côte d'Azur ont construit leurs huttes, on a bâti un petit musée moderne exemplaire. Exemplaire, parce que le visiteur entre de plain-pied dans la vie quotidienne d'Homo Erectus. Il est toujours émouvant d'admirer des vestiges de quatre mille siècles, mais encore plus émouvant de les voir à l'endroit même où ils ont été découverts. Dans ce musée, flâne un jeune garçon de douze ans avec son père. Le père ne dit rien. Le gosse découvre seul la vie quotidienne de l'homme préhistorique. Il la dévore comme une bande dessinée ; il s'émerveille devant chaque vitrine, chaque moulage. Une musique douce l'accompagne dans son rêve comme elle m'avait accompagné dans le mien. Terra Amata a valu à Henry Lumley la notoriété. Ce Méridional brillant se rangeait, à quarante ans, parmi les préhistoriens éminents.

— La France a eu de grands préhistoriens et aussi de grands gisements. Pourtant, pendant très longtemps, il n'y a pas eu d'enseignement de préhistoire en France. Pourquoi ?

— Parce que la préhistoire est une science créée par des amateurs. Elle est née dans les villages. Elle était pratiquée par le curé, le médecin, le notaire, l'instituteur. Puis, quelques érudits s'y sont intéressés. Petit à petit, les historiens, les géologues l'ont fait pénétrer dans les universités, mais par la petite porte. Elle est encore peu enseignée à l'université.

— Peut-on dire que c'est une science française ?

— Elle est née en France. Paul Tournal, en 1827, affirmait déjà, après ses fouilles de la grotte de Bize, que l'homme était contemporain des animaux fossiles. Boucher de Perthes s'est battu pour faire triompher cette même idée. Actuellement, presque tous les pays du monde se penchent sur le problème de nos origines[1].

1. Congrès mondial de la Préhistoire à Nice — 1976 : quatre-vingt-quatre pays représentés.

— L'étude de l'homme peut-elle être séparée de son environnement ?

— Impossible. Les deux histoires sont étroitement liées.

— C'est pour cette raison qu'on trouve sur le même terrain géologues, préhistoriens, botanistes, pédologues[2] et paléontologues ?

— Bien sûr. Autrefois, le préhistorien travaillait seul, dans sa grotte ; il recueillait son matériel, il l'étudiait et de temps en temps, quand il ne pouvait pas faire autrement, il réclamait l'aide d'un spécialiste d'une autre discipline. Aujourd'hui, tous ceux qui travaillent dans un gisement pour reconstituer l'histoire de l'homme et de son environnement sont des préhistoriens.

— A quand remonte le début de l'aventure humaine ?

— Il faudrait d'abord définir l'aventure humaine. L'homme n'est qu'un des maillons de la chaîne des êtres vivants. Chaque fils ressemble à son père ; mais si l'on regarde des maillons très éloignés les uns des autres, on voit qu'ils ne se ressemblent pas, car l'évolution n'a pas cessé pendant tout le quaternaire.

— Restons avec l'homme. Où commence-t-il ?

— Dans notre tradition judéo-chrétienne, l'homme, c'est Adam et Eve. En s'inspirant de la Bible, les anciens historiens avaient fixé l'origine de l'homme à six mille ans avant J.-C., c'est-à-dire approximativement au moment des premiers agriculteurs et des premiers pasteurs. En réalité, nous avons complètement perdu le souvenir des hommes qui nous ont précédés : Toutes nos civilisations ont conservé une certaine mémoire qui ne va pas au-delà des premiers paysans. Pourtant, ces êtres qui chassaient étaient aussi des hommes. Mais on peut choisir une autre définition de l'homme : celui qui, morphologiquement, anatomiquement, a atteint les mêmes caractéristiques que nous ; c'est-à-dire l'Homo Sapiens. Ou peut-être encore, l'Homme n'est apparu qu'avec la Religion. Si on le définit ainsi, les premiers hommes sont ceux de Néanderthal, qui ont été les premiers à enterrer leurs morts. La sépulture s'accompagne toujours d'un certain rituel, et permet de penser qu'ils croyaient à une vie future ; la première angoisse métaphysique.

— Et si nous remontons encore ?

— Nous arrivons à Homo Erectus, qui a un cerveau plus petit que l'homme de Néanderthal, mais qui invente le feu, ici peut-être, à Terra Amata. Mais l'homme peut être encore plus vieux que la société typiquement humaine.

— Nous atteignons...

— L'Homo Habilis. Les australopithèques sont des primates comme l'homme moderne. Car enfin, il faudrait pouvoir donner une définition anatomique précise de l'homme. Il ne faut pas oublier que les premiers outils datent de trois millions d'années. Les hominidés avaient des outils. S'ils se servaient d'outils, c'étaient des hommes.

2. Spécialistes de l'étude des sols.

— Le singe aussi se sert d'un bâton, d'une pierre, pour faire tomber un fruit ou casser une noix.

— Ce n'est pas un outil ; c'est un objet utilisé. L'outil est un objet manufacturé, transformé à partir d'un bloc de matière première par une succession de gestes effectués dans un certain sens. L'outil indique la présence d'une idée, d'une pensée conceptuelle. Pour nous, préhistoriens, l'homme commence à partir du moment où il a eu des idées.

Il est probable que lorsque le primate a su se tenir debout pour libérer ses pattes de devant, lorsqu'il a quitté les profondeurs de la forêt, l'aventure humaine a commencé. Et cet extraordinaire feuilleton relate les épisodes où l'homme a inventé l'outil, puis le feu, la religion, l'ordinateur et la fusée. Ce qui est stupéfiant dans cette aventure humaine, c'est l'accélération dans le temps. Pour la saisir, il faut utiliser une image. Supposons que nous résumions toute l'aventure humaine en un an, du 1er janvier au 31 décembre. L'homme, c'est-à-dire celui qui a inventé l'outil, est arrivé il y a trois millions d'années, soit le 1er janvier, à zéro heure. Pendant les 5/6 de l'année, c'est-à-dire jusqu'au 1er novembre, il ne se passe rien. Le 1er novembre, c'est-à-dire il y a quatre cent mille ans, l'homme domestique le feu. Puis, le 25 décembre, c'est-à-dire il y a quatre-vingt mille ans, il enterre ses morts et acquiert une pensée religieuse. Ce n'est que le 29 décembre, c'est-à-dire il y a trente-cinq mille ans, que l'homme commence sa création artistique : il peint, il grave. Ce n'est que le 31 décembre, à 10 heures du matin que l'homme va se sédentariser et devient pasteur, agriculteur. Et enfin, le 31 décembre à 23 h 40, apparaît la civilisation industrielle.

— Il reste à savoir si l'année s'arrête le 31 décembre, et dans le cas contraire, que se passera-t-il ?

Henry de Lumley a un geste fataliste :

— L'homme existe et avance depuis des milliers d'années, pourquoi s'arrêterait-il maintenant ? Il est maître de son destin.

— Comment imaginer l'avenir de l'humanité avec une telle accélération exponentielle ?

— Si nous avions été des hommes du néolithique, nous aurions également constaté cette accélération. Nous n'aurions pas pu imaginer qu'un jour il y aurait l'agriculture, l'industrie. Il est difficile de faire de la futurologie.

Au musée de Terra Amata, le premier étage attire les jeunes visiteurs. On y a reconstitué, grandeur nature, le campement de notre ancêtre niçois. Du balcon central, on domine le moulage de l'habitat d'Homo Erectus, savamment éclairé par des faisceaux alternatifs mettant en valeur les différents objets.

— Il y avait vingt sols d'habitats superposés qui correspondent à des haltes successives de chasseurs, sur plusieurs dizaines de milliers d'années.

— Mais pourquoi les hommes revenaient-ils là tout le temps ?

— Sûrement parce que c'était un bon coin : protégé, giboyeux.

— Ce camp est celui que vous avez trouvé en 1966, et à cet endroit même ?

— Exactement. Ici, des hommes ont vécu, il y a quatre cent mille ans. Le préhistorien est le détective du passé. Regardez ! Le sol de l'habitation indique la forme d'une cabane d'environ huit mètres de long sur six de large. Le contour précis est établi à partir de l'étude de la répartition des objets sur le sol, des outils, des déchets culinaires. Des pierres sur lesquelles devaient s'appuyer les branchages de la cabane empêchaient l'éparpillement du tout. On reconnaît même l'emplacement de la porte, car les cendres ont été entraînées au-dehors par les pieds, ou par balayage. Connaissant la forme précise du sol, en mettant autour des piquets cintrés qui se rejoignent pour former la toiture, nous pouvons avoir une idée de la hauteur. Mais le plus intéressant, c'est la disposition à l'intérieur de la cabane. Là, les hommes ont installé une litière d'herbes marines.

— Vous avez retrouvé des herbes fossilisées ?

— Non, mais de petites coquilles marines qui vivent dans ces herbes. Ici, au centre de la hutte, le foyer. Autour de ce foyer va s'organiser le groupe familial, la tribu.

Le feu ! Quelle entreprise ! Homme, qui ne sais plus ce qu'est la flamme qu'en allumant ton briquet ! Homme qui appuies sur un bouton pour faire jaillir l'étincelle ! Homme, qui ne passes plus des heures à voir danser la flamme qui brûle ! Homme ! imagine que c'est autour de cette flamme qu'est née la société. C'est grâce au feu que l'homme ne va plus avoir froid, qu'il va changer son mode de vie alimentaire, donc son anatomie. Mais pour le domestiquer ce feu, quel courage ! quel héroïsme !

— Il l'a d'abord saisi, tel qu'il venait ?

— Dès qu'il l'a utilisé de façon régulière, il savait le fabriquer.

— Chez les Pygmées, on conserve des brandons dans des feuilles fraîches pour ne pas avoir à rallumer le feu le lendemain.

— Oui, mais si le feu s'éteint, ils savent le rallumer. Ce qui prouve qu'Homo Erectus savait fabriquer le feu, c'est qu'on trouve des foyers partout. A quelques pas de la cabane, nous avons mis au jour un atelier de tailleurs de pierres ; cette pierre plate, c'était le siège de l'artisan. Et dans cet atelier, il y a un mystère : un rocher a été fendu puis rejeté. Nous avons pu le reconstituer à partir de onze fragments. C'est sans doute le plus vieux puzzle du monde.

— Quel était l'outillage de cette époque ?

— Des « choppers », c'est-à-dire des galets sur lesquels une arête tranchante a été aménagée. C'était l'outil à plusieurs usages : pour découper la viande, tailler le bois. On a aussi trouvé des piques, c'est-à-dire des galets très pointus qui pouvaient être des armes ou des outils. Et puis des bifaces, des hachereaux. Ce qui est important, c'est qu'on peut constater ici l'évolution des hommes, venus vingt fois à la même place, en des milliers d'années, par l'évolution de leur outillage. Les premiers chasseurs avaient une industrie composée à 76 % d'outils sur galets, ce qui évoque une industrie assez archaïque. Les chasseurs venus plus récemment n'ont plus que 17 % d'outils sur galets et plus de 80 % d'outils plus élaborés.

— Ces hommes qui se groupaient en tribus avaient-ils déjà des croyances, des rites ?

— Ils n'enterraient pas encore leurs morts, mais certains préhistoriens pensent qu'il y avait peut-être le culte des crânes. Dans un gisement on a trouvé les restes de quarante individus, mais surtout les ossements de crânes, de mandibules.

Tout se trouve devant mes yeux, et de nouveau, je plonge dans mon rêve. Je revois, autour du foyer, cette famille, avec les femmes raclant les peaux, les hommes racontant des histoires aux enfants. Ils savaient donc parler ? Certainement pas comme nous. Les savants ne connaissent pas les débuts du langage, mais grâce à l'ontogenèse [1] on peut constater un fait : le bébé, en naissant, ne parle pas. Il se met à parler à partir du moment où son cerveau atteint un volume de 750 à 800 cm^3. Homo Erectus, qui avait un cerveau de 1 200 cm^3, pouvait donc parler. Mais le volume du cerveau n'est pas la seule condition du langage. Il faut qu'il puisse contrôler le système vocal. Pour cela, il dispose de trois centres [2]. Si, pour parler, le système mental est indispensable, le système vocal ne l'est pas moins. Quelles différences y a-t-il donc, dans ce domaine, entre mon ancêtre de la Côte d'Azur et moi ? D'abord, ma langue est plus épaisse. Elle se courbe en angle droit dans ma gorge. Mon larynx est situé plus profondément. Mon pharynx est plus développé. C'est dans le pharynx que la base de la langue est fixée ; il remplit une fonction majeure en modifiant les sons émis par les cordes vocales. Chez le nouveau-né, pendant les six premières semaines, la langue reste immobile pendant qu'il crie ou qu'il pleure. Quand il atteint trois mois, la base de sa langue et le larynx descendent dans sa gorge, ce qui accroît le volume du pharynx. C'est seulement à ce moment-là qu'il peut commencer à émettre des sons articulés. Mon ancêtre niçois, tout comme le bébé, ne possédait pas anatomiquement le mécanisme vocal suffisant pour exprimer les sons complexes utilisés par l'adulte moderne. Mais son cerveau était assez développé pour acquérir un langage original correspondant aux signaux vocaux qu'il pouvait articuler. Je dois donc supposer qu'il parlait lentement, difficilement, mais qu'il possédait ce langage qui lui a permis de supplanter son environnement et de se dégager définitivement de l'état animal.

---

1. *Ontogenèse :* développement de l'individu depuis la fécondation de l'œuf jusqu'à l'âge adulte.

2. Le centre de Broca, qui déclenche le procesus du langage, le centre de Wernicke, indispensable pour la compréhension du langage, le lobe quadrilatère, qui permet d'associer les signaux reçus.

Les chercheurs ne sont donc jamais blasés ? Henry de Lumley rêve comme moi devant la cabane de ce vieux Niçois de quatre cent mille ans.

— Il est devenu votre ami, n'est-ce pas ?

— Oui. Bien que je le connaisse très peu. Physiquement, je ne sais pas comment il était fait exactement.

— Vous n'avez pas retrouvé d'ossements ?

— Non. Et ça s'explique très bien : Nous avons retrouvé sa cuisine. On ne laisse pas traîner les cadavres dans sa cuisine. Mais quand je dis que je ne le connais pas, ce n'est pas tout à fait exact. Venez voir !

Il me conduit devant une vitrine.

— Qu'est-ce que c'est ?

— L'empreinte de son pied, qu'on a trouvée, là. Voyez, le gros orteil, le talon...

— C'est un pied très large !

— Non. Il a glissé. C'est un pied de 24 cm de long. L'individu mesurait 1,54 m.

— Adolescent ou adulte ?

— On ne peut pas préciser. Ce qui est sûr, c'est que l'homme de cette époque était plus petit que nous ; des ossements trouvés ailleurs le prouvent : l'homme de Stenheim par exemple, près de Stuttgart ; ou l'homme de l'Arago à Tautavel, près de Perpignan. Vous connaissez notre chantier de Tautavel ?

— Non.

— Il faudra venir. C'est un beau gisement qui n'a pas dit son dernier mot.

Je suis fasciné par l'empreinte de ce pied. Quelle émotion pour le chercheur !

— C'est Henri Puech qui a fait cette découverte. Il travaillait avec son pinceau, et il a constaté une légère dépression arrondie. Ça l'a intrigué. Pour ne rien abîmer, il a fini de dégager la terre en soufflant dans une sarbacane. Et on a vu apparaître cette empreinte. On s'est évidemment posé des questions. On s'y attendait tellement peu ! On n'en croyait pas nos yeux. Il faut un certain temps pour prendre conscience d'une telle découverte : une empreinte de pied remontant à quatre cent mille ans ! Et puis il a bien fallu se rendre à l'évidence.

— J'ai l'impression d'avoir pris la machine à remonter le temps. Tout est encore si vivant ici ! Même la flore de l'époque.

— Les paléobotanistes, les géochimistes nous apprennent beaucoup de choses. Quand on fouille, on fait des prélèvements de terre de chaque couche. Et en laboratoire, on essaie de retrouver les pollens conservés dans ces terres. Ces pollens sont entourés d'une carapace cutineuse qui résiste et se conserve. Chaque pollen a des caractéristiques différentes, selon son espèce. On commence donc par tremper la terre dans un acide chlorhydrique qui fait disparaître la silice. A la fin, il ne reste plus que les pollens. Observés au microscope, ils permettent de reconnaître les espèces et de reconstituer le paysage. On sait qu'Homo Erectus, bien que carnivore, n'avait pas abandonné la cueillette. Il ramassait certaines plantes et certains fruits. Nous avons trouvé dans les coprolithes[1] humains des graines de micocoules et des pépins de raisins sauvages. La plupart des plantes comestibles devaient être connues de la ménagère du paléolithique.

Les recherches sont si poussées actuellement, que des spécialistes de la pathologie préhistorique peuvent même nous dire de quoi souffrait Homo Erectus.

Antoinette de Lumley est paléontologiste et assiste son mari au laboratoire d'anthropologie de Marseille. On s'étonne parfois de trouver de nombreux couples de chercheurs travaillant dans un même laboratoire. Quoi de plus normal ? Dans des professions aussi absorbantes qui oblitèrent une partie de la vie familiale, seuls des partenaires atteints par le même virus peuvent associer leur existence. Si certains chercheurs parviennent parfaitement à équilibrer leur vie familiale et leur vie professionnelle, la plupart accordent involontairement une priorité à cette dernière, ne pouvant s'empêcher d'agir, de penser, de parler qu'en fonction de leur préoccupation majeure : la recherche.

— Les maladies du paléolithique que nous connaissons sont limitées, avoue modestement Antoinette de Lumley. Nous ne pouvons parler que de celles qui laissent des lésions sur les ossements. On a retrouvé une tumeur des méninges sur le pariétal d'un enfant de la grotte de Lazaret ; il est sûrement mort de cette maladie, il y a deux cent mille ans. A l'époque préhistorique, on connaissait aussi la maladie de Keller, cette maladie qui a terrassé le président Pompidou.

D'autre part, j'apprends par Henri Duday que la trépanation était courante, non pas au paléolithique, mais au néolithique, il y a six mille ans environ.

— L'ouverture de la boîte crânienne est beaucoup plus facile à réaliser qu'on ne le pense, me dit ce jeune médecin anthropologue. On l'effectuait alors avec des outils en silex. Et la mortalité liée à ce genre d'intervention était peu importante. Ce qui nécessite déjà une bonne connaissance de la vascularisation intra crânienne.

Il me montre des photos de crânes du néolithique dans lesquels sont pratiqués des trous ronds du diamètre d'un verre à eau.

— Est-il possible que des gens puissent vivre avec de tels trous dans le crâne ?

— Il n'y avait pas refermeture de la trépanation. Mais cet os spongieux de la voûte crânienne se cicatrise avec un comblement des alvéoles, ce qui donne l'apparition d'un os compact. Donc on peut savoir si le sujet a survécu à l'opération ou pas. Si la section

1. Concrétions formées de matières fécales durcies.

de l'os est spongieuse, c'est qu'il n'a pas survécu ; si l'os est devenu compact, c'est que la cicatrisation s'est faite et qu'il a survécu.

— Ces trépanations étaient-elles fréquentes ?

— Oui. Tellement fréquentes, dans certaines régions, qu'on peut se demander s'il n'y avait pas d'autres motivations que les causes pathologiques.

— C'est-à-dire ?

— Elles pouvaient répondre à certains rites.

On échappe difficilement au charme du discours d'un préhistorien passionné, surtout quand il est méridional. Les grands préhistoriens attirent la chance. Peut-être parce qu'ils possèdent un sixième sens qui les pousse vers les sites révélateurs. Henry de Lumley a — même s'il ne l'avoue pas — la baraka.

« Venez à Tautavel au mois de juillet », m'avait-il dit.

J'y suis.

Sur les premiers contreforts des Pyrénées, à une trentaine de kilomètres de Perpignan, Tautavel est un petit village comme les autres. Pourtant, son nom est inscrit dans l'histoire scientifique. On parle de l'homme de Tautavel comme de celui de Cro-Magnon ou de Néanderthal. Ici, encore, les hommes de science avaient rendez-vous avec l'aventure.

Sur la place du village, j'avise une petite vieille à qui je demande où se trouve le chantier de fouilles.

— Oh ! me répond-elle, avec cet admirable accent qui fait dégringoler toutes les pierres des Corbières : c'est à la sortie du village, monsieur. A votre gauche, dans les vignes, vous verrez un chemin qui conduit au pied de la montagne. Il y a la rivière. C'est là qu'il y a le camp.

— Ils y restent longtemps ?

— Oh ! un bon mois. Mais ils sont nombreux ; peut-être une centaine ; des jeunes surtout.

— Et que font-ils exactement ?

— Ils creusent. Ils ont trouvé un crâne, vous savez !

— Oui. Un crâne très ancien qui fait de Tautavel un village célèbre.

— Ma foi !

— On vous a même fait un musée. Qu'en pensez-vous ?

— C'est peut-être un luxe pour nous, mais enfin !...

La charmante vieille accepte le musée comme elle accepte la grêle ou la belle saison.

Sur le bord du Verdouble qui sort d'une gorge étranglée, deux grandes tentes de l'armée et plusieurs petites tentes individuelles. Les pieds dans l'eau, une équipe de jeunes gens travaille au tamisage. J'ai l'impression d'arriver dans un camp de chercheurs d'or. Henry de Lumley, en chemisette et sandales, va de l'un à l'autre, se penche sur les tamiseurs et donne des conseils.

— Qui sont ces jeunes ?

— Il y a un peu de tout : des Français, des Américains, des Canadiens, des Espagnols. Certains sont des étudiants déjà spécialisés. D'autres sont de simples amateurs qui reviennent tous les ans pour nous aider. Ça, c'est le travail de l'équipe du bas, pendant que l'équipe du haut fouille.

— Tout le monde vit sur place ?

— Oui. Ils campent ou ils logent chez l'habitant. Réveil à 7 heures. Petit déjeuner : 7 h 30. De 8 à 9 heures exposé. Chantier, 8 à 12. Une demi-heure pour manger, là, sous la tente. De midi et demi à 6 heures et demie, de nouveau, chantier.

— Curieuses vacances !

— S'ils n'étaient pas passionnés, ils ne viendraient pas. Ce n'est pas le bagne.

— Où est la grotte ?

Il tend son bras vers la paroi rocheuse :

— Là-haut. A dix minutes de marche. Si vous voulez, on y va.

La troupe s'engage sur le sentier. Juste le temps de s'essouffler, et nous arrivons à la grotte de l'Arago.

Un chantier de fouilles préhistoriques, qu'il soit à découvert, sous abri ou dans une grotte, se présente presque toujours sous la forme d'un terrain surmonté de fils tendus à l'horizontale et à la verticale, avec des fils à plomb pour quadriller très précisément le gisement ; c'est le carroyage.

A peine arrivé, Henry de Lumley explique rapidement aux nouveaux chercheurs la situation des différentes couches archéologiques. Il montre surtout l'endroit précis où, quelques années plus tôt, on a trouvé le crâne de notre ancêtre catalan :

— Il était là, contre la paroi. On voit encore la couche dans le carré C 15. Mais nous ne sommes pas là pour évoquer les souvenirs.

Les équipes sont formées :

— Raymond ! Tu prends le carré C 16... Toi, tu te mets là...

Le travail est ainsi distribué ; chaque équipe est composée de deux chercheurs : un apprenti qui fait ses classes et un chercheur chevronné. Chacun évidemment a plus ou moins de chance. Le carré C 17, par exemple, est très dense ; il fournit régulièrement des objets divers, et tente beaucoup les débutants ; mais les anciens préfèrent fouiller les carrés plus difficiles. Avec de très grandes précautions, les chercheurs passent sur les échafaudages qui protègent le chantier. Ils préparent leurs outils : marteaux, burins, fraises... Dans l'équipe, le débutant tient à jour le plan du carré. Sur du papier millimétré, il dessine à l'échelle 1/5. Tout objet dégagé sera coordonné et dessiné sur ce plan provisoire, avec des crayons de couleurs différentes : les os humains en orange, les autres en jaune, les outils taillés en bleu, les galets apportés par l'homme en vert, les pierres tombées naturellement de la paroi en rouge. Ce code permet de visualiser rapidement la répartition des objets. Les coordonnées sont d'ailleurs aussitôt transcrites sur un carnet de fouilles. Quand un objet est retiré de son sol d'habitat, il est emballé et dessiné par l'équipe du bas. Ainsi, pendant que les uns fouillent sur le chantier, les autres repèrent, classent et dessinent.

A présent, tout le monde est au travail : chacun dans son carré, à plat ventre sur une planche, à genoux ou accroupi, gratte la terre, dégage le moindre débris, délicatement, au poinçon, à l'alêne de cordonnier ou au pinceau.

En C 16, on vient de trouver un morceau d'os. Il est immédiatement enveloppé dans du papier hygiénique, adopté parce que plus souple et moins coûteux.

Depuis 1964, tous les ans, au mois de juillet, le chantier résonne du brouhaha de ces jeunes chercheurs enthousiastes et méticuleux. Lentement, millimètre par millimètre, la grotte de l'Arago nous livre son secret vieux de plus de trois cent mille ans. Mais si ces chercheurs poursuivent cette aventure, c'est grâce à la compréhension de la population de Tautavel. A la pause, avec Henry de Lumley, nous sommes allés dans un café dont le patron, l'ancien maire, accorda sa confiance, dès le début, aux préhistoriens, si bien que, très vite, l'idée de fonder un musée dans le village put prendre corps. Aujourd'hui, ce musée existe.

— Il y a eu, bien sûr, l'aide de l'Etat, dit le cafetier derrière son zinc, mais le village a fourni le terrain et a pris en charge l'établissement des infrastructures, les raccordements, la voirie, enfin, une grosse part.

— Qu'est-ce qui a été le plus difficile dans cette opération ?

— De convaincre la population. Certains ne sont pas encore persuadés de l'utilité de ce musée, ici, au milieu des Corbières.

— Et vous-même, qu'est-ce qui vous a convaincu ? La personnalité de M. de Lumley ?

— Non. Je ne le connaissais pas ; je ne l'avais jamais vu travailler. J'ai eu confiance. Ça ne se discute pas. Et puis, il y a eu la découverte du crâne : l'Homme de Tautavel ! notre ancêtre en somme. Alors, j'ai compris qu'il fallait le garder ici et le mettre en valeur.

— Vous vous intéressiez à la préhistoire auparavant ?

— Pas du tout. J'ai commencé à m'y intéresser avec l'arrivée de ces messieurs, et de tous ces jeunes. Ils m'ont expliqué certaines petites choses, simplement, de façon accessible ; et il y a eu un courant qui s'est établi.

Un musée moderne, en pleine campagne, bâti avec les deniers des habitants d'un village, c'est trop rare pour qu'on n'y aille pas voir. Légèrement surélevé, un beau bâtiment à deux corps, en pierres de taille, ouvre sur la vallée ses immenses baies vitrées, faisant de ce musée un véritable aquarium. Henry de Lumley semble aussi fier de Tautavel que de Terra Amata.

— Il a été conçu pour être inséré dans le paysage. D'ici, on voit toutes les collines du site. Là-bas, le caune de l'Arago et les gorges du Verdouble. Ce qui fait qu'en vous plaçant au milieu de la pièce vous voyez à la fois le paysage actuel et l'ancien, quand il y avait des chevaux sauvages et des aurochs dans la plaine.

Cet homme de Tautavel qui a déjà tant fait parler de lui, je n'ai pas encore fait sa connaissance. Antoinette de Lumley va me le présenter. Elle sort d'un placard une boîte carrée en fer ; une boîte à gâteaux secs.

— Vous le conservez là-dedans ?

— Provisoirement. C'est sentimental. C'est la boîte dont on s'est servi sur le chantier pour le recueillir. Un souvenir. Mais vous pouvez remarquer qu'on l'a capitonnée, ajoute-t-elle en riant.

— Voilà donc le crâne du plus vieil Européen ?

— Oui. Il a trois cent mille ans. Un front très bas, pas encore très développé, un prognathisme important, une capacité crânienne plus petite que la nôtre...

— Racontez-moi comment vous l'avez exhumé. Quelle émotion !

— On n'a pas tout de suite réalisé qu'il s'agissait d'un crâne, car il était en position renversée, les dents en l'air. Nous avons d'abord dégagé la surface d'une dent. Pendant plusieurs heures, on ne voyait qu'elle ; nous ne savions pas ce qu'il y avait en dessous. Il a fallu plusieurs jours pour dégager lentement le maxillaire supérieur. Ce n'est que le quatrième jour qu'on a vu qu'il était complet. Ç'a été du délire dans l'équipe.

— Vous connaissez l'âge approximatif de cet individu ?

— Il était jeune. La troisième molaire est en place mais a très peu servi, car elle n'est pas du tout usée. La suture des os frontaux avec l'os pariétal qui se fait à partir de vingt-cinq à trente ans n'a pas commencé. C'est donc un personnage d'une vingtaine d'années. Et d'après sa robustesse on peut également penser qu'il s'agit d'un homme.

Arriver à connaître l'âge, le sexe d'un être humain qui a vécu au paléolithique, rien qu'en observant son crâne ; savoir comment il se nourrissait rien qu'en étudiant la coupe d'une dent ; reconstituer très précisément la flore à partir de quelques pollens ; n'y a-t-il pas là quelque chose de magique, de troublant, qui nous donne la mesure du génie de l'homme moderne ?

Evelyne Crégut, jeune paléontologue, me raconte le Tautavel d'il y a trois cent mille ans, comme si j'y étais :

— Nous sommes dans une période de rafraîchissement climatique. Nous allons voir apparaître le renne, ici, dans le sud de la France. Les faunes du nord de l'Europe vont descendre progressivement, poussées par le froid. On trouve déjà dans la vallée le bœuf musqué, qui ressemble au bison mais sans bosse, avec des cornes en forme de guidon de vélo. Il y a le lion des cavernes, qui est plutôt une sorte de tigre. Du point de vue écologique, c'est une savane avec des arbustes à la place de la vigne.

Si la grotte de l'Arago avait été fouillée il y a seulement une centaine d'années, elle n'aurait connu que l'écho du pas lent d'un chercheur solitaire, qui, tous les jours de sa vie, serait venu gratter son morceau de terrain, en espérant faire jaillir du sol l'objet qu'il aurait gardé jalousement. Et aucun habitant du village n'aurait su que, dans la montagne, un homme cherchait les restes de son passé. Aujourd'hui, les berges du Verdouble résonnent de cris, de chants, d'appels d'un groupe de jeunes qui prend des vacances intelligentes, préparant peut-être son avenir. Sous la grande tente, le repas est toujours très animé ; on retrouve l'ambiance du « restau U », ou des camps de vacances. On discute « boulot », mais on sait aussi se détendre. Sur tous ces jeunes, qui plaisantent, tout en prenant leur tâche très au sérieux, combien deviendront préhistoriens ? Très peu, sans doute. Les études sont longues, difficiles et les places très limitées. A l'époque où tout doit être immédiat, rentable, consommable, utilisable, la préhistoire apparaît comme une science accessoire et vaine ; on n'ose pas le proclamer, mais combien le pensent ?

Cela est grave. Car la préhistoire nous apprend justement que l'homme n'a mérité son nom qu'à partir du moment où une spiritualité est venue s'ajouter au matérialisme de sa survie. Sommes-nous en train de perdre, en quelques décennies, ce que nous avons mis des centaines de milliers d'années à acquérir ?

Je me suis déplacé d'une cinquantaine de kilomètres, mais j'ai, du même coup, fait un saut dans le temps de 293 000 ans. Je me retrouve à Narbonne, en pleine période néolithique. Je dois faire la connaissance de quatre hommes liés par la souche du terroir. Le premier s'appelle Jean Cros et a six mille ans. Le deuxième est Véraza ; il a quatre mille ans. Jean Guilaine n'a que quarante et un ans ; il est préhistorien et maître de recherche au CNRS. Jean Vaquer, son assistant, a vingt-six ans. Mes deux contemporains sont de taille moyenne, plutôt sveltes. Jean Guilaine, le maître, est brun ; Jean Vaquer, l'élève, châtain-blond. Quant à Jean Cros et à Véraza, leurs lointains ancêtres, ils sont... oui, au fait, comment sont-ils ? D'une voix chaude à l'accent rocailleux, Jean Guilaine me décrit les fantômes, qui, déjà, se matérialisent devant moi :

— Ils appartiennent à la race méditerranéenne. Ils sont à peu près de notre taille. Ils sont bruns. Le crâne légèrement allongé. Ils sont tatoués. Nous avons retrouvé, dans les grottes, des matières colorantes — de l'ocre — sûrement pour peindre leurs corps. Ils sont très coquets. Les sépultures nous livrent en abondance des objets, des parures, des colifichets, des pendeloques, des colliers faits de matières les plus diverses : perles, coquillages, etc. Je ne peux pas vous dire exactement comment ils sont vêtus, car les rares statues et les dessins que nous connaissons nous les montrent avec des sortes de capes ou de manteaux.

— Y a-t-il une différence notable entre Jean Cros et Véraza ?

— Non. Tous les gisements montrent de grandes similitudes entre le début et la fin du néolithique. Peut-être Véraza était-il plus coquet que Jean Cros, mais la différence est minime. En tout cas, physiquement ce sont les mêmes hommes.

— Pourquoi ces noms, Jean Cros et Véraza ?

— Parce qu'entre 1963 et 1968 nous avons fouillé ces avant-monts des Pyrénées, et dans un lieu-dit Jean-Cros, nous avons découvert un abri contenant les traces d'un campement attribuable au néolithique ancien. Véraza, pour la même raison : c'est dans une grotte de cette commune que nous avons trouvé les vestiges les plus représentatifs de cette civilisation qu'on appelle d'ailleurs maintenant groupe Véraza.

— Et vous connaissez très bien ces deux hommes ?

— Le néolithique correspond à la grande mutation de l'époque humaine qui se déroule encore sous nos yeux. Nous sommes les descendants directs du néolithique. Au cours des temps paléolithiques, l'homme n'intervient pas sur le milieu ; il pêche, il chasse, il cueille, mais il ne produit pas sa propre nourriture ; il est un peu l'esclave de la nature. C'est un prédateur. A partir du néolithique, il intervient. Il va vivre des céréales qu'il a cultivées, du bétail qu'il a élevé. Il va humaniser le paysage pour avoir de nouveaux champs, de nouveaux pâturages. Il va brûler la forêt, la garrigue. Il déclenche le processus de modification du paysage. Il devient le facteur écologique essentiel. Il maîtrise la nature ; il la dégrade, même.

— Quand l'homme n'intervient pas sur la nature, vous l'appelez prédateur, quand il la cultive, vous dites qu'il la dégrade.

— Comprenons-nous bien. Tant qu'il dépendait de la nature, il était obligé de doser ce qu'il lui prenait ; s'il lui prenait trop, il était confronté à un problème de survie. Au néolithique, tout change. On peut avoir des stocks si l'on cultive ; on peut donc assurer la survie d'une population plus large ; à partir de là, interviennent les notions de rendement et de profit.

— En somme, avec le néolithique, nous abordons les problèmes de l'humanité moderne.

— C'est la naissance du capitalisme ; de la question de la démographie aussi. A partir du moment où l'on peut nourrir plus de bouches parce que les réserves sont suffisantes, il s'ensuit une pression démographique. Cette pression crée l'envie : le paysan qui cultive de très bonnes terres peut rendre envieux celui qui, à quelques kilomètres, n'a qu'une terre pauvre. On pense alors à aller chez l'autre pour prendre ce que l'on n'a pas ; et ce sont les raids, les heurts. Dans les sépultures de la fin du néolithique, on trouve beaucoup d'os humains percés de silex, de flèches : le néolithique invente la guerre.

Pour mieux comprendre la vie quotidienne du premier berger et du premier agriculteur, nous sommes partis, tous les cinq, les deux hommes du néolithique, les deux préhistoriens et moi, en voiture, sur le plateau de La Camp, à 500 m d'altitude. Jean Guilaine arrête le véhicule sur la route ombragée, et nous descendons pour contempler un abri sous roche. Jean Cros sourit ; il a reconnu sa maison. Elle a pourtant bien changé, depuis sept mille ans ! La paroi fait une sorte de visière. C'est son abri pastoral. L'hiver, il habite en bas, dans la plaine protectrice. Au printemps, il pousse son troupeau vers les contreforts des Corbières. Il y trouve l'herbe tendre pour les bêtes et les aliments nécessaires à sa nourriture personnelle. Puis au fur et à mesure que l'été s'impose, que la chaleur s'installe, Jean Cros est attiré par les hauteurs pyrénéennes. Il y reste jusqu'à l'automne. Quand les premiers froids commencent à se faire sentir, il redescend. Il s'arrête encore quelques semaines sur les premiers plateaux, avant de regagner la plaine. Il retrouve alors au passage son abri sous roche aménagé au printemps.

Jean Vaquer a travaillé dans cet abri plusieurs années.

— Ce qui m'a le plus étonné, c'est de trouver des quantités de coquilles d'escargots ; plus de quarante mille.

— Qu'en faisait-il ?

— Il les mangeait. Mais ce campement a dû être utilisé par plusieurs générations.

— Vous avez récupéré des poteries ?

— Très peu. La poterie est une activité essentiellement féminine. Ici, nous sommes avec des bergers nomades. Les femmes restaient en bas, au village, la fonction de berger étant dévolue aux hommes.

— Comment ces bergers aménageaient-ils ces abris ?

— D'abord, ils les fermaient en partie, pour se protéger des intempéries. A l'intérieur, la répartition des objets retrouvés montre qu'il y avait des zones avec leur fonction. Au fond, une poterie récupérait l'eau sous un égouttoir naturel. Vers l'entrée, un foyer bordé de pierres et de charbons de bois. Par ici, des petites fosses remplies de noisettes grillées ; la cuisine devait se faire à l'extérieur. Mais comme au fond de la grotte il faisait sombre, la zone d'activité était dans cette zone intermédiaire. Nous y avons recueilli tous les outils.

— A quelques détails près, j'ai l'impression que vous me parlez des bergers qui font encore aujourd'hui la transhumance et vivent dans des cabanes de fortune.

— Avec Jean Cros, nous sommes, sans doute, aux sources du pastoralisme pyrénéen.

Dans la plaine narbonnaise, nous voulions faire avec Véraza un pèlerinage sur les lieux qu'il a habités, il y a quarante siècles. Pauvre homme ! Si vous aviez vu sa tête, lorsque nous sommes arrivés sur le champ même qu'il cultivait ! Sur l'emplacement de sa maison, on termine, en ce moment, un tronçon d'autoroute.

— Là où passent les camions, hurle Jean Guilaine pour dominer le bruit des scrapers, se trouvait l'un des plus importants gisements néolithiques du Languedoc. Dès les premiers coups de pelle mécanique, la coupe a laissé apparaître des foyers, des restes de poteries. Nous avons immédiatement demandé une autorisation aux pouvoirs publics pour pouvoir fouiller.

Un énorme camion-arroseur passe à quelques mètres de nous et nous inonde sans vergogne.

— Ça vous donne une idée du travail de l'archéologue, dans certains cas d'urgence !

— Les travaux publics peuvent aussi être très intéressants pour vous, dans la mesure où ils découvrent de nouveaux gisements.

— Bien sûr. Actuellement, l'autoroute Toulouse-Narbonne est un champ d'investigation privilégié ; nous exerçons une surveillance permanente. Dès que nous voyons apparaître quelque chose, nous demandons à notre administration de dégager des crédits pour opérer des fouilles d'urgence. Evidemment, il ne faut pas s'y éterniser ; l'entreprise ne fait pas de mécénat et nous ne pouvons pas entraver sa marche. Mais, en l'occurrence, la société a été très compréhensive ; elle a même mis des engins à notre disposition pour décaper la couche de surface. Voyez, ici, les restes d'une structure d'habitat.

— Avez-vous une idée exacte de ce que pouvaient être ces cabanes ?

— Non. Pour cela, il faudrait pouvoir fouiller une très grande surface, l'équivalent d'un village néolithique. Mais en France, on n'a jamais la possibilité de travailler sur une grande étendue ; c'est une des lacunes de nos études paléolithiques. Nous avons tendance à nous limiter à des observations purement qualitatives.

— Ce n'est pourtant pas les chantiers qui manquent.

— Certes ! La France vit actuellement une telle hémorragie archéologique avec tous les travaux d'autoroutes, d'urbanisme, que l'archéologue doit toujours être prêt à faire face pour engranger le maximum de renseignements. Mais, la plupart du temps, c'est du sauvetage. On aimerait pouvoir travailler calmement.

— Qu'avez-vous trouvé ici ?

— Des outils qui ont servi à l'agriculture. Véraza était un bon paysan. Ce devait être aussi l'un des premiers métallurgistes. Nous avons récupéré des fragments de minerai de cuivre. En fait, Véraza se place à la charnière où l'agriculture découvre les premiers métaux : l'or, puis l'argent et le plomb, très peu exploités dans la région, mais surtout le cuivre. Son petit-fils apprendra à connaître le bronze. Regardez ! dit-il en sortant de sa sacoche une sorte de lame de pierre.

— Qu'est-ce que c'est ?

— La faucille manipulée par Véraza. Elle est taillée dans une plaque de silex ; il y a des denticulations sur cette arête.

— On dirait une scie à métaux.

— Cette partie brillante est la partie fonctionnelle.

A force de trancher les tiges, une sorte de dépôt s'est formé. Et maintenant, voici la faucille du petit-fils de Véraza !

Il sort une faucille de bronze, d'une forme presque moderne.

— On a une idée de la façon dont se nourrissaient Véraza et Jean Cros ?

— C'est variable. Jean Cros peut encore cueillir des fruits et des plantes sauvages. Il chasse aussi. Mais il peut sacrifier un de ses moutons. Il peut, s'il a plu, ramasser des escargots et faire une

« cargolade ». Il pêche. Il va même parfois à la mer. Nous avons mis au jour, à Leucate, un gisement qui prouve qu'il consommait des daurades, des huîtres et des moules.

— Il ne s'aventurait pas au large !

— Il avait certainement un bateau. Le grand-père de Jean Cros vivait à l'époque où les grandes îles de la Méditerranée commençaient à se peupler, notamment la Corse.

L'ombre de Véraza s'est penchée sur Jean Guilaine et lui a murmuré quelque chose à l'oreille. Nous avons repris la voiture et suivi des petites routes oubliées par notre civilisation. Nous nous sommes arrêtés près d'une colline — ou du moins, ce que je prenais pour une colline.

— Je vous conduis au dolmen des « fades », me dit Jean Guilaine en gravissant le tertre. C'est une sorte de tombeau de famille construit sans doute au troisième millénaire avant J.-C. C'est peut-être là que repose la famille Véraza. Je l'ai sans doute déterrée, il y a quelques années.

— Je croyais que le dolmen était propre à la civilisation celtique.

— C'est une erreur, une image périmée. Les Celtes se sont développés surtout pendant le deuxième âge de fer, alors que la civilisation mégalithique a commencé à partir du quatrième millénaire. Autant de temps s'est écoulé entre ces mégalithes et les Celtes qu'entre les Romains et nous. Le dolmen que vous voyez là est le plus long de la France méridionale : 24 mètres de développement ; 35 mètres avec le tumulus !

Nous entrons dans le monument. Un couloir d'accès de 12 m de long sur trois de large nous conduit à une première chambre où l'on pénètre par une double dalle échancrée formant un hublot d'un mètre de diamètre.

— On passait par là pour transporter le corps du défunt. La toiture de la première chambre est une dalle d'une quinzaine de tonnes en calcaire qui a dû être amenée de très loin, car il n'y a pas de calcaire dans la région. Elle a été traînée des Causses jusqu'ici.

Nous laissons dans son dolmen le fantôme de Véraza, tout comme Jean Cros médite dans son abri et nous regagnons Carcassonne.

A son domicile, je fais alors la connaissance d'un autre Jean Guilaine : celui qui organise des colloques, surveille les fouilles, dirige les thèses de ses étudiants à Toulouse, toujours avec le sourire et la délicatesse de celui qui déguste le néolithique en gourmet. Une gourmandise contagieuse qu'il transmet à tous ceux qu'il forme, comme Henri Duday et Jean Vaquer, assis à côté de moi.

— Comment devient-on préhistorien ?

Henri Duday hoche la tête :

— Avec de la chance. On rencontre un chercheur déjà en place. On suit ses travaux. On se renseigne sur la possibilité de participer avec lui à des fouilles ; et c'est là que la chance intervient : ou bien on tombe sur quelqu'un qui est fermé et c'est l'impasse, l'échec ; ou bien on tombe sur un chercheur ouvert, qui accepte de former des jeunes, qui les fait participer, et c'est fantastique.

— C'est donc un virus.

— Oui, mais un virus dont l'activité dépend de la personnalité du chercheur qui l'a inoculé.

— Pourquoi avez-vous été attiré par ce métier, Jean Vaquer ?

— C'est parti d'un manque ressenti à l'école sur les explications dans ce domaine. Puis, j'ai eu le bonheur de rencontrer Jean Guilaine qui a su faire naître en moi une vocation. Nous ne sommes plus à l'époque des collectionneurs. Maintenant, l'important, c'est de comprendre. On ne peut pas faire ce métier sans passion : la chance, c'est de trouver quelqu'un qui arrive à vous passionner.

— Tout ce que vous entendez là ne vous fait pas rougir, Jean Guilaine ?

— Oh ! rougir, non, pourquoi ? Je pense qu'ils ne disent pas ça pour me faire plaisir. Il faut ajouter que tous ceux qui passent le cap difficile et parviennent à cette passion sont des privilégiés. On entre en préhistoire comme on entre en religion. On fait ce métier pour y consacrer tout son temps, toute sa peine. C'est pour cela que nous sommes des privilégiés.

— Vous avez aussi des devoirs ?

— Bien sûr, nous faisons ce travail grâce à la collectivité, et nous sommes responsables envers elle. Nous devons mettre à sa disposition les résultats de nos recherches. Vulgariser par des publications, des conférences, par l'animation permanente, pour que ce travail ne reste pas l'apanage de petits cénacles, mais au contraire débouche sur la connaissance fondamentale dont, en fait, l'homme a toujours eu besoin. C'est un peu ça, la grandeur de notre métier.

Henri de Lumley, Jean Guilaine : deux Méridionaux, deux patrons modernes qui ont dirigé le monumental ouvrage collectif de *la Préhistoire française* [1] et donnent à leur science cette vie, cette raison qui ont fait écrire au président Valéry Giscard d'Estaing : « La préhistoire s'intègre au patrimoine national et fait partie de notre héritage. »

1. *La Préhistoire française,* Editions du CNRS (trois volumes).

« CE SACRE VIEUX SOLEIL »
(*chanson connue*)

J'existe pour trouver quelque chose.

Paul VALÉRY, *Cahiers.*

Ce chapitre devrait être l'un des plus longs si l'on considère l'importance du sujet. Il sera l'un des plus courts, car l'actualité, les publications, les livres [1], font de l'énergie solaire une recherche-vedette, et tout ce que je pourrais personnellement en dire serait superfétatoire. Je me contenterai donc de rapporter quelques conversations que j'ai eues avec certains chercheurs de cette discipline, ainsi que les réflexions que leurs travaux m'ont inspirées.

Tout a commencé comme un film d'aventures. Le 6 octobre 1973 au matin, des soldats égyptiens franchissent le canal de Suez. Six jours plus tard, le monde tremble. Le quadruplement du prix du pétrole a enflammé l'économie occidentale assoupie depuis des décennies dans son confort. Elle est réveillée en sursaut par la gifle de la flambée des prix. Les pays nantis refont leurs comptes à la hâte, et la surprise fait place à la panique. Le scénario avait pourtant été écrit l'année précédente par le Club de Rome, et bien avant, par ceux, comme René Dumont, que l'on qualifiait d'alarmistes parce qu'ils ne cessaient de dresser des tableaux effrayants de nos ressources : « Nos combustibles et minerais tirés de la croûte terrestre sont différents de la production agricole qui, elle, se renouvelle chaque saison. En supposant que les réserves minérales utilisables soient cinq fois supérieures à celles déjà connues, nous aurons épuisé nos réserves de gaz naturel en une cinquantaine d'années.

1. Parmi tous les ouvrages édités par le CNRS, le livre de Christian Vaugé, *le Choix solaire,* est une synthèse limpide du problème des énergies nouvelles (CNRS, Tchou).

Il nous restera cinquante ans de pétrole, cinquante-cinq d'aluminium, cent cinquante de charbon, et cent soixante-treize de fer[1]. » Ces chiffres, même discutables, sont tout de même suffisants pour que les responsables de tous les pays prennent conscience que nous épuisons notre planète et qu'il est grand temps de chercher des énergies nouvelles pour la survie de l'humanité. C'est alors que les hommes lèvent la tête et regardent l'astre qui, depuis qu'ils existent, ne cesse de leur faire des clins d'œil : le soleil. Mais oui, bien sûr ! le soleil. Le soleil à qui l'on doit tout. C'est lui qui va nous sauver ! Alors, on interroge les spécialistes, et ces gens-là nous apprennent des choses admirables. Le rayonnement solaire fournit à la terre des ressources énergétiques largement supérieures aux besoins actuels et futurs de l'humanité. Chaque kilomètre carré de terre ou de mer reçoit, chaque jour, plusieurs millions de kilowatts-heure. Et d'un seul coup, les hommes reprennent confiance. En France, les travaux vont bon train. Février 1974 : mise en place par le CNRS de groupes de réflexion et de prospective. Juillet 1975 : création du Programme interdisciplinaire de recherches pour le développement de l'énergie solaire (PIRDES). 1978 : création du secrétariat d'Etat aux énergies nouvelles.

Et voilà, pense-t-on, la preuve que, grâce à son inépuisable génie, l'homme ne peut pas disparaître ! La solution du renouvellement de l'énergie est trouvée puisque le soleil est là. Et dès lors, on ne cesse de parler de l'utilisation de ce sacré vieux soleil. On dit même un peu n'importe quoi. Les propos que j'avais entendus étaient tellement contradictoires que j'ai voulu m'adresser à ceux qui sont le mieux placés pour aborder ce sujet.

Au « Laboratoire d'automatique et d'analyse des systèmes » (LAAS) de Toulouse, une équipe travaille à la fois sur la mise au point des héliostats[2] et sur l'étude du coût de l'énergie solaire. Le responsable, M. Abatut, estime qu'il est grand temps de s'occuper des énergies nouvelles :

— Dans les années 2000-2020, on risque de manquer d'énergie. Un seul exemple, celui du pétrole : jusqu'à maintenant, les compagnies américaines utilisaient leurs bénéfices à réinvestir pour découvrir de nouveaux gisements. A l'heure actuelle, elles ont arrêté la prospection. A terme, nous aurons donc fatalement une pénurie.

— Le nucléaire prendra le relais.

— Un grand spécialiste s'est amusé à bâtir un scénario purement académique, afin de savoir quels seraient les équipements nécessaires pour fournir à la France, en 2020, toute son énergie en nucléaire. Il faudrait tout simplement doubler le programme actuel des centrales, alors qu'on est en train de le diminuer sous les pres-

---

1. René Dumont, *l'Utopie ou la mort,* Le Seuil.

2. *Héliostat* : miroir plan mû par un mécanisme qui assure la projection en un point fixe des rayons solaires réfléchis.

sions des écologistes et les réglementations de sécurité. On n'obtiendra donc jamais une production d'énergie d'origine nucléaire permettant de suffire à la demande en 2020. Par conséquent, nous verrons le pétrole s'épuiser, le nucléaire arriver à saturation, et le charbon exiger des méthodes d'extraction et de valorisation qui ne seront pas au point.

— Au milieu de ces diversifications de ressources, le solaire a donc sa place ?

— Evidemment. Mais si les centrales solaires présentent des avantages incontestables, on leur trouve encore quelques inconvénients. Elles sont encombrantes. En France, on a dépensé en électricité, en 1976, cent quatre-vingts millions de millions de watts-heure. S'il avait fallu les produire par les centrales solaires, les champs d'héliostats auraient occupé une surface de 2 700 km^2, soit la superficie totale des routes et autoroutes nationales, ou un tiers d'un département comme la Haute-Garonne, ou encore vingt fois la surface de Paris. Si un tel projet devait être réalisé, il comprendrait 4 % des douze départements les plus ensoleillés de France.

— N'existe-t-il pas, dans ces départements, 4 % de la superficie inutilisée et non cultivable ?

— Sans doute. Mais il faut que l'opinion publique prenne bien conscience du problème. Les écologistes ne veulent pas qu'on annexe la terre et ne souhaitent pas voir les champs de marguerites remplacés par des champs d'héliostats.

Les scientifiques pour tenter d'expliquer, de convaincre, alignent des chiffres. M. Abatut fait une démonstration au tableau noir :

— Pour produire en solaire 20 % de l'énergie nécessaire en l'an 2000, il faudra utiliser une surface de 20 m^2 par habitant. Ça peut paraître beaucoup, mais ce n'est pas grand-chose si l'on sait qu'il faut 1 000 m^2 par habitant pour les cultures vivrières. Le principal inconvénient de l'énergie solaire n'est donc pas là. Il est plutôt dans le fait que l'énergie solaire est intermittente et variable. On n'obtient pas le soleil en tournant un bouton. Le soleil est injuste et favorise certaines régions. Si l'on veut réparer cette injustice, il faut donc capter l'énergie là où elle se trouve, la stocker, pour pouvoir ensuite la répartir équitablement. Il serait impensable que les habitants des régions du Nord reçoivent deux fois moins d'énergie que ceux des régions du Sud, sous prétexte que le nombre d'heures d'ensoleillement est inférieur chez eux. Il serait stupide de distribuer plus d'énergie en été qu'en hiver, alors que c'est précisément du contraire que nous avons besoin. Les problèmes majeurs sont ceux du captage et du stockage.

Capter le soleil sous forme de très hautes températures n'est pas très difficile. Lavoisier en avait déjà fait la démonstration au XVIIIe siècle. Il avait bâti une machine qui était une plate-forme avec des roues pour l'orienter. Sur cette plate-forme, un support articulé et réglable soutenant deux lentilles convergentes, dont la plus grande était réalisée en remplissant d'esprit de vin l'espace compris entre les deux surfaces courbes du verre. Il appelait poétiquement cette lentille la « lentille à liqueur ». Il obtenait ainsi des températures qui permettaient de faire fondre du fer et même du platine. En 1946, les chercheurs du CNRS de Meudon suivent les traces de Lavoisier. Ils ont pour mission de fabriquer un four solaire permettant d'obtenir la fusion de substances diverses dans des conditions d'extrême pureté. Ils récupèrent un miroir de DCA monté sur son support et fabriquent avec cet objet de détection de nuit un capteur des rayons du soleil. Ils obtiennent des températures de l'ordre de 3 000°. En 1949, un docteur ès sciences, Félix Trombe, professeur de chimie et directeur du laboratoire des terres rares du CNRS, s'intéresse à son tour aux problèmes des hautes températures. Il visite souvent la région de Font-Romeu-Odeillo, dans les Pyrénées-Orientales. Situé sensiblement à la même latitude que Rome ou Ajaccio, cet endroit est particulièrement favorisé puisque son ensoleillement est de 170 à 180 jours par an. Félix Trombe le choisit pour faire ses premiers essais ; ceux-ci aboutiront à la construction d'un four solaire de 1 000 kw qui reviendra opérationnel en 1970, après deux ans de réglage et de mise au point.

Quand on domine cette vallée superbe, on aperçoit, tout au fond, une sorte d'immense bol dressé qui éclate de mille feux. En se rapprochant, on distingue sur une prairie en gradins des miroirs géants, debout, qui captent le soleil et le renvoient dans le grand bol.

M. Peube, directeur de ce laboratoire, est à la fois l'un de nos meilleurs spécialistes des hautes températures et un expert en voyages précipités et permanents : si vous ne le trouvez pas à Odeillo, c'est qu'il vient de partir pour Poitiers ; et si vous le ratez à Poitiers, c'est qu'il se trouve à Paris, ou inversement. Il passe une bonne partie de sa vie professionnelle — c'est-à-dire de sa vie tout court — dans les avions, les trains, les voitures.

— Il y a une raison à cela, me dit-il. Le laboratoire d'énergie solaire est scindé en deux établissements : dans celui d'Odeillo se font des essais de concentration d'énergie, et dans celui de Poitiers se font les études de thermique et de sciences industrielles. Car ce laboratoire a une vocation un peu spéciale qui touche à la fois à la recherche fondamentale et à la recherche appliquée. Il doit effectuer des démonstrations de faisabilité de techniques utilisant l'énergie solaire. Et si l'on travaille sur programme et sur papier, le four solaire, lui, est déjà au service de l'industrie.

Après avoir visité le four lui-même et marché au milieu des soixante-trois miroirs géants qui renvoient mon image multipliée, j'entre dans la salle de conversion. Messieurs d'Utruy et Blay m'expliquent le principe de la centrale électro-solaire :

— C'est une chaudière qui reçoit la chaleur alimentée par le soleil. La chaudière transmet la chaleur à un fluide, de l'huile, qui atteint 340°. Ce fluide est stocké dans un accu de 30 m3. Cette chaleur est communiquée à de l'eau qui se transforme en vapeur. La vapeur travaille dans une turbine, et la turbine entraîne un alternateur qui fabrique de l'électricité.

— En somme, le schéma est le suivant : soleil-huile-eau-vapeur-électricité ?

— C'est aussi simple que ça.

— N'empêche que le jour où vous avez été branchés pour la première fois sur le réseau EDF, vous deviez être quelque peu émus.

— Il y avait de quoi ! C'est ici, le 19 novembre 1976, dans cette salle, que tout s'est passé. Il y avait les techniciens, les chercheurs, les représentants des organismes privés, enfin tous ceux qui travaillaient là-dessus depuis deux ans. On y avait passé des jours et des nuits. Et tout allait se jouer en une seconde en appuyant simplement sur ce petit bouton qui couplait notre turbine sur le réseau EDF.

— Et alors ?

— Alors, nous avons amené la turbine à la vitesse de rotation prévue, et, à la seconde « S », nous avons appuyé sur le bouton. Les voyants se sont allumés : nous savions que nous étions couplés sur le réseau. Les consommateurs ne se sont pas doutés que, pendant quelques minutes, ils se sont éclairés et chauffés avec le soleil, mais nous, nous étions très heureux. Nous avons sablé le champagne : nous étions payés de toutes nos fatigues.

Les reporters jouent avec la chance ; ils la forcent parfois aussi. J'avais demandé au laboratoire d'héliophysique de Marseille de me fixer une date de visite, et M. Pétri m'avait répondu :

— Nous allons vivre bientôt ce qui sera un grand jour pour notre labo. Nous allons recevoir notre miroir pour nos essais de centrale solaire, à moyenne température. Mais je ne peux pas vous préciser le jour de la livraison.

Or, au moment où je pénètre dans la faculté des sciences de Marseille, on est en train de livrer le miroir. Tous les chercheurs, les techniciens sont là autour d'un énorme camion-plate-forme et d'un camion-grue qui soulève les grands morceaux de miroir concave. La fébrilité n'abandonne l'équipe que lorsque tous les pétales de la grande fleur sont à terre. Après avoir longuement admiré cette belle corole de huit mètres de diamètre, M. Pétri me parle de l'énergie :

— Pour le public, l'énergie c'est l'électricité. Les autres sources, chimique, hydraulique, thermique, etc., s'estompent pour ne laisser apparaître que celle qui est la plus évidente, la plus utilisée[1]. Le consommateur ne se rend pas compte du rapport de l'énergie utilisable à l'énergie puisée à une source quelconque. Le physicien, lui, souffre quand il calcule par exemple l'énergie utilisée pour augmenter

1. La preuve en a été fournie le 19 décembre 1979 : la rupture d'un câble EDF a paralysé la France pendant quelques heures.

seulement de cinq degrés la température ambiante d'une pièce. Toutes les pertes représentent une anarchie inadmissible dans l'utilisation de cette énergie.

Nous nous promenons sur la butte de la faculté des sciences. Le mistral est tombé et il commence à faire chaud. J'entre dans le vif du sujet :

— On fait du solaire une énergie-vedette inconnue. Mais c'est faux ! Nous la connaissons depuis longtemps ! Tout est énergie solaire : la salade qui pousse, l'arbre, nous-même. Sans le soleil, nous ne serions rien.

— En effet, répond le chercheur en souriant, il y a deux façons de considérer l'énergie solaire : la bonne consiste à la prendre dans sa globalité. Oui, tout est énergie solaire, ou plutôt énergie nucléaire, car l'énergie solaire provient de réactions nucléaires dans le soleil. La mauvaise consiste à croire que l'énergie solaire est une énergie de substitution et qu'elle va remplacer toutes les autres, à brève échéance. C'est une erreur.

Quoi qu'il en soit, le programme THEK[1] n'est plus un projet puisque la grande fleur de verre a déjà poussé sur la butte de la faculté des sciences. Mais nous sommes encore à l'époque des pionniers. Chaque groupe a pris en charge un aspect du programme et propose des moyens différents d'aboutir à un résultat. Pour résoudre le problème de la production de moyennes températures, une autre équipe de Marseille, celle de M. Autier, travaille sur le projet Périklès.

La plus étonnante source d'énergie de demain, c'est peut-être ce que j'ai là, dans ma main : un petit carré de deux centimètres et de quelques dixièmes de millimètres d'épaisseur ; ce timbre-poste en silicium est une photo-pile. Depuis 1950, les chercheurs pensent que l'on peut, grâce à ce conducteur, transformer directement la lumière solaire en électricité. L'inconvénient de ce système est son prix de revient actuel. Il faut une surface de 12 m2 de photo-piles pour obtenir un kilowatt. Quand on connaît le prix de la plaquette de silicium, on comprend que le procédé soit encore loin de l'utilisation industrielle. Mais une technique nouvelle permet déjà, paraît-il, de fabriquer, à partir d'un matériau, des cellules deux cent cinquante fois moins chères. Dans ce cas...

La végétation est le produit chimique de l'énergie solaire. La feuille est le capteur solaire de l'arbre ; un capteur très compliqué qui absorbe le gaz carbonique pour le transformer en matériau tel que le bois. La branche, le tronc de l'arbre, sont les moyens de stockage de cette énergie. Un stockage qui peut se renouveler indéfiniment.

M. Vialaron, de l'Institut du génie chimique de Toulouse, m'a

1. Thermo-hélio électrique de l'ordre du kilowatt.

accompagné à Odeillo. Tout en conduisant sa voiture, il me montre cette nature généreuse et superbe :

— Tout ça, c'est de l'énergie ! Nous arriverons à récupérer de l'énergie des plantes, soit par fermentation, soit par combustion. Les chiffres font réfléchir. En France, la production de paille et de tiges de maïs atteint en moyenne 30 à 35 millions de tonnes par an. On a calculé que si l'on brûlait tout ce qui ne sert pas à l'élevage, on économiserait à peu près 5 millions de tonnes de pétrole, c'est-à-dire ce que dépense la totalité des exploitants agricoles pour leur chauffage et le fonctionnement de leurs machines.

« Chauffez votre maison à l'énergie solaire ! »

« Prenez un bain avec les calories du soleil ! »

Comment accueillir ces séduisantes propositions pour ne pas s'exposer à la déception de cet hôtelier qui me confiait :

— J'ai essuyé les plâtres, moi, monsieur, avec l'installation solaire ! Plus d'un an de mise au point pour les capteurs ! Service après-vente inexistant ! C'est un système nouveau qui est souvent mis entre les mains d'entreprises non spécialisées. Pourtant, dans certaines régions comme la nôtre, le chauffage solaire aurait du succès si l'on offrait plus de sécurité aux particuliers.

La situation est à peu près résumée dans l'acrimonie de cet utilisateur. L'habitat solaire est une réalité ; et si les réalisations actuelles ne sont pas toujours satisfaisantes, les chercheurs doivent démontrer que des solutions existent.

A Nice, dans le parc de l'Observatoire qui lui donne provisoirement l'hospitalité, j'ai rencontré l'équipe d'écothermique du CNRS. Presque en bordure de mer et déjà sur la montagne, un groupe de jeunes hommes monte une petite serre. Autour de Michel Schneider, astrophysicien et responsable de l'équipe, il y a là André Jaffrin, ingénieur de l'Ecole centrale, Jean Denis Sylvain, géologue, Xavier Berger qui, jusque-là, travaillait sur les satellites artificiels, Jean-Jacques Henry, ingénieur des Arts et Métiers, Luc Bourdeau, de l'Ecole centrale, et Christophe Petitcollot, architecte. Ce n'est pas seulement une équipe pensante, mais un groupe de travailleurs manuels.

— Il faut savoir tout faire ici ! disent-ils en riant. Même les « manips chewing-gum ».

— Qu'est-ce que c'est ?

— Une expérience bricolée avec les moyens du bord. Ce nom de « manip chewing-gum » est resté parce qu'il nous est arrivé de remplacer des joints ou des écrous par du chewing-gum. Les chercheurs français ont tellement l'habitude de se débrouiller que l'imagination est toujours en éveil pour pallier les moyens absents. C'est ce qui fait sourire les Américains quand ils voient nos équipes au travail. Les Américains, eux, sont tellement habitués à disposer de gros moyens que lorsque ces moyens font défaut, ils sont paralysés. Ici, la manip continue, quoi qu'il arrive !

Nous montons dans la salle d'expériences qui se trouve sous la coupole de l'Observatoire. Dans cette pièce obscure mais vaste, aux murs très épais, les instruments de mesure très perfectionnés côtoient des objets usuels détériorés, des instruments ménagers déjà anciens. L'ensemble a un petit côté brocante. Je m'en étonne. Michel Schneider m'explique :

— On vérifie toujours les premières idées avec des gadgets. Si ces idées font leur preuve, on obtient des capitaux pour continuer. Pour vérifier nos théories sur les transferts thermiques, pour nos essais de cyclage permanent de froid et de chaud, afin d'éprouver la résistance des matériaux, nous avons acheté, par exemple, un réfrigérateur de récupération. Voyez ! Il y a encore le prix dessus : 35 francs. Pour les expériences sur le chlorure de calcium, il nous fallait une balance très précise et nous n'avions pas les crédits. Alors nous nous sommes servis d'un pèse-bébé. Nous avons aussi utilisé une chauffe-biberon. Quand aux premiers stabilisants brevetés qui ont été fabriqués ici, ils ont été faits dans ce mixer démodé.

Toute l'équipe sourit ; ces objets hétéroclites évoquent tant de menus travaux, tant de discussions, tant de propos amers visant une administration lointaine et incompréhensive, mais aussi tant de plaisir, de boutades, de satisfaction dans la réussite !

N'allez surtout pas conclure que l'équipe d'écothermique de Nice n'est qu'une équipe de joyeux lurons et de bricoleurs diplômés. Les travaux les plus sérieux dans le domaine de l'habitat solaire sont réalisés ici.

— L'habitat solaire, dit Christophe Petitcollot, c'est encore le mythe de l'indépendance. Et puis, il y a ce petit côté « rousseauiste » très séduisant : le contact direct avec la nature.

— Sur le plan commercial, ajoute l'un de ses camarades, l'habitat solaire, pour l'homme de la rue, n'est encore qu'une idée que lui a inculqué l'industriel qui veut vendre. Pour l'utilisateur, l'énergie solaire, c'est quelque chose qu'on rajoute à sa maison.

— Et c'est précisément cela qui est faux ! renchérit l'architecte. L'énergie solaire, c'est plutôt une façon de construire une maison, une façon de l'orienter, de créer des isolations variables, de règler un rapport de vitres et de murs, et non pas de rajouter un objet vendu par une boîte quelconque qu'on colle sur le toit d'une baraque.

— Il faut apprendre aux gens à vivre en tenant compte que le soleil se lève le matin et se couche le soir ; qu'il tourne pendant la journée. Le solaire n'a pas de règles absolues. Ce n'est pas une religion ; c'est un appoint, différent selon les régions. En venant vous bronzer pendant un mois sur la Côte d'Azur, vous stockez du soleil. Mais vous savez bien que le bronzage part vite. C'est ce genre de problème que nous avons à résoudre.

Les véritables économies d'énergie sont, sans doute, possibles avant tout dans l'habitat. La technique est peu à peu maîtrisée. Que faudrait-il donc pour créer une « mode » du solaire ? Repenser les programmes d'urbanisme. L'époque du petit pavillon est sans doute déjà révolue, et il faut envisager de véritables cités solaires. Si nous n'y pensons pas encore, les grands organismes y songent : EDF s'intéresse de plus en plus au mixte-solaire, Renault et Saint-Gobain travaillent ensemble à la fabrication de capteurs. Les jeunes architectes reprennent espoir : peut-être vont-ils pouvoir travailler sur autre chose que des cages à poules.

Demain, le barbecue sans charbon, la voiture sans essence, la maison sans radiateur ! Demain, la centrale solaire ! Demain la paille productrice d'énergie, les argiles activées, le méthanol solaire ! Demain l'âge d'or, le miracle !

Gardons-nous de rêver. Si ce demain existe, il est encore loin. Le soleil est notre grand espoir. Mais comme au jeu de la roulette, ne misons pas tout sur le même numéro. Le soleil n'assurera pas seul le relais du pétrole.

Je vais avoir cinquante ans. Je connaîtrai certainement l'habitat solaire. Ma fille roulera en voiture solaire ; et mes arrière-petits-enfants demanderont à leur grand-mère de leur raconter la belle histoire du pétrole.

« MAITRE CERVEAU SUR UN HOMME PERCHE[1] »

P. VALÉRY.

11, rue Humann, à Strasbourg. 8 heures du matin. La première voiture du personnel arrive. Un homme descend du véhicule. De taille moyenne, il est vêtu d'un costume gris et d'une gabardine ; coiffé d'un béret basque. Il porte des lunettes. Il a sorti du coffre arrière une sacoche marron et une grosse serviette noire. Ce pourrait être n'importe quel employé de l'établissement. C'est le professeur Paul Mandel, directeur du centre de neurochimie, un centre qui, aux dires des Américains, plutôt avares en compliments de ce genre, est l'un des plus en pointe. Paul Mandel me serre la main. Il m'entraîne dans son bureau. Une pièce hétéroclite : des meubles simples, un coin salon, un grand chevalet avec des feuilles blanches et des crayons-feutres, des manuscrits, des livres un peu partout, des croquis, des diagrammes, des photos techniques et des photos d'art, une maquette de cellule nerveuse et des coupes de football. Curieux ! Curieux personnage aussi.

« L'une des fortes personnalités de la recherche française », m'avait-on dit à la direction générale du CNRS.

Paul Mandel a ôté son veston. Il est en pull-over à col roulé. Il m'avoue qu'il était curieux de connaître ce journaliste qui veut passer plusieurs jours dans un laboratoire, ce journaliste qui n'est pas pressé. Il me parle de choses et d'autres, comme si lui-même disposait de tout son temps. Or, je sais qu'à partir de 8 heures le patron du centre de neurochimie est programmé comme un ordinateur.

1. Aussitôt après sa diffusion sur l'antenne de *France-Inter,* ce reportage a provoqué un courrier abondant, engageant la polémique sur les animaux de laboratoire. Ne pouvant altérer le reportage d'origine, mais ne pouvant pas dissimuler les remous qu'il a suscités, nous prions le lecteur de trouver un *addendum* en fin de chapitre.

— Que voulez-vous connaître ?

— La vie de ce laboratoire. La vôtre aussi.

Il a un geste vague :

— Oh ! la mienne !

— Elle est sans intérêt ?

— Pour les autres, oui. D'ailleurs ma vie, c'est celle du labo, vous allez vite vous en rendre compte.

— Alors qu'est-ce qu'un centre de neurochimie ?

— C'est un ensemble de laboratoires animés par plusieurs équipes de recherches dont les objectifs sont complémentaires. Pour nous, il s'agit de trouver les mécanismes chimiques qui sous-tendent les diverses formes d'activités du système nerveux, les mouvements, la vision, l'olfaction, et diverses sortes de comportements : émotivité, mémoire, agression, dépression, etc.

— Comment est né ce centre ?

— Il est né dans mon esprit, au moment où j'étais encore interne en neurologie. J'ai proposé alors à mon patron, le professeur Paret, de créer un laboratoire de neurologie expérimentale. Il y a encore vingt ans, il n'y avait rien pour les malades en neurologie : seulement de bonnes paroles. Le professeur Paret m'a dit : « C'est trop tôt ; on n'est pas à même d'aborder les maladies du système nerveux. » C'était pourtant un neurologue de très grande classe. J'ai alors quitté la neurologie pour aborder quelques disciplines fondamentales, comme la biologie. Quand j'ai estimé que j'en savais un bout, je suis revenu à la neurologie. Grâce à la compréhension de quelques personnalités, ce centre a vu le jour.

— Mais pourquoi un centre et non un simple laboratoire ?

— Parce qu'une équipe peut étudier un des aspects de la question en ignorant tout le reste. Seule, une confrontation permanente de plusieurs équipes, travaillant sur des sujets différents mais complémentaires, peut conduire à une vision globale, une compréhension des phénomènes.

Déchiffrer l'énigme du cerveau ! Voilà à quoi s'est attaqué le centre de neurochimie de Strasbourg. Le cerveau humain ! Ces cinq cents grammes de matière qui, à eux seuls, consomment plus de sucre et d'oxygène que tout le reste de notre musculature. Pour quelle étrange alchimie ?

— Comment arrivez-vous à déchiffrer le code du fonctionnement de ces six milliards de cellules ?

De sa voix douce et nasale, Paul Mandel m'explique :

— Ces milliards de cellules et de connexions qui composent le cerveau pourraient représenter une sorte de central téléphonique couvrant plusieurs capitales du monde. En plus, ce central téléphonique serait en mutation permanente, c'est-à-dire qu'il modifierait ses activités en fonction de l'environnement, du vécu, des motivations qui font projection sur l'avenir, donc quelque chose d'extrêmement dynamique qu'une machine ne peut jamais offrir. Tout cela est terriblement compliqué si l'on étudie le cerveau dans son ensemble. Mais ça devient plus simple si on dissocie le cerveau en mécanismes ou unités de fonctionnement. Le plus difficile est donc de choisir la façon de dissocier ce système nerveux en unités compréhensibles. C'est là qu'intervient l'ingéniosité du chercheur.

— Qu'est-ce qu'un bon chercheur ?

— Celui qui pose la bonne question susceptible de trouver la bonne réponse.

— Si j'ai bien compris, la démarche générale des travaux du centre va du plus simple au plus compliqué.

— Voilà. Le plus simple, c'est la cellule nerveuse elle-même, la cellule isolée. Nous faisons des cultures de cellules en laboratoire, nous les plaçons dans un milieu nutritionnel approprié où elles peuvent se maintenir, se multiplier et passer par tous les stades de la maturation. Dans un autre secteur, nous étudions le fonctionnement des diverses zones du système nerveux. Si bien que, petit à petit, on peut avoir une idée des liaisons des divers centres nerveux, en vue de leur fonctionnement. On peut passer ensuite à un système qui n'est plus dissocié mais réassocié, que représente le cerveau dans sa totalité, c'est-à-dire l'animal ou l'individu tel qu'il est. Pièce par pièce, on reconstitue le puzzle. Cela représente le travail d'une centaine de chercheurs, dont un tiers d'étrangers qui font des séjours plus ou moins prolongés chez nous. Prenez un biscuit !

— Merci.

— Voulez-vous voir les services ?

— Un moment, si vous permettez. Quand on est responsable d'un tel centre, qu'on n'a que deux bras et deux jambes et que les journées ne font que vingt-quatre heures, comment s'y prend-on ? D'abord, tout en restant un chercheur, on n'a plus le temps de faire de la recherche soi-même ?

— On n'a pas le temps de faire de la manipulation, c'est certain. Mais il faut trouver le temps de discuter avec les chercheurs. Il faut parler des résultats, de leurs ouvertures, il faut choisir les points les plus efficaces pour répondre aux questions qu'on se pose.

— Vous avez un contact quotidien avec les responsables de vos services ?

— Oui, s'ils le désirent.

— Comment pouvez-vous régler autant de problèmes si différents ?

— J'ai des cases dans mon cerveau, comme des tiroirs. Quand j'aborde un problème avec un chercheur, j'ouvre son tiroir, pendant dix minutes, un quart d'heure. Quand il sort, je referme son tiroir et j'ouvre celui du chercheur qui vient d'entrer. Je ne mélange jamais les problèmes. Mais ça, c'est l'aspect le plus passionnant. Le plus embêtant, c'est la représentation que l'on doit faire : les congrès, les colloques, tout ce qui nous éloigne du labo. Je reconnais que c'est très utile, ne serait-ce que pour l'échange des informations.

— Et pour s'apercevoir, parfois, qu'un autre labo est allé beaucoup plus loin ?

— Il faut compter sur cette éventualité. Pendant qu'on fait un certain travail où l'on investit pas mal d'efforts, on constate que quelqu'un d'autre a eu la même idée et l'a déjà publiée.

— Alors, on abandonne ?

— Ou on tâche de faire mieux.

Ce sont des dizaines, parfois des centaines d'hommes et de femmes discrets, souvent anonymes jusqu'à la fin de leur carrière, qui font la réussite, la notoriété d'un laboratoire. La recherche, c'est avant tout une équipe. Mais c'est aussi la personnalité d'un patron qui fait qu'un labo peut être quelconque ou exceptionnel. Le patron, c'est l'esprit du labo, c'est son âme, c'est son souffle. Ici, à Strasbourg, on sait comment fonctionne le patron, dix-sept heures par jour. On le poursuit dans les couloirs, dans l'ascenseur pour lui poser des questions, lui faire signer des papiers, lui proposer des sujets de réflexion. Ce petit homme marche, suit son fil, avance dans sa journée comme dans sa vie : il règle, il déblaye. Je le regarde. Il trempe un biscuit dans son thé. Suis-je en présence d'un mandarin ? Je ne crois pas. Il est aussi proche que possible des chercheurs, qui sont souvent ses amis. Avant d'arriver au laboratoire, à partir de sept heures, il reçoit chez lui. Après le laboratoire, il reçoit encore. Un robot de la science ? Non. Car, chose étonnante, cet homme reste un homme. Au milieu de ce travail débordant, il sait créer des plages de détente, de distraction, de plaisir. Il trouve le temps d'aller au spectacle. Il est abonné au concert. C'est un grand amateur de photos d'art. Quand il vient à Paris, entre deux réunions, il visite un musée. Il aime surtout les rétrospectives, qu'il regarde avec ses yeux de neurologue. Venu participer à un congrès à Paris, il avait calculé qu'il bénéficiait de vingt-quatre heures de détente et qu'il pourrait en profiter pour voir une exposition au Louvre et une à l'Orangerie. Il suivit son programme scrupuleusement et resta au Louvre jusqu'à midi. Cependant, comme il s'était trompé de jour, on l'attendait au CNRS où il devait présider une commission. Vers 11 heures, la direction appela à son hôtel où il fut répondu que le professeur était parti à 9 heures dans une voiture, et que l'on ne l'avait pas revu. A 15 heures, on imaginait le pire : un enlèvement peut-être ! Des recherches étaient déjà entamées quand, vers 17 heures, le professeur Mandel arriva, encore sous le charme de sa visite à l'Orangerie.

Il s'est produit ce matin, dans les étages, un remue-ménage inhabituel. Le service de culture des cellules est perturbé, pour ne pas dire affolé, par une panne de courant. Une simple panne d'électricité peut prendre ici de graves proportions. Les membres de l'équipe ont abandonné leurs microscopes et s'agitent dans les couloirs.

— C'est grave ?

— C'est inquiétant, me répond un grand jeune homme. Il ne faudrait pas que ça dure trop longtemps. Ça nous oblige à contrôler les produits qui pourraient se dégrader. L'air pulsé ne marche plus, tout est sous gaz carbonique ; actuellement, les cultures souffrent.

— C'est une perte considérable ?

— D'argent, oui. Et éventuellement de matériel cellulaire.

J'en profite pour faire la connaissance de cette jeune équipe. Yarka Treska, qui la dirige, s'exclame dans son accent d'Europe centrale :

— Avec une équipe comme ça, je vais être obligée d'acheter une crème pour les rides.

— Quel est l'avantage d'une équipe jeune ?

— Ça évite surtout les conflits : quand on a quelque chose à se dire, on se le dit tout de suite, et carrément. Il n'est pas bon d'être chacun dans une pièce absorbé par un sujet que les autres ignorent. Il faut qu'il y ait un contact très ouvert, très spontané. Ça stimule.

— Donc, quand on fait de la recherche sur les tissus cellulaires, on n'est pas obligatoirement vieux et grave ?

Toute l'équipe s'esclaffe. Yarka Treska est penchée sur son microscope. Je la dérange visiblement, mais elle est très aimable.

— Que faites-vous en ce moment ?

— Vous savez ce que sont les gènes ?

— Ce sont ces particules qui se trouvent dans les chromosomes et déterminent nos caractères héréditaires ?

— En gros, oui. Eh bien, j'étudie l'expression sélective des gènes par un système d'hybridation de cellules.

Dans des cabines à température constante, de jeunes techniciens mettent des cellules en cultures. On constate certaines conditions optimales du développement d'une cellule nerveuse. On sait par exemple qu'une cellule isolée dépérit très vite, alors qu'agglomérée à d'autres cellules elle survit très bien. Il existe dans le système nerveux deux grands types de cellules : les neurones et les clyales. Les neurones étaient considérés jusqu'il y a peu de temps comme les cellules nobles. Les autres étaient un peu l'appendice. Or, on s'est aperçu que c'est seulement dans leur association qu'on peut obtenir le développement et les activités souhaitées.

— C'est par cette culture de cellules que nous obtenons la plu part des renseignements, me confie Paul Mandel.

— C'est qu'il y a une telle quantité de cellules dans le cerveau ! Comment connaître le fonctionnement de chacune ?

— Imaginez que vous vous trouviez devant une soupe aux légumes passés à la moulinette ; jamais vous ne pourriez dire ce qu'était chaque légume. C'est un peu ça notre problème. Nous continuons ?

— Je crois que, pour aujourd'hui, je me contenterai de cette soupe aux légumes. Nous attaquerons le plat de résistance demain.

La biologie cellulaire est pour moi la partie la plus difficile à digérer. Peut-être une question d'habitude. Demain, ça ira mieux.

Il s'agit, en effet, d'entrer dans le secteur qui étudie le développement du cerveau, de l'embryon à l'âge adulte, autrement dit l'ontogénèse. Comprendre le fonctionnement de mécanismes incalculables, merveilleusement réglés, où rien n'est laissé au hasard ! Le développement du cerveau, sur le plan biochimique, doit être accompagné d'études morphologiques ; au microscope électronique, on regarde ce qui se passe dans les cellules. Au niveau de la fonction de l'organe, la voie d'approche est l'électrophysiologie. Plusieurs équipes poursuivent ce travail dans cette double perspective.

— Tout ceci n'est pas uniquement destiné à satisfaire votre curiosité, je suppose ?

— Non, répond Paul Mandel, l'intérêt est considérable. Le développement de notre cerveau passe par des périodes de fragilité. Si, à une certaine période de ce développement, la nutrition de l'animal ou de l'individu est insuffisante, cela peut créer des déficiences irréparables. Et c'est en observant chez les animaux certaines maladies qui se rapprochent des maladies humaines qu'on a pu constater qu'une des fonctions essentielles du cerveau est la production de la myéline, et qu'une absence de myéline peut être la cause de troubles du système nerveux très graves, comme la sclérose en plaques par exemple. Il est donc indispensable de savoir comment cette myéline est produite et comment elle se maintient en bon état ou se dégrade. Regardez !

Il me montre, accrochées au mur, des photos d'enfants. Il pointe son doigt sur l'un d'eux :

— C'est un gosse très intelligent, un quotient intellectuel de 120. Mais à sa naissance il était porteur de cette terrible maladie. Maintenant, il est normal parce que sa mère a respecté au quart de poil le régime qu'on lui a imposé. C'était une simple question de régime, dès les premières semaines.

— Et si on ne l'avait pas traité tout de suite ?

— Il serait idiot aujourd'hui.

Un long silence. Je regarde d'autres portraits accrochés au mur.

— J'ai souvent vu la photo d'Einstein dans ce labo !

— Oui, c'est l'homme de la réflexion, le symbole d'une réflexion qui s'est détachée de sa recherche pour essayer d'embrasser les problèmes humains. Venez, je vais vous présenter aux spécialistes de la myéline.

Nous montons à l'animalerie. Impossible de s'y tromper : une forte odeur nous agresse dès qu'on ouvre la porte à battants.

— Vous allez pouvoir constater ici les effets de l'absence de myéline chez certains animaux qui sont des mutants.

— Qu'est-ce qu'un mutant ?

— Un animal en tous points semblable à ses congénères, à cette différence près qu'il y a, chez lui, un gène différent des gènes normaux, si bien que la molécule programmée par ce gène est absente dans cet animal. Selon l'importance de cette molécule manquante, on aura des dégradations plus ou moins graves dans l'organe atteint.

Il ouvre la porte. Je sursaute : un énorme rat blanc passe entre mes jambes.

— Les rats sont en liberté ?

— C'est Sidonie, la chouchoute des employées. Elle est apprivoisée et habituée aux caresses.

Gérard Rebel et Jacques Robert nous ont rejoints. Nous regardons ensemble une cage dans laquelle se trouvent des souris mutantes.

— Ces mutants présentent des maladies comparables à celles de l'homme ?

— Indiscutablement. Pas toujours exactement les mêmes formes de maladies, mais des mécanismes souvent voisins, ce qui permet d'étudier ces maladies sur l'animal.

— Mais le mutant de la souris est connu depuis fort longtemps ?

— Oui, ça remonte à vingt siècles, depuis qu'on a trouvé la « souris valsante » qui tournait en rond sans s'arrêter à cause d'une lésion très précise du système nerveux. A l'époque, c'était une curiosité, une attraction. Ce n'est que récemment que les Américains ont créé un laboratoire, dans le Maine, qui récupère ces mutants et fournit de nombreux laboratoires dans le monde.

— Les mutants vous aident beaucoup ?

Gérard Rebel intervient :

— Enormément pour la compréhension des choses en biochimie fondamentale. Je ne veux pas dire qu'on n'aurait jamais eu de prix Nobel s'il n'y avait pas eu les mutants, mais ils ont quand même bien servi à Jacob, Monod et à d'autres. Ces souris ont pour nous l'avantage de ne pas fabriquer de myéline.

— Mais qu'est-ce que la myéline ?

— Il y a une analogie frappante avec le téléphone. Si on ne prenait que des fils téléphoniques sans aucun câblage de sécurité, sans aucune gaine plastique et qu'on colle tous les fils l'un à côté de l'autre, les écoutes seraient impossibles, il y aurait des courts-circuits partout. C'est à peu près semblable pour les nerfs. La gaine de myéline est une sorte de structure de protection pour le nerf ; elle permet de transmettre plus facilement l'influx nerveux. C'est aussi une structure d'économie de l'énergie, car la conduction de l'influx nerveux dans une fibre qui contient de la myéline est beaucoup plus rapide et consomme moins d'énergie que dans une fibre qui n'en contient pas.

Ces troubles dus à l'absence de myéline, je vais pouvoir les constater en suivant une expérience. Le professeur Mandel prend une petite clochette.

— Ces souris sont génétiquement sensibles au son. Dès qu'elles entendent une clochette, elles tombent en crise épileptique. Regardez !

Il agite la clochette au-dessus de la cage. Les cinq souris blanches sont aussitôt secouées par des tremblements terribles ; certaines se couchent, les pattes en l'air, foudroyées par le son. La crise dure une minute ; après quoi, les souris recouvrent leur état normal.

— Si nous leur injectons, avant l'expérience, une substance active, elles ne feront pas cette crise.

— Ces souris ont-elles une longévité normale ?

— Non. Celles qui présentent ces défauts dépassent rarement trente jours.

Cette recherche débouche sur une application pratique. Il existe une maladie, heureusement très rare chez l'homme, qui s'appelle la maladie de Melbacher Pélidzéus. On n'en connaît que les syndromes cliniques mais les résultats des analyses laissent penser qu'il s'agit d'une maladie due à une mutation, comme chez la souris.

— Il y a donc des mutants humains ?

Paul Mandel sourit :

— Quelqu'un qui a une maladie génétique est un mutant, car un de ses gènes a muté. Mais on ne peut pas le considérer comme une souris mutante chez qui on maintient volontairement la consanguinité. La génétique humaine est très complexe. Les individus se ressemblent très peu du point de vue génétique. La possibilité que des hétérozygotes[1] se rencontrent est plutôt faible, sauf dans des populations qui vivent en cercle fermé. Il ne faut pas que le mot mutant effraye. Disons plutôt qu'il y a une certaine réaction chimique anormale de l'organisme ; il s'agit de la trouver — et dans certains cas, on possède déjà la réplique ; pour d'autres, on cherche encore, et on trouvera.

— Il n'empêche que, dans l'esprit des gens, le mot « mutant » a une tout autre résonance.

— C'est une certaine littérature qui a forgé cette image.

— Vous pouvez créer des mutants chez la souris ?

— Oui. Par des irradiations aux rayons X. Mais cela exige une technologie très précise, sans quoi on crée un animal qui n'est pas viable, ou des mutations au hasard.

— C'est cela précisément qui fait peur au public !

— Mais la génétique appliquée à l'animal est encore très loin de pouvoir être seulement tentée sur l'homme. C'est encore du domaine de la fiction.

Depuis trois jours, je passe d'un service à l'autre. On ne voit que moi et mon magnétophone dans les couloirs. Les sujets de recherches sont si étroitement liés, si complémentaires que je dois revenir souvent à mon point d'attache, le bureau du professeur Mandel, qui débrouille pour moi ce fil d'Ariane. Et cet homme surchargé de travail simplifie pour moi les problèmes les plus complexes avec une étonnante facilité. Il est curieux de constater que, dans les domaines les plus élevés de la science, tout redevient infiniment clair, quand on s'adresse à ceux que la compétence a dépouillés de toute vanité sociale et de tout jargon professionnel protecteur. Il est

1. *Hétérozygotes :* individus porteurs de gènes différents sur deux chromosomes d'une même paire.

très facile d'être intelligent quand on s'adresse à une grande intelligence, comme s'il se produisait un effet de vases communicants.

Je me trouve maintenant avec les équipes qui étudient la constitution chimique du cerveau, son fonctionnement et surtout l'intégration de ce fonctionnement dans l'activité de l'individu, c'est-à-dire nos fonctions supérieures psychiques et intellectuelles. C'est par le contact des membranes que s'effectue la transmission des signaux et des informations. Ce sont les neuro-transmetteurs, substances encore mystérieuses, qui assurent le relais. Ils provoquent, par exemple, la contraction des muscles ; quand nous levons un bras, si les neuro-transmetteurs n'étaient pas aussitôt détruits, nous resterions avec le bras en l'air. Nous devons donc savoir comment sont produits ces neuro-transmetteurs et comment ils se dégradent. C'est le problème des enzymes, des catalyseurs qui agissent sur ces substances. Dans ce centre de neurochimie, un service très important s'occupe de l'isolement, de la purification des catalyseurs pour avoir la possibilité d'étudier leur mode d'action. Ce travail est indispensable pour la compréhension des fonctions supérieures de notre comportement et pour la fabrication de drogues agissant sur le système nerveux.

Une pancarte à une porte : « Modèle intégré : la rétine. »

Je m'arrête et je me souviens de ce que m'a dit le professeur Mandel le jour de mon arrivée : « La rétine de notre œil est un système si complexe, si extraordinaire, que toutes les machines comme *Concorde* ou les plus grands ordinateurs ne sont que de la petite bière à côté. »

Il est donc logique que les chercheurs veuillent savoir comment fonctionne cette rétine, comment elle réagit à l'information lumineuse. Paul-Francis Urban m'accueille dans son bureau-laboratoire, juste le temps de m'expliquer l'objet de sa recherche, et nous passons aussitôt dans la pièce à côté pour assister à une manipulation de stimulation de rétine de grenouille. J'entre à tâtons dans une chambre noire. Je distingue la silhouette d'une technicienne qui a déjà préparé la plaquette recevant l'œil de la grenouille, car le résultat de l'opération dépend de la rapidité d'exécution ; la rétine de l'œil survit encore un certain temps après avoir été retirée, mais il est bon de la stimuler le plus vite possible pour obtenir les meilleurs résultats.

Paul-Francis Urban tâte le bassin qui contient les grenouilles.

— L'objet de votre étude est la transformation de l'information lumineuse en information nerveuse ?

— Schématiquement, oui. On essaie de comprendre les mécanismes qui ont lieu au moment où un photon excite les cellules photo-réceptrices de la rétine, et le moment où, au niveau des nerfs ganglionnaires, on obtient un signal électrique.

— Le signal lumineux est un flash ?

— Oui. Vous êtes prête ? demande Urban à son assistante.

— Prête !

Il ajoute pour moi :

— Comme vous ne pouvez pas voir, je vais vous dire ce que nous faisons au fur et à mesure. Là, on décapite la grenouille. On sort le globe oculaire. On le nettoie, on le place dans l'alvéole de la plaquette qui correspond au diamètre de l'œil. Au moyen d'un couvercle, il est maintenu et sectionné par une lame de rasoir. Vous pouvez voir, sous la lumière rouge, le fond noir qui est l'épithéline pigmentaire et, par-dessus, la rétine. Avec de petites pinces, on va la détacher du fond de l'œil. C'est un travail très délicat ; il faut une grande habitude. Voyez, la rétine est beaucoup plus claire ; elle est aussi très fragile au niveau du nerf optique. Ça y est ! on glisse la rétine sur le support qui est dans un milieu de perfusion... La rétine s'étale lentement. On la fixe... et puis, il ne reste plus qu'à la placer dans le stimulateur, là, derrière nous. On va pouvoir enregistrer un certain nombre de stimulations qui seront autant d'indications précieuses.

Le chercheur manipule dans l'obscurité, avec une grande dextérité, les boutons, les potentiomètres de l'appareil, et l'expérience commence.

En partant du principe que l'action des drogues sur l'ensemble de notre système nerveux doit se retrouver au niveau des cellules individuelles, un domaine très inattendu s'est ouvert et développé au centre de neurochimie. On étudie l'effet de diverses drogues sur l'animal, mais aussi en culture de cellules. On constate que l'action de certaines drogues est beaucoup plus rapidement mise en évidence en culture de cellules que dans les animaux entiers, pour lesquels il faut faire appel à des calculs statistiques.

— Plus inattendu encore ! ajoute le professeur Mandel : on peut étudier en culture de cellules la tolérance et la dépendance à la drogue.

— C'est une nouvelle vision de la toxicomanie ?

— Pas nouvelle. Les biologistes du système nerveux la soupçonnaient depuis longtemps. Le problème était de trouver le schéma d'approche pour étudier les mécanismes chimiques qui sous-tendent ces phénomènes. Nous en avons trouvé un.

Cette découverte permet de penser que, bientôt, les animaux d'expérience pourront être épargnés, au moins dans ce domaine. Malheureusement, ils sont encore nécessaires dans certains cas. Les études sur la toxicomanie des animaux sont nombreuses, mais presque toutes portent sur l'administration des drogues que l'on fait subir à l'animal.

Françoise Garcin étudie des modèles d'auto-administration ; c'est l'animal lui-même qui se drogue. Ce qui est important dans cette étude, c'est que, abstraction faite de la composante psychologique, ce qui est valable pour l'animal inférieur est valable pour l'animal supérieur. L'Organisation mondiale de la santé préfère d'ailleurs au terme de « toxicomanie » celui de « dépendance à la drogue », qui est moins péjoratif. Françoise Garcin, jeune chercheuse canadienne, a tenu à venir travailler à Strasbourg dans ce laboratoire de pointe.

Timide, le regard abrité par ses lunettes et la frange de ses cheveux, elle me parle de ce sujet grave dont on fait grand bruit mais qu'il est nécessaire d'étudier méthodiquement.

— C'est un ensemble de caractéristiques que l'on peut dissocier en « tolérance » et en « dépendance » physique et psychologique.

— On a une définition de la tolérance dans ce domaine ?

— L'OMS en a donné une : c'est le fait que, par répétition de la prise de certaines substances, on obtient une diminution de l'effet ; et pour obtenir le même effet, l'individu est obligé de consommer de plus en plus de substance.

— Mais de la tolérance, on glisse vers la dépendance ?

— Pas obligatoirement. Certains médicaments qui entraînent une tolérance n'induisent pas de dépendance. On sait par exemple que certains médicaments hypertenseurs produisent une certaine tolérance ; les médecins doivent augmenter la dose après un certain temps. Mais les médicaments qui induisent dépendance physique et dépendance psychologique sont des médicaments psychotropes ; ils agissent sur le psychisme et deviennent aussi des drogues. Exemple, les opiacées naturelles ou de synthèse, les barbituriques, les amphétamines. On peut tester ces drogues sur l'animal dans des situations coercitives et faire des prélèvements qu'on ne pourrait pas faire sur l'homme.

La méthode appliquée ici est la suivante : dans une cage, on place un rat avec un cathétère enfoncé dans la veine jugulaire et relié à un tube qui conduit à un flacon extérieur contenant de la drogue. Le premier jour, ce rat « naïf », c'est-à-dire qui n'a jamais connu la drogue, est placé dans la cage sur une pédale qui déclenche l'injection automatique d'une dose de drogue. Le rat en état d'excitation se sent alors apaisé. Le deuxième jour, on le replace sur la pédale et son propre poids lui permet de s'injecter une nouvelle dose. Ainsi le rat fait son apprentissage et associe sa position sur la pédale au fait qu'il reçoit sa dose de drogue, ce qui lui est agréable visiblement puisque, le troisième jour, il vient lui-même se placer sur la pédale et s'injecte la dose. Le quatrième jour, il s'injecte deux doses, puis trois doses, et ainsi en augmentant tous les jours. On voit alors s'installer d'abord le phénomène de tolérance, puis celui de dépendance. Et si l'on prive brusquement l'animal de sa drogue, on voit s'installer rapidement des effets désastreux dans son système nerveux.

— A moins que... précise Françoise Garcin... à moins qu'on ne remplace cette drogue par l'alcool. Mais ça n'est pas une découverte. Ce qui est plus intéressant, c'est de constater que le même phénomène se produit sur de simples cellules. Si l'on prive des cellules de leurs barbituriques, elles meurent ; mais si, à la place, on leur donne une dose d'alcool, elles survivent. Maintenant, nous pouvons dire que nous avançons dans cette étude des mécanismes chimiques.

Ce soir, le professeur Mandel m'a invité. Il a téléphoné pour retenir une table dans un excellent restaurant de la « Vieille France ».

Un tête à tête que je n'oublierai pas. Cet homme simple qui porte sur ses épaules une responsabilité considérable m'explique calmement les choses qui lui tiennent à cœur. Il pense que l'éducation, la sélection et les motivations dans la formation des médecins laissent beaucoup à désirer.

— Il faudrait que s'opère le plus vite possible une réforme de l'enseignement pour rendre la médecine plus humaine, pour apprendre aux futurs médecins à connaître le malade et non un numéro de lit à l'hôpital. Il faudrait imposer à chaque futur médecin une période de six mois comme infirmier, pour établir le contact avec le malade. Il faudrait surtout persuader les jeunes que n'importe qui ne peut pas devenir médecin. On est fait ou on n'est pas fait pour ce métier. Et cela se voit très vite. Il est dramatique de laisser croire à des milliers d'étudiants que tous ont leur chance. Il serait bon que les promotions de futurs médecins soient moins lourdes, mais que chacun d'eux devienne un véritable médecin au sens le plus noble. Mieux vaut un bon médecin que cent mauvais qui feront des dégâts considérables.

— L'un des vices les plus graves de notre société est que l'on puisse devenir médecin uniquement pour gagner sa vie ?

— Oui, c'est très grave.

Nous nous taisons. Il mange lentement, délicatement. Je lance une flèche :

— Et la retraite, monsieur Mandel ?

Il s'arrête, la fourchette en l'air, me jette un regard par-dessus ses lunettes :

— Je ne l'envisage pas.

— Elle arrivera pourtant. Que ferez-vous ?

— Je continuerai, dans la mesure de mes possibilités. Mes collaborateurs jugeront. Quand je ne serai plus efficace, je le sentirai, car ils s'éloigneront de moi.

— Alors, vous vous retirerez ?

Il hausse les épaules et continue à manger. J'ai touché un point douloureux. Je préfère revenir sur un terrain où il se sent plus à l'aise :

— Vous vous êtes beaucoup occupé de l'épilepsie, je crois ?

— Oui. C'est la maladie neurologique la plus fréquente. Les meilleurs médicaments étaient et sont encore les barbituriques, qui agissent essentiellement en déprimant la production d'énergie dans le cerveau ; un coup de masse sur la tête, en somme. Il s'agissait de trouver mieux. Nous sommes partis de nos connaissances sur les neuro-transmetteurs. L'un d'eux, le GABA (acide gamma-aminobiturique), est un puissant inhibiteur, c'est-à-dire un frein. Nous espérions qu'en renforçant cette inhibition nous pourrions freiner les crises d'épilepsie. On a donc construit des modèles de molécules qui s'opposent à l'action du catalyseur dégradant et qui permettent au GABA de faire son travail de freinage. Nous avons réduit ainsi la fréquence et l'intensité des crises.

— Et alors ?

— Il se trouvait qu'un laboratoire fabriquait justement un composé qui entrait dans ce contexte. En fait, il était connu depuis presque un siècle et on s'en servait comme solvant. Nous avons eu la bonne fortune de constater que, effectivement, ces composés bloquaient l'enzyme qui dégrade le GABA. De plus, ces substances ne dépriment pas la production d'énergie ; même, à certains égards, elles peuvent améliorer le comportement des enfants. Avec nos collègues de psycho-physiologie, nous avons observé qu'elles facilitaient certains types d'apprentissages.

— Une preuve de plus que la recherche fondamentale débouche, tôt ou tard, sur la recherche appliquée.

— Une preuve irréfutable. Ce composé est maintenant le deuxième dans l'ordre des fréquences des médicaments utilisés pour l'épilepsie.

— Vous n'êtes pas très satisfait de la façon dont cette maladie est soignée en France ?

— Dans quelques foyers, elle est soignée correctement. Mais il y en a encore trop où l'on ne tient pas compte des acquisitions scientifiques nouvelles. Pour le diabète par exemple, on peut opérer presque de façon mathématique en mesurant le taux de sucre absorbé. Le traitement de l'épilepsie pourrait se rapprocher de cette méthode car on peut suivre les niveaux de chaque agent antiépileptique dans le plasma sanguin, dans les urines, contrôler si le malade le prend régulièrement et s'il est couvert par cet agent. Mais il faut avouer qu'en France cette approche est très peu suivie. Ce qu'on n'a pas compris, c'est que pour l'épilepsie, comme pour les autres maladies d'ailleurs, il ne suffit pas de donner des médicaments : il faut aussi s'occuper de l'individu. Un enfant épileptique doit être très étroitement surveillé. Il n'aura peut-être que très peu de crises, mais une seule peut briser sa vie, l'éliminer dans sa classe, survenir au moment d'un examen.

— Que faudrait-il faire ?

— Certains pays comme l'Allemagne, la Suède, le Danemark donnent à l'épileptique des possibilités de réhabilitation. Il peut suivre un enseignement normal et être inséré dans la société mais en tenant toujours compte de sa maladie. En France, on ne parle pas de « crises épileptiques » mais de « comicialités » ; savez-vous pourquoi ? Parce que Jules César, qui était épileptique, a subi de nombreuses crises pendant ses comices.

— Il y a eu d'autres épileptiques célèbres ?

— Bien sûr ! Dostoievsky, Byron...

— C'est plutôt réconfortant pour les parents d'enfants atteints par cette maladie.

— Oui. J'ai les photos de toutes ces célébrités, et je les montre à tous les parents désespérés.

— Justement, si vous aviez un message à transmettre au public, un seul message, que lui diriez-vous ?

Il réfléchit :

— Je lui dirais ceci : vous croyez qu'une maladie héréditaire est une maladie contre laquelle on ne peut rien. Eh bien, c'est exactement le contraire !

— Et c'est vrai ?

— C'est vrai. La maladie héréditaire ouvre l'espoir qu'on puisse la guérir en s'attaquant à la cause. Il existe au moins deux maladies qui découlent de facteurs génétiques, c'est-à-dire deux maladies héréditaires : la psychose maniaque dépressive et la schizophrénie. Par la génétique, on peut étudier et trouver l'erreur métabolique et de ce fait compenser cette erreur, et même faire de la prévention. On peut, par exemple, déconseiller la consanguinité ; on peut déconseiller le mariage entre deux personnes porteuses du gène de la maladie qui ne se déclenchera que lorsque les deux gènes se rencontreront. On vous a parlé, ces jours-ci, de cette maladie génétique assez rare, la phénylcétonurie. On trouve un cas sur huit mille nouveau-nés. Mais il faut dire qu'un nouveau-né sur cent est porteur de la tare ; cela signifie que, plus tard, s'il s'associe à un autre porteur de la tare, la maladie se manifestera à coup sûr. Le système de dépistage qui se fait maintenant couramment dans les maternités coûte assez cher, évidemment. Je me suis battu pendant des années pour prouver qu'un enfant malade sur huit mille coûtait encore plus cher à la société que le test obligatoire pour tous les nouveau-nés[1]. C'est infiniment simple. Dès la naissance, on prélève quelques gouttes de sang au talon du nouveau-né. Si le test est positif, on peut très facilement enrayer la maladie en soumettant, dès les premières semaines de la vie, le bébé à un petit régime pauvre en certains acides aminés. On a ainsi récupéré des enfants qui ont une scolarité normale, qui sont très intelligents et qui, sans ce test, seraient dans des hôpitaux psychiatriques.

Après un temps, il enchaîne :

— Prenez-vous du café ?

— Non merci.

— Alors, si vous permettez, nous allons partir. J'ai encore une réunion.

— Mais... il est 22 heures.

— La journée n'est pas terminée.

Le centre de neurochimie de Strasbourg dispose également d'un département de morphologie et de microscopie électronique, ainsi que d'un département de physiologie qui travaille notamment sur les comportements agressifs. Ce département est dirigé par le professeur Pierre Karli. Spécialiste de la biologie de la violence, cet homme grand, distingué, très « patron universitaire », décrivit, il y a

1. Test de Guthrie (Américain qui eut à déplorer un cas dans sa famille, et qui imposa ce système de dépistage).

plus de vingt ans[1], le comportement d'agression de certains rats envers les souris, désigné par le terme de « comportement tueur ».

Le thème de la violence est, hélas ! d'une brûlante actualité. Les problèmes posés par les comportements agressifs s'inscrivent parmi les plus préoccupants de notre société. Sur ces points, l'opinion publique est très divisée. Je souhaitais donc, avant même d'aller plus loin, avoir une définition des conduites agressives par Pierre Karli lui-même.

— Une conduite agressive vise ou conduit à léser l'intégrité physique ou psychique d'un organisme. Dans ces conditions, vous comprenez qu'il existe une très grande diversité de conduites qu'on peut qualifier d'agressives, chez l'animal et chez l'homme. On peut s'interroger sur les homologies qui existent entre les deux. Ce qui nous intéresse donc, c'est de savoir dans quelle mesure des expériences effectuées sur l'animal peuvent apporter des données d'extrapolation sur l'espèce humaine. Dans quelle mesure elles peuvent aider à comprendre le déterminisme des conduites humaines. Et là, je voudrais faire une remarque : je suis médecin ; c'est-à-dire que je m'intéresse à l'homme, aux bases biologiques du comportement humain, et donc aux fondements biologiques de ma propre personnalité. Mais pour des raisons évidentes, d'ordre éthique, je travaille sur l'animal et non sur le cerveau humain. De plus, comme on ne peut extrapoler à la légère des comportements de l'animal à ceux de l'homme, il convient d'étudier plus particulièrement certains comportements élémentaires qui ont une validité suffisamment générale pour que nous puissions avoir de bonnes raisons d'extrapoler à l'homme. Il y a un ensemble de mécanismes cérébraux qui ne diffèrent guère de l'animal à l'homme. Tout organisme vivant a son répertoire comportemental qui appartient à son espèce, donc, un comportement de conduites innées. Mais, à côté, il y a le répertoire comportemental des conduites acquises par l'individu, qui est le fruit de sa propre expérience. Bien sûr, les comportements sont différents selon les espèces : ceux du rat ne sont pas ceux du chat, du singe ou de l'homme. Mais il y a un certain nombre de mécanismes qui ont une validité générale. Et ces mécanismes contrôlent les chances qu'un organisme a de programmer telle ou telle composante de son répertoire, face à une situation donnée. Tout homme peut tuer. Mais l'un sera amené à actualiser cette donnée de son registre comportemental, et l'autre non. Il est important de connaître les conditions physiologiques contrôlant la probabilité que nous utiliserons ou pas, dans une situation donnée, tel instrument mis à notre disposition. Avez-vous déjà vu des rats-tueurs ?

— Non.

— Montez à l'étage au-dessus, et demandez à Mack de vous faire assister à une expérience.

---

1. *The Norway rat's killing response to the white mouse* (Behaviour, 1955-1956.

Gérard Mack, docteur en médecine, biochimiste et chef des travaux à la faculté, est en pleine manipulation. Sur la paillasse du laboratoire, une cage dans laquelle se trouve un énorme rat blanc, « Wistar ».

— C'est un tueur ?

— Nous le saurons bientôt. Selon les souches, un nombre plus ou moins élevé de rats attaquent et tuent dans un délai plus ou moins bref toute souris introduite dans leur cage. Tout rat qui, mis en présence d'une souris, la tue en moins de deux minutes est considéré comme un « tueur spontané ». Mais les non-tueurs peuvent être transformés en tueurs. Le professeur Karli a pu constater que le bulbe olfactif de cet anmial joue un grand rôle dans son agressivité. En effet, l'ablation bilatérale[1] des bulbes olfactifs conduit un rat non-tueur à le devenir. Au contraire, une destruction bilatérale par électrolyse d'une autre zone du cerveau, celles des noyaux amygdaliens, entraîne chez le rat un blocage de son comportement agressif. On a cherché à savoir pourquoi. On s'est aperçu que, dans le bulbe olfactif d'un rat tueur, il y avait moins de GABA que chez un non-tueur. Alors, on a injecté du GABA dans le bulbe d'un tueur, et, presque immédiatement, il a cessé de tuer, pendant quelques minutes, le temps aux enzymes de dégrader le GABA injecté. En ajoutant des substances qui empêchent les enzymes de dégrader le GABA, le rat peut rester non-tueur pendant trois ou quatre heures.

Le technicien vient d'apporter une autre cage dans laquelle se trouve la petite souris qui va être livrée à son bourreau.

— Voulez-vous assister à l'expérience ?

— Ce n'est pas un spectacle bien réjouissant, mais puisque je suis là pour ça !

Le technicien prend la petite souris et la place dans la cage du rat. L'attaque est immédiate, violente. Un cri imperceptible ; en cinq secondes, la souris est morte. Et aussitôt, le rat reprend ses activités normales.

— Il ne consomme pas ?

— Non.

— Parce qu'on pourrait dire que c'est la faim qui...

— Pas du tout. Un rat non-tueur affamé ne tue pas de souris. Cependant, si l'on met dans sa cage un cadavre de souris, il le mange.

Très impressionné par cette démonstration, je demande à Gérard Mack :

— Quel est l'intérêt de cette étude ?

— C'est de montrer qu'il existe des mécanismes moléculaires impliqués dans une conduite aussi complexe que celle de l'agression, et qu'en connaissant ce mécanisme on peut la faire disparaître en faisant jouer une action de compensation.

1. *Ablation bilatérale* : suppression des deux côtés.

— Je suppose qu'il ne faut pas se hâter de mettre en correspondance ces conduites animales avec les conduites humaines.

— Nous n'en sommes pas là. Pour l'instant, nos recherches portent sur les rats-tueurs ; et aussi sur les femelles de souris en lactation. Vous devriez aller voir Haug, en bas, au sous-sol.

D'une sorte de buanderie où passe la tuyauterie de l'immeuble, on a fait une autre animalerie, plus petite, réservée aux souris. Haug, jeune chercheur, travaille sur le thème de l'agressivité intraspécifique souris-souris, c'est-à-dire des souris qui attaquent d'autres souris. C'est une découverte qui est le fruit du hasard :

— En mettant dans une même boîte des femelles non-mères et d'autres qui venaient d'allaiter, on s'est aperçu que les premières agressaient les secondes, me raconte M. Haug. J'ai essayé d'étudier le déterminisme de ce comportement. J'ai d'abord pensé que ce pouvait être des messages odorants émis par la souris allaitante. J'ai observé aussi que les souris allaitantes étaient fréquemment mordues au niveau des mamelons ; il s'agissait donc, peut-être, d'un facteur dans le lait maternel. J'ai essayé également de voir le facteur urinaire, car nos travaux ont montré que, souvent chez les souris, l'urine joue un rôle important dans le déclenchement des comportements agressifs, sexuels ou autres.

En écoutant M. Haug, je suis le cheminement de la pensée du chercheur en général : il fait d'abord un constat ; puis, il veut savoir pourquoi. Il émet des hypothèses, il fait des essais, il crée des situations, il observe. Ici, en l'occurrence, le chercheur s'est aperçu, en bloquant la lactation des femelles, que le lait ne jouait aucun rôle dans le comportement agressif des autres femelles. En revanche, une autre expérience semble avoir donné des résultats probants :

— J'ai présenté à des femelles soit une souris non allaitante badigeonnée d'urine de souris allaitante, soit une souris non badigeonnée, soit une souris badigeonnée d'urine d'une souris non allaitante. L'agression se produisait toujours sur les souris qui étaient badigeonnées d'urine maternelle. Grâce à une série de purifications biochimiques, nous avons réussi à obtenir un produit dont le badigeonnage sur une souris quelconque provoque la même conduite agressive que l'urine des souris allaitantes.

— Vous en êtes là, actuellement.

— Nous avons d'autres axes de recherche. D'une part, nous pensons que la conduite agressive est dépendante de la souche et aussi dépendante du sexe. En effet, les mâles n'attaquent pratiquement pas les femelles allaitantes. On peut cependant rendre les mâles agressifs en procédant à l'*ablation bilatérale* de leurs testicules. D'autre part, nous avons tenté une expérience. En mettant ensemble des mâles adultes, nous nous sommes aperçus qu'il s'établissait tout de suite une hiérarchie avec un mâle dominant ; ici dans cette cage c'est le blanc. Il ne porte aucune trace de morsure. En revanche, tous les autres ont été agressés par lui. Il les attaque. Et les dominés ne font rien. Ils se mettent en posture de soumission en se dressant sur les pattes de derrière et en présentant les parties vulnérables de leurs corps.

— N'est-ce pas un peu ce qui se passe dans notre société ?

— Un peu, si. Mais ce genre de comportement n'existe chez les animaux que parce qu'ils sont enfermés dans une cage. S'ils étaient dans la nature, les choses se passeraient autrement. Il y aurait certainement un rituel de menace, et l'animal le plus faible s'enfuirait, voilà tout.

D'autres travaux du centre prouvent que l'environnement peut avoir une influence sur le comportement de l'animal. Mme Alix Ebel tâche de déceler par quelles modifications neurochimiques se fait l'adaptation de l'animal à l'environnement. De nombreuses expériences ont été réalisées, en « milieu pauvre » et en « milieu riche ».

— Pour le rat de laboratoire, le milieu pauvre, c'est la cage exiguë et l'isolement. Le milieu riche, c'est une cage très vaste dans laquelle sont placés des objets, des jouets, permettant au rat d'évoluer et de faire de l'exercice.

— Peut-on déjà dégager de ces observations quelques déductions ?

— Oui. On sait que tout n'est pas dit au moment de la naissance. Il y a une grande potentialité dans le cerveau ; on peut, selon les modifications du milieu extérieur, y faire appel ou non.

— Et ceci est valable pour d'autres animaux ? Je ne parle pas de l'homme...

— Vous êtes prudent. Les observations qui ont été effectuées sur le rat ont aussi été faites sur le chat. Au moment de l'évolution post-natale de l'animal, l'environnement joue un grand rôle. Nous trouvons un exemple frappant de cette adaptation à l'environnement chez le rat. Il y a 80 % de tueurs chez les rats d'égout, alors qu'il n'y a que 30 % de tueurs chez les rats de laboratoire.

— Un rat d'égout perd-il son agressivité en vivant en laboratoire ?

— Pas forcément, car il ne peut effacer ses facteurs génétiques. En fait, le comportement est déterminé par les facteurs génétiques et l'environnement.

Après avoir assisté à toutes ces expériences, je reste évidemment perplexe, et une pensée s'impose peu à peu : « Ces observations sont-elles transposables à l'homme et utilisables dans les choix à faire, face au comportement agressif humain ? » Et je tente de me remémorer les séquences du chapitre d'un livre qui m'a beaucoup impressionné [1].

Dans une pièce, très peu meublée, se trouvent deux jeunes filles, l'une blanche, l'autre noire. Elles portent toutes les deux une sorte de bandage blanc sur la tête. La première doit avoir une vingtaine

1. *La Psychologie* (Hans Ueckert, Rainer Kakuska et Jürgen Nagorny) Solar.

d'années et gratte vaguement une guitare ; la seconde joue de l'harmonica. Soudain, la fille blanche se lève d'un bond, comme électrisée, laisse tomber sa guitare et se jette contre le mur dans une explosion de rage. Presque au même instant, la jeune noire cesse de jouer de l'harmonica, se fige, clouée sur place, dans une sorte d'hébétude. Que s'est-il passé ? Le docteur Vernon Mark a seulement appuyé sur deux petites touches d'un appareil qui a envoyé des impulsions électriques dans des zones déterminées du cerveau de chaque patiente (amygdale droit pour la fille blanche et l'hippocampe droit pour la fille noire). Sous le bandage blanc de ces deux épileptiques est dissimulé un émetteur-récepteur miniaturisé fixé sur leur boîte crânienne. Cet appareil stimulateur, excitateur et récepteur électro-encéphalographique (appelé stimoceiver) est une invention du professeur José Delgado [1]. Il reçoit les signaux radio d'un émetteur et les transforme en influx électriques qui vont stimuler certaines structures du cerveau. L'expérimentation de cet appareil sur les êtres humains fut évidemment tentée dans un but thérapeutique. Auparavant, le professeur Delgado l'avait pratiquée sur différents animaux, sans trop convaincre le monde scientifique. Il avait alors organisé en 1963 ce qu'il avait appelé « la Corrida ». Devant un public de savants et d'experts, il avait été placé, dans l'arène de Cordoba, en présence d'un taureau qui n'avait rien de pacifique. Le professeur, tel un matador, avait agité sa muleta, et le taureau furieux avait foncé sur lui. Mais à mi-course, comme stoppé par un mur invisible, le taureau s'était arrêté, immobilisé ; il avait relevé la tête, puis s'était retourné et éloigné lentement. Le matador n'avait pas bougé. Il tenait dans sa main gauche, non pas une espada, mais l'antenne d'un émetteur qui, au moment de l'élan de l'animal, avait déclenché un stimulus électrique dans le centre cortical inhibiteur de l'agressivité où était implantée une électrode du stimoceiver fixé sur la tête de l'animal. Les spécialistes étaient convaincus : on pouvait inhiber les comportements agressifs de l'animal. Après les expériences du docteur Vernon Mark, on sait aussi que l'on peut agir sur le comportement humain en modifiant l'activité électrique du cerveau. On peut ainsi provoquer ou inhiber la peur, la colère, la boulimie, le sommeil, etc. Ces découvertes trouvent une application dans le traitement de certains troubles cérébraux.

Face au professeur Karli, j'ai maintenant besoin de savoir si les travaux du laboratoire de neurophysiologie de Strasbourg rejoignent, complètent, corroborent les expériences américaines, et si les résultats obtenus avec les rats tueurs permettent d'extrapoler sur les choix à faire face au comportement agressif humain. Le professeur Karli donne son avis :

— Il y a un ensemble de processus comportementaux élémen-

1. Yale University de New Haven, Connecticut.

taires, un ensemble de mécanismes cérébraux pour lesquels nous n'avons aucune raison de penser qu'ils diffèrent de façon essentielle entre l'animal et l'homme. Parmi ces mécanismes qui interviennent, il faut citer évidemment les mécanismes cérébraux qui contrôlent le niveau général de la réactivité. Il y a aussi les mécanismes qui nous permettent de nous familiariser avec une situation, donc de nous référer à l'expérience passée. Chez le rat, le niveau de réactivité et le niveau d'agressivité générale sont étroitement liés. En pratiquant une lésion sur la partie du cerveau qu'on appelle l'amygdale, on augmente l'agressivité du rat. Mais uniquement chez le rat qui n'a jamais été en contact avec des souris. Si, au contraire, un rat non-tueur a vécu avec des souris et qu'on pratique sur lui la même opération, il devient hyperactif mais ne devient pas tueur pour autant. Il me vient à l'esprit un fait divers troublant : il y a quelque temps, un étudiant d'une université du Texas, pris d'une crise de folie, est monté sur la tour d'un des bâtiments et a tiré au fusil sur ses camarades, tuant quatorze personnes. Il a fallu l'abattre. A l'autopsie, on a trouvé une lésion de l'amygdale. Loin de moi l'idée de dire qu'il faut établir une relation de cause à effet, mais on peut penser que le complexe nucléaire amygdalien dans le lobe temporal de l'homme joue le même rôle que celui qu'il joue chez le rat ou le singe.

— En constatant cette possibilité de modifier les comportements, un mot qui fait peur vient évidemment à l'esprit : manipulation. Des manipulations qui, si elles pouvaient un jour être appliquées à l'homme...

— C'est un problème d'une dimension considérable, répond le professeur Karli. Le chercheur que je suis ne peut plus ignorer l'importance sociale de sa recherche, ni les répercussions des données qu'il met à jour sur les différents aspects de la vie sociale. Le chercheur se pose souvent la question de savoir ce qu'il doit faire : arrêter éventuellement certaines recherches dès lors qu'il pourrait en être fait un mauvais usage ? Là, il faut être clair : l'un des aspects essentiels du devenir humain, des desseins de notre espèce, c'est de créer, de faire progresser les connaissances. Donc, rien ne doit nous arrêter dans cette progression, particulièrement dans la connaissance de nous-mêmes. Le chercheur ne doit pas porter de jugement de valeur sur les faits qu'il met en évidence. Il n'y a pas une « bonne » ou une « mauvaise connaissance », mais un bon ou un mauvais usage de ces connaissances. La décision sur l'usage qu'il est possible de faire des données mises à jour par le chercheur n'appartient pas au chercheur scientifique, mais au moraliste et à l'homme politique. Cela étant, il est essentiel que le chercheur accepte de se mettre à la disposition de la collectivité humaine dont il est un membre, et qui lui fournit les moyens de sa recherche, pour l'informer de la façon la plus complète, objective, honnête, afin qu'il puisse exister une décision collective sur ce qu'il y a lieu de faire à l'aide des connaissances mises à jour.

— Vous avez été entendu par le Comité d'études sur la violence, dirigé par A. Peyrefitte. A quel titre ? Celui de chercheur ou de professeur d'université ? L'aspect scientifique ou social ?

— Une sous-commission s'occupait plus spécifiquement de l'aspect biologique et psychologique de la violence ; j'y étais donc convié à titre d'expert sur les bases biologiques des conduites agressives.

— Qu'attendait-on des travaux de cette commission ?

— Une information plus complète, plus objective, allant à contre-courant d'une certaine littérature.

— Ce genre de réunion d'information est-il souhaitable dans ce domaine ?

— Oui. Ne serait-ce que pour s'apercevoir que les relations entre les hommes sont bien difficiles. En 1973, le gouvernement des Etats-Unis avait été inondé de lettres disant en substance : « La vague de violence qui déferle dans notre pays n'est plus tolérable. D'autre part, on nous dit que la science connaît de mieux en mieux le cerveau et les bases biologiques du comportement. Alors, pourquoi le gouvernement ne prend-il pas des mesures adéquates pour enrayer, par tous les moyens, cette vague de violence ? » Le gouvernement américain a donc réuni à New York les principaux experts mondiaux de la violence. Les rencontres se sont déroulées dans une atmosphère de parfaite courtoisie. Nous avons pu faire le point très facilement. Dans la deuxième phase, il s'agissait de formuler, à l'intention du gouvernement des Etats-Unis, des propositions en psycho-pharmacologie, psycho-chirurgie, thérapie comportementale, dans les différents domaines qui nous permettent de manipuler le comportement humain comme nous savons le faire pour l'animal. Alors, là, l'atmosphère de la réunion a brusquement changé, et la courtoisie s'est estompée. Il y avait des désaccords profonds en fonction de l'arrière-plan idéologique, éthique de chacun. Les positions divergentes allaient de ceux qui recommandaient de mettre telle ou telle substance psychotrope dans l'eau de boisson de tout citoyen américain, ou ceux qui souhaitaient qu'on intervienne largement sur le cerveau de tout criminel de sang, jusqu'à ceux qui estimaient que la dignité de la personnalité humaine est quelque chose d'intangible. Je crois pouvoir me ranger parmi ceux-là.

« Nous n'avons pas le droit de manipuler le comportement de l'homme par des moyens psycho-chimiques ou psycho-chirurgicaux.

Le professeur Karli reste un instant pensif et ajoute, posément :

— Cette affirmation est peut-être un peu schématique. Il faut réfléchir longuement avant de prendre une décision dans ce domaine-là.

Je ne pouvais pas quitter ce centre sans avoir, sur ce sujet qui concerne chacun de nous, l'avis du professeur Mandel, si attentif à tout ce qui touche l'individu.

— Professeur, je viens vous remercier, vous saluer et vous poser une ultime question : au regard des travaux qui se font ici et ailleurs, peut-on maintenant envisager de modifier, dans l'avenir, le comportement humain par des manipulations semblables à celles subies par le rat, dont on peut facilement supprimer l'agressivité ?

Paul Mandel se cale dans son fauteuil :

— Mais de telles manipulations s'effectuent tous les jours ! quand vous donnez un verre de cognac à un ami surexcité, vous le manipulez ! Certaines maladies s'accompagnent, vous le savez, d'une grande agressivité. En soignant la maladie, l'agressivité disparaît. On manipule. C'est le mot qui fait peur.

En quittant ce bâtiment où travaillent une centaine de chercheurs qui fabriquent l'homme de demain, je songe à ce qu'écrivait Jean Rostand : « Le public attend de la biologie trois choses : la modification de l'hérédité, la modification du cerveau et le prolongement de la vie. La biologie pourra éventuellement modifier l'hérédité. Il est assez probable qu'elle pourra améliorer le cerveau. Mais on peut penser aussi que le cerveau est un très bel organe et que l'homme a atteint une sorte de plafond cérébral ; peut-être que dans le domaine du cerveau on ne peut pas faire mieux que le cerveau. »

ADDENDUM

Aussitôt après la diffusion de ce reportage sur l'antenne de *France-Inter*[1], m'est parvenu un abondant courrier me reprochant d'avoir été l'avocat de chercheurs qui, quotidiennement, accomplissent « des crimes officiels » au nom de la science. L'opprobre jeté sur eux m'a quelque peu éclaboussé. Il eût été facile d'ignorer ce blâme et plus facile encore de considérer cette polémique comme débordant le cadre de la tâche que je m'étais imposée. Mais l'objectivité qu'exige mon métier en aurait certainement souffert. Il est tellement difficile de démêler dans cette affaire les arguments de la vérité et ceux de la passion que je m'en tiendrai à ce qu'ont vu mes yeux et entendu mes oreilles, en laissant au lecteur le soin de tirer ses propres conclusions.

Le dimanche 10 octobre 1978, au siège de l'UNESCO à Paris, a été officiellement proclamée la « Déclaration universelle des droits de l'animal ». Elle demande le respect de la vie et de la mort, condamne les mauvais traitements, les expérimentations à des fins médicales, scientifiques ou commerciales, et le génocide des animaux

1. « L'oreille en coin », de Pierre Codou et Jean Garetto (*France-Inter*).

▲
Odeillo. Le four solaire et le champ de miroirs.

▶
Maison solaire d'Odeillo. Quatrième génération.

Maison solaire d'Odeillo. Deuxième génération.
▼

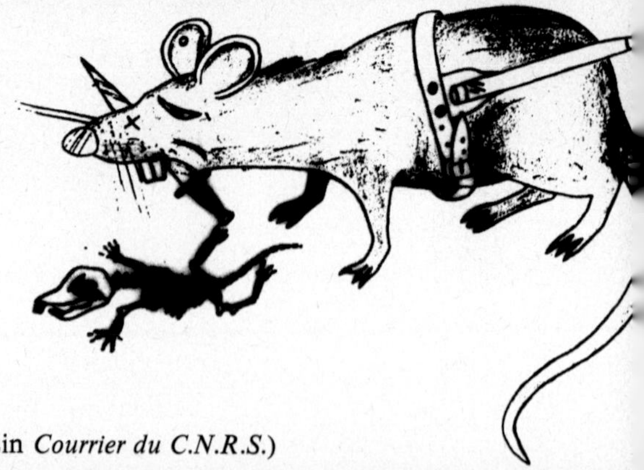

Le rat-tueur (dessin *Courrier du C.N.R.S.*)

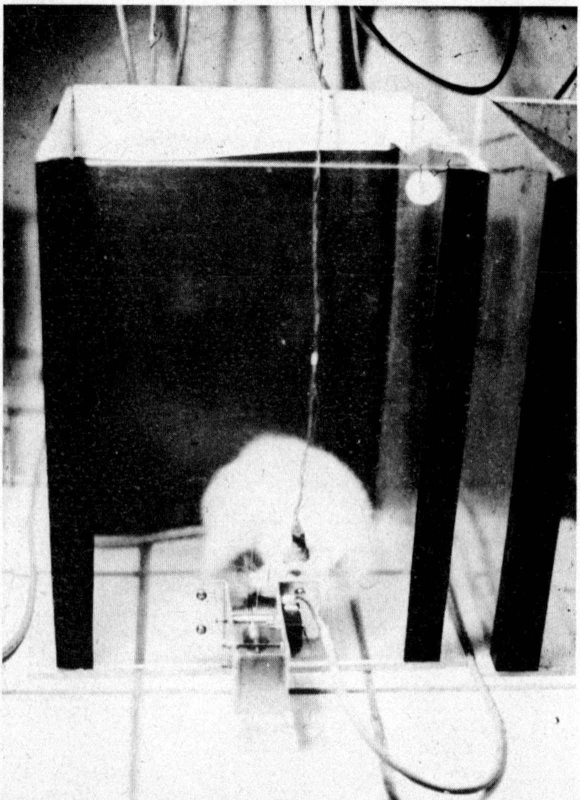

▲
Comportement muricide d'un rat "Wistar" mâle. Centre de neurochimie de Strasbourg. *(Photo C.N.R.S.)*

◄
Accoutumance et dépendance à la drogue par auto-injection. Centre de neurochimie de Strasbourg. *(Photo C.N.R.S.)*

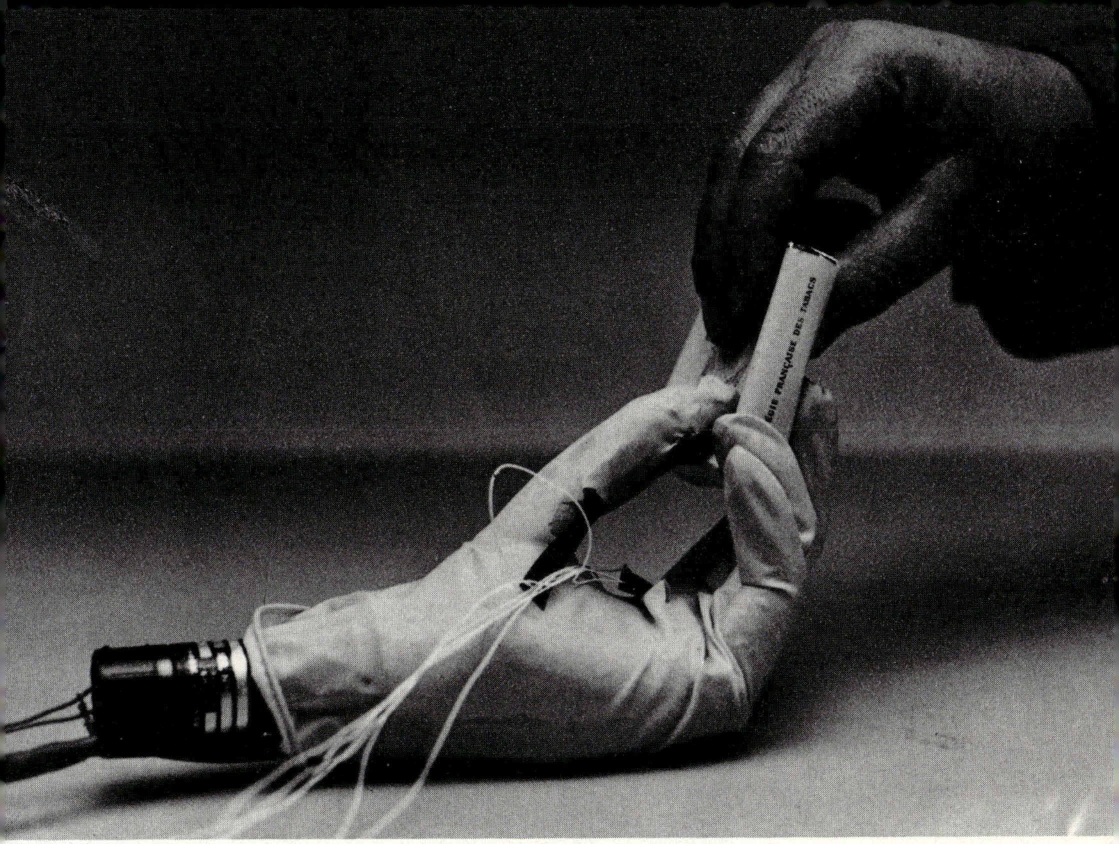

La main artificielle. Laboratoire d'automatique et d'analyse des systèmes - Toulouse. *(Photo C.N.R.S.)*

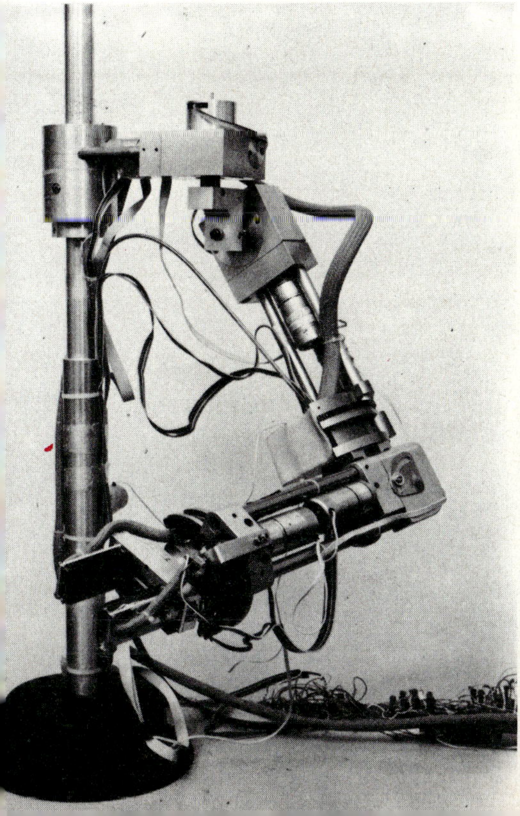

thèse de bras gauche. Système poly-articulé. boratoire d'automatique et d'analyse des sys- nes - Toulouse. *(Photo C.N.R.S.)*

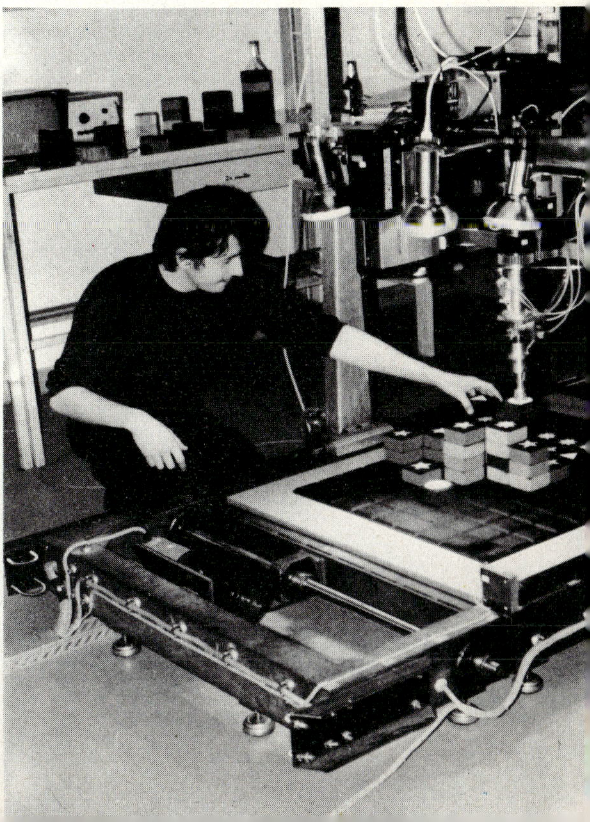

« Grande première » : le robot va manipuler les cubes selon un programme fixé. Laboratoire d'automatique et d'analyse des systèmes - Toulouse.

La prière du matin sur les ghâts de Bénarès (Inde).

Un chock : habitat structuré autour d'une cour. Panaotti (Népal).

En bas, à droite : La mère de Sarkiman tisse sa natte. Népal.

Dans la vallée de Katmandou, les richesses sont dans la rue. Népal.

sauvages. Cette proclamation, accompagnée de plus de deux millions de signatures, sera soumise aux instances de l'ONU en vue de l'adoption d'une résolution avant la fin du siècle. D'ici là, la lutte sera rude entre les scientifiques pratiquant la vivisection et ceux qui la proscrivent, « les faux et les vrais savants », comme disent les sociétés de protection. Et c'est bien là que tout commence. Que reproche-t-on à l'expérimentation animale ? D'être dangereuse, inutile, chère et cruelle.

Des chiffres : quatre cents millions d'animaux sont sacrifiés tous les ans (rats, grenouilles, chats, chiens, singes, cobayes, lapins, etc.) et 87 % le sont sans anesthésie (chiffres officiels du Home Office britannique).

Des arguments encore plus accablants :

a) La vivisection est sans valeur pour l'homme. Il y a entre les espèces d'énormes différences. Ce qui est bon pour une espèce peut être dangereux pour une autre. Le persil, qui est excellent pour l'homme, tue le perroquet. Ce qui cause le cancer chez les animaux peut ne pas le causer chez l'homme.

b) La vivisection est dangereuse pour la santé humaine. Les nouveaux médicaments sont d'abord testés sur des animaux. Mais on s'aperçoit souvent après qu'ils sont malgré tout nocifs pour l'homme. L'exemple le plus couramment avancé est celui de la Thalidomide.

c) La vivisection empêche la découverte de médicaments utiles à l'homme, puisque les lois actuelles obligent à tester les médicaments sur les animaux avant de les lancer sur le marché. Certains produits nocifs pour les animaux sont rejetés ; or, parmi ceux-ci, certains pourraient être utiles à l'homme. Exemple : l'Aspirine, qui n'a jamais produit de naissances anormales chez l'homme, provoque chez le rat des malformations de fœtus.

d) La vivisection coûte cher. Plus de vingt milliards de dollars aux USA en 1975.

e) Il existe actuellement des méthodes bien supérieures à la vivisection ; ce sont les méthodes alternatives.

Pour l'enseignement, on utilise les robots qui respirent, saignent, salivent, toussent, vomissent, crient, « souffrent ». On peut prendre leur température, leur tension. Les universités de Floride, de Californie disposent de ces robots depuis un certain temps.

Les ordinateurs permettent de fournir, en une demi-journée, des renseignements qui auraient demandé des semaines d'études et le sacrifice de plusieurs centaines d'animaux.

Les ordinateurs sont bien supérieurs à l'expérimentation animale dans le domaine de la recherche fondamentale. Ils donnent de meilleurs résultats dans l'étude de la fonction rénale, des maladies cardio-vasculaires, des fonctions neuromusculaires (docteur Rustein).

Pour tester les médicaments, les cultures de cellules et tissus donnent des résultats beaucoup plus précis et exacts que les animaux. Les ordinateurs peuvent également servir à tester les produits chimiques et les médicaments. Pour la fabrication de vaccins, les cellules humaines tendent de plus en plus à remplacer les cellules animales. « En URSS, 90 % des vaccins sont fabriqués sans expérimentation animale » (professeur Vassili Duskin).

Voilà, en résumé, les charges retenues contre la vivisection. Il faudrait, pour compléter cet acte d'accusation, y ajouter les déclarations de savants, de médecins célèbres qui, non seulement estiment que la vivisection n'a jamais fait progresser la recherche, mais qu'au contraire, elle entrave le progrès médical. Parmi ces hommes de science figurent des prix Nobel, des membres d'académies réputées. Dans la cohorte de ceux qui doutent de l'expérimentation animale, on trouve, en France, les noms des professeurs Mathé, Giraud, de l'université de Montpellier, Béraud, de l'université de Bordeaux, Caujolle, de l'université de Toulouse, Pichot, de l'université de Paris, Bertrand de l'école vétérinaire de Lyon, Dorst, du Muséum d'histoire naturelle.

Comment ne pas être ébranlé ?

Et on en vient alors à se poser deux questions :

1°) Si l'expérimentation animale est vraiment inutile, pourquoi y recourt-on ? Si la réponse est : le profit, l'ambition ou la curiosité, il est évident que cette recherche est condamnable.

2°) Si ces expériences peuvent être remplacées par d'autres, moins cruelles et tout aussi efficaces, qui sont ces hommes et ces femmes de laboratoires qui sacrifient tous les jours des animaux ? Si la réponse est : des sadiques, alors leur action est inexcusable. Mais peut-on répondre cela après avoir vu ce que j'ai vu ?

J'admets que la plaidoirie pour la vivisection est délicate et que ceux qui l'abordent sont toujours dans une position défensive très inconfortable. Il est difficile de justifier des crimes — car il s'agit bien de crimes commis par notre espèce sur d'autres espèces, et seul le souci d'améliorer notre existence peut nous accorder des circonstances atténuantes.

Il faudrait d'abord que les choses soient claires.

Quand, d'un côté, le professeur Mathé dit : « L'homme n'est pas une grenouille et il est difficile d'extrapoler les expériences de l'animal à l'homme », que le professeur Giraud ajoute : « Les essais sur l'animal ne donnent jamais parfaite satisfaction car, par sa constitution, sa taille et ses réactions organiques, il diffère énormément de l'homme », et que, d'un autre côté, le professeur Karli affirme : « Il y a un ensemble de mécanismes cérébraux qui ne diffèrent guère de l'animal à l'homme. Bien sûr, les comportements sont différents selon les espèces, mais il y a un certain nombre de mécanismes qui ont une validité générale », lequel de ces hommes de grande notoriété faut-il croire ? Lequel est dans l'erreur ? Lequel est de mauvaise foi ?

Quand, d'une part, le docteur Beddaw-Baily de l'Académie royale de chirurgie d'Angleterre démontre qu'il n'existe pas une seule conquête de la médecine due à la vivisection, et quand d'autre part on prouve que, grâce à la souris mutante, on a découvert la phénylcétonurie, grave maladie génétique ; que sans l'utilisation de cerveaux de fœtus ou d'animaux, jamais le CABA, neuro-transmetteur inhibiteur qui joue un rôle important dans l'épilepsie, n'aurait été décelé ; que la posologie d'un médicament expérimental contre le cancer [1] est établie par les services du professeur Paoletti, grâce aux taux supportables par des animaux, comment ne pas être égaré ?

Peut-être faudrait-il être plus nuancé et adopter la position de certaines associations de défense des animaux qui admettent que, dans certains cas, l'animal est indispensable à la recherche médicale, mais que, hélas ! la pratique de la vivisection connaît des abus considérables. Personnellement, je ne cherche pas à disculper qui que ce soit. Je ne cherche pas à démontrer que les scientifiques que j'ai vus sont infaillibles. Certes, ils peuvent se tromper — comme tous ceux qui les accablent. C'est parfois une somme d'erreurs qui débouche sur la vérité. Mais je ne puis, sans réagir, laisser traiter ces gens de lâches, et admettre que l'on conteste jusqu'à leur titre de « chercheurs ». Je ne puis croire que tous ceux que j'ai regardés travailler pendant des semaines, tous ces patrons suractifs, ces jeunes savants attentifs qui m'ont confié leurs espoirs, leurs difficultés et parfois aussi leurs revendications face à une société indifférente, tous ces hommes qui, en ôtant leur blouse blanche, redeviennent souvent les compagnons d'animaux domestiques, ces femmes qui, en laissant leur microscope ou leurs boîtes de Pétri, redeviennent des mères de famille, non, je ne puis croire que tous ces gens soient des bourreaux conscients, sadiques, ambitieux et cupides. Je ne puis croire que l'homme que j'ai regardé vivre dans son bureau directorial de 7 heures du matin à 11 heures du soir, cet homme qui n'envisage de prendre sa retraite que lorsqu'il ne sera plus opérationnel, cet homme qui utilise le temps de son repas pour rendre visite à un ami déprimé, cet homme qui a lutté des années pour imposer le test de dépistage d'une terrible maladie, cet homme qui réclame une humanisation de l'enseignement de la médecine, non, je ne puis croire que cet homme véhicule consciemment ou inconsciemment une quelconque bassesse de sentiment.

Il ne peut y avoir de dédain vis-à-vis de son semblable et de la nature chez celui qui a préféré au serment d'Hippocrate celui de Maïmonide : « Mon dieu, remplis mon âme d'amour pour l'art et pour toutes les créatures. N'admets pas que la soif du gain et la recherche de la gloire influent dans l'exercice de mon art, car les

1. L'hydroxy-ellipticine (voir chapitre « L'histoire d'Ochrosia).

ennemis de la vérité et de l'amour des hommes pourraient facilement m'abuser et m'éloigner de faire du bien à tes enfants. Soutiens la force de mon cœur pour qu'il soit toujours prêt à servir le pauvre et le riche, l'ami et l'ennemi, le bon et le mauvais. Fais que je sois modéré en tout mais insatiable dans l'amour de la science. Eloigne de moi l'idée que je peux tout. Donne-moi la force, la volonté et l'occasion d'élargir de plus en plus mes connaissances. Je peux aujourd'hui découvrir des choses que je ne soupçonnais pas hier, car l'art est grand, mais l'esprit de l'homme pénètre toujours plus avant. »

LES VRAIS CHEMINS DE KATHMANDOU

Il y a deux sortes d'hommes. Ceux qui se sentent des hommes et ont besoin d'hommes. Et ceux qui se sentent seuls, et non hommes — car qui est vraiment seul n'est pas homme.

P. VALÉRY, *Tel quel.*

Corneille Jest me retrouve dans ma chambre, à Kathmandou, alors que je suis terrassé par une forte fièvre qui ressemble fort à une crise de paludisme.

Corneille Jest, maître de recherche au CNRS et responsable du GRECO-Himalaya [1], est un quinquagénaire sportif, grand, sec, le visage allongé, les yeux clairs, les cheveux châtain-blond, toujours vêtu de façon soignée, presque avec recherche, jusque sur le terrain. Je l'imagine mal au bivouac, durant des semaines, se laissant aller à une tenue négligée, la barbe envahissante. Son sens de l'organisation, son flegme, accentuent cette apparence toute britannique. Il est pourtant d'origine alsacienne, et sa longue fréquentation du Népal lui a même valu l'épithète de « népalsacien ». Il parle avec la douceur d'un psychiatre, mais ses arguments sont pesés, et on le sent décidé à ne pas céder s'il est persuadé que l'intérêt de son équipe est en jeu. C'est un fonceur calme et méthodique, un constructeur patient imprégné de sagesse asiatique. Ce qui l'intéresse, c'est la vie des hommes en milieu exceptionnel. En 1948, il est parti en Laponie pour étudier les Esquimaux. Puis, en 1951, il fit la connaissance de l'Himalaya. Il trouva son terrain de prédilection dans les hautes vallées transhimalayennes. Attiré par ce milieu difficile, il décida d'établir là son champ d'étude.

1. GRECO : Groupement de recherches coordonnées.

Nous ne nous sommes vus que trois fois, à Paris, pour régler les détails de ma mission. Il réserve, sans doute, son jugement sur moi. Il a appris à apprécier les hommes au travail, et il attend de voir quelles sont mes véritables intentions.

— Je n'arrive pas dans une forme idéale ! dis-je. Je crois que j'ai une crise de palu.

— Ça m'arrange presque. Je dois terminer aujourd'hui les visites protocolaires avec la délégation de l'UNESCO. Reposez-vous. Nous commencerons demain.

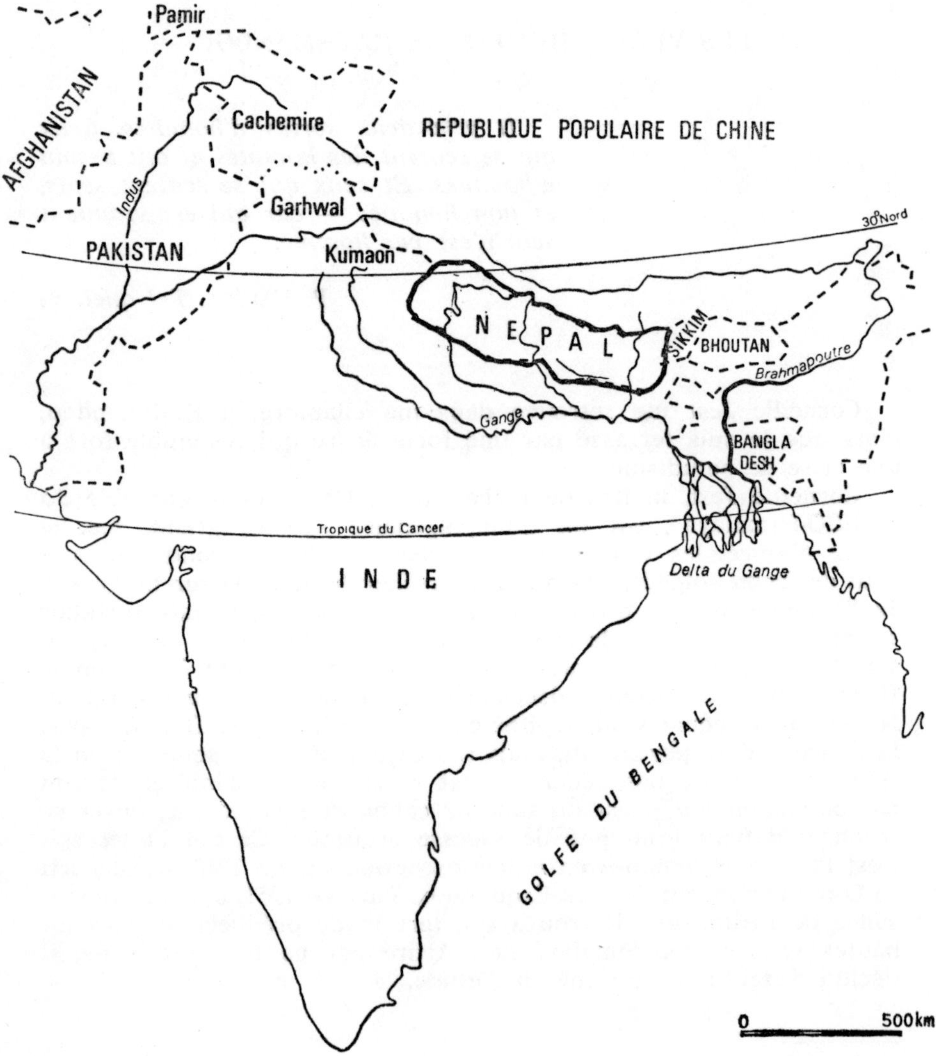

Le Népal ! ce minuscule pays à peine visible sur le planisphère parce que pris en sandwich entre deux géants, l'Inde et la Chine. Ce petit rectangle de huit cents kilomètres de long sur une centaine de large, éveille l'intérêt de tous les hommes lorsqu'on lui accole un autre nom : l'Himalaya.

Himalaya ! terre des exploits sportifs, terre des mystères d'autant plus grands que ce pays ne s'est ouvert au monde qu'en 1951. La publicité, les films, les mots magiques « Kathmandou », « Everest », « Sherpa » et « Yéti » n'expliquent qu'en partie l'accroissement spectaculaire du nombre d'étrangers venant visiter ce pays. Bien sûr, les paysages sont d'une sublime beauté et le climat n'est jamais excessif puisqu'on est à la latitude de la Floride ou du Sud Marocain. Les trésors artistiques abondent : pagodes aux toits superposés, temples recouverts d'or, panthéon fabuleux des divinités extravagantes, grimaçantes, joyeuses, inquiétantes, sculptures sur bois transformant les façades des maisons en véritables dentelles ! Comment résister aussi à la gentillesse de ce peuple accueillant, souriant, tolérant, qui laisse toujours croire à l'étranger, non seulement qu'il est le bienvenu, mais qu'il était attendu ?

Le Népal est l'une des attractions de la nature. C'est surtout une contrée privilégiée pour les hommes de science. Tout cela parce qu'il y a deux cents millions d'années l'océan qui séparait l'Inde de l'Asie s'est fermé. On comprend mieux l'intérêt exceptionnel que cette bande de terrain offre aux sciences de la terre et aux sciences humaines quand on sait que cet étroit pays, partant de l'altitude zéro à la frontière indienne, atteint le toit du monde en une centaine de kilomètres. Ici plus qu'ailleurs, la pluridisciplinarité est indispensable pour étudier cette charnière du monde, cette fantastique chaîne de montagne de trois mille cinq cents kilomètres de long, comprenant les plus hauts sommets de la Terre. Le groupe de recherche du CNRS ne réside pas en permanence au Népal, mais la maison de Kathmandou qui sert de relais, de camp de base et de dépôt reste rarement vide. Les équipes se succèdent et l'on voit les botanistes prendre la place des géologues, les ethnologues précéder les médecins, le tout exigeant une organisation dont Corneille Jest a la responsabilité.

1er avril 1978. La Land Rover du CNRS emporte deux géologues, Patrick Le Fort et Michel Colchen, deux sismologues, Pierre Mechler et Michel Loyer, un ethnologue, Corneille Jest, un chauffeur et moi-même vers les hauteurs dominant la vallée de Kathmandou. Les chercheurs vont tâcher de repérer trois sites possibles pour l'installation de capteurs sismiques. Une première halte à 2 080 mètres nous permet de découvrir un panorama superbe.

— A gauche, m'explique Patrick Le Fort, vous avez un premier grand massif qui fait à peu près quatre-vingts kilomètres de long : c'est celui des Annapurna. Au centre, le massif du Manaslu qui semble fumer dans la brume : c'est le sixième sommet du globe. Après cette grosse dépression, certains sommets qui sont déjà au Tibet, et puis ce massif qui est très enneigné, le massif de Langtang. Ensuite, cette forêt de pics, le premier étant le Dorje Lhakpa, ce qui veut dire...

— « La foudre » souffle Corneille Jest.

— Et Lhakpa ?

— « L'essence ». L'essence de la foudre.

— A l'est, on aperçoit le Goreshankhar. Et puis, tout au fond, le groupe de l'Everest. C'est-à-dire que vous embrassez d'un seul coup d'œil trois cent cinquante kilomètres de chaîne.

Les deux sismologues, eux, s'intéressent plutôt à la nature du sol. Ils ont l'air déçu, car la roche qu'on leur propose n'est pas assez dure. Nous repartons. Les géologues proposent de nouveaux sites aux sismologues qui les taquinent gentiment :

— Vous ne nous avez quand même pas fait venir au Népal un 1er avril pour une plaisanterie d'aussi mauvais goût ! Vous nous aviez promis du granit, pas de la pâte feuilletée !

Les chercheurs se scindent en deux équipes et crapahutent jusqu'à midi. Finalement, Pierre Mechler apparaît au détour d'un sentier. Je vais à sa rencontre :

— Alors ?

— Ils ont quand même réussi à me convaincre que, par endroits, il y avait du solide. Finalement, ajoute-t-il avec un certain sourire, les géologues connaissent leur métier !

— Il y aurait donc un point d'accrochage possible ici, à 2 200 m ?

— Ça en a tout l'air.

A 18 heures, les trois sites sont repérés. Après un repas du soir tibétain au petit restaurant du coin, à Kathmandou, les chercheurs se remettent au travail, cette fois sur table. Ils ont déplié une carte détaillée et tracent une triangulation.

— Voilà ! dit Loyer, ça fait un triangle de 30 km de côté à peu près.

— C'est ce que vous vouliez ?

— Nous aurions préféré plus, mais on n'a pas le choix.

— Ou alors, il faudrait élargir la vallée, ajoute finement Le Fort.

— On a une idée de la fréquence des mouvements sismiques dans cette région ?

— Non ! répond catégoriquement Mechler, pour la simple raison qu'il n'y a pas de station. D'ailleurs, la meilleure définition que je connaisse d'un pays non sismique, c'est un pays où l'on n'a pas installé de sismographe. Donc, jusqu'à présent, le Népal est non sismique.

— Pourtant, devant le panorama que j'ai vu aujourd'hui, même le profane peut deviner qu'il s'est passé ici quelque chose d'extraordinaire. Pour lui, ça s'arrête là ; mais pour vous, ça commence peut-être là. Alors, peut-on répondre à ces deux questions : l'Himalaya, comment et pourquoi ?

Je pose sûrement la colle classique des élèves de première année. Patrick Le Fort a un large sourire. Il a très envie de me répondre par une boutade. C'est un garçon d'une trentaine d'années, très ouvert, très sympathique, un athlète qui éclate de santé, habitué à tous les terrains, tous les climats, toutes les nourritures. Bien qu'étant assistant de faculté, le côté « prof » n'apparaît pas du tout. Il répond tout de même :

— L'équipe française qui travaille ici depuis plus de dix ans a mis au point un schéma de formation de l'Himalaya. Cette chaîne résulte de la collision de la plaque indienne au sud et d'une plaque eurasiatique au nord. Quand ces deux plaques sont entrées en contact, il s'est passé à l'intérieur du nouveau continent ainsi formé des clivages et des épaississements de la croûte terrestre amenant la formation de l'Himalaya. Toutes ces informations peuvent évidemment se lire dans les roches, par les minéraux qui s'y trouvent et les déformations qu'on y voit. Ces mouvements d'ailleurs se poursuivent toujours, lentement, en bordure de la plaine du Gange. Nos confrères géophysiciens peuvent nous être d'un grand secours en apportant une confirmation technique des phénomènes que nous, nous avons pu observer, mais fossilisés dans les roches. Nous sommes à un tournant de notre recherche.

— En quoi consiste-t-elle pour vous, géologues de l'Himalaya ? Comment organisez-vous votre travail ?

— Nous partons pour de longues tournées, de l'ordre de deux mois, sur le terrain, avec un certain nombre de porteurs et la nourriture nécessaire. On vit, bien entendu, sous la tente, et l'on change de lieu, de camp, presque tous les jours. A chaque mission, on choisit les vallées différentes car on observe toujours des choses nouvelles. Et on revient fourbu, crevé, chargé de cailloux qu'on expédie en France ; car le deuxième aspect de ce travail, c'est celui de laboratoire.

— Pour être géologue dans l'Himalaya il faut évidemment être avant tout un marcheur et un sportif ?

— Il est difficile d'être géologue si l'on n'est pas un bon marcheur, mais il est impossible de travailler dans l'Himalaya si l'on n'est pas aussi un bon grimpeur. En général, le gens qui travaillent ici sont des alpinistes.

— Vous l'êtes vous-mêmes ?

— Oui, je grimpais beaucoup. D'ailleurs, je m'étais imaginé en venant ici que j'allais passer mon temps à grimper ; voyez... je ramasse des cailloux !

Il éclate d'un rire sonore.

— Vous m'avez montré une carte géologique magnifique qui, je vous l'avoue, relève plus, pour moi, de l'art abstrait que de la science. Comment fabrique-t-on ces cartes ?

Patrick Le Fort prend une large inspiration qui en dit long sur le travail que représente « l'œuvre d'art » en question.

— Il faut d'abord faire des cartes topographiques qui n'existent pas. On procède soit en triangulant le terrain, avec sa boussole, ses instruments, soit, ce qui se fait de plus en plus, en profitant des photos de satellites que l'on agrandit le plus possible. Après quoi, on procède à de grandes coupes dans lesquelles on repère les différentes successions de terrain. On essaie d'attribuer un âge de formation à chacun de ces terrains ; et puis, on leur affecte une couleur et un sigle particulier pour les distinguer. On obtient ainsi ces tableaux qui n'ont rien de figuratif mais qui sont bien pratiques.

— En somme, c'est une radiographie de surface que vous faites ?

— Oui. Ça paraît très simple, mais ça prend beaucoup de temps. Pour faire cette carte qui couvre le deuxième massif montagneux du monde, du Dhaulagiri au Manaslu... ça doit représenter quelque chose comme sept années de terrain. Un vrai travail de bénédictin. Et pourtant, il reste toujours des erreurs.

Les deux sismologues sont plongés dans leurs calculs.

— Il semble n'y avoir que l'embarras du choix, et pourtant la sélection des trois points pour l'emplacement des capteurs sismiques a été très laborieuse. Pourquoi ?

C'est Mechler qui répond :

— Ces capteurs doivent être installés dans une sorte de petite cave bien couplée avec le sol mais la moins réceptive possible à toutes perturbations extérieures.

— Qu'appelez-vous perturbations extérieures ?

— Un concasseur à proximité du capteur peut tout fausser. Un marteau-piqueur aussi, une route trop passante également. Il faut donc des sites très calmes sur le plan de l'environnement humain et surtout industriel.

— Vous avez dit, tout à l'heure, qu'un triangle de 30 km de côté c'était le minimum.

— Bien sûr. Nous voulons localiser les tremblements de terre. Pour y parvenir, nous devons avoir plusieurs stations afin de comparer les temps d'arrivée des secousses. Si les stations sont situées au même endroit, les temps d'arrivée seront pratiquement les mêmes et nous n'aurons aucune possibilité de goniométrie. Il faut donc éloigner les stations si l'on veut obtenir des indications intéressantes.

L'année prochaine, la vallée de Kathmandou recueillera des informations sismiques. Ainsi pourront, sans doute, être évitées des catastrophes aussi meurtrières que celle de 1934, qui fit tant de victimes et détruisit tant de chefs-d'œuvre.

L'Himalaya évoque, avant tout, la haute altitude ; d'où la séduction qu'il exerce sur les sportifs et les touristes. Le mot « trekking » est à la mode. Pourtant, si ces randonnées constituent de merveilleuses vacances, elles peuvent parfois se terminer tragiquement. On oublie trop souvent que les montagnes de l'Himalaya commencent là où la plupart des autres sommets du monde culminent. Le camp de base de l'Everest est installé plus haut que le mont Blanc. Il est donc dangereux de laisser croire que n'importe qui peut faire du « trekking » d'altitude. Au fait, qu'est-ce que l'altitude ? Le professeur Jacques Durand[1], qui fait partie du groupe de recherches himalayennes, répond à cette question moins naïve qu'elle n'y paraît :

— Plus on s'élève, plus la pression barométrique diminue, donc la pression des gaz respirés diminue. Tant que la pression alvéolaire de l'oxygène reste supérieure à 70 mm de mercure, il n'y a pratiquement pas d'effet d'altitude. Un sujet normal peut monter jusqu'à 3 000 m sans ressentir le moindre trouble. A partir de 3 000 m commence l'altitude au sens physiologique du terme. Elle va jusqu'à une pression barométrique égale à la moitié de la pression du niveau de la mer, ce qui correspond à peu près à 5 000 m. C'est donc entre 3 500 et 5 000 m que se situe l'altitude physiologique. Les contraintes potentielles de la haute altitude sont la baisse de pression d'oxygène, les variations de température, les radiations solaires et surtout les radiations des particules lourdes qui, à 5 000 m, sont cinq fois plus fréquentes qu'au niveau de la mer.

— Comment réagit notre organisme lorsque nous sommes en altitude ?

— Pour lutter contre cette contrainte, il doit augmenter la possibilité qu'il a de transférer l'oxygène de l'atmosphère jusqu'aux tissus. C'est donc les moyens de convection de cette molécule d'oxygène devenue plus rare dans l'atmosphère qu'il faut développer ; ces moyens de convection sont la ventilation pulmonaire, qui fait passer la molécule d'oxygène de l'atmosphère jusqu'à la membrane alvéolo-capillaire au contact du sang, et ensuite la circulation qui va transporter cette molécule des poumons jusqu'aux cellules, où elle sera utilisée pour les besoins métaboliques des tissus. Mais en réalité, ces deux fonctions respiratoire et circulatoire ne sont pas les seules à être perturbées par l'altitude. Tout le système est ébranlé. En altitude, on peut constater des modifications endocriniennes du système nerveux. L'insomnie, l'anorexie et même certaines pathologies digestives apparaissent. Bien entendu, les limites physiologiques de l'homme sont variables selon les individus. Une personne obèse ayant une insuffisance respiratoire ou une circulation défectueuse sera gênée à partir de 2 500 m. D'autres seront capables de monter à plus de 5 000 m sans subir le moindre dommage physiologique. On a même vu, au mois de mai 1978, les membres d'une expédition autrichienne grimper jusqu'au sommet de l'Everest sans masque à oxygène ; mais il s'agit là d'un exploit. Il faut admettre qu'il est impossible à l'homme de séjourner en permanence, de vivre normalement, à plus de 5 000 m.

Après avoir vu à l'œuvre ces petits hommes de l'Himalaya, ces Népalais qui portent sur leur dos l'équivalent de leur propre poids en marchant dix heures par jour, j'ai cherché en vain ce qu'ils pou-

1. Du département de physiologie humaine de l'université de Paris XI.

vaient avoir de plus ou de moins que moi. Le professeur Durand m'a donné la réponse :

— Il y a, dans l'organisme de ces gens-là, une première modification : c'est l'augmentation des globules rouges. Ensuite, la répartition du débit sanguin est également modifiée pour favoriser les zones les plus consommatrices d'oxygène. En outre, des modifications beaucoup plus profondes entraînent la production d'enzymes dans les tissus qui favorisent des voies métaboliques moins exigeantes en oxygène que les voies habituelles. Il y a enfin un développement plus grand des surfaces de contact entre le sang et les tissus, c'est-à-dire un réseau capillaire plus riche. Mais il faut avouer que, jusqu'à maintenant, nous n'avons pas encore très bien compris la stratégie générale de l'organisme vis-à-vis de la contrainte d'altitude. On constate que l'organisme répond d'une certaine façon, mais on ne sait pas encore exactement pourquoi ; les études sont en cours.

Si vous allez au Népal, promenez-vous, vers la fin de la matinée, dans l'un des marchés de Kathmandou. Vous comprendrez alors ce qu'est un creuset de cultures et de civilisations. Vous croiserez des gens d'origine aryenne, mongole, occidentale, asiatique ; vous côtoierez les Tibétains, les peuples de la plaine gangétique à la peau foncée et au visage caucasien, les Newars autochtones de la vallée. Vous entendrez un étonnant concert de langues : le népali, le hindi, l'ourdou, le newari, les dialectes indiens, tibétains, birmans. A chaque coin de rue, presque devant chaque porte, des temples, des sanctuaires consacrés aux divinités hindouistes, bouddhistes, lamaïstes, shivaïstes. Mais il y a aussi les musulmans, et même les animistes. Les honneurs rendus à tous ces dieux, ces divinités, font de Kathmandou une ville presque toujours en fête. Les marchés, les bazars sont hauts en couleur, en sonorités, en gaieté. En voyant tous ces gens, vous aurez l'impression qu'ils ne forment qu'un tout. En réalité, le peuple népalais se répartit en trois grandes familles. La première comprend ceux qui appartiennent au système des castes, dont l'ordonnance subsiste en pratique bien qu'il ait été officiellement aboli en 1963. Au sommet de l'échelle sociale, trois castes pures : les brahmanes, c'est-à-dire les prêtres, les thakuris et les chétris qui sont agriculteurs. Au bas de l'échelle, les castes d'artisans considérées comme impures : les forgerons, les tailleurs, les tanneurs, les potiers, les danseurs, et les chanteurs-musiciens (les guaynés). La deuxième famille regroupe, par leur culture, leurs croyances, leur mode de vie, leur morphologie, les ethnies de langues tibéto-birmanes. Les Tamangs et les Newars de la vallée de Kathmandou forment la majorité de ce deuxième peuplement. Il y a enfin la grande famille d'origine tibétaine ; bien que peu nombreuse, elle occupe un bon tiers du territoire situé dans les hautes vallées ou derrière les crêtes de l'Himalaya.

L'isolement géographique a entraîné dans ces groupes des adaptations non seulement physiologiques mais agricoles et culturelles qui passionnent les chercheurs. Corneille Jest a longuement travaillé dans la vallée de Dolpo, où les gens ont des pâturages jusqu'à 5 000 m. Mais la population la plus connue du public est incontestablement celle des Sherpas. Cette communauté a fait l'objet de plusieurs études depuis la glorieuse ascension de l'Everest par le plus célèbre d'entre eux, Norkay Tensing, le compagnon de Sir Edmund Hillary. Depuis ce jour d'ailleurs, une confusion s'est glissée dans l'esprit du public. On croit que le mot sherpa est synonyme de porteur, alors qu'il s'agit tout simplement d'une ethnie. Sherpa signifie « les gens de l'Est ». C'est donc une erreur grossière que de désigner tous les porteurs des expéditions par le terme de « sherpa ». Il n'empêche que le prestige de Tensing a tellement éclaboussé ses frères de race que le mot sherpa conserve, malgré toutes les explications, une valeur superlative ; si bien que, sur le marché du travail, fort bien organisé à Kathmandou, c'est un Sherpa que l'on recrute presque toujours comme chef de l'équipe de porteurs.

Notre chef porteur à nous est madji. Il s'appelle Sarkiman. C'est lui qui, ce matin, est venu frapper à ma porte. Un mètre cinquante, quarante-huit kilos, trente-cinq ans, et un franc sourire qui illumine son visage aux traits légèrement mongoloïdes. Il se met à ma disposition, selon les directives de Corneille Jest dont il est le compagnon de route depuis une douzaine d'années. Un compagnon idéal dont le dévouement et la discrétion n'ont jamais failli. Il est employé en moyenne huit ou neuf mois par an par les chercheurs du CNRS, qui lui laissent la période de la mousson (juin-juillet-août) pour faire ses travaux agricoles. Sarkiman s'occupe de l'équipe de portage, de la nourriture, du matériel et des divers problèmes de maintenance de la mission. Pour l'instant, il est là, dans l'encadrement de la porte, dans son pantalon rapiécé, son pull-ouver rouge à col roulé, ses sandales de basket, un bonnet de laine sur le bout du crâne. Hier, Corneille Jest a annoncé une nouvelle qui le réjouit ; le directeur du labo m'a dit à table :

— Nous avons le choix. Ou bien nous montons assez haut pour vous faire voir les grands sommets ; mais comme l'avion nous conduit déjà à 3 800, vous n'aurez qu'une impression esthétique. Ou alors nous allons dans une vallée moins haute mais perdue au centre du pays ; nous devrons y aller à pied, et vous découvrirez beaucoup de choses. Nous pourrions, par exemple, aller chez Sarkiman, à Timal. Nous logerions chez lui, et vous connaîtriez la vie quotidienne des anciens pêcheurs madjis.

Sans hésiter, j'ai abandonné l'Everest et l'Annapurna aux amateurs d'exploits et de cartes postales, et j'ai choisi la vallée de Timal. Sarkiman, ravi, est parti faire ses provisions à Kathmandou. Tout est prêt. Il ne reste plus qu'à prendre l'autobus, car Corneille Jest tient à me faire connaître aussi le folklore des transports en commun népalais. Il faut, en effet, avoir fait cette expérience : quarante-cinq places assises, une soixantaine debout, avec provisions, matériel de toute sorte, voyageurs s'apostrophant dans toutes les langues, chants et pleurs d'enfants, cris de volailles, et conflits permanents chaque fois que le receveur itinérant appréhende les resquilleurs. Arrêts tous les cinq kilomètres avec embarquement de charges insensées, au mépris de toute réglementation. Appels stridents, coups de klaxon prolongés, relents de viande séchée, de brochettes de poissons frais et de sueur humaine. Nous roulons sur la route de Chine mais nous n'irons pas jusqu'à la frontière. Une bonne cinquantaine de kilomètres avant, nous descendons dans un village, près d'un pont. C'est ici que va commencer notre marche. Nous suivrons le lit de la rivière qui est à sec et nous remonterons la vallée. Il y en a pour deux jours. Abritée sous un petit toit de tôle, une marchande nous propose un verre de thé tibétain tout en éloignant les mouches d'un geste lent. Nous dégustons. Sarkiman a préparé sa hotte, qui pèse une quarantaine de kilos. Il veut, en plus, prendre mon magnétophone. Je refuse avec dignité. Je serai moins fier six ou sept heures plus tard.

Nous sommes en zone tropicale et c'est la saison sèche. Le sable éblouissant de la rivière cuit les lèvres et les paupières. Sarkiman, véritable père Noël himalayen, avec sa hotte sur le dos, marche sans s'arrêter à petites enjambées régulières. Je ne vois plus que ses talons : il disparaît sous la charge. Corneille Jest, très entraîné lui aussi, suit sans aucune difficulté. Pour lui, c'est une promenade. Pour moi, c'est autre chose. Nous avalons ainsi plusieurs collines. « Le culte des anciens madjis dit que pour gagner le paradis, il faut franchir sept collines. » Toutes les demi-heures à peu près, Sarkiman s'arrête sur un « chawtara », une plate-forme de repos. Ce sont des pierres plates arrangées de telle sorte que le porteur puisse facilement poser sa hotte. Ces haltes aménagées par les autochtones sont placées entre deux gros arbres qui ne sont pas là par hasard. Corneille Jest me livre la tradition :

— C'est toujours une marque de bon augure ou de mérite que de construire de telles plates-formes. Et on y plante deux ficus : l'un, le Pipal, qui est le figuier sous lequel Bouddha a trouvé l'éveil, et l'autre, le Bahr, qui n'a pas tout à fait la même structure. Le Bahr est mâle et le Pipal femelle, c'est-à-dire que le premier représente l'homme et le second la femme. Lorsqu'ils ont atteint deux mètres de haut, la communauté vient, précédée d'un prêtre et d'un couple de la région qu'on désire marier. Le futur époux prend place devant le Bahr et la jeune fille devant le Pipal. On les réunit par des fils comme on réunit les deux arbres, et on pose sur le front des futurs époux et sur l'écorce des deux arbres la tika, c'est-à-dire l'empreinte de poudre vermillon qui est le signe du respect. Ainsi les jeunes gens et les deux arbres sont mariés en même temps. Les arbres grandissent ; on a ainsi en permanence le symbole de la pérennité et de la fidélité.

Entre deux bouffées de cigarette, Sarkiman ajoute que, « pour unir les deux arbres, il faut qu'ils aient bien pris, c'est-à-dire qu'ils soient en âge de se marier. » Puis, notre porteur jette son mégot, s'adosse à la hotte en fléchissant légèrement sur ses jambes, replace le bandeau de la hotte sur son front et soulève la lourde charge. Nous repartons.

C'est à Timal, dans la vallée où nous allons, que le CNRS recrute la plupart de ses porteurs, en majorité des Tamangs. Sarkiman se présente toujours comme un Tamang, mais les chercheurs savent bien qu'il est madji, c'est-à-dire de la caste des pêcheurs. Dans les vallées tropicales et subtropicales du pays, les Madjis se sont établis par groupe de 15 à 20 maisons, le long des cours d'eau, jusqu'à une altitude de mille mètres. Ils sont depuis toujours pêcheurs et bateliers. Autrefois, ils assuraient le transport des riverains et des voyageurs. Au moins une fois par jour, les bacs franchissaient la rivière, qu'il y ait des passagers ou non. Les bacs étaient établis à quatre ou cinq heures de marche l'un de l'autre. Depuis 1955, on les a supprimés, dans le cadre de la modernisation. A la place, on a mis des ponts ou des passerelles. Dès lors, la population madji s'est trouvée menacée dans son mode de vie traditionnel ; elle a été atteinte également dans sa religion puisque ont disparu, en même temps que le bac, les rituels dédiés aux divinités des eaux. Alors, les hommes se sont dirigés vers Kathmandou pour s'engager comme porteurs dans les expéditions ou dans les trekkings.

— Ça va ? me demande Corneille Jest en regardant par-dessus son épaule.

— Ça va !

Nous marchons depuis cinq heures. Là-bas, dans un trou d'ombre, une jeune femme assise derrière un bidon attend les marcheurs assoiffés. Elle nous vend une tasse de thé tibétain qui est la bienvenue. Ce thé est fait avec des briques de thé vert auquel on a mélangé du beurre battu et du sel pour faire une sorte d'émulsion très nourrissante. Quand le thé est bien chaud, on ne sent pas la matière grasse. C'est spécial, mais j'aime bien.

Sarkiman n'a même pas posé sa hotte. Nous repartons tout de suite.

Bientôt, accrochées à flanc de montagne, quelques maisons. Devant l'une d'elles, un spectacle que je n'ai jamais vu : une femme pile du riz à la manière traditionnelle. Elle utilise une poutre articulée en son milieu sur un axe horizontal, un peu comme une balançoire à ras de terre. Elle pose le pied sur l'une des extrémités de la poutre pour faire levier, et la laisse retomber. A l'autre extrémité de la poutre, un court pilon frappe dans un mortier enterré. En pompant ainsi avec son pied, la femme décortique le riz placé dans le mortier.

J'enregistre cet écho de la vie villageoise.

La nuit arrive. Nous marchons toujours. J'éprouve quelques difficultés. Sarkiman a ajouté mon magnétophone à sa charge. Enfin nous arrivons dans un village que je devine plus que je ne vois. Nous nous arrêtons sur le terre-plein d'une maison qui est celle du beau-père de notre porteur. Je m'affale sur la terre battue et ne bouge plus, mort de fatigue. Sarkiman, le sourire aux lèvres, se penche vers moi et murmure :

— Grand-père ?

Il ne se doute pas à quel point il est dans le vrai : j'ai l'impression d'avoir cent cinquante ans. Lui ne semble pas avoir marché avec nous. A peine sa charge posée, il s'affaire, déballe le matériel, prépare les nattes car nous allons coucher à la belle étoile. Il fait un feu, et quelques minutes après, nous sert omelette, pain, fromage et biscuits. Il s'occupe de nous comme un père. Pour mon plaisir, il ajoute un bol de lait caillé. Un verre de thé bouillant par-dessus, et je suis prêt pour la nuit. « Au revoir tout le monde ! »

Enfoncé dans mon duvet, je m'endors, sans savoir que je me trouve chez les Kuswars de Chaitali.

Quand le jour se lève, le spectacle est grandiose. Nous sommes installés devant une petite maison qui surplombe la rivière de deux ou trois cents mètres, et, au-dessus de nous, des sommets culminent à plus de 2 000. C'est le village d'où sont partis le père et le grand-père de Sarkiman. Depuis la disparition des bacs, ils sont restés simples pêcheurs. Ils pratiquent plusieurs techniques selon la saison. Quand les eaux sont très hautes, on ne peut plus pêcher à la ligne. On dévie alors le cours d'eau, et on place des nasses dans ces bras provisoires. Au moment des basses eaux, on pêche la nuit et les hommes vivent dans des huttes au bord de la rivière. Les Madjis consomment une petite partie du poisson, en fument une autre partie, et vendent le reste aux marchands newars qui se trouvent sur le sentier ou sur la route.

La toilette du matin est forcément sommaire. Quand, dès l'aube, une femme a déjà fait une heure de marche en montagne pour aller chercher une jarre d'eau, on n'a guère le cœur à l'utiliser en deux minutes pour prendre une douche.

Corneille Jest est prêt. Il est assis, pensif, sur une pierre plate. Il admire ce paysage qu'il connaît pourtant si bien. Je trouble sa rêverie :

— Vous ne vous lassez pas de ce décor ?

— Non. Sans doute parce qu'ici, et depuis toujours, l'homme a cherché des réponses à des questions de survie. L'essentiel de la nourriture dépend des deux ou trois mois de mousson. Tout le reste est un appoint plus ou moins problématique. Les arbres que vous voyez là produisent des fleurs. Ces fleurs sont mangées. Là, dans ce pot, à côté de la grand-mère, fermentent des sortes d'asperges sauvages qui seront utilisées comme assaisonnement. Il y a une exploitation systématique des ressources de la forêt en altitude.

— C'est encore l'une de ces contrées où l'on ne peut pas tricher.

— Non, c'est impossible.

Sarkiman a vu que je peinais, hier soir, et il a demandé à l'un de ses neveux de nous accompagner pour porter ma charge. C'est un gosse de treize ans à peine, dont les mollets sont à peine formés. J'ai un peu honte. Mais le gosse prend la hotte et part allégrement sur le sentier. Nous remercions nos hôtes, et nous entamons la deuxième étape. Le soleil commence à se faire respecter. Nous montons, nous montons toujours. Enfin, vers quatorze heures, nous apercevons Parsel, accroché là-haut, et la maison de Sarkiman qui semble être la plus haute de toutes.

La famille n'attendait pas le maître de maison. La joie est réelle mais les effusions sont rapides et discrètes. Sa charge à peine posée, Sarkiman s'occupe de nous. Il nous offre à boire, à manger. Assis sur le petit banc de pierre, nous admirons ces montagnes qui nous écrasent. A trois mètres, devant nous, la mère de notre porteur est assise par terre et tresse une natte en paille de riz avec un métier tout à fait archaïque. N'ayant pas de terres irrigables, Sarkiman a obtenu de ses voisins une botte de paille. En échange, il rendra d'autres services. Le maître de maison est d'ailleurs venu s'asseoir à côté de nous. J'aimerais connaître un peu mieux ce petit homme. Je lui pose quelques questions.

Il est parti pour la première fois comme porteur, à l'âge de quinze ans, avec une expédition japonaise qui gravissait le Manaslu. Il a trouvé là une source de revenus et a décidé qu'il serait porteur. Il est allé, comme la plupart de ses amis, sur cette place de Kathmandou où autrefois se recrutaient les porteurs pour les expéditions. C'est de cette façon que Corneille Jest a trouvé Sarkiman. Mais, très vite, Sarkiman s'est fait remarquer par son dynamisme, sa gentillesse et son sens de l'organisation.

— Et voilà ! ajoute le chercheur en jetant un regard amical sur son compagnon. Je me suis attaché à lui, il s'est attaché à moi, et nous sommes devenus inséparables. Cette maison, on peut dire que Sarkiman l'a construite avec les salaires modestes du CNRS qui contribue donc à un tout petit mieux-être dans ce village du Népal central.

La maison fait douze mètres sur cinq. Le rez-de-chaussée se partage en une partie cuisine à gauche et une partie étable à droite, sans séparation. D'ailleurs, la cuisine ne comprend que le foyer et un petit muret de refend sur lequel la ménagère pose les ustensiles de cuisine. Au milieu, un escalier-échelle à sept marches conduit à un premier étage, c'est-à-dire une pièce où sont entreposées les nattes roulées, quelques couvertures et des poteries en réserve. Au-dessus encore, un espace qui n'est accessible qu'aux membres de la famille ; c'est l'endroit où l'on fait les sacrifices pour les divinités et les ancêtres. Ce sacrifice a lieu au mois de novembre.

Le bruit du pilon nous apprend que la femme de Sarkiman prépare la farine de maïs pour nous faire des galettes. Cette épouse discrète dont j'ai à peine entendu la voix a vingt-six ans et s'appelle Potali (Papillon). De temps en temps, elle a un geste plus machinal qu'agacé vers les deux enfants turbulents. L'aînée est une fillette de huit ans, et le garçon a cinq ans. Ils tournent autour de nous, très intrigués par mon magnétophone. La grand-mère, sur sa natte, le buste bien raide, s'est arrêtée un instant de travailler et nous regarde. Magnifique visage buriné encadré de cheveux blancs. Elle bourre une pipe à eau. Elle en fume quatre ou cinq par jour.

Le maître de maison a décidé de fêter dignement notre venue. En notre honneur, il a tué un poulet que sa femme prépare avec une sauce de piments, d'ail, de gingembre, de grains de poivre et de fenouil, le tout écrasé au mortier. Alors que le soleil disparaît derrière un sommet, on nous annonce que le repas est prêt. Nous entrons dans la pièce enfumée, et nous nous asseyons par terre, le long du mur. A côté de moi, la bufflesse se laisse traire pour assouvir ma gourmandise. Le repas tient toutes ses promesses. Les voisins avaient promis qu'ils viendraient pour la veillée, et ils sont venus. Leurs visages dansent à la lueur des flammes du feu de bois : des visages flétris, des visages glabres ; il n'y a que des hommes. Corneille Jest, avec tact, leur demande s'ils accepteraient de chanter quelques airs traditionnels que je pourrais enregistrer. Les hommes se font un peu tirer l'oreille, par timidité sans doute. Enfin, dans le silence, l'un d'eux, le plus âgé, lance les premières notes ; les autres le suivent. Ces chants sont entrecoupés par quelques solos de guimbarde joués par le frère de Sarkiman. Puis, on se met à bavarder, on plaisante, l'atmosphère se détend. Tout naturellement, Corneille Jest fait son métier d'ethnologue. Il évoque avec les gens de Parsel le temps, encore proche, où l'on célébrait la cérémonie propitiatoire du bac ; et celle, toujours vivace, du Pitr', dévotion particulière portée à l'âme des morts qui doivent revenir parmi les vivants dans l'année qui suit le décès. Pendant quatre jours, on célèbre une suite de rites appelée « ésarat ». A la nuit tombante, quatre groupes d'hommes s'en vont dans la direction des quatre orients pour appeler le Pitr', c'est-à-dire l'âme du mort, en portant un plat de feuilles contenant des offrandes de riz et de bananes. Puis, parents, alliés et amis entrent dans la maison du mort et les deux tambours se mettent à battre sans arrêt pendant que l'assistance chante. Durant quatre jours, le Pitr' va se manifester en prenant possession d'un vivant. A Parsel, trois femmes ont déjà été possédées plusieurs fois par le Pitr'. Le dernier jour, on confectionne deux récipients ronds, des barques en feuilles appelées « khala ». On y dépose des modèles réduits d'objets propres à l'homme défunt — bateau, filet de pêche, ou, si c'est une femme, spatules, éléments de métier à tisser. On ajoute des éclats de pin, qu'on allume, et on laisse alors partir ces barquettes sur la rivière. Ainsi, l'âme du mort s'éloigne définitivement. Aussitôt après, deux bouffons parcourent le village, brandissant des filets de pêche pour capturer les jeunes filles. Lorsqu'un Kuswar meurt loin de chez lui, un membre de sa famille tombe malade et entre en transes, ce qui est signe de malheur. Il faut alors absolument retrouver le cadavre. Si c'est impossible, le Pitr' peut, au moment de la cérémonie, révéler la façon dont il a disparu. Lorsqu'un Kuswar perd sa mère, pendant un an, il ne boit pas de lait, ne mange pas de piment ni d'aliments préparés avec de l'huile ; et il n'assiste à aucune fête.

Dans la pénombre, les jeunes Madjis écoutent les vieux. Maintenant qu'ils sont lancés, ils pourraient en raconter ainsi pendant des heures et des heures. Mais le feu tombe et il est l'heure d'aller se coucher. Les voisins s'évanouissent dans l'obscurité. Nous, nous montons à tâtons au premier étage où sont installés nos sacs de couchage. Un coq dort tout près de ma tête ; qu'importe !

A cinq heures, le lendemain, je suis réveillé en sursaut par un « cocorico » à bout portant. C'est le réveil écologique le plus original que j'aie jamais connu. Dans un moment, il fera jour, et la femme de Sarkiman se lèvera pour aller à la source chercher sa première charge d'eau.

Nous sommes rentrés à Kathmandou le jour de la procession de la déesse Kangueshwari. C'est un grand jour pour le peuple newar. Coincée entre les hautes montagnes du Mahabharat qui barrent la route de l'Inde et l'infranchissable Himalaya qui ferme la route de la Chine, cette vallée est devenue, malgré sa faible surface, le centre du développement économique, culturel et historique du Népal. Les Newars qui l'habitent depuis des temps immémoriaux sont les dépositaires de cette extraordinaire civilisation : ils sont ces charpentiers inspirés, ces sculpteurs imaginatifs, ces architectes étonnants que l'on appelait autrefois au Tibet et en Chine. Ils sont ces artisans raffinés, ces artistes subtils, ces orfèvres, ces peintres délicats, ces écrivains, ces médecins, ces juristes, ces prêtres érudits. Constructeurs de temples et de monastères, ils ont placé très haut une civilisation que le progrès tente de gommer, depuis que le Népal s'est ouvert au monde.

Pour excuser l'intrusion touristique, on est tenté de dire que la vallée de Kathmandou est l'un de ces hauts lieux qui appartiennent au patrimoine mondial. Plus compréhensible est la présence des spécialistes qui étudient les possibilités de sauvegarder de telles richesses. Corneille Jest et son équipe ne cessent de tirer la sonnette d'alarme depuis une douzaine d'années, depuis que, sous leurs yeux, ces temples, ces pagodes, ces bassins sacrés, ces sculptures de bois tendre, ces fresques murales, cèdent, peu à peu, sous les assauts répétés de la mousson. Au mois de mars 1978, un groupe d'experts de l'UNESCO est venu sur place pour apprécier l'ampleur des dégâts et l'urgence des travaux à entreprendre. Ma présence au sein de ce groupe me permit de voir comment le chercheur plaida sa cause pour convaincre d'abord et obtenir peut-être les aides qui permettront de conserver des richesses qu'il défend comme son bien propre. Sans obséquiosité, dosant parfaitement les efforts des visiteurs et orchestrant les visites comme une partition de musique, Corneille Jest présente, souligne, détaille, mais aussi se tait devant la beauté qui ne s'explique pas, devant le crime du temps qui se passe de commentaire. Les experts de l'UNESCO contemplent, jugent, déplorent.

Panaotti est situé sur le confluent de deux rivières qui se rejoignent en un endroit sacré. La ville entière s'inscrit dans une sorte de triangle où se retrouvent, tous les douze ans, comme en Inde, les fidèles de la Makar Méla.

Gérard Toffin, ethnologue de l'équipe, travaille depuis des années sur cette civilisation newar. Il raconte :

— Toutes les cités, même les bourgades newars, sont très structurées. La rue comprend toujours des éléments publics, par exemple ces plates-formes qui servent à faire stationner les divinités quand on les promène, ou à faire de la musique, le soir. Dans la journée, on y joue aux cartes, on y fait de la vannerie ou du tissage. Des danses rituelles sont données sur des estrades placées également à des points précis de la ville. Les temples sont répartis eux aussi d'une manière très stricte. Ici, à Panaotti, une sorte de ceinture de temples disposés aux huit différents orients éloigne de la ville les épidémies, la sécheresse ou autres fléaux. Chaque divinité protège une portion de l'espace.

Les experts auscultent chaque monument, évaluent les dégâts ; le temps s'est montré ici particulièrement sévère, et les hommes semblent avoir baissé les bras devant l'ampleur de la tâche à accomplir. Le temple dédié à Indreshwar, l'un des plus anciens de cette vallée, est aussi l'un des plus abîmés. Pour le restaurer, l'UNESCO tente en ce moment de rassembler des fonds.

Après avoir déambulé dans les ruines du palais royal, nous arrivons près d'un temple qui fut sûrement une merveille : Bagwati. Une troupe de canards souille sans vergogne la cour et les statues. Plaqués aux murs, des armes et des boucliers en peau de rhinocéros. Le revêtement extérieur en briques moulées a presque totalement disparu et, si les boiseries subsistent encore, c'est parce que les chercheurs du CNRS ont demandé, l'an dernier, à la municipalité de les mettre à l'abri. Pour sauver ces chefs-d'œuvre, matériaux et main-d'œuvre peuvent facilement être trouvés sur place. Mais ce qui fait cruellement défaut, c'est un programme de restauration et surtout des fonds pour le mener à bien.

— Venez ! nous dit Corneille Jest, nous allons entrer dans un « chok ».

Le chok est un groupe d'habitats structuré autour d'une cour ; ici, c'est une cour carrée d'une dizaine de mètres de côté, avec un puits au milieu. Les bâtiments à trois étages sont tous sur le même modèle : le rez-de-chaussée sert d'étable ou de réserve pour les commerçants, et les étages d'habitation sont de plus en plus sacrés au fur et à mesure qu'on monte.

Gérard Toffin précise :

— Il y a eu d'abord un seul bâtiment. Puis, la famille se subdivisant, les autres côtés se sont construits et, vers 1880, le carré était fermé. Le chok est donc une affaire de famille, ou plutôt de clan ; il était rare qu'un étranger vienne habiter dans le chok.

Pour pouvoir établir l'historique de cet habitat, la généalogie de ses occupants, Gérard Toffin a séjourné plus d'un an à Panaotti.

Il lui a d'abord fallu se faire accepter par la population et devenir lui-même un peu newar.

Si l'on devait citer les qualités principales de l'ethnologue, je crois qu'il faudrait nommer en premier l'humilité. Le chercheur doit toujours s'effacer derrière l'objet de sa recherche. Plus que tout autre, il doit être prêt à admettre, à tolérer, à comprendre les autres, à démonter le mécanisme des comportements humains. Il doit rester un observateur et résister à l'envie de juger par rapport à notre civilisation. Gérard Toffin, bien enfoncé dans la civilisation newar, garde la modestie et la timidité d'un apprenti « thésard ». Pas très grand, le regard protégé par ses lunettes, il semble toujours prêt à s'excuser d'en savoir tant lorsqu'on lui demande une explication. J'imagine les difficultés qu'un tel garçon a dû rencontrer pour entrer en contact avec les populations. Pourtant, lorsque nous sommes arrivés à Panaotti, la première question que les habitants ont posée à Corneille Jest a été : « Et Gérard Toffin, où est-il ? Il n'est pas avec vous ? Il ne revient pas ? » Cet homme tranquille avait donc fait son trou, avait marqué sa place dans la communauté newar. Comment s'y était-il pris ?

— Oh ! avoue-t-il, j'ai connu diverses expériences. J'ai d'abord passé une année dans le village de Pyangaon. Difficile, très difficile ! C'était un village endogame, fermé sur lui-même, avec une structure clanique très cohérente. J'ai eu beaucoup de mal à me faire admettre. De plus, ce village était divisé en factions qui s'affrontaient constamment. Donc, en essayant de m'intégrer à un clan, fatalement j'étais rejeté par les autres. Au début, on m'a assigné une maison à l'extérieur du village, chez une veuve qui vivait avec son neveu.

— Mais comment, dans ces cas-là, démontrer sa bonne foi, son désir de faire connaissance ? Y a-t-il une recette ?

— Oui. La patience. Il faut se mettre à vivre la vie de ceux que l'on veut atteindre, apprendre leur langue, leurs techniques. Après seulement, on peut aborder les phénomènes plus complexes comme le mariage, la vie religieuse. Pour ce qui me concerne, j'ai vraiment vécu la vie du village. Quand les gens allaient aux champs, j'allais aux champs ; quand il y avait des fêtes, je participais aux fêtes, aux processions. Certes, je n'arrêtais pas de poser des questions, mais je répondais aussi à celles qu'on ne manquait pas de me poser. C'est un échange permanent, une sorte de troc. Si à Pyangaon je peux dire que l'expérience a été dure, en revanche, à Panaotti, le contact s'est établi tout de suite ; j'ai été accepté d'emblée ; je me suis fait des amis dans plusieurs familles et dans plusieurs castes. A aucun moment, on ne m'a témoigné de l'hostilité. J'ai même pu pousser assez loin mes recherches sur la religion : certains prêtres tantriques ont accepté de me révéler quelques secrets.

— A Panaotti, vous habitez seul ou dans une famille ?

— Seul ; mais il y a tout le temps du monde chez moi : des voisins, des amis, des informateurs.

— Vous faites vous-même votre cuisine ?

— Non, quelqu'un s'occupe de ça, mais étant donné le principe des castes, avoir un domestique, c'est très bien admis, c'est même normal.

— Le fait que vous soyez obligé, par profession, de fréquenter toutes les couches de la société, du brahmane à l'intouchable, ça ne choque pas les gens ?

— Bien sûr, on m'a plusieurs fois posé la question : « Pourquoi t'intéresses-tu aux pêcheurs, aux tanneurs, aux bouchers ? Pourquoi vas-tu discuter avec eux ? Pourquoi veux-tu entrer dans leurs maisons ? Elles sont impures. » Mais après avoir développé mes arguments — et j'y passe souvent des soirées — ils arrivent à admettre mon point de vue et me disent : « Après tout, tu as raison, la société newar est très diverse. » Ce sont les femmes, gardiennes de la tradition, qui comprennent le moins bien.

Après huit ans d'études, Gérard Toffin estime qu'il ne sait de cette société que bien peu de choses. Combien d'années de sa vie consacrera-t-il à démonter le système des castes et des danses rituelles ? J'entends déjà les questions : « En quoi cela est-il important, pour nous Occidentaux ? Cette connaissance est-elle indispensable pour l'équilibre du monde, la survie de l'humanité ? » Je réponds : « Oui ! oui, cette connaissance est indispensable pour la survie de l'humanité ! Oui, l'homme occidental est condamné à apprendre qu'il existe sur terre d'autres hommes, d'autres coutumes, d'autres religions, tout aussi respectables que les siennes. Si l'homme occidental, aveuglé par sa puissance économique et technologique, continue à les ignorer, le monde basculera, et sa « civilisation » dont il est si fier sombrera dans le chaos. » Méditons encore sur une pensée de Paul Valéry : « Les peuples se touchent d'abord par leurs hommes les plus durs, les plus avides, ou bien par les plus déterminés à imposer leurs doctrines et à donner sans recevoir ce qui les distingue des premiers. Les uns et les autres n'ont point l'égalité des échanges pour objet, et leur rôle ne consiste pas le moins du monde à respecter le repos, la liberté, les croyances ou les biens d'autrui. Leur énergie, leurs talents, leurs lumières, leur dévouement sont appliqués à créer ou à exploiter l'inégalité. Or, il faut nécessairement mépriser les gens, parfois avec bonne conscience, pour s'employer à les réduire ou à les séduire. Au commencement est le mépris [1]. » Il nous est difficile de rejeter ce mépris qui est en nous, cette fallacieuse supériorité qui tient en un mot que l'on brandit comme un hochet : le progrès. Ce progrès que nous ne savons même pas maîtriser car nous avons, « au suprême degré, le sens de l'abus [2] ». Nous ne comprenons pas que le peuple chinois, qui a inventé la boussole, ne l'ait pas utilisée pour conduire une flotte au-delà des mers et maîtriser de nouvelles contrées. Nous ne comprenons pas que ceux qui ont inventé la poudre n'aient pas, en même temps, fabriqué des canons.

1. P. Valéry, *Regards sur le monde.*
2. *Id.*

C'est un scandale pour nous ! Et voilà sûrement toute la différence qu'il y a entre l'Occident et l'Asie ! L'Asiatique dissipe la poudre en artifice et en vains amusements ; nous, nous voulons des choses plus intenses, plus rapides, plus précises, plus surprenantes. Toute la question est de savoir si notre monde moderne se fera un point d'honneur de détruire en quelques années, peut-être en quelques secondes, toutes les valeurs créées par des siècles de tâtonnements et d'expériences.

A Panaotti, sur le seuil de leurs échoppes, les artisans s'escriment en vain à remonter les siècles. Les orfèvres, les tisserands, les tailleurs, les sculpteurs s'entêtent à refaire les gestes de leurs ancêtres, tout en utilisant la bassine en plastique et en écoutant le transistor qui déverse le flot d'informations et de musique de Radio-Népal. Ici, la tradition et le progrès se fréquentent sans avoir l'air de se connaître. Une caravane de vingt femmes passe devant nous. Chacune d'elles porte une charge de bois de vingt-cinq kilos qu'elle vendra 15 roupies. En échange, achètera-t-elle du riz ou l'un de ces gadgets qui la tentent depuis si longtemps ?

— Voulez-vous boire un verre de thé et vous restaurer un peu ? demande Corneille Jest aux délégués de l'UNESCO.

Ils acceptent, sans trop savoir ce qui les attend.

Nous entrons, en nous courbant, dans une minuscule échoppe sans ouverture. Nous prenons place sur des bancs. Quelques marchands, quelques paysans discutent autour de nous. La patronne, assise par terre près de l'entrée, puise à coups de louche dans un bidon noir de mouches. A côté d'elle, un jeune homme aplatit dans ses paumes de mains un morceau de pâte et le lance sur une plaque chaude pour faire des galettes.

— Une galette avec du lait caillé et un verre de thé ? propose Corneille Jest.

Busquement, les deux experts américains n'ont plus ni faim ni soif. Quant à moi, cédant à ma gourmandise, j'entretiens délibérément ma parasitose.

Brusquement, les deux experts américains n'ont plus ni faim ni de richesses artistiques. C'est un véritable musée vivant, aux ruelles très pittoresques. Nous débouchons sur la place du palais aux cinquante-cinq fenêtres. Une équipe de charpentiers fabrique avec ardeur les roues des chars pour les processions de la fin du mois de Tsaït, c'est-à-dire le nouvel an népalais. Et quelles roues ! 2 m 50 de diamètre, 25 cm d'épaisseur, et pleines, bien entendu. Les ouvriers taillent de profondes saignées dans le bois pour joindre les différents morceaux par des tringles de fer. La roue, au Népal, existe depuis le XVIIe siècle, mais seulement pour les chars de processions ; dans son usage courant, elle n'est arrivée qu'avec l'automobile. Baktapur compte soixante-quatre quartiers. Chaque quartier a sa divinité qui est promenée dans la cité, lors des fêtes. Puis, les deux grandes parties de la ville s'affrontent dans une bataille où la musique et la poudre vermillon remplacent les armes ; cette bataille symbolise l'union sexuelle des divinités. L'ensemble de ces fêtes s'appelle le « bisket ».

Des temples à chaque coin de rue, des statues géantes, des maisons aux façades en bois admirables... la ville entière est une œuvre d'art. C'est pour cette raison que le gouvernement allemand a apporté son aide à la restauration de cette cité ; une équipe d'architectes allemands travaille ici depuis sept ans. Corneille Jest nous explique le principe de cette restauration :

— Il existe un comité népalais qui dresse la liste des travaux, fixe les priorités et communique ses informations à l'équipe allemande, qui exécute. On reconstruit selon les plans anciens, ou on restaure, mais en ajoutant l'adduction d'eau, le sanitaire, et les égouts.

C'est ce magnifique exemple de sauvegarde que Corneille Jest veut montrer aux représentant de l'UNESCO. Ceux-ci apprécient en connaisseurs. Devant un petit temple en très mauvais état qui néanmoins fait l'objet d'un culte quotidien, je m'adresse à l'un des experts américains :

— Une chose me frappe. C'est à la fois cette religiosité intense, inébranlable, qui est plutôt un mode de vie, et la vision de ces temples qui tombent en ruines sans que la population semble y prêter attention. N'y a-t-il pas là une contradiction flagrante ?

L'architecte américain réfléchit un instant, puis répond :

— Oui, pour nous cette attitude a, en effet, quelque chose de paradoxal. Il est très émouvant de constater cette union spirituelle entre l'homme, la nature, les objets de son passé et les animaux qui l'entourent. C'est une espèce de communion, d'unité qui, pour nous, n'a plus grand sens aujourd'hui, mais qui a dû exister jadis, en Occident, quand tout prenait une signification spéciale. Et ce qui est étrange ici c'est que précisément cette signification, tellement sensible partout, ne soit pas accompagnée d'un désir de maintenir l'unité physique des monuments, des bâtiments. Il y a là comme une rupture incompréhensible, une contradiction matérielle.

— Ne pensez-vous pas que ces populations vivent dans une telle intimité avec la religion que le temple ne représente plus un monument à préserver à tout prix, mais un simple objet du quotidien ? Or, le quotidien est destructible.

— Autrefois, le monument restait bien ancré dans la vie de tous les jours ; il était créé, recréé, rafraîchi. Ces monuments que nous voyons ici ont été édifiés il y a des centaines d'années et ils ont été restaurés au cours des siècles, parce que la restauration faisait partie du culte lui-même. Mais où sont les monuments d'aujourd'hui ? Le ciment, le plastique arrivent jusqu'ici, et c'est sûrement ça l'ennemi qui pénètre, qui ronge peu à peu la créativité. Regardez ces sculptures, ces boiseries exquises d'autrefois ! En fait, ce qui semble disparaître, c'est le désir, l'instinct du beau qui animait ces constructions. Voilà le drame !

Nous allons vers le quartier des potiers, de la caste des kumas ; autre attraction de Baktapur. L'artisan a, devant lui, une roue de bois d'un mètre cinquante de diamètre, placée à l'horizontale, presque à ras de terre. Il lance cette roue avec un bâton et imprime ainsi une rotation qui dure environ quatre minutes. Dès que la roue est lancée, l'ouvrier place vivement son bloc de terre sur le centre de la roue, et « lève » son vase, le façonne, le fignole, le tout dans les quatre minutes de rotation de la roue. La poterie est ensuite mise dans un four très élémentaire enfoui sous un tas de paille, et cuite à plus de sept cents degrés.

Le lendemain, dès huit heures du matin, l'équipe d'experts poursuit son programme : Banépa, Kirtipur, Bodnath. Lieu de pèlerinage bouddhiste et tibétain, Bodnath possède l'un des plus beaux stupas existant. Le stupa est un monument qui représente les quatre éléments : la terre, l'eau, le feu et l'éther. Sur une base de quarante mètres de côté, repose une demi-sphère surmontée de treize étages qui figurent les treize paradis. L'ensemble a une trentaine de mètres de hauteur. Le culte consiste à faire cent huit fois le tour du stupa dans le sens des aiguilles d'une montre, en agitant les moulins à prières qui sont encastrés dans les parois des quatre faces. On offre aussi des flots de tissus sur lesquels sont imprimés des prières. Ces tissus exhibés en guirlandes donnent un air de fête permanente au monument. Au-dessus de la demi-sphère, deux immenses yeux nous scrutent, qui symbolisent l'omniscience. Autour du stupa, des commerçants vendent des objets du culte et des objets souvenirs aux pèlerins, aux touristes. Des hommes oisifs jouent avec des cauris et des allumettes. En abattant les cauris sur le sol, ils poussent des « han » de bûcheron qui teintent de comique ce jeu sérieux où l'on joue de grosses sommes.

Je grimpe jusqu'au haut du stupa. Sur l'une des plates-formes, deux Européens convertis au bouddhisme prient dans la position du lotus. Toges safran et crânes rasés, ces hommes viennent en Asie chercher ce que l'Occident ne leur a pas donné, mais ils ne sont pas pris très au sérieux par les autochtones ni même par les moines tibétains qu'ils veulent imiter. Quand j'ai demandé à Sarkiman ce qu'il en pensait, il a eu ce petit sourire qui en dit long, puis, il m'a expliqué qu'il voyait là une sorte de travestissement de mauvais goût qu'il n'appréciait pas. Evidemment, personne ici ne s'aviserait de faire quelque remarque désobligeante ; le Népalais est foncièrement courtois et tolérant. L'un des meilleurs exemples de cette tolérance, c'est le syncrétisme naturel de l'hindouisme et du bouddhisme. Cette interpénétration est des plus frappantes pour le profane.

— Pas seulement pour le profane, intervient Corneille Jest, mais aussi pour le chercheur occidental ; on ne comprend pas toujours le problème posé par les statues qui représentent les divinités. Le télescopage de ces deux religions s'explique peut-être par la mentalité du Newar ; c'est un homme très introverti qui, sans doute, pour se protéger des forces extérieures, a tenté de s'allier toutes les divinités connues, qu'elles soient bouddhistes ou hindouistes.

Dans toute la vallée, le tremblement de terre de 1934 a fait des dégâts considérables, mais c'est à Patan que le désastre a été le plus grand. Le palais royal fut entièrement détruit, mais il fut reconstruit. D'après la tradition, Patan est édifié sur le plan d'un diagramme magique. Cette cité bouddhique compta cent huit monastères. Notons, en passant, que le nombre cent huit revient souvent dans la conversation népalaise pour évoquer une grande quantité, la multitude.

Corneille Jest me conduit au monastère des serpents. Nous passons de cour en cour pour arriver au temple de Lokeshwara. Jusqu'au XIVe siècle, l'entretien de ces temples et de ces monastères était assuré par les religieux eux-mêmes. Puis, à partir du XVe siècle, ces hommes se sont mariés et la plupart d'entre eux sont devenus bijoutiers. Beaucoup exercent encore ce métier, mais ils s'occupent, en même temps, des temples, surtout au moment des fêtes religieuses. C'est la caste des sakyas. C'est chez l'un de ces bijoutiers que nous allons maintenant. Il fabrique des objets du culte tibétain : vases à offrandes, moulins à prières, etc. Comme Corneille Jest le connaît depuis très longtemps, l'artisan nous fait l'honneur de nous inviter dans ses appartements. Nous nous déchaussons et grimpons au deuxième étage dans une petite pièce tapissée d'images pieuses, de photos de lamas, de peintures sur papier, de guirlandes de couleurs. Nous buvons le thé, assis sur un petit matelas. Puis nous redescendons dans le minuscule atelier. Il y a là un fourneau enfoui dans le sol, quelques outils, un bac à eau fait avec un vieil accumulateur, une étagère et un gros coffre-fort moderne sur la porte duquel est collée l'image d'une divinité — protection plus sûre que n'importe quelle serrure. L'artisan, assis à terre, jambes croisées, martèle doucement le métal. Son fils, dans la même posture, polit une bague destinée aux touristes. Il saisit la bague entre ses deux gros orteils qui forment étau, et astique vivement.

Dans le même quartier, les batteurs de cuivre forgent les trompes télescopiques tibétaines, et la caste des doulous fabrique des tambours ; cette caste est en voie de disparition. Plus loin, le boucher, avec une hache, découpe sa viande sur le trottoir.

On peut se demander pourquoi un si petit pays attire tant de chercheurs de toutes disciplines. La réponse se trouve dans l'avion qui vous conduit de Delhi à Kathmandou. Dès le départ de la capitale indienne, vous voyez devant vous se dresser le mur de l'Himalaya. Mais regardez plus près, là, sous l'avion ! Voyez ces immenses marches d'escalier qui montent jusqu'à la barrière neigeuse. Vous laissez d'abord la plaine du Gange et vous survolez les premières collines — celles des contes de Kipling. La deuxième marche, plus haute — 4 500 m — c'est la Mahabharat. Voici ensuite la grande dépression de la vallée de Kathmandou avant de remonter très vite

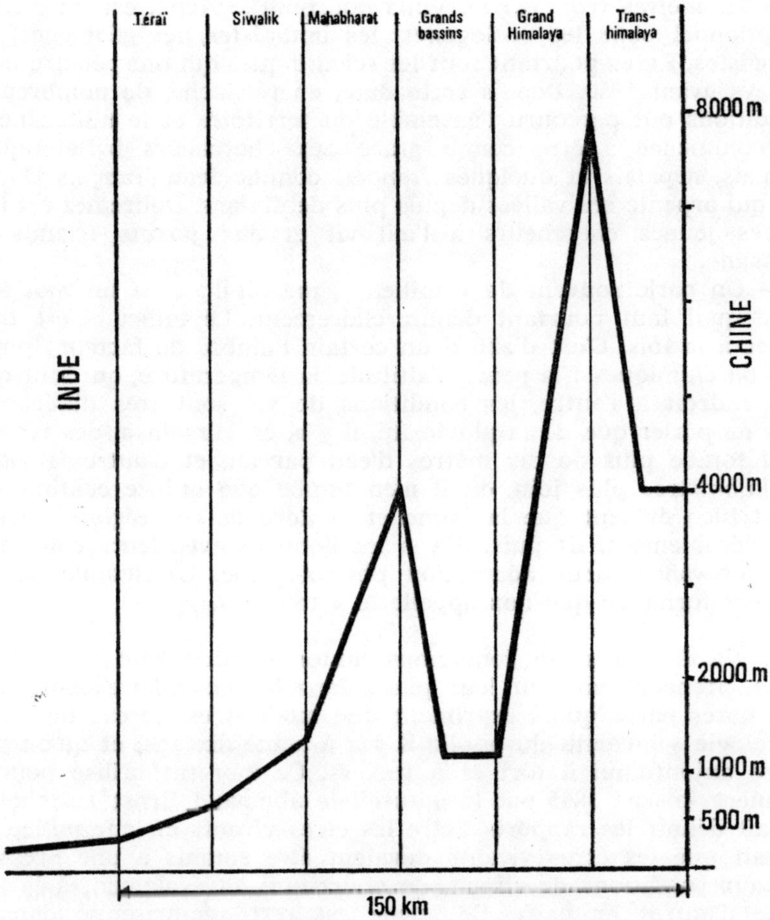
Téraï
Siwalik
Mahabharat
Grands bassins
Grand Himalaya
Trans-himalaya
8000 m
4000 m
2000 m
1000 m
500 m
INDE
CHINE
150 km

pour heurter le toit du monde. Enfin, derrière les géants, la frange étroite des hauts plateaux, un monde isolé, perdu : c'est le Transhimalaya. Regardez aussi les couleurs de la terre, qui varient à chaque marche. Le Népal est une mosaïque extraordinaire de milieux physiques qui juxtapose l'Equateur au pôle Nord, en moins de deux cents kilomètres (*voir carte*). Voilà pourquoi le Népal est un terrain exceptionnel pour les écologistes, les botanistes, les géologues, les zoologistes. Rares pourtant sont les scientifiques qui ont pénétré dans ce pays avant 1950. Depuis cette date, en revanche, de nombreuses expéditions ont parcouru l'ensemble du territoire et le milieu népalais commence à être connu grâce aux chercheurs britanniques, japonais, népalais et quelques français comme Jean-François Dobremez qui arpente ces vallées depuis plus de dix ans. Dobremez est l'un de ces jeunes chercheurs à l'œil vif et aux jarrets friands de montagne.

— On parle souvent de « milieu », me dit-il ; c'est un mot à la mode qu'il faut pourtant définir clairement. Le milieu, c'est trois choses à la fois. C'est d'abord un certain nombre de facteurs physiques ou chimiques : la pente, l'altitude, la température, qui font que, d'un endroit à l'autre, les conditions de vie sont très différentes. Pour ne parler que de la pluviosité, il y a, en Himalaya, des régions où il tombe plus de dix mètres d'eau par an, et d'autres régions, dix kilomètres plus loin, où il n'en tombe que quinze centimètres. Il est bien évident que la faune et la flore de ces régions varient considérablement. Et puis, il y a les hommes avec leurs coutumes, leurs croyances, leur adaptation physiologique. L'ensemble de ces facteurs forme ce que l'on appelle le « milieu ».

Il y a des mots qui, longtemps cantonnés dans leur ghetto technique, prennent un jour leur place dans le vocabulaire courant et font florès parce qu'ils expriment une mode. C'est le cas du terme « écologie » inconnu du public il y a à peine dix ans, et qu'on prononce aujourd'hui à tort et à travers. Ce mot fut utilisé pour la première fois en 1866 par le naturaliste allemand Ernst Haeckel. Il voulait définir les rapports entre les êtres vivants et leur milieu ; il pensait que les êtres vivants devaient être soumis à une pression due aux conditions de climat, de nourriture, et également à la présence d'autres animaux. Ce terme est resté emprisonné dans le vocabulaire ésotérique des spécialistes pendant un siècle. Et soudain, on a réalisé que l'homme était un être vivant comme les autres, subissant les mêmes pressions. Si, dans les pays privilégiés comme le nôtre, il ne connaît pas les problèmes de nourriture ou de climat, il subit les pressions économiques et sociales ; sa vie est dirigée par des contraintes extérieures. L'euphorie de l'industrialisation, ce paradis espéré, nous a fait oublier que nous sommes les victimes toutes désignées de notre milieu. Nous avons cru que nous avions tout surmonté, que nous pouvions mener librement notre vie. Mais l'homme n'est pas le maître de son milieu ; c'est dans un pays comme le Népal, où les hommes doivent s'adapter à la nature, que l'on comprend cette contrainte. Ici, la flore dicte sa loi à l'homme. Dans cette petite région du monde, on dénombre plus de sept mille espèces de plantes à fleurs, alors que la France, considérée pourtant comme ayant une flore très riche, n'en possède que quatre mille quatre cents.

Jean-François Dobremez explique cette richesse de la flore népalaise :

— L'est du Népal, les confins de l'Assam, de la Chine du Sud, sont certainement l'un des endroits du monde où sont apparues, il y a quelques centaines de millions d'années, les premières plantes à fleurs ; c'est ce qu'on appelle un centre d'évolution et de dispersion des plantes à fleurs. Par exemple, les rhododendrons de nos montagnes européennes atteignent péniblement la taille d'un mètre cinquante. Au Népal, ce sont des arbres de cinq, dix, quinze mètres, selon l'altitude. En France, il existe deux espèces de rhododendrons. Il y en a trois en Asie Mineure, cinq dans l'ouest du Népal, dix dans le centre du Népal, trente dans l'est du Népal, quatre-vingts au Sikim et trois cent cinquante dans le sud de la Chine. Il y a là une sorte de bouillonnement d'espèces nouvelles qui, peu à peu, migrent dans toutes les directions. L'Himalaya est particulièrement intéressant car ces espèces peuvent migrer vers l'est ou vers l'ouest en s'adaptant à des altitudes différentes. Si bien que, sans altimètre, en regardant seulement les rhododendrons, un botaniste peut savoir à quelle altitude il se trouve. Il en est de même avec la faune. Un bon observateur peut être renseigné sur sa position en regardant les oiseaux. On compte au Népal plus de mille espèces d'oiseaux, c'est-à-dire deux fois plus qu'en France, qui est pourtant un milieu de passage important. Quant aux mammifères, ils sont tout aussi variés. Dans le Sud se cache le tigre, le rhinocéros, l'éléphant ; en haute altitude on trouve les mammifères des steppes de l'Asie centrale, le yak sauvage, le daim musc, l'antilope du Tibet...

— Et le yéti ? dis-je ironiquement.

— Et le mystérieux yéti ! reprend le chercheur. Certains y croient, oui.

Je pense alors à la conversation intéressante que j'ai eue dans le jardin de l'hôtel Manaslu avec Robert Rieffel, un ami de Corneille Jest.

Robert Rieffel, après avoir été très longtemps représentant d'Air France en Asie, a décidé de prendre sa retraite au Népal. Mais cet homme d'action, nerveux, fébrile même, n'allait pas faire de sa retraite une longue plage de repos. Il est sûrement de ceux qui connaissent le mieux toutes les pistes, toutes les vallées du Népal. Il vient d'écrire un ouvrage qu'on considère comme un guide, mais qui est à mon avis plus que cela[1]. A propos du yéti, Robert Rieffel me répondait le plus sérieusement du monde :

1. *Le Népal* (R. Rieffel), Edition Delta.

— Et pourquoi pas ? Rien que le fait que des expéditions entières aient été financées pour la recherche de cet animal énigmatique prouve qu'il y a là un problème qui mérite d'être traité autrement que par un haussement d'épaules et un sourire ironique. La preuve n'est absolument pas faite que cet animal n'existe pas. Pourquoi ne pas admettre alors l'existence de mammifères en voie de disparition, vivant dans ces zones peu fréquentées ? Si les études de certains zoologues ont quelque fondement, cet animal pourrait être rangé dans la famille des singes, de ceux qui sont en voie de disparition, c'est-à-dire le gorille et l'orang-outang. S'il n'existe dans l'Himalaya qu'un très petit nombre d'individus, on peut répondre à la question ironique « pourquoi ne l'a-t-on jamais vu et jamais photographié ? » : c'est parce qu'il y en a peu.

Jean-François Dobremez m'indique qu'au Népal, la flore s'arrête au même niveau que les hommes, vers 5 000 m. On a pourtant trouvé une plante à fleur qui bat tous les records d'altitude ; une sorte de primevère qui fleurit sur les glaciers à 6 350 m. Quant aux animaux, la championne de l'altitude est certainement cette oie sauvage qui passe parfois au-dessus des sommets les plus hauts. Les hommes ne peuvent la regarder qu'avec envie.

La vallée de Kathmandou n'offre qu'un des visages du Népal : le plus souriant. 94 % des habitants vivent d'agriculture, d'élevage, et forment une société essentiellement rurale. Ces hommes rudes, dont l'espérance de vie ne dépasse guère quarante-sept ans, cultivent des petits champs disposés en terrasses dans des vallées encaissées. Leur village agrippé à mi-pente sur le versant le moins exposé aux glissements de terrain rassemble une communauté qui subsiste dans un site splendide mais inhospitalier.

Jean-François Dobremez a souvent vécu la vie villageoise des montagnards de toutes les altitudes.

— Une famille moyenne d'agriculteurs montagnards regroupe sept personnes : les parents, les grands-parents et trois enfants. La superficie cultivée pour nourrir cette famille c'est, tenez-vous bien, un cinquième d'hectare, deux mille mètres carrés. Pour arroser ce terrain minuscule, quatre mois de pluie : de juin à septembre ; la période bénie des dieux. Quelque temps avant le début de la mousson, toute la famille, même les enfants, prépare les rizières : il faut labourer, souvent à la main, cette terre qui n'a pas reçu d'eau depuis huit mois et qui est dure comme du ciment. Quand la pluie arrive, on peut enfin repiquer le riz qu'on avait semé le long d'un ruisseau où il restait un filet d'eau. A partir de ce moment-là, c'est un travail ininterrompu pour toute la famille. Il faut entretenir le terrain, surveiller les digues, les oiseaux qui sont attirés par les jeunes pousses, les voisins qui parfois s'attribuent plus d'eau qu'ils n'en ont le droit ; bref, un travail du lever au coucher du soleil. Dans le même temps, sur les pentes les plus raides, on sème un peu de maïs, quelques haricots et un peu de millet. Vers septembre, il faut ramasser tout ça. Les champs sont en général très éloignés de l'habitation, car les villages sont groupés en altitude pour des raisons de défense et de situation des sources. Si bien que les champs sont parfois mille mètres plus bas, et en septembre, du matin au soir, on voit toute la famille remonter des hottes pleines de quoi survivre pendant toute l'année. Durant les huit autres mois, les hommes iront chercher du travail ailleurs, à Kathmandou ou à l'étranger, car il n'y a plus rien à faire dans la vallée.

Plus haut, dans le Nord, les populations d'origine tibétaine mènent une vie encore plus dure. A 4 000 m, il ne leur reste guère que l'élevage, et encore, avec des animaux qui ont su s'adapter. Un zootechnicien français, M. Bonnemaire, est allé passer les mois d'alpage en altitude avec les éleveurs népalais, pour tenter de dresser un inventaire des types génétiques du bétail. Il me parle de cet animal si curieux : le yak.

— C'est un bovin assez allongé, avec une bosse au niveau du garot, de longues franges de poils et une queue comme celle du cheval. De plus, ce bovin ne beugle pas mais grogne, comme un cochon. Ses longs poils sont utilisés dans certaines régions pour tisser des tentes et des cordages. La queue du yak est souvent vendue sur les marchés comme objet décoratif. Autrefois, cette queue, teintée, était un emblème de chef. Le yak est, de tous les mammifères domestiques, celui qui est le mieux adapté à l'altitude. C'est lui qui descend le dernier vers le village quand la neige commence à tomber.

L'état sanitaire du pays est en fonction de la diversité géographique des régions. Dans la plaine indo-gangétique, sévissent évidemment les maladies tropicales. Dans les hauts plateaux tibétains extrêmement secs où la mousson n'a pratiquement pas d'influence, ces maladies disparaissent devant les multiples maladies respiratoires et rhumatismales. Dans l'ensemble du pays, l'hygiène est très sujette à caution. Il en résulte de nombreuses maladies infectieuses, en général fatales aux nouveau-nés ; la mortalité infantile est de l'ordre de un sur cinq. La tuberculose sévit aussi de manière endémique. Par ailleurs, l'infrastructure médicale est très réduite et les moyens de communications sont tels que les habitants des montagnes ne peuvent pas recourir à un médecin de formation occidentale. Pour aller au dispensaire, il faut marcher six ou sept jours. Heureusement, ces gens sont d'une robustesse peu commune ; quand on voit grimper ces frêles porteurs, on peut croire qu'ils sont d'une trempe spéciale. Mais il faut considérer que ceux que nous voyons sont le produit d'une sélection naturelle. Néanmoins, la malnutrition provoque une usure rapide ; à quarante-cinq ans, un porteur est un homme vieux.

On a l'habitude de dire en Occident que la médecine a été désacralisée par Hippocrate. En réalité, on n'a jamais désacralisé la médecine ; le médecin occidental reste en partie un magicien parce qu'il est possesseur d'un savoir. Son vocabulaire reste hermétique et s'il ne dialogue pas avec les esprits, son comportement est parfois ésotérique pour le patient. D'ailleurs, il suffit de constater la vogue de la para-médecine pour se convaincre que l'homme a besoin de cette part de mystère pour sa guérison. Si Hippocrate a tenté, par ses observations, de donner une explication rationnelle à la maladie, il a tout de même tenu compte des croyances de son époque et de ses propres croyances. Mais il ne faut pas oublier qu'à l'époque d'Hippocrate, c'est-à-dire vers le Ve siècle avant J.-C., il y avait en Asie, et depuis fort longtemps, des médecines très florissantes et très en avance sur la nôtre. Le docteur Fernand Meyer, rattaché au GRECO-Himalaya du CNRS, nous le confirme :

— Effectivement, la médecine indienne a été codifiée dans les siècles avant notre ère, et de nos jours, le malade népalais de Kathmandou a le choix, pour se soigner, entre quatre médecines d'origines différentes : la médecine tibétaine, la médecine ayurvédique venant de l'Inde, la médecine occidentale et la médecine traditionnelle pratiquée par les jahkris des intercesseurs-médiums. Encore faut-il préciser que ces jahkris peuvent être de plusieurs sortes ; il y a ceux qui, en plus du rituel d'exorcisme, donnent un médicament, ceux qui n'en donnent pas, ceux qui se contentent de prendre le mal sur eux, ceux qui entrent en transes. Il faut savoir que le mal physique est inséparable du mal psychique et qu'il y a donc possibilité d'intervention pour énormément de gens, parfois de manière concomitante. En m'occupant de mon dispensaire, je savais pertinemment que les gens qui venaient me demander des médicaments iraient ensuite directement chez le jahkri, et je n'y voyais aucun inconvénient. Lorsque j'ai travaillé avec ce médecin tibétain dont je garde un souvenir si vivace, j'ai continué à m'occuper de mon dispensaire, et souvent nous avions les mêmes clients. Il n'y a pas, là-bas, cet antagonisme qui existe chez nous entre ce que nous appelons la médecine officielle et l'autre.

— Mais alors, en fonction de quel critère le malade choisit-il sa médecine ?

— Lorsqu'il a le choix, c'est-à-dire à Kathmandou, il est évident que la médecine occidentale jouit d'un prestige indéniable. Un antibiotique sur des terrains pareils fait l'effet d'une poudre miracle. Il y a cependant dans notre médecine occidentale quelque chose de frustrant pour le malade népalais, parce qu'elle n'entre pas dans sa culture, dans sa vision des choses ; ses pensées sont habitées par des présences permanentes autour de lui, de divinités, de forces, etc. Donc, même s'il a recours à la médecine occidentale, cette manière de le soigner le laisse sur sa faim. Il y vient seulement parce que c'est efficace.

— Autrement dit, vous êtes, vous, médecin occidental, efficace, mais incomplet.

— Voilà ! J'ai eu l'occasion de séjourner chez Sarkiman, le porteur que vous connaissez. Dans son village, il y a un homme qui est un jahkri. Comme il avait à ce moment-là des enfants malades, qui avaient la diarrhée, on est venu me chercher et, naturellement, je les ai soignés. De même, chez Sarkiman, j'ai soigné ses enfants. Et puis, quelques jours plus tard, il y a eu une fête, et à la suite d'un trop copieux repas dont ils n'ont pas l'habitude, la mère de Sarkiman a fait une sorte de crise hépatique avec de violentes douleurs abdominales, des vomissements, des malaises, etc. Sarkiman ne m'a rien dit et est allé chercher le jahkri qui a fait ses exorcismes. J'ai laissé faire, et puis, après le départ du guérisseur, j'ai dit à Sarkiman : « Mais pourquoi ne m'as-tu pas demandé de soigner ta mère ? » Et Sarkiman, très étonné, m'a répondu : « Mais ça n'a rien à voir ! Ma mère n'a pas une maladie : elle est prise par un mauvais esprit. Toi, tu es un très bon médecin, mais là, ce n'est pas ton affaire, c'est celle du médium. »

— Qui sont ces jahkris ?

— Le jahkri, quel qu'il soit, a ceci de particulier qu'il a des liens privilégiés avec une divinité précise. Ces liens se manifestent par des phénomènes visibles comme l'entrée en transes, la prise de possession, etc., au moment de l'acte de guérison, ou par d'autres phénomènes invisibles ; mais l'intercesseur se définit toujours par cette relation spéciale qu'il a avec la divinité. Et c'est cette divinité qui lui donne la possibilité de guérir ; ce n'est pas du tout un savoir, c'est un don ; il n'y a pas de prédestination, il n'y a pas de famille de jahkris ; n'importe quel enfant peut naître avec ce dont ou n'importe quel adulte, un jour, peut être visité par la divinité qui lui conférera ce don. On n'est donc pas jahkri par lignée familiale, mais lorsqu'un enfant manifeste certains dons on le place en général chez un médium expérimenté, qui va développer ces dons.

— C'est donc une pratique essentiellement spirituelle ?

— Absolument. Beaucoup de jahkris ne donnent pas de médicaments. C'est pour cette raison qu'on ne peut l'appeler médecin. Il peut intervenir pour toute autre raison qu'une maladie ; pour un rituel, une mauvaise récolte, une épidémie, tout ce qui nécessite l'intercession auprès des divinités.

— Quand un jahkri reçoit un patient qui se plaint d'un mal quelconque et que, moyennant quelques formules, quelques incantations, le mal disparaît, que pense le médecin occidental que vous êtes ?

— Vous savez, ce n'est quand même pas tellement surprenant. Nous pouvons observer ce même phénomène en Occident. Nous avons l'expérience de malades qui sont soulagés rien qu'en venant nous voir, et personnellement, je ne suis pas toujours convaincu que ma thérapeutique soit la seule cause de la guérison. Il y a là des formes de passages entre des facteurs purement psychologiques et un phénomène organique, comme l'infection — et encore, qu'est-ce que la résistance à l'infection ? Il est vraisemblable qu'un jour on découvrira des éléments psychologiques dans la résistance à l'infection.

— En Inde, à Bénarès notamment, on peut voir sur les ghâts du Gange des ghâté-badia, sortes de guérisseurs spécialisés qui, en vous tâtant le pouls, peuvent prédire l'heure précise de votre mort. Que pensez-vous de cela ?

— Ceci est un élément culturel qu'on retrouve dans toute l'Asie. Le fait de prédire l'heure de la mort est important parce qu'il faut s'entourer d'un certain nombre de précautions rituelles. Au Tibet, les médecins, en même temps que leurs études médicales, faisaient des études d'astrologie, parce que ces deux fonctions étaient indissolublement liées. Au niveau du diagnostic, on s'était rendu compte qu'un certain nombre de maladies étaient liées non pas aux astres, mais aux saisons, à certains phénomènes météorologiques. D'autre part, il fallait que l'on puisse prévoir le moment précis de la mort, car des circonstances de cette mort dépendrait la renaissance ultérieure de la personne. Et dans la tradition de la médecine tibétaine, il faut que le médecin puisse établir un pronostic sûr ; si la mort est inéluctable, il doit en annoncer le moment précis. Cette coutume, assez incompréhensible pour nous, se comprend très aisément dans le contexte culturel asiatique.

J'ai voulu faire la connaissance d'un jahkri, ou plutôt d'un dhami, l'un de ces intercesseurs auxquels 80 % de la population du Népal a recours. C'est Tirtha Bahadur Shresta, un professeur de botanique, spécialiste des plantes médicinales et chargé de recherches au CNRS, qui m'a accompagné à Rudanilkanta, sur les montagnes qui dominent la vallée de Kathmandou. Nous grimpons à 1 800 m d'altitude, sur un promontoire avec vue imprenable, où est construite la petite maison du dhami. Quand nous arrivons chez lui, l'intercesseur n'est pas là ; il est descendu pour donner une consultation. Nous l'attendons sous l'auvent. A son retour, Tirtha Bahadur lui demande une consultation afin que je puisse me rendre mieux compte de la pratique du guérisseur. L'homme, encore un peu essoufflé, s'assoit sous l'auvent. Il doit avoir une cinquantaine d'années. Son visage et ses mains sont très ridés. Il demande à Tirtha Bahadur qui se plaint du ventre de s'installer devant lui, les jambes croisées. Il lui prend le pouls à la main droite, puis à la main gauche. L'interrogatoire commence et dure cinq bonnes minutes. Puis, le dhami affirme qu'il peut guérir cette maladie, mais que le patient doit revenir dans quatre jours ; c'est le temps qu'il lui faut pour aller cueillir les plantes nécessaires à la guérison.

Je demande si le dhami n'a pas chez lui un stock de plantes. Il paraît que non. Je profite de l'interruption pour savoir s'il soigne toutes les maladies.

— Oui, et même la tuberculose, répond le dhami.

— Sa connaissance n'est pas héréditaire, mais il est resté onze ans chez un guru de Calcutta, qui a perfectionné son art de guérir. Lui-même pourra transmettre à ses enfants la connaissance des plantes, mais il ne pourra révéler les « mantras[1] » qui l'accompagnent.

Le dhami soulève ensuite la chemise de Tirtha Bahadur, se renseigne sur le point précis où réside le mal, approche sa bouche du ventre du patient, murmure quelques phrases inaudibles et, par trois fois, souffle fortement sur le point douloureux ; il poursuit ses prières, et resouffle trois fois ; ainsi alternativement, souffle et mantra, pendant deux minutes. A la fin, le dhami passe sa main droite sur le ventre de Tirtha Bahadur et frictionne très légèrement. Il baisse la chemise : l'intercession est terminée ; Tirtha Bahadur pourra venir chercher dans quatre jours le médicament qui lui assurera la guérison définitive.

La médecine ayurvédique est un système médical indien qui a connu et connaît encore un essor extraordinaire. Au cours des siècles, elle s'est propagée dans toute l'Asie et jusqu'en Mongolie. Elle essayait d'établir des bases scientifiques à partir d'observations rationnelles des phénomènes, en utilisant la filiation naturelle de cause à effet. Elle s'inscrivait du même coup contre la médecine traditionnelle des intercesseurs, qui fait appel à des phénomènes surnaturels. Dans la médecine ayurvédique, on trouve toute une gamme de représentants, depuis les médecins les plus érudits jusqu'aux plus humbles praticiens de village. L' « ayurved » a ses hôpitaux, ses universités, ses maîtres et ses étudiants. Un diplôme sanctionne la fin de quatre ans d'études. La littérature sur la médecine ayurvédique est abondante. La base de cette science est donc écrite, mais son interprétation est personnelle ; ce qui fait qu'il y a de bons et de mauvais médecins. A Kathmandou, il existe une école avec hôpital ayurvédique et un département ayurvédique est rattaché au ministère de la Santé. Dans chacun des soixante-quinze districts du Népal se trouve un centre ayurvédique. Cette médecine se fonde sur la connaissance du malade. En plus de ses connaissances anatomiques et physiologiques, le médecin utilise beaucoup les plantes et aussi les produits animaux : bile d'ours, graisse de tigre, les minéraux, l'agate, le cristal, l'or, l'argent. La différence qui existe peut-être entre la médecine ayurvédique et la médecine occidentale, c'est que cette dernière soigne la maladie alors que l'ayurvédique soigne le malade. Néanmoins, les succès spectaculaires de la médecine occidentale ont fait un tort considérable à la médecine ayurvédique ; certains médecins ayurved n'hésitent même plus à glisser dans leurs ordonnances quelques médicaments occidentaux très efficaces pour maintenir le prestige de leur art.

Enfin, le Népalais peut également avoir recours à la médecine tibétaine.

Très tôt, les Tibétains, qui représentaient une force considérable

1. *Mantra* : formule sacrée.

en Asie, se sont intéressés au bouddhisme et ont fait venir chez eux des érudits, des religieux indiens. Avec eux arrivaient non seulement l'enseignement religieux, mais d'autres éléments culturels où ils étaient passés maîtres : l'astrologie, la rhétorique, la poésie et surtout la médecine. Vers le VIIe ou IXe siècle, on a commencé à traduire au Tibet des ouvrages de médecine ayurvédique. Mais les Tibétains ne se sont pas contentés de cet enseignement : ils y ont ajouté des éléments de la médecine chinoise : la prise du pouls, l'examen des urines, et quantité d'autres choses qui venaient de leur propre fonds culturel. L'ensemble a donné la médecine tibétaine. Là encore, l'utilisation des plantes est considérable. Quant au médecin tibétain lui-même, j'ai demandé au docteur Meyer s'il était possible d'en brosser un portrait.

— Je crois qu'on ne peut pas le présenter comme un moine érudit possédant un savoir quelque peu ésotérique. Une mauvaise littérature qui tourne autour du Tibet a donné une fausse idée de ce médecin. En fait, il existe tous les intermédiaires entre le moine érudit et le petit médecin de campagne qui connaît peu de choses et utilise peu de plantes. Mais il faut souligner le fait que rares sont les médecins qui n'exercent pas une autre fonction. Ils peuvent être en même temps agriculteurs, commerçants, artisans. Guérir ne représente qu'une partie de leur emploi du temps. Dans un quartier de Kathmandou, exerce le médecin tibétain chez qui Fernand Meyer a passé plus de deux ans ; ils ont noué des liens de grande amitié. J'ai voulu connaître cet homme : Amchila Kunzang, quarante-huit ans. En dehors de ses activités médicales, il exerce le métier d'ébéniste et de décorateur sur bois. Il tourne, il peint des boîtes, des masques, des objets destinés aux touristes. Mais, chaque jour, de 8 à 11 heures, il soigne trente à quatre-vingt-dix malades. C'est un personnage souriant au visage paisible.

Nous entrons dans ce qu'on peut appeler la pharmacie de son dispensaire. Une grande pièce de 3 m sur 5, tapissée d'étagères jusqu'au plafond, sur lesquelles sont alignés bocaux, sacs de toile, paquets de plantes réduites en poudre, minéraux broyés, pilules déjà prêtes ; le tout soigneusement rangé, étiqueté. Amchila est en train de préparer un médicament dans lequel entrent soixante-dix produits différents : il en est très fier. Cette formule, longtemps recherchée, est l'une des grandes joies d'Amchila Kunzang car elle pourra soigner, sinon toutes les maladies, du moins un grand nombre. En regardant cet homme tranquille, persuadé de sa mission humanitaire, j'ai cru percevoir ce qui avait retenu pendant deux ans le médecin occidental. Fernand Meyer confirme mon impression :

— Ce qui m'a frappé chez cet homme, c'est son extraordinaire disponibilité. On peut venir le déranger à n'importe quelle heure du jour et de la nuit, sans qu'il vous demande jamais rien, puisqu'il a pour but de préserver la vie, qui ne peut, en aucun cas, se monnayer. Il ne fait jamais payer ses consultations. Les gens paient le médicament puisqu'il faut bien acheter les plantes, et rémunérer ceux qui les broyent, les conditionnent sous forme de poudres, de décoctions, de pilules, mais l'acte médical est toujours gratuit. De plus, cet homme prodigue ses connaissances sans compter : pendant deux ans, nous avons travaillé ensemble tous les jours, et il m'accordait deux ou trois heures, en plus de son travail normal de médecin et d'artisan du bois. Combien d'enseignants européens qui sont payés pour ça transmettent leurs connaissances avec cette intensité ? La bonté que cet homme dégageait a été pour moi un très grand enseignement.

— Mais cette nouvelle formule composée de soixante-dix ingrédients, dont il est très fier, elle tient un peu de l'alchimie ! Qu'en pense le médecin occidental ?

— Ce système médical tire ses racines de la médecine scientifique indienne traditionnelle. Elle a dû forcément incorporer un certain nombre d'éléments découlant de l'environnement culturel. A côté de telle plante qui est incontestablement efficace pour tel désordre organique, il y a, c'est vrai, quelques préparations qui se perdent un peu du côté de la magie ; par exemple, l'utilisation des métaux précieux ou des pierres précieuses est courante dans la médecine dite religieuse. Certains rituels confèrent aux médicaments des propriétés surnaturelles : et, à la limite, on peut dire que ce n'est plus tellement le médicament qui compte, mais la bénédiction qui a été conférée à ce médicament au moment du rituel. La formule qu'il prépare actuellement utilise l'or, la turquoise, la perle, quantité de métaux et de pierres qui font que le médicament revient très, très cher. Quand ce médicament sera terminé, pour qu'il soit véritablement efficace, il lui faudra encore la bénédiction d'un grand lama. On se rend compte alors que cette forme de médecine va puiser à d'autres sources que celles de la science pure et pénètre dans le domaine magico-religieux. Il existe même des rituels de danses masquées où, à la fin de la cérémonie, d'expulsion du démon, l'officiant distribue des médicaments, sur lesquels on a récité des formules qui leur ont conféré l'efficacité.

Fernand Meyer est actuellement en poste dans un service de réanimation à Strasbourg. Il se retrouve donc de plain-pied avec les réalités de notre monde contemporain, et travaille avec des moyens très sophistiqués. Je me suis demandé si un homme qui avait vécu pendant plus de deux ans dans un système si éloigné du nôtre pouvait ensuite reprendre une activité normale sans être quelque peu perturbé.

— Je crois, répond-il, qu'on ne peut plus voir les choses exactement de la même façon. Mais nous, Occidentaux, restons fortement imprégnés de notre culture. On a beau s'en détacher quelque temps, on la retrouve avec une sorte de fierté inconsciente, en tout cas de facilité déconcertante.

— Vous n'avez quand même pas oublié la médecine d'Amchila Kunzang ?

— Certes non, puisque je vais soutenir une thèse sur la médecine tibétaine. Je pense que cette médecine asiatique peut nous aider énormément à comprendre l'homme. Il semble que nous ayons très bien compris l'homme sur le plan physique et chimique, mais ce que nous apprend la médecine asiatique, ce sont les mécanismes de pensée de l'homme. Il est toujours intéressant d'observer la manière dont une autre culture a essayé de comprendre le phénomène de la maladie, la manière dont elle envisage l'équilibre des relations médecin-malade : c'est en cela que cette médecine peut éclairer la nôtre ; parce qu'enfin, qu'est-ce que l'état de bonne santé ? Qu'est-ce que guérir ? Qu'est-ce que soulager ? Nous ne le savons pas encore...

En quittant Kathmandou pour la énième fois, Corneille Jest a laissé des consignes à Sarkiman :

— Dans quelques jours arriveront les géologues. Il faut se procurer du matériel, des vivres pour leur mission. Il faut changer ceci, réparer cela !

A titre de gratification, le patron a acheté à son porteur un rouleau de tuyau en plastique pour faire arriver l'eau de la source jusque chez lui, enfin d'économiser les efforts de sa femme.

Tous les détails sont réglés. Corneille Jest est allé faire sa tournée de visites officielles dans les ministères et les ambassades. Ainsi, lorsque les ethnologues, les géologues, les botanistes, les médecins arriveront, ils trouveront un terrain préparé. En ouvrant son carnet, Corneille Jest a constaté que, dès son arrivée à Paris, il devrait accomplir de nombreuses démarches, assister à plusieurs réunions nationales ou internationales, présider des commissions, rédiger ses notes restées en souffrance, écrire une préface pour le livre d'un jeune chercheur, établir de nouveaux contacts, planter des jalons. Il devra être de retour ici, dans deux mois, pour une autre mission. Entre-temps, il aura peut-être pris quelques jours de vacances avec sa femme et ses enfants, dans l'Aveyron où il a une maison. Dans ce court moment de rupture avec ses activités scientifiques, somnolera-t-il ou ira-t-il à la pêche ? Sûrement pas. Il s'occupera d'un groupe de « vacances insolites en Aveyron ». Pourquoi une telle activité, un tel désir de créer des liens ? Parce que des hommes comme Corneille Jest estiment que la seule façon de conserver notre patrimoine humain universel, c'est la connaissance de l'Autre.

L'ESPOIR EST AU FOND DE LA MER

La mer, la mer, toujours recommencée !

Paul VALÉRY, *Le cimetière marin.*

Octobre 1870. Dans une modeste chambre d'hôtel, un homme est penché sur une bassine et observe les petits animaux marins qu'il a récoltés sur la grève. Depuis quelques années, il vient, trois mois par an, à Roscoff, petit village du Finistère, attiré par la profusion et la diversité des animaux de la zone des marées. Et un projet taraude l'esprit d'Henri Lacaze-Duthiers, professeur de zoologie à la Sorbonne : créer, là, un laboratoire maritime destiné à la prospection approfondie de la faune et de la flore. Commencer, d'abord modestement, en louant une petite maison où les installations seraient rudimentaires.

Octobre 1977. « Le directeur de la station biologique de Roscoff autorise M. Arnaut à venir travailler au laboratoire. Le titulaire devra annoncer son arrivée à l'avance à l'administration. » Ballotté par les secousses d'un autobus qui suit les replis de la côte bretonne et s'arrête dans tous les patelins, je relis ma feuille de séjour. Les choses ont dû sérieusement changer à Roscoff en un siècle !

Il est 21 heures. Nous ne sommes plus que deux dans l'autobus. Tout au bord, un personnage assez massif occupe la large banquette. Son regard est absent derrière ses lunettes. En appuyant mon front contre la vitre, j'essaye de deviner le paysage. Dans la pénombre, Roscoff découpe ses maisons de pierre qui affrontent vaillamment les assauts de la mer. Les pignons des toits pointus et le clocher de l'église dressent leurs coiffes de dentelles sur un fond de ciel faiblement éclairé par un quartier de lune.

Le personnage du fond m'a entendu demander au chauffeur l'adresse de la station biologique. Il élève la voix, sans bouger de place :

— Vous allez à la station, Monsieur ?

— Oui.

— Moi aussi. Je vous indiquerai.

Je vais le rejoindre. Il se présente, la main tendue :

— Vasserot. Zoologiste.

— Arnaut. Je viens faire un reportage sur la station et les chercheurs.

— Ah ! C'est amusant. Ce qui l'est beaucoup moins, c'est qu'à cette heure-ci nous n'allons rien trouver à manger.

— Il n'y a pas un restaurant...

— Vous avez vu le patelin ? A huit heures du soir, ici, tout est bouclé. Plus un chat dans les rues. Enfin ! On va bien voir.

A la station, le gardien m'accueille :

— M. Arnaut ?

— Oui.

— Chambre 69.

Ascenseur. Troisième étage. Sur une porte, une carte de visite « R. Arnaut ». On m'attendait. Une chambre très agréable donnant sur la mer que je distingue à peine. J'ouvre la fenêtre. Les mouettes invisibles m'acclament.

Vasserot frappe à ma porte :

— Si on ne tarde pas trop, je connais un endroit où nous trouverons peut-être une assiette de coquillages et une omelette.

Jean Vasserot est un de ces chercheurs passionnés que tout intéresse. Il parle, mais pose aussi beaucoup de questions ; j'ai l'impression que c'est lui le journaliste. J'apprends qu'il arrive du Canada, d'où il a pu ramener quelques espèces. Mais les animaux ont souffert pendant le voyage et dans sa baignoire, à Paris. Il me raconte son Japon ; je lui raconte mon Afrique. Nous sympathisons, et le vin blanc est excellent.

Le lendemain matin, je peux enfin admirer le paysage. A marée basse la mer découvre beaucoup et laisse émerger l'île de Batz. A huit heures, je descends. On bouge discrètement dans le bâtiment. La station s'anime. De longs couloirs ripolinés. Des portes s'ouvrent sur des stalles où coulent des robinets d'eau de mer. Dans des bacs, flottent des homards, des langoustes. Le bureau du directeur se trouve dans l'ancien bâtiment.

Comme tous les directeurs de laboratoires, le professeur Joseph Bergerard est un homme fort occupé. Il partage ses activités entre le laboratoire du CNRS de Roscoff et son laboratoire universitaire à Paris. Trois jours par semaine en Bretagne, trois jours dans la capitale ; et cela depuis vingt-cinq ans. On commence à le connaître sur la ligne Morlaix - gare Montparnasse. C'est un homme corpulent, ouvert, aimable, d'une grande faconde, qui a participé à l'extension de cette station biologique, l'une des plus réputées du monde.

— Pourquoi un reportage sur la biologie marine ? me demande-t-il à brûle-pourpoint.

— La mer est devenue science, économie, industrie, philosophie, politique. La mer est devenue la clef du futur. Au fait, depuis quand l'homme s'intéresse-t-il scientifiquement à la mer ?

— On fait de la biologie marine depuis un siècle environ. C'est de 1870 à 1875 qu'on a vu cette floraison de petits laboratoires le long des côtes des pays développés pour permettre l'observation d'animaux qu'on connaissait déjà du point de vue systématique. Les premières grandes croisières océanographiques datent de la même époque.

— Il y a eu du changement à Roscoff depuis Lacaze-Duthiers !

— Ah ! Quoique certains bâtiments sont restés intacts. Nous ne parlons pas de l'équipement, évidemment.

— Pourquoi avait-il choisi Roscoff ?

— Roscoff se trouve à un point de la côte où les différences de températures de la mer entre été et hiver sont très faibles. Dans ces conditions, beaucoup d'organismes venant aussi bien de l'Atlantique Nord que du Sud sont tolérés. Mais la station a toujours eu autre chose d'exceptionnel : on y fait de la recherche fondamentale, mais aussi de l'enseignement et de la recherche d'accueil [1]. Nous avons en permanence une moyenne de trente à quarante étudiants en stage, français ou étrangers. Il y a une trentaine de chercheurs permanents et un nombre équivalent de chercheurs de passage qui poursuivent des travaux personnels ou collaborent avec nos permanents. Ce qui est exceptionnel, c'est qu'un étudiant peut manger, à la cantine, à côté des plus grandes sommités, inabordables en d'autres lieux, et échanger des idées très enrichissantes, le temps d'un repas.

— Mais les chercheurs sont tout de même isolés, ici.

— Le problème de tous les laboratoires maritimes est, en effet, celui de l'isolement. Il n'y a pas beaucoup de distractions, et pour les jeunes, le soir, ce n'est pas très folichon, je l'admets. Mais on ne vient pas à Roscoff pour s'amuser. Nous avons une vie intellectuelle intense. Cependant, cet accueil permanent des étudiants et des chercheurs étrangers a fait disparaître, en partie, l'inconvénient de l'isolement. Vous allez voir que la station n'a rien d'un couvent. Allez seulement à la cantine ! On n'y chante pas que des cantiques.

— Laboratoire d'accueil, par tradition ?

— D'abord, oui. Ensuite parce qu'à l'heure actuelle la recherche est un domaine « pointu » ; le chercheur doit se spécialiser. Et la confrontation avec d'autres chercheurs ne peut être que profitable à tous. Nos recherches sont scindées en deux grandes branches : l'océanographie et la biologie marine. Demain, notre bateau, le *Pluteus,* va sortir. Je vous conseille d'en profiter.

Revêtu d'un ciré et de bottes, je monte, ou plutôt je descends à bord, car, à marée basse, le pont du bateau est en contrebas par rap-

1. Le centre d'études d'océanographie et de biologie marine du CNRS est associé au laboratoire de zoologie expérimentale de l'université de Paris VI.

port au quai. Les chercheurs s'équipent et préparent leur matériel : tables pliantes, instruments, tamis, bassines. Louis Cabioch, à la fois directeur adjoint de la station et spécialiste de l'exploration des fonds, surveille l'embarquement. A peine le *Pluteus* a-t-il quitté le quai que j'attire Louis Cabioch dans la cabine du bord.

— C'est une sortie de routine ?

— Si l'on peut dire. Depuis cinq ou six ans, nous procédons à un dragage systématique de la Manche pour dresser un inventaire faunistique.

— On connaît cette mer depuis assez longtemps ?

— C'est l'une des plus étudiées, depuis deux siècles. Mais la connaissance de la description des espèces ne donnait pas leur distribution et leur affinité écologique. Il nous fallait une connaissance globale de cette mer, qui a l'avantage d'être un modèle écologique remarquable. Elle réunit à la fois des systèmes de vitesses de courants et leurs conséquences sédimentaires : une succession de sédiments très variés, dans des conditions climatiques différentes, de l'entrée de la Manche jusqu'à la mer du Nord. Il y a un intérêt pratique. Cette mer est, hélas, menacée d'un certain nombre de pollutions, et elle suscite des intérêts divers : la pêche, l'extraction de graviers et autres projets plus récents. Il faut donc savoir, d'un point de vue écologique, ce qu'on peut faire ou ne pas faire. Sans une connaissance du milieu, nous ne pouvons fixer ni une politique, ni un cadre juridique. Depuis 1972, nous avons opéré deux mille cinq cents actions de dragage.

— Certains de vos collègues disent qu'il y a, dans les greniers de la station, toute la Manche mise en bocaux, soigneusement étiquetés ?

— C'est vrai. Nous avons ainsi la description d'un territoire qui doit appartenir pour moitié au patrimoine national, avec l'application de la règle des deux cents milles [1].

— Puisque vous connaissez cette mer par cœur, pourquoi poursuivez-vous les actions de dragage ?

Le chercheur breton sourit de ma naïveté :

— Une fois l'exploration générale terminée, il s'agit de savoir comment fonctionne cette machine : les animaux ont des relations entre eux, une reproduction, une dynamique propre à chaque population qui constitue les peuplements. C'est cette étude qui nous intéresse maintenant, après avoir sélectionné les sites dans la première phase.

— Aujourd'hui, vous avez à bord un bel exemple de la pluridisciplinarité du laboratoire !

---

1. Tout pays riverain possède une zone de pêche réservée dans la limite de ses eaux territoriales. Cette zone est de 200 milles (370 km environ) pour la France. Le 1/1/77, les pays de la CEE ont décidé de créer une zone maritime communautaire de 200 milles au large de la mer du Nord et de l'Atlantique Nord.

— Il y a des océanographes, des algologues, mais il en manque beaucoup. Nous allons faire des prélèvements quantitatifs sur les sables de la baie de Morlaix, pour l'étude des populations des espèces qui interviennent dans les chaînes alimentaires, car elles sont dévorées par certains poissons. Et puis nous récolterons des algues sur les fonds à grandes vitesses de courants.

Les marins viennent de jeter la drague, sorte de filet plombé à cadre métallique. Le cadre touche le fond, arrache, creuse, soulève, et le dépôt s'accumule dans le filet. La drague remonte. Belle récolte ! A bâbord, Mme Cabioch et M. Magne, entourés d'étudiants, sont déjà à leur table de tri, avec leurs tamis. Ils mettent dans des seaux certains petits organismes et rejettent le reste.

— Pourquoi rejetez-vous tout cela ?

— Parce que ça ne nous intéresse pas, mais ce sont des organismes vivants qui peuvent se réinstaller et repousser.

— Que cherchez-vous ?

— Ces petites algues calcaires. Nous étudions leur croissance. Nous savons qu'elle est très lente et que leur sédiment ne se renouvelle pas très vite.

— Vous ne faites que du tri ?

— Oui. Nous initions les étudiants au tri des petites espèces. Cela ne peut se faire qu'à bord.

Parmi ces étudiants, un couple semble particulièrement attentif. Ce sont des algologues égyptiens qui préparent leur doctorat d'État.

— Comme nous travaillons au Caire, nous n'avons pas l'occasion de faire des sorties en mer. C'est pourtant très important dans notre métier.

— Vous faites un long séjour à Roscoff ?

— Trois ou quatre ans.

La pluie nous flagelle. Une petite pluie fine renforcée par le vent. Les chercheurs n'ont pas l'air de se soucier de ce grain.

— C'est assez fréquent et gênant, pour les appareils surtout. Quand on fait route dans la lame, on se fait copieusement rincer !

— Quelles sont les difficultés de ce travail à bord ?

— C'est de ne pas se prendre les pieds dans les câbles. Vous voyez, il y en a partout. C'est de l'acrobatie ; surtout quand le pont est jonché d'algues, comme aujourd'hui. Faites attention ! Accrochez-vous.

A l'arrière s'est installée l'équipe du phytoplancton, Jean-René Grall et Catherine Riaux, avec leurs instruments de mesure. Je me renseigne sur le phytoplancton.

— La mer est une sorte de soupe qui contient énormément de particules en suspension pas toujours visibles à l'œil nu. Le phytoplancton est une partie de ce tout flottant. Il est constitué de très petites algues microcellulaires d'une taille voisine de 20/1000 de millimètres. Mais ces algues jouent un rôle analogue à celui de la végétation terrestre chlorophyllienne. C'est un fixatif de l'énergie solaire, c'est-à-dire que le phytoplancton utilise le soleil pour fabriquer de la matière vivante végétale. Cette matière organique est capable de se reproduire très rapidement à certaines périodes et dans certaines conditions : elle peut doubler de volume en vingt-quatre heures.

— Où vous conduit cette recherche ?

— Directement à des applications pratiques. Au début du siècle, quand les Anglais ont commencé à étudier le phytoplancton, on ne se doutait pas des applications sur lesquelles pouvaient déboucher ces études. Aujourd'hui, on sait que le phytoplancton est la source de la vie, l'aliment de base, le début de la chaîne alimentaire. C'est aussi la source de l'oxygénation de la mer. Ces connaissances permettent, par exemple, de maîtriser les cultures d'algues qui sont l'alimentation d'organismes marins très divers. Les Anglais et les Américains ont même industrialisé cette culture ; ils ont créé de véritables fermes d'élevage d'algues pour alimenter des mollusques, des huîtres, des moules. C'est donc une chaîne alimentaire très courte qui va du soleil à la plante, de la plante au mollusque et du mollusque à l'homme.

Les phytoplanctologues vont, à présent, effectuer un prélèvement d'eau de mer dans une bouteille spéciale munie de deux clapets qui s'ouvrent et se ferment sur commande, et coulissent sur un filin. En outre, cette bouteille est équipée d'un thermomètre, pour obtenir la température de l'eau. Tous ces paramètres sont indispensables. La bouteille est à la mer. Le « Messager », qui est le poids déclencheur des clapets, vient de partir. La bouteille remonte. Aussitôt, Catherine Riaux et Jean-René Grall se mettent au travail.

— L'opération consiste à prélever le phytoplancton. Ensuite, par différentes méthodes de filtrage, à recueillir sur une membrane à très fine porosité tout ce qui est en suspension dans cette eau. La séparation de cette matière vivante et du déchet se fait par des analyses chimiques, et ces contrôles doivent être faits sur le bateau, immédiatement, car la matière vivante est très fragile.

Nous rentrons dans la soirée, à marée basse. Je flâne encore sur la grève en enregistrant les oiseaux de mer qui viennent se nourrir. Un paysan avec sa charrette ramène sa provision d'algues. Le goémon reste l'engrais le plus apprécié des agriculteurs côtiers ; sa cueillette est réglementée.

Le jour baisse. L'horloge du clocher sonne six heures. Au bout du couloir du troisième étage, un vacarme joyeux et inhabituel. On inaugure le foyer. Deux chercheurs offrent un pot en l'honneur de leur entrée officielle au CNRS.

— La création d'un foyer est utile, me confie un jeune zoologiste. On doit pouvoir connaître ses confrères autrement qu'en les croisant dans les couloirs.

— Que viendrez-vous faire dans ce foyer ?

— Nous détendre, un peu, le soir, prendre un verre, parler, jouer aux cartes, une partie de ping-pong, n'importe quoi, mais se retrouver ; nous déconnecter, ne serait-ce qu'une heure.

Le lendemain matin, ma première visite est pour le service de bactériologie. Dans un grand aquarium à double fond, un volume de sable est placé en percolation et en circuit fermé. Une nourriture soluble et bien assimilée y entretient une population de bactéries dont les modifications sont étudiées en fonction de certains paramètres. Un œil inexpérimenté comme le mien ne voit que peu de chose dans cet aquarium.

Simone Chamroux et Georges Boucher s'amusent de la curiosité déçue qui se lit sur mon visage.

— On ne voit presque rien, en effet. Les bactéries sont surtout importantes par leur activité métabolique, parce que les cellules bactériennes ont un pouvoir d'adaptation et un pouvoir de survie extraordinaires dans les conditions les plus extrêmes. Les bactéries se multiplient à une très grande vitesse. Si rien ne les arrêtait, en quelques heures, elles auraient recouvert la terre. Heureusement, il y a des facteurs limitants.

— Le rôle des bactéries est primordial pour la transformation de la matière organique, insiste Georges Boucher. Sans leur intervention, les sédiments seraient inutilisables par les autres organismes vivants.

— Excusez mon ignorance, mais je pensais que la bactériologie s'intéressait surtout à la pollution.

— Pas au niveau de la bactériologie marine. On ne peut pas dire, évidemment, qu'il n'existe aucune bactérie polluante dans les milieux marins et surtout dans les milieux côtiers. Mais nous, nous étudions les bactéries associées à l'eau de mer : et les bactéries pathogènes sont en nombre très limité dans ce milieu.

En ce moment Simone Chamroux repique des souches bactériennes. Elle isole d'abord un certain nombre de souches en culture pure. Chaque souche est une petite tache blanche représentant quelques milliards de cellules. Par un système ingénieux de seize petites pointes qui viennent se placer exactement sur chaque tache, elle peut repiquer ces souches sans crainte d'une interaction au moment de la lecture des tests. Ces répliques servent à étudier les différents substrats qui permettent aux cultures de se développer.

— Avec des bactéries, nous sommes tout en bas de la chaîne alimentaire, n'est-ce pas, monsieur Boucher ?

— Oui. C'est pour cela que j'ai associé mes travaux à ceux de Mme Chamroux. Le groupe que j'étudie est constitué par les nématodes : de tout petits vers, comme des morceaux de vermicelle, qui vivent dans les sédiments marins et sont capables de dégrader cette matière organique en s'associant avec les bactéries. On a même dit que les nématodes étaient capables de transporter leur garde-manger sur leur dos, c'est-à-dire qu'ils peuvent faire pousser ces bactéries dans leur cuticule ou leur intestin, et les disséminer ensuite dans le sol ou les sédiments. D'ailleurs, cela a été démontré en agriculture : on les a utilisés comme vecteur de dissémination des bactéries dans certains sols.

— Quel est le travail quotidien d'un bactériologiste ?

— Oh ! Il est varié. D'abord, il faut aller sur le terrain, pour récolter le matériel. Puis, en rentrant au labo, nous faisons des ensemencements : c'est de la biochimie. Nous préparons nos milieux de culture. Nous faisons aussi la vaisselle. Et on espère avoir encore un peu de temps pour faire travailler notre esprit, rédiger les notes de résultats, se tenir au courant des travaux de la spécialité, ce qui est de plus en plus difficile vu le nombre de publications.

— Les études systématiques de zoologie attirent beaucoup moins les jeunes que des disciplines plus spectaculaires et plus récentes comme l'écologie. Qu'en pensez-vous ?

Simone Chamroux réagit :

— C'est choquant et dangereux. Car, pour étudier les conditions de milieu et leur action sur les êtres vivants, il est indispensable de connaître ces êtres vivants. Il est donc nécessaire de connaître les animaux, de les classer.

— On forme de moins en moins de zoologistes.

— Comme toujours, ce sont les Etats-Unis qui ont donné l'exemple. Depuis une vingtaine d'années, l'essor des sciences nouvelles a conduit à négliger la zoologie. Mais, dans la nature, deux espèces différentes auront un comportement différent. Si un biochimiste veut étudier les enzymes de tel groupe, s'il ne connaît pas la systématique, il va prélever des crabes, par exemple, qui appartiennent à des espèces différentes et il aboutira à des résultats aberrants, pour la bonne raison que chaque espèce a son lot d'enzymes spécifiques. En France, il y a des biologistes au chômage, mais on ne trouve pas de zoologistes ; ça pourrait être grave dans l'avenir ; nous risquons d'avoir des problèmes sérieux avec les études de pollution.

Le laboratoire du CNRS de Roscoff est associé à d'autres organismes comme le Centre national d'exploitation des océans (CNEXO) ou l'Institut scientifique et technique des pêches. Tous les deux ans, cet Institut prête aux chercheurs de Roscoff son gros bateau océanographique, *la Thalassa,* pour des campagnes de grand fond. En échange, le laboratoire du CNRS abrite une équipe de l'Institut des pêches, dirigée par M. Léglise.

Je me suis retrouvé dans les stalles du laboratoire, devant les grands bacs en plastique que j'avais aperçus le jour de mon arrivée. Dans chaque bac, un seul homard.

— Pourquoi cette ségrégation, M. Léglise ?

— Parce qu'ils sont cannibales ; si on les mettait ensemble, ils se boufferaient entre eux. Dans leur milieu naturel, ils ont assez d'espace pour se défendre ; ils ont des abris, des trous. Mais dans un même bac, ça ne durerait pas longtemps.

— Ils sont adultes ?

— Celui-ci doit avoir sept ans. La taille marchande est de vingt-trois centimètres, trois cents à trois cent cinquante grammes.

— J'ai lu quelque part qu'on avait pêché des homards monstrueux, de dix à quinze kilos.

— C'est possible. On pêche même des homards de vingt-deux kilos ; mais des homards américains qui sont plus trapus et parviennent à des tailles plus importantes. Nos homards européens peuvent atteindre sept à huit kilos.

— En quoi consistent les études de l'Institut des pêches, à Roscoff ?

— Nous avons constaté un dépeuplement du fond à crustacés, en particulier du homard et de la coquille Saint-Jacques. Donc, nous essayons de voir s'il est possible de repeupler les fonds. D'abord par analogie à ce qui se passe sur la terre, on a considéré qu'il serait possible de créer des réserves à crustacés, c'est-à-dire d'interdire purement et simplement des zones de pêche. Puis, nous avons essayé de donner un coup de main à la nature en immergeant des femelles grainées, car elles portent leurs œufs pendant une dizaine de mois sur leurs pattes abdominales. Pondus entre juillet et septembre, ils écloront entre juin et août. Mais il est très difficile de connaître le résultat de ce repeuplement, car les larves sont aussitôt la proie des prédateurs. De plus, le contrôle du repeuplement est rendu extrêmement difficile par le fait que les crustacés muent souvent, et abandonnent leur carapace ; il est donc impossible de les marquer. Mais des expériences ont été faites. Pour éviter que les larves ne soient détruites, on a créé des sortes de nurseries de crustacés, des « écloseries » ; c'est-à-dire qu'on élève des larves en laboratoire et on ne les replonge dans leur milieu naturel qu'après leur quatrième mue, lorsque l'animal est déjà un bébé qui peut se défendre, ou du moins se protéger en se cachant. Ces écloseries produisent environ cent cinquante mille bébés homards par an. Notre Institut s'occupe aussi de la pathologie des crustacés.

— En somme, vous êtes le trait d'union entre la science fondamentale et les activités économiques.

— Exactement. Les chercheurs sont les conseillers des marins pêcheurs et des propriétaires de viviers commerciaux. Vous voulez en visiter un ?

— Volontiers.

Quel spectacle ! Imaginez d'immenses piscines, côte à côte, en bordure de mer, alimentées par la marée ; dans ces viviers, des montagnes de crustacés, de langoustes, de homards, de crabes, tout ce que les bateaux de la Manche, de la mer du Nord, d'Irlande, de Mauritanie rapportent dans leurs cales. Quotidiennement, on transfère des tonnes de ces animaux dans des bassins plus petits, sous des hangars, et là, ils sont préparés, mis en caisses et expédiés par camions, par trains, partout en France, en Europe.

Je passe d'un bassin à l'autre. Equipés de cuissardes, des ouvriers travaillent dans la langouste jusqu'aux genoux. Des femmes décortiquent les coquilles Saint-Jacques, et là-bas, tout au fond, le patron de la société, M. François Lereste, regarde ses bassins de bigorneaux.

— Comment faites-vous pour savoir si vos bigorneaux sont vivants ? Vous ne les regardez quand même pas un par un ?

— Non. C'est très facile. Dès que les bigorneaux arrivent, on les plonge dans les bassins. Dans ces bassins, sont placées des fines plaques de fibro-ciment sur chant. Or, le bigorneau cherche toujours à monter. Dès qu'il est dans l'eau et qu'il trouve ces plaques, il monte !...

— Et en montant, il prouve qu'il est vivant.

— Voilà. Il ne reste plus qu'à prendre les plaques et faire tomber les bigorneaux d'un revers de la main. Il est absolument impossible de trouver un bigorneau mort sur une plaque, car dès qu'il meurt, il tombe.

On peut se demander quel est le rôle de la biologie dans un centre d'océanographie. Pour bien interpréter la nature, il est nécessaire de faire de l'élevage en laboratoire et de comparer les observations. Les cultures permettent notamment de démontrer le phénomène des cycles. Par exemple, les algologues voient sur le même fond une forme d'algue en remplacer une autre, en cours d'année. Il est beaucoup plus facile d'expliquer cette alternance en laboratoire que sur le terrain. L'idéal, évidemment, est d'avoir un laboratoire tout proche du terrain de récolte ; c'est le cas de Roscoff.

J'ai rendez-vous avec un zoologiste, deux algologues et un biologiste qui vont « faire de la grève » à marée basse. Mme Cabioch, MM. Magne, Vasserot et Picard arrivent, bottés et un seau en toile à la main.

— Attention en descendant sur les premiers rochers ; c'est très glissant.

— La mer est très loin ; on pourait presque atteindre l'île de Batz à pied sec, du moins le croit-on.

Picard se retourne :

— Vous comprenez pourquoi la zone de Roscoff est très intéressante ? Elle permet d'étudier l'adaptation des animaux à ce milieu particulier ; des animaux qui doivent vivre alternativement six heures dans l'eau et six heures hors de l'eau.

M. Magne a ramassé une algue et me la montre :

— Ici, nous trouvons deux espèces de fucus. Les hauteurs atteintes par la marée peuvent être suivies en se basant sur certaines plantes qui se développent en fonction de leur résistance à l'immersion.

Nous marchons en clapotant.

— Regardez cette longue algue brune. Elle se fixe sur un support très ferme par un appareil végétatif en forme de champignon. Les longues lanières qui peuvent atteindre plus de trois mètres représentent l'appareil de reproduction.

Mme Cabioch tient dans sa main un caillou recouvert d'une croûte qu'on pourrait prendre pour de la peinture rouge.

— Ce sont des algues calcifiées qui accumulent du calcaire dans leurs cellules.

— Qu'est-ce que l'algologie, M. Magne ?

— C'est l'étude de ce monde des algues extrêmement touffu, varié, si complexe qu'il est difficile de le faire percevoir à des gens qui ne connaissent du monde végétal que les plantes vertes.

— Vous voulez dire qu'il y a, autour de nous, des algues que nous ne soupçonnons pas ?

— Certaines sont à peine visibles parce qu'elles sont de très petite taille. Elles passent inaperçues sur le tronc des arbres, dans les endroits humides ; elles forment des poussières vertes sur les balustrades, sur les murs. Certaines entrent dans la constitution des lichens, qui ont une grande importance. D'autre part, les trois grands groupes d'algues vertes, brunes et rouges que nous pouvons voir au bord de la mer ne sont qu'une infime partie du très grand nombre d'espèces dans lesquelles il faut placer les algues unicellulaires planctoniques, qui vivent en haute mer et sont à l'origine de toute vie dans l'océan. Si ces algues disparaissaient, la vie dans l'océan serait immédiatement impossible.

Nous progressons en direction de l'île de Batz, de l'eau jusqu'aux mollets. Les algologues courbés font leur cueillette. Nous glissons sur le tapis d'algues plates porteuses de capsules contenant des gaz qui claquent sous nos pieds. Les zoologistes soulèvent des pierres pour les inspecter.

— J'ai remarqué que, lorsque vous preniez un caillou pour l'examiner, vous le remettiez soigneusement à la même place et dans la même position. C'est un geste qui se justifie scientifiquement ou une simple habitude ?

— C'est un geste vital. Ici, dans la zone des marées, tous ces cailloux sont de véritables nurseries pour les étrilles, les tourteaux, ces grands crabes comestibles de la région. Si on laisse la pierre retournée, la vie marine meurt sur les deux faces : les algues d'un côté, privées de lumière, meurent et pourrissent ; cette pourriture empêche tout autre organisme de se fixer pendant plusieurs mois. D'autre part, la grande originalité du monde marin est qu'il y a des animaux qui ne se déplacent qu'à l'état de larves et se fixent ensuite pour la vie, formant des colonies. Quand la pierre est retournée, comme ils craignent à la fois la lumière et la sécheresse, ils meurent en quelques heures. Donc, mort au-dessus, et pourriture au-dessous, si on ne remet pas la pierre en place. Et il faudra attendre plusieurs mois pour voir le repeuplement.

Avis donc, aux pêcheurs amateurs ! Si vous allez ramasser des crabes sur la grève, à marée basse, après avoir retourné la pierre, remettez-la en place si vous voulez que la vie continue.

Jean Vasserot a le nez collé sur une petite bestiole qu'il a posée sur le plat de sa main.

— Et vous, monsieur Vasserot, quelle est votre préoccupation actuelle ?

— C'est la possibilité d'augmenter la production alimentaire marine en utilisant mieux les végétaux ou les animaux qui se nourrissent des débris, et en la faisant entrer dans les chaînes alimentaires qui mènent à l'homme. Et puis, j'étudie aussi la signification écologique de la fonction venimeuse chez les oursins. La guerre existe dans la mer, vous savez ! Une guerre qui n'épargne personne, même pas des animaux comme l'huître, qui semble pourtant si bien protégée.

— Certains animaux mangent les huîtres ?

— Et comment ! Les daurades, par exemple, qui ont des dents différenciées capables de les broyer. Les ostréiculteurs sont obligés de diffuser des bruits avec des magnétophones pour faire fuir les daurades. Mais la daurade n'est pas le seul ennemi de l'huître. Il y a aussi certains oiseaux comme l'huîtrier. Ou la crevette rose, qui mange les jeunes huîtres et qui, en présence d'une vieille, attend qu'elle s'entrebâille et arrache un morceau du manteau ; comme ce manteau sécrète la coquille, l'huître meurt. Mais le prédateur le plus redoutable, c'est le petit bigorneau qui a un appareil de perçage, une sorte de râpe à rangées de dents multiples ; l'action mécanique, à laquelle s'ajoute une action chimique de certaines sécrétions, finit par faire un petit trou dans la coquille. L'animal introduit sa bouche au bout d'une longue trompe cylindrique, et va manger l'huître à domicile. Il y a également certaines étoiles de mer qui ont acquis une structure leur permettant d'ouvrir des huîtres aussi grandes et même plus grandes qu'elles. La traction des nombreux pieds-ventouses de l'étoile de mer fait s'entrebâiller la coquille de l'huître, l'étoile vomit son estomac, l'insinue à l'intérieur et digère, vivante, la malheureuse huître. C'est terrible, hein ?

— Les chercheurs qui travaillent à Roscoff viennent-ils souvent à la grève ?

— C'est très variable, selon la nature des recherches et les périodes de la vie du chercheur. Quand je faisais mes expériences sur oursins et étoiles de mer d'une manière très intensive, j'allais faire mes récoltes très fréquemment. Maintenant que j'ai tous mes résultats expérimentaux, j'y vais moins souvent. Il y a même des chercheurs qui n'ont pas besoin d'y aller du tout parce qu'ils travaillent sur des animaux récoltés par les marins.

— Moi, enchaîne Picard, j'y viens tous les jours, sur des périodes d'environ deux mois, car il me faut du matériel frais, pour suivre, jour par jour, l'évolution de la reproduction.

A cent mètres devant nous, Mme Cabioch nous crie quelque chose que nous ne comprenons pas.

— Comment ? demande Vasserot en portant la voix.

— Il ne faut pas trop tarder ! Ça remonte !

Elle montre la mer, qui, en effet, avance peu à peu. Lentement, nous repartons vers les bâtiments de la station.

De bonne heure, ce matin, j'ai voulu enregistrer le bruit du ressac et le chant des mouettes qui l'accompagne. Il n'y a sur le quai qu'une vieille dame qui donne à manger aux oiseaux ; mais les mouettes dédaigneuses préfèrent la nourriture de la mer ; et la vieille dame, en lançant ses miettes, a l'air de supplier les oiseaux, de quémander un peu d'amitié.

Dans l'une des stalles de l'ancien laboratoire de la station, j'ai retrouvé Gilbert Deroux. Chargé de cours de biologie animale et de zoologie, il poursuit en même temps des recherches personnelles sur la prothystologie, qui est l'étude des organismes unicellulaires. Les prothystes sont des cellules isolées capables de vivre par elles-mêmes. Toute matière vivante est composée de cellules, que ce soit une plante ou un animal. Mais ces cellules ne peuvent, en général, vivre que réunies, rassemblées. Les prothystes sont donc, par exception, des cellules isolées qui peuvent se débrouiller par elles-mêmes. Un peu avant la Seconde Guerre mondiale, des chercheurs s'étaient penchés sur le problème de cette couche vivante, cette fine pellicule muqueuse, disposée entre l'eau et les sédiments, ou entre l'eau et les roches ou les coques de navires. En étudiant cette couche de « saleté », on poursuivait alors un but utilitaire ; il s'agissait de savoir comment on pouvait protéger la coque des navires de ce dépôt. Ce sont donc les marchands de peinture, de vernis qui ont fourni les premiers crédits pour cette étude. On appelait d'ailleurs ces couches des « salissures ». Il faut avouer qu'elles portent bien leur nom. Quand on entre dans le laboratoire de Gilbert Deroux, on a l'impression que le ménage n'a pas été fait depuis des dizaines d'années. Le carrelage blanc de la paillasse, les bacs, sont d'une saleté spectaculaire. En souriant, Gilbert Deroux éprouve le besoin de se justifier :

— En général, les gens qui font l'élevage sont très propres. Moi, je dois me rapprocher le plus possible des conditions naturelles que je trouve dans les points étudiés sur le terrain ; c'est ce qui explique cet aspect crasseux.

— Rassurez-vous, je ne suis pas là pour une inspection. Hier, à table, je vous ai entendu parler de crevettes infestées. De quoi s'agit-il ?

— L'Institut scientifique et technique des pêches avec lequel nous collaborons a lancé un certain nombre de programmes d'élevage et notamment des élevages de crevettes. Il avait des ennuis : les crevettes mouraient en masse au moment de leur mue. On s'est aperçu qu'elles étaient remplies de petites pustules. On m'a confié cette recherche et j'ai essayé de voir si les prothystes étaient responsables. Avec les colorations voulues, en trois quarts d'heure, j'ai pu déterminer qu'il s'agissait bien de cela. Nous avons donc entrepris une étude pour voir comment ils s'attaquaient à la crevette. Nous avons constaté qu'en milieu naturel les crevettes pouvaient être attaquées, mais seulement quand elles étaient âgées, ce qui rendait l'attaque sans gravité. On en a conclu que les conditions d'élevage multipliaient les occasions de contact entre les crevettes, donc multipliaient les occasions pour le parasite de passer d'une crevette à l'autre. En étudiant le cycle de vie de ce parasite, on a déterminé le moment où les crevettes devenaient infestantes et pouvaient s'infester. Ce travail nous a pris une partie de l'hiver 1975.

— La recherche fondamentale a donné, encore une fois, un sérieux coup de main à la recherche appliquée.

— Oui, on peut le dire.

Derrière le petit jardin intérieur, qui prend des airs exotiques, les deux aquariums s'adossent à la mer. L'un est réservé au public une partie de l'année, l'autre est exclusivement réservé aux chercheurs. Ce dernier est une immense pièce de trente mètres de long sur une douzaine de large. Au milieu, deux très grands bassins de granit, joliment galbés, peu profonds et dans lesquels coule en permanence de l'eau de mer. Tout autour de la salle, accrochés aux murs, des aquariums. Dans les bassins du centre, nagent les animaux les plus variés.

— C'est une étoile de mer qui s'accroche à la paroi ?

— La plus grande de la région, précise Jean Vasserot, qui me sert de guide. Une espèce très prédatrice qui mange les mollusques, les oursins et provoque chez eux des réactions de défense. Voulez-vous assister à une bagarre ?

Il retrousse ses manches et prend l'étoile de mer à pleine main. Il la dépose dans un bac où se prélassent des oursins. L'étoile de mer avance, attirée par l'oursin. Par l'un de ses tentacules armés de ventouses, elle attaque. Aussitôt, les piquants de l'oursin s'écartent et laissent apparaître des espèces de fleurs violettes qui sont en réalité des pinces venimeuses montées sur tiges. Chaque pétale est une mâchoire semblable à la mâchoire d'un serpent avec des dents creuses et reliées à une glande qui injecte le venin. Le tentacule de l'étoile se rétracte, et l'oursin en profite pour fuir, beaucoup plus vite qu'on ne pourrait l'imaginer.

A cette saison, le grand aquarium est fermé au public. Je vais donc pouvoir jouir tout seul du spectacle féerique. Une pénombre très étudiée me transporte dans un monde sub-aquatique. J'ai l'impression d'avoir bouteilles sur le dos et palmes aux pieds. Des roussettes, des congres, des raies tournent autour de moi. Dans ce décor opaque et inquiétant, Jean Vasserot me parle de cette guerre que nous ne soupçonnons pas : la guerre chimique des animaux marins. Il me montre des méduses, les anémones de mer, armées d'une capsule où se trouve enroulé en spirale un long filament creux hérissé d'épines qui se déroule brusquement et, en perçant la peau de l'ennemi, injecte le contenu toxique de la vésicule. Il me montre l'appareil venimeux de la pieuvre, des seiches, des calmars. Il me montre l'aiguillon agressif de la raie qui se rebiffe et accomplit son virage sur l'aile. Il me montre le poisson qui injecte son venin par les épines de ses nageoires. Ici, dans ce monde marin, on tue pour vivre, on tue pour se nourrir ; c'est la loi. Et chacun, à sa manière, est armé pour le combat.

S'avançant vers moi, un animal insolite, vieux, paraît-il, de 400 millions d'années : c'est le limule. Les Japonais l'appellent le « casque de samouraï », les Américains, « le sabot de cheval ». Moitié crabe, moitié scorpion, l'animal se compose de trois segments : le thorax, qui est une carapace en forme de bouclier, portant deux yeux composés, plus trois petits yeux au milieu du front ; l'abdomen avec ses épines latérales, et une longue queue en forme d'épée. Parfois, plusieurs mâles s'accrochent l'un derrière l'autre à une femelle : un vrai petit train.

Je remarque, flottant entre deux eaux, des objets que je prends pour des morceaux de verre filé.

— Ce sont nos proches parents qui ont mal tourné, dit Vasserot le plus sérieusement du monde ; des sacs à ouverture appelés ascidies. Le têtard, en perdant sa queue, perd tout espoir de devenir un jour un vertébré. L'animal n'est plus alors qu'un sac à double issue : l'une pour l'entrée de l'eau, l'autre pour la sortie.

Il ajoute, pince-sans-rire :

— Cet animal mène une vie aussi intellectuelle et active que celle de l'huître !

Jean Vasserot est un conteur délicat et poétique. Ses élèves doivent apprécier son savoir et son humour.

Le Centre de Roscoff a permis d'ouvrir de nombreux champs de recherches grâce à sa faune exceptionnelle et à sa situation privilégiée pour le balancement des marées. La différence de hauteur des eaux entre marée haute et marée basse est ici de neuf mètres environ, découvrant ainsi une plage de plusieurs kilomètres de profondeur. Sur cette immense partie découverte, vivent des animaux, des végétaux qui, deux fois par jour, sont immergés et émergés, posant aux chercheurs des problèmes comme celui de leur système respiratoire, leur mécanisme de croissance et de reproduction.

Au sous-sol de la station, Mlle Regnault a fait installer des bacs pour étudier le rythme d'activité nocturne des crevettes. Elles restent enfoncées dans le sable toute la journée et n'émergent et ne commencent à chercher leur nourriture que la nuit. En laboratoire, on peut faire des comparaisons en les nourrissant soit le jour, soit la nuit. On constate un rythme journalier lié à la photo-période. Le rythme des marées doit aussi jouer un grand rôle. Pour cette étude, nous touchons donc au rythme bi-journalier des marées en combinaison avec le rythme solaire journalier. Mais les chercheurs ont observé que ce cycle n'était pas le seul rythme influençant la vie marine. L'alternance des petites et des grandes marées, tous les quinze jours, entraîne, en certains cas, un cycle semi-lunaire.

— Vous avez vu ces petits animaux auxquels je m'intéresse, m'explique M. Picard. Ce sont de petits vers enroulés en spirale sur les algues : les spirorbes. Ils vivent étroitement associés aux algues. Après avoir incubé leurs larves, ces animaux évacuent tous les quinze jours dans les périodes de mortes eaux qui correspondent au premier et au dernier quartier de lune. Il y a probablement un facteur permettant de synchroniser cette évacuation. C'est ce que je cherche.

Parfois, le rythme de reproduction des animaux peut être annuel. Joseph Bergerard, lorsque ses fonctions de directeur lui en laissent le loisir, poursuit des recherches personnelles sur d'étranges gastéropodes :

— Ces escargots, m'explique-t-il, sont des animaux à accouplement et à fécondation internes. Les glandes sexuelles ne sont mûres que pendant l'hiver et régressent en été ; d'autre part, le pénis se coupe à la base au moment du printemps et ne repousse que fin août, début septembre. Il y a donc une physiologie particulière selon les saisons liée à des facteurs externes comme l'éclairement, la température, etc. C'est ce que nous essayons de démontrer.

A la cantine, j'avais repéré deux chercheurs qui arrivaient et repartaient presque toujours ensemble.

« C'est l'équipe Guerrier-Moreau », m'avait-on dit.

Au milieu des conversations animées, Guerrier, placide, sirote son café et tire sur sa pipe. Moreau, plus jeune, gai, dynamique, se trouve écartelé entre la pondération du chercheur chevronné qu'il est déjà et l'exubérance de l'étudiant qu'il est encore. Je retrouve ces deux hommes au moment d'aborder une des disciplines les plus importantes de ce Centre : la biologie cellulaire. Lorsque j'en demande la définition, les deux chercheurs se regardent un peu interloqués, puis Guerrier me dit :

— J'écris un bouquin ou je vous réponds en une phrase ?

— Répondez-moi en une phrase.

— C'est l'étude des processus fondamentaux communs à tous les êtres vivants au niveau de leur unité élémentaire, c'est-à-dire de la cellule.

— Vous pourriez préciser, avec une autre phrase ?

Moreau prend le relais :

— Que ce soit un œuf d'étoile de mer, un œuf de grenouille ou un œuf humain, les problèmes sont les mêmes, et la solution qui est valable dans un cas risque de pouvoir être généralisée.

— Mais pourquoi cette recherche à Roscoff ?

— Parce qu'ici nous avons la chance de pouvoir travailler sur des matériaux extrêmement variés. La richesse de l'océan est immense. Au point où en est la recherche, ce qui importe c'est de poser les problèmes fondamentaux, et, une fois ceux-ci posés, de trouver ce qui est essentiel, c'est-à-dire le matériel sur lequel on pourra étudier le plus facilement. Or, ce matériel est plutôt dans la mer. L'étude de la conduction de l'influx nerveux, par exemple, a pu être abordée très profondément en utilisant l'axone [1] géant de calmar. C'est un axone géant qu'on ne pouvait obtenir à partir d'une cuisse de grenouille ou de souris. Toutes nos connaissances concernant la transmission de l'influx nerveux viennent donc d'un matériel marin. Un autre exemple ? Celui de la jonction neuromusculaire, c'est-à-dire la liaison entre l'influx nerveux et la contraction des muscles. Il était très difficile de l'étudier sur des mammifères ordinaires, car les éléments de jonction sont très petits. En revanche, dans la mer, on trouve la torpille avec ses plaques électriques, représentant une concentration remarquable de structures répondant à l'influx nerveux.

— Vous, vous travaillez actuellement sur les étoiles de mer ?

— Nous pourrions aussi bien travailler sur l'œuf de batracien ou l'œuf de mammifère. Il y a plus de différence entre un homme et une femme qu'entre une femelle d'étoile de mer et la femme. Chez tous les individus du sexe femelle, la cellule qui est à l'origine de l'individu et doit recevoir le spermatozoïde est bloquée dans son évolution. Il y a un arrêt de la division cellulaire. Dans tous les cas, que ce soit chez l'étoile de mer, chez la grenouille ou chez la femme, la division cellulaire va pouvoir reprendre son cours normal sous l'action d'une hormone. Si nous étudions ce mécanisme sur les animaux inférieurs, c'est parce qu'ils sont plus faciles d'accès, parfois même transparents. C'est un bien meilleur matériel que les vertébrés. Et le problème est rigoureusement le même : comment une division cellulaire est-elle stoppée ? Comment peut-on la faire redémarrer ?

— Ne peut-on pas voir là un rapprochement avec le contrôle de l'évolution d'un cancer ?

— Mais si. Puisque, dans un cancer, nous avons des cellules qui, normalement, ne devraient pas se diviser et qui, tout d'un coup, se développent d'une manière anarchique. Si on sait comment une division est bloquée, si on sait exactement sur quel mécanisme il faut agir pour la débloquer, on peut avoir un moyen de soigner le cancer. Je ne dis pas que la chimiothérapie n'est pas plus rapide. Mais la connaissance du phénomène peut sans doute conduire plus loin.

Et je pense à ce qu'avait dit un jour un grand cancérologue : « La victoire définitive sur le cancer ne viendra peut-être pas du travail acharné des chimistes, des toxicologues, des médecins et des chirurgiens, mais de l'observation marginale, fortuite d'un biologiste ou d'un zoologiste marin. »

Les deux chercheurs m'entraînent devant le tableau noir. Moreau prend la craie et trace un grand cercle.

— C'est l'œuf ! précise-t-il, l'œuf avec sa membrane qui sépare le milieu extérieur du milieu intérieur. Jusqu'à ces dernières années, on pensait que, pour enclencher le mécanisme, il était nécessaire

1. Prolongement de la cellule nerveuse.

que l'hormone qui est à l'extérieur pénètre à l'intérieur de l'œuf. Nous avons démontré le contraire. L'hormone, par simple contact sur la membrane de l'œuf, va déclencher le processus.

— Comment est-ce possible ?

Il dessine au tableau :

— Il faut se représenter la membrane comme une série de boubons-pression dont certains sont sensibles au contact de l'hormone. Dès que l'hormone entre en contact avec la membrane, du calcium qui se trouve fixé aux protéines membranaires est libéré vers l'intérieur de l'œuf, et ce flux de protéine est capital dans la réactivation des mécanismes de la division cellulaire. Si on empêche cette libération du calcium par un procédé quelconque — drogues ou autres — on bloque le mécanisme. Il n'y aura pas de reprise de la division cellulaire. Et il faut préciser que l'ensemble de cet événement se déroule en moins d'une seconde.

Moreau ajoute :

— Tout ça évidemment, c'est de la théorie. Encore fallait-il mettre en évidence cette libération du calcium. Et c'est ici qu'intervient l'étoile de mer. Vous savez que ce sont des animaux lumineux. Nous nous sommes servis de cette propriété pour isoler les protéines lumineuses, et il s'est trouvé que cette protéine était sensible au calcium : mise en présence du calcium, on obtient un flash lumineux.

Il ne suffisait plus que de prendre cette protéine purifiée, de l'injecter à l'intérieur d'un œuf, et de mettre l'hormone à l'intérieur. Si elle agit, elle libère le calcium qui produit un flash. Le reste est un problème purement technique qui consiste à enregistrer ce flash lumineux par photomultiplicateur. Voilà, c'est tout !

— A vous entendre, tout ça a l'air fort simple.

Guerrier prend la parole :

— En réalité, c'est presque un exploit scientifique qu'on doit à mon jeune collaborateur Moreau. Il faut penser que l'œuf d'étoile de mer mesure 1/100e de millimètre. C'est dans cet œuf que nous devons d'abord injecter une protéine.

Pour passer à la manipulation, nous allons de l'autre côté du couloir, dans une pièce conçue pour obtenir l'obscurité totale. Dans cette pièce, des appareils compliqués dont les châssis ont quand même quelque chose d'artisanal. Les chercheurs sont souvent des bricoleurs par la force des choses. Les expériences les plus profitables au progrès ont parfois été réalisées sur des appareils de fortune qui nous font sourire quand on les voit dans les musées. Ce qui ne prouve pas que la Recherche doit croupir dans le paupérisme pour être efficace. J'entre donc dans cette pièce où Moreau est déjà installé.

— C'est un micro-manipulateur qui tient la pipette d'injection. Cette pipette a un trou d'environ un micron. Le raffinement consiste à biseauter la pointe de la pipette pour l'enfiler dans la cellule, comme une aiguille de seringue. Les signaux vont être recueillis sur un oscilloscope et un enregistreur qui nous permet de faire des calculs et de stocker les données. On y va ?

— Quand vous voulez.

— Attention ! Prêt ? demande Moreau.

— Prêt ! répond Guerrier.

Un silence profond. Un déclic.

— Ouais ! Terrible ! crie Moreau en agitant ses bras comme à un match de football après un but.

Je tempère son enthousiasme :

— Je n'ai rien vu.

— Vous n'avez pas vu le flash ? Vous allez le voir revenir ; il continue à émettre de la lumière. Regardez bien. Là ! Vous y êtes ?

— Oui.

— Top !

— Ah ! Cette fois, j'ai vu.

— Deux cas sur deux ! Expérience réussie ! dit-il, joyeux comme un enfant qui fait marcher son jouet. — Voulez-vous qu'on recommence ?

— Non, non. Je vous fais confiance.

L'effort intellectuel des chercheurs, leur travail, d'autant plus intense qu'il est personnel et incontrôlable, pourrait faire de ces hommes et de ces femmes des gens vivant hors du cadre social, mal intégrés. Il n'en est rien. Le chercheur moderne n'est plus dans sa tour d'ivoire. Il a, comme tout le monde, ses préoccupations extra-professionnelles, ses besoins de détente. Et c'est peut-être ce qui rend pénible les séjours prolongés à Roscoff. Pour le célibataire qui n'a d'autre horizon que les murs de sa chambre et de son laboratoire, la vie, quoi qu'on en dise, devient vite monacale. De temps en temps, pour couper la journée, pour prendre l'air ou se changer les idées, on va faire un tour sur la grève ou l'on va dire un petit bonjour à la pittoresque patronne du « Café des amis ». La taverne, une maison apparemment comme les autres, est juste de l'autre côté de la rue, à dix mètres de l'entrée de la station biologique. Derrière un petit comptoir qui pourrait être celui d'une épicerie de village, la patronne, une Bretonne âgée mais d'une gaieté et d'un dynamisme étonnants, sert à la fois les marins pêcheurs et les hommes de science qui se rencontrent chez elle. Elle nous accueille dans un formidable éclat de rire. Je l'interroge :

— Vous recevez souvent les chercheurs ?

— Ben, quand ils viennent, je les reçois. Pourquoi voulez-vous que je les foute à la porte ? Ils sont bien sympathiques. Moi, j'ai passé mon temps parmi les hommes. Je pourrais en avoir une indigestion. Mais je préfère la compagnie des hommes à celle des femmes. Mais vous, dites donc, qu'est-ce que vous êtes ? Vous êtes curé ou quelque chose, hein ? Vous ne venez pas me porter une religion, au moins ?

— Non. Non.

— Alors, qu'est-ce que vous êtes ?

— Devinez.

— Ben, nom de Dieu... reporter, ou quelque chose comme ça !

— Vous avez trouvé. Je fais un reportage sur le travail et la vie des chercheurs de la station. Mais j'aimerais avoir l'opinion de l'extérieur. Vous savez exactement ce qu'ils font ?

— Non. Et je m'en fous. Ils cherchent des bêtes sur la grève ou des goémons, ou des machins comme ça. Y en a qui font de la biolo... est-ce que je sais, moi ?

— Alors, vous ignorez ce qui se passe là, derrière ce mur ?

— Je cherche même pas à le savoir. Ils travaillent avec des trucs...

J'essaye de lui venir en aide :

— Messieurs Moreau et Guerrier font des expériences avec du calcium.

— Ah ! s'écrie la vieille, du calcium ! J'en ai bien besoin, moi, pour ma colonne vertébrale.

Elle se penche sur les chercheurs :

— Les docteurs ne me font rien. Si, ils me font chier.

Elle éclate de rire.

— Vous croyez que je vais pouvoir passer ça sur les antennes ?

— Vous allez faire entendre ça à la radio ! Merde alors !

Je suis retourné à l'aquarium éclairé par les lumières des bassins, et le spectacle nautique s'est renouvelé pour son unique spectateur. Sur des panneaux, je lis des renseignements qui ajoutent encore à mon étonnement : « Il existe un certain nombre d'organismes capables d'émettre de la lumière. »

Je m'arrête devant une photo du professeur Claude Bernard prise à la seule lueur de cultures de bactéries. A côté, une photo de champignons tropicaux, pris, la nuit, à leur propre lumière. Cette lumière vivante verte ou jaune peut être émise sous forme de lueurs prolongées (vers luisants, ou champignons) ou de brefs éclairs (lucioles ou vers à élytres). Pourquoi cette lumière ? Dans la plupart des cas, on en est encore au stade des suppositions : attraction sexuelle, réaction de défense, adaptation aux grandes profondeurs ?

A table, Jean-Marie Bassot avait surtout parlé de technique photographique. Ce scientifique, aux propos réservés, à l'humour quelque peu corrosif, qui semblait écarter le voile du rationalisme pour voir au-delà de la chose établie, n'était encore pour moi qu'un amateur d'art et de culture jusqu'au moment où j'appris qu'il était l'homme de la bioluminescence. Quelques heures plus tard, il me présentait dans une petite boîte l'objet de sa recherche : l'anélide.

— C'est un petit ver annelé. Chacun de ces anneaux est comme un wagon semblable au suivant, mais possédant son autonomie. Cette « métamérie » — il faut toujours mettre un terme compliqué devant les choses simples — on la connaît parfaitement chez nous dans le système de répétition des vertèbres. Mais chez ce ver, chaque segment a une autonomie morphologique et fonctionnelle. Et chez certains de ces petits annelés, il existe une différenciation curieuse sur le dos, sous forme de disques plats, des sortes d'écailles. Ces écailles ou élytres émettent des flashes.

— Pourquoi ?

— Je n'en sais rien. Il est possible que ce soit un système de défense ou de diversion. Quand l'adversaire arrive, l'animal se met à « flasher ».

Jean-Marie Bassot a déjà procédé à ce qu'il appelle un « pelage des élytres », c'est-à-dire qu'il a retiré quelques écailles du dos de l'animal pour faire une démonstration. Il dépose un élytre sous un microscope et me demande de prendre place. Dans chaque cellule, je vois une multitude de petits grains fluorescents qui sont autant de sources lumineuses.

— Ces petits grains, commente le chercheur, ressemblent à des points de feston, de petits macaronis disposés en rangs parallèles. La paroi de ces macaronis est une paroi membranaire. Cette membrane accolée à la membrane cellulaire est, de toute évidence, une membrane excitable. Lorsqu'elle reçoit une stimulation électrique, elle est susceptible de changer brutalement ses caractéristiques de perméabilité, et ce changement provoque la réaction lumineuse. On a tout lieu de penser que dans un des compartiments de cet organisme il y a du calcium, dans l'autre une protéine. Lorsque le calcium touche la protéine, la réaction lumineuse se produit. En stimulant l'élytre électriquement, on le fait fonctionner. Nous passons à la manip ?

— Volontiers.

— Bon. Le principe est le suivant : ici, un microscope au-dessus duquel on a creusé une micropiscine de six millimètres de diamètre. L'élytre, d'environ trois millimètres, va baigner dans cette micropiscine. Je vais implanter dans le pédoncule central une électrode de platine à pointe bien effilée... — Il se retourne : — Là, une caméra de télé-film, l'écran de l'intensificateur d'images. Ainsi, grâce au magnétoscope, on va voir au ralenti les activités de quelques millisecondes qu'on ne pourrait voir à l'œil nu.

— Combien de flashes cet élytre peut-il produire ? Deux, trois ?

— Des dizaines, des centaines. Le record est de l'ordre de mille cinq cents. On y va ?

— On y va.

— Vous allez voir, ça va être la fête ! Eteignez s'il vous plaît.

Je me place devant l'écran vidéo.

Presque aussitôt : flash ! flash ! flash !...

— Regardez ça ! Regardez ça ! dit Bassot enthousiasmé. C'est sensationnel ! Un par seconde ! C'est moi qui règle la cadence. C'est une courbe d'une extraordinaire régularité.

Nous rallumons. Le chercheur pivote sur son tabouret. Il est très satisfait :

— Je crois que nous sommes en présence d'un problème de biologie fondamentale : celui de toutes les communications cellulaires. Il y a là toute une sociologie des cellules. Cette manipulation ne pourrait être qu'un simple jeu de savant si elle n'était pas la plus belle démonstration visuelle de métabolisme. Jusqu'à maintenant, on connaît la multiplicité des réactions intercellulaires, mais elles ne se laissent voir qu'exceptionnellement. Avec la bioluminescence, non seulement on l'observe mais on peut la provoquer. Cette recherche nouvelle peut mener très loin.

— Vous partagez votre temps entre le laboratoire de Roscoff et celui de Gif-sur-Yvette. Les travaux que vous faites dans les deux laboratoires sont-ils différents ?

— Ils sont complémentaires. Toute l'expérimentation *in vivo* se fait ici, et toute la partie microscopie électronique se fait à Gif. En réalité, si j'avais la possibilité de maintenir des élevages à Gif, je n'aurais pas besoin de venir ici.

— Que vous faudrait-il à Gif ? Un aquarium d'eau de mer ? Des conditions de...

— Changeons de conversation, coupe-t-il, parce qu'il faudrait entrer dans le chapitre des réclamations, et je me mettrais à râler.

Il est 22 heures. Des bâtiments où sont logés les étudiants parviennent les éclats de rire et les échos d'une chanson de corps de garde. Ces jeunes savent se détendre, mais ils savent aussi pourquoi ils sont là. La concurrence pour l'accès aux ressources de la mer, la menace de la disparition de certaines de ces ressources, les conduisent à travailler pour la protection des fonds marins et à passer insensiblement d'une économie de cueillette à une agriculture de la mer. Demain, ces jeunes qui chantent leur droit de vivre seront à leur tour dans les stalles des chercheurs et étudieront les problèmes de « l'après-demain ».

P.S. — (Janvier 1979.) La catastrophe du pétrolier *Amoco-Cadiz* a eu des répercussions graves sur la station biologique de Roscoff. Les rapports en cours d'élaboration permettront de mieux évaluer les véritables conséquences sur le milieu marin.

LES FILS DE THOT

L'homme perd peu à peu sa valeur-esprit, car de même qu'il y a à la Bourse une valeur-or, il y a une valeur-esprit dont la cote baisse tous les jours. Il y a pourtant des hommes qui ont tout misé sur elle, tous leurs espoirs, toutes leurs économies, de cœur et de foi...

P. VALÉRY, *Regards sur le monde actuel.*

Selon la mythologie égyptienne, la connaissance de toute chose viendrait de Thôt, ce dieu à tête de babouin qui quitta l'assemblée divine pour venir sur Terre instruire les hommes. Il leur apprit l'arithmétique, l'astronomie, la médecine, la musique, le dessin et surtout l'écriture, sans laquelle l'humanité oublierait tout. Thôt, le grand scribe, écrivit une quarantaine de livres sacrés dans lesquels on trouve les prémices de toute science. Les hommes avides de connaissance, les savants, les chercheurs, sont donc les fils de Thôt. Ils ont pris pour devise la phrase par laquelle on s'abordait jadis dans la rue, le jour de la fête de Thôt : « Douce est la vérité. » Mais, plus que tout autre, l'archéologue, l'architecte, le philosophe, attachés à la civilisation égyptienne, sont les descendants de ce dieu-aventurier.

« Il faudrait que vous veniez au moment où le Comité pour la sauvegarde des temples de Nubie sera sur place », m'avait dit Mme Christiane Desroches-Noblecourt [1].

Je suis donc parti à la date prévue.

1. Christiane Desroches-Noblecourt, conservateur en chef des antiquités égyptiennes du Louvre.

Désormais, quand on me parlera de surpopulation, je ne penserai ni à Calcutta ni à Téhéran, mais au Caire. Non pas la cité paisible dont parlaient les voyageurs du XVIIIe siècle, non pas la capitale du règne d'Ismaïl Pacha marquée par le début de l'urbanisation moderne, mais la ville que j'ai découverte en ce matin d'octobre 1978. Véritable abcès de la civilisation, cancer démographique, vase d'expansion d'un exode rural inquiétant et d'une natalité galopante, la ville s'épuise, s'asphyxie sous ses huit millions d'habitants. Je suis parti à dix heures avec la voiture du consulat de France pour rendre visite au président des Antiquités d'Egypte, dans un quartier assez proche. Une heure après, nous roulons encore. « Rouler » est un euphémisme : nous avançons mètre par mètre, ou nous ne bougeons plus. La pire des heures de pointe parisiennes est une partie de plaisir comparée à ce qu'on doit subir ici à une heure matinale normale. A partir de huit heures, la rue vomit son trop-plein de tramways, de trolleys, de voitures, de camions, de motos, de charrettes, de calèches, de voitures à bras. Les autobus dont les amortisseurs sont les plus misérables du monde semblent exhaler un dernier soupir noir et épais à chaque démarrage. Ils se désarticulent sous la charge humaine qui déborde de partout.

J'essaye de ne pas m'énerver. Après tout, je ne suis en retard que d'une petite heure. La sueur ruisselle dans mon dos et me colle au siège. Pour tromper mon impatience, j'ouvre le *Journal d'Egypte* et je lis les dernières lignes d'une chronique : « Les citoyens d'un grand pays, pour en être dignes, ne doivent pas accomplir les faits suivants : jeter toutes les saletés dans la rue au point d'y former de véritables monticules ; chercher à vendre de la nourriture gâtée à des prix fantaisistes ; bousculer grossièrement son prochain pour monter dans l'autobus ; croquer en public des pépins grillés, et bien d'autres vices encore qui font honte à l'un des plus grands pays du monde [1]. »

Midi. Je suis encore emprisonné dans mon cercueil de tôle. J'étouffe. Dans le quartier où nous sommes bloqués, l'anarchie de la circulation est totale. Les feux tricolores sont tout à fait symboliques. Personne ne s'en soucie, surtout pas le chaouiche [2] qui, prudemment, sur le trottoir, ne tente même pas de régler ce débordement général. Il tire flegmatiquement sur sa cigarette et répond, de temps en temps, par une boutade à la réflexion d'un conducteur. Dans cette jungle de ferraille, le piéton est paria ; il marche à ses risques et périls. Il y eut, sans doute, sur la chaussée, des lignes jaunes, mais elles n'existent plus, et chacun traverse quand il veut, où il veut. On se faufile, on feinte, on frappe sur les carrosseries pour manifester son mécontentement. Le pauvre fellah égaré qui tente l'aventure de traverser la rue au Caire est un homme inconscient dont le cœur et les vêtements sont soumis à rude épreuve. Trente mètres ! Il n'a que

1. *Journal d'Egypte,* 2 octobre 1978.
2. *Chaouiche :* agent de la circulation.

trente mètres à faire. Après avoir hésité plusieurs fois et risqué d'être traînés par un pare-chocs engouffré dans un pan de sa glabièh[1], il s'élance. Il fonce comme un animal traqué, court, saute, esquive, arrive au milieu de la chaussée : ouf ! Il est presque sauvé. Il doit encore enjamber la barrière rigide qui impose le sens unique aux véhicules et interdit aux piétons de traverser. S'il ne peut enjamber la barrière, il passe dessous. Son turban s'est défait, mais il n'a pas le temps de le resserrer ; il s'élance de nouveau : il virevolte, évite un camion, se retrouve sur le capot d'une voiture, se fait insulter, repart, perd tout à fait son turban, l'abandonne au dieu tutélaire de la circulation, et atteint l'autre rive, tellement heureux d'être encore vivant qu'il gesticule triomphalement pour montrer son exploit à sa famille restée sur le trottoir d'en face. Tout cela dans un concert de klaxons, de cris, de coups de sifflets, de transistors parlant en trois langues, et de haut-parleurs qui hurlent l'appel d'un muezzin dont personne ne semble se soucier. Pourtant, là, sur le trottoir étroit, au milieu de la fourmilière, un marchand, devant son échoppe, a posé son tapis de prière râpé et s'accroupit en direction d'un levant qu'il devine, entre les fumées des pots d'échappement. Cet homme qui, dans la cohue, arrive encore à rendre hommage à Allah, ne voit plus les robes fleuries, les blue-jeans qui passent sous son nez. Quand il se redresse, il ne sent pas le bureaucrate en veste-chemise qui le heurte de son attaché-case. Il ne remarque pas le bourgeois pressé dont la graisse fond dans son costume occidental. Il ne voit pas le pas menu de la citadine rondelette fardée et bijoutée, le pas hésitant de la paysanne en tenue traditionnelle. Il n'entend pas les invectives des Grecs en chemises immaculées, les rires, les appels des enfants qui proposent cigarettes ou Coca-Cola. Il ignore le serviteur zélé qui feinte pour apporter à son patron sur un plateau d'argent le verre de thé ou d'eau glacée ; le colporteur qui, un baril de verre sur le ventre, sert aux passants du café chaud. Il n'entend plus rien, il ne sent plus rien ; il est avec Mohamed et Allah le protège. Moi, qui ne puis invoquer le prophète afin que la file démarre, je regarde ma montre nerveusement et je dis au chauffeur :

— C'est encore loin le quartier Zamalek ?

— Non, pas loin. Devant, là !

— Alors je vais à pied. Ça ira plus vite.

Le chauffeur fataliste répond :

— Que Dieu vous donne la santé.

Je descends. Et soudain... me voilà piéton à mon tour. Je ne suis plus protégé par ma cage de fer ; je suis la proie. La file a justement démarré. Les véhicules foncent dans des barrissements de pneus, une fureur d'accélérateurs. Que ne ferait-on pas pour gagner dix mètres ? Pour entrer dans le créneau ? A la rage du klaxon de celui qui veut doubler, répond le geste de celui qui le précède ; sa main, à

1. *Galabieh* : tunique traditionnelle portée par les hommes.

la portière, peut adopter trois signes que j'ai tenté de décoder : « Vas-y, passe », « Pas question », et « Je t'emmerde » (ou quelque chose de plus nuancé selon la vigueur du geste). Comme le fellah égaré, j'ai pu atteindre le trottoir, et je fais moi aussi un geste de victoire à mon chauffeur qui sourit. Il ne me reste plus qu'à me laisser porter par la foule. Le quartier que je veux atteindre est là-bas, tout au bout de la colonne grouillante. Et au milieu de cet enfer opaque, assourdissant, des jeunes gens se faufilent entre les voitures pour vendre des bouquets de menthe fraîche ou simplement... une rose.

Si j'étais cinéaste, pour commencer ce voyage dans le temps, je vous offrirais ce long travelling de huit kilomètres qui est l'avenue conduisant au pied des Pyramides. Un ciel légèrement brumeux avec au fond, à gauche, un petit triangle bistre qui joue à cache-cache avec les immeubles modernes et les réverbères qu'on voudrait ne pas voir. Entre les immeubles, le triangle grandit. Une rampe à gauche, la voiture ralentit et stoppe devant cette... comment dire ? Cette chose incroyable, écrasante, cette montagne fabriquée par l'homme, ce défi à l'éternité. A peine descendu de voiture, je suis assailli par les marchands de souvenirs, les guides, les chameliers. Heureusement, j'ai mon bouclier ! Je suis avec le Dr Abdel Aziz Sadek, égyptologue et enfant du quartier. Mais oui ! On peut avoir grandi au milieu des pyramides ! On peut avoir joué durant toute son enfance entre les pattes du Sphinx ! Abdel Aziz Sadek, plus connu dans les milieux égyptologiques sous le surnom familier de Azouz, est ici chez lui. Son oncle, égyptologue connu, habitait sur le plateau de Guizeh, c'est-à-dire à quelques centaines de mètres des Pyramides. Dès qu'ils voient Azouz, les ghafis, les vieux guides, lèvent les bras, poussent des exclamations et viennent l'embrasser. Ils ont été témoins de la passion qui s'est emparée de ce garçon, destiné à un autre avenir. Azouz était à l'école des ingénieurs, mais le virus des hiéroglyphes le rongeait. Depuis que Champollion avait trouvé la clef de ce langage, on pouvait lire à livre ouvert dans les siècles passés. Et c'est ce qui passionnait Azouz : lire le langage des pierres, étudier cet art incomparable du sculpteur pharaonique, retrouver le geste du dessinateur antique, du scribe. Un soir, sa décision fut prise : il ne serait pas ingénieur, mais égyptologue, comme son oncle. Il passa sa thèse en France, étonna ses professeurs par son talent de dessinateur et, bientôt, les petits guides de Guizeh appelèrent « docteur » celui qui, comme eux, courait autrefois les pieds nus sur les tombes sacrées.

Pour l'instant, cet homme aimable, doux, au crâne dégarni et à la lèvre inférieure écrasée par le tuyau de sa pipe courbe, me regarde ; il attend ma réaction. Moi, au pied de Khéops, la tête levée vers cet escalier qui n'en finit plus d'atteindre le ciel, je reste muet, cloué, non pas devant la masse imposante, mais à l'idée du génie de l'homme qui, il y a cinq mille ans, conçut ce monument. Je pense à la foule d'ouvriers qui, pendant plus de vingt ans, réalisa cette œuvre qui n'a rien d'humain ; ici, on bâtissait la maison des dieux !

Irène et Frédéric Joliot-Curie, prix Nobel 1935.

◄
Le buste du professeur Claude Bernard photographié à la seule lueur de bactéries luminescentes. *(Photo R. Ducros, prêtée par Jean-Marie Bassot)*

La cueillette sur la grève, à m. basse. Station biologique Roscoff.

L'équipe du phytoplancton, à l du *Pluteus*. Station biologiqu Roscoff.

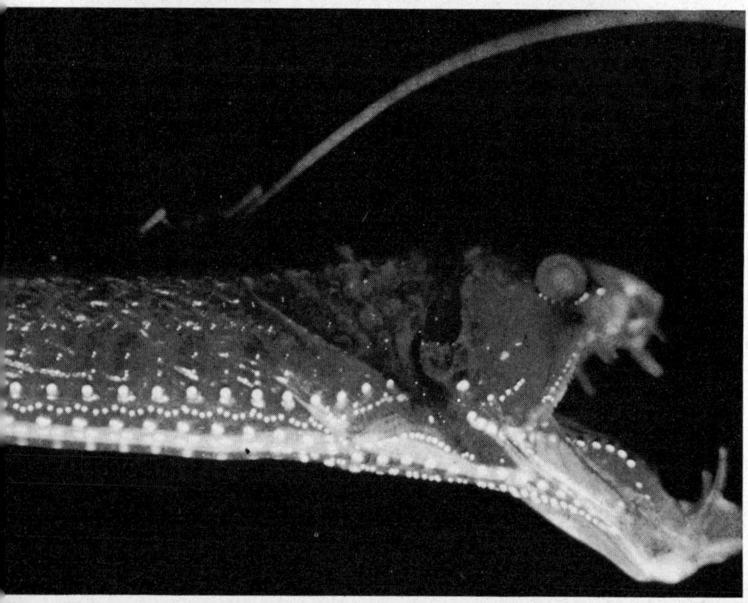

◄
Animaux luminescents. Laboratoire de bioluminescence. *(Photos Jean-Marie Bassot)* ▼

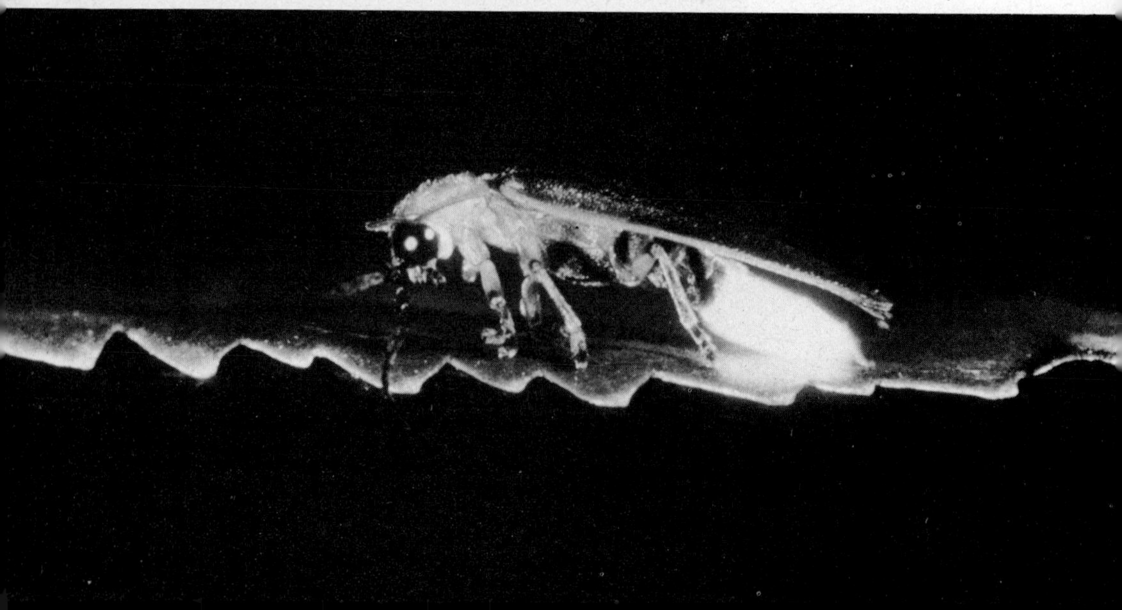

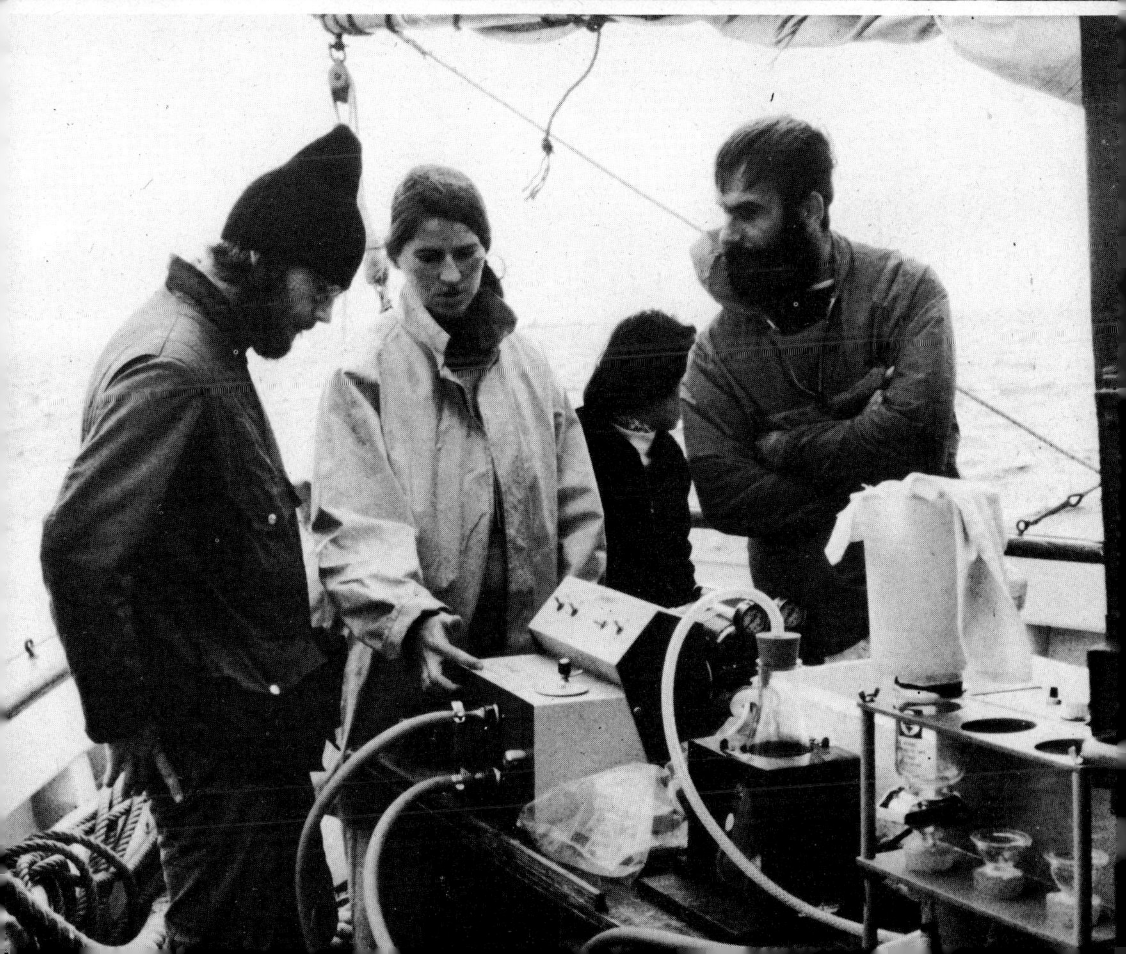

▲
L'ethnomusicologue (Simha Arom) contrôle des informations recueillies au cours de missions précédentes. Laboratoire des langues et civilisations à traditions orales.

Photo du haut : L'ethnolinguiste (J. Thomas) transcrit un récit enregistré par les pygmées. Laboratoire des langues et civilisations à traditions orales.

Petits pygmées Aka au camp. ▶

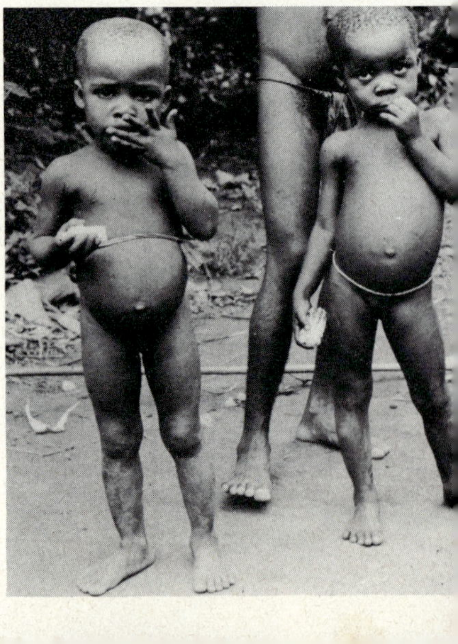

« Du haut de ces pyramides, quarante siècles vous contemplent », disait Bonaparte à ses soldats. Bonaparte se trompait : les Pyramides avaient alors quarante-cinq siècles. Mais on ne peut pas chicaner le futur empereur pour si peu, d'autant que c'est lui qui a, par cette expédition, jeté les bases de l'égyptologie. Et non point accidentellement. Il y avait soixante-cinq savants dans la « Commission des arts et des sciences » qui accompagnait une armée ne comprenant que trente-deux généraux. Un mois après la victoire des Pyramides, on créait l'Institut d'égyptologie. Si cette expédition tourna assez mal militairement pour la France, on peut dire qu'elle fut une grande victoire scientifique.

On sait maintenant que la pyramide était un tombeau royal. Mais l'ensemble du monument, avec les temples adjacents, représentait le centre d'un culte. Cependant, à côté de cette version scientifique, on trouve les thèses les plus fantaisistes sur la fonction des pyramides. On a tenté de prouver qu'elles étaient des observatoires astronomiques, des lieux d'initiation. On a prêté aux pyramides et à leurs constructeurs des pouvoirs fabuleux. On a fait parler les pyramides, on leur a fait prédire l'avenir. En les mesurant, on peut retrouver les lois de la géométrie, des mathématiques et même les dates historiques. On a écrit des centaines d'ouvrages mystiques, pseudo-scientifiques sur ces monuments. Si bien que Jean-Philippe Lauer a dû faire une sérieuse mise au point sur cette affaire [1].

Dans cette étude de l'Egypte antique, les jalons portent des noms de chercheurs prestigieux. Sous le soleil du désert, ils ont remué des milliers de tonnes de terre, de pierres, pour tenter de reconstituer la vie quotidienne sous les pharaons. C'est une enquête interminable que mènent quelques hommes depuis que les pilleurs de tombes devinrent des égyptologues et que la curiosité des voyageurs se transforme en science. L'Egypte ancienne n'a pas tout révélé, loin de là. Il y a vingt ans à peine, alors qu'on croyait tout savoir des pyramides et qu'on aplanissait le terre-plein de la face sud de Khéops, les chercheurs découvrirent une fosse de quarante deux mètres de long recouverte d'énormes dalles posées sur chant. Cette fosse contenait une merveille : la barque du roi-dieu, démontée, posée là, pour que le défunt puisse suivre le soleil dans l'au delà. En admirant cette barque de quarante-huit siècles, en cèdre du Liban, intacte, je médite sur l'art de ses constructeurs, mais aussi sur la patience, le talent de ceux qui ont restauré cette œuvre, ceux qui, pendant des années, minutieusement, ont rassemblé les morceaux, les ont traités, ont fabriqué des maquettes, reconstitué ce puzzle à trois dimensions, partant du moindre indice, parfois des simples nœuds des cordages, car la barque ne comporte pas un clou, pas une cheville, tout est lié par des cordes : un chef-d'œuvre.

Le Dr Sadek se promène sur le plateau de Guizeh un peu comme

1. J.-P. Lauer, *le Mystère des pyramides,* Presses de la Cité.

on fait le tour du propriétaire. Il regard les pierres, les caresse des yeux. Il est chez lui. Il a encore douze ans.

— Quand j'étais enfant, ici, dans ces ruines, dit-il, j'étais comme un faucon. Je regardais tout le monde de loin, d'un air supérieur. J'étais sur mon terrain ; on venait voir mes pyramides.

A quelques kilomètres au sud, en lisière du désert de Libye, Saqqarah est un des hauts lieux de la civilisation égyptienne. Nous sommes là à un tournant de l'humanité : pour la première fois, les hommes ont érigé d'immenses monuments en pierre. Un génie, d'ailleurs déifié, Imhotep, a conçu, il y a quarante-huit siècles, pour immortaliser son roi, une pyramide à degrés. Depuis l'incroyable aventure du Français Auguste Mariette, en 1850, ce site fait l'objet d'investigations archéoligues permanentes. L'architecte-archéologue Jean-Philippe Lauer s'est voué à Saqqarah en 1926 et ne l'a plus quitté. Tous les ans, de novembre à avril, il est sur le chantier. Il a fouillé avec respect ; il a remis en place les pierres, une à une.

Dans cette cour de Heb-Sed magnifiquement restaurée, se déroulait autrefois une épreuve curieuse. Le jour anniversaire de ses trente ans de règne, le roi devait se soumettre, dans ce lieu, à un certain nombre d'épreuves physiques pour prouver à son peuple qu'il pouvait encore régner.

Dans le tombeau du complexe de Zoser, Azouz me montre les faïences bleues qui n'étaient pas collées mais cousues, en quelque sorte, sur le mur. Et puis, à vingt mètres sous terre, je reçois une leçon insolite : le décryptage des hiéroglyphes. Signe par signe, Azouz fait parler les pierres :

— « Le lotus et l'abeille = roi de la Haute et de la Basse Egypte. Le vautour perché sur la corbeille = sous la protection des deux déesses. »

Rien n'a l'air plus facile. Et pourtant ! quel mystère pour les hommes pendant des siècles et des siècles ! On est bouleversé en voyant sur ces murs de calcaire, de granit, la précision, la finesse de cette écriture dessinée. L'un des mérites du docteur Sadek est précisément d'avoir retrouvé le geste du scribe. Il a longuement étudié les positions du scribe et tous ses instruments. Il les a fabriqués lui-même, et parvient actuellement à écrire les hiéroglyphes avec la facilité d'un écrivain de l'Antiquité. Je suis allé chez lui. J'ai vu ses travaux sur papyrus, sur pierre, sur os. Bien sûr, il n'est pas nécessaire d'avoir un tel talent pour faire de l'égyptologie, mais cette recherche du geste d'autrefois a dû conduire Azouz à approfondir certains domaines. Aujourd'hui cet homme est mon guide. Il me parle des textes des pyramides étudiés par J.-P. Lauer et le professeur Leclant.

Le site de Saqqarah est très fréquenté par les chercheurs : plusieurs équipes internationales y travaillent. Les autorisations de fouilles sont délivrées par un comité, et chaque chantier est surveillé par un inspecteur égyptien, en général très jeune, qui fait en même temps ses classes avec les spécialistes les plus éminents ; cette solution intelligente paraît satisfaire tout le monde.

Après la visite du mastaba de Tî et de la chapelle funéraire de Kâ-Ha, il fallait bien terminer en apothéose et revivre ce qui fut, sans doute, le point de départ de la recherche égyptologique.

En 1850, un Français, Auguste Mariette, avait obtenu une mission pour se rendre en Egypte. Il disposait d'un crédit de 6 000 francs pour négocier l'achat de manuscrits coptes. Mais au Caire, les démarches administratives n'en finissent pas. Pour tromper son impatience, Mariette flâne chez quelques antiquaires et découvre des sphinx qui, lui dit-on, viennent de la région de Saqqarah. Ils ont été trouvés par des Bédouins. Mariette décide alors d'oublier les manuscrits coptes et de se lancer dans les fouilles. Il loue trois mules, deux ânes, une tente, et il va s'installer dans la nécropole de Saqqarah. Mais par où commencer ? Un jour que, le mètre en main, il cherche à démêler le plan des tombes, il aperçoit, émergeant du sable, une tête humaine en calcaire. Il creuse : c'est un sphinx, semblable à ceux qu'il a vus chez les antiquaires. Il se souvient alors d'un texte de Strabon qui, dix-huit siècles plus tôt, parlait d'un temple englouti dans les sables et dont l'allée centrale était bordée de sphinx. « Et si c'était ça ? » Mariette n'hésite pas. Le 1er novembre 1850, « par un des plus beaux levers de soleil que j'ai jamais vus » comme il l'écrit lui-même, une trentaine d'ouvriers se mettent à creuser. Le travail est long, pénible, mais peu à peu, l'allée apparaît et Mariette dégage cent trente-quatre sphinx qui mènent au Sérapeum enseveli. Au cours de l'opération, il dégage également le tombeau de Sekhem-Ka qui livre sept statues magnifiques, dont le célèbre scribe accroupi qui fait l'orgueil du musée du Louvre. Pendant des mois, Mariette ne va pas quitter le chantier. Il tombe malade mais ne veut pas interrompre les fouilles. Il passe ses nuits, des nuits très froides, au milieu des pierres. A ses ouvriers qui le supplient de rentrer, il répond : « Laissez-moi ! Laissez-moi parler avec les pharaons ! » On lui construit sur place une petite maison qui, d'ailleurs, est restée debout jusqu'en 1958 ; on l'a démolie et c'est bien regrettable, car elle faisait partie de l'histoire de Saqqarah. Un jour, Mariette invite un égyptologue allemand, Henri Brugsch. Celui-ci, dans son journal, décrit la maison du Français comme une cabane qui grouille de serpents, de scorpions et de tarentules. Mariette se moque éperdument du confort. Ce qui l'inquiète, c'est l'idée de devoir quitter un jour ce taudis pour rentrer en France. Un matin, la pelle d'un ouvrier heurte l'entrée du sérapeum : une galerie, large comme une galerie de métro, s'étirant sur plus de trois cents mètres. Tous les dix mètres, des chapelles abritant les sépultures des bœufs Apis. Comment imaginer l'émotion de l'homme qui découvre cela ? Mariette écrit dans son journal : « Quand je pénétrai dans l'édifice souterrain, je fus saisi d'une impression d'étonnement qui, depuis cinq ans, ne s'est pas encore effacée de mon esprit. Trois mille sept cents ans n'avaient pas changer sa physionomie primitive. Les doigts des Egyptiens qui avaient fermé la dernière pierre étaient encore marqués. Des pieds nus avaient laissé leurs empreintes sur la couche de sable de la salle mortuaire. Des découvertes comme celle-là laissent des émotions devant lesquelles tout s'efface et que l'on désire toujours renouveler. »

Mais en 1854, on rappelle Mariette en France. Dans son rapport, il note : « Je n'ai pas trouvé de manuscrits coptes, mais, pierre à pierre, je rapporte un temple. » Il a eu le temps, également, de fonder le musée du Caire. Il est nommé pacha par les Egyptiens, et sa tombe se trouve dans le jardin du musée.

Les topographes, les architectes, les archéologues, les égyptologues, les épigraphistes, les restaureurs, les chimistes spécialistes des maladies de la pierre travaillent en Egypte. Tout cela coûte cher. Mais osera-t-on parler ici de rentabilité ou même d'utilité ? Si l'histoire des hommes qui nous ont précédés ne nous intéresse pas, si leur conception de la vie, si leurs croyances, leur art ne méritent que notre indifférence, c'est que nous ne sommes plus qu'une civilisation sans racines, voguant à la dérive, à la recherche d'un bonheur illusoire puisque nous n'en connaissons pas la valeur. Sur la terre d'Egypte, le visiteur occidental devrait au moins trouver l'humilité. Dans cette période que les préhistoriens appellent le « néolithique final », pendant que les Européens s'efforçaient de dresser quelques pierres en forme de menhirs et de dolmens, les pharaons parvenaient à édifier les chefs-d'œuvre monumentaux que sont les pyramides et les temples à colonnes. Alors que la ménagère occidentale se contentait des instruments et des poteries aux formes frustes, les artistes égyptiens sculptaient des merveilles dans le granit, le calcaire, l'albâtre ou le bois, et leurs femmes se paraient des bijoux qui nous laissent encore muets d'admiration. Que s'est-il donc passé ? Zoser, Khéops, Képhren ne songeaient qu'à l'éternité alors que nous ne pensons qu'au présent. Les pharaons avaient engagé le dialogue avec les hommes des temps futurs. Nous, quelles traces laisserons-nous ? Que diront de nous les hommes dans quarante-huit siècles ? Où sont nos pyramides ?

— Rendez-vous le 6 octobre à Louxor ! m'avait-on précisé.

J'arrive un vendredi soir, jour de repos des musulmans. Le centre franco-égyptien d'études de Karnak semble désert. C'est un ravissant petit hameau planté dans la verdure, en bordure du Nil. Au moment de la construction, le directeur a tenu à ce que le matériau utilisé soit la brique traditionnelle, beaucoup plus isolante que le béton.

Jean Lauffray m'ouvre sa porte. C'est un homme sec, au visage émacié, à la peau tannée comme un vieux fellah. On le prendrait facilement pour un Egyptien dans sa galabièh beige.

— Venez vous rafraîchir !

La véranda s'ouvre sur le fleuve. A cette heure crépusculaire, le spectacle est inoubliable, avec la montagne thébaine qui, en face, fait sa coquette, en prenant des teintes roses et mauves. Trois felouques[1] à voiles d'hirondelles glissent près des berges et nous laissent entendre les réflexions des pêcheurs attardés.

— Voulez-vous un verre de carcadé ? me demande Jean Lauffray.

— Qu'est-ce que c'est ?

— La boisson nationale. Une plante médicinale d'origine soudanaise. Ça se boit en infusion ou glacé. Si l'on en croit les Nubiens, c'est un régulateur de la tension. Goûtez !

C'est le coup de foudre. Comment ai-je pu, jusqu'à ce jour, me passer de carcadé ?

Jean Lauffray a replié ses jambes à la manière orientale. Il me pose quelques questions : il veut connaître mes intentions, ma façon de travailler.

— Vous vous installerez au Rest-House du centre, dit-il. Ce n'est pas le grand luxe, mais vous êtes habitué. Le travail commence à 6 heures jusqu'à 14 heures.

— Mme Desroches-Noblecourt est-elle arrivée ?

— Oui. Son équipe ferme demain le chantier de la tombe 33.

Je sursaute.

— Comment ça, demain ? Mais je suis venu, en partie, pour voir ce chantier !

— Ah ! j'ai bien peur qu'il ne soit trop tard. A moins que vous n'alliez, dès ce soir, voir l'équipe.

— Où est-elle ?

— Sur une péniche, à deux kilomètres.

— Mme Noblecourt loge là-bas ?

— Oui.

Je me lève. J'emprunte la bicyclette d'un jeune chercheur, et, dix minutes plus tard, me voilà sur la route, en bordure du Nil, en pleine nuit, en train de pédaler.

Trois péniches amarrées devant le musée de Louxor abritent le Centre d'études et de documentation sur l'ancienne Egypte.

Je monte à bord.

L'équipe est en pleine conférence d'état-major. Sur un grand bureau sont étalées les trouvailles de la dernière campagne : des chaptaouis[2], des lambeaux de masque, des perles colorées, des fragments de poteries. Les objets sont examinés à la loupe.

Présentation de l'équipe par la patronne.

— Si vous voulez assister à la fermeture de la tombe 33, me déclare Mme Desroches-Noblecourt, rendez-vous demain matin ici, sur le bateau, à 5 h 30.

— J'y serai.

1. *Felouque :* barque traditionnelle à haute voile triangulaire.

2. *Chaptaoui :* petite figurine en argile séchée représentant un personnage vivant ou momifié.

Elle ne me croit qu'à moitié. Mais à sa grande surprise, le lendemain, elle voit se profiler sur la passerelle de la péniche une sorte d'homme-orchestre portant autour du cou et sur le dos deux magnétophones, un casque d'écoute, un sac de bobines, un sac de photos et... un vélo.

— Voilà une version inattendue du journaliste ! s'exclame-t-elle.

Apparemment, mon initiative lui est plutôt sympathique. Elle m'invite à visiter ce qu'elle appelle « ses appartements privés » qu'elle partage, sur la petite péniche, avec son assistante, Monique Nelson.

— C'est petit, mais pratique, me confie celle-ci.

— Evidemment, en descendant l'escalier en colimaçon, il faut faire attention à ne pas entraîner le réfrigérateur, ajoute Christiane Noblecourt. C'est comme ça qu'un jour nous avons failli perdre l'un de nos plus brillants égyptologues.

Elle éclate de rire.

Après un copieux petit déjeuner dans la salle à manger de la péniche, nous traversons le fleuve pour passer sur la rive gauche du Nil où se trouve le chantier actuel. A l'aube, le spectacle de la montagne thébaine est aussi féerique qu'au crépuscule.

Nous passons devant les colonnes de Memmon, immobiles au milieu des terres cultivées. Au fond, là-bas, à droite, on devine la vallée des rois. L'expédition de Bonaparte y découvrit le tombeau d'Aménophis III. Puis, un Italien, mi-archéologue, mi-aventurier, Belzoni, ouvrit la tombe de Séti Ier. Au cours des années, on ne cessa de mettre au jour de nouvelles sépultures. Mais c'est en 1922 qu'eut lieu, ici même, l'événement qui bouleversa le monde entier, quand lord Carnavon et Howard Carter pénétrèrent dans le tombeau de Toutankhamon. Ils virent dans les chambres funéraires un amoncellement de merveilles maintenant rassemblées dans plusieurs salles du musée du Caire. Quand on sait que Toutankhamon ne fut qu'un petit roi qui ne régna pratiquement pas, on peut imaginer ce qu'on aurait trouvé dans les tombes de Ramsès II ou de Séti Ier si elles n'avaient pas été violées. Mais ne rêvons pas.

Devant nous s'ouvre la vallée des nobles, avec ses innombrables tombes. Cette nécropole est depuis toujours habitée par les fellahs. Ils occupent les anciennes chapelles funéraires, et les tombes avec leurs richesses leur servaient autrefois de banque.

Nous entrons dans la vallée des reines. Moins importante que la vallée des rois, mais tout aussi aride, cette vallée a un aspect plus maternel. Au fond, le cirque profond forme l'utérus de la grande déesse, la mère de l'humanité, la vache qui allaite le monde. Et de cet utérus s'échappe parfois un peu d'eau qu'on appelle « l'eau du ciel ».

Parmi les dizaines de tombes fouillées, la tombe 33, qui doit être fermée aujourd'hui, est l'une des dernières en date.

Le jour s'est levé. Une vingtaine d'ouvriers nous attendent. Le personnel est un peu fébrile car la patronne est là.

Christiane Desroches-Noblecourt est une personnalité de la recherche scientifique, une sorte de lutin infatigable, intarissable, dont les quarante années de terrain n'ont pas entamé la vitalité. Une petite femme aux cheveux blanc bleuté, d'une compétence de grand sage et d'une audace d'adolescent. Elle est de la race des pionniers, de ceux qui ont fait leurs classes sur le sable de la vallée du Nil, au temps où le touriste n'encombrait pas les champs de fouilles et où l'hôtel trois étoiles se réduisait à la tente et à la moustiquaire. Elle a prouvé que la foi pouvait déplacer les montagnes, au sens propre. Lorsqu'elle a lancé l'idée du sauvetage des temples de Nubie en démontant la montagne et ses monuments, pierre par pierre, on l'a regardée en souriant. Aujourd'hui, Abou-Simbel est sauvé et les temples de Philae le seront dans quelques mois. L'efficacité d'un laboratoire est directement proportionnelle au dynamisme de son patron. En Egypte, sous l'impulsion de Christiane Desroches-Noblecourt, le moteur tourne à plein régime. Première levée, dernière couchée, après une matinée sur le terrain et un après-midi en labo, elle est encore prête à vous raconter ou à écouter des histoires toute la nuit. Car cette femme de science qui fréquente depuis plus de quarante ans les pharaons ressemble étrangement, au milieu des ruines antiques, à Alice au pays des merveilles. Pour l'instant, elle surveille l'entrée de la tombe 33, et m'explique :

— Il y a quelques années, nous avons commencé en faisant venir les photogrammètres et les topographes de l'Institut géographique national, et nous avons constitué la carte de Thèbes par photos jumelées aériennes de tout le massif, jusqu'à soixante kilomètres. Après cette couverture photographique, nous avons établi la carte en courbes de niveau et nous l'avons agrandie au millième ; ensuite, nous avons rétabli la topographie antique d'après les descriptions qu'on trouvait sur les rochers, et nous avons marqué très précisément l'entrée de toutes les tombes. Puis, nous avons nettoyé les tombes déjà visitées à des époques différentes pour être certains que nous ne laissions rien ; ensuite, lorsque tout cela a été publié, nous avons entrepris les travaux de prospection en profondeur et de relevés de la vallée des reines, qui n'a jamais été fouillée systématiquement. Il y a quatre ans, nous avons eu la chance de retrouver la tombe de la mère de Ramsès II, la dame Touy, qui avait été pillée sous la XXIe dynastie, au moment où l'on pillait tout, mais dans laquelle nous avons quand même trouvé beaucoup de petits objets intéressants. Maintenant, nous travaillons dans cette tombe 33 qui a probablement été creusée pour l'une des femmes secondaires de Ramsès II. Dans la vallée des reines, on préparait les tombes d'avance, on les modelait, on les peignait, en laissant vierge le cartouche, c'est-à-dire l'emplacement qui doit recevoir le nom. Quand l'épouse mourait, on ne faisait qu'ajouter son nom à l'encre noire. Comme nous sommes sur un terrain extrêmement friable, les craintes d'effondrement ont, en partie, protégé ce caveau des pillards. Nous avons consolidé son entrée et le plafond pour pouvoir travailler. Les premiers chercheurs qui se sont glissés comme des serpents entre les dépôts et le plafond, ont pu lire sur l'une des parois un nom : Moutnedjemet ; la femme de Horemheb, le dernier roi de la XVIIIe dynastie. On a donc cru qu'il s'agissait de la tombe de cette épouse. Mais les travaux qui ont suivi, et nous ont permis de mieux dégager les parois, ont fait apparaître le portrait de la reine enterrée et son nom : Ta-nedjemy : une inconnue, sans doute une épouse royale de Ramsès II.

— Ce qui est étonnant, c'est qu'au fur et à mesure que vous découvrez de nouvelles tombes, vous bouchez les trous de l'Histoire.

— C'est une enquête policière et en même temps un raccommodage de la toile de l'Histoire.

Dans l'escalier, les ouvriers font la chaîne et se passent des couffins remplis de terre de déblai.

Thierry Hay surveille le tamisage. En bas, dans la première chambre, Christian Leblanc et Mahmoud Maher dirigent les travaux. On a installé un ventilateur car la poussière de déblai est difficilement supportable.

— Nous n'avons pas encore terminé, loin de là ! me dit Christian Leblanc, mais d'ores et déjà, il semble qu'en plus du niveau d'occupation de la reine, il y ait eu deux autres niveaux d'occupation à des époques qui restent à déterminer.

— Il me semble que si je faisais ce travail, je serais comme un enfant : je ne voudrais pas partir sans avoir terminé. Quelle joie lorsque vous découvrez... non ! c'est sûrement autre chose que de la joie.

— Racontez, Mahmoud, racontez ! s'exclame Christiane Noblecourt, racontez à M. Arnaut ce qui est arrivé dans la tombe de la reine Touy.

— Nous avons d'abord trouvé dans les gravats, enchaîne l'égyptologue du Caire, des débris de jarres contenant les offrandes. Les inscriptions indiquaient le contenu de chaque jarre. Ainsi y avait-il des jarres à vin sur lesquelles était marqué : « An 22 de Ramsès », avec le nom du vignoble.

— Appellation contrôlée ?

— Mais oui ! Et ces jarres nous donnaient un renseignement historique précieux car personne ne savait que la mère de Ramsès était morte si tard dans le règne de son fils.

— Ce qui prouve que, parfois, un petit débris peut être plus important qu'un gros objet intact ?

— Du point de vue historique, sans aucun doute.

— Mais il fallait voir Mahmoud ! poursuit Mme Noblecourt, il fallait le voir lorsque, sous les gravats, nous avons dégagé le bouchon-couvercle d'un vase canope qui était le portrait de la reine Touy, jusqu'alors inconnu. Mahmoud a serré ce portrait sur son cœur et il ne parlait plus ; il était lui-même statufié.

— C'était un grand moment, avoue l'Egyptien, encore ému.

— Dans ce genre de chantier, chaque heure peut réserver une

telle surprise. Dans cette tombe 33, on a découvert cette année l'entrée d'un petit puits débouchant sur une salle de trois mètres sur trois et dans laquelle se trouvaient entassées des momies d'époque tardive. L'une de ces momies a été démaillotée pour qu'on puisse connaître l'état de conservation et aussi étudier la technique d'embaumement de cette époque.

Par une échelle, je descends dans le puits avec Christian Le Blanc. Je rends visite aux momies que l'on a replacées pieusement dans leur sépulture.

Depuis un siècle et demi, les chercheurs explorent cette rive gauche du Nil ; aussi bien les sépultures royales que le célèbre Ramesseum chanté par Shelley [1]. Le voyageur, comme l'archéologue, rêve volontiers dans ce lieu romantique au milieu duquel, dans le silence du matin, se font entendre ce qu'André Malraux appela « les arbres à musique », c'est-à-dire les derniers buissons avant le désert chargés d'oiseaux piailleurs. Ce prestigieux ensemble est constitué du temple proprement dit, entouré de l'immense champ de ses annexes.

Dans un dédale de ruines de maisons arasées, deux femmes, sous le soleil suffocant, fouillent la terre à la recherche du moindre indice. Monique Nelson et Anne-Marie Loiret sont chargées de ce travail. Les annexes, bien que maintes fois violées, livrent parfois des renseignements d'un grand intérêt.

Les deux femmes montrent à Christiane Desroches-Noblecourt leurs dernières trouvailles : les morceaux d'un sphinx, et un fragment de cartouche de Ramsès II.

— Voyez, m'explique Mme Nelson, sous cet amoncellement de terre, nous avons laissé un sarcophage en bois bitumé extérieurement et intérieurement.

— En face, renchérit Anne-Marie Loiret, se trouvaient les vestiges d'un coffret à chaptaouis dans lequel nous avons pu dénombrer plusieurs centaines de ces petites figurines très frustes en terre cuite passées au lait de chaux ; ce que nous appelons la « petite friture ».

A l'ombre de l'arasement d'un mur en briques crues, ont été rassemblés quelques autres petits objets et une douzaine de balayettes en alfa bien tressées.

— Elles servaient à balayer la chambre après les funérailles, précise Anne-Marie Loiret.

Christiane Desroches-Noblecourt me tend un bidon :

— Un peu d'eau citronnée ? Il faut boire souvent ici. On se déshydrate très vite.

Elle se retourne vers ses assistantes :

— Monique ! Anne-Marie ! nous allons jusqu'au village des ouvriers. Nous serons de retour dans une heure.

---

1. Shelley, *le Tombeau d'Osymandyas.*

Entre la colline et la falaise thébaine, une petite vallée abrite les restes d'un village habité jadis par les ouvriers de la vallée des rois. Dès la fin de la XVIIIe dynastie, vivait là toute une population de carriers, de maçons, de graveurs, de peintres, travaillant tous à la nécropole royale. Les maisons de pierres séchées sont réduites évidemment à l'état de ruines, mais les fouilles de Bernard Bruyère ont permis de reconstituer la vie quotidienne de ces gens, avec des détails surprenants.

— On connaît leurs habitudes, spécifie Christiane Noblecourt, on connaît leurs amitiés, leurs inimitiés, leurs amours, leurs alliances. Ici, vous avez la maison n° 1 qui a appartenu au chef des artisans de la XIXe dynastie. On sait tout de lui. On connaît sa fille, son fils, son petit-fils. C'est ce dernier qui a orné la tombe de Touy.

— Vous me parlez d'eux comme...

— Comme si c'était des amis ? Mais ce sont des amis ! Bernard Bruyère, qui a passé sa vie dans cette maison de fouilles, là, au-dessus, avait établi une parfaite intimité avec tous ces habitants morts il y a trois mille ans. Un exemple, tenez : les inscriptions retrouvées prouvaient qu'il y avait eu, au cours de la XIXe dynastie, un grand procès, inculpant certains ouvriers de viol d'une tombe royale. L'un des principaux accusés qui habitait ici, dans cette maison, avait réussi à se disculper et à être innocenté. Or, au cours des fouilles de Bernard Bruyère, on a retrouvé, sous le foyer de l'âtre, certains objets appartenant à la tombe violée. Evidemment, trente-deux siècles après, il n'était pas question de réviser le procès, mais les chercheurs modernes avaient enfin fait surgir la vérité.

Midi. Nous rejoignons l'équipe de la tombe 33. On vient d'en obstruer le puits. La porte de fer s'est refermée sur des mystères qui seront peut-être éclaircis l'année prochaine.

Dans la maison du gardien a commencé la paye des ouvriers. Pour ces gens très pauvres, c'est le moment le plus attendu de la quinzaine. Pendant que Mahmoud Maher appelle et effectue un pointage, Christian Leblanc distribue l'argent. Thierry Hay, de son côté, achève de panser l'un des ouvriers, blessé à la main.

Seize heures. Sur la péniche, les chercheurs rangent leur matériel : la campagne de fouilles 1978 est terminée. Demain, certains d'entre eux rentreront à Paris, d'autres regagneront le Caire où ils résident provisoirement. Pour chacun commencera alors la période d'étude du matériel trouvé. Il faudra décrire, dessiner, comparer, visiter les réserves des musées, chercher dans les bibliothèques, travailler des mois pour dater, faire revivre les objets qui ont été découverts en quelques semaines de fouilles. Rien ne peut être laissé au hasard dans cette reconstitution de l'histoire d'une civilisation morte il y a vingt siècles.

— Nous partirons pour Assouan demain matin à six heures, avec la voiture de monsieur Lauffray ! a annoncé Christiane Desroches-Noblecourt.

Par la route qui s'enfonce vers le sud, nous pénétrons en Nubie. Le paysage et les hommes changent peu à peu. Nous sommes en Afrique noire ; le Nubien n'est déjà plus un Egyptien ; il parle une autre langue. Affable et souple, il travaille traditionnellement dans le personnel de maison, la restauration ou les hôtels. Il s'expatrie facilement. Bien que vivant au loin, il garde le culte de la famille et économise pour envoyer de l'argent chez lui. Parfois, il envoie aussi la vaisselle du patron ; les assiettes surtout, qui décorent les façades des maisons. Si bien qu'en regardant ces décorations originales et en lisant dans les assiettes « Buffet de la gare » ou « Hôtel du Papyrus » on sait où travaille le maître de maison.

Dans l'Ariane pilotée par Jean Lauffray, on ne voit pas le temps passer. Chaque ouadi, chaque village, chaque monument, chaque ruine fait surgir une anecdote, un souvenir. Nous arrivons à Edfou.

— C'est ici, nous confie Christiane Noblecourt, que j'ai fait mes premières armes, bien avant la dernière guerre mondiale. Nous couchions sous la tente, là-bas, loin de tout. Il faisait un froid ! Une nuit, à travers la moustiquaire, je sens la truffe humide d'un chien qui me renifle. J'ouvre les yeux, et je vois deux billes brillantes et des oreilles pointues. Je pense « Tiens ! un chien policier. C'est plutôt rare ici. » Avec mon bras je fais un geste en chuchotant « Va-t'en ! Allez, couché ! » C'était un loup. Je m'en suis aperçu aussitôt après. Je me suis assise sur mon lit de camp, pétrifiée. Mais lui, sûrement vexé d'être traité comme un vulgaire chien, s'était retourné calmement et était parti.

« L'Egypte est un don du Nil. » L'a-t-on assez rabâchée, cette vérité première. Certes, l'Egypte féconde, l'Egypte vivante se cantonne aux abords de ce long serpent fertilisant, des cataractes du Sud au delta du Nord. Mais, dès la fin du XIXe siècle, on pensait aux avantages que pouvait apporter la retenue des crues impétueuses. Un immense réservoir d'eau pouvait permettre un accroissement des terres cultivables. Ensuite, ce barrage serait une source d'énergie indispensable. On pourrait enfin régulariser l'irrigation. Le premier barrage de 1898 s'avéra très vite insuffisant. On l'exhaussa en 1907, en 1927, pour construire finalement le haut-barrage d'Assouan en 1960. C'est alors que les inconvénients apparurent. En augmentant la hauteur du barrage, on noyait la Nubie sur 295 km en amont. Il fallait déplacer des populations pour lesquelles on construisit, très loin, en aval, des cités modernes en béton, mal adaptées au climat de la région et qui allaient brusquement disloquer les structures sociales établies depuis des siècles. Mais si l'on pouvait déplacer les hommes, on ne pouvait pas — du moins le croyait-on — déplacer le patrimoine culturel qui se trouvait sur ces terres immergeables. Les temples, les tombeaux devaient être sacrifiés. C'est alors que

Christiane Desroches-Noblecourt reprit la vieille idée un peu folle du sauvetage des temples de Nubie. Le monde entier s'émut pour Abou-Simbel et répondit à l'appel lancé par l'UNESCO. En 1963, l'entreprise folle devenait réalité : on découpait les temples en morceaux et on les remontait sur un site que l'eau ne pouvait atteindre. Pendant plus de six ans, neuf cents personnes travaillèrent à ce sauvetage, remuant des centaines de milliers de tonnes de rochers. L'audace de ce sauvetage conféra la célébrité à ce bastion avancé de la civilisation pharaonique qui marquait la frontière du pays où les rois s'identifiaient aux dieux. Mais bien avant Abou-Simbel, la petite île de Philae sur laquelle se dressait l'admirable temple d'Isis, était condamnée à disparaître sous les flots. En vain, Pierre Loti avait pleuré sa mort. Philae sous les eaux offrait évidemment aux plongeurs un spectacle unique : on nageait au milieu des portiques et des chapiteaux. Le temple d'Isis ne réapparaissait que deux mois par an, lorsqu'on vidait le réservoir du barrage. Les archéologues, les égyptologues et quelques curieux se précipitaient alors pour étudier, ou se recueillir, dans la boue et le limon. Christiane Desroches-Noblecourt pensa qu'on pouvait prolonger la campagne de l'UNESCO. Et ce furent de nouveau des années de démarches, de conférences, de voyages d'étude, de campagnes de presse. De nouveau, la Nubie émut le monde. Les témoignages qui parvenaient étaient révélateurs. Le premier don qui arriva au Louvre fut une somme bien modeste provenant d'un enfant qui avait cassé sa tirelire. Bref, on remua ciel et terre, et on obtint le sauvetage de Philae. Les travaux commencèrent en 1972. Il s'agissait d'isoler l'île par un batardeau de plus de huit cents mètres, de modeler une île voisine plus haute en recréant la topographie exacte de Philae, de démonter les temples en numérotant chaque bloc, et de les remonter sur le nouveau site. Il est difficile d'imaginer ce que représentent de tels travaux quand on ne les voit pas.

Je me trouve dans le bateau qui conduit dans l'île le comité international de l'UNESCO présidé par M. Chehata Adam, directeur des antiquités d'Egypte. Ce comité rassemble des égyptologues, des archéologues, des architectes-experts, des philologues de plusieurs pays chargés de superviser les travaux.

Nous débarquons.

D'immenses grues enlèvent les blocs de plusieurs tonnes apportés par les péniches qui viennent de la carrière où ont été rangés les morceaux des temples de Philae. Les travaux ont été confiés à une entreprise italienne. Ceux qui dirigent ces travaux m'expliquent qu'il a d'abord fallu procéder à l'étude technique du monument : vérifier la construction d'origine, retrouver les unités de mesure d'époque, analyser l'état de la pierre, observer l'orientation du soleil, en un mot reprendre tous les problèmes qu'ont eu à résoudre les architectes antiques. Les experts ont découvert que, pour encaisser les micro-mouvements de ces masses, les anciens utilisaient un mortier de sable, d'argile et de calcaire qui produisait des joints élastiques.

On fabrique donc aujourd'hui ce mortier d'époque. Tout a été fait avec amour, sans violence. Et le temple d'Isis est debout, dans la nouvelle île, admirable, intact. J'ai de la peine à croire qu'il n'est là que depuis un an.

Les membres du Comité discutent avec les techniciens de l'opportunité de reconstituer une partie du mur d'enceinte. Certains spécialistes ne sont pas favorables à cette solution, prétextant qu'esthétiquement ce mur n'est pas souhaitable. Christiane Noblecourt, préoccupée autant par la vérité historique que par l'aspect esthétique, plaide avec sa passion habituelle, moitié en français, moitié en anglais :

— Messieurs, nous ne pouvons pas statuer du sort d'un temple égyptien en nous référant au point de vue grec classique. Le temple grec est un monument d'art ; c'est un point de mire, un haut lieu que tout le monde doit admirer, un tout esthétique. Le temple égyptien, au contraire, est une forteresse dans laquelle se déroulent des mystères scientifiques ; et un mur d'enceinte l'entoure pour, précisément, le protéger des regards.

Je m'éloigne de ces discussions techniques, et je flâne dans le temple renaissant. Dans l'entrée du premier pylône[1], j'aperçois en levant la tête une inscription inattendue : « L'an VI de la République, une armée française commandée par Bonaparte est descendue d'Alexandrie. L'armée ayant mis les mamelouks en fuite aux pyramides, Desaix, commandant la première division, les a poursuivis au-delà des cataractes. »

Les soldats de Bonaparte ont donc vu Philae bien avant qu'elle ne soit engloutie par les eaux !

Christiane Noblecourt vient me rejoindre devant le pavillon de Trajan.

— Alors ? dis-je, vous les avez convaincus ?

— Je crois que maintenant tout le monde est d'accord. Mais la discussion la plus âpre est pour ce soir. Il s'agit de savoir si nous allons aussi sauver Biggèh, c'est-à-dire les vestiges du sanctuaire osirien partiellement submergé qui faisait face au flanc ouest de l'ancienne Philae. Osiris dort là de son sommeil éternel. C'est un territoire interdit où nul homme ne peut poser le pied.

— Le Comité s'oppose à ce sauvetage ?

— C'est-à-dire que l'opération est très délicate, et onéreuse. Mais moi je pense qu'il faut encore faire un effort. N'oublions pas que Philae n'a été construit que par rapport au sanctuaire d'Osiris sur l'île de Biggèh. Si nous supprimons les vestiges du sanctuaire d'Osiris, nous supprimons l'aspect profondément religieux du temple d'Isis. Vous connaissez la légende d'Isis et de son bien-aimé mari Osiris ? Bien qu'il soit le dieu de la fécondité, ils n'arrivaient pas à

1. *Pylône :* en termes d'architecture, portail monumental encadré de deux énormes massifs en maçonnerie.

avoir un seul enfant. Il a fallu qu'il meure, qu'il soit coupé en morceaux par son frère Seth, que sa femme reconstitue les morceaux et lui redonne la vie, pour qu'elle soit fécondée et mette au monde Horus. C'est le mythe de l'éternité, l'alternance de la lune et du soleil, la lune étant la force cosmique enfermée dans son container, et le soleil la force libérée. Il faut qu'il y ait la nuit pour qu'il y ait le jour ; il faut qu'Osiris meure pour qu'Horus vive. Maintenant, ajoute-t-elle avec le sourire du magicien qui s'apprête à révéler le secret d'un de ses tours, je vais vous faire voir quelque chose.

Elle prend une feuille de papier et dessine une île en forme d'oiseau. Puis, une autre île, en dessous, qui épouse la forme du ventre de l'oiseau (*voir dessin*).

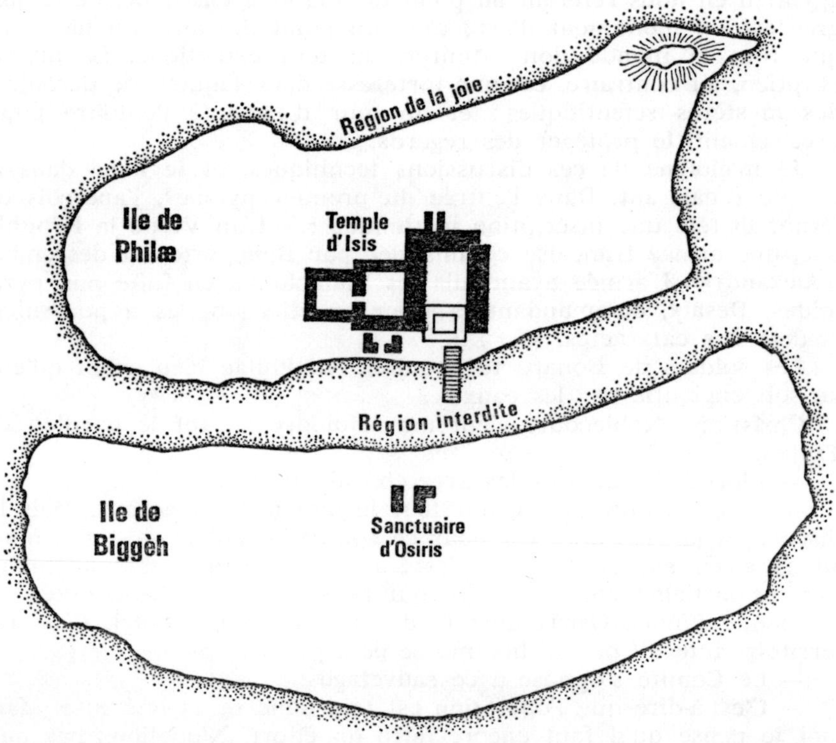

— Voilà Philae, c'est-à-dire Isis, explique-t-elle en posant le crayon sur l'oiseau. Et voilà Biggèh, c'est-à-dire Osiris. Il a fallu qu'Isis se pose sur Osiris pour être fécondée. La preuve, c'est que ce côté de l'île est le côté osirien sur lequel on ne pouvait ni pêcher, ni chasser, ni faire de la musique. L'autre côté, au contraire, représentait le renouveau du monde, le retour à la vie, la joie, la renaissance. Vous comprenez donc qu'il est difficile de conserver Isis sans Osiris, c'est-à-dire Philae sans Biggèh.

— Si j'étais membre du Comité, je serais convaincu.

— J'aurai beaucoup plus de difficultés avec mes confrères. Je les comprends : nous commençons à compter les fonds pour terminer cette opération.

Au moment où ce livre sortira, Philae sera sur le point d'être ouvert au public. Le temple d'Isis va revivre. Tous ceux qui ont participé à ce sauvetage, du plus grand expert à l'enfant qui a cassé sa tirelire, peuvent être fiers.

Pour me faire comprendre la technique antique de la pierre taillée, Jean Lauffray m'a conduit jusqu'à l'endroit où se trouve l'obélisque inachevé. C'est un bloc de granit de quarante-deux mètres de long, couché, dans sa forme quasi définitive. La taille en a été abandonnée à cause d'une fêlure. Cette masse de plus de mille tonnes montre clairement le procédé utilisé par les Egyptiens pour l'extraction des blocs. Par des entailles, ils délimitaient la surface à extraire. Puis, ils plaçaient dans ces entailles des coins de bois qui étaient ensuite mouillés. En gonflant, les coins faisaient éclater la pierre aux endroits prévus.

Alors que nous arpentons l'obélisque, le gardien vient nous proposer quelques souvenirs que nous refusons. Il veut nous montrer des « antiquités » et sort de sa cabane une statuette mal taillée. Nous sourions. Jean Lauffray lui dit en arabe que nous ne sommes pas des touristes américains. Flairant alors le véritable amateur, le ghafi nous invite à venir voir un très bel objet qui sort d'une tombe. Mais l'objet n'est pas là ; il est en dépôt chez un personnage important du village. Proposer une vente clandestine au directeur du Centre d'études de Karnak ne manque pas de piquant, et nous décidons de jouer le jeu pour voir jusqu'où les choses peuvent aller. Nous embarquons notre guide qui nous conduit dans une maison musulmane. Un homme grand et digne apparaît. Il nous prie de nous asseoir et nous offre le thé. En échangeant quelques propos en arabe avec Jean Lauffray, il comprend vite qu'il n'a pas affaire à un amateur mais à un spécialiste des plus officiels. Il flaire alors le danger et nous annonce que l'objet n'est pas là et qu'il ne pourra ne nous le montrer que le lendemain.

J'interroge Lauffray à mi-voix :

— Ça peut être un objet authentique ?

— Possible. On trouve encore beaucoup de choses. Mais je n'ai pas pu lui cacher que je dirigeais le Centre franco-égyptien. Donc, jamais nous ne verrons cet objet.

Nous rentrons à Karnak assez tard dans la soirée et j'ai juste le temps de recharger mon magnéto pour ne pas rater mon rendez-vous devant le premier pylône.

Thèbes ! la plus célèbre des anciennes capitales d'Egypte ! Thèbes qui rayonna d'un éclat sans pareil pendant six siècles ! Thèbes du dieu Amon, le plus adoré de tous les dieux ! Mais aujourd'hui, Thèbes station touristique pour voyages organisés. Thèbes pour Américains follement amusés par ces calèches aux chevaux efflanqués qui les conduisent au « Son et lumière ».

Je m'installe à une centaine de mètres de l'entrée où se presse la foule. Et soudain, à dix-neuf heures, Thèbes se réveille aux premiers échos d'un spectacle un peu trop grandiloquent pour parler de la grandeur.

Dès qu'il est question de longs travaux archéologiques, on pense à Karnak, l'inépuisable mine d'une civilisation prestigieuse qui illumina l'Orient au temps des pharaons de la XVIIIe et de la XIXe dynastie. Les temples de Karnak étaient à la religion égyptienne ce que le Vatican est à l'Eglise catholique romaine. Des générations de savants se sont succédé ici sans venir à bout de cet immense chantier.

— Il n'y a certainement pas un quart de la superficie de Karnak qui ait été fouillé, et seulement dans la couche supérieure, précise Jean Lauffray.

Le Centre franco-égyptien d'étude des temples de Karnak est une mission permanente du CNRS depuis 1967. Jean Lauffray, maître de recherches, architecte et archéologue, a d'abord travaillé sur les bords de l'Euphrate, puis à Byblos, en Phénicie. Il y a douze ans, il a continué, ici, le travail considérable entrepris par des prédécesseurs comme Legrain et Chevrier. Mais au XIXe siècle et au début du XXe, la recherche archéologique était moins exigeante, moins organisée. Les chercheurs étaient des pionniers. Aujourd'hui, le Centre franco-égyptien est un instrument de travail aux rouages parfaitement huilés. Pour établir un programme de recherches rationnel, Jean Lauffray a d'abord fait tracer un quadrillage du site. Une opéraiton de photogrammétrie a permis d'obtenir un plan précis de l'ensemble. Karnak se trouve découpé comme un plan du métro ; chaque monument, chaque mur, chaque objet est matérialisé dans l'espace. Le service de documentation compte plus de 15 000 fiches, des planches, des contacts, des journaux de fouilles, une bibliothèque. Dans les fouilles scientifiques, on ne creuse jamais un trou au hasard. Pourtant, quelquefois, surviennent des événements fortuits. En nous promenant devant le grand temple, le directeur du Centre me raconte :

— Au siècle dernier, on avait signalé dans ce secteur, là, sous nos pieds, un support de barque. Et depuis longtemps, je voulais savoir s'il y avait une fondation. Or, un jour, je reçois la visite d'un monsieur qui m'apprend que sa famille a l'habitude de subventionner, tous les ans, la restauration d'un monument. Lui s'intéresse personnellement à l'égyptologie, et il souhaite pouvoir nous aider dans la mesure de ses moyens. Au point où nous en sommes dans ce domaine, nous n'avons pas le droit de décourager les bonnes volontés. Je fais donc visiter Karnak à ce monsieur qui, le lendemain, revient dans mon bureau et me dit : « J'ai décidé de demander à mon père de faire un effort pour Karnak, mais en attendant, comme je dispose de devises égyptiennes que je ne puis remporter, permettez-moi de vous les laisser. Excusez-moi la modicité de la somme, mais c'est mieux que rien. » Il y avait trois cents livres. A cette époque, on pouvait encore faire quelque chose avec ça. Et le monsieur ajoute : « Je vous demande simplement de ne pas engouffrer cette somme dans la masse de vos crédits, mais de faire une opération ponctuelle de sondage dont je serai, en quelque sorte, le parrain. Si vous trouvez quelque chose, prévenez-moi. En général, quand je joue à la bourse, j'ai assez de chance. » Et le monsieur s'en va. Je repense alors à ce support de barque. Il y avait là une zone carrée où les pierres étaient plus petites que le reste du dallage, comme un remaillage. Je décide donc de faire entreprendre un sondage. Très vite, sous les premières pierres, nous voyons apparaître deux superbes statues du Moyen-Empire et la statue royale en position osiriaque qui est l'un des joyaux du musée de Louxor. J'ai aussitôt envoyé un télégramme à notre mécène qui ne paraissait pas autrement surpris d'avoir encore eu de la chance. Ce qui était beaucoup plus drôle, c'était l'étonnement de nos confrères américains qui disaient : « Comment ! vous faites un trou, comme ça, et vous trouvez du premier coup ! » J'ai eu le plus grand mal à leur faire admettre que je n'avais pas fait ce trou par hasard. Et c'est ainsi que nous avons appris l'existence, là-dessous, d'une fondation qui fut, sans doute, l'endroit où accostaient les barques les jours de fête.

— Combien de temps faudra-t-il pour découvrir toutes les richesses enfouies dans ce site ?

— Etant donné que tout cela a été construit en plusieurs milliers d'années, on ne peut pas avoir la prétention de tout redécouvrir en quelques décennies.

Jean-Pierre Saïd est l'un des célibataires du Centre. Il pourrait être irlandais par son flegme et son physique. Ce garçon longiligne, châtain-roux, à la voix posée et traînante, a entrepris, en plus de ses travaux de documentaliste, l'étude de la cour du VIe pylône du temple d'Amon. Il est architecte de formation. Je me trouve avec lui dans cette cour où plusieurs pharaons ont laissé les traces de leur passage.

— Ici, j'ai relevé toute l'iconographie, marmonne-t-il ; chaque signe, chaque dessin. Puis, dans un deuxième temps, j'ai été amené à reconstituer l'architecture de cette salle pour pouvoir éventuellement déterminer la fonction et les circulations de ce lieu de passage.

— On s'imagine assez mal ce que pouvaient être ces temples à l'époque de leur magnificence. Tout cela devait rutiler d'or, de couleurs.

— Il n'y avait certainement pas un centimètre carré qui ne fût recouvert de peinture. Même le granit était peint. Les piliers héraldiques qui sont en face de vous vous en donnent un témoignage.

— Que souhaiteriez-vous faire dans cette salle, si vous en aviez le temps et les moyens ?

— Mon rêve serait de reconstruire la porte érigée par Hatchepsout, la régente du royaume, qui s'est comportée pendant vingt-deux ans comme un authentique roi. Et puis, je voudrais fouiller le sol qui, j'en suis sûr, a bien des secrets à nous révéler. Mais je ne finirai pas le travail que j'ai entrepris ; d'autres prendront la suite.

Ce matin, après le petit déjeuner, il s'est produit un événement rare : il a plu. Oh ! quelques gouttes, pendant cinq minutes. Mais c'était tellement inattendu ! Depuis deux ans on n'avait pas vu ça. Dès les premières gouttes, la population est sortie dans la rue, les écoliers ont quitté leurs classes et ont dansé sous la pluie en chantant.

Les efforts du Centre franco-égyptien portent en priorité sur le IXe pylône pour des raisons de sécurité, mais aussi parce que ce monument est une mine de documents. Il est rempli de blocs décorés provenant du temple d'Aton et ayant servi de matériau de réemploi aux premiers constructeurs. Ces blocs décorés appelés « talatates[1] », récupérés par l'équipe de Michel Azim, sont enregistrés par les inspecteurs égyptiens, envoyés au service de restauration, et stockés en vue de constituer un gigantesque jeu de patience.

Jean Larronde est un des anciens du Centre. Il y est depuis la création. A la fois chef des travaux et homme à tout faire, il est appelé à résoudre des problèmes de tous ordres. Il a le physique de son tempérament : trapu, les épaules larges, le visage énergique sous sa casquette de pêcheur breton, on devine, dès l'abord, l'homme de poigne. Comme il ne ménage pas sa peine, il n'admet pas que l'on triche au travail. Pour lui, rien n'est impossible : quand on n'a pas les moyens de surmonter une difficulté, on la contourne.

— Ici, me dit-il, l'imagination est sollicitée en permanence, et c'est ce qui me passionne. Je n'avais pas d'échafaudages tubulaires ; j'ai fait monter un échafaudage en poutres. Je n'avais pas de grue ; j'ai placé un pont-roulant et des tire-fort. Souvent, par nécessité, nous réinventons d'anciennes techniques.

— Les crédits manquent ?

— Demandez donc à notre directeur.

— Que faites-vous, en ce moment ?

— Nous vidons entièrement le pylône. Nous ne laissons que les blocs de parement des trois dernières assises, qui sont tellement abîmés qu'ils tomberaient en morceaux si nous les touchions. Nous allons donc les fixer sur place, les restaurer, introduire des colles,

1. *Talatate* : du nom arabe désignant une petite banquette. Ce sont des pierres d'une cinquantaine de kilos, décorées, ayant servi de parement à des murs.

les goujonner sans les démonter. A la place des « talatates » enlevées à l'intérieur, nous allons bâtir des structures en béton.

Pour l'instant, une douzaine d'ouvriers déplacent un bloc. La pierre suspendue à une grosse corde semble dangereuse pour les mains et les pieds qui traînent en dessous. Jean Larronde me rassure :

— Ce bloc n'est pas très lourd. Quand il est sec le grès a une densité de deux tonnes au mètre cube. Donc, celui-ci ne doit faire qu'une tonne et demie. Mais enfin, j'avoue que la corde est un peu légère.

— Vous n'avez jamais d'accidents ?

Il touche du bois.

— D'accidents graves, non, nous n'en avons pas eu. Et Dieu sait pourtant ! Impossible de leur faire prendre des précautions. Par moments, c'est insensé, insensé ! Un jour, j'ai trouvé un gars qui était perché à trente-deux mètres de hauteur sur une pile dont la base n'excédait pas vingt-cinq centimètres de côté ; et là-dessus, il déroulait un câble pour aider à descendre une pièce de bois de plus d'une tonne. L'an dernier, dans la salle hypostyle, ils sautaient d'une colonne à l'autre, à vingt-trois mètres de hauteur. Et tout ça, avec leurs galabièhs et des chaussures crevées. Je me gendarme en vain. J'ai même été obligé de leur faire sauter des primes pour respecter la sécurité. Les casques, ils ne les portent jamais. Ils les emportent chez eux pour faire jouer les enfants.

— Ce bloc que vous venez de démonter, où va-t-il ?

— Il va être posé sur le wagonnet qui partira vers le studio orientable de plein air, pour être photographié.

— C'est vous qui avez imaginé et construit ce studio ?

— Oui. Là encore, il a fallu se débrouiller. Nous ne pouvions pas nous permettre d'avoir un équipement de photogrammétrie. Alors il a fallu inventer. Allez voir Alain Bellod, il va vous expliquer. Suivez le wagonnet !

Alain Bellod, le photographe, est à Karnak depuis douze ans. Il est arrivé avec trois appareils, et son talent. Aujourd'hui, il dispose d'un laboratoire et d'un studio, entièrement conçu, agencé, bricolé par le personnel du Centre.

Ses assistants sont en train de régler le support orientable du studio de plein air. Il m'explique :

— Cet engin tourne avec le soleil ; il est capable de photographier une trentaine de pierres par jour, à la même échelle et avec la même lumière. Son fonctionnement est simple : le wagonnet qui porte la pierre arrive sur la plaque tournante. Le bloc est mis de niveau verticalement et horizontalement. Puis, l'ensemble du studio monté sur rail vient placer la chambre photographique devant le bloc, en conservant toujours la même distance entre l'appareil et la pierre.

— En somme, une fois votre studio installé, vous ne rencontrez plus de difficultés. La météo, par exemple ?

— Oh ! s'esclaffe-t-il, je suis assuré d'avoir mes trois cent quarante jours de soleil par an.

— Donc, pour vous, aucun problème ?

— Si ce n'est celui de l'alimentation en pierres, qui dépend de la grue, et celui de la pellicule, qui dépend des crédits français. La grande difficulté ici, c'est l'approvisionnement. Le matériel commandé l'an dernier, au mois de juin, est arrivé cette année au mois d'avril. Il faut tout prévoir un an à l'avance.

— Comment devient-on photographe de site archéologique ?

— Pour moi, c'est arrivé accidentellement. Avant de venir ici, je travaillais pour la Ville de Paris. Je m'occupais de photographies de maquettes. Un jour, monsieur Lauffray m'a demandé si ça m'intéresserait de venir à Karnak. J'ai été engagé par le CNRS pour un an. Et voilà ! J'y suis encore.

— Rêver douze ans dans le site de Karnak ! Rêve-t-on encore, après douze ans ?

— Absolument. C'est fabuleux. Tous les jours on découvre quelque chose de nouveau. Mon inquiétude, c'est que je ne pourrai pas passer toute ma vie ici ; il faudra donc que je trouve un autre site aussi fantastique, ou que je fasse tout à fait autre chose.

Si un flâneur revenait tous les jours dans les trois grands ensembles de Karnak, il pourrait y rencontrer une femme qui, tête baissée comme un limier sur la piste, marchant à pas lents, fait le tour de chaque pierre, en examine soigneusement toutes les faces. Ce que cherche Françoise Le Saout, ce sont les fragments de ce puzzle jamais achevé, les morceaux de bas-relief ou de texte qui viendront compléter une scène rurale, combler les lacunes d'une information. Françoise Le Saout est épigraphiste. Les pierres antiques fournissent une quantité de renseignements sur la langue, la religion, la politique, l'administration, la vie sociale de leur époque. Mais pour les interpréter, encore faut-il savoir les lire, et les relever sans erreur.

Quand j'entre dans le service d'épigraphie, Françoise Le Saout est penchée sur une table à dessin lumineuse et travaille à une étude paléographique : elle illustre l'évolution d'un signe hiéroglyphique — le hibou — au cours des diverses périodes (*voir dessin*).

Il ne faut pas croire, en effet, qu'au cours des siècles pharaoniques les signes, les dessins se sont figés dans des formes immuables. Lorsqu'une paroi devait être sculptée, plusieurs corporations se succédaient. Il y avait d'abord le traceur qui, à l'encre rouge, venait ébaucher l'ensemble du texte ou de la scène. Ensuite passait le dessinateur qui, à l'encre noire, précisait le trait. Enfin arrivait le sculpteur qui, tout en respectant le dessin, pouvait le marquer de sa personnalité ou de son humeur. Pour un signe semblable d'une même époque, on peut rencontrer des représentations graphiques sensible-

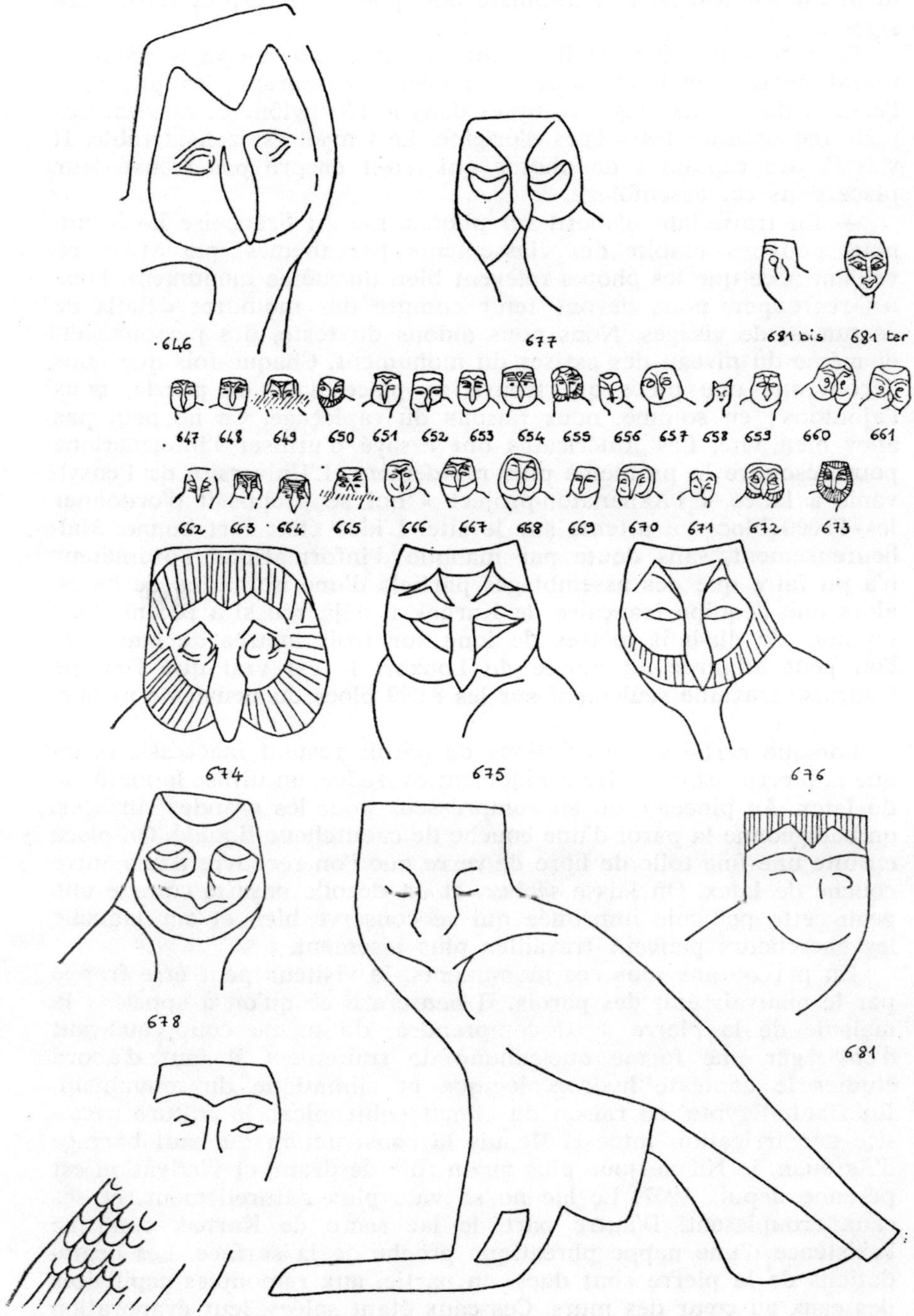
646
677
681 bis
681 ter
647 648 649 650 651 652 653 654 655 656 657 658 659 660 661
662 663 664 665 666 667 668 669 670 671 672 673
674
675
676
678
681

ment différentes. Et l'épigraphiste doit pouvoir interpréter tous ces signes.

Dans la salle où travaille Françoise Le Saout, un vaste panneau mural porte, sur une trame de papier transparent, les photos à l'échelle des « talatates » trouvées dans le IXe pylône et rassemblées pour reconstituer les scènes d'origine. Le travail est considérable. Il y a là des centaines de photos qui n'ont encore pas trouvé leur place dans cet assemblage.

— En travaillant d'abord sur photos, me dit Françoise Le Saout, nous pouvons établir des classements par thèmes, par style, en veillant à ce que les photos relèvent bien du même monument. Pour les regrouper, nous devons tenir compte des moindres détails de costumes, de visages. Nous nous aidons du texte, des personnages, et même du niveau des assises du monument. Chaque fois que nous découvrons une pièce qui trouve sa place dans ce puzzle, nous l'ajoutons ; en somme, nous faisons du rapiéçage. Ça ne peut pas aller bien vite. Les Américains ont essayé d'utiliser l'informatique pour résoudre le problème plus rapidement. L'Université de Pensylvanie a lancé « l'Akhanaton-project » qui se proposait d'ordonner les 40 000 blocs en attente sur le site. L'idée était fort bonne. Malheureusement, sans doute par manque d'informations, l'ordinateur n'a pu faire que des assemblages partiels d'une quinzaine de blocs, alors que l'équipe française de Karnak a déjà réussi à reconstituer un mur de dix-huit mètres de long sur trois mètres de haut que l'on peut admirer au musée de Louxor. Il est vrai que l'équipe française travaille seulement sur les 8 000 blocs du neuvième pylône.

Lorsque certaines inscriptions de parois restent inaccessibles ou que la pierre risque d'être rapidement dégradée, on utilise la méthode du latex. Au pinceau, ou au compresseur pour les grandes surfaces, on badigeonne la paroi d'une couche de caoutchouc liquide. On place ensuite une fine toile de fibre de verre que l'on recouvre d'une autre couche de latex. On laisse sécher, et on décolle ensuite comme une peau cette pellicule imprimée qui se conserve bien et sur laquelle les chercheurs peuvent travailler plus aisément.

En parcourant tous ces monuments, le visiteur peut être frappé par le mauvais état des parois. Il pensera à ce qu'on a appelé « la maladie de la pierre ». Il comprendra, du même coup, qu'avant d'envisager une forme quelconque de traitement il faut d'abord étudier le contexte hydrogéologique et climatique du monument. En Haute-Egypte, en raison du climat subtropical, la culture nécessite une irrigation intense. Depuis la construction du haut barrage d'Assouan, le Nil ne joue plus qu'un rôle de drain, et l'irrigation est pérenne depuis 1967. Le lac ne se vide plus naturellement, et ses eaux croupissent. D'autre part, le lac sacré de Karnak confirme l'existence d'une nappe phréatique proche de la surface. Les dégradations de la pierre sont dues, en partie, aux remontées capillaires des eaux au cœur des murs. Ces eaux étant salées, leur évaporation à la surface des pierres laisse un épais dépôt de sel qui fait éclater les pores de grès et provoque l'effritement des reliefs. Des méthodes de traitement sont en cours au service de restauration dirigé par Claude Traunecker.

13 heures. Il fait chaud, très chaud. Les touristes ont abandonné le site. Le rendement des ouvriers devient médiocre. La sieste sera la bienvenue. Cet après-midi, les chercheurs se livreront à des travaux de bibliothèque ou de publication. Quand Râ, le dieu-soleil, sera fatigué, on pourra sortir, se promener sur la corniche qui conduit à Louxor, rencontrer des amis, envisager un repas ou une partie de bridge. Sans être reclus, les chercheurs de Karnak sont un peu isolés, et les quelques semaines de congrès en Europe sont toujours salutaires.

Ce soir, dans le jardin du centre, on a organisé une « fantasia », c'est-à-dire un divertissement musical auquel participent quelques ouvriers du chantier. Trois musiciens et six danseurs en sont les animateurs. Après quelques figures mimant un assaut guerrier, ils entament un chant de louange pouvant englober quiconque donnera quelques piastres pour entendre prononcer son nom. Puis, les joyeux fellahs se lancent dans une fantaisie sautillante, et invitent les spectateurs à se joindre à eux. Les uns après les autres, les chercheurs, les techniciens, les invités se lèvent et entrent dans la danse. L'un des animateurs va prendre par la main le directeur du centre, et lui ceint la taille d'un foulard. Jean Lauffray, qui n'en est pas à sa première fantasia, se prête de bonne grâce à ce travestissement qui le transforme en femme, et entame une amusante danse du ventre pour la joie des ouvriers et des spectateurs.

Je suis allé passer ma dernière soirée chez le directeur. Au bord du Nil, sous la véranda, nous avons dégusté le fromage blanc et bu le carcadé. J'ai longuement regardé cet homme de soixante-dix ans qui, hier, faisait la danse du ventre, et la semaine dernière, en me faisant visiter Assouan, avait ramé sur la felouque et plongé dans le Nil comme un jeune homme. Il est là, maintenant, dans sa galabièh, les jambes en tailleur, le visage un peu las, la barbe hirsute. Quarante ans de responsabilités ! Quarante ans de fouilles, de l'Euphrate au Nil !

Je ne puis m'empêcher de penser tout haut :

— Quand on est sur le terrain depuis quarante ans, quand on est enfoncé dans ce métier, dans cette Egypte, comme vous l'êtes, et qu'on est sur le point de poser le fardeau, de prendre sa retraite, cette retraite apparaît-elle comme un soulagement ou un déchirement ?

Jean Lauffray réfléchit gravement. Il soupire.

— Je pense que ce sera un soulagement parce que je serai enfin débarrassé du poids très lourds des tâches administratives, et qu'à ce moment-là je pourrai vraiment me consacrer à mes propres recherches. J'ai, dans mes tiroirs, des quantités de publications qui restent en souffrance. J'envie souvent les jeunes chercheurs que je fais venir et qui travaillent sur le terrain pendant que je passe mes journées à écrire des lettres à l'administration.

— Pour vous donc, cette retraite n'est pas une fin ?

— C'est un autre départ.

— Il existe quelques professions qui ne se nourrissent que de passions. Ce sont celles des privilégiés qui ne souhaitent pas voir arriver l'âge de la retraite. Vous êtes, Jean Lauffray, un privilégié.

— C'est vrai. Mais je crois que, dans la vie, on se choisit. Quand on se représente une certaine perspective d'existence, tôt ou tard, et presque sans s'en rendre compte, on est acheminé dans cette direction.

ILARE ET ICOPHONE

— Gare à l'automanisme !
— Il n'y a pas moyen de s'en passer.
— D'accord... Mais je crains ses progrès.

Paul VALÉRY, *l'Idée fixe.*

— Nous sommes prêts ! Vous pouvez venir.

Me voici à Toulouse, ma ville natale, que je n'ai pas revue depuis bien des années. Il a fallu cette occasion pour que je trouve, à l'endroit où je jouais au football, un immense complexe aérospatial. Je me demande même si l'entrée que je suis en train de franchir ne se trouve pas exactement à la place des poteaux de but que je gardais il y a trente ans ! Je pardonne à tous : ils ne savaient pas !

L'équipe de robotique du LAAS [1] est dans ses petits souliers pour une grande première. Dans les couloirs règne une effervescence tranquille. On plaisante, on rit, mais chacun est fébrile. La responsabilité repose sur les épaules carrées de G. Giralt, un gaillard au profil aigu, qui partage son dynamisme entre ses responsabilités professionnelles et syndicales. Il assume les unes et les autres, m'a-t-on dit, avec autant de compétence que de probité. Il tient à faire une mise au point tout de suite :

— Si vous vous attendez à voir Frankenstein, vous allez être déçu. Ici, nous ne cherchons pas tellement à reproduire les mouvements de l'homme. Nous voulons créer des machines capables de s'adapter à un environnement évolutif. Ce que vous allez voir n'est pas un robot de science-fiction. Nous ne concevons pas la machine dans les termes anthropomorphes. Nous pensons qu'elle doit pou-

1. LAAS : Laboratoire d'automatique et d'analyse des systèmes.

voir résoudre un certain nombre de problèmes. Nous tentons de lui donner une intelligence artificielle, mais nous le faisons dans une optique d'automatique et non pas dans le but de comprendre l'intelligence humaine. Nous devons être très prudents dans ce domaine. Dans l'enthousiasme des années 60, certains chercheurs étrangers avaient annoncé que vers 1975 le robot serait capable de battre les meilleurs joueurs d'échec du monde ou les meilleurs joueurs de ping-pong. L'euphorie de la théorie les avait entraînés trop loin, et la réalité leur a imposé plus de prudence, et même un certain piétinement. Nous, nous voulons seulement établir le dialogue entre l'homme et la machine, sachant que l'homme sera toujours le maître. Nous travaillons sur deux grands axes. D'une part, la création d'un robot mobile qui, lui, est capable de se mouvoir, de découvrir son environnement lui-même. Pour arriver à ces résultats, la robotique exige de grands moyens et surtout une pluridisciplinarité. Or, à Toulouse, nous bénéficions d'un potentiel humain scientifique très riche. Nous collaborons avec de nombreux centres, instituts, laboratoires français ou étrangers. Pour vous faire entrer dans le vif du sujet, je voudrais vous présenter Maurice Briot et Marc Renaud dont les travaux contredisent apparemment ce que je viens de vous dire à propos de la reproduction des mouvements humains. Mais ils vous expliqueront eux-mêmes.

Il se lève et appelle dans le couloir :

— Marc ! Veux-tu faire voir ton bras à M. Arnaut ?

— Vous voulez voir mon bras ? me dit en souriant le chercheur qui entre dans le bureau.

— Si ce n'est pas indiscret.

Dans un atelier, sur une table, se trouve une sorte de prothèse de bras gauche.

Maurice Briot est en train de faire des essais.

— C'est un système poly-articulé doté d'un certain nombre de mouvements élémentaires.

— Comme le bras humain ?

— Non. Dans notre bras, une trentaine de mouvements élémentaires sont indispensables pour saisir un objet, par exemple. Nous ne pouvons pas exiger cette perfection d'un système mécanique articulé ; la construction en serait trop difficile et il faudrait un ordinateur très complexe pour la commande. Notre bras mécanique ne possède que six mouvements élémentaires.

Il appuie sur une touche. Dans un bourdonnement discret, le bras se met en mouvement. Le chercheur commente :

— Rotation de l'épaule. Elévation du bras. Rotation de l'avant-bras. Flexion de l'avant-bras. Rotation du poignet. Flexion du poignet. L'organe terminal est doté d'une pince très simple à mors parallèles revêtue d'une peau artificielle. Cette peau est destinée à reconnaître les objets manipulés par les pinces.

— En quoi consiste votre manipulation ?

— Le bras est chargé de trier trois sortes d'objets de formes différentes. Ça paraît simple, mais c'est une opération compliquée.

— Vraiment ? Quand je lève mon bras et que je l'agite pour dire au revoir, je n'ai pas l'impression de faire un geste difficile.

— Et pourtant ! Prenez un exemple encore plus simple : vous voulez déplacer votre main vers la droite, parallèlement au sol. Pour obtenir ce mouvement, vous effectuez des rotations de l'épaule et du coude. Vous n'avez bien sûr aucune notion sur ces rotations ; c'est quelque chose d'inné. En revanche, si vous voulez faire accomplir ce mouvement à un système articulé, vous devez savoir, de façon très précise, quelles sont les rotations à imposer aux moteurs pour que l'organe terminal, c'est-à-dire la main, arrive à décrire ce mouvement. Pour le résoudre, à chaque instant, l'ordinateur doit calculer les variations des angles et agir sur les commandes des moteurs.

— On m'a dit que vous aviez soutenu une thèse de façon assez originale, monsieur Briot ; en tournant un film.

— Oui. C'était une manière plus claire d'exposer mon sujet d'étude. C'est un film d'amateur, évidemment, mais, en quelques minutes, on comprend très facilement. On appelle ça la « stéréognosie » ; c'est la reconnaissance des objets palpés. Vous voulez voir le film ?

— Volontiers.

La projection démarre.

— C'est une main artificielle ?

— Oui. Mais le pouce n'a que deux positions. Il n'y a qu'un seul moteur pour commander l'ensemble. Un jeu de cames et de ressorts permet d'adapter les doigts à l'objet qui est serré. On fait subir à cette main un apprentissage. On lui présente plusieurs fois les objets connus et elle les classe.

— Et quand l'ordinateur ne reconnaît pas les objets ?

— Ils sont classés dans une catégorie à part. Dans nos démonstrations, il arrive qu'un visiteur facétieux échange l'objet au moment où le robot va le saisir. Alors, à la stupéfaction de tous, le robot s'arrête et, sur l'écran de visualisation, on voit s'inscrire la phrase : « Ah ah ! vous avez essayé de m'avoir ! » C'est un divertissement qui amuse toujours les visiteurs.

— Cette main est tout à fait étonnante.

— Que devrait-on dire alors de celle de l'homme ? C'est quand on cherche à reproduire ses mouvements qu'on s'aperçoit qu'il est un chef-d'œuvre de la nature. Savez-vous comment nous tenons debout ? Grâce à quatre cents muscles qui entrent en fonction. Combien y a-t-il de paramètres en jeu lorsque nous grimpons un escalier ? Lorsqu'un sauteur en hauteur s'élance et franchit la barre ? Impossible à dire ! Aucune machine ne peut remplacer notre œil, notre odorat, la sensibilité de la peau de nos doigts. Et pourtant, pour donner à la machine cette possibilité d'action précise, nous travaillons sur des capteurs. Vous êtes allé voir Jean Clot ?

— Non.

— Venez !

Jean Clot est un homme pour qui la recherche va bien au-delà d'un travail de laboratoire. Ce sont les prolongements humains qui le préoccupent :

— L'homme est une valeur sûre ! me dit-il. Et pourtant, c'est la seule valeur qui n'est pas cotée en bourse. Toute la science devrait pouvoir se résumer en une phrase : « Connaissance et amélioration des conditions de vie de l'homme. »

— Parlez-moi des capteurs.

— Jusqu'à maintenant nous connaissions les capteurs de température, les capteurs de pression... Mais maintenant, on parle de capteurs de forme. Ici, au LAAS, nous étudions un capteur capable de donner une idée de la forme d'un objet. Regardez !

Il saisit le cendrier qui est sur son bureau.

— Si je prends cet objet, même en fermant les yeux, j'ai quand même une quantité d'informations : je sais qu'il est en verre, et non en acier, car je peux faire la différence à partir des diffusions thermiques émises par ces deux matériaux. Je sais qu'il est lisse, donc j'ai une mesure très fine de rugosité. A l'ongle on peut apprécier des différences d'épaisseur de l'ordre du micron. Je sais également qu'il a une forme carrée. Je sais que je le serre suffisamment pour qu'il ne tombe pas. J'ai donc des capteurs sur la peau qui me donnent une idée de l'effort que je fais, et une idée de l'effort que je dois faire pour ne pas le laisser tomber. Mais je sais tout cela de manière innée ; c'est une action réflexe. Plaçons-nous maintenant dans le cas d'un système automatique : un individu, amputé de la main, est équipé d'un outil automatique qui va lui permettre de prendre cet objet. Il n'a plus de sens du tact, ni celui de la forme, ni celui du poids. Il va devoir assurer la commande de cette main moyennant un système quelconque, qui va travailler sans retour d'informations, et qui va donc se contenter de serrer. La main va se fermer et s'ouvrir. L'homme va se servir tant bien que mal de cette prothèse, et n'aura qu'une hâte : arriver chez lui pour s'en débarrasser. Il a fourni un tel effort pour remplacer ses actions réflexes qu'il est très vite fatigué. Cela explique pourquoi les orthèses et les prothèses actuellement en service sont relativement peu utilisées. Nous travaillons donc, ici, sur un système de capteur capable de jouer le rôle de notre épiderme. C'est une peau artificielle, un revêtement de caoutchouc synthétique de quelques millimètres d'épaisseur qui contient des électrodes. Sur chaque phalange de la prothèse, se trouve un point de mesure. De ce fait, la main artificielle va assurer la préhension, tout comme une main humaine.

— On peut voir ?

Il sourit :

— Vous voulez serrer cette main ?

— Oui.

— Peut-être le regretterez-vous.

Nous entrons dans le laboratoire. Face à des instruments de contrôle et de mesure, sur une petite table, une main coupée au poignet ; une main de forme humaine dans un gant de caoutchouc, posée là, la paume en l'air. Je la regarde un instant sans oser la toucher.

— Vous vouliez serrer cette main. Allez-y !

— Je peux ?

— Oui.

J'appuie ma paume sur la main artificielle pour le shake-hand. A peine ai-je touché la peau qu'avec un grésillement de moteur les doigts de métal se referment sur ma main et la serrent de manière très naturelle. Mais lorsque je veux me retirer, impossible : j'essaie en vain de me dégager en réduisant légèrement le volume de ma main : plus je tente d'échapper, plus la main artificielle serre. Les doigts mécaniques augmentent leur pression. Je dois arrêter mon effort pour que la main artificielle relâche également le sien. Jean Clot s'amuse beaucoup.

— Elle est affectueuse, n'est-ce pas ? dit-il en riant.

— Que s'est-il passé ?

— Rien que de très normal. Elle a fait son travail.

La main est de nouveau à plat sur la table, innocente comme la fleur carnassière. Pour m'expliquer, le chercheur pose sa main sur la main métallique :

— Si je ne bouge pas, la main ne bouge pas non plus. Mais si je veux me retirer, elle sent le glissement ; comme elle est étudiée pour fonctionner à glissement nul, elle serre jusqu'à ce que ce glissement devienne nul, donc elle retient la main.

— Curieuse impression !

— Oui. J'avoue que la première fois on est un peu surpris.

L'idée d'un télémanipulateur pour grands handicapés physiques a été adoptée pour un projet pilote appelé Spartacus. Il s'agit d'une coopération de différentes disciplines dont l'objet est de réaliser un prototype de robot médical informatisé, et de cristalliser autour de lui les études nécessaires à la réalisation ultérieure de robots industriels. Depuis 1974, de nombreux laboratoires de recherches y travaillent [1].

Pour être en mesure, un jour, de comprendre ce super-système automatique qu'est l'homme et suppléer éventuellement à la défaillance d'un de ses organes, les chercheurs français doivent situer leurs travaux au niveau d'une communauté internationale. Les Etats-Unis avec, notamment, leur bras de Boston, la Suède et sa prothèse à commande myoélectrique pour main d'enfant, le bras japonais

1. Le Laboratoire de physiologie du mouvement d'Orsay ; Centre d'automatique et laboratoire physiologique de Lille ; Centre d'électronique et de mini-informatique de Lyon ; Institut de recherches en informatique et systèmes aléatoires de Rennes ; Laboratoire d'automatique et d'analyse des systèmes de Toulouse ; Laboratoire de mécanique et de technologie de Cachan ; Laboratoire d'automatique de Montpellier ; Laboratoire d'automatique de Lyon.

Funakubo, la Grande-Bretagne et la Yougoslavie occupent une place très importante dans la recherche touchant à la rééducation fonctionnelle de la robotique ; la France a pris une place très flatteuse.

Quand on parle d'automatique, on pense évidemment au travail à la chaîne, au geste qu'un ouvrier doit faire pour placer un objet mâle dans un logement femelle. Ce geste est infiniment simple ; du moins, le croit-on. Ce n'est que lorsqu'on veut le faire exécuter par la machine que l'on se rend compte de la complexité de ce mouvement, que l'homme accomplit sans effort et en quelques secondes.

Alain Giraud est spécialiste de ces questions de montage.

— Pourquoi veut-on à tout prix remplacer la main humaine par la machine ?

— On ne cherche à la remplacer que dans certains cas. Le plus frappant est celui du travail dans les milieux les plus hostiles, les milieux radioactifs ou les milieux sous-marins à grande profondeur, par exemple. Il est exclu que l'homme intervienne pendant des durées assez longues pour accomplir une tâche aussi dangereuse. La difficulté du remplacement de la main réside dans la réalisation de stratégies capables d'évoluer en fonction des réactions senties par les « senseurs ».

— Autrement dit, de remplacer notre sensibilité ?

— D'une part, de remplacer notre technologie par la technologie adéquate, d'autre part, de traiter ces sensations-là en fonction de l'objet donné à la machine. Prenons un exemple. On veut passer un fil électrique dans une tubulure. Que va faire l'homme ? Il va d'abord positionner le bout du fil par rapport à l'entrée de la tubulure. Quand il a trouvé le trou, il enfonce. Si ça résiste, si ça se tortille, si ça se bloque, il va le sentir tout de suite et chercher la solution : il revient en arrière, il tord, il procède par saccades, bref, il y parvient. Mieux encore : si c'est un électricien professionnel, il passe d'abord un fil de métal dans la tubulure et va l'accrocher au fil électrique. Et puis, il tire le tout. Eh bien tout ça, la machine ne peut pas le faire, parce qu'elle ne peut trouver seule une stratégie. Elle ne peut apprécier que ce qu'on lui a appris. Bien sûr, avec les calculateurs de plus en plus puissants, on arrive à élargir les conceptions de sa stratégie. Mais l'homme reste toujours là pour fixer ses objectifs à la machine.

Tout comme l'homme, le robot est amené à prendre des décisions. Pour cela, le processus est le suivant : le signal qui vient du capteur (tactile, visuel ou autre) est transformé en signal électrique qui est numérisé et traité par l'ordinateur. Puis, il y a simplification de ce signal et réduction aux simples caractéristiques de l'image perçue. Il y a donc évaluation de l'image, puis élimination successive des possibilités, au fur et à mesure de l'évaluation de ces fonctions. Par exemple, la caméra voit une clef de mécanicien, une clef de 8. La machine travaille grâce à deux formes d'informations :

métriques — c'est-à-dire qu'elle verra si l'objet est grand, petit — et structurales — c'est-à-dire qu'elle verra ses contours : ronds, carrés, pointus, etc. Ces informations permettent de comparer l'objet en cause à d'autres objets prévus. Le raisonnement de la machine est donc le suivant :

« Ce n'est pas rond, ce n'est pas carré, ce n'est pas pointu, ça ressemble à une clef, mais ce n'est pas une clef de 10, ni une clef de 6, donc c'est une clef de 8. »

Toutes les images prévues servent de référence, y compris les images imprévues. Si l'œil de la caméra s'arrête sur une image imprévue, elle demande immédiatement l'aide de l'homme.

Cette reconnaissance de l'objet est faite par un mini-calculateur, mais la décision fait appel à un calculateur plus sophistiqué.

Mallick Challab me conduit dans la salle des calculs. Sur un écran je lis : « couleur des motifs : si noir, 3 — sinon, 0 ».

— Qu'est-ce que ça veut dire ?

— Nous définissons la couleur de l'image de l'objet. Ici, l'objet est blanc sur fond noir. Je réponds à la machine « 0 ». Sur l'écran apparaît aussitôt l'image telle que la voit l'ordinateur, c'est-à-dire une série de points blancs et d'absence de points. Le contour des objets sélectionnés va donc être déterminé et permettra de faire le choix d'un certain nombre de pièces, par exemple, dans le traitement industriel : la machine pourra faire le tri toute seule.

La mise au point de la démonstration à laquelle je dois assister a pris un léger retard. J'ai encore le temps de faire la connaissance de MM. Joseph Aguilar-Martin et Gérald Banno, qui, eux, travaillent sur les problèmes « probabilistes ». Au seul énoncé de ce mot, je sens que je vais perdre pied !

— Je vous en prie, messieurs, ne me noyez pas dans la technologie et les mathématiques.

— C'est très facile à comprendre. Quand vous entrez dans une pièce sans lumière, que faites-vous ?

— Je cherche l'interrupteur.

— Où ?

— .. au niveau du chambranle de la porte.

— Pourquoi ?

— ...

— Parce que vous avez en tête un modèle de l'endroit où l'interrupteur est placé normalement. En trouvant l'interrupteur, vous avez traité un modèle probabiliste.

— Comme M. Jourdain... qui faisait de la prose sans le savoir.

— Comme M. Jourdain !

Le phénomène d'apprentissage peut être constaté tous les jours par chacun de nous. Un boxeur qui tire contre un adversaire gaucher devra faire l'apprentissage du gaucher. Mais comment peut-on rattacher les calculs probabilistes, les phénomènes d'apprentissage, à la robotique ?

— Le robot dispose d'organes de perception limités : il ne dispose pas de la vue mais uniquement de possibilités de perception tactiles. Il faut donc lui donner le moyen de découvrir les objets. A ce moment-là interviennent nos études sur les modèles probabilistes pour que le robot sache comment se diriger vers les objets dans les meilleures conditions.

— En somme, vous apprenez à la machine à tâtonner ?

— Oui, mais intelligemment, en intégrant son expérience passée. La deuxième fois, elle cherchera l'objet là où elle aura le plus de chances de le trouver.

— Elle apprend à économiser les gestes !

Toute l'équipe de robotique s'est retrouvée à la cantine. L'ambiance est plutôt estudiantine. On bavarde, on évoque des problèmes sociaux, on parle de la crise de la recherche et du purgatoire dans lequel se trouvent les chercheurs français. Les questions de recrutement, de salaire, de sécurité de l'emploi sont agitées avec une ardeur teintée d'humour grinçant. On met gentiment en boîte M. Giralt, à la fois délégué syndical et patron de l'équipe.

Vers 14 heures, l'humeur n'est plus à la plaisanterie. On me conduit dans la grande salle où se trouve le robot. Il n'a rien d'humain. C'est une sorte de chariot avec une articulation à trois degrés de liberté (longueur, largeur, hauteur) recevant une caméra et un plan de travail sur lequel on place des objets divers.

M. Prajoux regarde ses camarades empiler des cubes sur le plateau.

— Comme vous voyez, les cubes peuvent s'emboîter facilement grâce à leurs arêtes bisotées. Chacun d'eux est reconnaissable par une figure géométrique dessinée sur la partie supérieure. Le robot est muni de deux organes principaux : l'un de perception de l'environnement ; c'est une caméra vidéo située au-dessus de la table. L'autre organe est celui de la préhension. Nous utilisons pour l'instant un simple électro-aimant qui saisit les cubes munis d'une partie ferreuse sur le dessus.

— C'est tout ? dis-je, un peu déçu.

— C'est tout ce que vous pouvez voir. Mais le principal vous ne le voyez pas. Ce robot est relié à un mini-calculateur qui assure sa gestion ; c'est lui qui lance la manipulation, assure la vision, traite les images en provenance de la caméra, et décide du classement des cubes. C'est lui aussi qui exécute les ordres pour aller chercher les cubes à un endroit et les porter dans un autre, en évitant de bousculer la construction existante. Cette manipulation suppose un raisonnement de la part du robot ; nous touchons là à l'intelligence artificielle.

A mesure que le moment de l'expérience approche, la tension

monte dans l'équipe. A plat ventre sur le plateau du robot, un technicien arrange les objets.

— Regarde-le ! dit une voix à fort accent américain, je suis sûr qu'il empêche ses enfants de jouer aux cubes !

Cette plaisanterie vient de Ralf Sobeck, un jeune chercheur de l'université de Berkeley qui fait une thèse sur les générations de plans dans la robotique. Bien que n'étant pas un virtuose de la langue française, il s'est parfaitement intégré à l'équipe, sur le plan scientifique comme sur le plan gastronomique. On peut aimer à la fois les mathématiques et le cassoulet ; on peut être américain et amateur de foie gras.

— Prêt ?

— Prêt ! ont clamé des voix en écho.

M. Prajoux m'entraîne dans la petite salle où le terminal de l'ordinateur est relié au CIRCE de Paris[1].

— Asseyez-vous devant l'écran de visualisation, me dit-il, vous allez faire la manip vous-même.

— Que dois-je faire ?

— Les cubes sont disposés d'une certaine manière. Vous allez imaginer maintenant une construction tout à fait différente. Nous donnerons les ordres à la machine et elle va exécuter le travail que vous avez prévu en parcourant le chemin minimal et en évitant tous les obstacles. Pour compliquer l'opération, vous pouvez aussi restreindre une partie du plan de travail de la table. Vous pouvez interdire au robot d'aller poser les cubes là où il veut. Il doit théoriquement résoudre tous ces problèmes.

J'imagine une construction très fantaisiste. M. Prajoux donne, au fur et à mesure, les informations à l'ordinateur.

— Prêt ? demande-t-on en haut.

— Prêt ! répond l'interphone.

Il appuie sur le bouton. Quelques secondes plus tard, le robot se met en marche. L'électro-aimant avance, stoppe, dévie, descend sur un cube, le saisit, recule, évite les autres cubes, va déposer celui qu'il tient, repart, sans une hésitation. Soudain, une explosion de rires dans la salle d'expérience. L'électro-aimant est arrivé sur un cube, l'a saisi et enlevé ; mais au lieu d'emporter le cube, il n'emporte que sa partie ferreuse.

— Evidemment, avoue un chercheur, le robot n'a pas la sensibilité de notre main ; une fois qu'il est réglé, s'il y a la moindre erreur, il case tout.

L'expérience a été renouvelée trois fois, et, par trois fois, le robot a admirablement exécuté son travail. Le dernier mouvement est souligné par des cris de triomphe et les applaudissements des chercheurs. Plus personne ne dissimule sa joie. Cette victoire est celle

1. CIRCE : Centre informatique de recherche et de contrôle électronique. Il possède le plus puissant ordinateur d'Europe.

d'une équipe qui travaille depuis des années. Les visages sont maintenant détendus, hilares. Hilares comme le nom qui est donné à ce projet de robot-mobile né dans ce laboratoire. Ce nom de baptême est venu le jour où les chercheurs penchés sur les plans riaient à la suite d'une plaisanterie. Un ami, arrivant à l'improviste, s'écria : « Je n'ai jamais vu des gens aussi hilares ! » Cette épithète fut aussitôt adoptée pour le robot. Mais comme il était difficile d'expliquer scientifiquement ce nom, on préféra supprimer la lettre *h* et faire de « Ilare » un sigle signifiant : Intégration logicielle d'automatique sur robot évolutif. Et voilà comment on écrit la science !

Il existe trois ou quatre robots évolutifs dans le monde. Je fais la connaissance d'Ilare dans le laboratoire de son ingénieur, M. Bauzil. Il est constitué d'une plate-forme triangulaire propulsée par deux roues motrices, et une roue directrice. Il est équipé d'une caméra, d'un système de télémesure basé sur la propagation d'ondes sonores, d'un ensemble d'émetteurs-récepteurs de lumière infrarouge destinés à reconnaître sa position et établir la topologie. Il a, en outre, un bras manipulateur qui lui permet d'aller chercher des charges dans un endroit donné pour les transporter dans un autre endroit. Les premiers essais sont très prometteurs, mais l'équipe de Toulouse reste très discrète à propos d'Ilare.

Devant une telle progression de la machine, la question de ses implications sociales doit être posée. Est-il pernicieux de croire que plus la machine avance, plus l'homme recule ? J'ai dû penser tout haut, car M. Giralt me répond :

— Il est évident que les machines très élaborées peuvent transformer notre vie, modifier les structures de notre société. La robotisation des postes de travail conduit fatalement à une transformation du type de production. Et cette transformation ne se fait pas sans problèmes. Mais ces problèmes sont différents selon que l'on considère l'état final ou seulement les transitions. Dans le premier cas, on peut très bien concevoir deux états distincts : l'usine entièrement automatisée, l'usine presse-bouton, déshumanisée ; et pourquoi ne serait-elle pas compatible avec le bonheur de l'humanité ? Mais on peut aussi penser à une usine très élaborée, très performante, dans laquelle les tâches très pénibles ont été supprimées, dans laquelle l'homme encore présent est maître de l'outil qui prolonge ses capacités de vision, de raisonnement. A l'heure actuelle, ces deux états peuvent être atteints. Et la décision à prendre nous engage tous. Elle n'est pas du ressort d'un quelconque spécialiste mais de l'ensemble des citoyens d'une nation.

— Le progrès va donc faire craquer les structures de notre société ?

Je rêve. Il y a trente ans à peine, à quelques centaines de mètres de l'endroit où je me trouve, un Junker 52 m'emportait pour mon baptême de l'air. Ce trimoteur habillé de tôle ondulée et frissonnant de toutes ses ailes était alors considéré comme l'un des triomphes de la technique. Aujourd'hui, le temps des robots est arrivé. Apocalypse ou âge d'or ? L'homme, ce chef-d'œuvre, possède désormais sa copie, la machine, qui peut le grandir encore ou l'asservir.

— Jamais, répond Jean Clot, avec des morceaux de cuivre, de ferraille et de silicium on ne fera rien d'intelligent. On ne fera jamais que des engins sophistiqués mais toujours limités. Le jour où l'homme pourra fabriquer un système à son image capable de le remplacer complètement, ce jour-là, l'homme aura atteint le suprême degré de la sagesse, parce qu'il aura compris l'homme. Et alors, plus rien, ni l'automatique, ni l'électronique, ni la mécanique, ni la politique n'aura plus d'importance.

Le 11 mars 1878, l'inventeur américain Thomas Edison faisait présenter à l'Académie des sciences française sa machine parlante qui disait d'une voix nasillarde et à peine audible :

« Thomas Edison salue ces messieurs de l'Académie des sciences. »

Ce fut un échec total. On accusa le représentant d'Edison d'être ventriloque. Cent ans plus tard, au LIMSI [1], assis devant un étrange cube, j'écoute une voix qui répète la même phrase. Cette voix métallique, mécanique est celle d'Icophone V.

Deux machines parlantes, à cent ans d'intervalle. Où est la différence ? La machine d'Edison reproduisait la voix humaine, alors que la voix d'Icophone V n'appartient à personne ; c'est une voix synthétique ; car on sait maintenant faire parler la machine. L'idée n'est pas nouvelle. Jean-Sylvain Liénard me présente un curieux appareil en bois : une pièce de musée. Il pose cette bizarrerie sur la table et, en appuyant avec son coude sur un soufflet tout en bouchant l'entrée avec sa main, il fait parler la machine : « Papa, maman... arrreu... »

— Il est question de machines parlantes depuis la plus haute Antiquité, me dit ce jeune chercheur, mais celle-ci est, sans doute, la première qui ait réellement correspondu à quelque chose. C'est la machine de Kempelen.

— Kempelen, l'inventeur du joueur d'échecs décrit par Edgar Poe ?

1. Laboratoire d'informatique pour la mécanique et les sciences de l'ingénieur (Orsay).

— Oui.

— Scientifique ou illusionniste ?

— Au XVIIIe siècle, l'illusion côtoyait la science.

Il me montre l'objet : un soufflet de forme trapézoïdale et de 50 cm de long, représente le poumon de l'appareil. A l'avant, dans une petite boîte, un système de soupapes actionnées par des leviers permettant à l'air envoyé par le soufflet d'entrer, soit dans le sifflet du « ce » ou du « che », soit de passer sur une anche dont la partie vibrante est garnie d'une peau. Sur cette anche, une petite aiguille peut imiter le raclement du « r ». Kempelen jouait de cet instrument en virtuose. Il arrivait à reconstituer des phrases du langage de cour, comme « je vous aime de tout mon cœur ». Il avait surtout découvert le principe de la « prévisibilité de la parole ». On comprend une phrase d'autant mieux qu'on s'y attend. Il annonçait donc à son public la phrase que la machine devait reproduire et tout le monde la comprenait puisqu'elle était inscrite dans les esprits. Il avait également compris l'importance de l'enchaînement des sons. Les sons séparés ne font pas la parole ; ils doivent être liés.

Revenons au XXe siècle.

L'aventure que vivent les chercheurs du LIMSI n'est pas récente. Luc Malavard, son directeur, se souvient :

— Tout cela remonte aux années 1930, quand furent créés les Instituts de mécanique des fluides. Le doyen Pérès mit sur pied un petit laboratoire de calcul analogique pour résoudre les problèmes d'écoulement aérodynamiques et dynamiques. Nous calculions alors les profils des ailes pour les avions français. Quand l'ordinateur fit son apparition, nous comprîmes très vite que nous allions être rapidement dépassés. J'ai alors invité la plupart des chercheurs du labo qui étaient mécaniciens à devenir informaticiens pour adapter les méthodes analogiques aux possibilités des ordinateurs. C'est ainsi qu'est né le LIMSI, qui comprend des théoriciens de la mécanique, un service d'informatique graphique et de conception assisté par ordinateur, qui permet à un ingénieur d'imaginer un dessin sur des consoles de visualisation, sans avoir à le réaliser. Enfin, le groupe de la communication parlée.

Cette grande aventure de la communication parlée n'a pu véritablement commencer qu'à l'apparition de l'ordinateur, en France, dans les années 60-65.

Engel Osorio m'explique, avec un accent qui donne du charme à sa volubilité, les immenses avantages de l'ordinateur par rapport aux méthodes d'autrefois :

D'abord, il a de la mémoire. Ensuite, il représente une puissance de calcul fantastique. En une seconde, il fait un calcul qui exigerait la vie d'un mathématicien travaillant à la main. On bénéficie aussi d'une grande flexibilité de calcul ; ça s'est traduit, dans le domaine de la parole, par la synthèse et la reconnaissance.

— Comment a commencé cette étude ?

Jean-Sylvain Liénard enchaîne :

— Dans un laboratoire d'acoustique musicale[1], à Jussieu, on s'est aperçu que, la parole étant comparable aux signaux musicaux, on pouvait non seulement la synthétiser, mais aussi la reproduire.

— Que signifie synthétiser, en cette matière ?

— En enregistrant et en reproduisant la parole, avec un magnétophone par exemple, vous n'avez pas accès à la nature même du signal, vous ne le décomposez pas. En faisant la synthèse d'un message, on essaie de comprendre sa structure. On extrait de petits éléments, et avec eux on introduit un autre message. A partir d'une phrase écrite composée sur un clavier, on peut faire prononcer cette phrase par un haut-parleur, sans intervention de la voix humaine.

— La plupart des travaux que nous faisons ici seraient impossibles si nous n'avions pas l'engin qui se trouve là-dedans, ajoute Engel Osorio en me montrant par la fenêtre le bâtiment du CIRCE. C'est l'un des plus puissants et des plus rapides ordinateurs du monde. Ces machines sont capables de faire douze millions d'opérations à la seconde. Les résultats sont imprimés à la vitesse de 600 lignes à la minute.

Devant moi, un cube, un simple cube d'un mètre de côté. C'est le produit de cinq générations d'Icophone depuis que Jean Sapaly conçut et réalisa le premier synthétiseur. Daniel Teil me présente l'appareil en tapotant la caisse comme on flatte un cheval :

— Il y a beaucoup de vide là-dedans. Mais il a de multiples possibilités. Il fonctionne de manière autonome, sans l'ordinateur du CIRCE ; il suffit d'une prise. Le principe est simple : Je compose une phrase sur un clavier, et le synthétiseur — qui n'est autre qu'un mini-ordinateur qui se trouve à l'intérieur — va reproduire de manière purement acoustique la phrase que j'ai écrite. Démonstration ?

— Volontiers !

Daniel Teil s'assoit devant le clavier et frappe une phrase qui s'inscrit sur l'écran de visualisation : Je m'appelle Icophone V. Je suis un synthétiseur de parole.

Quelques secondes de silence, puis, derrière moi, Icophone me dit de sa voix impersonnelle : « Je m'appelle Icophone V. Je suis un synthétiseur de parole. »

Daniel Teil sourit de mon étonnement. Il ajoute :

— C'est le genre de machine qui accepte n'importe quoi, car elle reconstitue tous les sons, toutes les associations de phomènes entre eux.

— Il pourrait dire des phrases aussi difficiles que « les chaussettes de l'archiduchesse sont sèches... ».

— Beaucoup plus facilement que nous. Nous allons essayer.

Il frappe sur le clavier. Presque aussitôt, Icophone débite sans

1. Dirigé par M. Lepp.

aucune difficulté : « Les chaussettes de l'archiduchesse sont sèches et archi-sèches, les chaussettes de l'archiduchesse... » *ad libitum.*

— Et je peux régler moi-même le débit, précise Daniel Teil.

Ce qu'il fait. Icophone accélère de façon comique, et bientôt débite la phrase à une vitesse vertigineuse.

— Essayez-donc d'en faire autant ! Autre avantage de la machine : regardez sur le clavier !

Daniel Teil, frappe des lettres, au hasard. Sur l'écran s'inscrit : pjkrnfuznkhbmertyanencvfhejlmrdtxfg.

— Vous pouvez lire ça ?

— Sûrement pas.

— Eh bien, Icophone peut le lire.

Touche. Déclic. Et Icophone, dans une langue russo-turquo-indo-africano-aztéquo-égypto-esquimaude, prononce la phrase sans hésitation, ce qui me fait dire aux jeunes chercheurs qui m'entourent :

— Finalement, vous vous amusez bien !

— Amuser n'est peut-être pas le mot juste. Nous avons mis trois ans pour réaliser cet appareil. Maintenant que nous avons maîtrisé les problèmes de la synthèse, nous nous attaquons à ceux de l'intonation, car Icophone n'a pas une voix agréable.

— En effet. Il a quelque chose de froid, de mécanique.

— Forcément. Jusqu'à maintenant nous n'avons eu que le souci de reproduire le contenu de la parole. Icophone V reconstitue le spectre acoustique grâce à quarante-quatre oscillateurs. Un oscillateur est un appareil qui donne une fréquence pure à un ton déterminé. Mais à présent, nous voulons aller beaucoup plus loin. Nous travaillons sur le rythme, l'intonation. Pour modeler la voix, il fallait, outre un nouveau type de synthétiseur, une sorte de dictionnaire de forme acoustique susceptible d'être interprété par l'appareil. Ce dictionnaire est en cours et la voix, peu à peu, est en train de trouver les intonations voulues. Icophone VI est là, au fond du labo.

— Vous voulez faire sa connaissance ?

— Avec plaisir.

Avant même que nous n'approchions, du fond de la pièce, Icophone VI annonce d'une voix presque humaine :

— Ça y est, je suis prêt ! Ça y est, je suis prêt ! Ça y est, je suis prêt !

J'avance vers le fantôme électronique.

— C'est un programme d'étude fondamentale de la synthèse de la parole, dont le but est d'essayer de donner des valeurs à tous les paramètres compréhensibles par le synthétiseur. Nous avons préparé quelques phrases parce que l'enregistrement de tels paramètres est assez long. Vas-y, envoie ! lance le chercheur à son ami, et Icophone VI, d'une voix sans heurt, me dit :

— Vous arrivez plus tôt, ce soir ! Vous arrivez plus tôt, ce soir !

J'ai envie de lui répondre que l'autoroute était moins encombrée qu'hier.

— Dans Icophone VI, les paramètres prosodiques sont respectés. Nous avons cherché à retrouver la mélodie de la voix, et aussi le rythme dans le découpage du message. Mais reste le problème technique de la voix elle-même ! On entend bien que cette voix n'est pas humaine.

Ainsi, peu à peu, on modifie, on améliore le rythme, l'intonation pour rendre la voix plus agréable. Chaque parole d'Icophone est écoutée, retouchée, mise en mémoire, et subit une quantité de traitements laborieux.

Cette équipe, qui, par sa jeunesse, ressent, au moins deux fois par jour, des tiraillements d'estomac, m'a invité au « club » de la faculté des sciences d'Orsay. Dans une belle salle-aquarium plantée au milieu des bois, les chercheurs prennent, devant leur steak grillé, autant de plaisir que devant l'ordinateur. La conversation roule d'ailleurs sur les bonnes adresses de restaurants, sur les spécialités gastronomiques qui font saliver ces anges de l'informatique.

Françoise Neel se sert de la communication parlée pour des applications aux tâches complexes. J'approche du pupitre sur lequel elle travaille.

— C'est un tableau de verre recouvert d'une couche conductrice. Quand je touche avec un crayon-sonde un point quelconque de cette surface, j'enregistre en mémoire d'ordinateur les coordonnées de ce point. J'ai disposé sous ce verre transparent une grille. Les cases correspondent à des chiffres et des lettres. Il y a une zone qui correspond aux mots clefs d'un langage de programmation, et une zone qui permet de faire des commandes particulières : corrections, annulations, etc. Dès que je désigne une case, le contenu de cette case est édité par l'Icophone qui me parle et vient en quelque sorte confirmer ce que je viens de faire. Il me permet d'aller beaucoup plus vite, car je désigne les cases sans regarder l'écran de visualisation, et si je me trompe, Icophone me le signale. Ce système peut remplacer une perforation de cartes. Mais il pourrait être aussi pédagogique. On peut imaginer une université où l'on enseigne l'informatique, avec un certain nombre de postes de travail comprenant un écran de visualisation et un icophone. Chaque élève a un casque et apprend à composer un message sur une grille. Si le message est validé, l'icophone le lui dit ; s'il y a des erreurs, l'icophone le signale. C'est l'apprentissage de l'informatique par l'audio-visuel.

— Le café ! a crié quelqu'un en ouvrant la porte du labo.

— Qu'est-ce qui se passe ?

Françoise Neel sourit :

— Nous faisons notre café nous-mêmes car, dans le secteur, il ne vaut rien. Alors, nous avons acheté une cafetière pour faire du vrai café. Et chacun de nous, à tour de rôle, est de corvée. Vous venez ?

Il est rassurant de constater que la jeune et grande femme à l'allure sportive qui est devant moi est autant séduite par l'informatique que par les voyages lointains, l'art ou les choux à la crème. Il est apaisant de savoir que le chercheur qui travaille à humaniser la machine est aussi capable de fabriquer un vrai café dans sa cafetière personnelle. N'est-ce qu'une impression ? Je ressens, au contact de ces gens ouverts aux choses de la vie, une espèce de quiétude qui me laisse croire que, malgré l'intelligence qu'ils cherchent à donner à reconnaître la parole.

Joseph Mariani, qui ne travaille plus actuellement dans ce laboratoire du CNRS, a tout de même accepté de m'expliquer l'étude de la reconnaissance de la parole par la machine :

Faire parler la machine a donc été l'objet de la première recherche. Maintenant qu'elle sait parler, on est en train de lui apprendre à reconnaître la parole. Joseph Mariani, qui ne travaille plus actuellement dans ce laboratoire du CNRS, a tout de même accepté de m'expliquer l'étude de la reconnaissance de la parole par la machine :

— Reconnaître la parole, c'est pouvoir déterminer les différents sons qui ont été prononcés, sans avoir idée de leur signification. La machine, pour l'instant, ne sait pas très bien reconnaître les sons. On l'aide, en lui fournissant la liste des mots qui peuvent être prononcés, la syntaxe, les règles d'articulation de ces différents mots à l'intérieur de la phrase.

— La machine dispose donc d'un certain nombre de mots dans son vocabulaire ? De combien ?

— Pour chaque application, d'une soixantaine de mots, et d'une syntaxe assez limitée. Elle peut reconnaître des phrases simples du type : sujet, verbe et complément ; ou alors des phrases de dialogue téléphonique. Mais ceci n'est qu'une étape de ce qui sera, dans dix ou vingt ans, le domaine de l'intelligence artificielle. La machine arrivera à comprendre toutes les questions sans aide. Une personne prononcera une phrase dans un micro, et la machine pourra lui donner la réponse.

— Elle disposera donc d'un vocabulaire aussi large qu'une intelligence humaine moyenne et pourra reconnaître toutes les voix ?

— Oui. Pour l'instant, elle ne reconnaît que la voix de son maître, c'est-à-dire la voix de la personne qui a constitué les éléments phonétiques de référence.

— Si je lui pose une question, elle me répondra ?

— Peut-être. Mais avec moins de fidélité que si c'est moi qui la lui pose, parce que c'est moi qui lui ai dicté les éléments de référence.

— Et si j'imite votre voix ?

— Vous aurez sûrement de meilleurs résultats. Voulez-vous que nous fassions l'expérience ?

— Bien sûr.

Joseph Mariani se place devant le micro et dit :

— Pourrais-je parler à Durand ?

Quelques secondes, et Icophone répond :

— Vous avez demandé Durand ?
— Oui.
— Je vous le passe.
— Voilà ! conclut Mariani. Maintenant à vous. Placez-vous devant le micro et demandez Durand.
Je prononce la phrase au micro.
Silence. Long silence.
— Elle n'a pas compris, dit Mariani.
Je répète : « Pourrais-je parler à Durand ? »
Silence, puis...
— Avez-vous demandé Dupont ? demande Icophone.
— Non ! Durand !
— Avez-vous demandé Pierre ?
Je suis sur le point d'abandonner, et de laisser à son maître le soin de poursuivre la conversation, quand Mariani me propose d'imiter sa voix. Je fais de mon mieux. Et aussitôt Icophone répond :
— Vous avez demandé Durand ?
— Oui !
— Je vous le passe !
Démonstration concluante.

Ce groupe de communication parlée qui a engagé le dialogue homme-machine ne peut être que pluridisciplinaire. C'est pourquoi, bien que la voix d'Icophone ne soit pas humaine, un linguiste a été amené à grossir les rangs de l'équipe ; un très jeune linguiste.

Daniel Memmi va au-devant de la question que je désire lui poser : pourquoi un linguiste dans ce laboratoire ?

— L'objet de ces recherches étant le langage, il était normal que le linguiste y aboutisse un jour ou l'autre. Les moyens techniques ne sont efficaces que si on les applique à l'objet en question ; pour cela, il faut savoir comment cet objet est conçu.

— Comment vous êtes-vous orienté vers ce domaine ?

— Par goût personnel, je me suis toujours intéressé à la technique électronique, informatique. Et puis, je ressentais un désir d'application plus concret de la linguistique. Ma recherche, ici, porte sur une machine qui a un état interne, et n'est donc accessible qu'en termes de position de bascules électroniques, ce qui est compréhensible pour un spécialiste mais pas pour un être humain moyen. A partir de cet état interne, il s'agit d'élaborer un langage accessible à tous. Actuellement, la machine ne répond qu'à des phrases qu'on lui a déjà transmises. Il faudrait arriver à lui faire utiliser les connaissances qu'elle a, à lui faire dire des phrases intelligibles qui décrivent la situation, comme le fait un être humain.

— Quelle est la part du linguiste dans cette recherche ?

— Pour engendrer des phrases correctes, il faut connaître les règles, c'est-à-dire une mécanique que j'essaie de mettre dans l'ordinateur. Je voudrais prouver que les opérations psychiques sont réductibles à des opérations mécaniques, c'est-à-dire prouver que l'homme n'est qu'une machine, ce qui a fasciné la pensée occidentale depuis Descartes. Prouver que la pensée est réductible à la matière ; prouver que la machine peut faire ce que l'homme fait. Si l'on prouve cela, on pourra fabriquer des machines qui dupliqueront toutes les opérations que seuls les humains peuvent faire actuellement.

Je reste perplexe.

— Ça ne vous inquiète pas un peu ?

— Si ! répond-il franchement. Mais l'enjeu est tellement considérable ! Tout ce que font les chercheurs est un peu inquiétant. On a toujours l'impression d'être sacrilège. Mais depuis le XVIe siècle, l'homme occidental a décidé, une fois pour toutes, d'aller toujours plus loin.

Aller plus loin ! toujours plus loin ! « Pour quoi faire ? » demanderont les prudents ou les sages. Mais les savants doivent progresser sans cesse dans leurs recherches sans être obnubilés par les prolongements, les répercussions de leurs découvertes. Ce qui, d'ailleurs, n'est pas le cas, ici. Le LIMSI est un laboratoire de transfert qui a le souci permanent des applications de ses recherches.

Le dialogue homme-machine ouvre de séduisantes perspectives, selon Guy Renard :

— D'ores et déjà, nous pouvons rendre de grands services aux handicapés, aux aveugles, car si nous connectons une machine à lire qui existe déjà sur un synthétiseur de parole, l'aveugle entendra ce que la machine lit pour lui. Nous pouvons également venir en aide aux malentendants de naissance. N'ayant jamais entendu, ils prononcent mal. On peut enregistrer et reconnaître la voix du professeur ou même du handicapé lui-même de façon à montrer les défauts à corriger par un résultat visible sur un écran de visualisation. Le dialogue homme-machine s'appliquera aussi tout naturellement aux centres de renseignements ; on peut s'y attendre, d'ici à la fin du siècle.

— Dans vingt ans, lorsque je voudrai partir en voyage, j'appellerai, et une voix impersonnelle me dira s'il y a de la place dans tel train ou tel avion ?

— Oui. Et le pilote qui conduira cet avion dialoguera aussi avec la machine. Actuellement, pour faire sa check-list, avant le décollage, le pilote doit regarder des dizaines de cadrans, des écrans, appuyer sur des boutons, lever ou baisser des manettes. Si, au lieu de toutes ces manipulations, la parole venait s'interposer, tout serait plus facile et surtout plus rapide. Quand on vous marche sur le pied, que faites-vous ?

— Je dis « aïe ».

— Vous le dites, mais vous ne l'écrivez pas. Donc, la parole est ce qu'il y a de plus spontané chez l'homme. Oui, dans vingt-cinq ans, le pilotage sera essentiellement un dialogue.

Je repense à ce que j'ai vu à Toulouse la semaine dernière. Dans la perspective de la collaboration entre les laboratoires du LAAS et du LIMSI, il est prévu de donner bientôt la parole aux robots. Et, bien que ces robots ne soient pas anthropomorphes, lorsque Ilare aura la voix d'Icophone, notre stupéfiante mécanique humaine se sentira peut-être réellement en danger d'être imitée un jour. L'automatisation n'est-elle pas en train de franchir des frontières au-delà desquelles l'homme sera l'esclave de ce qu'il a engendré ?

Luc Malavard et Guy Renard protestent :

— L'automatisation, ce n'est pas remplacer l'homme ! C'est l'aider à ne plus accomplir des tâches fastidieuses, dangereuses que la plupart des gens font parce qu'ils n'ont pas la possibilité de faire autre chose. C'est de l'aide que nous apportons !

— Vous avez entendu parler des ordinateurs-diagnostics pour les médecins ? Bien entendu, l'ordinateur ne réfléchira pas et ne soignera pas à la place du médecin. Mais il lui viendra en aide pour l'établissement de son diagnostic, comme il vient en aide aux handicapés, aux dessinateurs. L'homme doit rester restera le seul maître de l'œuvre qu'il a conçue et qu'il doit mener jusqu'au bout.

Le dialogue homme-machine est engagé. Où s'arrêtera-t-il ? Nous sommes à un carrefour de l'humanité. L'homme doit modifier entièrement sa façon de vivre, de penser, peut-être. Quelle perspective terrible et merveilleuse pour les générations futures !

SEJOUR CHEZ LES PYGMEES AKA

Toute la terre habitable a été reconnue, relevée, partagée entre les nations. Plus de roc qui ne porte un drapeau ; plus de vide sur la carte ; plus de tribus dont les affaires n'engendrent quelque dossier et ne dépendent par les maléfices de l'écriture de divers humanistes lointains dans leur bureau.

Le temps du monde fini commence.

Paul VALÉRY, *Regards sur le monde actuel.*

Pourtant... il reste les Pygmées !

Ils intéressent si peu l'administration ! Les territoires dans lesquels ils vivent sont si peu importants ! (Jusqu'au jour où l'on rasera la forêt équatoriale africaine, en provoquant du même coup des bouleversements écologiques dont on ne soupçonne pas les effets.)

— Comment voulez-vous que nous nous occupions de ces gens-là ? Est-ce que ce sont des hommes, seulement ? me disait un ministre, il y a une dizaine d'années.

— Oui, monsieur le ministre, ce sont des hommes ! et des vrais !

— Des primitifs !

— Primitifs, dites-vous ? Est primitif l'homme maladroit, inadapté, mal à l'aise dans son milieu. Le Pygmée est un modèle d'équilibre et d'harmonie. Primitifs, monsieur le ministre, ces hommes intelligents, imaginatifs, joyeux, au vocabulaire riche, aux chants incomparables ?

— Ils n'ont pas d'écriture.

— La belle affaire ! Les deux tiers de l'humanité se passent d'écriture. Oui, monsieur le ministre, les deux tiers des êtres humains

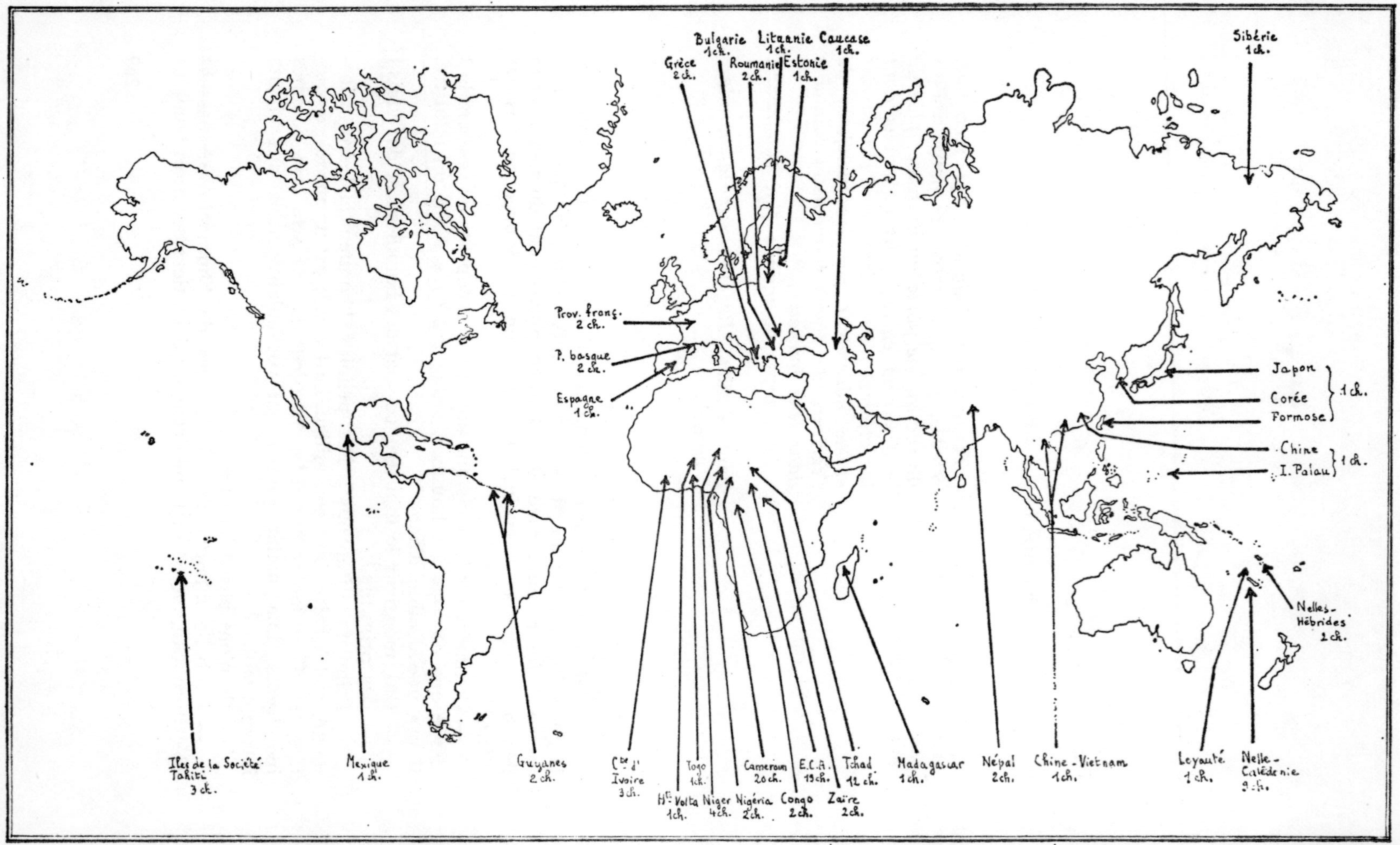

Bulgarie 1 ch.
Litaanie 1 ch.
Caucase 1 ch.
Sibérie 1 ch.
Grèce 2 ch.
Roumanie 2 ch.
Estonie 1 ch.
Prov. franç. 2 ch.
P. basque 2 ch.
Espagne 1 ch.
Japon
Corée
Formose
1 ch.
Chine
I. Palau
1 ch.
Nelles-Hébrides 2 ch.
Iles de la Société Tahiti 3 ch.
Mexique 1 ch.
Guyanes 2 ch.
Cte d'Ivoire 3 ch.
Hte Volta 1 ch.
Togo 1 ch.
Niger 4 ch.
Nigéria 2 ch.
Cameroun 20 ch.
Congo 2 ch.
E.C.A. 19 ch.
Zaïre 2 ch.
Tchad 12 ch.
Madagascar 1 ch.
Népal 2 ch.
Chine-Vietnam 1 ch.
Loyauté 1 ch.
Nelle-Calédonie 9 ch.

vivent sur l'oralité, ce qui ne les empêche pas d'avoir une culture ! Les quelques grandes langues écrites que nous connaissons ne rendent pas compte des réalités de notre planète. En fait, il n'y a pas de grandes ou de petites langues, il y a diverses langues parlées par les hommes, c'est tout. Une langue n'est importante que par le nombre de ses locuteurs ou par son rôle historique.

Le CNRS a créé un laboratoire de langues et civilisations à traditions orales. C'est un groupement d'une centaine de chercheurs (linguistes, ethnologues, sociologues, musicologues, botanistes, etc.) qui, éparpillés dans toutes les régions du monde, vont recueillir, étudier et tenter de conserver ces cultures orales en voie de disparition (*voir carte*).

J'ai participé à l'une de ces missions.

Le 3 août 1977, 21 heures locale, je débarque à Bangui, capitale de l'Empire centrafricain. J'arrive le jour même où le futur empereur Bokassa Ier, mécontent des activités indiscrètes de certains reporters étrangers, fait sévèrement contrôler les entrées de tout ce qui peut ressembler à un journaliste. On vérifie minutieusement mon ordre de mission. Finalement, après m'avoir recommandé d'aller sans tarder me faire délivrer un visa « aux fins du libre exercice de ma profession », le fonctionnaire, courtois, me laisse passer en me souhaitant un bon séjour. En retirant mes bagages, je retrouve cet homme d'affaires africain, tiré à quatre épingles dans son costume occidental, et qui, à l'escale de Tripoli, s'est brûlé les pieds sur le bitume parce qu'il avait oublié ses chaussures dans l'avion. Je revois aussi la grosse dame très élégante, couverte de bijoux, symbole de la nouvelle bourgeoisie africaine, qui a refusé le repas proposé par l'hôtesse sous prétexte qu'elle était un peu souffrante, mais qui a bu, en dix heures de vol, quatre quarts de champagne, deux quarts de bordeaux, six bières et deux mignonnettes de Cointreau.

Luc Bouquiaux[1] m'attend dans le hall des passagers. Grand, bien charpenté, le geste mesuré et la parole un peu traînante, ce linguiste apprécie le mot juste, la bonne chère et la musique classique. Je l'imagine bien jouant du clavecin, instrument qu'il collectionnerait volontiers s'il en avait les moyens, c'est-à-dire s'il n'était pas chercheur, car, pourrait-on s'en douter ? la recherche scientifique n'engendre que rarement la fortune. Après avoir produit plusieurs ouvrages sur la tradition orale et la phonétique, il vient d'achever une œuvre importante, le dictionnaire de langue sango qui, en Centrafrique, tend à devenir la langue nationale.

— Pour l'instant, je suis seul, me dit-il. Le reste de l'équipe arrivera demain. Simha Arom, d'origine israélite, n'a pu prendre l'avion qui fait escale dans les pays arabes.

Nous embarquons mes cantines dans une Land Rover qui semble

1. Maître de recherche. Responsable du département Afrique du laboratoire.

en avoir vu de toutes les couleurs, et dont j'aurai l'occasion d'apprécier les fantaisies.

Le quartier général du CNRS à Bangui se trouve dans le parc de l'ORSTOM. C'est une vaste habitation en bois, de style colonial, avec une série de petites chambres alignées le long d'une galerie couverte, et au bout, une salle commune, largement ouverte sur la nature. Le cuisinier, Alphonse, me souhaite la bienvenue. C'est un Centrafricain d'une cinquantaine d'années, discret, souriant, efficace, un de ces cuisiniers de brousse qui ne sont jamais pris au dépourvu. Il m'installe dans ma chambre. Le lendemain, avec Luc Bouquiaux, nous complétons les provisions qui nous permettront de vivre en forêt pendant plusieurs semaines. Nous déambulons dans un marché très pittoresque : les couleurs vives le disputent aux odeurs agressives des épices, des légumes et des fruits. Des gosses morveux et adorable nous racolent pour nous proposer leurs services de porteurs. Des marchands chassent à grands cris les chèvres en liberté qui broutent indifféremment la marchandise et les emballages. Un groupe de vieux, engourdis au soleil, écoutent un conteur qui bredouille une histoire. Des vendeurs de n'importe quoi attirent le client. Ici, des chaussures dépareillées, des habits d'occasion, des vieux journaux, et même un vélo disloqué sur lequel se trouve une surprenante pancarte : « Vélo à vendre. — Premier prix : 12 000. — Deuxième prix : 10 000. — Prix fatigué : 9 000. » Le vendeur a trouvé la solution qui évite le marchandage. Dans ces marchés africains, je passe toujours beaucoup plus de temps que prévu, séduit par l'ambiance et l'inattendu.

Le soir, à l'aéroport, nous accueillons Jacqueline Thomas, Simha Arom et Vincent Dehoux.

Jacqueline Thomas est la directrice du laboratoire. Très féminine, le visage encadré par une toison de longs cheveux châtain-blond coiffés en chignon, ce n'est pas une frêle femme, mais sa voix est très douce, presque timide. Aguerrie à la vie de brousse et à la jungle administrative, elle témoigne d'un esprit réaliste qui n'est pas toujours la caractéristique première de ceux qui se consacrent à la recherche. Dès son arrivée, elle prend des nouvelles :

— Les voitures sont-elles prêtes ? Séverin est-il prévenu ?

Simha Arom, lui, est un chercheur qui n'a pas l'air de se prendre au sérieux. Ses lunettes à verres épais et son crâne dégarni lui donnent pourtant un air intellectuel. D'une grande finesse d'esprit, d'un humour typiquement israélien, bourré d'expérience et d'anecdotes, parleur infatigable, d'un style direct et spontané, ses jugements sont catégoriques et ses boutades plaisantes. Il aurait été à l'aise dans n'importe quelle profession, car c'est un homme qui est bien dans sa peau. Le cheminement de sa carrière est peut-être une réponse à la question : « Comment devient-on musicologue ? » Premier prix de cor du Conservatoire de Paris, il est engagé dans l'orchestre de Lausanne, puis d'Israël. En 1964, on l'envoie à Bangui avec mission de créer une chorale. Il fonde en même temps le musée ethnographique national. Mais il fait aussi une découverte : la plupart des Africains traditionnels qui chantent ignorent le demi-ton parce qu'ils utilisent l'échelle pentatonique. Sim Arom se met alors à parcourir le territoire centrafricain ; il commence à dresser un atlas musical ainsi qu'une nomenclature des divers instruments utilisés. Et le musicien d'opéra se transforme lentement en musicologue ; en 1968, la mue est accomplie.

Il s'affaire pour rassembler les bagages, lance un bon mot, éclate de rire, parlemente avec les douaniers, mobilise deux porteurs, donne des ordres tout en soufflant et en disant : « Je suis crevé. » Il est secondé par Vincent Dehoux, jeune musicologue qui entre dans la carrière. Celui-là, avec son profil de médaille, ses boucles blondes et sa voix douce, aurait pu faire chavirer le cœur de bien des JMF en se présentant en soliste à la salle Pleyel. Il a préféré l'étude des musiques traditionnelles qui lui ouvrent, dit-il, un monde extraordinaire. Vincent attire la sympathie. En parlant de lui, Alphonse le cuisinier a demandé à Jacqueline Thomas :

— Madame ! dans quelle chambre on met le z'enfant ?

Et voilà comment un homme est oblitéré pour la vie ! Pour notre équipe, Vincent restera « Zenfan ».

Le lendemain, les deux Land Rover et la camionnette sont bourrées jusqu'à la toiture.

En route pour Mongoumba ! vers la frontière de l'Empire centrafricain et du Zaïre, délimitée par le fleuve Oubangui.

En pleine saison des pluies, ce genre de mission devient une véritable expédition. Après une demi-journée de pistes glissantes, nous devons embarquer les véhicules sur un bac pour traverser une rivière magnifique, la Lobaye. La forêt s'épaissit et la piste se rétrécit. Après avoir dépassé les derniers villages, vers 17 h 30, nous nous trouvons au cœur de la forêt, au bord du fleuve Oubangui. Les véhicules s'arrêtent devant une case vétuste : nous sommes arrivés au camp. Aussitôt, les deux cuistots — car Alphonse a engagé un aide — les deux informateurs et les chercheurs débarquent leurs affaires. Il n'y a pas une minute à perdre car la nuit tombe vite, ici ; le premier travail est de préparer les lampes-tempête. Luc Bouquiaux installe les lits de camp, et avec Vincent nous tendons, tant bien que mal, les moustiquaires, car ces charmants insectes deviennent boulimiques en cette saison. Chacun s'affaire à une tâche différente. Je croise Luc Bouquiaux, le marteau à la main.

— Vous voilà chez vous !

— Oui. Comme je le dis parfois à mes étudiants, la première des choses, c'est d'avoir de bonnes connaissances en mécanique, en bricolage, en cuisine et une santé à toute épreuve ; et puis si vous avez, en plus, quelques notions d'ethnologie et de linguistique, vous ferez sûrement du bon travail.

Les cantines, le matériel technique, tout est encore un peu entassé, mais demain il fera jour. Une demi-heure plus tard, sous ce qu'on appelle pompeusement la véranda, Alphonse nous propose notre premier repas de brousse. Je me demande comment Alphonse et son aide ont pu, en si peu de temps, faire tant de choses.

Il pleut. A la lueur de deux lampes-tempête, les chercheurs me parlent de ce laboratoire un peu spécial.

— C'est André-Georges Haudricourt qui en est le pionnier et qui, depuis trente ans, affirme que la langue et la société ne sont qu'une seule et même chose.

— Ce qui caractérise notre labo, ajoute Sim Arom, c'est que les chercheurs ne sont pas dans un laboratoire mais sur le terrain, en l'occurrence dans la forêt équatoriale.

Je joue l'innocence pour provoquer des réactions :

— A travers une langue et des traditions, que peut-on savoir d'un groupe social ?

— Tout ! répond Arom sans hésiter.

— Oui, tout ! renchérit Jacqueline Thomas, sa culture, son histoire, sa religion, sa conception du monde, sa philosophie, tout transparaît à travers la langue d'un groupe.

— On peut vous reprocher de travailler sur des langues sans importance, peut-être même des langues en voie de disparition. De là à se demander à quoi servent ces études, il n'y a qu'un pas...

Arom ne me laisse pas finir ma phrase :

— Je répondrai par une autre question : à quoi sert Abou Simbel ? Oui, pourquoi tout le ram-dam qu'on a fait autour d'Abou Simbel ? Toutes les langues africaines et toutes les musiques valent bien Abou Simbel ! Malheureusement, Abou Simbel, tout le monde peut le voir, ne serait-ce qu'en photographie, alors que la langue des Pygmées on ne peut pas la photographier. On ne peut pas non plus faire venir des charters jusqu'ici, en pleine forêt. Nous, musicologues, nous avons un léger avantage sur nos collègues linguistes : la musique, nous pouvons l'enregistrer, et pour cinquante francs, à la FNAC, vous trouverez un disque de musique pygmée. Mais si nous n'étions pas là, nous, en ce moment, en train de nous faire bouffer par les moustiques, le client ne pourrait pas écouter cette musique, assis dans son fauteuil ; il ne saurait jamais que les Pygmées ont une musique et que cette musique est extraordinaire. Rien que pour cela, est-ce que notre présence n'est pas justifiée ? Imaginez qu'on ait pu conserver la musique des Incas. Quel apport pour la connaissance de cette civilisation mystérieuse !

— Pour nous, linguistes, enchaîne doucement Jacqueline Thomas, c'est plus difficile, car ce que nous recueillons ne s'adresse pour l'instant qu'à une minorité. Mais dans la tradition orale pygmée, nous avons des récits aussi beaux que le *Cantique des Cantiques.* La beauté de la femme y est chantée dans une langue d'une poésie surprenante, et le jour où ces récits atteindront le grand public, tout le monde sera étonné.

J'insiste :

— Mais quelle est l'utilité pratique de la connaissance d'une langue si peu importante que le mbaka ou la fabrication d'un dictionnaire sango pour l'histoire de l'humanité ?

C'est encore Arom qui réagit le premier :

— Il faut répondre en se tournant vers le passé et non pas vers le futur. Combien y a-t-il eu de langues dans le monde dont il ne reste absolument aucun vestige aujourd'hui ? Combien y a-t-il eu de musiques dont on ne sait si elles étaient fantastiques ou quelconques ? Nous, nous cherchons à laisser des traces de civilisations qui existent et qui comptent. Notre civilisation n'est qu'une option parmi tant d'autres.

— Alors, vous êtes des archéologues ?

— Nous sommes des archéologues du présent, oui.

— Mais nous cherchons aussi, ajoute J. Thomas, à apporter aux sociétés qui n'ont pas encore acquis le statut de l'écriture la possibilité d'accéder à la modernité dans les meilleures conditions possibles. C'est notre contribution au développement de ces pays.

Un long, un très long silence, durant lequel une pensée de Valéry me revient en mémoire : « L'attitude européenne a consisté à négliger les valeurs des autres habitants du globe ; on a tenté de transmettre nos connaissances et quelque peu de notre esprit à nos sujets. Mais l'idée ne nous est jamais venue que nous pourrions apprendre quelque chose d'eux. Il nous paraît impossible et presque absurde que nous puissions recevoir le moindre apport spirituel de populations que nous avons soumises. Si nous voulons véritablement nous associer ces populations, il nous incombe d'instituer une réciprocité de relation entre elles et nous, un échange réel. De jour en jour, le dogme de l'inégalité des familles humaines devient de plus en plus dangereux en politique : il sera fatal à l'Europe. La technique se propage comme la peste[1]. »

Six heures du matin. L'aube pointe. Le lever du jour dans la forêt équatoriale est un spectacle que je ne rate jamais. Devant moi, à une centaine de mètres, entre les arbres, l'Oubangui s'éveille. Le soleil lentement déchire le ventre de la nuit. Le ciel, de mauve, devient sanguinolent. Le concert des insectes prend la relève de celui des batraciens. Alors que j'écoute cette merveilleuse musique concrète, Sim et Luc apparaissent, encore ensommeillés. Ils parlent pourtant d'un éventuel petit déjeuner. Alphonse a déjà allumé le feu. Nous sommes en train de décider lequel d'entre nous ira faire le premier une toilette sommaire avec les deux seaux de source, quand Sim pose sa main sur mon bras et fixe les hautes herbes, à trente mètres de la case :

— Les voilà ! murmure-t-il.

— Qui ?

— Les Pygmées. Ils n'ont pas eu besoin de carton d'invitation ; ils ont su que nous étions arrivés.

1. P. Valéry, *Regards sur le monde actuel.*

— Où les voyez-vous ?

— Là, dans les herbes.

Il appelle : « Ngéléboda ! »

Les herbes s'écartent, une tête émerge. Le Pygmée avance lentement avec un large sourire aux lèvres. Sim lui pose amicalement la main sur l'épaule :

— Voilà Ngéléboda ! C'est un vieil ami. On travaille ensemble depuis cinq ans. Ah ! voilà Sakongu ! Oh ! je le reconnais à peine. Il y a deux ans, c'était encore un gamin. Il chantait avec une voix d'enfant. Là, je viens de l'entendre parler : il est train de muer. Et ça, c'est Mokenzo ! et puis Mombango... des vieux de la vieille, des durs de durs, d'excellents chanteurs.

Arom prononce quelques mots en langue locale, et les petits hommes, sans se faire prier, entonnent un chant de bienvenue. Sur la ligne de chant s'installent presque aussitôt des variations en contrepoint et des battements de mains.

Quelques minutes plus tard, les Pygmées arrivent de partout. Les enfants sont nus, à l'exception du simple cordon de raphia autour des reins et du petit morceau d'étoffe qui sert de cache-sexe. Les femmes, nues également, portent sur la hanche leur bébé endormi. Les hommes, moins craintifs, se mêlent au groupe de chanteurs. Soudain, apparaît Ndolé qui, en guise de salutations, nous montre son menton barré d'une vilaine plaie.

— Oh ! dit Jacqueline Thomas de sa voix à peine perceptible, il faut soigner ça tout de suite.

Elle ouvre l'une des énormes cantines pleine de médicaments. Docilement, Ndolé tend son menton, et Jacqueline désinfecte la plaie.

— Ce n'est pas exactement un travail de linguiste ! dis-je.

— De la préparation, répond Jacqueline. On peut difficilement voir les gens dans cet état sans faire quelque chose.

— C'est la première tâche du matin ?

— Oui. Dès que nous arrivons, la case se transforme en dispensaire. Le premier jour, j'ai dix Pygmées, le lendemain quarante, et si je voulais, j'en aurais quatre-vingts les autres jours. Voyez, voyez les mères ! elles se mettent en rang. Elles ont toutes quelque chose à me faire soigner.

— Il y a pourtant un dispensaire à quelques kilomètres d'ici !

— Ils ont peur d'y aller. Ils nous font davantage confiance. Nous les connaissons, nous vivons avec eux depuis des années.

— Et chaque fois que vous venez, vous arrivez avec des valises de médicaments !

— Il n'y en a jamais assez. Malheureusement, nous sommes obligés de les acheter. Quand je pense à tout ce qui se perd en Europe, à tout ce qui se jette, c'est révoltant !

— Il y a évidemment des maladies que vous ne pouvez pas traiter ?

— Bien sûr. Je me borne à soigner les plaies, les infections.

Je recule un instant, le cœur soulevé par ce que je vois : un gosse de six ans présente un ulcère tropical qui a rongé la moitié de sa jambe ; on voit l'os. Jacqueline baisse les bras d'impuissance. Un autre, un peu plus âgé, a le visage déformé par le Pian, une maladie contagieuse, une sorte de syphilis qui attaque toutes les ouvertures : le visage, la verge ; c'est horrible !

Voilà l'un des aspects de l'ethnologie en Afrique. Les chercheurs pourraient très bien rester indifférents à ce spectacle et se dire qu'après tout les maladies ne les concernent pas. Mais y aurait-il alors ce contact spontané qui se produit à chaque arrivée ? Le linguiste de ce camp s'occupe de la langue des Pygmées, bien sûr, mais cette langue, c'est l'homme ! Il est donc nécessaire de soigner l'homme pour obtenir une meilleure collaboration. Cependant, cet aspect social, cet aspect humain qui est peut-être le plus important n'apparaît jamais dans les rapports et dans les livres. Jamais Jacqueline Thomas n'a fait ce genre de compte rendu ; jamais elle n'a porté dans son budget ce qu'elle dépense pour les Pygmées en médicaments et en travail supplémentaire ; elle estime que ces à-côtés font partie de son métier. Du mien aussi d'ailleurs. Jacqueline est ravie que je sache faire les piqûres. Désormais, tous les matins, je vais pouvoir lui donner un coup de main ; je serai infirmier adjoint, préposé aux piqûres. Sous la véranda, j'allongerai les enfants sur notre grande table, et j'enfoncerai les aiguilles dans les petites fesses. Sur des organismes qui ne connaissent pas la chimiothérapie, les effets de la pénicilline sont miraculeux : trois millions d'unités, et, en quelques jours, la plaie la plus horrible est refermée. Les bronchites sont guéries aussi rapidement. C'est ce miracle qui attire les Pygmées au camp. Mais les autres ? Ceux qui sont atteints en l'absence des chercheurs, comment se comportent-ils ? Que pensent-ils ? On ne découvre l'injustice que par comparaison. Il faut donc se demander si l'on a le droit de semer l'espoir quatre ou cinq mois par an. A-t-on le droit de prolonger la vie des uns et d'abandonner les autres ? Lequel de tous ceux que nous voyons là aujourd'hui n'existera plus à la prochaine mission ? Et pourquoi celui-là plus que l'autre ? Faut-il laisser la nature accomplir son œuvre de sélection, ou, en sauvant en partie ces gens, habituer leur organisme à une chimie aussi destructrice que salutaire ? Un Pygmée guéri par les antibiotiques une fois n'a guère de chances de s'en sortir la fois suivante s'il ne dispose plus d'antibiotiques...

— Ah ! s'exclame Arom, voilà Michel !

Il me présente un Pygmée habillé à l'occidentale et au nez chaussé de lunettes.

— Michel, m'explique-t-il, est un cas très particulier. C'est le seul Pygmée à être allé à la ville et à avoir suivi l'école. Il a même fait le lycée. Il parle français.

— C'est donc pour vous l'informateur idéal ?

— Et non, hélas ! Car s'il parle le français, il ne parle presque plus sa langue maternelle. Il a pratiquement perdu le contact avec ses frères. Il est même devenu un peu suspect. Il vit au campement, mais en marge. Ce sont les bonnes sœurs de Mongoumba qui, involontairement, ont provoqué ce drame. Elles ont vu que ce garçon était très intelligent, et elles l'ont pris en charge pour qu'il fasse des études. Seulement, elles ne se rendaient pas compte qu'elles en faisaient un marginal, à la fois vis-à-vis des populations urbaines qui acceptent difficilement un Pygmée, et vis-à-vis de sa propre communauté, dont il a tout oublié. Elles en ont fait un exilé chez lui, ce qui est un destin particulièrement tragique.

Les Pygmées ont établi un camp provisoire à sept ou huit kilomètres de notre case, presque en bordure de piste.

Nous prenons la voiture pour « rassembler nos troupes ».

Nous nous arrêtons d'abord pour prévenir Joseph, l'un des plus précieux informateurs des linguistes. Le grand Joseph nous attend. C'est un homme superbe, de près de deux mètres de haut, un athlète qui présente un contraste frappant avec les Pygmées que nous venons de quitter. Il parle la langue des Aka, chasse avec eux et leur sert de porte-parole. Il est surtout celui qui sait le mieux leur faire comprendre que les chercheurs travaillent dans leur intérêt. Il y parvient très bien. Il est donc nécessaire que Joseph vienne avec nous pour former les équipes : rien de moins facile avec les Pygmées, dont le goût de la liberté ne se dément pas, malgré une sédentarisation qui se précise.

Ayant laissé la Land Rover en lisière de forêt, nous marchons un moment pour atteindre le campement.

Une dizaine de huttes rondes en branchages. Des visages de femmes, d'enfants qui s'éclairent en nous voyant. Oui, les chercheurs sont des amis. Arom serre des mains. Il demande des nouvelles des uns et des autres. On lui apprend qu'Untel est à la chasse, que tel autre est parti en éclaireur pour repérer les chenilles. Il demande à voir le chef de famille, le doyen, le vieux Mbonzo.

— Oh ! disent les femmes, il est très malade. Il va mourir. Il est là-bas, dans sa hutte, au fond du campement. Il ne peut plus marcher.

Nous y allons. Mbonzo est devant sa hutte. Il prend le soleil du matin, le meilleur pour les membres fragiles.

C'est un petit vieillard décharné, tremblant, au visage creusé, mais aux yeux étonnamment vifs. Quand il aperçoit Arom, il hoche légèrement la tête. Est-ce l'espoir qui renaît de passer encore une autre saison de pluies ? Ces Blancs font de tels miracles !

Arom serre le vieux amicalement dans ses bras, lui adresse quelques phrases. Le vieux, comme un enfant, s'épanche, bredouille, se plaint, gémit, montre les endroits qui lui font mal : partout, il a mal partout. De sa petite voix éteinte, il raconte, il se confie.

— Quel âge a-t-il ?

— On ne sait pas. Soixante ans, peut-être quatre-vingts. Impossible de savoir exactement. Mais il est quand même formidable ce vieux, vous savez ! Il y a six ans, il était déjà dans cet état. Nous nous sommes dit : « C'est la dernière fois que nous voyons Mbonzo. » Eh bien il est encore là.

Et il ajoute, en posant affectueusement sa main sur la maigre épaule du vieillard :

— Ah ! Mbonzo ! Mbonzo ! tu vas encore t'en sortir, va !

Le vieux a deviné le sens de la phrase. Ses yeux luisent. La vie est encore là, au bord des paupières, au bord des lèvres, qui frémissent, au bord du cœur qui bat plus fort. Oui, Mbonzo va encore nous étonner.

Sim se renseigne sur les différents membres de la communauté. Il désire former les équipes qui vont travailler avec les linguistes et avec lui.

— Vous faites là, peut-être, le travail le plus difficile ?

— Oui. Il s'agit de s'organiser en fonction des gens présents. Voyez, par exemple, le meneur de chant sur lequel je comptais le plus est parti avec sa famille. Il ne faut pas oublier que les Aka sont nomades. Ils ont ici un camp presque permanent, mais ils le quittent souvent. J'avoue que l'absence de ce chanteur m'ennuie d'autant plus qu'il est à peu près le seul à pouvoir expliquer ce qu'ils font, et c'est la chose la plus importante.

— Mais vous êtes toujours obligés de passer par deux intermédiaires ?

— Du français en sango avec Séverin, et du sango en aka avec Joseph.

— Il n'y a pas une déperdition ?

— Bien sûr que si. C'est d'ailleurs pour cela que nous passons notre temps à vérifier et revérifier ce qui a été fait les années précédentes.

Autour de notre case hier abandonnée, la vie a jailli, dense, joyeuse ; tout s'agite ; les groupes se forment ; les Pygmées sont là, bavards et rieurs. Jacqueline Thomas, assise à une petite table pliante, est entourée par une dizaine d'entre eux. Elle commence son interrogatoire. Ils répondent en chœur, comme à l'école maternelle.

Simha Arom s'éloigne avec son groupe pour ne pas déranger ses confrères avec sa musique et ses chants.

Luc Bouquiaux, sous la véranda, regarde le camp s'animer, les groupes s'installer, les cuisiniers préparer leur popote en plein air. Il me confie :

— Ce que j'admire le plus, c'est la disponibilité de ces gens. Nous arrivons le soir ; personne n'a été prévenu, mais le lendemain matin, tout le monde est là, et on commence.

— Peut-être parce que les Pygmées n'ont pas d'autres occupations.

— Peut-être. Mais s'ils ne voulaient pas venir, ils ne viendraient pas. On ne les force pas. Ils savent que nous sommes là... ils viennent. Et vous allez voir avec quel intérêt ils participent aux enquêtes, comme ils suivent avec attention ce qui se passe. Pour des gens qui ne sont pas habitués à des travaux réguliers, on les tient toute la journée, sans qu'à aucun moment l'attention faiblisse.

— Est-ce qu'au début de cette collaboration, vous avez tenté de leur expliquer le but de ces travaux ?

— Ça n'a pas été nécessaire. Au bout d'un certain temps, ils ont compris que, grâce à nos appareils, grâce aux efforts que l'on fait pour transcrire leurs textes, leurs mythes, leur musique, on assurait à leur culture une certaine pérennité ; ils se rendent très bien compte que, dans quelques années, leur milieu sera tellement transformé qu'il ne restera plus grand-chose de leur civilisation. Si bien qu'ils ont déjà une certaine mentalité d'archéologues.

— J'ai été, en effet, frappé par la phrase prononcée par l'un des plus anciens. On lui demandait, hier, comment il avait appris notre arrivée. Il a répondu : « Personne ne me l'a dit ; je suis venu avec le cœur. »

Lorsqu'on vit en symbiose avec les habitants de la forêt, on est obligé de tenir compte de leurs habitudes.

Il y a un deuil au village mbati voisin et nous sommes invités à la veillée. Vers 22 heures, le tam-tam appelle.

Autour du feu, on va chanter et danser pendant des heures. Mais les chants des grands sédentaires des lisières sont bien quelconques à côté de l'extraordinaire richesse du répertoire pygmée.

Dès le deuxième jour, notre camp tourne à plein rendement : linguistes et musicologues sont au travail à 8 h 30. Chacun des chercheurs a, autour de lui, son groupe de Pygmées ou de Mondjombos, et transcrit, vérifie une tradition, un conte, un chant. Le travail se poursuit toute la journée avec quelques pauses et distributions de bières et de cigarettes. C'est à la lampe-tempête que les chercheurs terminent leur journée. Chaque information, chaque minute d'entretien représente une victoire sur le temps qui efface tout. Ce soir, alors que la pluie tombe doucement et que nous dégustons un gros poisson pêché il y a quelques heures dans l'Oubangui, j'interroge Jacqueline Thomas sur la méthode qu'emploie le linguiste pour accéder à une langue qu'il ne connaît pas.

— D'abord, il faut préciser que le chercheur ne fait pas toujours ce qu'il veut. Pour ma part, la première langue africaine que j'ai étudiée n'était pas celle que j'avais choisie. Je croyais aller dans un endroit et je me suis retrouvée ailleurs. Dans ces circonstances, le chercheur fait plutôt ce qu'il peut.

— Alors, qu'avez-vous fait ?

— Je suis arrivée dans le village, je me suis installée, et j'ai attendu.

— Quoi ?

— Le contact.

— Mais vous êtes l'étrangère ! L'autochtone ne fait pas les premiers pas. C'est vous qui devez effectuer les travaux d'approche, non ?

— Les travaux d'approche, ça consiste à laisser les gens me regarder vivre, à avoir des activités sans intervenir directement sur la population ; je relève le plan du village, j'observe la vie quotidienne.

— Au bout d'un certain temps, vous devez intriguer les gens.

— Bien sûr. Le contact est alors établi. Je ne vais pas voir les gens, ce sont eux qui viennent me voir, qui me posent des questions. La curiosité humaine nous aide beaucoup.

— Tout cela demande combien de temps ?

— Dans ce cas précis, trois mois. Au bout de trois mois, j'ai commencé moi-même à interroger, timidement. Et puis, on m'a raconté quelques histoires, on m'a invitée à des veillées. Ils s'apercevaient que je voulais apprendre leur langue, et ils se faisaient un plaisir de jouer les professeurs. Ce n'est ni facile ni agréable tous les jours, mais c'est à ce prix qu'on obtient des résultats.

Tous les matins, avec Vincent, nous prenons les Land Rover pour faire ce que nous appelons notre « ramassage scolaire ». Nous roulons sur la piste glissante et, en lisière de forêt, les Pygmées nous attendent. Bien sûr, ils pourraient venir à pied, mais la voiture c'est tellement plus rigolo ! Tout ce petit monde joyeux débarque au camp et se scinde aussitôt en trois groupes pour travailler.

Cernés par les herbes hautes, Jacqueline et une dizaine de Pygmées contrôlent un texte déjà enregistré l'an dernier. Sur un petit magnétophone, l'ethno-linguiste fait entendre une phrase ou un corps de phrase. Elle répète elle-même cette phrase en articulant les syllabes au maximum. Les Pygmées répètent en chœur, en donnant l'intonation. Jacqueline note en écriture phonologique et marque l'accentuation grâce à un code établi.

— Combien de temps vous faut-il pour transcrire un texte d'un quart d'heure comme celui-là ?

— Quatre ou cinq jours, parfois. C'est un travail très fastidieux.

— Dès que la transcription est faite, vous traduisez ?

— Mot à mot. Et puis, je reprends le tout avec mes informateurs pour voir si je ne me suis pas trompée, pour préciser les mots que je ne connaissais pas encore, afin d'en arriver à une traduction intelligible.

— Je constate que lorsque vous n'avez pas très bien saisi l'intonation d'un mot, les Pygmées vous le sifflent. La tonalité est donc très importante ?

— Capitale. S'ils sifflent le mot ou la phrase, je n'ai plus à prêter attention au timbre vocalique ; je n'ai qu'à noter la hauteur musicale.

— Mais du point de vue purement linguistique, comment vous y prenez-vous, au début ?

— Il faut d'abord débroussailler, chercher à savoir de quelle langue il est question. On le fait de façon très simple, à l'aide de questionnaires. On montre, par exemple, les différentes parties du corps, et on obtient des termes comme tête, bras, jambes, cheveux, nez, oreille. On a ainsi quelques centaines de termes qu'on note phonétiquement, et à partir de ce travail, on peut établir ce qu'on appelle une phonologie provisoire ; c'est-à-dire l'inventaire des sons qui, dans cette langue, sont fonctionnels. Toute langue, en effet, dispose d'un nombre limité de sons, d'une liste fermée qu'on peut situer entre seize et quatre-vingts. Dans les langues de cette région, on compte entre vingt et trente phonèmes, c'est-à-dire des sons distinctifs dont il faut faire l'identification.

— Par quelle méthode ?

— La plus simple. Prenons un exemple français : nous avons le phonème « P » et le phonème « B », parce que P et B s'opposent sur le plan du sens des mots comme Pain et Bain. Donc, on utilise ce même processus qu'on appelle l'identification des paires minimales, c'est-à-dire des mots qui ne sont distincts que par un seul phonème, et on obtient une liste fermée. Quand on est à peu près sûr de cette liste, on passe à la transcription avec un vocabulaire de cinq cents à mille mots simples. On peut proposer soi-même la traduction de certaines petites phrases, mais le plus intéressant est d'arriver, le plus vite possible, à la traduction de récits, de contes pris sur le vif.

Sous la véranda, une conteuse enregistre un récit devant Luc Bouquiaux qui prend des notes. Sidonie est une vieille femme très expressive, excellente comédienne. Elle joue tous les personnages de son histoire. Son répertoire est riche et varié. Elle a transmis son savoir à son fils, Pierre, qui est assis à côté d'elle. Et une troisième génération s'apprête à prendre la relève : Jean-Louis, dix ans, est là également. Il possède déjà toute la maîtrise et le talent du conteur mondjombo.

Tous ces gens sont bien plus que des amuseurs ; ils véhiculent leur culture, l'histoire de leur peuple. Ils sont, en quelque sorte, les media de l'Afrique traditionnelle. Ils assurent la pérennité de leur civilisation.

— Comment trouvez-vous ces conteurs ? dis-je au linguiste.

— C'est très facile. Dans une région, la réputation d'un conteur est grande. On nous le désigne tout de suite. Nous enregistrons donc le conte, et puis commence le plus délicat. Nous nous attablons avec un « informateur de référence », c'est-à-dire quelqu'un qui connaît très bien la langue, et nous décortiquons le texte en essayant d'abord de définir les mots, les phrases. Puis, nous passons à la traduction littérale et enfin nous proposons une traduction française. Il faut, en même temps, élucider certaines expressions, certains proverbes, certaines allusions aux choses de la vie courante, sans lesquels le texte resterait obscur. Et pour l'éclaircir encore, il faut poser les questions pertinentes qui entraînent les bonnes réponses.

Car il faut considérer que nous avons affaire ici à des civilisations extrêmement discrètes. On peut passer, pendant des années, à côté d'un très grand nombre de choses qu'on n'apercevra pas si on n'a pas posé les questions adéquates. De temps en temps, on fait des découvertes surprenantes, et la réponse de l'informateur à qui l'on dit : « Mais pourquoi ne m'en avais-tu pas parlé ? » est presque toujours : « Parce que tu ne me l'avais pas demandé. »

— Les recherches sur les langues vernaculaires peuvent-elles avoir des applications importantes ?

— Certainement. L'une d'elles, au moins, me paraît immédiate et capitale : la possibilité d'alphabétisation dans leur langue de tous les locuteurs, préliminaire indispensable à toute espèce d'enseignement.

Luc Bouquiaux vient d'arrêter son magnétophone. Il écoute les échos du travail de son confrère musicologue qui, pour vérifier les fonctions et les titres des chansons, exige des Pygmées la plus grande précision et la plus grande concision. Il explique à Joseph qui traduit :

— Je voudrais que la réponse soit comme la flèche qui part sur le gibier. Tu comprends ? La flèche, elle ne part pas comme ça, en zigzag. Elle part droit. Je voudrais une réponse droite, nette : clac !

Joseph traduit. Les Pygmées se plient à cette exigence et répondent d'un mot. Sim est satisfait.

— Vous voyez, me dit Luc Bouquiaux, ce que fait actuellement Arom est caractéristique du travail des sciences humaines en Afrique : tout est dans l'art de poser les questions. Il y a des nuances, des finesses de langage, et l'on se rend compte que la situation est beaucoup plus complexe qu'on ne se l'imaginait. Le musicologue que nous avons là sous les yeux a commencé par une étude concrète. Il voulait étudier un instrument très courant ici : l'arc musical. Cet instrument utilise la bouche comme résonateur, et sert, en général, à accompagner un certain nombre de mélopées. Au cours des enregistrements, il s'est aperçu que ces chants étaient allusifs, se référaient à des contes que nous ne connaissions pas, mais que tout le monde ici connaissait. Il les a enregistrés, dépouillés, il a compris du même coup le contenu des chants accompagnés par l'arc musical. Et puis, il a découvert que cet instrument était lié aux rites de chasse ; le but de ces chants était de captiver les génies de la chasse pour qu'ils amènent le gibier dans le filet. Et à partir de cet instrument banal, il a débouché sur le panthéon mbaka. Ainsi est-ce à partir de ce fil d'Ariane de l'arc musical que l'ensemble des croyances religieuses s'est explicité. Or, personne n'aurait pensé à faire une enquête sur le monde religieux, en partant d'un instrument de musique. Cet exemple prouve, en outre, que, dans le travail que nous faisons, la pluridisciplinarité est indispensable ; toutes nos recherches se complètent et s'épaulent.

Je vais d'un groupe à l'autre. Les Pygmées me connaissent tous maintenant. Ils ne comprennent peut-être pas très bien mon travail, mais ils savent que je vais les chercher en voiture et que je fais les piqûres : n'est-ce pas le principal ?

Le gardien de notre case est en train de tisser un filet de pêche de la manière la plus rudimentaire. Il est assis par terre, les jambes écartées, et il a tendu un fil entre ses deux gros orteils. Sur cette base partent les premières mailles que le pêcheur noue régulièrement, rapidement, avec un petit fuseau. Il mettra deux semaines pour terminer son filet.

Notre cuisinier, Alphonse, est une perle. Il se fait un point d'honneur de nous préparer une cuisine succulente, même en pleine forêt. Quoi qu'il arrive, quel que soit le nombre de convives, Alphonse est à l'heure et tout ce qu'il prépare est excellent. Ce matin, lui et son aide, Daguès, sont très absorbés par la fabrication du pain. Sur le seuil de la case, Daguès malaxe la pâte. Intrigué, je m'approche. Alphonse a creusé dans la terre un trou de la dimension du moule qui va contenir la pâte. Dans ce trou, il a brûlé beaucoup de bois. Lorsque la terre est brûlante, il enterre le moule, recouvre le trou d'une tôle sur laquelle il met encore de la braise, et le pain va cuire ainsi. Comme la pâte n'a pas levé assez longtemps, le résultat se situera entre le pain du boulanger et la brique réfractaire ; mais en brousse, on s'en accommode très bien.

En écoutant ce que fait Luc Bouquiaux, un profane pourrait croire qu'il s'amuse bien à noter les tonalités d'un texte mondjombo. En réalité, ce travail demande une grande concentration. Le mondjombo est une langue monosyllabique, et les possibilités de communication seraient réduites si les tons ne multipliaient pas ces possibilités. Le mondjombo dispose de quatre registres. Chaque succession consomme-voyelle peut être prononcée selon quatre hauteurs différentes et avec certaines modulations. Mais là où le problème se corse, c'est quand on étudie la conjugaison, car les trois quarts des temps sont exprimés par des oppositions tonales. Quand on saura, en plus, que cette conjugaison est très nuancée, qu'elle contient toute une série de temps particulièrement raffinés, avec des passés lointains, des passés récents, des passés d'hier, on aura une idée du travail du linguiste qui veut noter ce qu'il entend et ensuite analyser les matériaux recueillis.

Des cris de chimpanzé furieux éclatent soudain. Je fonce avec magnéto et appareil de photo. Mais ces cris se terminent en éclats de rire. Les Pygmées qui travaillent avec Jacqueline Thomas se livrent à un exercice particulier. Elle a enregistré l'an dernier une série d'imitations de cris d'animaux qu'elle fait entendre maintenant pour contrôler si leurs auteurs vont se reconnaître et pour préciser l'utilisation de ces cris dans les techniques de chasse ou les rituels. Les Pygmées s'amusent beaucoup, car, parmi les auteurs de ces cris, certains sont absents, et à cette heure même peut-être utilisent ces cris pour attirer le gibier.

La pluie tombe doucement, presque à l'européenne. Les insectes s'agglutinent sur les verres brûlants de nos lampes à gaz. Pour oublier un peu le travail de la journée, Sim nous pose l'une de ces devinettes dont il a le secret :

— Savez-vous ce qu'est le circuit commercial en Afrique traditionnelle ?

— ... ?

— C'est un village côtier où il n'y a que des chasseurs de crocodiles, et le village voisin où il n'y a que des fabricants de jambes de bois.

On a beau aborder les sujets les plus divers, le travail de la journée remonte toujours à la surface.

Je lance brutalement une question, comme on laisse tomber un caillou dans une mare :

— Est-ce bien le rôle du Blanc d'étudier les langues africaines ?

La phrase ne produit pas l'effet escompté ; personne n'a l'air d'être offusqué. Luc Bouquiaux, tout en s'acharnant sur une tranche de « pain maison », me répond :

— On pourrait voir là, en effet, quelque séquelle du colonialisme et penser qu'il serait préférable de laisser ce travail aux Africains. Mais il ne faut pas confondre : la linguistique n'est pas la connaissance pratique d'une langue ; c'est l'acquisition d'un certain nombre de techniques pour l'établissement d'un alphabet, d'une phonologie. Ces techniques sont utilisées par la plupart des linguistes, quelle que soit leur race. Si bien qu'un Européen peut très bien étudier scientifiquement une langue africaine, comme un Africain peut étudier une langue européenne. Il y a même des cas où un Français peut apercevoir des choses qu'un Africain n'a pas vu dans sa propre langue, et réciproquement. Si bien que nous avons beaucoup à apprendre les uns des autres et que parfois nous avons avantage à constituer des équipes dont les membres n'ont pas la même langue maternelle.

La conversation roule sur les difficultés du métier de chercheur de sciences humaines en Afrique.

— Si vous nous lancez là-dessus, dit Sim Arom, vous pouvez fermer votre micro.

— Pourquoi ?

— Parce qu'il y a beaucoup à dire. En sciences humaines, pour être considéré comme chercheur, il faut avoir fait de la recherche. Pour faire de la recherche, il faut avoir des moyens. Pour obtenir ces moyens, il faut prouver que vos recherches sont valables, donc avoir publié. Mais pour avoir publié, il faut avoir cherché sur le terrain. Et pour aller sur le terrain, il faut que vous soyez déjà chercheur...

— Ou avoir une fortune personnelle !

— C'est la question que l'on posait le plus sérieusement du monde aux candidats ethnologues ou archéologues, il y a vingt-cinq ans.

— C'est la question qu'on m'a posée, renchérit Jacqueline Thomas.

— Vous n'aviez pas de fortune personnelle, et vous êtes pourtant partie en Afrique.

— Oui. J'ai commencé par acheter une 2 CV avec mes économies, et je suis partie, sans attendre d'hypothétiques subventions. Je gérais mes frais de mission moi-même. J'en avais vite fait le tour !

— Comment vient la vocation d'ethno-linguiste ?

— Pour ce qui me concerne, par curiosité. J'avais un oncle qui avait vécu en Amérique du Sud, et quand j'étais enfant, il me racontait toujours des histoires fantastiques sur les populations qu'il fréquentait. Je me demandais si tout ce qu'il disait était vrai. Aussi, quand j'ai été en âge de prendre une décision, ai-je voulu aller voir moi-même. Je voulais connaître d'autres civilisations.

Luc Bouquiaux intervient :

— L'existence de laboratoires permet justement aux jeunes d'aujourd'hui de ne pas connaître ces difficultés des débuts, et facilite ces premières recherches sur le terrain.

— Un nombre extrêmement limité de jeunes ! rectifie Arom.

— Pourquoi ?

— Parce que les carrières ne sont pas extrêmement ouvertes dans ce domaine. Il y a peu de possibilités, peu de crédits pour attirer les jeunes vers ce genre de recherches. Nous sommes toujours en train de mendier pour faire une mission de plus, pour envoyer un chercheur quelque part.

— Si vous aviez la possibilité de changer de métier, le feriez-vous ?

— Non.

La discussion est close.

Il est 22 heures. Nous allons plonger sous nos moustiquaires. Les animaux de la forêt vont commencer leur concert. Un cabri, pensionnaire du camp depuis notre arrivée, viendra, comme toutes les nuits pendant mon sommeil, visiter mes affaires entassées et brouter quelques papiers. Il a déjà mangé les angles de mon bloc-notes. Par chance, il n'aime pas la bande magnétique.

C'est le chant des piroguiers qui m'a réveillé.

Il a plu énormément et la piste s'est transformée en patinoire. La Land Rover flotte d'un bord à l'autre des talus ; en voulant freiner légèrement, j'ai effectué un demi-tour complet.

Aujourd'hui, les Pygmées sont particulièrement joyeux. En me voyant, ils entonnent un chant d'accueil, « Andoua ». Quand j'en demande la traduction à Arom, il sourit.

— Andoua, c'est le nom d'une femme volage qui, comme ils disent, « faisait bordel ». Le nom de son mari est aussi connu ; on sait qu'il lui est arrivé certaines mésaventures à la chasse, et un jour notamment, il ne lui est resté que l'os d'un animal qu'il avait abattu. Si tous les détails sont contenus dans l'histoire originale, dans la chanson, seuls quelques mots y font allusion ; mais ils suffisent pour faire rire l'assistance, car ils rappellent toute l'histoire, en style télégraphique. Si bien que, pour quelqu'un qui ne connaît pas l'histoire, ce chant n'a aucun sens ; c'est un code. Il faut dire que dans les chants pygmées, les textes ne sont que des prétextes à faire de la musique vocale, sauf peut-être dans quelques cas où le texte a une réelle importance, comme dans les rituels des grandes chasses, ou les cérémonies de divination de guérison de malades.

Sans être un musicologue, André Gide avait bien traduit ce qui avait touché sa sensibilité[1] : « Qu'on imagine toutes ces voix qui se chevauchent, se superposent. Il n'y a pas, à proprement parler, de vraie mélodie, et tout cela s'entrefoisonne comme les lianes d'un ficus. »

En voyant la facilité avec laquelle ces chanteurs, ces musiciens s'expriment, on a tendance à parler de talent inné.

— Ce n'est pas inné du tout ! s'exclame Arom. C'est un acquis culturel, mais depuis l'âge le plus tendre. Prenez l'exemple de Sakongu. Il y a deux ans, c'était encore un gamin, mais il connaissait déjà tout le répertoire. Je pense d'ailleurs qu'ils apprennent à chanter en polyphonie en même temps qu'ils commencent à parler.

— Tous ne sont quand même pas aussi doués que Ndolé ?

— A priori, tout le monde est musicien. Je n'ai jamais rencontré un Pygmée qui ne chante pas ou qui chante faux ; ça n'existe pas. Mais il y a évidemment certains éléments plus imaginatifs, ou qui ont tout simplement plus de mémoire, qui connaissent tout le stock de variations.

— C'est aujourd'hui un grand jour pour vous, Sim ?

— Je crois que je peux le dire. Je connais leur répertoire depuis sept ou huit ans, mais je n'avais jamais pu démonter le mécanisme de leur contrepoint. Grâce à la technique du play-back que j'utilise, je suis arrivé à superposer les parties et à obtenir une sorte d'image de la polyphonie. Il y a deux ans, après je ne sais combien de semaines de travail, il m'a semblé entrevoir sous les chants une sorte de teneur qui serait la référence mélodique par rapport à laquelle chaque chanteur exécute ses contrepoints. Encore fallait-il découvrir cette teneur et la faire enregistrer. Je leur ai donc demandé, pour chaque chant, d'enregistrer ce qu'ils considéraient comme la mélodie la plus simple, la trame en quelque sorte. Et je me suis dit : « Pour faire la preuve qu'il s'agit bien là de la mélodie de référence, il suffit de leur faire écouter un enregistrement auquel tout le camp a participé, avec toutes les variations, et de leur demander de me donner la trame de ce chant ; s'il correspond avec ce qu'ils m'ont proposé la première fois, c'est qu'il s'agit bien d'une mélodie de référence.

— Et votre contrôle d'aujourd'hui est positif.

— Tout à fait. J'ai même appris quelque chose d'infiniment plus

1. A. Gide, *Voyage au Congo,* NRF.

important. Cette partie que j'appelais « teneur » parce que je ne disposais pas d'un autre terme, elle a un nom dans leur langue : « ngoué », c'est-à-dire la mère-chant, la matrice mélodique. Maintenant, j'ai la certitude que cette « maman du chant » existe ; elle appartient aux hommes et uniquement aux hommes. En contrepartie, vient le chant des femmes qui, lui aussi, porte un nom que je ne connaissais pas ; je l'ai appris cet après-midi ; c'est « ossésé ». Il y a donc quatre parties : la « maman du chant » faite par les hommes, le « ossésé » des femmes, une partie chantée par celui qui entonne le texte du chant : le « motangolé », et, par-dessus tout cela, les iodels des femmes qui s'appellent : « idéi ». A l'heure où nous sommes, je sais que toute polyphonie pygmée a quatre parties. J'ai mis sept ans à comprendre cela.

Le chercheur est rayonnant comme un enfant à qui l'on vient d'offrir un jouet.

— Que vouliez-vous prouver avec votre système d'enregistrement en play-back ?

— Quand on enregistre cette musique de façon conventionnelle, on a une impression d'ensemble, et l'on dit : « C'est très beau et c'est très compliqué » ; c'est un défi à l'analyse. On pense à l'organum du Moyen Age, mais on est dans l'impossibilité de démonter le mécanisme de cette polyphonie. Je me heurtais à ce problème. Je sentais confusément que les Pygmées n'improvisaient pas, mais se référaient à certaines choses. Je pensais que si l'on réussissait à séparer les strates de ce terrain musical, on arriverait à y voir plus clair. Et le seul moyen qui répondait à ces impératifs, c'était de faire du play-back.

— Cette idée ne vous a pas paru un peu folle, au départ ? Faire du play-back avec des Pygmées ?

— Je crois qu'il faut être un peu fou pour faire ce genre de travail, d'abord parce qu'il faut sans cesse inventer des méthodes, des astuces pour avoir des réponses aux questions qu'on pose et qu'on se pose. J'avais donc combiné tout ça, en théorie, avec des croquis, et j'en avais parlé à quelques personnes du métier pour avoir leur avis. Tout le monde, en effet, m'a dit que j'étais fou. Cette unanimité m'a excité. Le matériel indispensable à ce genre d'expérience n'était pas très onéreux ; il fallait deux excellents magnétophones. J'ai mis au point un système de câblage et j'ai tenté le coup. J'avais remarqué aussi que les chanteurs pygmées n'entrent jamais dans leur partie en même temps. Il y a toujours un léger décalage. J'ai donc enregistré celui qui entrait le premier et qui est, sans aucun doute, la référence rythmique pour celui qui entrera après lui. Puis, j'ai mis un casque au deuxième et je lui ai fait entendre la partie du premier en lui demandant d'ajouter sa partie. Puis, j'ai fait entendre le tout au troisième en lui mettant le casque, qui ajoutait lui-même sa partie. Ainsi, je suis arrivé à isoler toutes les parties pour pouvoir ensuite reconstituer la totalité. Vous voulez assister à une démonstration ?

Les pygmées Aka près de leur camp. Région de Mongoumba (Empire centrafricain).

Méthode du play-back pour l'analyse de la musique polyphonique des pygmées Aka.

▲
Travail dans la tombe 33, vallée des Reines. Au centre, Mme Christiane Desroches-Noblecourt. A droite, M. Mahmoud Maher. *(Photo Ch. Desroches-Noblecourt)*

◄
Temple d'Isis, île de Philae. Les sculptures de gauche ont été martelées par les coptes.

L'un des chantiers des temples de Karnak. *(Photo A. Bellod)*
▼

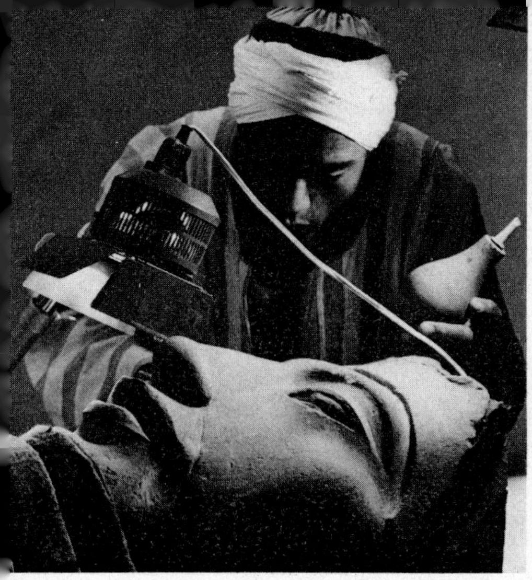

▲
Restauration de la statue d'Akhénaton, temples de Karnak. *(Photo A. Bellod)*

▶
La méthode du latex, temples de Karnak. *(Photo A. Bellod)*

Le studio de plein air, temples de Karnak. *(Photo A. Bellod)*
▼

◄
Les Talatates : pierres sculptées, récupérées dans le neuvième pylône Temples de Karnak. *(Photos A. Bellod)*
▼

— Volontiers.

Simha Arom a installé sa table pliante avec ses deux magnétophones stéréophoniques, un micro sur pied, plusieurs casques de contrôle, des fils un peu partout. Autour de nous, assis par terre, en demi-cercle, une douzaine de Pygmées, hommes et femmes. Les bébés tirent sur les seins aplatis des mères qui ne s'en soucient guère. Les gosses les plus grands tournent autour de moi en guettant le moment où je sortirai mon appareil de photos à développement instantané qui a énormément de succès. Le vieux Mbonzo a ressuscité. Il est là. On ne l'a même pas aidé pour grimper dans le camion. En cinq jours, la pénicilline a accompli le miracle. Le regard vif, son insigne de chef sur le revers de sa veste en lambeaux, il trône sur un pliant de toile. On lui a placé un casque sur la tête. Il est chargé de contrôler le déroulement de l'opération. Il sait que le musicologue compte sur lui. On peut lui faire confiance, il ne laissera rien passer. Sim pourra lire dans les yeux du vieillard la qualité de l'exécution. Quand tout va bien, les yeux de Mbonzo luisent, et, tout en plaquant les écouteurs sur ses oreilles, il approuve de la tête. Parfois même, à la fin de l'enregistrement, il murmure la seule phrase française qu'il connaisse : « a gagné ». Si l'interprète « a gagné » pour Mbonzo, on peut être tranquille.

La séance va commencer. Ndolé se place devant le micro et enregistre la « maman du chant ». Puis, un deuxième Pygmée vient prendre sa place. On lui met le casque sur la tête pour qu'il puisse entendre ce qu'a chanté Ndolé. Il y ajoute le contrepoint rythmique du tambour. Ensuite, Mokenzo prend place devant le micro. Il met le casque sur ses oreilles et écoute le mélange des deux premières parties. Là-dessus, il pose lui-même le « dikpaka » c'est-à-dire les parties de baguettes. Puis, c'est au tour de Mombango ; il complète avec le contrepoint des machettes. Les chanteuses viennent à leur tour. Enfin, Gbana, sans lâcher le bébé qu'elle tient sur ses genoux, prend place pour enregistrer les iodels.

Voilà ! Il n'y a pas eu une erreur, pas une hésitation, pas un faux départ. Et n'importe lequel de ces hommes ou de ces femmes aurait pu assurer une partie quelconque, aurait pu ajouter sa voix ou un instrument au reste de l'orchestre, avec une rigueur mathématique. Parmi ces surprenants musiciens, il y a des enfants de quatorze ans. Quel artiste de variétés occidental pourrait à la fois enregistrer toutes les parties vocales du morceau et jouer des sept instruments de l'orchestre qui les accompagnent ? C'est ce que font les Pygmées.

Je reste un peu sans voix. Puis je demande au musicologue :

— Quand on prétend que c'est une musique primitive, comment réagissez-vous ?

— Oh ! maintenant je suis habitué. La plupart du temps, l'interlocuteur est obligé de taxer cette musique de primitive car il lui faudrait remettre trop de choses en question pour lui reconnaître de l'intérêt. A ce moment-là, je n'insiste pas, parce que, de toute façon, nous tomberions dans un dialogue de sourds, si j'ose dire en parlant de musique. C'est l'idée de la supériorité de sa culture qui est en jeu. Et, inconsciemment, il se refuse à toute concession.

— Mais quand vous entendez des musiciens occidentaux faire ce genre de réflexion ?

— Les vrais musiciens font rarement ce genre de réflexion. J'ai de nombreux rapports avec des chefs d'orchestre à qui je fais entendre cette musique. C'est d'abord l'étonnement. Et puis, une sorte d'hiatus dans la compréhension, car ils perçoivent l'organisation de cette musique complexe, sans pouvoir l'expliquer.

— Ça vous a échappé aussi pendant un certain temps !

Il éclate de rire. Il bourre sa pipe.

— Tous ces Pygmées qui sont autour de vous, que croyez-vous qu'ils pensent de votre travail ?

— Je ne sais pas. Ils sont, en tout cas, certains d'une chose, c'est que ces enregistrements sont destinés à l'exportation ; ils seront entendus en Europe ; et ça, c'est important pour eux.

Quand je raccompagne les Pygmées, il fait nuit noire. Le sol est tellement détrempé que la Land Rover ne tient plus sur la piste. J'ai le plus grand mal à rentrer au camp.

On m'attend pour le repas du soir. Il est très gai. Luc et Vincent parlent de Mozart et de Bach. Sim y mêle ses Pygmées. Je me souviens alors qu'un musicologue camerounais avait un jour, devant moi, comparé les iodels des Pygmées aux débuts des fugues de Bach. Il avait ajouté : « Reste à savoir si Bach a connu les Pygmées ou si les Pygmées ont connu les œuvres de Bach. » Et je crois apporter un argument aussi intelligent que définitif en concluant :

— De toute façon, la musique est un langage universel.

Arom sursaute :

— Mais ce n'est pas vrai ! C'est un lieu commun qui ne signifie rien ! La musique moderne n'a rien à voir avec la musique du Moyen Age ! la musique d'Extrême-Orient n'a rien à voir avec la musique de jazz ! Ce qui est certain, c'est que lorsque deux hommes sont musiciens, ils se comprennent très vite ; il y a entre eux, et instantanément, une sorte de courant qui ressemble très vite à de l'affection, même si ces deux hommes sont un musicien d'orchestre occidental et un Pygmée de la forêt équatoriale.

La conversation menace de se prolonger. Les animaux nocturnes accordent leurs instruments.

— Il faudrait se coucher, dit simplement Jacqueline, car demain nous allons aux chenilles.

J'ignore encore qu'une grande journée m'attend.

Le camp des Pygmées est en effervescence. C'est dans l'après-midi d'hier que l'éclaireur est revenu en apportant la bonne nouvelle :

— Elles ont commencé ! Là-bas, près de la Nzomba. Elles tombent des arbres comme la pluie : Wöö ! wöö !

Et pour qu'il n'y ait pas de discussion possible, il a rapporté une pièce à conviction : il a ouvert son komo [1] et en a sorti un paquet de feuilles dans lequel grouillent des chenilles noires à pointes jaunes, des blanches velues. Elles sont en grappes et déjà, les gosses tendent les mains pour saisir la nourriture attendue. Les hommes se renseignent :

— Y en a-t-il beaucoup ?

— Tellement qu'elles font sur le sol comme un brouillard !

Les femmes, convaincues, se sont mises aussitôt à préparer les claies et à faire tremper le manioc qui accompagnera le repas.

Ce matin, tout le monde est prêt à partir pour la chenilleraie. On taille les derniers bâtons, on aiguise les machettes. Les jeunes filles, excitées, jacassantes, placent la courroie de leur sat [2] sous leurs petits seins arrogants comme des mangues mûres. Mbonzo, le patriarche moribond, tient à venir avec nous.

La troupe s'ébranle. Les enfants marchent en tête, suivis des hommes adultes, des jeunes filles et des femmes avec les bébés. Au camp, il n'est resté personne. Nous nous engageons dans la forêt profonde. Mon matériel d'enregistrement et de photos m'empêche de me mouvoir avec aisance au milieu des branches et des herbes hautes. Une petite fille de onze ou douze ans se préoccupe beaucoup plus de cet étrange Blanc qui enregistre tout que des chenilles qui, effectivement, commencent à joncher le sol.

La troupe s'est disloquée en petits groupes qui gardent le contact par des vocalisations.

Soudain, la petite fille me fait signe. Là ! devant nous ! Les chenilles tombent des arbres. Ce sont des chenilles à piquants qu'il faut brûler avant de les manger, et qui rendent beaucoup de salive dès qu'on les attrape. Il y en a partout, partout, des tapis, des boules.

Les femmes s'interpellent à distance. Elles font sûrement des commentaires sur une saison qui s'annonce prometteuse.

La collecte va durer une bonne partie de la matinée. Le soleil est au zénith quand la petite fille m'entraîne vers une clairière. C'est là que les Pygmées ont décidé d'établir leur camp éphémère. Les femmes ont posé leur panier à terre et se sont mises aussitôt à la construction des huttes. C'est une entreprise qui n'est ni longue ni compliquée. Huit branches flexibles fichées en terre en forme d'arceaux et recouvertes de larges feuilles. En une demi-heure, tout est réglé. Pourquoi faire plus puisque, de toute façon, demain il faudra aller plus loin et qu'on abandonnera l'habitation provisoire ?

Au milieu de toutes ces femmes-bâtisseurs, un seul homme travaille.

1. *Komo :* petit sac de peau toujours porté à la bretelle.
2. *Sat :* corbeille d'écorce qu'on met en bandoulière.

— C'est un célibataire, me dit-on. Les célibataires doivent construire leur propre hutte.

Au moins, ici, on sait à quoi s'en tenir sur les avantages du mariage !

Les hommes préparent les claies de séchage pour les chenilles. Quatre courtes fourches plantées supportent un plateau de branchettes placées côte à côte, qui constitue une sorte de grill. On fait du feu sous ce barbecue improvisé. Les chenilles sont préparées, soit en brochettes soit à l'étouffée, enfermées dans des sortes de bourses faites avec quatre feuilles entrecroisées.

La collecte a été bonne. Les hottes débordent. Mbonzo, assis à l'écart, est satisfait. On lui apporte sa part. Afin de faire participer les ancêtres à cette joie collective, les hommes entonnent les chants réservés à cette activité annuelle. Simha Arom et moi, nous enregistrons. Les Pygmées s'en donnent à cœur joie. La tradition est maintenue.

Tout se perd pourtant, peu à peu, même chez les Pygmées. La fréquentation des populations agricoles, tous ces changements incitent le nomade à sombrer dans la facilité, c'est-à-dire à accepter de travailler quelques heures par jour pour obtenir le minimum, et vivre comme un sédentaire ; vivre comme un sédentaire, c'est porter une chemise, un pantalon, boire de la bière et fumer des cigarettes. La chasse collective, qui fournissait la nourriture quotidienne des Pygmées aka, disparaît aussi progressivement. Certes, ils savent encore tresser d'immenses filets. Leur adresse et leur courage subsistent également. Mais ils les utilisent de moins en moins. Une chasse collective devient un spectacle rare. Ils en ont organisé une pour nous.

Dans les grandes herbes d'une lisière, un céphalophe à bande dorsale noire[1] dresse brusquement sa petite tête. Il était en train de brouter. Un déclic l'a figé en position d'observation. Il n'a rien vu, rien entendu peut-être, mais quelque chose lui a annoncé le danger. Les herbes ne parlent plus, et c'est ce silence qui l'effraie. Les Pygmées éparpillés sont tapis derrière les buissons ou cachés derrière les troncs d'arbres. Ils ne bougent pas. Ils attendent que toute la troupe soit en place, que la clairière soit cernée. Soudain, un son prolongé et modulé à deux tons se fait entendre. Ce pourrait être le cri d'un oiseau. Mais le céphalophe ne s'y trompe pas. Son corps tremble de tous ces membres. Tous ses sens sont en éveil. Sa tête va de gauche à droite et de droite à gauche, comme mue par un mécanisme cranté. De l'autre côté de la clairière, parvient un autre cri, plus grave que le premier. D'un bond, le petit animal virevolte. Mais un cri plus aigu, plus proche éclate à sa droite. Puis un autre, sur sa gauche. C'est bien cela ! Ce sont les hommes ! Il est cerné ! Il faut fuir. Fuir ! Mais comment ? Maintenant, les

1. Petite antilope.

cris partent de tous les côtés, se chevauchent, se rapprochent à une vitesse inquiétante. Le danger, présent, est toujours invisible. Un bond à droite. Non ! pas par là ! A gauche ! non plus ! Et d'un seul coup, les hommes se dressent. Ils sont là, tout autour. Il y en a partout. Ils tiennent ce filet dans lequel on se prend les pattes, la tête... ce filet qui étrangle quand on se débat. Ils se rapprochent. Ils remplissent la forêt de leurs cris de mort. La mort ! Est-ce donc ça ? Si tôt ? Si inattendue ? Alors que l'on broutait paisiblement ? Deux sauts à droite, trois sauts à gauche. Maintenant, les hommes font de grands gestes et agitent leurs bâtons qui tuent. Ils avancent, resserrent le cercle. Il faudrait pouvoir sauter par-dessus, mais leur filet est trop haut ! Et puis ces cris, ces cris qui se répercutent en échos dans la forêt ! Le calao survole la scène et dénonce le crime. Trop tard. Les hommes n'en sont plus qu'à quelques mètres. Juste la place d'un élan, d'un saut, de tout l'effort des petits muscles tendus. Mais le filet s'abat. Et sur le filet, les bâtons qui meurtrissent la chair, qui écrasent les os, qui rougissent l'herbe tendre à peine entamée.

Dans le filet, d'autres animaux de moindre importance sont venus se prendre.

Sur le chemin du retour, quelques chasseurs ont taillé rapidement des petits rameaux de papayer pour en faire des sifflets. Ces instruments rudimentaires, qui seront jetés après utilisation, vont annoncer à ceux qui sont restés au camp que la chasse a été bonne.

— Ce qui est extraordinaire, me dit Sim, c'est que ce petit sifflet de rien du tout, qui est tout simplement le système de la clef forée dans laquelle on souffle pour obtenir un son, va jouer en alternance avec la voix de l'instrumentiste : un ton sifflé, un ton chanté. A ma connaissance, c'est le seul exemple d'une symbiose entre musique vocale et instrumentale.

Il fait signe à Gassi et à Mombango :

— Venez !

Les deux Pygmées nous rejoignent. Le musicologue prend le petit rameau de papayer et me le montre :

— Voyez, ils sont en train de les accorder, car ils jouent à deux sifflets et ces deux sifflets ne sont pas taillés n'importe comment ; ils sont accordés entre eux à un intervalle qui ne varie pas. D'ailleurs nous allons essayer. Vas-y ! siffle, Manbango !

Le Pygmée fait un essai. Gassi souffle à son tour : un son plus grave.

— Nianzoké ? demande Arom.

Les Pygmées font la grimace. Ils ne sont pas satisfaits de l'accord.

— Ce n'est pas encore au point, dit Arom. Voyez, ils accordent ces bouts de branches comme de véritables musiciens d'orchestre. Et avec quelle oreille ! quelle précision ! La musique est vraiment en eux.

Il y a une autre tradition vivace chez les Aka ; c'est celle de la récolte du miel.

« Le miel est, partout dans le monde, un symbole et un mythe par le mystère qu'il dégage ; c'est une substance comestible mais qui ne relève pas à proprement parler de la cuisine. Il est fabriqué par des êtres non humains, les abeilles, qui le livrent tout prêt pour la consommation. Cette transformation étrange du nectar des fleurs en liqueur sucrée par le travail obscur de la sécrétion digestive de cette curieuse mouche nous fait pénétrer dans un monde magique[1]. » Dès lors, la récolte du miel prend une signification spéciale : l'homme collecteur de miel est un héros. Celui qui se contente de consommer le miel tout seul est un égoïste et un gourmand sur lequel le groupe ne peut pas compter. Ce mythe qui est respecté dans le monde entier est pour ainsi dire intact chez les Aka. Très souvent, c'est en allant aux chenilles qu'on fait aussi la récolte du miel.

Ce matin, deux Aka se sont détachés de la troupe pour aller à « l'écoute des fleurs ». Ils ont suivi les abeilles vrombissantes jusqu'à la ruche cachée dans l'arbre. Puis, ils sont revenus alerter la troupe. Dans ce travail presque rituel, chaque membre valide de la communauté se sent responsable de la totalité du groupe. C'est une des périodes les plus actives de l'année et aussi l'une des plus joyeuses. Le rituel est orchestré comme un opéra et sa partie lyrique ne peut subir aucune modification. La plupart des chants s'adressent aux abeilles en les priant de ne pas être agressives et d'accepter ce larcin comme une chose naturelle. On se dirige donc vers le nid qui a été repéré. Les tâches sont réparties : l'un fait du feu, l'autre coupe la liane de grimpage, un autre la ceinture de l'assistant grimpeur ; les femmes préparent le panier tapissé de feuilles pour empêcher le miel de couler. Un jeune taille les marches dans le tronc.

Maintenant, la troupe forme un cercle autour de l'arbre. Un soliste entame une exhortation que le groupe reprend en chœur.

— Ecoutez ! me dit Arom, écoutez ! c'est du jazz avant le jazz ! C'est du pré-jazz ! Et notez que c'est une musique qui n'est pas chantée, mais récitée d'une façon rythmique : il n'y a pas de mélodie ; c'est du « parlando », du « Sprech-Gesang ».

Il éclate de rire.

— Que disent-ils ?

— Ils parlent aux abeilles et, en même temps, donnent du courage à celui qui va grimper.

Topolopo a été désigné comme grimpeur. Il s'approche du tronc. On attache la ceinture autour de sa taille et autour de l'arbre. Il grimpe en appuyant fortement ses pieds sur le tronc et en faisant glisser la ceinture par saccades vers le haut. Parvenu à la première

1. Claude Lévi-Strauss, *Du miel au cendres* (Plon).

fourche des branches maîtresses, il abandonne sa ceinture et on lui en passe une autre ; c'est la tradition. Il parvient ainsi à la ruche. On lui passe les brandons avec lesquels il enfume les abeilles, qui sortent furieuses. Quand elles sont parties ou endormies, il fait avec sa machette un trou dans l'arbre et y ajuste une large feuille qui fera office de glissière pour laisser couler le miel dans la corbeille. Il perce. Ça coule !

— Envoie un morceau de gâteau ! crient les gosses impatients.

Lorsque la liqueur dorée ne coule plus, Topolopo agrandit le trou pour passer sa main et saisir les rayons aux cellules dégoulinantes. Le jeune homme s'empiffre ; c'est la règle. Mais en bas, on s'agite. Topolopo fait glisser la corbeille pleine de miel et de rayons. Les hommes, les femmes, les enfants se précipitent. La plus grande partie de cette nourriture succulente est consommée sur place. On en garde quelques morceaux pour les vieux et les malades.

Pendant ce travail de récolte, les chants n'ont pratiquement pas cessé. Topolopo redescend. Les Pygmées font alors une nouvelle ronde autour de l'arbre, chacun flagellant le tronc avec des branchages, remerciant ainsi les puissances qui ont bien voulu fournir cette excellente nourriture.

La journée a été longue, pénible. La courroie de mon magnétophone me rentre dans l'épaule.

Au camp aka, la vie s'écoule lentement. Alors que le jour tombe, les femmes préparent encore des chenilles qui seront accompagnées de feuilles de manioc pilées. Les feux éclairent les petites huttes. Les chiens se chauffent près des cendres incandescentes, et les enfants organisent un jeu à mon intention. En cercle, et très proches l'un de l'autre, ils se tiennent par les bras pour former une chaîne aux maillons solides et serrées. Une petite fille est au milieu du cercle, enfermée avec moi, en prison sans doute ; elle cherche à en sortir, au rythme de la chanson d'accompagnement. Plusieurs tentatives restent infructueuses et puis soudain, la prisonnière trouve la faille, se faufile entre deux de ses camarades et s'échappe en courant, poursuivie par les autres. Malheureusement, un élément imprévu fausse le jeu : un jeune chien, qui veut absolument participer à ces ébats, court après les enfants et mord l'un d'eux à la jambe. C'est l'affolement, les cris, la poursuite de l'animal coupable, les pleurs et les rires, comme dans toutes les communautés du monde lorsqu'un tel accident survient.

Il fait nuit. Nos trois lampes-tempête renforcent la faible lueur des feux qui se consument plus qu'ils ne flambent. Tout le camp pygmée est rassemblé autour de nous. Les hommes d'un côté, les femmes et les enfants de l'autre, assis par terre. Simha Arom a déployé tout son matériel d'enregistrement stéréophonique. Comme je dois enregistrer de mon côté, nous établissons certaines conventions pour ne pas nous gêner dans la prise de son. La soirée commence. Dans la pénombre, le visage à peine éclairé par la lueur des lampes, Ndolé entame une chante-fable. La chante-fable est un récit parfois improvisé dans les détails mais toujours entrecoupé de chants que les auditeurs reprennent en chœur. Ndolé raconte l'histoire du petit gorille. Décidément, ce garçon est particulièrement doué. Non seulement c'est un remarquable musicien et un excellent chanteur, mais il joue la comédie à merveille. Je ne comprends pas ce qu'il dit, mais j'arrive à suivre parfaitement l'histoire du petit gorille ambitieux, imprudent, et je vois très bien tous les personnages de la fable. Et puis, les Pygmées chantent ; ils chantent pour tenir la forêt éveillée car la forêt est leur mère et elle doit veiller sur eux. Mbonzo, le vieux Mbonzo et tous ses fils chantent aussi pour nous, ce soir. Ils chantent pour ces quelques Blancs qui sont là, afin de les aider à perpétuer leurs traditions, ces Blancs qui ne veulent pas que disparaissent les richesses des hommes de la forêt [1].

Les chercheurs vont lever le camp. Non pas que le travail soit terminé, tant s'en faut ! Mais il faut bien rentrer pour transcrire, rédiger ; le travail sur le terrain ne représente qu'une partie de la tâche à accomplir ; il y a loin de la collecte des documents à la publication, loin de l'intuition à la certitude qui permettra de conclure.

Les opérations de longue haleine, commencées il y a longtemps par des chercheurs isolés, se poursuivent actuellement dans le cadre d'un laboratoire. Qu'elles soient entreprises par des linguistes, des ethno-linguistes, ou des musicologues, que ce soit en forêt équatoriale, au Sahel, au Sahara, en Guyane, en Nouvelle-Calédonie, dans les Balkans ou en France, on sait qu'il s'agit d'une opération de sauvetage du patrimoine culturel de l'humanité, quotidiennement dégradé ; pour cette opération, tous les moyens disponibles devraient être mis en œuvre. Après André-Georges Haudricourt, Jacqueline Thomas assume cette tâche de lourde responsabilité. Tout ne va pas sans difficulté. Les rapports sont de plus en plus longs, les budgets toujours trop légers, les frais trop lourds, l'administration plus difficile à convaincre, les publications hors de prix. Le laboratoire a dû créer son propre atelier d'édition. Les chercheurs des quatre coins du monde réclament, se plaignent, fulminent, mais tous accomplissent leur mission comme ceux avec lesquels je me trouve en ce moment, c'est-à-dire avec le scrupule et l'application de l'artisan, du chirurgien ou du poète.

Notre départ est proche. Jacqueline et Luc ont décidé que la dernière demi-journée serait consacrée aux comptes et à la paie des Pygmées. Le grand Joseph et Séverin, nos informateurs, ont diffusé la nouvelle. A 14 heures, devant la case, les Pygmées sont arrivés et se sont assis sagement.

— C'est un moment que je n'aime pas beaucoup, me confie Jac-

1. *Les Pygmées aka,* disque-album 33 t. (grand prix du Président de la République). Simha Arom. Ocora n° 558526/7/8.

queline Thomas. C'est l'instant d'une justice qui me fend le cœur. Il faut donner quelque chose aux uns — ceux qui ont travaillé — et rien à ceux qui n'ont rien fait. Mais notre jugement est subjectif : pour nous, Untel a travaillé plus qu'Untel, donc, il a droit à plus ; mais pour eux... ?

— Vous les payez en argent ?

— En argent et aussi en nature. Nous donnons tant par jour à ceux qui ont travaillé. Séverin tient une comptabilité des présences. Puis, nous ajoutons le « cadeau » ; en général des vêtements, quelquefois des ustensiles, genre machettes ou autre.

On a installé une table sous la véranda. Jacqueline et Luc ont préparé la liste et la caisse. Cette séance revêt quelque solennité. Les Pygmées, appelés les uns après les autres, se présentent devant la table et reçoivent leur salaire sans rechigner. Il n'y a jamais de discussion, de contestation ; ceux qui reçoivent peu font simplement la moue. Après quoi, on passe aux choses sérieuses : les cadeaux. Depuis un moment, avec Vincent, nous trions les vêtements qui ont été donnés par des amis européens. Nous faisons trois tas : hommes, femmes, enfants.

Luc Bouquiaux appelle :

— Mombango !

Simha Arom répond en écho :

— N'est pas venu souvent et n'a pas chanté beaucoup !

La sentence tombe :

— Une chemise ! Au suivant !

— Ngéléboda !

— Trois absences. A bien participé.

— Un pantalon et des chaussures. Suivant !

— Bokanda !

La jeune femme approche avec son bébé sur la hanche.

— Tous les jours présente. La meilleure du groupe !

La récompense arrive :

— Une robe et deux pulls pour le gosse.

Arrive le tour du vieux Mbonzo qui, lui, a droit non seulement à une gratification, mais à toute notre reconnaissance pour avoir su ressusciter pour nous. Il s'avance. Les hommes et les femmes se sont arrêtés de parler, de plaisanter, d'échanger leurs vêtements ; tous les yeux sont fixés sur l'événement qui va se produire. Mbonzo attend, le plus droit possible, à peine appuyé à la table. Arom sort de la case en apportant un costume gris anthracite, impeccable. Il le remet officiellement au doyen de la tribu. Mbonzo n'en croit pas ses yeux. On lui donne également sa paie et deux paquets de cigarettes. Le vieux se retire sans avoir articulé un mot, mais au lieu de reprendre sa place parmi les autres, il s'éloigne et entre dans le fourré. La distribution continue. Un moment après, tel une apparition, Mbonzo sort du taillis habillé en Européen. Les bouches des spectateurs s'ouvrent toutes grandes. Et sous les rires admiratifs, les bravos, les encouragements, le vieux Pygmée parade dans le costume de Daniel Lesur, chef du service de la musique au ministère français des Affaires culturelles.

Personnellement, cette séance ne m'enchante guère, pour deux raisons. D'abord parce qu'elle transporte mon imagination un siècle en arrière, au temps où le colon distribuait les récompenses à sa discrétion. Ensuite, parce que je me demande si les vêtements distribués vont contribuer au mieux-être de ces hommes et de ces femmes. Je sais qu'il est pénible de voir un bébé grelotter sous la pluie et que notre premier réflexe et de donner quelque chose pour le protéger. Mais je ressens toujours un malaise en voyant un Pygmée déguisé. Un Pygmée nu est un homme digne ; un Pygmée avec une culotte en lambeaux et des chaussures éventrées est un clochard de la forêt. En distribuant une petite robe à une femme pygmée, j'ai l'impression de l'avilir, de la dégrader plus que je ne l'aide. Que protégeront ces vêtements ? Peut-être seulement notre pudeur et notre bonne conscience. C'est trop, ou c'est trop peu. La plupart des chercheurs sont de cet avis. Mais les Pygmées seraient tellement déçus s'il n'y avait pas ces cadeaux. Il faut ajouter que si nous revenons dans six mois, nous ne trouverons plus trace de tous ces vêtements. Qu'en auront-ils fait ? Probablement les auront-ils échangés contre de la nourriture ; et c'est très bien ainsi. Ce qui est plus important que tout, c'est la confiance et l'amitié que ces gens accordent à une équipe qui veut faire connaître au monde leur culture, leur civilisation et leur droit à la vie.

« SAUF ERREUR... OU RHUMATISME »

Bientôt va finir une certaine manière de voir.

Paul Valéry, *M. Teste.*

Les sentiers de la science sur lesquels je m'étais égaré m'avaient grisé au point que le choc fut brutal quand je reçus cet avis en plein visage :

— Vous ne devez pas, monsieur, présenter la recherche comme un paradis, et faire du chercheur un héros de roman. Le chercheur est, de nos jours, un être social, et le bulletin de santé de la recherche, en France, est plutôt inquiétant. Si vous voulez faire honnêtement votre métier, il faudra aussi dire ça !

Je le dis.

Le 18 novembre 1977, à Montpellier, s'ouvrait l'exposition « Images de la Recherche » qui mettait les chercheurs en contact direct avec le public. Tout se passa comme une nuit de noces, quand le mari a refermé la porte de la chambre. Il y eut cet instant d'hésitation, d'appréhension du premier contact, puis le frémissement, l'élan... bref ! « tout se passa bien » comme on dit habituellement le lendemain. Très bien même. Cependant, tous les invités ne festoyaient pas. Certains faisaient dehors la sarabande. Les syndicalistes du Languedoc-Roussillon tenaient à faire savoir au public que la recherche française n'était pas le bain idyllique dans lequel cherchaient à le plonger cette exposition et mes émissions de radio.

— Acceptez-vous, me dirent-ils, d'informer objectivement le public, ou préférez-vous rester aveugle jusqu'au bout ?

Je les laissai parler.

— La plupart des chercheurs ne se reconnaissent pas dans vos émissions. Vous idéalisez la recherche, et surtout vous ne présentez pas ceux qui font vraiment cette recherche. Vous ne fréquentez que les patrons. Les petits ne semblent pas vous intéresser. Vous ne voyez que le beau côté des choses. Vrai ou faux ?

— J'avoue qu'étant dans un laboratoire ou sur le terrain avec le chercheur je ne vois que l'aspect exaltant de son métier. Par discrétion sans doute, il ne me parle presque jamais de ses difficultés, des drames d'une société victime de son propre génie.

— Vous voyez donc un archétype de recherche ; une recherche immatérielle et utopique. Mais les réalités sont là.

— Soit. Tirez-moi de ma rêverie. Dites-moi ce qui ne va pas. Je dois, toutefois, vous prévenir que je ferai alterner vos remarques avec celles des responsables de l'organisme que vous mettez en cause, et celles des pouvoirs publics.

— Nous souhaitons le dialogue, même indirect.

— Alors, allons-y !

Un représentant syndical : « Depuis 1974, nous sommes passés de la phase d'austérité à celle de la récession. Or, ce que le public ne sait peut-être pas, c'est que la recherche ne peut en aucun cas reculer ; elle ne peut même pas rester en place. Dans le monde moderne, tout pays privé de recherche expérimentale est condamné à être le client — c'est-à-dire le satellite — de ceux qui sortent des brevets [1]. Pendant une certaine période, la France s'est contentée d'acheter des brevets à l'étranger. A force de payer des royalties, elle aurait dû s'apercevoir que ces « locations de matière grise » coûtaient beaucoup plus cher que la propriété. »

R.A. : « Les pouvoirs publics réclament une « meilleure ouverture de la recherche scientifique et technique aux besoins socio-économiques. »

Un représentant syndical : « Autrement dit une rentabilité. Ce n'est pas parce que le thème de notre recherche ne débouche pas sur des applications immédiates que nous ne faisons pas de la recherche. Le courant actuel voudrait qu'en présentant un projet de recherche nous présentions, en même temps, un projet d'application. Il s'agit d'une recherche à court terme que nous dénonçons. »

Mme Alice Saunier-Séité (*ministre des Universités*) *:* « Il n'y a pas de recherche appliquée ; il n'y a que des applications de la recherche fondamentale. »

Un représentant syndical : « Nous n'avons rien contre la recherche appliquée, au contraire, nous avons bien le sentiment qu'il y a là un désir de satisfaire des besoins sociaux. Mais la recherche faite aujourd'hui est rarement appliquée dans ce sens. »

M. Pierre Aigrin (*secrétaire d'Etat à la Recherche*) *:* « Notre activité scientifique ne doit pas seulement être féconde, elle doit être utile. »

Un représentant syndical : « A qui ? Le gouvernement cherche à mettre la recherche sous tutelle, l'asservir aux seuls intérêts des multinationales et des firmes étrangères. »

---

1. Le chancelier Helmut Schmidt a déclaré qu'en 1990 les exportations de son pays seraient constituées à 90 % par des brevets et de la technologie.

Un autre représentant syndical : « Le mot utile s'impose dangereusement dans tout esprit de recherche. Dès lors, les chercheurs se sentent pris dans une terrible alternative : la découverte ou la réprobation. »

Autre représentant syndical : « Parler d'application à tout prix conduit à l'élimination de certaines disciplines, de thèmes de recherches ou de modes de pensée. Nous assistons à une dégradation culturelle catastrophique. La recherche est, avant tout, une connaissance de l'environnement. Il est stupide de demander « à quoi ça sert ? ». Les chercheurs de jadis qui auraient entendu cette question ne l'auraient même pas comprise. »

En disant « jadis » ce représentant syndical pensait sans doute « naguère ». En 1939, lors d'une toute première réunion du CNRS, Jean Perrin, son directeur, déclara : « Notre travail doit ressembler à celui d'un entonnoir largement évasé ; on verse abondamment, il en sort un mince filet, mais il suffit de peu de réussite pour être dédommagé du coût de l'opération. » Et il répétait sans se lasser que toutes les institutions devaient être construites en hommes avant d'être construites en pierres.

Certaines personnalités scientifiques pensent aujourd'hui qu'il faut réformer les services de la Recherche, en vertu d'un principe : « Un chercheur est fait pour trouver. » Henri de France ajoutait même, il y a dix ans : « Il y a ceux qui cherchent et ceux qui trouvent. » Est-ce à dire que ceux qui passent leur vie à chercher sans trouver ne sont pas des chercheurs ? Doit-on nier aussi la part du hasard ? Si Henri Becquerel n'avait pas rangé des sels d'uranium dans un tiroir à côté d'une plaque photographique, la radioactivité n'aurait pas été découverte si tôt. Sans ce geste machinal, Becquerel n'aurait-il pas été un chercheur ? Sans le hasard qui amena Fleming à faire sa fantastique découverte, n'aurait-il pas été un chercheur ? On rétorquera que le hasard frappe à la porte de ceux qui le méritent.

Pierre Amado (syndicat des Sciences humaines) : « Dans les sciences de l'homme, la découverte n'est pas le but de la recherche. Lorsqu'elle survient, elle est fortuite. Le but de notre recherche est la compréhension, la connaissance. A Dieu ne plaise que les chercheurs de notre section se mettent à la recherche de découvertes qui valoriseraient leurs travaux aux yeux de je ne sais quel ordinateur. Si, néanmoins, ils y étaient amenés, je suggérerais que leur carrière soit jalonnée par les grades : attaché de trouvaille, chargé de découverte et maître d'invention. »

M. Pierre Creyssel (directeur administratif et financier du CNRS) : « Il est clair que la recherche fondamentale, c'est le progrès dans la connaissance. Mais ce progrès est d'autant plus grand qu'il y a une stimulation. Et la stimulation, c'est la demande de l'extérieur. Quand un problème se pose, les chercheurs sont amenés à trouver des solutions. Ça ne veut pas dire que le chercheur est obligé d'agir sur commande pour répondre de façon immédiate à des demandes.

Ça signifie que, dans le cadre de sa propre recherche, le chercheur doit tenir compte des problèmes qui sont posés dans le monde économique et social dans lequel il vit. Il doit en tenir compte, et cela constitue pour lui un élément stimulant. D'ailleurs, je n'aime pas beaucoup le terme de « recherche pure » ; il évoque pour moi ce mot : « Ils ont les mains propres parce qu'ils n'ont pas de mains. » Il faut, dans certains cas, avoir des mains. Ça ne veut pas dire qu'on ne définisse pas ses propres objectifs ; ça veut dire qu'on tient compte de ce qui se passe dans le monde. Au fond, c'est une justification de la recherche. »

En somme, ce que réclament les représentants gouvernementaux, au nom de la société, c'est plus de dynamisme, d'efficacité, d'émulation dans la recherche. Pour étayer ces reproches, on avance que, depuis 1901, la France n'a eu que vingt et un prix Nobel scientifiques, alors que les USA en ont eu cent treize, et la Grande-Bretagne cinquante-neuf.

Jean-Luc Bouquiaux (maître de recherche) : « Les Russes n'en ont eu que dix, dans la même période. N'y aurait-il plus de chercheurs en Union soviétique ? Ou faudrait-il plutôt expliquer les causes de cette écrasante majorité anglophone par l'examen de l'objectivité du jury ? Il serait intéressant aussi de compter combien de découvertes fondamentales ont été faites par des prix Nobel et par ceux qui ne l'ont pas été. »

La réforme du CNRS prévoit un changement de structures du personnel, afin de rendre le chercheur plus « mobile ».

Un représentant syndical du Languedoc-Roussillon : « L'important dans la recherche d'un pays, ce sont surtout les conditions de vie et de travail des chercheurs. Nous voulons que le titre de chercheur corresponde à un métier, avec tout ce que cela implique quant à la qualification, à la rémunération. La plupart de nos techniciens, de nos ingénieurs sont mal payés ou déqualifiés dans leur fonction par la rémunération. Certains jeunes chercheurs touchent une allocation d'études d'environ deux mille francs par mois ; ça situe le niveau de vie de ces salariés qui ont poursuivi des années d'études supérieures. Les chercheurs n'ont pas l'esprit de lucre, mais ce sont des hommes et des femmes comme les autres ; ils mangent, ils ont une famille. Et ne parlons pas du recrutement ! »

R.A. : « Si, justement, parlons-en, puisque nous jouons carte sur table. »

Le 19 juillet 1978, une centaine de personnalités scientifiques ont lancé un appel pour protester contre l'insuffisance du nombre de nouveaux postes pour les chercheurs[1]. Deux mois plus tard, un groupe d'astronomes et de géophysiciens lançait ce même cri d'alarme : « La politique d'investissement en moyens humains n'est pas coordonnée avec la politique d'investissement en matériel. Après

1. Article du *Monde,* 20 juillet 1978.

la période d'expansion des années 1960-1970, c'est à un véritable tarissement de l'embauche que nous assistons. Il nous paraît aberrant que cet arrêt brutal de l'expansion se produise au moment même où deviennent opérationnels les grands moyens mis en chantier il y a une dizaine d'années, au moment même où un personnel formé dans ce but se voit contraint au chômage ou à la déqualification [1]. »

Un représentant du syndicat Languedoc-Roussillon : « Quand on cesse de recruter, on tombe dans le problème du vieillissement du personnel en place. Un laboratoire qui vieillit perd de son énergie et de sa production. Le dynamisme qui existe entre les chercheurs plus rassis et les jeunes moins expérimentés mais plus enthousiastes est nécessaire pour combattre l'apathie qui peut s'installer et qui est défavorable à la recherche. »

Il est vrai que si, jusqu'en 1970, les portes du CNRS étaient largement ouvertes, elles sont maintenant à peine entrebâillées.

M. Pierre Creyssel (*directeur administratif et financier du CNRS*) *:* « Les portes sont moins entrebâillées qu'on semble le croire. Depuis quelques années, on s'est efforcé d'assurer un recrutement de l'ordre de 3 % pour les emplois de chercheurs, de façon à permettre à un certain nombre de jeunes d'entrer au CNRS. Mais il est vrai qu'on ne peut pas retrouver les grandes périodes où le CNRS, parce qu'il était un organisme naissant, où la recherche française commençait à se développer, recrutait jusqu'à 7 % de chercheurs par an. C'est un problème de croissance de l'organisme. A partir d'un certain moment, il est normal qu'il y ait une croissance continue et régulière moins importante. On ne peut pas doubler en vingt ans le nombre des chercheurs. »

Un plaisantin s'était amusé à calculer qu'au rythme de croissance de l'année 1965 toute la France serait employée au CNRS en l'an 2000.

Un représentant du syndicat : « C'est évidemment une bonne image pour montrer l'absurdité d'une position que nous ne défendons pas. Nous n'avons jamais dit que le CNRS devait croître en effectifs indéfiniment. Mais le CNRS est, par vocation, un organisme de recherche et en même temps de formation pour les jeunes chercheurs. Or, aujourd'hui, ces jeunes chercheurs, au bout de deux, trois, quatre ans, sont souvent remerciés. On a donc investi en matière grise, pendant ce laps de temps, et, n'ayant pas de débouchés à la sortie, nous nous trouvons en présence d'un gâchis manifeste. »

Mme Alice Saunier-Séité (*ministre des Universités*) *:* « Les gens qui entrent au CNRS ne devraient pas y faire carrière, mais, au bout d'un certain temps, partir irriguer notre société. En France, les chercheurs sont pratiquement inamovibles, ce qui sclérose les laboratoires. Le prix Nobel Louis Néel me disait : « A de rares excep-

1. Article du *Monde,* 27 juillet 1978.

tions près, on ne peut se considérer comme chercheur à vie. Il y a des périodes de l'existence où l'on n'est pas capable de rien trouver. »

Jean-Luc Bouquiaux (*maître de recherche*) : « Soit. Après six ans d'études spécialisées et trois ou quatre ans d'exercice, un attaché de recherche va perdre soudain son métier pour se reconvertir. Dans quoi ? L'électroménager ? La politique ? Quels autres débouchés offre-t-on aux vocations ainsi suscitées et ensuite détruites ? »

Dans le réquisitoire qui dénonce l'immobilisme, on affirme qu'un maître de recherche nommé à vingt-cinq ans peut, sans inconvénient majeur, poursuivre toute sa vie une activité de dilettante. Pourquoi le nier ? Ce cas doit exister. Il existe partout. Quelle administration ne cache pas un tel fossile dans ses placards ? Quelle université n'octroie pas une chaire à un professeur qui dispensera un cours périmé toute sa vie ? Le métier de chercheur est peut-être le plus libéral qui soit. Seules la conscience et la passion de celui qui l'exerce sont garantes d'une continuité dans l'effort. Le déchet est donc inévitable. Il faut avoir le courage d'avouer que la recherche peut n'être qu'un exutoire, un refuge, une aventure, pour ceux qui ne peuvent pas s'exprimer autrement.

On reproche au CNRS d'être devenu une machine trop lourde, peu souple, aux structures archaïques et mal adaptées à la recherche. On demandait un jour à un savant de quoi était fait le travail d'un chercheur. Il répondit : « 20 % d'inspiration, et 80 % de transpiration ». J'ai posé la même question à de jeunes chercheurs qui m'ont répondu : « 20 % de matière grise, et 80 % d'administration. » Ce déséquilibre n'est-il pas au détriment de la recherche ?

M. Pierre Creyssel (*directeur administratif et financier du CNRS*) : « J'en suis persuadé. Nous sommes arrivés à des systèmes trop compliqués qu'il serait bon de simplifier. L'ennui, c'est que ce n'est pas simple de simplifier. Dans la mesure où les sources de financement sont nombreuses et différentes, dans la mesure où il y a une compétition pour faire connaître tel ou tel projet de recherche, cela suppose des papiers, des formulaires, le respect des règles de la comptabilité publique qui ne sont pas toujours très compréhensibles pour le chercheur. Alors, je crois qu'il est important de donner le moyen au chercheur de ne pas se perdre dans ce maquis administratif. Ce n'est ni facile ni agréable pour le chercheur qui a d'autres préoccupations, je le sais. Malgré tout, la science reste une très grande aventure passionnante. Et même si les chercheurs sont parfois des gens difficiles, même s'il y a des problèmes entre les administrateurs et les scientifiques, ils sont tous au service du même objectif qui, en définitive, est un objectif humain et un objectif de progrès. »

Après avoir quitté sa prime enfance, la science se trouve à « l'âge ingrat » ? Tout le malaise tient à ce qu'elle a beaucoup changé, en vingt ans, de rythme et de dimension. Elle était personnelle,

elle est devenue collective. Il existe à présent un marché de la science sur lequel ne se vendent que les produits de dimensions internationales. Tout comme les grandes surfaces font, peu à peu, disparaître les petits commerçants, tout comme l'industrie asphyxie l'artisanat, les grands laboratoires, les groupes de recherches multidisciplinaires absorbent les chercheurs isolés. Et le Français, individualiste par tempérament, s'accommode mal de cette mutation nécessaire.

Mais je m'insurge contre l'image, répandue et trop facilement acceptée par le public, d'un « scientifique parasite social qui cherche on ne sait quoi, ne trouve jamais, récrimine toujours ». Il est possible que, pendant deux ans, on m'ait joué la comédie ; il est possible que les directeurs scientifiques ne m'aient branché que sur les laboratoires-fleurons du CNRS ; il est possible que j'aie été influencé par l'accueil des chercheurs, leur sympathie qui s'est souvent transformée en amitié. Mais mes yeux et mes oreilles n'ont pas pu me tromper à ce point. Non ! je n'ai pas vécu cette aventure en compagnie de gens sclérosés, incompétents ou aigris. Et si les noms des laboratoires que j'ai visités n'ont pas été tirés au sort dans un chapeau, ils ne m'ont pas été imposés. Les gens que j'y ai rencontrés ne sont donc ni des prototypes ni des modèles ; ce sont des chercheurs parmi d'autres.

Au moment même où ces lignes sont écrites, les responsables gouvernementaux cherchent à diagnostiquer le mal de la recherche française. Au moment où ce livre paraîtra, le traitement sera peut-être déjà entré en application. Mais attention ! Une erreur de diagnostic pourrait rendre le remède pire que le mal. Plus importante que le fonctionnement même de la recherche sera la relation que l'on va désormais établir entre la science et la société. Le professeur Mathé m'a dit un jour : « La science est un effort que font les hommes pour faire progresser l'humanité. Cette humanité se divise en deux branches : l'homme et la société. Et selon les concepts politico-moraux qui seront choisis, la science servira l'homme ou la société. »

Cet ouvrage n'a pas d'épilogue parce que l'aventure scientifique continue en même temps que l'aventure humaine. Les progrès fulgurants dans toutes les disciplines nous appellent aux plus grandes espérances. Mais l'homme, qui est l'être le plus insatiable, le plus glouton, le plus agressif, saura-t-il s'arrêter avant d'affronter les dangers qui l'attendent ? Déjà, tout retour en arrière paraît impossible. Il doit aller jusqu'au bout de la grande aventure dans laquelle il s'est engagé il y a quelques centaines de milliers d'années, et au cours de laquelle il n'a jamais accepté de jeter un regard en arrière. Nos savants ont ouvert la boîte de Pandore. Saurons-nous n'en laisser sortir que les découvertes bienfaisantes ? Plus nous avons de moyens de produire et de soulager, plus nous possédons de moyens de détruire et de répandre la souffrance. Dès les premiers essais de la bombe atomique, Frédéric Joliot écrivit un petit livre intitulé *Guerre atomique ou paix forcée*. Cet ouvrage n'eut que peu d'écho dans le public. Aujourd'hui, la peur de l'anéantissement total de l'espèce est le seul garant de la paix. En ce sens, peut-être, les physiciens ont accompli une grande œuvre. L'homme est arrivé, sinon au point culminant de son génie, du moins au point où sa clairvoyance devrait lui ordonner de concevoir une ère nouvelle. Dans le désordre universel qui se profile à l'horizon, des problèmes inédits vont surgir et ne pourront être résolus ni par l'expérience ni par le passé ; il faudra parer à des événements nouveaux, leur résister, les utiliser. Nous ne pourrons pas commettre l'erreur « d'entrer dans l'avenir à reculons [1] ». Puisque, sur cette pente du progrès, il est impossible de s'arrêter, courons le risque d'utiliser notre puissance en tentant de la maîtriser. « Dans l'œuvre de la science, l'homme a su montrer la force de son intelligence ; s'il veut survivre à ses propres succès, il lui faut maintenant montrer la sagesse de sa volonté [2]. »

Les alarmes dues à l'armement, la pollution, la démographie, l'épuisement des ressources naturelles, ne sont qu'un des aspects de la vision apocalyptique annoncée. Les relations entre les hommes revêtent également une importance que n'aperçoit pas encore notre civilisation ethnocentriste. Les quêtes en faveur de tous les malheureux du monde se multiplient en Occident. Certes il est bon de savoir qu'à l'heure où nous cherchons à résoudre nos maladies dues à la suralimentation des enfants meurent de faim à toutes les minutes. On nous dit qu'en donnant cinq francs chacun de nous peut en sauver un. Très bien ! Mais ce geste est trop bref. Il ne signifie rien s'il n'a pour effet que d'apaiser notre conscience. On donne une pièce, et on oublie aussitôt ! Ce serait trop facile ! La paix du cœur vaut plus que cela. Elle exige un regard prolongé sur l'autre. « On dépense un milliard de dollars par jour pour l'armement de notre planète [3]. » Cela revient à dire qu'avec le budget de l'armement d'un seul jour nous sauverions cinq millions d'enfants tous les ans, pendant un siècle. Mais qui aura le cynisme d'avouer que notre altruisme se heurterait de plein fouet au problème de la démographie ?

Et pourtant, nous sommes désormais dépendants des autres hommes. Nous devons établir l'équilibre qui empêchera le monde de basculer dans le chaos. Et ce déséquilibre fatal peut venir d'un grain de riz, de sorgo ou de café que l'on placera sur l'un des plateaux de la balance. Il ne s'agit pas de brandir la formule désuète : « Aimez-vous les uns les autres. » Il n'est jamais question d'amour en politique. Mais chaque homme, quel qu'il soit, grand ambassadeur européen ou petit paysan des Andes, a conscience des valeurs

1. Paul Valéry.
2. Louis de Broglie.
3. Valéry Giscard d'Estaing (discours septembre 1978).

qu'il véhicule. L'Afrique est décolonisée depuis près de vingt ans, mais la colonisation est encore dans les chromosomes des petits Noirs qui naissent aujourd'hui. A quel moment le Blanc ne sera-t-il plus l'ennemi héréditaire, le suspect, l'homme perfide dont on doit se méfier ? Combien d'année de bonne foi faudra-t-il attendre pour regagner la confiance perdue ? Pour que deux hommes, un Blanc et un Noir, se serrent la main sans arrière-pensée ? Pour qu'un Asiatique et une Occidentale puissent s'unir sans être méprisés par leurs frères de race ? L'équilibre du monde passe d'abord par l'abolition de l'esprit raciste et d'hégémonie. Sommes-nous prêts à accepter cette révision totale des valeurs universelles ? Je ne le crois pas. D'abord parce que les philosophies, les religions, les coutumes différentes sont un frein puissant à cette universalité quelque peu utopique. Ensuite, parce que l'homme n'a jamais accepté de faire la moindre concession, le moindre pas en arrière. Aujourd'hui pourtant, les sciences humaines, complément indispensable des sciences exactes, prouvent que le progrès technique ne peut être profitable à l'homme que si celui-ci accepte d'être un simple habitant de la planète Terre. Pour cela, il ne suffit pas de régler quelques problèmes économiques majeurs. Toutes les équations ne peuvent pas se résoudre en dollars. Tant que les pays riches n'accorderont pas leur véritable dignité aux pays pauvres, tant que les relations ne se traduiront que sous formes de libéralités, de prêts, de secours, rien ne sera possible, et la racine continuera de pourrir lentement, jusqu'à ce que l'arbre s'abatte, un jour de grand vent. Ce jour est déjà annoncé : « Nous avons encore dix ans pour revenir à la raison » a proclamé le Club de Rome. Le choix est clair : l'homme doit se transformer ou disparaître. L'humanisme ou la mort ! »

— Enfin ! me dira-t-on, vous dévoilez votre jeu. Vous vous rangez parmi les alarmistes. Mais l'homme est sur ses pattes de derrière depuis deux ou trois millions d'années ! On a cent fois annoncé la fin du monde et nous sommes toujours là ! Le passé, le présent, l'avenir, l'esprit, la volonté, la raison, tout cela existe ! On n'y comprend rien, mais ça fonctionne !

« — Sauf erreur... ou rhumatisme [1]. »

1. Paul Valéry.

BIBLIOGRAPHIE SOMMAIRE

Paul VALÉRY, *Cahiers* (NRF).
Paul VALÉRY, *Tel quel* (NRF).
Paul VALÉRY, *Regards sur le monde actuel* (NRF).
Paul VALÉRY, *Introduction à la méthode de Léonard de Vinci* (NRF).
Paul VALÉRY, *M. Teste* (NRF).
Paul VALÉRY, *Idée fixe* (NRF).
Vladimir KOURGANOFF, *la Recherche scientifique* (PUF).
Ernest RENAN, *l'Avenir de la science* (Calmann-Lévy).
François RUSSO, *Pour une bibliothèque scientifique* (Seuil).
Pierre ROUSSEAU, *Survol de la science française contemporaine* (Fayard).
L. LEPRINCE-RINGUET, *le Grand Merdier* (Flammarion).
Pierre THEIL, *les Bâtisseurs du monde* (Club des Amis du Livre).
Louis DE BROGLIE, *Savants et découvertes* (Albin Michel).
Louis DE BROGLIE, *Certitudes et incertitudes de la science* (Albin Michel).
Ch. BRUNOLD et J. JACOB, *De Montaigne à Louis de Broglie* (Bibl. class. Eugène Belin).
Raponda WALKER et Roger SILLANS, *Plantes utiles et inutiles du Gabon.*
Eric DE ROSNY, *Ceux qui soignent dans la nuit* (CLE).
Œuvre collective dirigée par Henri DE LUMLEY et Jean GUILAINE, *la Préhistoire française* (CNRS).
René DUMONT, *l'Utopie ou la mort* (Seuil).
Hans UECKERT, Rainer KAKUSKA et Jürgen NAGORNY, *la Psychologie* (Solar).
Corneille JEST, *Tarap, une vallée dans l'Himalaya* (Seuil).
Robert RIEFFEL, Népal (Delta).
UNESCO, *Himalaya* (revue).
Jean-Philippe *Lauer, le Mystère des pyramides* (Presses de la Cité).
Bernard PIERRE, *le Roman du Nil* (Plon).
André GIDE, *Voyage au Congo* (NRF).
Claude LÉVI-STRAUSS, *Du miel aux cendres* (Plon).

Claude Lévi-Strauss, *l'Homme nu* (Plon).
L. Schwartzenberg et P. Viansson-Ponté, *Changer la mort.*
Jean-Philippe Lauer, *Saqqarah* (Tallandier).
K. Mikalowski, *l'Art de l'ancienne Egypte* (Mazenod).
C.-W. Céram, *Des dieux, des tombeaux, des savants* (Plon).
Courrier du CNRS.
La Revue du musée de l'Homme, tome XIV, fasc. 4.
Manaslu — Hommes et milieux des vallées du Népal central (CNRS).
Fr. Durant-Dastès, *Géographie de l'Inde* (PUF).
Romain Rolland, *Inde* (Edit. Vinéta).
M.K. Gandhi, *Autobiographie* (Navajivan Publishing House — Ahmedabad-14).
Guide bleu, *Inde* (Hachette)
Guide bleu, *Egypte* (Hachette).
Archives sonores RTF et ORTF (documents Michel Godard et Robert Arnaut).
Rapports sur « L'eau lourde ».

ANNEXE

LE CNRS

Le personnel :

Le CNRS comprend 21 000 personnes dont 7 600 chercheurs et 13 400 ingénieurs, techniciens et personnels administratifs.

Ces chiffres tiennent compte des personnels des deux instituts nationaux du CNRS :

— Institut national d'Astronomie et de Géophysique (INAG) ;
— Institut national de Physique nucléaire et de Physique des particules (IN2P3).

Les laboratoires et formations de recherche :

1 289 laboratoires et formations de recherche dont :

141 laboratoires propres ;
4 missions permanentes (Afghanistan, Egypte, Israël, Mexique) ;
137 équipes de recherche ;
28 groupes de recherche ;
234 laboratoires associés ;
536 équipes de recherche associées ;
200 recherches coopératives sur programme ;
9 goupements de recherche coordonnés.

TABLE DES MATIÈRES

ACHEVÉ D'IMPRIMER LE 4 MAI 1979
SUR LES PRESSES DE L'IMPRIMERIE
SIMPED POUR LE COMPTE DES
PRESSES DE LA CITÉ - FRANCE INTER -
CNRS, ÉDITEURS A PARIS.

Numéro d'éditeur : 4053.
Numéro d'impression : 6442.
Dépôt légal : 2e trimestre 1979.